Kira Licht
Gold & Schatten

Kira Licht

Gold & Schatten

Das erste Buch der Götter

one

Dieser Titel ist auch als E-Book erschienen

MIX
Papier aus verantwortungsvollen Quellen
FSC® C014496

Originalausgabe

Dieses Werk wurde vermittelt durch die Michael Meller Literary Agency GmbH, München

Umschlaggestaltung: Sandra Taufer, München,
unter Verwendung von Motiven von © JaneJJ / shutterstock; Anna Kutukova / shutterstock; kaisorn / shutterstock; sleep24Photo / shutterstock
Satz: Dörlemann Satz, Lemförde
Gesetzt aus der Goudy Oldstyle
Druck und Einband: GGP Media GmbH, Pößneck

Printed in Germany
ISBN 978-3-8466-0080-1
5 4 3 2

Sie finden uns im Internet unter: www.one-verlag.de
Bitte beachten Sie auch www.luebbe.de

Kapitel 1

Die Schranke der Hölle

Wasser … bitte!

Ich zuckte zusammen und sah mich um. In Paris wurde man häufig von Bettlern angesprochen. Meist waren es Männer in dreckigen Parkas, die um Geld für ihre Hunde fragten. Oder Kinder, die mit weit aufgerissenen Augen für ihre hungernden Familien bettelten. Manchmal begegnete man auch Punks mit bunt gefärbten Haaren, die einen rotzig um Kleingeld anpöbelten. Aber von einem halb vertrockneten Löwenzahn um etwas Wasser gebeten zu werden, war, sagen wir mal so, eher ungewöhnlich.

Ich reckte das Kinn und starrte auf die gegenüberliegende Straßenseite. Autos rauschten an mir vorbei, und ihr Luftzug bauschte den Saum meines Kleides. Ich würde mich einfach auf etwas anderes konzentrieren, bis die Ampel auf Grün umsprang. Lag ich gut in der Zeit? Ich warf einen Blick auf die zierliche Armbanduhr, die sich um mein linkes Handgelenk schmiegte. Man sah dem Lederarmband an, dass es nicht neu war. Auch die Vergoldung des Gehäuses war an so manchen Stellen abgerieben. Der große Zeiger zitterte wie ein Stängel im Wind, während er sich im Minutentakt voranschob. Die Uhr war ein Erbstück meiner Urgroßmutter, eine kostbare Erinnerung, eine Rarität, und ich liebte sie.

Wasser … bitte …

Die Stimme hallte durch meinen Kopf. Glasklar und absolut nicht zu ignorieren. Ich wusste, es gab Tabletten gegen so etwas. Gegen die Stimmen im Kopf und die Halluzinationen. Doch ich hatte Angst, mir Hilfe zu holen. Die Vorstellung, was für Auswirkungen eine endgültige Diagnose auf mein Leben haben würde, ließ mich schaudern.

Bitte …

Ich sah auf die Spitzen meiner Ballerinas und ließ den Blick dann wie zufällig über den Gehweg nach rechts wandern. Der Löwenzahn hatte sich einen unbequemen Platz zum Wachsen ausgesucht. Stängel und Blätter drängten sich durch eine schmale Fuge, die zwischen der Ampelsäule und dem Asphalt entstanden war. Sofort tat mir die Pflanze leid.

Ich bitte Euch …

Ist ja gut. Zum Glück musste ich die Antworten an meine Pflanzenfreunde nur denken. Das hatte ich vor einigen Wochen herausgefunden. Ich sah mich wie ein Geheimagent um, bevor ich eine kleine Wasserflasche aus meiner Schultertasche zog. Ich öffnete den Schraubverschluss und zielte dann ohne hinzusehen Richtung Pflanze. Es platschte, es spritzte, und mein rechter Fußrücken bekam eine unfreiwillige Dusche ab. Super. Und so unauffällig!

Ein Großteil der Leute, die auf der gegenüberliegenden Straßenseite standen, war mit ihren Handys beschäftigt. Der Rest starrte auf das Ampelmännchen über mir. Schnell schraubte ich die Flasche wieder zu und steckte sie weg.

Ich danke Euch.

Gern geschehen.

Ich wurde vielleicht verrückt, aber immerhin sprachen die Stimmen im Majestätsplural zu mir. Irgendwie war ich mir sicher, dass es weitaus unhöflichere Ausprägungen dieser Krankheit gab.

Die Ampel sprang auf Grün um, und ich überquerte die Straße. Mein Bauch kribbelte vor Neugier. Nicht mehr lange, und ich sollte die Katakomben erreicht haben. Ich war mit der Metro nach Montparnasse bis zur Haltestelle Denfert-Rocherau gefahren. Nun ging ich direkt auf den gepflasterten Platz mit der großen Löwenstatue in der Mitte zu. Ich blieb kurz stehen, um mich zu orientieren. Dann entdeckte ich das dunkelgrün gestrichene Häuschen, das den Eingang der Katakomben markierte. Es schmiegte sich an eine Grünfläche, die von einem niedrigen Zaun umgrenzt wurde. Vermutlich handelte es sich um einen der drei kleinen Parks, die den Place Denfert-Rocherau umgaben. Ich hatte mich bewusst dafür entschieden, etwas zu besichtigen, in dem mich garantiert kein aufdringliches Grünzeug anquatschen würde. Doch nun hatte ich fast ein wenig Angst vor meiner eigenen Courage. Die uralten Sedimentschichten der Katakomben lagen mehr als 20 Meter unter der Straße. Genau 136 Stufen führten von dem hektischen Treiben der Gegenwart in eine 45 Millionen Jahre zurückliegende Vergangenheit. Das hatte ich in einem Reiseführer gelesen. Natürlich war ich gespannt auf die vielen kunstvoll arrangierten Knochen des unterirdischen Ossariums. Aber eigentlich interessierte mich dessen Geschichte viel mehr. In jedem Jahrhundert hatten die Menschen hier Spuren ihrer Zeit hinterlassen. Religiöse Insignien, lateinische Inschriften, Symbole der Freimaurer. Auch der Gedanke, dass so viele intellektuelle Persönlichkeiten der französischen Geschichte hier ihre endgültige Ruhestätte gefunden hatten, faszinierte mich. Marat, Montesquieu, Danton, Robespierre … Die Liste konnte man fast endlos fortführen.

Die Führung wurde von einem Archäologen des Pariser Stadtmuseums geleitet. Unbewusst lief ich etwas schneller. Je länger ich darüber nachdachte, desto weniger konnte ich es noch erwarten. Als ich nach links sah, entdeckte ich eine weitere umzäunte Grünfläche, vermutlich ebenfalls einer der drei Parks von Montparnasse. Sollte der Sommer noch ein letztes Mal richtig Fahrt aufnehmen, wäre dies sicher ein hübscher Ort für ein kleines Picknick mit Freunden. Doch im Moment war ich gedanklich zu sehr mit den Katakomben beschäftigt, um einen genaueren Blick zu riskieren. Ich ging auf die Straße zu, die vom Platz abging. Auf der gegenüberliegenden Straßenseite befand sich der Eingang zu den Katakomben. Eine Traube Menschen stand unweit des Häuschens. Andere hatten sich bereits in einer ordentlichen Schlange angestellt und schienen zu warten, dass die Tür sich öffnete. Touristen blieben stehen und machten Fotos. Auf dem breiten Gehweg vor dem Eingang ging es zu wie bei einem Volksfest. Verblüfft betrachtete ich das bunte Treiben. So viel Andrang hatte ich nicht erwartet.

Der Feierabendverkehr spannte mich auf die Folter. Die Pariser fuhren generell wie die Henker. Die halsbrecherische Fahrweise, mit der sie den majestätischen Löwen auf seinem Sockel umrundeten, war regelrecht filmreif. Die Reifen der Autos ratterten über das Kopfsteinpflaster wie Gewehrsalven. Alle schienen es eilig zu haben, nach Hause zu kommen und das verdiente Wochenende einzuläuten. Fast überhörte ich das Klingeln meines Handys, weil ich so darauf konzentriert war, eine Lücke im Straßenverkehr auszumachen, die groß genug war, um mich in meiner fünften Woche in Paris nicht schon zur Briefmarke verarbeiten zu lassen.

»Mom?«

»Liebes, hallo. Ich wollte dir nur noch mal sagen, dass du bitte vorsichtig sein sollst. Fass nichts an. Du warst gerade erst krank.«

»Ja, Mom.« Ich drehte mich von der Straße weg und spazierte ein Stückchen den Zaun des Parks entlang. Der Straßenlärm übertönte die Stimme meiner Mutter, und ich hatte keine Lust, jedes zweite Wort zu raten.

»Wie lange soll die Führung dauern?«

»Circa eine Dreiviertelstunde. Aber vor dem Eingang ist eine Schlange, und ich weiß nicht, wann sie aufmachen. Es kann also sein, dass es etwas länger dauert.«

Ich konnte das Missfallen in ihrer Stimme hören. »Wann soll es denn offiziell losgehen?«

»Um 17:30 Uhr. Wenn es pünktlich losgeht, bin ich um 18:15 Uhr fertig. Aber der Ausgang der Katakomben liegt drüben an der Rue Rémy Dumoncel. Das ist von hier aus ein Stück zu laufen bis zur Metro. Ich denke, ich bin so gegen 19 Uhr zu Hause.«

»Gut. Wir warten dann mit dem Abendessen auf dich.«

Ich ließ die Schultern hängen. »Mom, das braucht ihr nicht. Was, wenn es länger dauert?«

»Ich werde dir den Wagen schicken.«

Niemals! Es war peinlich genug, dass Dad als amerikanischer Botschafter auch hier in Paris einen Fahrer hatte. In Korea gehörte es zum normalen Straßenbild. Hier starrten einen alle fragend an oder machten sogar Fotos.

»Nein, Mom. Das ist absolut nicht nötig. Mit der Metro bin ich schneller. Außerdem, wie soll ich die Stadt denn kennenlernen, wenn ich nur in einer Limousine mit getönten Scheiben von A nach B gefahren werde? Das ist doch total bescheuert. Und außerdem ist es peinlich.« Ich war so in mein

Gespräch vertieft, dass ich fast über einen Obdachlosen gestolpert wäre. Er saß, halb in eine Decke gewickelt, gegen den Zaun gelehnt und murmelte etwas in seinen langen Bart. Ich stammelte eine Entschuldigung.

»Was ist da los?«, wollte meine Mutter sofort wissen.

»Ich wäre fast in jemanden hineingerannt.«

Am anderen Ende der Leitung hörte ich sie missbilligend mit der Zunge schnalzen. »Mon dieu …« Es schien ihr ein weiterer Beweis zu sein, wie unfähig ich war, mich allein in Paris zu bewegen.

»Ich muss los, Mom.« Ich drehte mich um, um zurück zu dem Eingang der Katakomben zu sehen. »Die Schlange wird immer länger.«

»Ich schicke dir den Wagen.«

»Mom!«

»Bis später, Livia.«

»Mom, das ist so …« Die Verbindung brach ab. Ich starrte wütend auf das Display meines Handys. Sollte ich sie zurückrufen? Ich kannte meine Mutter. Sie war genauso dickköpfig wie ich. Wenn sie sich etwas vorgenommen hatte, dann wich sie nicht mehr davon ab. Einen kurzen Moment lang überlegte ich, die Führung früher zu verlassen und mit der Metro zu fahren. Doch ich verwarf den Gedanken wieder. Erstens wollte ich Moms Nerven nicht mutwillig noch mehr strapazieren. Zweitens würde sie vermutlich sofort die Polizei rufen und den Beamten so lange in den Ohren liegen, bis man mit einer Hundertschaft ausrücken würde, um nach mir zu suchen. Ich seufzte resigniert und ließ das Handy zurück in meine Tasche gleiten.

Als ich mich auf den Rückweg machte, kam ich wieder an dem Bettler vorbei. Bei genauerem Hinsehen sah der Mann noch verwahrloster aus. Sein langes Haar war verfilzt, der Bart ungepflegt und zerzaust. Die Decke, die seine Knie bedeckte, war zerrissen. Die Isomatte, auf der er saß, voller Löcher. Mit der Schulter hatte er sich gegen einen großen Seesack gelehnt, der so schmutzig war, dass man dessen ursprüngliche Farbe nicht mehr erraten konnte. Ich kämpfte gegen den Drang an, die Straßenseite zu wechseln, bevor ich ihn passieren musste. Innerlich ärgerte ich mich über mich selbst. Das war nur ein gebrechlicher, alter Mann, der vor sich hinmurmelte. Trotzdem sah ich unauffällig in eine andere Richtung, als ich an ihm vorbeiging.

»Du trägst das Wasser ... das Wasser in dir. Und wenn der Himmel ...« Die Stimme des Bettlers brach ab, und er hustete so stark, dass sein ganzer Körper bebte.

Ich blieb stehen. »Monsieur, geht es Ihnen gut? Soll ich einen Krankenwagen rufen?«

Der Mann hob den Kopf. Ich wich erschrocken zurück. Seine blinden Augen bewegten sich suchend. Die Lider waren vernarbt und zuckten unkontrolliert.

»Du wirst das Wasser brauchen«, stammelte er. »Höre mir zu.«

»Äh, ja. Ich höre Ihnen zu.« Suchend sah ich mich um. Ob ich Hilfe holen sollte? Der Mann schien wirklich verwirrt.

»Wenn der Himmel fällt, wirst du das Wasser brauchen!« Er klang verzweifelt. »Das Wasser!«

»Das Wasser, okay.« Wie kam ich aus der Nummer jetzt wieder raus?

»Geh.« Der Mann stieß sich von dem Seesack ab. Sein ganzer Körper bebte. »Du musst gehen! Sofort!«

Ich brachte lediglich ein Nicken zustande. Hastig wandte ich mich zur Straße. Sie war leer. Die nächsten Autos erschienen erst wieder am Place Denfert-Rocherau. Die Luft um mich herum schien zu knistern. Es war vollkommen still. Sogar die Vögel in den Hecken des Parks schienen verstummt. Was passierte hier?

»Geh!« Der Mann brüllte so laut, dass seine Stimme irgendwann in einem Krächzen abbrach. Ich rannte über die Straße und noch ein ganzes Stück den Gehweg hinab. Erst dann drehte ich mich um. Der Mann saß noch an der gleichen Stelle auf dem Gehweg. Er gestikulierte wild ins Nichts. Mit klopfendem Herzen ging ich in Richtung Place Denfert-Rocherau. Obwohl der Mann sichtlich verwirrt war, fragte ich mich, was er mit seinen Worten gemeint hatte. Wasser? Himmel? War es Zufall gewesen, dass er mich fortschickte, gerade als die Straße wie leergefegt schien? Nun rauschten die Autos wie im Sekundentakt an mir vorbei. Eine vertraute Angst kroch wieder in mir hoch. War das gerade eben wirklich passiert? Oder hatte es etwas mit den seltsamen Veränderungen zu tun? Mit den Träumen? Den Stimmen und den Halluzinationen? Ich straffte die Schultern. Der Mann war krank. Verwirrt und alt. Vermutlich hatten Alkohol und Drogen sein Gehirn in einen Schweizer Käse verwandelt. Ganz sicher hatte das, was er gesagt hatte, nicht wirklich etwas mit mir zu tun. Er kannte mich ja gar nicht. Ich sollte aufhören, wie ein Hypochonder zu reagieren. Ich drehte mich ein letztes Mal um. Der Mann schrie nun zwei junge Mädchen an, die eingehakt an ihm vorbeispazierten. Ich war zu weit entfernt, um zu hören, was er rief. Die beiden Mädels zogen die Köpfe ein und beschleunigten ihre Schritte. Etwas erleichtert wandte ich mich um. Offenbar schien der Mann jeden Passanten mit irgendwelchen wirren Prophezeiungen zu verschrecken.

Nur wenige Meter Gehweg trennten mich jetzt noch von

den Katakomben. Erneut machte sich das zarte Kribbeln der Vorfreude in meinem Bauch bemerkbar. Ich freute mich auf die Führung, schon seit wir in Paris angekommen waren. Jetzt würde ich mir dieses Erlebnis weder durch meine Mutter noch durch einen verwirrten Obdachlosen vermiesen lassen.

Ich verlangsamte meine Schritte, weil es vor dem Eingang so voll war. Noch war die Tür geschlossen. Eine japanische Touristengruppe, alle bekleidet mit beigefarbenen Bermudas und Polohemden, redete wild durcheinander. Man diskutierte wohl, ob es sich lohne, sich noch anzustellen. Überall im Internet stand, dass die Führung auf 200 Plätze begrenzt sei. Die nächste Führung würde erst morgen Nachmittag stattfinden. Also stellte ich mich zügig an in der Hoffnung, noch eine Karte zu ergattern.

Während ich wartete, entdeckte ich ein paar Jungs, die vor dem Zaun des Parks herumstanden und sich unterhielten. Sie waren ungefähr in meinem Alter. Zwei von ihnen trugen Shirts mit dem Wappen des elitären Louis-le-Grand-Gymnasiums. Sie lachten laut, zeigten sich gegenseitig irgendetwas auf ihren Smartphones und schienen nicht wirklich viel von ihrer Umwelt mitzubekommen. Einer von ihnen fiel mir sofort auf, und das nicht nur, weil er seine Freunde um gut einen Kopf überragte. Er besaß ein Gesicht, bei dem man sich sofort wünschte, malen zu können. Ausdrucksvoll, mit großen dunklen Augen und scharf geschnittenen Wangenknochen. Sein Kinn war gerade breit und kantig genug, um seinen Zügen einen aufregend männlichen Schliff zu verleihen. Er trug eine schwarze Röhrenjeans, die er bis über die Knöchel aufgerollt hatte, und dazu dunkelgraue Espadrilles. Ein Shirt mit tiefem V-Ausschnitt betonte seine sportliche Figur. Um seine Handgelenke wanden sich matt glänzende, grob gearbeitete

Armbänder. Ein schmales Lederband hing um seinen Hals. Sofort fragte ich mich, wie wohl der Anhänger aussah, der unter seinem Shirt verborgen lag. Der Trageriemen einer Tasche, die er quer umgehängt und nach hinten gedreht hatte, teilte seinen Oberkörper in zwei gleich große Dreiecke. Von vorn sah der lederne Gurt fast aus wie Teil einer Kampfmontur.

Während ich näher auf den Eingang zuging, betrachtete ich ihn erneut unauffällig. Er schien älter als seine Freunde, obwohl er nicht wirklich älter aussah. Doch da war etwas an ihm, was ich nicht genau benennen konnte. Eine innere Ruhe, eine subtile Überlegenheit, gegen die seine Freunde wie ein lärmender Haufen Vorschüler wirkten. Ich wollte gerade wegsehen, da drehte er ruckartig den Kopf in meine Richtung. Sein ganzer Körper schien plötzlich unter Spannung zu stehen, wie die zum Bersten gespannte Sehne eines Bogens. Er sah mir direkt in die Augen. Sein Blick war fragend, aber gleichzeitig so scharf, dass ich in meiner Bewegung innehielt. Mein erster Reflex war zu flüchten, so sehr wirkte er plötzlich wie ein Jäger auf Beutezug. Das Lauernde in seiner Haltung verschwand nicht, selbst als er mir zulächelte. Ich lächelte zurück, ebenfalls reflexartig. Er hielt den Blick gerade lange genug, um jede Zufälligkeit Lügen zu strafen, dann drehte er sich wieder seinen Begleitern zu. Erst jetzt bemerkte ich, dass ich die ganze Zeit über die Luft angehalten hatte.

In die Schlange vor dem Eingang war mittlerweile Bewegung gekommen. Ein Teil der Leute war bereits durch die geöffnete Tür verschwunden. Ich reihte mich ein, sodass ich dem Jungen den Rücken zudrehen musste. Jetzt noch einmal hinzusehen wäre mehr als auffällig gewesen. Ich widerstand dem Drang, auch wenn ich es ein wenig bedauerte.

Es ging erstaunlich schnell voran. Schon stand ich in dem

Knick, den die Schlange machte, bevor es durch den Eingang ging. Ich warf einen raschen Blick nach links. Der Junge unterhielt sich wieder mit seinen Freunden, als wäre nichts geschehen. Enttäuscht drehte ich mich weg und ärgerte mich ein wenig, dass ich wirklich gedacht hatte, der attraktivste Kerl in Paris würde mit mir flirten.

Schon als ich durch die Tür in den Vorraum trat, wehte mir eine feuchte Kälte entgegen. Hoffentlich würde es in den Katakomben nicht noch frostiger werden. Die Spaghettiträger meines Sommerkleides würden mich garantiert nicht lange warm halten.

Der Mitarbeiter an der Kasse schenkte mir ein strahlendes Lächeln, das er mit einem einzigen Wort garnierte: »Ausverkauft.«

»Aber …«

»Moment.« Er wühlte neben der Kasse herum. Seine mausgraue Naturkrause wippte wie Hunderte kleiner Sprungfedern, als er sich zur Seite beugte. »Hier.« Er kam etwas ungelenk wieder hoch und breitete ein Hochglanz Din-A4-Blatt vor mir aus. »Das ist eine Ausstellung, die ich Ihnen sehr ans Herz legen möchte.«

»Aber ich wollte doch …«

»Faszination Kalkstein«, unterbrach er mich feierlich.

»Kalkstein?«, wiederholte ich matt.

Er strich sich affektiert eine Locke aus der Stirn, die in derselben Sekunde zurück an ihren Platz schnellte. »Das ist eine wunderbare, wunderbare Ausstellung. Allein der Titel ›Faszination Kalkstein – Ein Rohstoff zwischen Vergangenheit und Moderne‹. Wunderbar.« Er sah mit glänzenden Augen zu mir. »Das weckt doch die Neugier!«

»Ich weiß ja nicht.« Ich legte den rechten Zeigefinger

auf das glänzende Papier und zog es etwas näher zu mir. Ich wollte die Katakomben sehen. Die Inschriften, die Knochen, das volle Programm. Der Flyer wiederum verhieß eine »bunte Reise in die Welt des Kalksteins«. Soweit ich wusste, war Kalkstein weder bunt noch eine Reise wert.

»Die Führung macht heute Gérard Martinez. Ein renommierter Karbonatsedimentologe«, wisperte mein Gegenüber, als handle es sich um eine schwer vertrauliche Info.

»Und es geht nur um Steine?«

Ich erntete einen ratlosen Blick. »Wie? Nur um Steine? Aber das ist ein wunderbares, wunderbares ...«

»Okay.« Ich seufzte. Jetzt war ich schon mal hier, dann wollte ich auch etwas unternehmen. »Ich nehme eine Karte.«

»Eine gute Wahl.« Er strahlte mich an, als hatte ich mich bewusst für die Ausstellung und gegen die Katakomben entschieden. Das war irgendwie ... unheimlich.

Ich bezahlte, bekam meine Karte und dazu noch das Faltblatt mit den Infos.

»Sie werden abgeholt. Die Ausstellung findet in den Vorräumen der Katakomben, in den sogenannten ›Drei Galerien‹ statt. Sie beginnt zur gleichen Zeit wie die Führung durch die Katakomben. Zuerst geht die Gruppe runter, die die Katakomben besichtigt, dann folgt Ihre Gruppe. Aber machen Sie sich keine Gedanken, Gérard ist ein wunderbarer, wunderbarer ...«

»Danke, Monsieur.« Ich wandte mich ab. Auf was hatte ich mich da bloß eingelassen?

Hinter mir war es noch voller geworden. Auch in der Mitte des Raumes drängten sich unzählige Besucher, die sich lautstark unterhielten. Da ich Gedränge nicht mochte, wich ich in Richtung eines der Fenster aus. Ich überflog den Flyer erneut.

Bei den »Drei Galerien« handelte es sich um Vorräume der eigentlichen Katakomben, die zur Zeit der Industrialisierung ausgebaut und vergrößert worden waren. Heutzutage wurden sie für Ausstellungen, Vorträge oder als Filmset genutzt. Ich war erleichtert, als ich las, dass die Führung etwa genauso lang wie die durch die Katakomben dauern sollte. Daran hatte ich vorhin gar nicht gedacht.

An der Kasse drängte sich mittlerweile die japanische Reisegruppe umeinander und diskutierte in einer bunten Mischung aus Japanisch, Französisch und Englisch, ob man sich wirklich eine Dreiviertelstunde lang Kalkstein ansehen sollte. Ich teilte stumm ihre Bedenken. Mittlerweile war es so voll im Foyer, dass die Leute dichtgedrängt standen. Ich konnte nicht mal mehr den Eingang zu den Katakomben ausmachen und reckte ergebnislos den Kopf. Leider hatten mir meine Eltern nicht ihren superschlanken, hochgewachsenen Körperbau vererbt. Laut meiner Mom kam ich nach meiner Großmutter Serafine, die eine begnadete Patissière gewesen sein soll – was mich nur bedingt tröstete. Stand ich neben meinen Eltern, sah es immer so aus, als hätten sich zwei Elben aus unerfindlichen Gründen dazu entschlossen, ein Hobbitmädchen zu adoptieren. Ich hatte zwar weder Naturlocken noch behaarte Füße, aber der Rest kam ziemlich gut hin. Ich sah in Allem, was zurzeit modern war, irgendwie seltsam aus. Als ich aber Kleider im Fünfzigerjahre-Stil für mich entdeckt hatte, konnte ich mich mit meinen Kurven versöhnen.

Ich ging nun auf die Zehenspitzen, um einen besseren Blick in den Raum zu erhaschen. Doch ich hatte keine Chance. Jemand stieß mir mit seinem Rucksack vor die Schulter. Ich wich noch näher zum Fenster, das so schmutzig war, dass die Scheibe fast wie Milchglas wirkte. Zwischen den beiden Fenstergriffen hatte eine Spinne ihr Netz gebaut. Ich fiel zwar in der Gesellschaft von achtbeinigen Krabbeltieren nicht in Ohnmacht, aber auf meiner Schulter mussten sie trotzdem nicht unbedingt herumspazieren.

Die beiden Museumsmitarbeiter erschienen und stellten sich kurz als Michele und Gérard vor. Sie bläuten uns ein, auf gar keinen Fall die Hauptwege zu verlassen, denn sich in den Katakomben zu verlaufen wäre noch die harmloseste Konsequenz. Ein paar Touristen kicherten wie Teenager, als Gérard erklärte, dass man dieses kleine grüne Häuschen, in dem wir uns befanden, nicht umsonst auch als »Barrière d'Enfer«, Schranke der Hölle, bezeichnete.

Dann ging es los. Zuerst führte Michele seine Gruppe Richtung Eingang. Hinter mir wurde gedrängelt, weil ein paar Kurzentschlossene noch hinzugestoßen waren. Dann hob auch Gérard die Hand und ging voraus. Im Gänsemarsch liefen wir eine gewundene Treppe hinab, während die Luft immer kälter wurde. Unten angekommen standen wir in der ersten Galerie. In einer Wand klaffte ein schwarzes Loch, das wohl einen dieser berüchtigten Gänge darstellte, den man auf keinen Fall allein betreten sollte. Er war nicht besonders hoch, seine Wände nur roh behauener Stein, und er schien in einer pechschwarzen Unendlichkeit zu enden. Mit einem leicht mulmigen Gefühl im Bauch wandte ich meinen Blick ab. Wer würde dort freiwillig hineingehen? Genau so stellte ich mir den direkten Weg in die Hölle vor.

Gérard begann mit einer kurzen Einführung über die Katakomben und die Steinbrüche im Allgemeinen. Die Besucher verteilten sich in der kleinen Galerie, um jeden Zentimeter Platz zu nutzen.

Ich hatte erwartet, dass Gérards Stimme einen Hall erzeugen würde. Doch da war nichts. Es schien, als würde der graue Stein, der uns umgab, jedes Geräusch absorbieren, in sich aufsaugen, wie ein uraltes, nimmersattes Tier.

»Über 2000 Jahre lang dienten die Katakomben nur als Steinbrüche. Erst gegen Ende des 18. Jahrhunderts begann man, die Stollen als Beinhäuser zu nutzen. Deshalb sind die Katakomben in zwei Bereiche einzuteilen. Die Steinbrüche, zu denen auch die drei Galerien gehören, und die sogenannten Ossarien, auch Beinhäuser genannt. Doch nun möchte ich Ihnen zuerst von der speziellen Zusammensetzung des Kalksteins erzählen, der …«

Ich hörte interessiert zu, bis ich spürte, dass mich jemand beobachtete. Instinktiv drehte ich den Kopf nach rechts. In dem verbotenen Gang, halb verborgen von der Dunkelheit, machte ich eine Silhouette aus. Eine große, schlanke, aber unverkennbar männliche Silhouette. Er hatte die Schulter lässig an die Steinmauer gelehnt, als fühlte er sich hier wie zu Hause. Während die meisten Besucher etwas unbehaglich oder gar eingeschüchtert wirkten, verriet seine Körperhaltung, dass er sich hier nicht wie ein Eindringling fühlte. Er verschmolz regelrecht mit den Schatten, der Dunkelheit, den Steinen. *Bitte nicht*, dachte ich. Heute war schon genug passiert. Genug, das mich erneut an meinem Verstand zweifeln ließ. Ich rechnete damit, dass die Gestalt sich gleich vor meinen Augen in Nebel auflösen oder einfach in der Dunkelheit verschwinden würde. Stattdessen machte sie einen Schritt nach vorn. Ich holte erschrocken Luft, bereit zu flüchten, sollte mich was auch immer angreifen. Graue Espadrilles, schwarze Röhrenjeans. Ich erkannte ihn, noch bevor sein Gesicht aus dem Schatten auftauchte. Der Junge von der Straße. Er war mir gefolgt. Er hatte mich beobachtet. Er …

Schnell drehte ich den Kopf weg. Mein Gedankenkarussell hatte gefährlich Fahrt aufgenommen. Ich versuchte, mich an die Notfalltechniken zu erinnern, die ich mir im Internet rausgesucht hatte. Tief atmen. Die Muskeln entspannen. Den Kopf mit etwas anderem ablenken. Ich kniff mir mit aller Kraft in den linken Unterarm. Ein scharfer Schmerz jagte durch meinen Oberkörper, doch er zog erfolgreich die Notbremse bei meinen Gedanken. Ich atmete erneut tief ein. Die eiskalte Luft ließ mich von innen heraus frösteln.

Okay. Jetzt noch mal von vorn. Der Junge war hier. Warum auch nicht, denn er hatte schließlich mit seinen Freunden in der Nähe des Eingangs herumgestanden. Wer sagte, dass er nicht genau wie ich darauf gewartet hatte, dass die Eingangstür sich öffnete? Wo war mein Problem? Er sah gut aus, er hatte mir zugelächelt, und nun hatte er mich so intensiv gemustert, dass ich es instinktiv bemerkt hatte. Jedes normale Mädchen würde sich geschmeichelt fühlen, und insgeheim hatte ich es mir noch vor wenigen Minuten gewünscht, und nun bekam ich statt roter Wangen eine Panikattacke. Ich holte ein letztes Mal tief Luft und sah dann unauffällig in Richtung Gang. Der Junge war verschwunden.

Gérard war mit seiner Einführung fertig und ging voraus in die nächste Galerie. Die Bunkerlampen tauchten den Raum in ein kaltes Licht, das den Stein bläulich schimmern ließ. Spuren von Quarz funkelten im Gestein wie von innen erleuchtet und ließen es fast ein wenig gruselig wirken.

In der Galerie Nummer Zwei ging es um die verschiedenen Arten von fossilem Kalkstein: Muschelkalk, Korallenkalk, Molluskenkalk, Crinoidenkalk und so weiter. Die Gesteinsbeispiele waren auf Sockeln präsentiert und im Raum verteilt ausgestellt, sodass man sie von allen Seiten betrachten konnte.

Alle paar Meter waren Seitengänge in den Stein geschlagen worden. Doch sie waren entweder zu schmal, um bequem hindurchzugehen, abgesperrt oder halbherzig zugeschüttet worden.

Obwohl ich mir eingestehen musste, dass das meiste von dem, was Gérard erzählte, doch ganz interessant war, war alles, was ich wahrnahm, die eisige Kälte, die durch jede Pore meines Körpers in mich hineinzukriechen schien. Ich schlang die Arme um meinen Oberkörper in dem sinnlosen Versuch, mich warm zu halten. Viele der Besucher hatten Pullover oder Strickjacken dabei, die sie nun überzogen. Ich hingegen hatte so sehr auf den Sommer vertraut, dass ich lediglich meine Sandalen gegen ein Paar Lederballerinas mit festen Sohlen getauscht hatte. Auf der Homepage der Katakomben wurde geschlossenes Schuhwerk empfohlen. Von Pelzmänteln war jedoch keine Rede gewesen. Ich rieb die Haut meiner nackten Arme, um die Gänsehaut zu vertreiben. Meine Fingerspitzen waren eiskalt.

Ich war so sehr mit meinem Aufwärmprogramm beschäftigt, dass ich fast den Anschluss verpasste. Peinlich berührt sah ich mich in der Galerie um. Ich war fast schon allein. Eine Dreiergruppe Frauen in den Vierzigern kicherte und bemühte sich aufzuschließen. Eine einzelne Gestalt stand im hinteren Teil des Raums. Ich erkannte ihn an seiner Silhouette. Der Junge guckte auf sein Handy, obwohl er hier unten garantiert keinen Empfang hatte. Er sah kurz hoch, direkt in meine Richtung, senkte dann aber wieder den Kopf. Ich hatte den Eindruck, er wartete, bis ich vorausging, um mir dann zu folgen. Mom wäre entzückt. Ich hatte einen persönlichen Babysitter gefunden. Ich verließ die Galerie. Und richtig. Kaum dass ich mich in Bewegung setzte, hörte ich seine Schritte hinter mir auf dem Steinboden. Sollte ich mich nun freuen oder gruseln?

Gérard führte uns durch einen schmalen Gang, der so abschüssig war, dass ich das zur Sicherheit angebrachte Geländer benutzte. Den glatten Sohlen meiner Ballerinas traute ich nicht so richtig.

Die Luft veränderte sich, wurde feuchter und roch seltsam dumpf und erdig. Ich überlegte, mich in dem Gang kurz umzudrehen, doch das traute ich mich nicht. Der Junge war direkt hinter mir. Ich spürte ihn, wusste, dass er da war. Fast so, als wäre ich eine Fledermaus, und die Wellen meines Echolots würden an ihm abprallen und zu mir zurückkehren. Ich bekam erneut eine Gänsehaut, dieses Mal allerdings nicht, weil mir kalt war. Obwohl ich ihn nicht kannte, störte es mich – von der kurzen peinlichen Panikattacke mal abgesehen – nicht, dass er so nah hinter mir war. Und das passte so gar nicht zu mir und meinem Verfolgungswahn.

Ich hörte die vielen »Ahs« und »Ohs« vor mir und beschleunigte meine Schritte. Offenbar schien es nun so richtig interessant zu werden. Der Anblick der vielen Fossilien – für die Ewigkeit versteinerte, stumme Zeugen einer Welt, die schon so lange vergangen war – hatte etwas Majestätisches. Ein riesiger Ammonit thronte auf einem Sockel aus Stein. Eine Gruppe Trilobiten war nur teilweise frei präpariert. So sah es aus, als würden die Gliederfüßer in diesem Moment aus dem Stein hervortauchen. Der gigantische Abdruck eines fossilen Farns wirkte wie ein modernes Wandtattoo. Die meisten Besucher zückten ihre Handys, um Fotos davon zu machen. Auch in der dritten Galerie gingen unzählige Gänge ab, alle mehr oder weniger blockiert oder mit Warnschildern versehen.

Den Jungen sah ich nicht, und auch als ich mich prüfend umdrehte, konnte ich ihn nicht entdecken. Er besaß offenbar das Talent, sich in Menschenansammlungen unsichtbar zu machen. Ich machte kurz ein paar Fotos, wich dann aber zur Seite aus, weil ich nicht im Weg stehen wollte. Allerdings hielt ich einen respektvollen Abstand zu den Wänden, denn von dort aus schien die Kälte wie eine Welle entlang in den Raum zu rollen. Mir war so eiskalt, dass selbst meine Zehen taub wurden. Verstohlen schielte ich auf meine Uhr. Ich überlegte, ob ich die Führung vorzeitig verlassen sollte. Meine Gänsehaut verschwand gar nicht mehr und ließ mich aussehen wie eine außerirdische Lebensform mit seltsam stacheliger Haut.

»Du siehst aus, als ob dir kalt wäre.« Die Stimme hinter mir klang dunkel, und ein Hauch von Spott schwang darin mit. Ich wusste, dass er es war, noch bevor ich mich zu ihm umdrehte. Nun, da er direkt vor mir stand, musste ich feststellen, dass er von Nahem genauso umwerfend aussah wie aus sicherem Abstand. Er war noch größer, als ich vermutet hatte. Seine Schultern waren breit genug, um sofort davon zu phantasieren, wie herrlich man sich an ihnen anlehnen könnte. Seine Arme wurden von schlanken Muskeln definiert, die dezent hervortraten, wenn er sich bewegte. Ich wollte etwas erwidern, war aber viel zu geblendet von diesem beeindruckenden Gesamtpaket.

Der Typ lächelte mich kurz an, dann drehte er seine Tasche nach vorn. Er zog einen leichten Cardigan hervor. Als er den Kopf hob, fiel das Licht der Bunkerlampe hinter mir direkt auf sein Gesicht, und als er mich ansah, hielt ich zum zweiten Mal an diesem Tag die Luft an. Seine Augen waren von einem tiefen, weichen Grau. Schummrig, dunkel, sexy. Das Grau einer Regenpfütze, auf der sich die letzten Strahlen der Abendsonne brachen.

In diesem Moment wünschte ich mir zum ersten Mal, dass

eine meiner Halluzinationen Realität wurde. Passierte das hier wirklich? Es war zu perfekt, um echt zu sein.

»Bitte.« Er reichte mir die dunkelblaue Jacke mit fürsorglicher Selbstverständlichkeit. Auf Außenstehende musste die Geste so vertraut wirken, als hätten wir bereits im Sandkasten zusammen gespielt.

»Vielen Dank.« Mein Mund sagte die Worte, aber sie klangen wie aus weiter Ferne. Ich sollte aufhören, ihn anzustarren. Dringend. Jetzt. Sofort. Was sollte er von mir denken? »Das ist sehr nett.« Ich klang, als hätte ich den Satz auswendig gelernt.

Schnell schlüpfte ich in den Cardigan. Die Ärmel waren viel zu lang und bedeckten meine Hände komplett. Der Bund des Cardigans reichte ein gutes Stück über meinen weit fallenden Rock.

Mein Gegenüber machte einen Schritt zurück und zog die Stirn kraus. Dann legte er den Kopf schief wie ein neugieriger Vogel. »Interessant«, sagte er schließlich. »Sieht aus, als wärst du im Trockner eingelaufen.«

Ich musste lachen. Es war kein Spiegel nötig, um zu wissen, dass er recht hatte. Er fiel in mein Lachen ein.

»Ich bin Maél.« Er streckte mir die Hand hin.

»Livia.« Ich hob die Hand. Der überlange Ärmel des Cardigans hing herunter und verbarg meine Finger. Vermutlich sah ich aus wie eine zum Leben erwachte Vogelscheuche. Ich schob den Ärmel hastig hoch. »Jetzt sollte es funktionieren.«

Maél schüttelte meine Hand. »Hauptsache, die Frostbeulen verschwinden.«

»Stimmt.« Ich warf einen kurzen Blick auf unsere Hände. Meine hatte sich perfekt in seine geschmiegt. Maél sah aus, als wollte er noch etwas sagen. Ich ließ seine Hand los, obwohl ich es eigentlich gar nicht wollte.

»Und du gehst also auf die Louis-le-Grand?«, stieß ich hervor, um die Stille zu unterbrechen, und deutete auf das Wappen auf dem Cardigan.

»Richtig.« Er lächelte, und die Neugier, die in seinen grauen Schlechtwetter-Augen aufblitzte, ließ meinen Puls in die Höhe schnellen. »Du aber nicht, oder? Ich habe dich noch nie dort gesehen.«

Fakt war, meine Mom hatte gewollt, dass ich auf die Le-Grand ging, weil es die beste Schule in Paris war. Doch Dad hatte sich durchgesetzt, denn er wollte, dass ich einen internationalen Abschluss machte. »Nein, ich gehe auf die Internationale Schule. Ab Montag. Wir sind gerade erst hergezogen.«

Maél schien aufzuhorchen. Er sah mich an, wie ein Junge, der gerade erfahren hatte, dass er ein Auto zu Weihnachten bekommt. »Cool. Wo kommst du her?«

Ich wedelte mit beiden Händen, was vermutlich lässig ausgesehen hätte, wenn da nicht diese überlangen Ärmel gewesen wären. »Überall und nirgends.«

Sein Gesichtsausdruck war ein großes Fragezeichen.

»Diplomatenkind«, sagte ich. »Du weißt schon. Alle paar Jahre eine neue Stadt.«

»Klingt spannend. Besser als ein ganzes Leben lang mit den gleichen Leuten in der immer gleichen Stadt.«

»Aber man hat kein richtiges Zuhause. Und keine Freundschaften, die länger als drei Jahre dauern, weil man wieder umziehen muss.« Ich zuckte mit den Schultern. »Aber das wird sich ändern, sobald ich meinen Abschluss habe. Dann werde ich irgendwo studieren und mir anschließend einen Job suchen, für den ich nicht mehr ständig das Land wechseln muss.«

»Das wäre wirklich eine Verschwendung …« Er sah mich ernst an. Als ich nicht sofort antwortete, fügte er schnell hinzu: »Aber du hast ja noch ein paar Jahre Zeit, um dich zu entscheiden. Wie alt bist du?«

»16 Jahre.«

»Genug Zeit also.« Er zupfte spielerisch an einem meiner langen Ärmel. »Vorausgesetzt, die Jacke frisst dich nicht vorher auf.«

Ich schüttelte lächelnd den Kopf. »Ich glaube, ich würde der Jacke nicht schmecken.« Er hielt meinen Blick, und irgendetwas passierte da zwischen uns. Ich konnte das Knistern hören, spürte die Funken zwischen uns fliegen, als sich die Härchen auf meinen Armen aufstellten. Maél atmete deutlich hörbar aus. Er schien es genauso intensiv zu spüren wie ich.

»Wenn du keine Lust mehr auf das Rentnerprogramm hier hast …«, Maéls Stimme klang rau. Er deutete mit dem Kopf vage nach rechts. »Drüben wird gerade eine Street-Art-Ausstellung vorbereitet. Da könnten wir mal vorbeischauen.«

Ich folgte der Richtung seines Kopfnickens. Dort war eine Wand, nur durchbrochen von einem schmalen Zugang, hinter dem vermutlich eine alles verschlingende Dunkelheit ungebetene Besucher mit einem bodenlosen schwarzen Gähnen begrüßte.

»Wo ist drüben?« Der Gedanke, noch mehr Zeit mit Maél zu verbringen, war verlockend hoch zehn. Auch der Gedanke, dass er offensichtlich seine Zeit mit mir verbringen wollte, ließ mein Herz schneller schlagen. Aber ich war mir relativ sicher, dass es »drüben« nur Steinwände, Dunkelheit und noch mehr eisige Kälte gab.

Im Hintergrund hatte Gérard seinen Vortrag wiederaufgenommen. Doch ich hatte nur noch Augen und Ohren für mein Gegenüber.

»Na, drüben eben.« Maél grinste auf eine unverschämt

herausfordernde Art, die mir einen prickelnden Schauer die Wirbelsäule hinabjagte. Wieder deutete er mit dem Kopf kurz nach rechts, als würde das alles erklären.

Ich hatte Mom versprochen, direkt nach der Führung heimzukommen. Sie würde ausrasten, wenn ich nicht rechtzeitig zurück war. Sollte der Fahrer mich nicht am Ausgang der Katakomben einsammeln können, würde er sofort zu Hause anrufen. Mom würde daraufhin Dad verrückt machen, und zum Schluss wären sie sich einig, dass ich unsere Wohnung nur noch verlassen durfte, um zur Schule zu fahren. Der absolute Super-GAU. Obwohl wir schon fünf Wochen in Paris wohnten, tat Mom immer noch so, als könne ich hier verloren gehen. Wir hatten vorher in Seoul gewohnt. Seoul! Hallo? Gegen das Tag und Nacht piepsende, blinkende High-Tech Seoul war Paris ein verschlafenes Vorstädtchen.

Ich konzentrierte meine Gedanken wieder auf Maél und sein Angebot. Es war verlockend, aber ebenso war es bekanntermaßen gefährlich, mit Männern mitzugehen, die man nicht kannte. Und ich kannte Maél nicht. Er war ein Fremder, dem es aus unerklärlichem Grund nicht egal war, dass ich fror. Was, wenn Maél mich irgendwo in die Katakomben verschleppte, mich knebelte und fesselte und …

Maél schüttelte gespielt tadelnd den Kopf. »Da hat aber jemand eindeutig zu viele Horrorfilme gesehen.«

»Ich lese die Tageszeitung, das reicht schon.«

Ich konnte zusehen, wie sich in Zeitlupe ein Lächeln auf sein Gesicht malte. Sein Blick ruhte auf mir, und es schien, als betrachte er mich mit neu erwachtem Interesse. »Wovor hast du Angst?« Er kam näher, nur ein winziges bisschen, aber nah genug, dass ich den zarten Hauch eines Parfüms auf seiner Haut riechen konnte. »Dass ich dich entführe? Über dich herfalle? Dich mit einem alten Knochen knebele und ausbluten lasse?«

»Du hast eine ziemlich kranke Phantasie«, flüsterte ich.

»Dito, denn sonst wärst du doch schon längst mitgekommen.«

Ich seufzte.

»Also. Wovor hast du Angst?«

»Vor meinen Eltern.«

Maél sah mich ungläubig an, wich einen Schritt zurück und richtete sich zu voller Größe auf. »Was?« Das prustend hervorgestoßene Wort klang so laut in dem niedrigen Raum, dass einige Köpfe sich neugierig zu uns drehten.

Jemand machte »Pscht!«, worauf Maél den Mann so lange anstarrte, bis dieser wegsah. Ich konnte Maéls Temperament fast körperlich fühlen. Wie Lava, die unter einer Oberfläche brodelte und auf einen winzigen Riss wartete, um emporzubrechen. Als er sich jedoch zurück zu mir drehte, war er wieder die Ruhe selbst, so als habe er lediglich einen Schalter umgelegt. Fasziniert starrte ich ihn an.

Er zog die Augenbrauen hoch. »Alles okay?«

»Der Mann wollte doch nur, dass wir leise sind. Vermutlich ist er ein Lehrer. Die machen so etwas aus Gewohnheit.«

Maél schnaubte. »Er hat sich in etwas eingemischt, das ihn nichts angeht. Noch ein Wort mehr, und ich hätte ihn frikassiert.«

»Frikassiert?«, echote ich. »Hat das was mit Hühnerfrikassee zu tun?« So oder so machte er hoffentlich nur Scherze.

Maél überging meine Frage. »Deine Eltern, müssen wir sie jetzt anrufen und um Erlaubnis fragen?«

Ich zog ein Gesicht. »Du hast wohl keine Eltern, die sich dafür interessieren, wann du nach Hause kommst?«

Maéls Gesichtsausdruck veränderte sich für den Bruchteil einer Sekunde. Für einen kurzen Moment brach da etwas durch, das mich verwirrt zurückließ. Traurigkeit? Ratlosigkeit? Wut? Dann war der Moment vorbei, und Maél hatte sich wieder im Griff. »Ich will dich nicht überreden, Livia.«

Es war das erste Mal, dass er meinen Namen sagte, und die Art, wie er ihn aussprach, war das Schönste, was ich an diesem Tag gehört hatte. Bei ihm klang das L weich und verführerisch, und er zog die letzten beiden Vokale zusammen, sodass sie wie ein neuer, exotischer Buchstabe klangen. Plötzlich fragte ich mich, ob Französisch wirklich seine Muttersprache war.

Ich wand mich innerlich. Ja oder nein? Maél oder das Lob meiner Eltern? Seine Telefonnummer oder das gute Gewissen, eine vorbildliche Tochter zu sein?

»Ich kann aber höchstens eine halbe Stunde bleiben.« Komischerweise war ich mir sicher, dass er wusste, ich würde mit ihm gehen, noch bevor ich zusagte.

»Ich werde das mal eben klären.« Mit diesen Worten ließ Maél mich stehen, ging zu Gérard herüber und unterbrach dessen Vortrag. Ich hörte »Übelkeit« und »nach draußen gehen«, während Maél mit der Hand kurz in meine Richtung deutete. Gérard nickte und bot an, uns kurz den Weg zu zeigen. Doch Maél winkte ab. Einige der anderen Besucher warfen mir mitfühlende Blicke zu, als mich Maél an ihnen vorbeiführte. Ich hingegen nahm nur das Kribbeln wahr, das sich in meinem Körper ausbreitete, seit er meinen Arm scheinbar fürsorglich unter seinen gehakt hatte.

Maél führte mich aus der dritten Galerie und den engen, langen Gang hinauf zu Galerie Nummer zwei. Ich hatte vor lauter Nervosität noch keinen Ton herausgebracht. Maél war umwerfend, aber hatte ich wirklich die richtige Entscheidung getroffen? Was, wenn er gelogen hatte? Wenn Maél gar nicht sein richtiger Name war? Wenn er …

Maél blieb abrupt stehen und drehte sich zu mir.

»Du hast immer noch Angst.«

Ich schüttelte schnell den Kopf. Konnte er meine Gedanken lesen, oder was?

Er zog ein leicht zerfleddertes Portemonnaie aus einer der hinteren Taschen seiner Jeans. Dann hielt er mir seinen Ausweis unter die Nase.

»Das bin ich.«

»Das ist doch nicht nötig«, stammelte ich, überflog das Dokument aber trotzdem kurz. Maél Anjou, 17 Jahre alt, wohnhaft in der Rue Dampierre, Paris.

»Doch, ist es.« Maél sah mich ernst an. »Mach ein Foto davon.«

»Nein …«

»Doch.« Seine Stimme verriet, dass er andernfalls keinen Schritt weitergehen würde. Ich zückte mein Handy und fotografierte seinen Perso.

»Drüben am Übergang zur ersten Galerie hat man schon wieder Empfang. Schick das Foto an wen auch immer du willst. Dann bist du auf der sicheren Seite.«

Zuerst dachte ich, er wäre vielleicht sauer, aber dann lächelte er mich an. »In einem Horrorfilm würdest du jetzt übrigens in einer dunklen Ecke ein Messer ziehen und mich abstechen. Denn es weiß ja jeder, dass immer die mit den unschuldigsten Gesichtern die Schlimmsten sind.«

Ich lachte. »Das denkst du also von mir?«

Er zuckte mit den Schultern und steckte seinen Ausweis weg. »Das wäre es mir wert.«

»Du bist verrückt.« Meine Wangen brannten vor Verlegenheit.

»Ha.« Er machte einen Schritt voraus. »Warte erst, bis du mich besser kennenlernst.« Dann drehte er sich zu mir um. »Und jetzt pack deine Messer zusammen und folge mir.«

Kopfschüttelnd holte ich auf. »Wohin gehen wir?«

Maél seufzte. »Du bist wie ein kleines Kind. Wohin gehen wir? Wann sind wir da? Wann gehen wir wieder zurück?«

Ich musste ihm erst einen Seitenblick zuwerfen, um zu erkennen, dass er sich lustig machte. Aber ich ignorierte es einfach. »Wieso frierst du eigentlich nicht?«

»Superhelden frieren nicht.« Er wackelte mit den Augenbrauen.

»Schon klar, Batman.« Ich sah ihn erneut an. Ich konnte einfach nicht anders. So als habe die Natur ihn darauf programmiert, unwiderstehlich zu sein. Dabei übersah ich allerdings eine Unebenheit im Boden und stolperte. Ich konnte es nicht verhindern, dass ich Maél anrempelte.

»Und du schubst also gerne kleine harmlose Jungs herum, ja?« Er rieb sich theatralisch den Oberarm.

Ich unterdrückte ein Glucksen. Maél war alles, aber das nun wirklich nicht. Ich murmelte eine Entschuldigung.

Sein schiefes Grinsen verriet mir, dass er mich schon wieder aufzog.

»Wir müssen da durch.« Er deutete mit dem Kopf auf einen schmalen Gang, vor dem ein gelbes Betreten-verboten-Schild an einer Kette baumelte.

Ich sah erschrocken zu ihm hoch. »Aber das ist nicht erlaubt.« *Warum flüsterte ich automatisch?*

Maél beugte sich nah zu meinem linken Ohr. »Ich weiß«, flüsterte er zurück.

Erschrocken wich ich ein Stückchen von ihm weg und verschränkte die Arme vor der Brust, was dank der überlangen Ärmel gar nicht so einfach war. Maél beobachtete das Schauspiel mit einer Spur stummer Verzweiflung im Blick.

»Wo ist diese Ausstellung?«

»In den Katakomben.«

»Warum nehmen wir dann nicht einen der offiziellen Gänge?«

»Weil die Ausstellung nicht in einem öffentlichen Teil der Katakomben stattfindet.«

Ich holte scharf Luft. Ich hatte davon gelesen. Von den illegalen Veranstaltungen, die in den nicht gesicherten Bereichen der Katakomben stattfanden. Von dem Hype, der davon ausging, und den vielen hippen Besuchern, die Fotos davon auf Instagram hochluden. Von den legendären Partys, den Razzien und der Polizeieinheit, die extra zur Bekämpfung der illegalen Aktivitäten gebildet worden war. Die »Cataphiles«, die »Katakombenfreunde«, wie sie sich nannten, legten sich regelmäßig mit der Polizei und den Museumsbehörden an. Sie hatten sich hier tief unter der Erde ihr eigenes, gesetzloses Reich geschaffen und scherten sich nicht um Brandschutzverordnungen und die Sicherheit ihrer eigenen Leben. Im Netz wurden sie verehrt und gefeiert. Die Presse nannte sie »leichtsinnig und lebensmüde«, die Behörden »Unruhestifter, die das Gesetz missachteten«.

Maél beobachtete mich und schien meine Reaktion abschätzen zu wollen.

»Du bist ein Cataphile«, sagte ich tonlos.

»Läufst du schreiend davon, wenn ich jetzt nicke?«

Ich schüttelte wortlos den Kopf, doch mein Herz schlug so heftig, dass es sogar Maél hören müsste. Auch er wirkte angespannt. Eine Ader an seinem Hals pochte in einem wilden Stakkato. Wieder verringerte er den Abstand zwischen uns. Wie automatisch wandte ich mich ihm zu. Meine verschränkten Arme lösten sich und fielen fast kraftlos wieder an meine Seiten.

»Ich kenne die Katakomben wie meine Westentasche.« Er hob die rechte Hand, als wolle er mir in einer beruhigenden Geste über den Arm streichen. Doch dann ließ er sie wieder sinken. »Ich verspreche dir, dass dir nichts passieren wird. Jeder von uns weiß, welche Gänge sicher sind und welche nicht. Ich war das erste Mal mit 13 Jahren hier unten. Seit über vier Jahren bewege ich mich jede Woche in diesem Labyrinth. Es ist wie mein zweites Zuhause.«

Mom und Dad würden ausrasten, würden sie es je erfahren. Doch ich wollte jetzt nicht an sie denken. Ich konnte jetzt nicht daran denken. Alles, was ich fühlte, waren die Schmetterlinge, die tanzend in meinem Bauch aufstiegen, sobald Maél einen gewissen Abstand zwischen uns überwand.

»Zu der Ausstellung, zu der wir wollen, kommen auch Gäste, die keine Cataphiles sind. Niemand würde dafür einen Ort auswählen, an dem es nicht absolut unbedenklich ist. Das hier ist Stein, Livia, dafür gemacht, den Jahrhunderten zu trotzen.«

Ich nickte, sah ihn aber nicht an.

»War das ein Ja?«, fragte er leise.

Ich hob den Kopf. »Ja.«

Maéls Lächeln war so strahlend, dass es vermutlich gereicht hätte, um sämtliche geheime und nicht geheime Gänge der Katakomben zu erhellen.

»Dann komm.« Er ging zu dem Gang hinüber und sprang leichtfüßig über die Absperrung. Von der anderen Seite aus streckte er mir galant die Hand entgegen. »Darf ich bitten?«

Ich folgte ihm und schob dabei die langen Ärmel der Strickjacke nach oben. Vor der Kette raffte ich meinen Rock und ließ dann meine Finger in seine gleiten. Die Kette der Absperrung klirrte leise, als ich sie mit meinem Fuß streifte. Wir standen so nah voreinander, dass unsere Körper sich fast berührten. Die Schmetterlinge in meinem Bauch wirbelten wie in einem Hurrikan durcheinander.

»Das war doch gar nicht schwer«, flüsterte er. Er ließ meine Hand nicht los. »Fühlst du dich schon anders?« Die matte Dunkelheit ließ seine Züge wie mit Tusche skizziert scheinen. Sein Haar war so tiefschwarz, dass es mit den Schatten verschmolz. Wieder einmal wirkte er, als würde er genau hierhergehören. In die Schwärze, die Schatten, die Dunkelheit.

»Anders?«, flüsterte ich.

»Wilder, gesetzloser und am Rande der Legalität?«

Ich hätte ihm sagen können, wie ich mich gerade fühlte, aber das hatte wenig mit dem Besuch der illegalen Ausstellung zu tun.

Langsam, fast zögerlich, ließ Maél meine Hand los. Dann holte er eine Taschenlampe aus seiner Umhängetasche. »Wir haben nicht sehr viel Zeit. Von deiner halben Stunde wird nicht mehr allzu viel übrig sein. Pass auf, wo du hintrittst, und geh dicht hinter mir. Ich kann meine Taschenlampe erst anmachen, wenn wir ein Stück von der Galerie weg sind, damit wir keinen Lichtschein produzieren. Sicher ist sicher.«

»Verstanden.«

»Okay.« Maél ging voraus.

Ich folgte ihm in die Dunkelheit. »Maél?«

»Ja?«

»Wie genau habe ich mir das vorzustellen, wenn du jemanden ›frikassierst‹?«

»Das erkläre ich dir, wenn wir da sind, kleines Hühnchen.«

In diesem Moment zweifelte ich erneut, ob es eine gute Idee war, einem völlig Fremden in die Unterwelt von Paris zu folgen.

Kapitel 2

Rebellisch für Anfänger

Maél knipste die Taschenlampe an.

Endlich! Nur noch wenige Meter, und ich hätte mir vermutlich den Hals gebrochen. Zweimal war ich bereits mit der Spitze meiner Ballerinas gegen einen Stein getreten und fast gestolpert. Die Dunkelheit hatte mich eingehüllt, als sei ich in ein schwarzes Meer eingetaucht. Ein schwarzes, schrecklich stilles Meer. Dieses absolute Fehlen von Umgebungsgeräuschen versetzte mich in einen Zustand konstanter Alarmbereitschaft. So als würde mir mein Verstand instinktiv mitteilen, dass hier etwas nicht stimmte. Mittlerweile war ich mir sicher, dass mir ein wenig Lärm sehr viel lieber war als diese allumfassende, unnatürliche Stille. Maél vor mir verursachte zwar Geräusche, und ich machte etwa doppelt so viel Krach wie er, aber es fühlte sich falsch an, die einzige Geräuschquelle zu sein. Hinzu kam, dass man in dieser Dunkelheit einen gestörten Gleichgewichtssinn zu haben schien. Jeder Schritt wurde zum Wagnis, jeder Meter ließ scheinbar nur noch weitere endlose Meter folgen.

Jetzt, da der Schein von Maéls Taschenlampe den roh behauenen Stein erhellte, fühlte ich mich sofort besser. Das wenige Licht hatte offensichtlich eine beruhigende Wirkung auf mich. Ich blühte in dem dünnen Lichthauch auf wie eine

Pflanze, wenn die Morgensonne endlich durch die Wolkendecke bricht. Ich seufzte so erleichtert auf, dass Maél sich im Gehen kurz zu mir umdrehte. »Hast du Angst im Dunkeln?« Er klang belustigt.

»Nein!« In der Dunkelheit meines Schlafzimmers hatte ich keine Angst. In der pechschwarzen Dunkelheit eines Kalksandsteinstollens, zwanzig Meter unter der Erde, war es wiederum durchaus okay, sich ein wenig mulmig zu fühlen. Das war zumindest meine Meinung.

»Bist du dir sicher?«

Ich ignorierte seinen amüsierten Tonfall. »Wie kommt man zu den Cataphiles? Gibt es ein Aufnahmeritual? Muss man ewige Treue und Verschwiegenheit auf einen Totenschädel schwören?« Zu der düsteren Umgebung würden diese Geheimbundzeremonien jedenfalls hervorragend passen. Die Luft war kalt und schien von einer seltsamen Konsistenz. Ich atmete tief ein. Es fühlte sich an, als würde ein Schwall kühles Wasser in meine Lunge strömen. Besonders unheimlich fand ich den Umstand, dass ich den Stein riechen konnte. Er schien einen fast metallischen Geruch zu verströmen, den ich sogar auf meiner Zunge zu schmecken meinte.

»Wir sind keine Sekte.« Maél klang ein wenig so, als habe ich seine Ehre beleidigt. »Und mit Schädeln haben wir auch nichts am Hut.«

»Aber es gibt hier unten doch haufenweise Schädel. Warum sollte man sonst hierherkommen?«

»Aus diesem Grund kommen vielleicht die Touristen her.«

Im nächsten Moment prallte ich gegen seinen Rücken. Ich gab einen überraschten Laut von mir. Schnell suchte ich Halt an der Wand zu meiner Rechten. Warum war er stehen geblieben? Seine Sohlen knirschten auf dem rauen Boden, als er zu mir herumschwang.

»Willst du sie sehen?«

Selbst im Dämmerlicht der Taschenlampe konnte ich erkennen, wie seine Augen leuchteten.

»Ich zeige dir mein Lieblings-Ossarium, wenn du willst. Die einzelnen Skelettknochen sind dort besonders kunstvoll arrangiert.«

Einen Moment lang betrachtete ich ihn nachdenklich in der schemenhaften Dunkelheit. Er war also nicht wegen der Schädel hier, bekam aber bei dem Gedanken an einen ganzen Haufen davon so glänzende Augen wie ein Kind am Weihnachtsabend. Das Wort »Widerspruch« erlangte hier eine ganz neue Dimension.

»Was sagst du? Eigentlich sollte ich schon bei meinen Leuten aufgetaucht sein. Aber für dich würde ich einen kleinen Umweg machen.«

Maél war definitiv keiner von der geduldigen Sorte. Es fehlte nur noch, dass er auf den Hacken wippte. Ich rekapitulierte kurz. Ich wollte die Ossarien gerne sehen. Es war einer der Gründe, warum ich mich zu einem Besuch der Katakomben entschlossen hatte. Niemals hätte ich mich wegen »Faszination Kalkstein« zum Place Denfert-Rocherau begeben. Nun bekam ich die Chance auf eine Einzelführung durch die Katakomben, auf die ich mich so gefreut hatte. Vermutlich fachlich nicht so kompetent und detailreich, dafür aber definitiv mit mehr Kribbeln im Bauch.

»Lieber nicht?« Maél sah mir forschend ins Gesicht. »Okay, dann lass uns weitergehen. Ich hätte schon vor einer halben Stunde da sein sollen.«

»Aber …«, setzte ich an. Dann brach ich ab.

»Ja?« Er lächelte schief.

Ich fühlte mich plötzlich wie ein Insekt, das sich in dem magisch schillernden Netz einer Spinne verfangen hatte. »Ich will.« Wie klang das denn jetzt bitte? »Ähm ... Ich meine, ja, ich will.« Du liebe Zeit. Das machte es nicht besser. »Ich würde mir gern das Ossarium mit dir ansehen.«

»Bist du dir sicher? Es erwarten dich jede Menge Schädel und Knochen.«

Ich nickte, obwohl mir schon ein wenig mulmig war. Doch in das leichte Unwohlsein mischte sich nun eine große Portion Vorfreude. Ich würde endlich einen der Orte sehen, die so viel Geschichte repräsentierten. Ich war fasziniert von dieser Welt hier unten. Und je mehr Zeit ich hier verbrachte, desto größer wurde meine Sehnsucht, immer mehr davon kennenzulernen.

»Da bist du dir wirklich ganz sicher?« Er zog mich schon wieder auf.

»Klar. Jeder in unserem Alter sollte ein Lieblings-Ossarium haben.«

Maél unterdrückte ein Grinsen, das sah ich genau. Stattdessen kniff er die Augen zu Schlitzen zusammen und legte interessiert den Kopf schief. »Schließt man die Möglichkeit aus, dass du dich gerade über mich lustig machst, wäre das die richtige Einstellung.«

Ich legte gespielt eine Hand auf mein Herz. »DAS würde ich niemals machen.«

»Du bist ganz schön vorlaut für jemanden, der sich in einem 300 Kilometer weit verzweigten Stollennetz befindet ...« Er beugte sich nah zu mir. »... und das ohne jede Orientierung.«

Er wollte mich aus dem Konzept bringen. Nein, falsch. Er

brachte mich aus dem Konzept. Definitiv. Seine Nähe gepaart mit den provokanten Worten machte mich gewaltig nervös. Ich war eigentlich nicht »Miss Schlagfertig«, aber in diesem Moment hatte ich eine Idee, wie ich parieren konnte. Ich sah mit großen Augen zu ihm hoch. Dann umfasste ich eine der zierlichen Ketten, die um meinen Hals hing, als suchte ich dort nach Halt. »Aber …« Ich setzte zum ersten Mal den Augenaufschlag ein, den ich so lange vor dem Spiegel geübt hatte. »Aber ich habe doch dich«, wisperte ich. Dann wiederholte ich den Augenaufschlag.

Maél schluckte deutlich hörbar. Sein Blick heftete sich auf meinen Mund, glitt dann hinab zu den Fingern, die sich immer noch an die Kette klammerten, und dann zurück zu meinen Lippen. Die Stille zwischen uns war fast greifbar. Maéls Atmung schien sich beschleunigt zu haben. Sein Brustkorb hob und senkte sich in einem schnellen Takt, fast so, als sei er gerannt.

Ich hatte nicht geglaubt, dass diese sogenannten Waffen der Frau wirklich irgendjemanden aus dem Konzept bringen würden, schon gar nicht, wenn ich sie zückte. Ich hatte damit gerechnet, dass er lachen und mich weiter aufziehen würde. Doch dafür war der Moment nun zu lange her. Gerade eben war es noch ein Spaß gewesen, jetzt hatte sich die Stimmung zwischen uns merklich verändert. Ich fühlte mich wie ein Teil eines Kraftfeldes, mit Maél als meinem Gegenstück. Als er den Blick von meinem Mund löste und mir direkt in die Augen sah, stoben zwischen uns knisternde Funken in die Dunkelheit. Auch Maél schien es zu spüren, denn er holte scharf Luft. »Ich …« Er brach ab. Wieder glitt sein Blick zu meinem Mund. Energisch machte er einen halben Schritt weg von mir. So als müsse er der Energie, dem Knistern entkommen, um wieder einen klaren Gedanken fassen zu können.

Nur einen Atemzug später hatte er sich wieder gefangen und grinste mich provokant an. »Ich sage es gerne noch mal. Ich an deiner Stelle wäre lieber nicht so frech.« Er zupfte am leeren Bündchen einer meiner Ärmel. Meine Fingerspitzen reichten unter dem Stoff gerade mal bis zur Mitte der Unterarme. »Und jetzt komm. Wir wollen doch nicht, dass Mami und Papi sich Sorgen machen um ihr kleines, braves Mädchen.«

Er drehte sich um und zog mich hinter sich her. Gut, eigentlich zog er die Jacke hinter sich her. Denn dank ihrer Übergröße sah es tatsächlich so als, als trüge nicht ich sie, sondern sie mich.

Wir waren nur wenige Meter in dem Tunnel vorangekommen, als Maél langsamer wurde. In der Wand zu unserer Linken war eine Abzweigung aufgetaucht. Der Gang schien noch schmaler und niedriger zu sein. Ich warf einen skeptischen Blick auf den Eingang. Maél sah sich kurz zu mir um. Er schien sich versichern zu wollen, dass ich nicht doch noch einen Rückzieher machte.

»Die Katakombengruppe sollte diesen Raum bereits passiert haben. Aber sei zur Sicherheit trotzdem so leise wie möglich. Ein paar Meter vor dem Ausgang mache ich die Taschenlampe aus. Pass auf, wo du hintrittst.«

»Okay.« Ich heftete meinen Blick auf den Boden. Es lief auch richtig gut, doch da knipste Maél die Taschenlampe aus. Ich stieß prompt mit meinem großen Zeh vor einen Stein. Ich unterdrückte einen Schmerzenslaut. Falls ich die Katakomben noch einmal betreten sollte, dann nur in Trekkingschuhen oder Doc Martens mit Stahlkappen. Mein Geräusch war zwar leise gewesen, aber trotzdem machte ich mir Sorgen. Hoffentlich hatte ich uns nicht gerade auffliegen lassen!

Da aber keine Stimmen zu hören waren, beruhigte ich mich wieder. Die Besuchergruppe schien diesen Raum tatsächlich bereits verlassen zu haben. Das Geschrei, wenn wir plötzlich wie zwei Geister aus einem der verbotenen Gänge aufgetaucht wären, wollte ich mir lieber nicht vorstellen.

»Wir sind da.«

»Warum ist es so dunkel?«, wisperte ich hinter ihm. »Man sieht ja gar nichts.«

»Aus Kostengründen.« Maél knipste die Taschenlampe wieder an. »Die Räume sind mit Lichtschaltern ausgestattet. Wenn eine Gruppe den Raum verlässt, macht derjenige, der die Führung leitet, das Licht aus. Ich kann es aber nicht anmachen. Sie haben oben ein Mischpult, das anzeigt, wo Licht brennt. Jemand würde kommen, um nachzusehen, da die Führung schon durch ist.«

Ich war zu abgelenkt, um zu antworten. Der Anblick des Ossariums war grotesk und faszinierend zugleich. Um zu verhindern, dass mir staunend der Mund offenstand, lenkte ich mich damit ab, dass ich beide Ärmel der Strickjacke sorgfältig aufkrempelte. So hatte ich zumindest eine Unfallgefahr fürs Erste gebannt, das Staunen konnte ich dennoch nicht ganz abstellen.

Direkt auf den Steinboden waren Hunderte Knochen gegen eine Mauer gestapelt. Sortiert nach Größe, begannen sie mit den langen kräftigen Knochen der Oberschenkel und endeten mit den dünnen Knochen der Unterarme. Ganz oben lagen die Schädel drapiert. Die schwarzen Höhlen schienen einen direkt anzusehen. Die glatten bleichen Schädelkalotten, die vom Lichtkegel der Taschenlampe angestrahlt wurden, gaben dem Ganzen eine fast gespenstische Atmosphäre. Ich ging hinter Maél her bis zur Mitte des Raumes, um die geschickt gestapelten Knochen als Gesamtkunstwerk betrachten zu können. Die rohen Spuren des Tagebaus waren hier an den Wänden besonders deutlich zu sehen. Zusammen mit den vielen Knochen und Schädeln verliehen sie dem Raum ein apokalyptisch anmutendes Endzeit-Flair. Sogar die Luft hatte sich erneut verändert. Sie war immer noch kalt, doch es schwang ein eigentümlicher Geruch darin mit. Samtig und scharf zugleich, wie eine Prise fein gemahlener Pfeffer. Ich bekam eine Gänsehaut bei der Vorstellung, dass es die Knochen sein könnten, die diesen Geruch verströmten.

»Schau mal.« Maél wies auf eine Inschrift über dem Türbogen hinter uns.

Haltet ein, hier beginnt das Reich des Todes, war dort in eleganter Schrift in den Stein gemeißelt worden.

»Wie unheimlich«, flüsterte ich. »Das ist ja fast eine Drohung.«

»Es ist eine Bitte.« Maél hatte den Blick immer noch auf den Schriftzug gerichtet. »Eine Bitte um Respekt.«

Ich drehte fragend den Kopf zu ihm. Als habe er es gespürt, sah auch er zu mir. »*Haltet ein* bedeutet nicht: stopp, nicht weiter. Es heißt, geht in euch, seid respektvoll …« Er warf einen kurzen Blick auf die Knochen und sah dann zurück zu mir. »… memento mori.«

Ich hatte Latein in der Schule, deshalb wusste ich, was die Worte bedeuteten. »Denkt an eure eigene Sterblichkeit.«

Maél nickte. »Wenn ich die Fotos sehe, auf denen Touristen so albern vor den Knochen posieren, könnte ich ausrasten.«

Obwohl das ein ernstes Thema und ich absolut seiner Meinung war, musste ich lächeln. »Möchtest du die dann auch frikassieren?«

Maél verschränkte die Arme vor der Brust »Kein Wunder, dass deine Eltern dich an so einer kurzen Leine halten, so frech wie du bist. Du solltest dich nicht beschweren. Es dient vermutlich einzig und allein zu deinem Schutz.«

Ich wollte etwas ebenso Schlagfertiges erwidern. Nur leider fiel mir, wie so oft, nichts ein. »Du …«

»Ja?« Schon wieder so ein provozierender Blick.

»Du bist so …« Ich zog vor Anstrengung die Stirn kraus. Wieso fiel mir jetzt nichts ein?

»So cool? So attraktiv? So intelligent?«, schlug Maél vor. »Es besteht auch die Möglichkeit, mehrere Eigenschaften zu kombinieren.«

Ich hätte mir gerne vor Verzweiflung die Haare gerauft, beließ es aber bei dem Gedanken daran. »Du bist unmöglich. Das ist das Einzige, was du bist.«

»Unmöglich cool? Unmöglich attraktiv …«

Ich brachte ihn mit einem Blick zum Schweigen. Immerhin.

Er lachte dunkel. »Ist das dein Todesblick?«

»Er erfüllt seinen Zweck.«

Maél betrachtete mich eindringlich, und es schien ihm nichts auszumachen, dass sein Blick nicht gerade unauffällig war. Dann biss er sich auf die Unterlippe. Ein kaum sichtbares Lächeln kräuselte seine Mundwinkel.

Ich verbot mir hinzusehen, obwohl meine Augen wie von selbst immer wieder darauf zusteuerten. Irgendetwas an ihm war auf geradezu unverschämte Art und Weise aufreizend. Und ich war absolut machtlos dagegen. Zur Ablenkung sah ich auf meine Uhr. »Ich habe nur noch eine Viertelstunde.«

»Echt? Wo ist nur die Zeit geblieben?« Maél wandte den Blick ab und zog sein Handy hervor. Da er um beide Handgelenke die breiten silberfarbenen Armspangen trug, blieb kein Platz für eine Uhr. Es waren ungewöhnliche Schmuckstücke. Ihre Muster schienen eine Symbiose verschiedener antiker Kulturen zu sein. Sie waren massiv gearbeitet. An der linken konnte ich nicht mal erkennen, ob sie einen Verschluss besaß. Im Gegenteil. Sie sah aus, als sei sie direkt um sein Handgelenk geschmiedet worden. Ich kannte keinen Jungen in seinem Alter, der solchen Schmuck trug. Und je länger ich sie betrachtete, desto weniger machten sie auf mich den Eindruck, dass ihre Aufgabe rein zierender Natur war. Sie sahen eher aus wie Waffen. Wie Schlagringe, die man eben nicht über den Fingern, sondern um die Handgelenke trug. Etwas unbehaglich wandte ich den Blick ab. Meine Phantasie ging mal wieder mit mir durch. Vermutlich waren die Dinger aus irgendeinem federleichten Material, das nur aussah wie massives Silber. Vielleicht waren sie das Überbleibsel eines Besuchs auf einem Hippiemarkt. Oder er hatte sie aus irgendeiner Touristenhochburg am Mittelmeer mitgebracht. Ganz sicher waren sie nicht so antik wie sie aussahen.

»Sollen wir?« Maél leuchtete mit der Taschenlampe zurück in den Gang.

»Ja.« Ich betrachtete ein letztes Mal die vielen Knochen. Die leeren Augen der Schädel schienen einen aus jedem beliebigen Winkel anzustarren. Ich unterdrückte ein Schaudern.

»Jede Wette, dass du im Bad morgens genauso trödelst.« Maél stand schon im Gang. Die Taschenlampe hielt er so, dass ihr Lichtkegel meine Ballerinas in ein warmes Licht tauchte. »Komm zu dem düsteren Fremden, damit er dich zurück in die Finsternis entführen kann.«

»Du bist so …«

»Ich weiß. Intelligent, gut aussehend, he!« Er duckte sich, als ein Minitütchen Gummibärchen in seine Richtung flog. »Ich wäre ohnmächtig zusammengebrochen, wenn mich das getroffen hätte. Zum Glück wirfst du wie ein Mädchen.«

»Tss.« Ich ging auf ihn zu. »Ich habe meine Gummibärchen für dich geopfert.«

Maél bückte sich. Als er wieder hochkam, reichte er mir das kleine Plastiktütchen zurück. »Hier. Falls du noch Munition brauchst.« Er drehte sich um und ging voraus.

Ich ließ die Süßigkeiten zurück in meine Umhängetasche fallen. »Ist es noch weit bis zu der Ausstellung?«

»Nein, falls du auf dem Weg dorthin nicht noch Hunger oder Durst bekommst oder aufs Klo musst …«

»Haha …«

»Du willst mir schon wieder etwas an den Kopf werfen, richtig?« Er schien nicht besonders beunruhigt. Er drehte sich nicht mal zu mir um.

»Könnte sein.« Dass ich allerdings viel zu beschäftigt damit war, hinter ihm den Anschluss nicht zu verlieren, erwähnte ich nicht.

Schon wenige Meter später ging es um eine leichte Kurve. Lichtpunkte auf dem Boden verrieten, dass wir uns dem Ort des Geschehens näherten. Der Gang öffnete sich in einen Raum. Er ähnelte dem Ossarium, nur dass ich hier keine Knochen ausmachen konnte. Er schien etwas höher zu sein und war ungefähr doppelt so groß. Etwa in der Mitte stützte eine massive Säule die Decke. Sie verschmolz nahtlos mit der Decke und dem Boden. Ich reckte den Kopf, um genauer hinzusehen. Es sah aus, als sei der Stein in seiner flüssigen Form wie aus einem Wasserhahn aus der Decke gestürzt und in einer

Säule erstarrt. Obwohl der Stein massiv wirkte, hatte er etwas seltsam Lebendiges an sich. So wurde ich meine Gänsehaut heute nicht mehr los. Als Lichtquellen wurden drei Strahler benutzt, die ich aus Fotoateliers kannte. Ihr Schein malte scharfkantige Schatten an die Wände.

Um die Säule herum lagen Stellagen auf Plastikfolien, die vermutlich noch aufgebaut werden sollten. An den Wänden lehnten großformatige, gerahmte Fotos. Überall wurde fleißig gearbeitet. Der Männeranteil überwog eindeutig, aber ich machte auch ein paar weibliche Cataphiles aus. Sie waren eher sportlich gekleidet, in Jeans und schlichten Shirts. In meinem Kleid sah man mir vermutlich sofort an, dass ich nicht hierhergehörte.

Die Fotos in den glänzenden Rahmen und die schneeweißen Trennwände wollten so überhaupt nicht in diese staubige Umgebung passen. Der Raum sah einfach nur aus, als hätte eine Bombe einen Krater in den Stein gesprengt. Keine Wand war gerade, der Boden uneben, und dort, wo das Licht der Strahler nicht mehr hinreichte, verteidigte diese gespenstisch dickflüssige Dunkelheit ihr Terrain. Maél stupste mich leicht an und ging dann voraus. Gerade drehte jemand »Monsters« von Ruelle lauter. Mir war schleierhaft, wie man in einem illegalen Steinbruch tief unter der Erde an Strom kam. Eigentlich wollte ich es auch gar nicht wissen.

Maél begrüßte vier Typen, die deutlich älter waren als er. Sie gingen eher auf die Uni als zur Schule. Sie klatschten ihn ab, einer haute ihm mit einem »Was geht, Alter« donnernd auf die Schulter. Sie alle waren ähnlich gekleidet wie Maél. Röhrenjeans, taillierte Shirts, die absichtlich aussahen, wie zweihundertmal zu oft gewaschen, und Sommerschuhe aus Stoff. Ob sie auch Cataphiles waren? Maél stellte sie mir kurz als seine Brüder Raphael, Clément, Arthur und Maxime vor, entschuldigte uns dann aber mit dem Argument, dass ich nur kurz vorbeischauen wollte.

»Wir müssen Zeit für den Rückweg einplanen«, sagte er, während er mich zu einer bereits aufgestellten Trennwand führte. Das Foto, das uns am nächsten hing, zeigte eine Hauswand, auf der ein buntes Graffiti prangte. Es war so kunstvoll und dreidimensional gemalt, dass es aussah, als würde die riesige Schildkröte direkt aus einem goldenen Abwasserrohr auf die Straße tauchen.

Bei diesem Stichwort fiel mir etwas ein. »Meine Mom schickt mir unseren Fahrer. Er wartet an der Rue Rémy Dumoncel. Ich hatte ja ursprünglich geplant, die Katakombenführung mitzumachen.«

»Ich habt einen Fahrer? Wer bist du?« Er schüttelte den Kopf. »Gut. Dann müssen wir einen Kaninchenbau nehmen, der in der Nähe liegt.«

Kaninchenbau? »Ich hoffe, das weiße Kaninchen hat nichts dagegen.«

Maél blieb vor der ersten Fotografie stehen. Er grinste mich an. »Dein Kleid sieht ein bisschen aus wie aus ›Alice im Wunderland‹. Von daher passt das doch perfekt.« Er sah meinen Blick. »Kaninchenbau ist nur ein Spitzname. Es ist ein Ausgang, der schon vor Jahrhunderten von Arbeitern der Steinbrüche illegal erschaffen worden ist. Man findet viele solcher Abkürzungen zur Oberfläche. Wer hat schon immer Lust, den ganzen Weg bis zum offiziellen Eingang zurückzugehen?«

»Und wo kommen wir dann da genau raus?«

»In dem Gebüsch eines Privatgartens. Der Eigentümer weiß von uns. Es stört ihn nicht, solange wir das Gitter immer verschließen.«

Mir war trotzdem mulmig bei dem Gedanken daran. »Okay.«

Maél wollte gerade etwas erwidern, da umarmten ihn von hinten plötzlich silberne Fingernägel. »Hi, Baby.«

Das klang vertraut. Ich runzelte die Stirn. Was kam denn jetzt?

Hinter Maéls breitem Rücken tauchte ein Mädchen auf. Die Sorte Mädchen, gegen die alle anderen in einem Raum verblassten. Die eine, die alles bekommt, was sie will. Die vor allem jeden bekommt, den sie will. Egal, zu wem er gerade gehört.

Ich hatte das einzige weibliche Wesen auf diesem Planeten vor der Nase, das in einer hellgrauen Röhrenjeans dünn aussah. Sie war groß, bestimmt über 1,80 Meter, und sie schien hauptsächlich aus endlos langen Beinen zu bestehen. Ihre taillenlangen naturblonden Haare besaßen jenen erdbeerrosaroten Schimmer, der im Moment so wahnsinnig angesagt war. Maél schien ziemlich unbeeindruckt von Mademoiselle Perfekt. »Alles klar, Maddy?« Er lächelte kurz, ohne genau hinzusehen.

»Alles super.« Maddy schlängelte sich hinter Maéls Rücken hervor und hakte sich bei ihm unter. »Und wer ist das?«

Redete sie gerade über mich, als wäre ich gar nicht da? Maél und ich tauschten einen Blick, da streckte sie mir die freie Hand hin.

»Hi, ich bin Madeleine.«

»Hallo. Ich bin Livia.«

»Was für ein exotischer Name!« Sie strahlte mich an. Mit so perfekten perlweißen Zähnen, als habe sie sie aus einem Zahnpasta-Spot geklaut. Ich war mir nicht sicher, ob »exotisch« ein Kompliment war. Mittlerweile wirkte ihr strahlendes Lachen etwas mechanisch. Ihr matter Lippenstift besaß exakt die Farbe ihrer Lippen. Natürlich.

Sie wandte sich zu Maél. »Warum kommst du so spät?«

»Einige der Fotografien hier sind von Maddy«, erklärte Maél in meine Richtung. »Sie ist sehr talentiert.«

Natürlich.

Ich beschloss, das Wort »natürlich« exklusiv für Madeleine zu reservieren.

»Philippe hat schon gefragt, wo du steckst. Du bist zu spät.«

Wieder schloss sie mich aus, obwohl es offensichtlich war, dass wir zusammen hier waren.

»Wir waren noch unterwegs«, erwiderte Maél liebenswürdig. »Ein bisschen in den Katakomben spazieren.«

Dieses offensichtliche Zugeständnis an meine Existenz brachte mir einen interessierten Blick von Maddy ein. Sie taxierte die viel zu große Strickjacke und dann mein Kleid, das darunter hervorguckte. Zuletzt glitt ihr Blick zu meinen ziemlich ramponierten Ballerinas. Dass diese vor dem Besuch der Katakomben wie neu gewesen waren, würde mir jetzt niemand mehr glauben.

»Du bist nicht von hier, oder?« Sie verzog ihren perfekt geschminkten Mund.

»Seoul«, antwortete ich knapp. Sehr zu meiner Freude weiteten sich Maddys Augen für einen kurzen Moment.

»Cooles Outfit.« Noch mehr Sarkasmus.

Gut, denn ich wurde schlagfertiger, wenn ich sauer war.

»Oh.« Ich tat überrascht. »Ihr habt den Trend ›Oversize Overkill‹ hier noch nicht mitbekommen? In Korea ist das total angesagt. Ich hätte gar nicht gedacht, dass Paris so hinterherhinkt.«

Maél unterdrückte ein Lachen. Maddy hingegen schien ernsthaft nachzudenken. Sie warf einen weiteren prüfenden Blick auf mein Outfit.

Ich beachtete sie gar nicht mehr, obwohl mein Pokerface mich alle Kraft kostete. »Führst du mich noch ein bisschen herum?« Ich sprach nur Maél an. Was sie konnte, konnte ich auch. »Die Zeit rennt Alice davon.«

Normalerweise würde ich mich so etwas nicht trauen. Doch für Maddy wuchs ich über mich hinaus, Insider inklusive. Wenn er jetzt sagte, dass sie seine feste Freundin war, hatte ich mich bis zum Rentenalter blamiert.

Maéls Lächeln war umwerfend. »Man sieht sich, Maddy.«

Mit diesen Worten ließen wir sie stehen. Kaum dass wir außer Hörweite waren, löste meine Coolness sich in Wohlgefallen auf. »Wer war das?«

»Madeleine. Sie hat sich dir doch vorgestellt?«

»Woher kennst du sie?«

»Von den Cataphiles.«

»Sie ist eine von euch?«

»Nein. Sie organisiert ein bisschen mit, wenn wir mal eine Veranstaltung haben. Macht die Fotos. Und so weiter.«

»Wart ihr mal zusammen?« Die Frage platzte förmlich aus mir heraus. Im nächsten Moment biss ich mir auf die Unterlippe. Das hatte ich nicht wirklich gefragt, oder?

Maél hingegen zögerte keine Sekunde. Als ob so eine private Frage überhaupt kein Thema zwischen uns wäre. »Ich war einmal mit ihr einen Kaffee trinken. Es wäre unhöflich gewesen, ihre Einladung abzulehnen, wo wir doch so viel über die Cataphiles miteinander zu tun haben.«

»Sie hat dich gefragt?«

Er nickte. »Ist ja nichts dabei. Warum müssen Männer immer den Anfang machen? Das ist schon ewig her. Sie war relativ neu dabei, und ich kannte sie kaum. Sie geht auf ein Gymnasium am Stadtrand. Es war …« Er wuschelte sich durch die Haare. »Es war okay. Sie ist nett und lieb. Sie organisiert viel, hat gute Ideen.« Er sah mich an, bis ich seinen Blick erwiderte. »Sie ist toll, keine Frage. Aber sie hat nicht das, worauf es ankommt. Jedenfalls nicht für mich.«

»Und was ist das?«, fragte ich leise.

»Das weiß ich, wenn es mir begegnet.« Er lächelte schief. »Jetzt hältst du mich endgültig für einen Spinner, oder?«

Ich schüttelte eindringlich den Kopf. »Nein.« Das war mit Abstand das Romantischste, was ich von einem Jungen meines Alters je gehört hatte. Es war so ernsthaft und dabei doch fast poetisch. Eigentlich, dachte ich, war es die perfekte Umschreibung für die berühmte Liebe auf den ersten Blick. Oder übertrieb ich jetzt?

»Zwischen uns läuft jedenfalls nichts.« Maél drehte sich kurz in ihre Richtung. »Auch wenn das vorhin so aussah. Keine Ahnung, was das sollte.«

Ich hatte da so eine Vermutung.

Sein Handy piepte. Ich ließ die Schultern hängen. »Müssen wir schon wieder los?«

Er stellte den Alarm aus. »Ja, leider. Wir müssen uns ein wenig beeilen. Bis zur Rue Rémy Dumoncel ist es ein etwas längerer Fußmarsch als bis zum Place Denfert-Rocherau.«

»Sind die anderen auch alle über so einen Kaninchenbau hierhergekommen?«

Er grinste. »Klar.«

»Und das ganze Zubehör?«

»Auch.« Er bugsierte mich in Richtung Ausgang. »Ich glaube, du hast eine falsche Vorstellung von einem Kaninchenbau. Das ist keine schmale Rutschpartie in ein dunkles Loch. Es ist ein ganz normal breiter Gang mit Stufen, die zum Ausgang führen. Meistens sind abschließbare Gitter als Bodenplatte darüber angebracht. Damit niemand aus Versehen hineinfällt.«

Er hatte recht. So komfortabel hatte ich mir einen Kaninchenbau tatsächlich nicht vorgestellt.

Maél hob ein paarmal die Hand, um sich bei verschiedenen Leuten aus der Ferne zu verabschieden. Maddy hatte uns den Rücken halb zugedreht und unterhielt sich mit einem Typen, der eine Stirnlampe trug. Sie sah nicht mal zu uns herüber.

»Pass auf, jetzt wird es wieder dunkel.« Maél knipste die Taschenlampe an.

Ich folgte ihm in den Gang. Die Idee mit der Stirnlampe fand ich gar nicht so schlecht. »War der Raum, in dem die Ausstellung stattfindet, mal ein Ossarium?«

»Nein. Dieser Bereich des Stollennetzes wurde nur zum Kalksteinabbau genutzt. Vermutlich war es früher ein Materiallager oder ein Raum, in dem der abgebaute Stein zwischengelagert wurde.«

»Seid ihr denn auch in Bereichen unterwegs, in denen Skelette lagern?«

Er drehte sich im Gehen kurz zu mir um. »Wir sind hier überall unterwegs. Aber falls du denkst, wir benehmen uns wie die Vandalen, beschmieren Wände und lassen unseren Müll herumliegen, dann täuschst du dich. Jedes Jahr werden neue Gänge entdeckt oder freigelegt. Ein Teil von uns arbeitet hin und wieder mit Archäologen von der Uni zusammen. In den letzten Jahren waren die Cataphiles für zwei große Hortfunde verantwortlich. Schmuck, Keramik und Münzen aus dem Mittelalter. Diese Stücke werden jetzt in Museen ausgestellt.«

»Warum ist dann die Stadt so gegen euch? Das klingt doch eher so, als wolltet ihr nur helfen.«

Maél lachte rau. »Wir sind keine wohltätige Gruppe. Wir machen hier unten, was wir wollen. Wir haben einen eigenen Kodex. Dass die Stadt entscheidet, wo ihre Bürger sich auf öffentlichem Boden aufhalten, akzeptieren wir nicht. Es kommt immer mal wieder zu Unfällen mit Verletzten. Kannst du dir denken, warum sie uns nicht mögen?«

»Ich habe gelesen, es gibt eine Spezialeinheit der Polizei extra nur für die Katakomben?«

»Ja, die nerven. Aber die sind so hilflos wie ein Maulwurf über Tage. Man hört sie aus mehreren Kilometern Entfernung, weil die Sohlen ihrer Stiefel so laut sind.«

Jetzt wurde mir klar, warum Maél und seine »Brüder« alle Stoffschuhe mit Bastsohlen trugen. Maél bewegte sich so elegant und lautlos wie eine Katze. Er schien genau zu wissen, wo ein Stein aus dem Boden ragte oder andere Unebenheiten das Gehen erschwerten. Ich hingegen klang wie ein Elefant im Porzellanladen.

»Die Jungs von vorhin … ist einer von ihnen dein richtiger Bruder?«

Schon wieder rammte mein großer Zeh gegen eine aus dem Boden ragende Gesteinsspitze. »Autsch, verdammt.«

»Alles okay?« Er leuchtete kurz zu mir. »Nein, wir sind nicht verwandt. Sie sind nur wie Brüder für mich, weil wir uns so gut kennen und schon viel Zeit miteinander verbracht haben. Clément ist mein bester Freund. Er ist zwei Jahre älter als ich und studiert Philosophie an der Sorbonne.«

Ich versuchte, mich zu erinnern. »Das war der mit den dunkelblonden Locken, richtig?«

»Genau. Wir haben uns an der Louis-Le-Grand kennengelernt. Er hat mich das erste Mal hierher mitgenommen.« Maél blieb abrupt stehen.

Ich legte dicht hinter ihm eine Vollbremsung ein. Meine Nasenspitze kam dem Stoff seines Shirts gefährlich nahe.

»Es geht jetzt ein paar Stufen hinauf, die sehr unregelmäßig hoch sind. Dazwischen gibt es noch einen kleinen Absatz.«

»Hoffentlich reicht das Licht deiner Taschenlampe für zwei.«

»Auf jeden Fall.« Er ging die ersten paar Stufen hoch. Rückwärts!

»Klappt es?« Sein Blick verriet, dass diese Frage keine höfliche Floskel war. Er ging weiter rückwärts die Treppe hinauf, streckte mir aber gleichzeitig die freie Hand hin, sollte ich Halt brauchen.

»Danke.« Ich warf ihm einen kritischen Blick zu. »Hast du Augen am Hinterkopf?«

»Nur eins. Aber es reicht.« Maéls Blick blieb völlig ernst.

Ich musste lachen. »Du bist so unmöglich. Mit dem Gesichtsausdruck glaube ich dir das sogar.«

Er grinste. »Wenn wir uns etwas besser kennen, zeige ich es dir.«

»Unmöglich«, wiederholte ich.

Es schien ihm zu gefallen, wenn ich mich über ihn aufregte. Er tippte mir mit der freien Hand auf die Nasenspitze. »Guck nicht mich an, guck nach unten. Immer schön darauf achten, wo du hintrittst. Es wäre doch schade, wenn du dir deine hübschen Schneidezähne an den Stufen zerbröselst.«

Mich durchlief ein Schauder bei der Vorstellung daran. »Sind wir bald da?«

»Nur noch ein paar Meter.« Er grinste erneut so unverschämt. »Es geht jetzt noch ein Stückchen geradeaus, dann kommen wir zu der Treppe, die hinauf zum Ausgang führt. Bist du zu schwach? Soll ich dich tragen?«

»Haha.« Ich versuchte, möglichst unbeeindruckt zu gucken. »Es geht gerade noch, danke.«

*

Meine Rückkehr in die Welt über Tage war genauso stachelig und gruselig wie ich sie mir vorgestellt hatte. Der Ausgang des Kaninchenbaus im Garten des »Eingeweihten« befand sich zwischen zwei monströs großen Stechginster-Büschen. Ungefähr so stellte ich mir eine ungebremste Bauchlandung in ein Kaktusbeet vor. Maél verhinderte das Schlimmste, weil er mich auffing. Ein plötzliches Brennen auf meiner Wange ließ mich scharf Luft holen.

»Oh.« Maél, der unbeschadet zwischen den Stacheln stand, als bestünde er aus Kryptonit, sah mich mitleidig an. »Da hat der böse Busch dich gekratzt.« Er strich mir mit dem Daumen über die Wunde. »Bald ist es wieder gut.«

Der Schmerz beschäftigte mich so sehr, dass ich dieses Mal nicht vergaß zu atmen, als er mich berührte. Dann fiel mir etwas anderes ein. »Mist«

»So schlimm sieht es nicht aus.« Maél bog elegant ein paar der angriffslustigen Äste zur Seite.

Ich reagierte nicht. Meine Eltern würden ausrasten. Nicht nur, dass ich meine Schuhe ruiniert und unseren Fahrer hatte warten lassen. Meine Wange pochte. Ich konnte es förmlich spüren, wie die Haut um den Kratzer anschwoll.

Könnt ihr mir mal verraten, was ich euch getan habe? Verärgert berührte ich meine Wange. Die Pflanzen wichen zurück. Nur ein wenig, aber weit genug, dass ich es bemerkte. Wieso vergaß ich immer wieder, dass ich neuerdings telepathische Kräfte besaß? Unauffällig schielte ich zu Maél. Er hatte zum Glück nichts mitbekommen, weil er sich zu dem Haus umgedreht hatte. Als er grüßend die Hand hob, reckte ich neugierig den Kopf, doch ich sah niemanden.

»Kommst du?« Maél ging voraus und hielt den frechen Stechginster beiseite.

Ich folgte ihm und konnte nicht verhindern, dass ich ein wenig traurig wurde. Nicht mehr lange, und ich würde in den Wagen steigen. Und dann? Ich kannte Maéls Vor- und Nachnamen. Ich wusste, wo er zur Schule ging. Bestimmt würde ich ihn irgendwo im Internet wiederfinden. Aber würde er das wollen? Würde er mich wiedersehen wollen? Bis jetzt hatte er mich nicht nach meiner Telefonnummer gefragt. Ihm war es gleich, wer wen um ein Date fragte. Das hatte die Geschichte mit Madeleine gezeigt. Trotzdem war ich mir nicht sicher, ob ich den Mut dazu aufbringen würde. Vermutlich eher nicht. Wenn er mich nicht fragte, würde es vermutlich bei diesem einen Abend bleiben. Warum hatte er mich nicht schon gefragt? Warum fragte er mich nicht jetzt? Hier in dem Garten war es noch ungestört. Doch nun da Maél so zielstrebig auf das Gartentörchen zuging, würden wir bald auf dem belebten Gehweg stehen. Ob er mich vielleicht gar nicht fragen wollte?

Die Chance war vorbei, als Maél das Gartentor öffnete und mir höflich den Vortritt ließ. Ich ließ die Schultern hängen.

»Dort drüben ist die Rue Rémy Dumoncel. Wenn wir aus dieser Richtung kommen, sieht es so aus, als kämen wir vom offiziellen Ausgang.« Maél stand schon auf dem Gehweg und deutete nach links. »Wir sind eine Viertelstunde zu spät. Ist das schlimm?«

»Nein, Jacques wird auf jeden Fall warten. Er ist nett. Wenn ich ihn bitte, wird er meinen Eltern erzählen, dass wir im Stau standen.«

»Perfekt« Maél schloss das Tor hinter mir. »Es ist nicht weit.« Er lächelte mich an.

Jetzt, dachte ich mit letzter Hoffnung. *Jetzt frag mich!* Doch das tat er nicht. Stattdessen war er merkwürdig schweigsam. Wir gingen nebeneinander her. So nah, dass unsere Schultern sich hin und wieder berührten.

Als der schwarze Mercedes in Sichtweite kam, sank meine Stimmung ins Bodenlose.

Maél deutete mit dem Kopf auf die Limousine, die mit laufendem Motor am Straßenrand parkte. »Der Panzer dort drüben kutschiert dich also nach Hause?«

Ich nickte knapp.

Maél pfiff leise anerkennend durch die Zähne. »Junge, Junge. Das Ding kann bestimmt auch unbeschadet über Landminen hinwegbrausen.«

Ich zuckte die Schultern. Er würde mich nicht mehr fragen. Stattdessen begann er Smalltalk über den Wagen. Ich sah auf meine Uhr. 17 Minuten über der Zeit. Jacques würde vermutlich schon mit den Fingern auf das Lenkrad trommeln.

»Ich muss jetzt los.« Ich konnte meine Enttäuschung fast mit Händen greifen. »Sollen wir dich noch ein Stück mitnehmen?«

»Nein.« Maél drehte sich in Richtung des Kaninchenbaus, als erwartete er, dass uns jemand gefolgt sei. »Ich werde noch mal kurz reingehen. Ich habe ja schließlich versprochen, ein bisschen beim Aufbauen zu helfen.«

Ein kleiner eifersüchtiger Stachel bohrte sich in mein Herz. »Okay.« Da würde Maddy sich aber freuen.

»He«. Er beugte sich zu mir. Ich senkte den Kopf. Er sollte mein Gesicht und die Eifersucht, die Unsicherheit und die Angst, die sich darin spiegelten, nicht sehen.

»Livia.« Seine Stimme klang sanft und eindringlich zugleich.

Widerwillig sah ich dann doch zu ihm hoch. »Ja?«

»Ich hätte gerne meine Strickjacke wieder.«

Einen Moment lang war ich wie versteinert. Seine Handynummer hatte er mir nicht gegeben. Dafür wollte er nun seine Jacke zurück. Also hatte ich mir all das zwischen uns doch nur eingebildet. Jetzt noch die Initiative zu ergreifen und ihn selbst nach seiner Nummer zu fragen, traute ich mich nicht.

»Natürlich.« Wie ferngesteuert begann ich, die Knöpfe zu öffnen. Ich betete, meine Enttäuschung würde nicht allzu deutlich in meiner Mimik zu lesen sein.

Er legte seine Hände auf meine Finger. »Ich habe nicht gesagt, dass ich sie jetzt wiederhaben will.«

»Was?« Gott, wie verzweifelt ich klang.

»Ich will meine Strickjacke wieder, wenn wir uns das nächste Mal sehen.« Als er meinen Blick sah, ließ er abrupt die Hände sinken. Er wirkte plötzlich angespannt. »Wenn du mich nicht wiedersehen willst, dann behalte die Jacke einfach. Ich habe noch zwei davon zu Hause.«

Ich musste kurz Luft holen, sonst hätte ich vor Freude gekichert und wäre ihm spontan um den Hals gefallen. Stattdessen kramte ich mein Handy hervor und hielt es ihm hin. Jetzt oder nie. »Gibst du mir deine Nummer?«

Maél lachte leise auf. Das Verkrampfte aus seiner Haltung verschwand wie Nebel, der sich plötzlich hob. »Sehr gerne.«

Mein Handy sah winzig aus in seiner Hand. Als er es mir zurückgab, sah ich, dass er sich ordentlich mit Vor- und Nachnamen in mein Telefonbuch eingetragen hatte. Ich öffnete WhatsApp und überlegte, was ich ihm schreiben sollte. Meinen Vornamen? Meinen Kontakt samt Adresse und Festnetznummer? Oder doch nur ein Emoji? Ich entschied mich für Letzteres und schickte ihm eine winzige Comic-Jacke. Sie war zwar eher ein Sakko als eine Strickjacke und eher schwarz als blau, aber ich war mir sicher, die Botschaft würde ankommen. Schon erklang ein kurzes Klingeln aus seiner Richtung. Maél warf einen Blick auf das Display. Er schmunzelte, dann zwinkerte er mir verschwörerisch zu. »Wir verstehen uns.«

Erleichterung durchflutete mich, und aus diesem Hochgefühl heraus stellte ich ihm die Frage, die mich schon den ganzen Abend lang beschäftigt hatte: »Du bist ein Cataphile und kennst jeden Winkel in den Katakomben. Warum hast du an dieser Führung teilgenommen?«

Maél baute sich vor mir auf, straffte die Schultern und grinste schief. »Nur so.«

»Spionierst du den Feind aus?«, fragte ich.

Er schüttelte den Kopf. Sein Grinsen wurde immer breiter.

»Planst du, ein Überläufer zu werden? Seriös zu werden, ein Praktikum im Archäologiemuseum zu machen? Touristen herumzuführen?«

Maél lachte heiser auf und fuhr sich dann ordnend durch die Haare.

»Deine hohe Meinung von mir ehrt mich, aber …«

In diesem Moment drückte Jacques auf die Hupe.

»Der nervt …« Maéls Stimmung schwang im Bruchteil einer Sekunde um. Seine Stimme verebbte zu einem tiefen Knurren. Er starrte in Richtung des Wagens, als könne er ihn mittels Gedankenkraft zum Explodieren bringen.

»Wenn du meinen Fahrer frikassierst, rasten meine Eltern aus, und ich darf nie wieder das Haus verlassen.«

Er sah mit glühendem Blick zu mir. »Ich würde einen Weg finden, dich zu sehen.«

Ich zweifelte keine Sekunde daran.

Maél zog sein Handy erneut hervor und schien etwas nachzuschauen. Er lächelte kurz. Dann steckte er das Handy wieder weg.

Er streckte den Rücken durch, machte sich so noch größer, und seine Schultern schienen noch breiter zu werden. »Dann wünsche ich dir einen schönen Abend, Livia Estelle McKenzie.«

Er hatte meinen vollen Namen bei WhatsApp nachgeschaut.

»Den wünsche ich dir auch, Maél Anjou.«

»Wir sehen uns bald wieder.« Es war keine Frage, sondern eine Feststellung.

Da ich nichts dagegen hatte, nickte ich.

Jacques hupte erneut. Dieses Mal länger und energischer. Vermutlich meinte er es nur gut mit mir. Er hatte meine Eltern schließlich schon kennengelernt.

Maél seufzte und verdrehte die Augen. »Man könnte meinen, er sei dein Kindermädchen.«

Obwohl es mir schwerfiel, entzog ich ihm meine Finger. »Jacques ist schon in Ordnung. Mom macht sich immer leicht Sorgen. Ich muss wirklich los.«

»Na gut.« Er lächelte mich an. »Komm gut heim.«

»Du auch«, sagte ich. »Später.« Ich drehte mich von ihm weg, obwohl es mich mehr Kraft zu kosten schien, als ich im Moment aufbringen konnte. Fast so, als würde ich mit den Füßen durch frischen Beton oder Schlamm gehen. Als ich die Autotür aufriss, sah ich mich ein letztes Mal zu ihm um.

Schon wieder überkam mich das Gefühl, dass all dies nicht

wirklich passierte. Dass es ein Traum, eine Halluzination sein musste. Nicht weil ich nicht glauben wollte, dass ich heute Abend so einen tollen Jungen getroffen hatte. Dass das Prickeln zwischen uns zu intensiv war, um echt zu sein. Nein. Dieses Gefühl jetzt gerade war kein gutes Gefühl. Im Gegenteil. Es verunsicherte mich, machte mir Angst. Es war ein Gefühl wie ein schweres nasses Handtuch, das sich um meine Schultern legte. Es hüllte mich ein und zog mich gleichzeitig nach unten.

Maél hob grüßend die Hand. Ich zuckte kurz zusammen, erwiderte die Geste aber schnell, bevor ich mich endgültig von ihm abwandte. Dann schlüpfte ich auf das weiche Leder des Beifahrersitzes.

Erst als Jacques sich in den fließenden Verkehr einreihte, konnte ich das Gefühl benennen. Jetzt, als der rosarote Nebel sich hob und das Sinne verwirrende Adrenalin in meinem Blut verpuffte, wurde mir eiskalt. Ich zog Maéls Strickjacke enger um meinen Körper. Es war das Gefühl einer dunklen Vorahnung, einer schwarzen Flut, die auf mich zurollte. Ich fröstelte. Eine Flut, die mich einholen würde, egal wie schnell ich davonlief.

*

Zu Hause machten meine Eltern natürlich genau das Theater, das ich erwartet hatte. Mom musste zweimal hinsehen, um ihr zerkratztes, staubbedecktes Gegenüber in der viel zu großen, fremden Strickjacke als ihren Nachwuchs zu identifizieren. Sie holte erschrocken Luft. Dann zupfte sie angewidert an Maéls Jacke.

»Livia, wie siehst du denn aus? Was hast du da an? Und warum kommst du so spät?« Ihre Augen weiteten sich. »Woher ist der Kratzer auf deiner Wange? Der ist ja riesig! Das wird sich entzünden.« Sie drehte sich um. »Roger, komm mal her und sieh dir das an.«

Dad kam aus der Küche, ein Trockentuch locker über eine Schulter gehängt. Er trug eine beigefarbene Chino, ein Shirt der Yale Universität und war barfuß. Obwohl auch er in einer wohlhabenden Diplomatenfamilie groß geworden war, machte er weniger Tamtam um sich als Mom, die in einem winzigen Fischerdorf in der Bretagne aufgewachsen war.

»Was ist denn los, Suzanne?«

»Schau dir das an!« Wenn Mom sich aufregte, fiel ihr französischer Akzent stärker auf. Sie klimperte nervös mit den pechschwarz getuschten Wimpern. Obwohl sie sich schwungvoll zu Dad umgedreht hatte, war in ihrer perfekt gestylten Frisur kein Härchen verrutscht. Mit »das« meinte sie übrigens mich.

Ich war bilingual aufgewachsen, und meist sprachen wir drei ein wildes Kauderwelsch aus Französisch und Englisch. Wir nannten es Frenglisch.

Dad hatte Mom in Washington kennengelernt. Er war ein junger Absolvent der Diplomatenschule gewesen, sie eine französische Journalistin, die nebenbei als Model arbeitete. Kein Wunder, dass ein verzücktes Raunen durch die intellektuelle Society von Washington ging, als die beiden kurze Zeit danach heirateten. Vermutlich hatten alle damit gerechnet, dass sie wunderschönen, groß gewachsenen und blitzgescheiten Nachwuchs produzierten. Doch dann war ich ihnen passiert, und ich glaube, danach hatten meine Eltern lieber nicht weitergemacht. Ich war ein winziges, kugelrundes Baby. Ich wollte nicht vom Löffel essen, nicht laufen und sprechen erst recht nicht. Mittlerweile hatte ich die gröbsten Defizite zum Glück überwunden.

»Du liebe Zeit.« Dad musterte mich vom Scheitel bis zur Sohle. »Bist du überfallen worden?«

»Angeblich war sie in einem Museum. Bist du schon mal so zerrupft aus einem Museum gekommen?« Mom verschränkte die Arme vor ihrer cremefarbenen Seidenbluse. Ihre goldenen Armreifen klirrten leise.

»Was ist denn passiert, Livia?« Dad sah mich forschend an.

»Ich war in den Katakomben. Da ist es dunkel und staubig.«

Mom verdrehte die Augen. »Ich habe sofort gesagt, dass das keine gute Idee ist. Bist du hingefallen? Stammt daher auch der Kratzer?«

Weil ich lieber ein bisschen von Maél träumen wollte, als mich dem Elterntribunal zu stellen, nickte ich. »War aber nicht schlimm. Ich gehe mal hoch und mache mich frisch. Ihr wollt sicher mit dem Abendessen anfangen.«

»Okay. Aber trödele nicht. Die Vorspeise steht schon auf dem Tisch.« Laut Dad war ich entlassen. Erleichtert ging ich zur Treppe, die in den oberen Stock unserer Maisonettewohnung führte.

»Moment.« Moms Stimme klang scharf.

Ich hielt auf der Treppe inne und drehte mich zu ihr um.

»Woher hast du die Strickjacke?«

Da Lügen für mich immer das letzte Mittel der Wahl waren, sagte ich die Wahrheit. »Ein Junge hat sie mir gegeben, weil ich dort unten in den Stollen so gefroren habe.«

»Einfach so?« Mom kam ein paar Schritte näher.

»Ich habe sie ihm jedenfalls nicht abgekauft.«

»Da ist doch ein Wappen, oder?« Mom hatte den Treppenabsatz erreicht. »Zeig mal.«

Ich drehte das Wappen so, dass sie es in den Bergen und Tälern des Stoffs erkennen konnte.

»Louis-Le-Grand.« Moms Augenbrauen wanderten nach oben. »Der Junge ist ein Schüler dort?«

»Ja.«

»Wie nett und wohlerzogen von ihm.« Mom schien zufrieden. »Hast du dich angemessen bedankt?«

Ich nickte.

Mom warf einen letzten wohlwollenden Blick auf das Wappen. »Wirklich wohlerzogen«, murmelte sie. Da sie mich nicht mehr mit ihrem Elternstarren fixierte, war das für mich das Zeichen, dass auch sie mich aus dem Gespräch entlassen hatte. Auf dem Weg nach oben hörte ich, wie Mom Dad erneut damit auf die Nerven ging, dass er mich nicht auf die Louis-Le-Grand hatte gehen lassen. Und das, obwohl dort den neuesten Erkenntnissen zufolge die Söhne der letzten Gentlemen die Schulbank drückten.

Ich grinste in mich hinein. Mom mochte entzückt sein. Aber Maél war ganz sicher nicht das, was sie sich unter einem wohlerzogenen Jungen vorstellte.

Als ich die obere Etage erreichte, ging ich auf direktem Weg in mein Zimmer. Ich besaß ein eigenes Bad, das direkt daran angrenzte. Ich liebte den großen Waschtisch, der genug Aufbewahrungsmöglichkeiten für meine Kosmetikprodukte bot. Ich zog Maéls Strickjacke aus. Natürlich hob ich sie an meine Nase und schnupperte daran. Sie roch nach ihm! Wie herrlich! Das Wolke-sieben-Grinsen, das mir im Spiegel entgegenblickte, ließ mich die Strickjacke zur Seite legen. Peinlich. Dass dieses verknallte Grinsen einen immer wie einen unzurechnungsfähigen Soziopathen aussehen lassen musste … Schnell wusch ich mir die Hände mit einer Blütenhonig-Seife. Der sanfte, süße Geruch des Honigs erdete mich auf der Stelle. Die aufregende Begegnung mit Maél, die Eindrücke aus den Katakomben, der nervige Auftritt meiner Eltern … All das schien wie mit einem sanften Schimmer überzogen, der alle Ecken und Kanten ausblendete. Wie automatisch griff ich nach meiner Handcreme, Sorte »Honig & Mandel«. Ich wusste nicht mehr, wann mir meine Affinität zu Honig das erste Mal aufgefallen war. Vermutlich irgendwann, nachdem ich begann, für mich selbst in den Drogerien und Parfümerien einzukaufen. Es war wie ein omnipräsentes Laster. Ich kaufte sogar Parfums, vorrangig wegen ihres frischen Duftes, fand dann bei genauerem Hinsehen aber heraus, dass ihre Basisnote Honig war.

Mein Blick im Spiegel blieb an dem Kratzer hängen. Die Rötung war merklich kleiner geworden. Interessiert neigte ich den Kopf. Vorhin, im Garderobenspiegel, hatte der Kratzer noch sehr viel dramatischer ausgesehen. Ich kniff die Augen zusammen und neigte mich tiefer über den Waschtisch. Seltsam. Vorsichtig tupfte ich mit dem Zeigefinger auf den Kratzer. Der zarte Film Handcreme auf meiner Fingerspitze brannte leicht auf der verletzten Haut. Ich konnte zusehen, wie die fadendünnen roten Streifen verblassten. Erschrocken holte ich Luft. Ich machte zwei Schritte vom Spiegel zurück, als sei er für dieses Trugbild verantwortlich. Was passierte hier schon wieder? Vorsichtig beugte ich mich erneut näher. Tatsächlich, der Kratzer war zu einer hellrosafarbenen Linie geschrumpft. Die Haut ringsherum war so unversehrt wie zuvor. Ich blinzelte und befühlte prüfend meine Stirn. Wurde ich krank? Hatte ich Fieber? Nein, meine Stirn war kühl.

Von unten erklang Moms Stimme und riss mich aus meinen Gedanken

»Ich komme!« Ich warf einen letzten Blick in den Spiegel. Irgendetwas Seltsames passierte mit mir. Und zu meiner großen Beunruhigung wurde es nicht besser. Im Gegenteil. Es schien, als kämen Tag für Tag neue merkwürdige Eigenschaften hinzu.

»Livia!« Mom klang genervt.

»Ja!« Ich verließ das Bad. Für einen kurzen Moment betrachtete ich die noch nicht ausgepackten Kartons, die mein früheres, so normales Leben enthielten. Noch vor einem Jahr hatte ich mir etwas mehr Aufregung, Leidenschaft und Abenteuer gewünscht. Ich hätte nie gedacht, dass ich mir genau dieses langweilige, wohlgeordnete Leben nun zurückwünschte. Abgesehen von meiner neuen Bekanntschaft namens Maél. Aber ein Leben ohne sprechende Blumen, seltsam heilende Wunden und die Halluzinationen, die mich so sehr ängstigten, erschien mir nun unendlich verlockend. Eine Gänsehaut jagte meine Wirbelsäule hinab, als ich mich an den Spruch erinnerte, den ich an meinem sechzehnten Geburtstag in einem chinesischen Glückskeks gefunden hatte: »Sei vorsichtig mit dem, was du dir wünschst, denn es könnte in Erfüllung gehen.« Ich war unvorsichtig gewesen. Leise seufzte ich auf. Das hatte ich nun davon.

Kapitel 3

Die Blumenflüsterin

Für die meisten Teenager war ein Schulwechsel eine Katastrophe. Für mich war es Routine.

Überall auf der Welt war die Prozedur immer die gleiche. Am ersten Tag holte man sich seine Unterlagen im Sekretariat ab und bekam damit bestätigt, dass man existierte: Schülerausweis, Stundenplan, die Sportklamotten mit dem Schulwappen. An der Internationalen Schule Paris hatte der Unterricht schon vor zwei Wochen begonnen. Natürlich hatten meine Eltern alles so geplant, dass ich pünktlich zum Schulbeginn hätte erscheinen können. Doch in die Zeit unseres Umzugs aus Korea war auch mein 16. Geburtstag gefallen, und an meinem Ehrentag hatte ich dann mit quälenden Bauchschmerzen im Bett gelegen. Seit diesem Tag vor fünf Wochen wurde mein Leben immer merkwürdiger. Nicht nur, dass ich plötzlich die Gabe besaß, Pflanzen sprechen zu hören, ich konnte ihnen sogar antworten. All das spielte sich nur in meinem Kopf ab, Beweise gab es keine. Verständlicherweise zweifelte ich seither ernsthaft an meinem Verstand. Ich wurde außerdem von Schwindelanfällen geplagt, obwohl ich vorher nie Kreislaufprobleme gehabt hatte. Mir wurde grundlos übel, oder quälende Bauchschmerzen fesselten mich ans Bett. Die letzten drei Wochen hatte ich mich so elend gefühlt, dass meine Eltern beschlossen hatten, mich zu Hause zu lassen. Ein Gespräch, das ich mitanhörte, verriet mir, dass sie den Ortswechsel und die neue Schule für mein Unwohlsein verantwortlich machten. Mir war das ganz recht, und zum Teil stimmte es ja auch. Ich vermisste meine Freunde. Schließlich hatten wir drei Jahre lang zusammen gelernt, unsere Freizeit miteinander verbracht und das exotische Land zu unserem Zuhause gemacht. Der harte Schnitt alle drei Jahre, dieses Loslassen von Beziehungen, das Zurücklassen von Vertrautem fiel mir jedes Mal schwer. Egal, wie oft ich es schon hinter mir hatte.

Ich dachte an Maél. Bisher hatte ich Gleichaltrige immer erst an meinem ersten Schultag kennengelernt. Doch da bei Maél sowieso alles anders zu sein schien, stellte er auch in diesem Falle eine Ausnahme dar.

Ich lächelte verstohlen, während ich meinen Stundenplan, eine Mappe mit ein paar Unterlagen und den Ausdruck des Zugangscodes meines Spinds an mich drückte. Maél. Ich hatte das ganze Wochenende an ihn gedacht. Abends hatte ich mich ins Bett gelegt und mir fest vorgenommen, von ihm zu träumen.

Was allerdings kein Traum gewesen war, war die Tatsache, dass er mir schon kurz nach unserem Kennenlernen am Freitagabend per WhatsApp geschrieben hatte. So ging es nun schon die letzten zwei Tage hin und her. Und gerade eben hatte er mir einen schönen ersten Schultag gewünscht. In jeder freien Minute las ich unseren Chatverlauf – immer und immer wieder.

Ich war schwer versucht, in meiner großen Umhängetasche nach meinem Handy zu suchen, um zu sehen, ob er sich noch mal gemeldet hatte. Doch es hatte bereits geklingelt, und ich würde wohl am ersten Tag an meiner neuen Schule zu spät kommen. Wenn das kein Einstand war.

Der Biologieraum war unmöglich zu übersehen. Die Tür war von oben bis unten mit Fotos und Ausdrucken von Pflanzen, Tieren und irgendwelchen biochemischen Regelkreisläufen übersät. Ich holte tief Luft und klopfte.

»Ja bitte?«, erscholl eine männliche Stimme durch die Tür. Sie klang nicht allzu genervt. Ich hatte auf meinem Stundenplan gelesen, dass mein Biologielehrer ein Mr Rogers sein würde. Ich stellte ihn mir vor wie die meisten Biologielehrer: in mittleren Jahren mit struppigem Haar, schlechtsitzender Stoffhose mit Bügelfalte und irgendeiner völlig unverständlichen Begeisterung für eine exotische Pflanzenart, die niemand kannte.

Als ich den Raum betrat, wurde ich eines Besseren belehrt. Der Mann, der vor der Tafel stand, sah aus, als käme er gerade vom Surfen und hätte sich sein eng geschnittenes, rotblau gemustertes Karohemd mal eben so übergeworfen. Er war jung, vielleicht Ende zwanzig. Abgesehen davon, dass er nun offiziell der jüngste Lehrer sein würde, der mich jemals unterrichtet hatte, war er auch mit Abstand der attraktivste.

»Hallo!« Er schenkte mir ein freundliches Lächeln, und er schien wirklich nicht sauer zu sein. »Sie müssen Livia McKenzie sein. Ich bin Henry Rogers. Ich tue so, als würde ich Biologie unterrichten, aber in den meisten Fällen habe ich selbst keine Ahnung, wovon ich da gerade rede.«

Seine Klasse, die bisher vorbildlich diszipliniert und ruhig zugesehen hatte, lachte auf. Die hellen, weiblichen Stimmen kicherten, während die Jungs lachten, als habe ihr bester Kumpel gerade einen total lustigen Witz gerissen.

Ich klappte den Mund wieder zu. »Richtig.«

Mr Rogers schob mein seltsames Verhalten wohl auf die Nervosität und nicht auf sein überraschend positives Gesamtbild, denn er lächelte erneut viel zu liebenswürdig. »Herzlich willkommen. Ich habe gehört, Sie stoßen aus Korea zu uns. Was für eine Umstellung!« Er winkte mich an seinen Tisch. »Ich habe Ihnen schon mal ein Buch aus der Bibliothek besorgt. Sie werden heute Mittag schon genug zu tragen haben. Jetzt müssen wir Ihnen nur noch einen Platz suchen.« Er reichte mir das Lehrbuch. Dann ging er um mich herum und warf einen Blick in den Klassenraum. Die meisten meiner Mitschüler sahen mich mit offenem Blick an. Niemand tuschelte, was mich erleichtert aufatmen ließ.

»Miss McKenzie, warum setzen Sie sich nicht zu Miss Cohen und Miss O'Mally. Die beiden werden Sie sicherlich gern in ihre Mitte nehmen.« Mr Rogers zeigte auf die linke Labortischreihe. In der vorletzten Reihe saßen zwei Mädchen, die nun beide nickten.

»Sehr schön.« Mr Rogers sah mich auffordernd an. »Sie drei werden sich bestimmt gut verstehen. Ich habe in Ihrer Akte gelesen, dass Sie in Korea ebenfalls nach dem amerikanischen Schulsystem unterrichtet worden sind. Sie sollten also auf dem gleichen Stand wie meine Klasse sein. Das, was Sie die letzten zwei Wochen verpasst haben, habe ich Ihnen im Unterrichtsplan markiert.«

»Danke.« Ich lächelte ihn kurz an, dann glitt mein Blick zu den beiden Mädchen, mit denen ich nun eine Arbeitsgruppe bilden würde. Sie waren aufgestanden und rückten gerade ihre Hocker auseinander, um mich, wie von Mr Rogers angekündigt, an ihrer Laborbank in die Mitte zu nehmen. Die eine war flachsblond und ganz in Weiß gekleidet. Die andere schien ein gutes Stück kleiner zu sein, und ihre Haut war so hell, dass sie fast durchscheinend wirkte. Ihr dunkles Haar besaß einen magentaroten Schimmer. Die beiden waren ein sehr ungleiches Doppel.

Immer noch etwas befangen ging ich durch den Klassenraum auf sie zu. »Hi!« Die Blonde hatte ihre Stimme gesenkt, weil Mr Rogers vorne bereits mit dem Unterricht weitermachte. »Ich bin Jemma.« Sie deutete mit dem Kopf auf die Dunkelhaarige. »Das ist Brighid. Setz dich zwischen uns.« Sie zog mir den Stuhl zurück.

»Vielen Dank. Ich bin Livia.«

Die Dunkelhaarige schenkte mir ein strahlendes Lächeln. »Du kannst Gigi zu mir sagen. Brighid klingt so altmodisch.«

»Gerne.« Ich erwiderte ihr Lächeln. Gigi war ungefähr so groß wie ich, also circa 1,65 Meter. Wo ich kurvig war, war sie einfach nur zierlich. Ihr Pony reichte ihr knapp bis auf die Nasenspitze und passte hervorragend zu ihrem zarten, herzförmigen Gesicht mit den großen Augen und den Sommersprossen auf der Nase. Sie war im Mori-Stil gekleidet, ein Lagenlook, den ich in seinem Extrem bisher nur in den asiatischen Ländern gesehen hatte. Die beiden nahmen gerade wieder Platz, und ich tat es ihnen gleich.

»Hattet ihr Probleme mit dem Umzug?«, wollte Jemma wissen.

Ich legte meine Sachen auf dem Platz vor mir ab und drehte mich zu ihr. Die Art, wie Jemma sich auf ihren Hocker gesetzt hatte, war um einiges eleganter als meine Vorgehensweise. Überhaupt wirkte sie sehr sportlich, und ihre athletische Figur verriet, dass sie vermutlich nicht jeden Nachmittag mit einer Tüte Chips auf der Couch saß. »Nein. Der Umzug verlief glatt. Ich war die letzten zwei Wochen krank.«

»Oh nein«, warf Gigi ein und beugte sich zu mir. »Geht es dir wieder gut?«

»Ja, danke. War nur der Magen.«

»Meine Damen.« Mr Rogers Stimme hallte durch den Laborraum. »Sosehr ich es auch begrüße, dass Sie einander sympathisch sind und sich gerne besser kennenlernen wollen, so möchte ich Sie doch daran erinnern, dass der Unterricht hier vorne stattfindet. Sie haben in der Mittagspause noch genügend Zeit, sich zu unterhalten.«

»Entschuldigung«, sagten wir drei wie aus einem Mund, als hätten wir es geprobt. Natürlich mussten wir daraufhin lachen.

»Sehr schön.« Mr Rogers schüttelte halb amüsiert, halb tadelnd den Kopf. »Sie sollten damit auftreten.«

Jemma, Gigi und ich lächelten uns verschwörerisch an. Ich war mir sicher, mit diesen beiden Mädels würde ich gut auskommen.

»Also gut, Herrschaften«, rief Mr Rogers. »Kommen wir nun zum spaßigen Teil unserer Doppelstunde. Wie Sie alle wissen, steht für die nächsten sechs Wochen Botanik auf unserem Lehrplan. Sie werden lernen, unterschiedliche Pflanzenarten anhand spezifischer Merkmale zu bestimmen.« Er hob ein Mikroskop in die Höhe, als wäre es leicht wie eine Feder. »Das hier ist die Waffe Ihres Vertrauens.«

Schon wieder Gekicher. Mr Rogers schien der ungekrönte Liebling aller Schüler zu sein – was mich nicht weiter wunderte.

»Henry ist so ein süßer Schatz«, wisperte Gigi mir von rechts ins Ohr.

»Henry?« Ich drehte meinen Kopf zu ihr.

Gigi deutete kurz nach vorne zur Tafel. »Henry Rogers.«

Sie setzte sich ein wenig aufrechter hin. Ihr Blick war ernst. »Wir lieben ihn.« Ihr Ton verriet, dass ich genau eine Wahl hatte. Nämlich der gesamten Klasse und ihr zuzustimmen, wogegen auch nichts einzuwenden war. Also nickte ich.

»Das Mikroskop hier wird Ihnen die Bestimmung leichter machen. Jede Bank sollte eines in den seitlichen Schränken verstaut haben.« Mr Rogers ließ das Mikroskop wieder sinken. »Überprüfen Sie bitte jetzt, ob das der Fall ist, und stellen Sie das Mikroskop in die Mitte ihrer Arbeitsplatte. Sollte es Ihnen zu schwer sein, spielen Sie bitte nicht den Helden, sondern lassen Sie sich helfen.«

Eifriges Wuseln machte sich breit, als die Schüler sich auf die Suche begaben. Jemma beugte sich nach links, öffnete eine der seitlichen Schranktüren und hob das Mikroskop heraus. Mit einer Hand und ohne sich von ihrem Hocker wegzubewegen.

Ich sah sie an, als würden im nächsten Moment Zahnräder und blinkende Lichter unter ihrer Haut erscheinen. War sie ein Cyborg oder so was? Woher nahm sie die Bärenkräfte?

Gigi beugte sich zu mir. »Nur falls du dich fragst: Jemma ist ein Mensch, auch wenn das manchmal nicht so aussieht«, raunte sie mir ins Ohr. »Sie ist auf einer Farm in Südafrika aufgewachsen. Da gab es nichts zu tun, als den ganzen Tag irgendwo rumzurennen, draufzuklettern oder irgendwelche wilden Tiere einzufangen, um ihr Aussterben zu verhindern. Sport ist quasi ihr zweiter Vorname.«

Ich musste grinsen. Gigi war toll. Und ich mochte ihren irischen Akzent. Bei Jemma hatte ich mich schon gefragt, welcher Akzent ihr Englisch leicht exotisch klingen ließ. Nun wusste ich es.

Mr Rogers schickte ein paar Schüler los, die kurz darauf

große Plastikkübel mit unterschiedlichen Gräsern in den Raum trugen.

»Sie erraten es sicher«, sagte Mr Rogers im Gehen und verteilte verschiedene Behälter auf den Laborbänken. »Heute geht es um die Bestimmung von Gräsern.«

Unsere Bank war eine der letzten, die zwei der schmalen, hohen Kübel zugeteilt bekam.

Jemma stellte sie in einer ordentlichen Reihe vor uns auf.

Oh nein. Das war nicht gut. Gar nicht gut. Schon merkte ich, wie die Pflanzen auf mich reagierten. Nicht alle, die im gesamten Klassenraum verteilt waren, aber die in meiner unmittelbaren Nähe. Fast so, als würden sie meine Präsenz innerhalb eines gewissen Radius spüren können.

Ich erstarrte. Das Murmeln unzähliger Stimmen in meinem Kopf ließ mich wieder kurz vor einer Panikattacke stehen. Schon waren meine Handinnenflächen feucht und kalt, und in meinem Bauch zog es unangenehm.

»Livia, alles okay?«, hörte ich Gigis Stimme wie aus weiter Ferne.

Ich presste die Zähne zusammen und nickte. »Es geht schon.«

Die zwei Behältnisse mit den langen dünnen Pflanzen, die unmittelbar vor mir standen, schienen sich vor mir aufzutürmen wie eine unüberwindbare Mauer. Mit verschwommenem Blick sah ich hoch. Die Gräser reckten sich, schienen sich absichtlich zu strecken und in meine Richtung zu beugen. Fast so, als würden sie von mir angezogen wie von einem Magneten.

Ihre unterschiedlichen Stimmen waren so ein Chaos, dass ich nur Wortfragmente heraushörte.

Hier … machen … Weg … raus … helfen … bitte.

Ich holte tief Luft und lehnte mich nach hinten, um etwas

Abstand zu gewinnen. Die Pflanzen schienen mir zu folgen. Sie hatten sich nun so sehr in meine Richtung gebeugt, dass es nicht mehr zu übersehen war.

»Hier scheint Durchzug zu sein.« Jemma griff beherzt zu und bog die Gräser von mir weg. »Du hast das ganze Grünzeug ja direkt vor der Nase hängen.«

Jemmas beherztes Eingreifen half nicht. Ich konnte den Lärm, den die Stimmen erzeugten, körperlich spüren, wie permanent gegen mich aufbrandende Wellen. Und dann, auf einmal, schlug meine Angst in Aggression um. *Verdammt noch mal, was denkt ihr euch eigentlich?* Ich hielt erschrocken inne, weil ich im ersten Moment dachte, ich hätte die Worte laut ausgesprochen. Doch niemand rührte sich. Dann fiel mir auf, dass das Gemurmel abrupt verstummt war. Obwohl mein Herz immer noch raste, versuchte ich es ein zweites Mal auf freundlichere Art und Weise. Wer weiß, was diese Meute sonst noch mit meinem Kopf anzustellen wusste.

Ich kann niemanden verstehen, wenn ihr alle durcheinanderredet. Und hört endlich damit auf zu versuchen, euch auf mich drauf zu werfen oder was auch immer ihr da vorhabt. Nicht nur, dass es total auffällig ist, es nervt auch.

Nun war es mucksmäuschenstill.

Das ist doch ein Anfang. Vielen Dank. Und bevor ihr etwas von mir wollt, möchte ich, dass ihr mir ein paar Fragen beantwortet. Wieso redet ihr mit mir?

Erneut ballte ich meine Hände zu Fäusten. Gott, ich wurde definitiv verrückt. Ich sprach mit einer Hundertschaft Gräser, von denen ich nun auch noch Antworten erhoffte. Ich brauchte Tabletten, ganz dringend. Sehr große, sehr starke Tabletten und vermutlich eine so ausgedehnte Psychotherapie, dass sie bis zum Rest meines Lebens andauern würde.

Du bist die Tochter des Waldes. Du bist die Tochter der Wiesen. Die Tochter der flüsternden Gräser. Die …

Halt. Das verstehe ich nicht. Ich bin was?

Du bist die Tochter des Waldes. Du bist die Tochter der Wiesen. Die Tochter der …

Stopp. So kommen wir nicht weiter. Wieso könnt ihr mit mir reden?

Weil es ist, wie es ist.

Super. Noch mehr kryptische Antworten. *Ich fürchte, so wird das nichts. Also, was wollt ihr von mir?*

Diese Frage führte dazu, dass sämtliche Stimmen wieder wild durcheinanderredeten.

Hört auf!

Dieses Mal hörten sie nicht auf mich. Stattdessen schwollen die Stimmen in meinem Kopf weiter an. Ich gab einen verzweifelten Laut von mir. Damit meine Tischnachbarinnen nicht sahen, dass ich die Hände noch immer zu Fäusten verkrampft hatte, schob ich sie tief in die Taschen meiner Strickjacke hinein. Dort ertastete ich das kleine Döschen mit meiner Honiglippenpflege. Ich griff danach wie nach einem Rettungsanker. Kaum dass der zarte Honiggeruch meine Nase umwehte, konnte ich spüren, wie mein Herzschlag sich verlangsamte. Ich tippte den Finger hinein und benetzte meine Lippen damit. Wieder wurden die Stimmen leiser, als würde jemand kontinuierlich den Lautstärkeregler herunterdrehen.

»Wieder besser?« Das war Jemmas Stimme.

»Ja, danke. Ich habe nicht gefrühstückt heute Morgen. Vielleicht lag es daran.«

»Das Frühstück soll ja angeblich die wichtigste Mahlzeit des Tages sein«, sagte Gigi, »aber meistens bekomme ich auch nichts runter. Ich trinke dann einen Malventee mit einem extra großen Löffel Buchweizenhonig.«

»Wie ich sehe, scheinen Sie drei sich vor Begeisterung für unser neues Thema kaum halten zu können.« Mr Rogers tauchte vor unserem Tisch auf wie eine Fata Morgana. »Legen Sie los. Ich behalte Sie im Auge.«

Als er sich abgewandt hatte und seinen Spaziergang durch die Reihen fortsetzte, kicherte Gigi leise. »Das kann er gerne machen.«

Jemma grinste, ich unterdrückte ein Lachen. Keine von uns beiden wollte Gigi in diesem Punkt widersprechen.

*

Nach einer Doppelstunde Englisch und einem Besuch in der Bibliothek, wo ich meine restlichen Lehrbücher einsammelte, war es Zeit für das Mittagessen. Gigi und Jemma wichen mir nicht von der Seite, wofür ich sehr dankbar war. Es schien ein bisschen so, als hätten sie mich adoptiert, denn sie stritten sich mehrmals freundschaftlich darüber, welchen Punkt meiner »To-do-Liste am ersten Tag« man als Nächstes abhaken sollte. Ich hielt mich raus und checkte stattdessen so oft es ging mein Handy. Maél hatte nichts mehr von sich hören lassen.

Auch die Mensa bot keine Überraschung. Ich war vor Korea schon in Neuseeland, Schweden, Indonesien und Hong Kong auf eine Internationale Schule gegangen. Sie alle hatten praktisch gleich ausgesehen. Es schien wohl eine Art Masterplan für den Innenausbau solcher Einrichtungen zu geben. Eine lange hochglänzende Theke und zu unserer Linken ein großer Raum mit unzähligen Tischen in verschiedenen Größen.

Offiziell wurden wir nach einem »Internationalen Lehrplan« unterrichtet. Insidern zufolge war es aber der amerikanische Lehrplan, und selbst die Lehrer verquatschten sich in diesem Punkt andauernd. Letztes Beispiel war Mr Rogers gewesen. Mir war es aber ganz recht, denn dementsprechend war auch der Speiseplan. Corndogs, Hot Dogs, Pommes und Spaghetti mit Fleischbällchen standen dauerhaft als Auswahl zur Verfügung, gekrönt von einem Tagesgericht, das sich zumindest den Anschein einer gesunden Mahlzeit gab. Hier und heute war es Hühnerfrikassee. Wie passend. Ich musste grinsen. Natürlich jenes Wolke-sieben-Grinsen, das sich stets in meine Züge meißelte, wenn meine Gedanken zu Maél wanderten.

»Wow.« Jemma zog die Stirn kraus. »Wie heißt er, wie alt ist er, und warum hast du ihn uns noch nicht vorgestellt?«

Mit einem Plumps fiel ich von meiner rosa Wolke. »Bitte?« Ich starrte sie an. Konnte sie Gedanken lesen?

Gigi neben mir quietschte entzückt auf. »Nein! Wirklich? Du hast schon jemanden kennengelernt? Oder ist er dein fester Freund, und ihr wollt trotz der Entfernung zusammenbleiben? Oh mein Gott, das ist so romantisch! Erzähl mir alles. Wie lange seid ihr zusammen? Wann habt ihr euch kennengelernt? Hast du ein Foto von ihm?«

Ich warf ihr einen kritischen Blick zu. Holte sie irgendwann mal Luft?

»Jetzt erzähl schon«, drängte sie, während sie mich in die Schlange der Essensausgabe bugsierte. »Ist er älter als du? Er sieht bestimmt super aus. Oh, ich bin so neugierig.«

In diesem Punkt gab ich ihr recht, allerdings war Selbsterkenntnis hier kein Weg zur Besserung. Gigi schoss weiter ihre Fragen auf mich ab. »Ist er auf Facebook? Instagram? Snapchat? Twitter?«

»Tinder?«, warf Jemma ein, woraufhin Gigi in hysterisches Gekicher ausbrach.

»Woher wollt ihr wissen, dass ich überhaupt jemanden …«

Jemma schnitt mir mit einer knappen Handbewegung das Wort ab. »Vergiss es. Ein Lächeln sagt mehr als tausend Worte. Und das Lächeln hier«, sie tippte mit dem Zeigefinger auf meine linke Wange, »sieht so bescheuert aus, dass keiner, der jemals für ein Selfie posiert hat, freiwillig so gucken würde.«

Schachmatt. Ich gab jeden Protest auf.

»Keine Geheimnisse«, sagte Jemma. »Wenn du mit uns abhängen willst, dann leg die Karten auf den Tisch.«

Ich fühlte mich ein bisschen wie im Kreuzverhör der Mafia. Jemma nahm echt kein Blatt vor den Mund.

Gigi pufferte Jemmas forsche Ansage sofort ab. »Sorry, wir sind so neugierig. Holen wir uns doch zuerst etwas zu essen, und dann erzählst du uns einfach ein bisschen mehr von dir, wenn du magst. Ja?«

Das war doch ein gutes Angebot. Und eigentlich sprach ja auch nichts dagegen, ihnen von Maél zu erzählen. Bisher lief es gut mit ihm und mir, und sollte es plötzlich nicht mehr so sein, wäre ich dankbar, den Beistand zweier neuer Freundinnen zu haben. Ich war nur eben etwas überrumpelt gewesen. Also lächelte ich sie beide an. »Gerne. Das machen wir so.« Ich reckte den Hals Richtung Auslage. »Was könnt ihr mir empfehlen?«

»Die Spaghetti«, sagte Jemma.

»Am besten bringst du dir was von zu Hause mit«, sagte Gigi gleichzeitig.

»Okay …« Ich ließ meinen Blick über die Auswahl schweifen. Das Essen sah gar nicht schlecht aus. Es gab sogar gemischten Salat.

»Was willst du?« Die Stimme klang wie eine rostige Gießkanne.

Jemma stupste mich an. »Du bist dran.«

»Was willst du?«

Ich suchte nach der Stimme. »Ich überleg noch«, sagte ich in Richtung Theke. »Heute ist mein erster Tag und ich …«

»Nächster! Was willst du?«

Jemma hinter mir beugte sich über meine Schulter. »Ich nehme die Spaghetti.«

»Welche Soße?«

Jemma unterdrückte ein Lachen. »Egal.«

Ich ging auf die Zehenspitzen, um endlich herauszufinden, woher die Stimme kam. Dann endlich entdeckte ich eine Frau hinter einem großen silbernen Kochtopf. Sie war so klein, dass der Topf sie fast komplett verbarg. Ihr graues Haar stand wild zu Berge. Sie trug eine Brille, deren Gläser so dick waren, dass sie die Augäpfel unnatürlich vergrößert erscheinen ließen. Mit einer Bewegung, die aussah, als würde ein Tennisspieler einen Aufschlag machen, stieß sie von oben eine Nudelzange in den Topf. Sie fischte eine Portion Spaghetti heraus und ließ sie in einen tiefen Teller fallen, wobei gut ein Drittel der Portion sein Ziel verfehlte. Die Frau schien es nicht zu bemerken. Ich war so gebannt von diesem kuriosen Anblick, dass ich nicht weitergehen konnte. Jemma schob mich an. Von meinem neuen Platz in der Schlange aus konnte ich beobachten, wie die Frau den Teller an eine zweite Küchenmitarbeiterin reichte. Diese war das krasse Gegenteil ihrer Kollegin. Hoch aufgeschossen, spindeldürr und mit einer Stimme, die wie das Kratzen von Kreide auf einer Schultafel klang.

»Soße egal«, krähte die kleine Küchenfrau zu ihr herüber.

Die Dürre nickte, hob die große Kelle und tauchte sie in

einen der vier schmalen Behälter mit den verschiedenen Soßen. Auch hier verfehlte der Inhalt der Kelle fast sein Ziel.

»Du liebe Zeit«, flüsterte ich.

»Das ist noch gar nichts.« Jemma und ich sahen der dürren Küchenfrau dabei zu, wie sie in einen Topf mit Kräutern griff. Diese Mal verfehlte sie ihr Ziel komplett. Die grünen Blätter segelten zu Boden, doch ihr Blick verriet, dass sie nichts davon gemerkt hatte. Ich sah schockiert zu Jemma.

Die grinste. »Du solltest bestellen, bevor alles auf dem Boden liegt.«

»Ich nehme auch die Nudeln«, rief ich schnell. Die kleine Küchenfrau brummte etwas Unverständliches, tauchte aber wieder in dem Nudeltopf ab.

»Welche Soße?«

»Die vegetarische Bolognese, bitte.«

»Vegetarische Bolognese!«, kläffte sie zu ihrer dünnen Kollegin herüber. Die nickte, tauchte die Kelle in Käsesahnesoße und klatschte mir eine Portion auf den Teller.

»Madame, Sie haben sich vertan.«

Die Dünne erstarrte. »Vegetarische Bolognese.« Sie reichte mir den Teller über die Theke. »Noch Schnittlauch?«

»Äh, Madame …«

»Ja, sie will Schnittlauch«, sagte Jemma. Ich drehte mich zu ihr und sah sie fragend an, während die dünne Küchenfrau in den Topf mit der Petersilie griff und es tatsächlich schaffte, dass drei von dreißig Blättchen auf meinem Teller landeten.

»Ist das ein Witz?«, raunte ich Jemma zu.

Sie schüttelte den Kopf. »Warte ab, das Beste kommt jetzt noch.« Sie deutete mit dem Kopf auf Gigi. »Sie hat heute nichts dabei.«

»Ja und?«

»Warte ab.«

»Haben Sie heute etwas mit Soja im Angebot?«, fragte Gigi in diesem Moment.

Die kleine Küchenfrau drehte den Kopf um 90 Grad. »Mélisande, die kleine Irin mit den Sonderwünschen will wissen, ob wir etwas mit Soja haben.«

»Gibt's nicht!«, erscholl es aus Richtung Kasse.

Gigi ließ die Schultern hängen. »Haben Sie noch Grünkernbratlinge? Die frittierten?«

»Ich kann einen frittieren, dauert aber.«

»Danke, das wäre nett. Dazu bitte etwas von dem gemischten Salat und etwas Dressing.«

»Welche Sorte?«

»Egal.«

»In Ordnung.«

»Und noch etwas gekochtes Gemüse bitte.«

Die Küchenfrau seufzte. »Noch was?«

Gigi schien zu überlegen. »Haben Sie noch diese Kräutersoße mit Bärlauch, die ...«

»Nächster!«, brüllte die Küchenfrau.

Gigi zog einen Flunsch, sagte aber nichts mehr.

Die dünne Küchenfrau reichte mir meinen Teller an. Sie versuchte es zumindest. Eigentlich streckte sie nur den Arm durch, traf fast den Rand der Theke, und die Spaghetti rutschten gefährlich in Richtung des linken Tellerrands. Als ich erschrocken zu ihr sah, bemerkte ich, dass sie schielte. Jedes Auge sah in eine komplett andere Richtung. Ich erschrak ein zweites Mal.

»Danke, Madame.« Schnell nahm ich ihr den Teller ab.

Ich tippte Jemma mit der freien Hand auf die Schulter, aber sie formte ein »Später« mit den Lippen und ging voraus zur

Kasse. Dort erwartete uns die Frau, die die kleine Küchenfrau mit »Mélisande« angesprochen hatte. Figürlich befand sie sich in der Mitte ihrer zwei Kolleginnen. Sie war weder dünn noch dick, weder klein noch groß. Nebeneinandergestellt mussten die drei wie Orgelpfeifen aussehen. Jemma zeigte mir, wo ich mir Getränke aussuchen konnte, dann stellte sie ihr Tablett an der Kasse ab.

»Drei Euro sechzig.« Die Frau, die kassierte, trug eine Küchenuniform und eine leicht altmodisch wirkende Schürze, genau wie ihre Kolleginnen. Jemma zog ein winziges Portemonnaie aus ihrer Hosentasche und reichte der Frau das Geld. Das gab mir die Gelegenheit, sie noch genauer zu betrachten. Die Frau trug ihre grauen Haare zu einem Dutt hoch oben auf dem Kopf frisiert. Das Kunstwerk sah aus wie ein explodiertes Vogelnest. Ihre Fingernägel schimmerten leicht grünlich, und ihre Haut schien so trocken wie Pergament. Mit dem rechten Auge fixierte sie die Münzen, die Jemma in ihre Hand hatte fallen lassen. Ihr linkes Auge … Ich konnte nicht sagen, was damit nicht in Ordnung war, aber dass etwas damit nicht stimmte, war unübersehbar. Nicht nur, dass es überhaupt nicht auf die Münzen sah, es schimmerte auch unnatürlich wie eine Glasmurmel. Ich erstarrte, als die Frau prüfend auf das Zweieurostück biss. Jemma neben mir schien völlig unbeeindruckt. Auch die anderen Schüler schienen das Spektakel gewöhnt zu sein. Ich erwartete schon, dass sie auf meinen Fünfeuroschein beißen würde, doch sie schnüffelte nur etwas misstrauisch daran.

Jemma suchte uns einen kleinen Tisch im vorderen Bereich der Schulmensa. Gigi wartete an der Ausgabe auf ihren Teller mit den Sonderwünschen.

»Könntest du mich bitte einweihen?«, fragte ich, kaum

dass wir unsere Tabletts abgestellt und Platz genommen hatten. »Sind die immer so?«

Jemma nickte. »Die drei sind angeblich Urgesteine dieser Schule. Sie sind mit einem großzügigen Sponsor verwandt, der die halbe Schule gebaut hat. Sie waren von Anfang an mit dabei, und glaub mir, sie waren schon immer so speziell. Du kannst dir sicher vorstellen, dass es regelmäßig Beschwerden von Eltern gibt. Aber die drei Hexen genießen absolute Immunität.« Jemma schob sich eine Gabel aufgedrehte Spaghetti in den Mund und kaute dann bedächtig. »Du kannst dir selbst denken, wie großzügig die Spende des Investors gewesen sein muss«, sagte sie, als sie geschluckt hatte. »Ich glaube, im Schwimmband hängt sogar eine Gedenktafel zu seinen Ehren.«

»Wow.« Ich nahm einen Schluck von meinem Pfirsich-Eistee. »Und es macht euch gar nichts aus, dass sie alles vertauschen oder danebenwerfen?«

Jemma zuckte die Schultern. »Sie sind schon okay. Ein bisschen verpeilt und etwas unhöflich, aber sie meinen es nicht so.«

Ich wollte gerade etwas erwidern, da stellte Gigi ihr Tablett neben mir ab. Ihr Teller war ein buntes Durcheinander.

»Das ist ein Schollenfilet, kein Bratling.« Ich sah zu Gigi. »Du bist doch Vegetarierin, oder?«

»Ja, aber Fisch esse ich.« Sie nahm ihr Besteck.

»Woher weißt du das mit dem Fisch so genau, Livia?« Jemma war mit ihren Nudeln schon fertig. »Sehen die auf dem Teller nicht alle gleich aus?«

»Meine Mom kommt aus der Bretagne. Sie kocht viel mit Fisch, und irgendwann kann man ein paar Sorten unterscheiden.«

»Deine Mom ist Französin? Hast du es gut. Dann musst du bestimmt nicht in den Französisch-Förderkurs und hast morgen Nachmittag früher frei.«

»Stimmt. Es ist meine zweite Muttersprache.«

»Und dein Dad?«, wollte Gigi wissen. »Ist er Amerikaner? Dein Englisch ist einfach zu gut, um nicht deine Muttersprache zu sein. Was macht er so? Und was verschlägt euch nach Paris?«

Ich gab ihnen eine Kurzfassung meiner Lebensgeschichte, ließ aber den Teil mit den sprechenden Blumen aus. Da ich eigentlich keinen Hunger hatte, weil ich immer noch ein wenig nervös war, machte Jemma sich irgendwann über meine Portion her.

»Mein Vater ist auch Diplomat.« Gigi schob das zerkochte Gemüse auf ihrem Teller von rechts nach links. »Ich habe vorher in Sydney gelebt. Vor einem halben Jahr sind wir nach Paris gezogen. Man lebt sich hier schnell ein. Die Stadt ist wunderschön, und auch die Schule hier ist echt okay. Außerdem finde ich es ganz angenehm, ins Bett zu gehen, ohne vorher alle Kissen und Decken nach giftigen Spinnen abzusuchen.«

Jemma grinste. »Die Spinnen fressen die Moskitos. Und die meisten Arten greifen nur an, wenn sie sich bedrängt fühlen.«

Gigi verdrehte die Augen. »Es ist nicht jeder in der Wildnis von giftigen Insekten großgezogen worden, so wie du. Das vergisst du ständig.«

Ich musste lachen. »Wo kommst du denn her, Jemma?«

»Südafrika. Meine Mutter hat ein großes Stück Land geerbt und zusammen mit meinem Vater eine Art Rettungsstation für Wildtiere aufgebaut. Sie sind beide Zoologen. Sie arbeiten mit einigen Universitäten zusammen und bieten Forschern die Möglichkeit, einige Monate auf der Ranch zu wohnen und zu forschen. Wir sind aber für vier Jahre in Paris, weil Mom und Dad ihre Forschungen in einer internationalen Arbeitsgruppe an der Sorbonne vertiefen wollen.«

»Und wer kümmert sich um die Ranch in Südafrika?«

»Wir haben einen Verwalter, und Dad fliegt zweimal pro Monat rüber.«

Sie lächelte breit und leerte geräuschvoll ihr Saftpäckchen. »Aber jetzt mal zu einem anderen interessanten Thema: Du hast einen Freund?«

Ich schüttelte den Kopf. Sofort nahm mein Puls wieder Fahrt auf. Ich versuchte, nicht wieder so mondsüchtig zu grinsen. Es gelang mir nur halb.

Gigi kicherte. »Da hat es aber jemanden ganz schön erwischt.«

Ich hob beide Hände in einer beschwichtigenden Geste. »Es ist noch ganz frisch. Wir haben uns erst am Freitagabend kennengelernt. Er heißt Maél, ist 17 Jahre alt und geht auf die Louis-Le-Grand.« Ich lächelte verlegen. »Und er ist echt süß.«

Jemma schob die Spaghetti zur Seite. Gigi klimperte mit den Wimpern und stützte das Kinn auf die Hände. »Wie romantisch! Erzähl uns alles! Und lass bloß kein Detail aus.«

Kapitel 4

Kaffee und Katakomben

Die Straßen flogen an mir vorbei. Lichtkegel der Laternen, blinkende Leuchtreklamen, die Scheinwerfer der vorbeifahrenden Autos. Es schien, als wollten sich die Lichter der Stadt zu einem Pendant des Sternenhimmels vereinen.

Ich war nicht grundlos unterwegs. Ich sollte etwas finden. Etwas Wichtiges. Etwas, das schon sehr lange verborgen war.

Die vorbeifliegenden Bilder verloren an Geschwindigkeit, bis sie ganz zum Halten kamen. Ich sah mich um. Jugendstilvillen ragten wie stumme Zeugen einer längst vergangenen Epoche zwischen hochgewachsenen Bäumen empor. Ein leichter Wind kam auf. Flüsternd strich er durch die akkurat gestutzten Büsche der Vorgärten. Sanft kräuselte er mein Haar zu dicken Strähnen.

Hier. Genau hier. Es war nur ein Gefühl, aber ich war mir ganz sicher. Ich drehte mich zur Seite, sodass ich einer cremefarben gestrichenen Villa gegenüberstand. Ein zartes Summen erhob sich in meinem Inneren. Die niedrige Mauer war kein Hindernis für mich. Schon stand ich in dem Vorgarten zwischen Buchsbäumen, Lavendelbüschen und wilder Kamille. Es war ein alter Garten. Ein Ort voller Erinnerungen, Geheimnissen und Verborgenem. Kurz glitt mein Blick zur Villa hinüber. Vor allen Fenstern waren graue Rollläden hinuntergelassen, aber in einem Zimmer in der ersten Etage schien noch jemand wach zu sein. Gelbe Lichtpunkte malten ein symmetrisches Muster auf die Lamellen. Vor einer alten Eiche ging ich in die Hocke und strich über das weiche Moos, das dort wuchs. Die hohle Schale einer Eichel zerbröselte unter meinen Fingern. Ich erhöhte den Druck, bohrte meine Finger durch das Moos tief hinab in den feuchten Erdboden. Ich würde wissen, was ich suchte, wenn ich es gefunden hatte.

Plötzlich fühlte sich die Erde wärmer an. Ich zuckte zusammen, weil sich das, was ich mit meinem rechten Zeigefinger ertastete, wie elektrisch aufgeladen anfühlte. Vorsichtig legte ich es frei. Ich kniff die Augen zusammen. Was konnte das sein? Als das Ding in meiner Handfläche lag, perlte die feuchte Erde von ihm ab wie Wasser von einer Lotusblüte. Ein Ohrring. Ein kleiner, goldener Ohrring. Vom Stil her erinnerte er mich an die antiken Ohrgehänge, die meine Mutter besaß. Der obere Teil war sehr schlicht gehalten. Umso aufwendiger war der Anhänger. Geschwungene Formen bildeten florale Motive. In den Blütenkelchen schimmerten winzige blaue Emailletropfen. Der Ohrring war zart und filigran, doch in seiner harmonischen Vollkommenheit so wunderschön, dass ich den Blick nicht abwenden konnte. Wie lange mochte er schon, sicher behütet von den Wurzeln der Eiche, im Boden geschlummert haben? Wer hatte ihn verloren? Und warum?

»Das hast du gut gemacht.«

Ich drückte mich vom Boden hoch, bis ich wieder auf meinen Füßen stand. Als ich mich zu der Stimme umdrehte, sah ich direkt in die Öffnung einer Schatulle. Ihre Ränder schienen meinen Bewegungen zu folgen. Drehte ich den Kopf, wanderten sie mit, sodass ich die Umgebung daneben oder denjenigen, der sie hielt, nicht erkennen konnte.

»Lass den Ohrring dort hineinfallen.«

Die Stimme war unwirklich schön. Betörend und eindringlich zugleich. Lieblich und gnadenlos. Wunderbar und furchteinflößend.

Ich zögerte.

Suchend beugte ich mich nach rechts. Die rechten Ränder der Schatulle streckten sich. Ihre Konturen verschwammen, als seien sie von dichtem Nebel umgeben. Ich beugte mich nach links. Wieder folgten mir die Ränder, dehnten und streckten sich, bis mir nur noch ein großer schwarzer Abgrund entgegenstarrte. Die Schatulle schien bodenlos. Neugierig beugte ich mich näher. Mein Magen zog sich zusammen. Je länger ich in das endlose Schwarz starrte, desto mehr fühlte es sich an, als würde etwas aus den Untiefen der Schatulle langsam auf mich zukriechen. Eine uralte, gemeine und hungrige Dunkelheit, die mich mit einem Biss verschlingen würde.

Ich wich zurück, als hätte ich mich verbrannt.

»Den Ohrring.« Die Stimme klang sanft. »Bitte.«

Ich nickte. Gegen die Macht, die in der Stimme lag, konnte ich mich nicht mehr wehren. Langsam senkte ich die Hand, um das Schmuckstück in die Schatulle fallen zu lassen.

»Ich danke dir.«

Wieder nickte ich.

Dann war die Stimme fort, die Schatulle verschwunden, und auch der milchige Nebel hob sich. Der Ohrring schien immer noch zu fallen.

*

Am Dienstagnachmittag hatte ich, wie von Gigi und Jemma richtig erraten, keinen Unterricht. Ich war mit Maél verabredet und so nervös, dass ich gefühlt alle fünf Sekunden in meinem kleinen Taschenspiegel nachsah, ob mir nicht doch ein Krümel im Gesicht klebte. Die Leute in der Metro dachten bestimmt schon, dass es sich um eine Art Zwangsneurose handelte. Ich warf einen letzten Blick auf mein Gesicht, bevor ich den Spiegel energisch zurück in meine Tasche steckte. Von dem Kratzer des Stechginsters war nichts mehr zu sehen. Mom hatte noch am selben Abend danach gefragt. Doch ich hatte ihr erklärt, dass ich die Wunde mit einer neuen Camouflage-Technik abgedeckt hätte. Sie und Dad hatten einen Blick gewechselt. Da sie allerdings wussten, dass ich Stunden vor Schminktutorials auf YouTube zubrachte, hatten sie meine Aussage nicht angezweifelt.

Mir hingegen war immer noch schleierhaft, was passiert war. Die Wunde war vor meinen Augen verschwunden, und das konnte doch eigentlich gar nicht sein. Ich war schließlich kein Vampir oder ein unentdeckter X-Man. Ich unterdrückte ein Grinsen. Ein X-Man. Ich! Ich konnte mir bildlich vorstellen, wie Professor X mich ausfragen würde:

Und was ist dein Talent?

Pflanzen sprechen zu mir.

Und was sagen sie dir? Prophezeien sie den Weltuntergang? Kennen sie die Zukunft? Lenken sie die Geschicke der Menschheit?

Nein, die meisten beschweren sich über irgendwas. Der Rest will, dass ich sie gieße.

Da ich nach nur einer Haltestelle wieder aussteigen musste, erhob ich mich und strich kurz mein Kleid glatt. Maéls Strickjacke hatte ich – natürlich völlig unabsichtlich – zu Hause liegen gelassen. Mittags hatte das Thermometer fast die 30-Grad-Marke geknackt. Jetzt, am Nachmittag, war es immer noch angenehm warm, und so hatte ich mich für ein meerblaues Jeanskleid entschieden, das ich in einem Onlineshop für Vintagemoden erstanden hatte. Es sah aus wie eine Latzhose, deren Beine man, so vermutete ich, zu einem Rock zusammengenäht hatte. Darunter trug ich ein Halbarmtop aus Baumwolle in leuchtendem Zitronengelb. Da ich nicht wusste, ob wir eventuell in den Katakomben spazieren gehen würden, hatte ich mich dann doch nicht auf die schmalen Latzträger des Kleides verlassen wollen. Meine Haare hatte ich während des Unterrichts zu einem Knoten eingedreht, sodass sie nun in weichen Wellen über meine Schultern fielen. Komplettiert wurde mein Outfit durch eine Sonnenbrille mit dunkelblau verspiegelten Gläsern, die ich mir in die Haare geschoben hatte.

Wir hatten uns unter dem Eiffelturm verabredet, und mein Fußmarsch würde nicht lange dauern. Lange genug jedoch, um erneut über meinen Traum von letzter Nacht nachzudenken. Er war so real gewesen. Ich konnte immer noch die feuchte Erde an meinen Fingerspitzen fühlen. Das zarte Gewicht des Ohrrings auf meiner Handinnenfläche war so präsent, als wäre ich gerade erst erwacht. Direkt nach dem Aufstehen war ich der festen Überzeugung gewesen, es sei mehr als ein Traum gewesen. Ich hatte mich halb zu Tode erschrocken, als ich den abgebrochenen Nagel entdeckt hatte. Es war wie in einem gruseligen Film gewesen, wo sich die Bausteine eines mysteriösen Rätsels durch noch mysteriösere Einzelteile langsam zusammensetzten. Ich erinnerte mich, dass mir in meinem Traum ein Nagel abgebrochen war. Aber vielleicht war es auch in meinem Bett passiert, und ich hatte das Ganze nur im Schlaf verarbeitet? Meine Finger waren jedenfalls so blitzsauber, dass ich damit unmöglich im Halbschlaf in irgendeinem Blumenbeet gewühlt haben konnte. Ich fand keinen abgebrochenen Fingernagel in meinem Bett, doch es gab zu viele Argumente, die gegen einen plötzlichen Anfall von Schlafwandeln sprachen. Meine Schuhe waren sauber, meine Nägel auch. Meine Kleider lagen auf der Stelle, an der ich sie abends abgelegt hatte. Sogar mein Schlüsselbund schien unangetastet. Obwohl ich mich den ganzen Schultag über müde und seltsam erschöpft gefühlt hatte, kam ich zu dem Schluss, dass es sich einfach nur um einen sehr realistischen Traum gehandelt haben musste. Und doch … Ein Gefühl von Unsicherheit und Misstrauen blieb. So als wüsste ein Teil meines Körpers mehr, als mein Verstand bereit war zu akzeptieren.

Als ich Maél entdeckte, rückten meine Müdigkeit und alle Ängste und Zweifel in den Hintergrund. Er hob kurz grüßend die Hand, dann kam er lächelnd auf mich zu. In meinem Bauch kribbelte und kitzelte es, als hätte eine Horde Ameisen in meinen Eingeweiden ein neues Zuhause gefunden.

Maél sah klasse aus, obwohl er ähnlich dunkel gekleidet war wie letztes Mal. Verwaschene schwarze Röhrenjeans, graues Shirt, seine Armspangen und das Lederband, dessen Anhänger unter dem Ausschnitt des Shirts verborgen lag. Dieses Mal hatte er einen schwarzen Rucksack aus einem glänzenden Hightechmaterial dabei, den er sich lässig über eine Schulter gehängt hatte. Auch er trug eine Sonnenbrille, die er allerdings abnahm, als er auf mich zuging. Die Gläser waren silbern verspiegelt, und ihre Oberflächen schimmerten wie flüssiges Quecksilber. Die Brille war exaltiert, aber sie stand ihm. Seine offensichtliche Vorliebe für die Farben Schwarz und Grau störte mich nicht. Sie passten zu ihm und wirkten authentisch.

Auch ich ging zeitgleich auf ihn zu, und wir prallten aufeinander wie Kometen. Dann standen wir einen Moment lang etwas verlegen voreinander. Er lächelte, ich lächelte, aber keiner von uns rührte sich. Maél fasst sich schließlich ein Herz. Er küsste mich wie in Frankreich üblich auf beide Wangen und hauchte dabei ein »Bonjour, Livia« in mein rechtes Ohr. Seine Haarspitzen kitzelten mich an der Wange, und seine Lippen berührten meine Haut nur ganz zart. Was für ein wunderschönes Gefühl. In meinem Bauch begann es sofort wieder zu kribbeln. Es war aufregend, ihm nun, nach unseren vielen WhatsApp-Nachrichten, wieder so nahe zu sein. In den drei Tagen, in denen wir uns nicht gesehen hatten, hatte ich mir unser Aufeinandertreffen immer wieder vorgestellt. Doch kein noch so schöner Traum kam gegen diese Realität an.

»Bonjour«, murmelte ich schon wieder verlegen. Er machte mich nervös, wenn er mir so nahekam.

»Hast du gut hergefunden?« Maél strich sich fahrig eine der schwarzen Strähnen hinters Ohr. Er musterte mich, wohl um meine Reaktion auf seine Begrüßung abzuschätzen. Ich war erleichtert, als ich feststellte, dass auch er nervös zu sein schien.

»Ja, danke. Zum Glück hält die Metro gefühlt an jeder Laterne, und man muss so selbst die kürzesten Strecken nicht laufen.«

Er lachte leise. »Wie? Ist das edle Fräulein heute ohne ihren Chauffeur unterwegs?«

Ich stupste ihn spielerisch an. »Ich bin schon am Freitag mit der Metro gefahren.«

»Es ist wirklich großherzig von dir, die Nähe der einfachen Leute zu suchen. Was sagen die Frau Mama und der Herr Papa dazu?«

»Du bist unmöglich!« Ich lachte auf. Maél grinste und schien zufrieden. Das Eis war gebrochen, und jetzt fühlte es sich an, als hätten wir uns erst vor ein paar Minuten und nicht am Freitag das letzte Mal gesehen. Ich lächelte ihn dankbar an.

»Wo gehen wir hin?« Maél hatte vorgeschlagen, etwas trinken zu gehen, und ich war schon gespannt, welches Café er ausgesucht hatte.

»Du hast die freie Auswahl. Es gibt hier an jeder Ecke ein

gutes Café. Ich mag das *Gustave*. Aber wir könnten uns auch einen Coffee to go holen und uns in der Nähe des Eiffelturms einfach auf eine Bank setzen oder ein wenig spazieren gehen.«

»Die Idee mit dem Spaziergang gefällt mir.«

»Dann holen wir uns im *Gustave* einen Kaffee. Die haben auch diese ganzen Spezialitäten extra für Mädels.«

»Spezialitäten für Mädels?«

»Kaffee mit Milchschaum, Walnusssirup und Schokostreuseln. Sojamilchkaffee mit fettfreier Sahne. Eiskaffee mit Karamellaroma und Zimtstreuseln. Und so weiter. Mädels bestellen nie einfach nur einen Becher schwarzen Kaffee. Ist dir das noch nicht aufgefallen?«

Ich lachte. »Gut, dann nehmen wir das *Gustave*.«

»Sehr schön.« Er schenkte mir ein unwiderstehliches Lächeln. »Wollen wir?«

»Gerne.«

Maél machte einen Schritt zurück, und in diesem Moment fiel mein Blick zum ersten Mal auf seine Füße. Er trug Flip-Flops mit breiten schwarzen Lederriemen. Seine Zehennägel waren dunkelgrau lackiert. Der Lack glänzte nicht, sondern war komplett matt, sodass es aussah, als habe er jeden Nagel mit einer dünnen Schicht Beton bemalt.

»Was?« Ich starrte darauf. »Was ist das denn?«

»Meine Füße«, erwiderte Maél mit Pokerface. »Oder meinst du meine neuen Flip-Flops? Schick, oder? Und super bequem.«

»Witzbold.«

Maéls Grinsen wurde in Zeitlupe immer breiter.

Ich warf einen zweiten Blick auf seine Füße. Maél war einfach … Er war einfach … So langsam gingen mir die Adjektive aus.

»Ich kann dir die Farbe mal ausleihen.«

Ich schüttelte ungläubig den Kopf. »Ich glaube es einfach nicht.«

»Sie gefallen dir.«

»Deine neuen Schuhe? Ja, die sehen wirklich bequem aus.«

»Meine Füße«, sagte Maél lahm. »Du weißt, dass es darum geht, Goldlöckchen.«

»Deine Füße?« Ich tat mäßig begeistert. »Ich finde, da gibt es vorzeigbarere Körperteile an dir.« Mir wurde erst klar, dass ich Öl ins Feuer gegossen hatte, als ich Maéls glühenden Blick auffing.

»Oh nein.« Ich hob die Hände. »Nein, nein, nein. Das spielen wir nicht weiter.« Ganz bestimmt würde ich ihm nicht aufzählen, welche seiner Körperteile ich für besonders vorzeigbar hielt.

Ein Hauch von Arroganz schwang in seinem Lächeln mit, als er sich nah zu meinem linken Ohr beugte. »Aber ich spiele doch so gerne.«

Ich wich zurück. Ein Sicherheitsabstand musste sein. Sonst ging mein Hirn auf Stand-by und Maél würde wieder verbal einen Punkt nach dem anderen einheimsen.

So leicht würde er mich nicht einwickeln.

»Es gibt doch Babyspielstunden. Und Welpenspielstunden. Vielleicht gibt es auch Spielstunden für Siebzehnjährige?« Ich suchte betont umständlich in meiner Tasche nach meinem Handy. »Ich googele das jetzt mal. Dann könnten wir dich direkt in so einer Spielgruppe anmelden.« Nachdenklich wog ich mein Handy in der Hand. »Vielleicht gibt es einen Rabatt, wenn du deine Brüder mitbringst. Was meinst du?«

»Ich meine, dass du mal wieder ganz schön frech bist für jemanden, der so klein ist.« Er kam noch etwas näher. Ich ließ das Handy sinken, als wöge es plötzlich zehn Kilo. Maél hielt meinen Blick, und obwohl er lächelte, wirkte er plötzlich wie eine Wand, die vor mir aufragte. Ich wusste nicht genau, ob ich sie als schützend oder einengend empfinden sollte. Einen ewigen Moment lang war es so still zwischen uns, als habe jemand die Umgebungsgeräusche einfach abgeschaltet. Es war verrückt, ich konnte seinen Herzschlag spüren. Hörte das Blut in seinen Adern rauschen. Ich fühlte, wie sehr meine Gegenwart all seine Sinne berührte. Es schien, als würden sich unsere Körper miteinander verbinden, eine Art Symbiose eingehen. Wir berührten uns nicht, und doch spürte ich ihn, las in ihm, fühlte zusammen mit ihm. Er trug das gleiche Parfüm wie letztes Mal, und doch konnte ich durch die zarten Moleküle den Geruch seiner Haut erraten. Er roch nach Mut, nach Kraft und einem unbändigen Verlangen nach mehr … nach mehr von mir. Ich zuckte etwas erschrocken zusammen. Damit hatte ich nicht gerechnet. Wir sahen uns immer noch an, und plötzlich passierte etwas in seinen Augen. Das Grau, sonst so dunkel und intensiv wie Regenwolken, klarte auf und wirkte plötzlich sehr viel glänzender und heller. Maél gab ein Geräusch von sich, das seltsam gepresst klang. Ich hatte den Eindruck, er ringe um Beherrschung.

»Maél?« Ich hörte meine Stimme wie aus weiter Ferne.

Er blinzelte. Sofort sahen seine Augen aus wie vorher. Immer noch exotisch und schön, aber ich war mir sicher, mich nicht getäuscht zu haben, als seine Augen sich vorhin so seltsam verändert hatten. Unsere Verbindung riss so jäh ab, dass mir schwindelig wurde. Ich war schon verliebt gewesen, aber so etwas hatte ich noch nie gefühlt. War das die magische Verbindung, von der immer alle schwärmten? Das berühmte Gefühl, jemanden schon ewig zu kennen? Es wäre die einfachste Erklärung gewesen, doch ich zweifelte daran.

»Alles okay?«, fragte ich und suchte seinen Blick. »Ich hatte das Gefühl, dass …« Ich brach ab. »Deine Augen.« Ich suchte nach den richtigen Worten. »Trägst du manchmal Kontaktlinsen?«

»Nein, ich …« Er seufzte. »Sorry. Ich habe die Nacht durchgelernt, weil wir heute einen Philosophietest geschrieben haben.« Er grinste schief. »Ist nicht unbedingt meine Stärke. Wenn man die ganze Nacht auf ein Tablet guckt, um irgendwelche Interpretationen auswendig zu lernen, sieht man am nächsten Tag wohl aus wie ein Kaninchen.«

Maél sah nicht aus wie ein Kaninchen. Seine Augen waren weder kleiner, als ich sie in Erinnerung hatte, noch schienen sie gerötet. Außerdem erklärte das nicht den seltsamen metaphysischen Chemiecocktail, der da eben zwischen uns explodiert war. Da es mir aber zu blöd war, Maél danach zu fragen, ob sich »In jemanden so richtig verknallt sein« so anfühlte, beschloss ich, nicht weiter nachzuhaken. »Das tut mir leid. Bist du sehr müde? Sollen wir lieber morgen einen Kaffee trinken?«

»Kommt gar nicht infrage.« Er zupfte spielerisch an einem meiner Träger. »War das mal eine Latzhose?« Es war unübersehbar, dass er das Thema wechseln wollte. Also spielte ich mit. Gelegenheiten, mir mehr zu erklären, hatte ich ihm genug gegeben.

»Ich glaube schon. Witzig, oder?«

Maél zog ein bedeutungsvolles Gesicht.

»Was?« Ich fixierte ihn, so wie ein Ninja sein nächstes Opfer ansehen würde.

Maél besaß das Talent, sein Gesicht auf Kommando so unschuldig wie das eines Engels aussehen zu lassen. Er machte eine Kunstpause, in der er das Latzkleid und das gelbe Shirt erneut einer kurzen Musterung unterzog. Dann sah er wieder in mein Gesicht. »Kennst du die Minions?«

*

Okay, ich hatte ihn ein bisschen verhauen für diese Frechheit. Aber nur ein bisschen. Er lachte, als ich mich halb empört, halb lachend auf ihn stürzte. Irgendwann bekam er meine Handgelenke zu fassen und setzte mich außer Gefecht. Nachdem er mir das Versprechen abnahm, ihn nicht mehr anzufallen, und ich ihn wiederum hatte schwören lassen, mein blaugelbes Outfit nie wieder mit den Minions zu vergleichen, hatte er mich mit sich gezogen, um mir das *Gustave* zu zeigen. Es lief also super zwischen uns.

Das Café lag gut versteckt in einer Seitengasse unweit des Eiffelturms. Dank seiner etwas schwer zu findenden Lage war es nicht so sehr von Touristen überlaufen. Der schmale Gehweg davor war fast komplett mit Sitzgelegenheiten vollgestellt. Korbstühle säumten kleine Tische, deren Platten mit raffinierten Mosaikmustern verziert waren. Stühle aus den Siebzigern mit durchgesessenen Lederpolstern und winzige Bänke mit Chenillebezug standen um Holztische, die aussahen, als hätten sie vorher in einer Schule gestanden. Ein Lokalsender spielte die aktuellen französischen Charts. In der großen Theke tummelten sich kleine Törtchen, Petit Fours, Cupcakes und untertassengroße Cookies. Es roch so verführerisch nach frisch gebrühtem Kaffee, dass ich sehnsuchtsvoll aufseufzte.

Maél stupste mich zart an. »Was möchtest du haben?«

»Einen Kaffee, bitte.«

Maél stutzte. »Einfach nur Kaffee?«

Ich nickte. Es fiel mir schwer, mir das Grinsen zu verkneifen.

»Nur schwarzen Kaffee?«, hakte er nach.

»Ja.«

»Fettfreier Sojamilchschaum? Schokosirup? Oder ein Stückchen chemiefreien Süßstoff dazu?«

»Nein, danke.«

Maél ließ seinen Blick einmal prüfend an mir hinab- und wieder hinaufgleiten. »Möchtest du mir irgendetwas beichten?«

Ich prustete. »Ich bin kein Junge.«

Maél zog die Stirn kraus. »Alien?«, schlug er vor.

»Nein.«

»Vampir?«

»Werwolf.« Ich ließ meine Stimme absichtlich tief klingen.

Maél seufzte ergeben. »Das erklärt so einiges. Bin gleich wieder da.«

Ich beobachtete ihn, wie er zur Theke ging. Einer der Kellner begrüßte ihn mit Handschlag, eine Frau hinter der Theke winkte ihm zu. Sie schien überrascht, als er zwei Becher Kaffee bestellte. Neugierig sah sie zu mir. Offenbar schien er hier nicht oft in weiblicher Begleitung zu erscheinen. Das gefiel mir.

Hinter mir wurde gehupt, und ich war einen Moment lang abgelenkt. Als ich mich wieder umdrehte, sah ich noch, wie die Frau eine Butterbrottüte neben die zwei Becher auf die Theke legte, während Maél einen Schein aus seinem Portemonnaie zog.

Ich kam ihm entgegen, um ihm mit den Bechern zu helfen.

»Danke dir. Hier, für dich.« Maél hielt mir die Tüte hin. »Es sind die Besten der Stadt.«

Neugierig schielte ich hinein. Es waren zwei von den großen Cookies, die schon in der Theke so appetitlich ausgesehen hatten. Und sie rochen superlecker. »Cookies!« Ich strahlte ihn an. »Danke! Die sehen ja super aus.«

»Ja …« Er wuschelte sich durch die dunklen Haare. »Ich habe nach Hundekeksen gefragt, aber sie hatten nur die hier.«

»Vorsicht, wenn du mich ärgerst, verwandle ich mich auf der Stelle.«

»Was glaubst du, warum ich dir die Kekse im Vorhinein schenke.«

»Du hast Angst vor mir?«

»Jeder Kerl hat Angst vor Frauen, auch wenn es kaum einer zugibt. Ihr seid einfach unberechenbar.« Er drehte sich zu mir. »Erst recht, wenn ihr zusätzlich auch noch Werwölfe seid.«

Ich lachte. »Du liebst also das Risiko.«

»Sowieso.« Er schmunzelte.

»Stimmt. Das ist mir auch schon aufgefallen.«

Er lachte dunkel, dann schob er mich ein Stückchen vor sich her, bis der Gehweg wieder so breit war, dass wir nebeneinander gehen konnten. »Probier deinen Kaffee, und dann gehen wir ein bisschen spazieren.«

*

Wir tranken unseren Kaffee und teilten uns die Kekse, während Maél mit mir die Gegend rund um den Eiffelturm erkundete. Wieder mal schien es, als wäre es nicht unser erstes Date. Die Mischung, dass wir einerseits so vertraut miteinander umgingen und die Tatsache, dass mir zwischendrin immer wieder bewusst wurde, dass ich mir noch sehr viel mehr wünschte, war euphorisierend. Ich lachte so viel wie schon lange nicht mehr. Maél war der perfekte Entertainer.

Es war schon nach 17 Uhr, und die meisten Touristen kehrten in ihre Hotels zurück, um sich fürs Abendessen auszuruhen, als wir uns auf einer Bank unweit des Eiffelturms niederließen. Eine Weile saßen wir schweigend nebeneinander. Doch dieses Mal war es keine peinliche Stille wie noch heute Nachmittag.

Ein paar Spatzen kamen neugierig näher gehüpft. Maél zog die zerknüllte Kekstüte aus einer seiner Taschen, schüttete sich die Krümel in die Hand und warf sie den Vögeln hin. Wir beobachteten die Spatzen, bis sie die Krümel aufgepickt hatten und neugierig den Kopf reckten, um Nachschub zu erbetteln.

»Wissen deine Eltern, dass du ein Cataphile bist?« Meine Stimme erschreckte die Vögel, und ein paar von ihnen hüpften nervös ein Stück von uns weg.

Maél schüttelte den Kopf und beobachtete weiter die Spatzen.

»Und was erzählst du ihnen, wo du hingehst?«

Maél presste kurz die Lippen aufeinander, bevor sich seine Züge wieder entspannten. Er sah mich nicht an. »Ich muss niemandem etwas erzählen. Ich lebe allein.«

Ich brauchte einen Moment, um diese ungeheuerliche Information sacken zu lassen. »Du bist minderjährig.« Erst dann wurde mir bewusst, was die Nachricht auch bedeuten konnte. »O mein Gott. Wie unsensibel. Sind deine Eltern … Ich meine, sie sind doch nicht etwa …«

Maél berührte kurz beschwichtigend meinen Unterarm. »Schon gut. Meine Eltern waren nicht verheiratet. Ich bin das Ergebnis eines One-Night-Stands. Meine Mutter wollte, dass mehr daraus wird. Aber mein Vater hat sie immer wieder abgewiesen. Sie ist daran zerbrochen. Sie hat mich in unserer

Wohnung zurückgelassen, als ich gerade neun geworden war. Niemand weiß, wo sie sich aufhält. Oder ob sie noch lebt. Ich habe mich daran gewöhnt, auch wenn es am Anfang schwer war, damit umzugehen. Man fragt sich immer, ob man etwas falsch gemacht hat. Mein Vater lebt mit einer anderen Frau zusammen. Er ist nicht der fürsorgliche Typ. Ich bekomme Geld von ihm. Damit ist seine Pflicht getan, denkt er. Ich habe einen Paten, der sich ein wenig um mich kümmert. Er ist jünger als Dad, und wir kommen gut miteinander klar. Er hat mir die Wohnung gemietet und ist offiziell mein Vormund. Da er aber eine eigene PR-Agentur hat, ist er ständig unterwegs, und ich habe so ziemlich meine Ruhe.«

Sein Ton klang so nüchtern und abgeklärt, dass ich nicht anders konnte, als ihm einen besorgten Blick zuzuwerfen. »Das tut mir leid.«

»Mir geht's gut.« Er lächelte. »Es lebe der Pizzaservice.«

Ich tat ihm den Gefallen und lachte, auch wenn mir nicht danach war. »Du warst erst neun Jahre alt. Wer hat sich um dich gekümmert, wenn dein Pate nie Zeit hatte?«

»Kindermädchen und Haushälterinnen.«

Ich konnte mir kaum vorstellen, wie es war, ohne Eltern aufzuwachsen. Vielleicht wirkte Maél deshalb so oft erwachsener, als er war, und vielleicht waren aus diesem Grund auch seine Freunde fast alle deutlich älter. Mir zog sich das Herz zusammen. Ich wusste noch sehr gut, wie schön es gewesen war, als Kind sonntagmorgens zu meinen Eltern zum Kuscheln ins Bett zu kriechen. Nach ihnen zu rufen, wenn ich nachts Angst hatte. Zu wissen, dass sie immer für mich da waren. Das alles hatte Maél viel zu früh verloren. Und trotzdem war er nicht daran zerbrochen. Im Gegenteil, er schien daran gewachsen zu sein.

»Wie hast du das ausgehalten? Haben sie dir nicht unheimlich gefehlt? Wer hat dich getröstet, wenn du es brauchtest? Wer hat dich in den Arm genommen? Mit einem Kindermädchen zu kuscheln ist doch nicht das Gleiche wie mit den eigenen Eltern.«

»Ich war nicht so verkuschelt.«

»Jeder kuschelt gern.«

Maél sah mich herausfordernd an. »Glaube ich nicht.«

Ich rückte so nah, dass unsere nackten Arme sich berührten. Er wirkte zunächst etwas überrascht, bewegte sich aber nicht. Obwohl ich Angst hatte, er könne mich zurückweisen, wich ich nicht wieder zurück. Mit der freien Hand strich ich seinen Arm ein paarmal zart hinauf und hinab. Maél rührte sich nicht. Ich lehnte meine Wange an seine Schulter und malte kleine Kreise auf seine Handfläche. Irgendwann wurde ich immer langsamer. Dann zog ich meine Hand weg, hob den Kopf und sah ihn fragend an. Seine Augen waren groß und dunkel. Er wirkte seltsam verletzlich.

»Mehr.« Seine Stimme klang dunkel. Er hob den Arm und stützte sich hinter mir ab, sodass ich noch näher rücken konnte. Dann legte er die linke Hand auf sein rechtes Knie. Ich wiederholte meine Kreise auch auf dieser Hand. Als ich erneut zu ihm sah, musste ich feststellen, dass er die Augen geschlossen hatte. Ich ließ den Blick wandern. Sein Mund war schön geschwungen, und seine Lippen wirkten weich und regelrecht einladend. Seine Haut schien keine einzige sichtbare Pore zu besitzen. Als seine Nasenspitze zuckte, sah ich schnell weg.

»Hast du deine Meinung geändert?«, flüsterte ich.

Er nickte, erst dann öffnete er die Augen. Sein warmes Lächeln weckte die Schmetterlinge in meinem Bauch. In einem

Wirbel stiegen sie tanzend empor. Maél und ich waren einander so nah, dass er nur den Kopf ein bisschen hätte zu mir beugen müssen, um mich zu küssen. Ich sah in seinen Augen, dass er dasselbe dachte. Sein Blick glitt zu meinem Mund. Jetzt gleich, dachte ich, wird er mich einfach küssen. Gleich. Dass es dafür eigentlich viel zu früh war, war mir egal. Man küsste sich schließlich nicht beim ersten Date. Aber mit Maél war alles anders. Wir gingen so vertraut miteinander um, als hätten wir sehnsüchtig aufeinander gewartet. Ein Kuss wäre da nur die Krönung und Besiegelung all dieser wunderbaren Gefühle.

Doch Maél küsste mich nicht. Sein Gesichtsausdruck veränderte sich plötzlich, und im nächsten Moment sprang er auf.

»Wann musst du zu Hause sein?«

Ich warf ihm einen verwirrten Blick zu. Was war passiert? Hatte ich etwas falsch gemacht? War das jetzt ein Hinweis, dass unser Date beendet war? Maél fing meinen Blick auf.

»Oder möchtest du mich noch begleiten? Das dauert aber bestimmt zwei Stunden.«

Es sah einfach nur komisch aus, wie er da vor mir stand, nervös gestikulierte und verzweifelt so tat, als wäre das eben nie passiert.

»Jetzt sofort?«, fragte ich.

Er nickte.

»Und wohin?«

»In die Katakomben. Ich muss dort etwas recherchieren.« Er kam zurück zur Bank und griff nach dem Rucksack, den er neben sich abgestellt hatte. Ich war völlig überrumpelt. Würde er mich hier sitzen lassen, wenn ich nicht sofort aufsprang, um ihm zu folgen?

»Recherchieren?« Ich spielte auf Zeit, denn ich brauchte

einen Moment, um seinen rasanten Stimmungswechsel zu verarbeiten.

»Es geht um das Halbjahresprojekt in Geschichte. Ich schreibe über die nicht kartographierten Abschnitte der Katakomben.«

Ich war zwar immer noch durcheinander, meine grauen Zellen jedoch arbeiteten auf Hochtouren. »Du hast das Okay von deinem Lehrer, in nicht erforschten Katakombengängen herumzukriechen?« Worüber schrieben dann seine Mitschüler? Übers Tiefseetauchen ohne Sauerstoffgerät? Oder Bungeespringen ohne Seil?

Maél setzte seine Sonnenbrille auf, obwohl es dafür schon fast zu dunkel war. Die metallisch schimmernden Gläser ließen sein Gesicht noch kantiger wirken.

»So genau habe ich das in meiner Projektbeschreibung nicht aufgeführt.«

Ich stand auf. »Lass mich raten. Er denkt, du sitzt im Archiv und wälzt alte Baupläne und Karten, während du dich lebensmüde durch halb verfallene Stollen gräbst.«

Schon wieder schlug Maéls Laune um, als habe er einen Schalter umgelegt. Er lachte, und die Nervosität fiel von ihm ab, wie eine Schlange ihre Haut abwarf. Er schob die Sonnenbrille in seine Haare.

»Es ist unheimlich, wie mühelos du mich durchschaust.«

Ich grinste. »Immer wieder gern.«

»Und was sagst du? Kommst du mit?«

»Du meinst, es ist schöner, zu zweit in einem halb verfallenen Stollen verschüttet zu werden? Damit man noch jemanden zum Reden hat, bis der Sauerstoff ausgeht?« Ich verzog den Mund. »Ich weiß ja nicht …«

Maél schnalzte missbilligend. »Deine Phantasie spielt dir

einen Streich, Goldlöckchen. Ich kenne mich in dem Gebiet, wo die Stollen liegen, sehr gut aus. Es geht nur darum, einen bestimmten Bereich etwas genauer unter die Lupe zu nehmen. Die Banque Nationale hat dort einen Tresorraum, der unmittelbar an die Katakomben grenzt. Es geht um die Geschichte dieser Bereiche, und dafür muss ich sie etwas genauer kartographieren. Die Stollen sind nicht halb verfallen, und kriechen muss man erst recht nicht.« Er warf mir einen Blick zu. »Es sei denn, du bestehst darauf.«

»Spinner.« Ich kniff ihn zärtlich in die Seite.

»Müssen wir jetzt wieder Mami und Papi anrufen und um Erlaubnis fragen?« Er wackelte mit den Augenbrauen.

Ich kniff ihn erneut. Dieses Mal etwas fester.

Er fing meine Hand ein. »Ist das die Alternative, weil du heute keine Gummibärchen zum Werfen dabeihast?«

»Sei nett zu mir. Nicht jeder lebt während der Schulzeit schon allein und kann tun und lassen, was er will.«

»Nett ist doch langweilig.« Er drehte meine Hand so, dass ich mich einmal halb um mich selbst drehen musste und schließlich mit dem Rücken gegen seine Brust stieß. Er beugte sich von hinten nah an mein rechtes Ohr. »Ich verspreche dir, ich passe auf dich auf. Solange du mit mir dort unten bist, wird dir nichts passieren.«

Sein Atem strich warm über meine Ohrmuschel. Ich meinte, die Berührung seiner Lippen dort zu fühlen, sanft und zart wie das Streicheln einer Feder. Die Haare auf meinen Unterarmen stellten sich auf. Ich drehte meinen Kopf, nur wenige Millimeter, einfach nur, damit er noch näher kam.

»Vertraust du mir?« Wieder berührten seine Lippen mein Ohr.

Ich nickte.

Er küsste mich kurz aufs Haar, knapp oberhalb meiner Schläfe. »Dann komm. Wir sind zurück, bevor es dunkel wird.«

*

Dieses Mal betraten wir die Unterwelt von Paris durch einen anderen Kaninchenbau. Er lag nicht gut versteckt und relativ diskret in einem Garten. Nein, dieses Mal blieb Maél plötzlich in einer Seitenstraße neben einem Baum stehen und sah sich dann nach rechts und links um wie ein Geheimagent.

Als er sich unbeobachtet fühlte, fischte er aus dem Gebüsch, das den Baum umgab, etwas, das wie ein Brecheisen aussah. Als die Luft rein war, schob Maél die Stange zwischen eine Fuge des Kopfsteinpflasters. Eine Platte war unter mehrere der Steine zementiert worden und bildete so eine von oben nicht erkennbare Luke. Maél schob die Deckplatte knirschend über das Kopfsteinpflaster.

»Schnell.« Er deutete in das schwarze Loch, das sich vor uns im Boden aufgetan hatte. »Nimm die Leiter an der Wand. Sie ist rostig, aber sie hält. Wenn du unten bist, rühr dich nicht. Ich schiebe die Luke an ihren Platz und bin in einer Minute da.« Er schob mir das Halteband einer kleinen Taschenlampe übers Handgelenk. »Das sollte fürs Erste reichen.« Er schob mich vorwärts. »Schnell, bevor jemand kommt.«

Mir wurde es seltsam eng in der Brust. Ich sollte da runter? Allein? Das Loch sah nicht viel breiter aus als ein Gully. Eine Leiter sah ich erst gar nicht.

»Es kann dir nichts passieren.« Maél umfasste meine Schultern. »Geh langsam die Leiter hinunter. Warte unten auf mich. Okay?«

»Okay.« Ich klang ein wenig außer Atem. Maél hielt mich

fest, bis ich die ersten Sprossen der Leiter zu fassen bekommen hatte. Vorsichtig suchte ich nach der nächsten Sprosse, dann der nächsten und der nächsten.

»Du machst das super!«

Maéls Gesicht wurde immer kleiner. Dunkelheit hüllte mich ein. Es roch nach Stein und dem Staub der Jahrhunderte.

»Sie werden mich umbringen«, murmelte ich, als meine Gedanken kurz zu meinen Eltern wanderten. »Aber sowas von …« Schon wenige Stufen später berührten meine Füße den Boden. Der Gang war etwa zwei Meter hoch und knapp einen Meter breit. Wir würden definitiv nicht kriechen müssen. Über mir hörte ich Maéls Sohlen auf den rostigen Stufen der Leiter. Zum Glück trug ich weiche Chucks zu meinem Jeanskleid. Irgendwie hatte ich wohl schon geahnt, dass ich wieder in den Katakomben landen würde.

Von oben erklang ein Knirschen, als Maél die Steinplatte wieder an ihren Platz zog. Ich hielt die Taschenlampe hoch in seine Richtung. Staub und kleine Kiesel rieselten zu mir herunter, und ich musste husten.

»Alles okay?« Er wieselte die Leiter so flink hinunter, als wäre er von einer Horde Schimpansen im Dschungel aufgezogen worden. Um seinen Hals baumelte lässig eine eingeschaltete Stirnlampe.

»Ja.« Ich ließ die Taschenlampe sinken und sah auf meine Schuhe. »Nur diese Dunkelheit ist immer wieder unheimlich.«

»Das empfindet jeder so am Anfang. Man gewöhnt sich daran.« Maél zog ein paar graue Chucks aus seinem Rucksack und schlüpfte hinein. Die Flip-Flops steckte er in eine Seitentasche des Rucksacks. »Scheint so, als hätten wir uns abgesprochen.« Grinsend deutete er auf meine Schuhe. Dann beförderte er eine große Taschenlampe aus seinem Rucksack, die er sofort anknipste und sich dann unter den Arm klemmte. »Du schlägst dich echt tapfer.« Er löste das Band der Stirnlampe von seinem Hals, knipste sie aus und verstaute sie. »Die meisten hätten gerade die Flucht ergriffen.«

»Ich war kurz davor«, gab ich zu.

»Aber du hast es nicht getan.« Mit der freien Hand ließ er eine Strähne meines Haars durch seine Finger gleiten. »Ich bin stolz auf dich.«

Etwas verlegen sah ich zur Seite. Maél ließ seine Hand sinken und drehte sich dann in Richtung des Gangs. »Wir sollten los, falls uns doch jemand beobachtet und die Polizei gerufen hat.« Er ging voraus. »Bleib dicht hinter mir und pass auf, wo du hintrittst.«

»Jahaa.« Ich leuchtete ihm mit meiner Taschenlampe hinterher. Die Reflektoren an seinem Rucksack blitzten auf wie Irrlichter. Maél drehte sich zu mir um. Das Licht meiner Taschenlampe ließ seine Silhouette wie einen Scherenschnitt erscheinen. Kantig, plakativ, unwirklich. Er hob den Arm in einer einladenden Geste, die so theatralisch wirkte, als habe er sie sich aus einer altmodischen Shakespeare-Inszenierung abgeguckt. »Willkommen zurück in der Unterwelt, edles Fräulein.«

Ich schüttelte den Kopf. Er nahm mich schon wieder hoch. Ich beschloss, mich zu revanchieren.

»Sind wir bald da?«

Maéls Antwort war ein langgezogenes Stöhnen.

Ich kicherte.

»Ich schwöre dir, das nächste Mal habe ich Saftpäckchen und Butterbrote eingepackt und ein Dixieklo unter dem Arm.«

Ich unterdrückte ein Lachen.

»Es ist nicht weit«, fuhr Maél fort. »Wenn du noch ein bisschen Geduld hast, wird es gleich richtig interessant.«

Interessanter als ein Abtauchen in die Unterwelt mitten auf einer öffentlichen Straße und über eine Leiter, die vermutlich schon zu Napoleons Zeiten alt gewesen war? »Okay.«

Maél wurde langsamer. »Mach die Augen zu.«

Ich hatte mich verhört. Ganz bestimmt. Das konnte er nicht ernst meinen. Der winzige Lichtkegel meiner Taschenlampe erhellte kaum den Stein vor mir. Ich war froh, dass ich noch nicht gestolpert war.

Er drehte sich zu mir um und ging rückwärts weiter. Seine Augen leuchteten wie polierter Rauchquarz. »Mach die Augen zu, Livia.«

Ich konnte nicht. Selbst wenn ich es gewollt hätte. Es war das erste Mal, dass ein Gefühl von Angst meine Wirbelsäule hinaufkroch. Mein Unterbewusstsein registrierte instinktiv, dass etwas nicht stimmte. Dass etwas mit ihm nicht stimmte. Er hatte erzählt, dass er schon eine Menge Zeit hier unten verbracht hatte. Aber trotzdem … Es schien nicht, als suche er sich seinen Pfad hier unten, sondern als mache die Dunkelheit ihm Platz und ebnete ihm den Weg. Einen kurzen Moment lang glaubte ich, dass er im Dunkeln genauso gut sehen konnte wie im Hellen. Dass er die Taschenlampen gar nicht brauchte. Seine Augen hatten das wenige Licht meiner kleinen Taschenlampe absorbiert wie ein Schwamm und seine Iriden von innen zum Strahlen gebracht.

»Augen zu …« In seiner Stimme schwang ein leises Lachen mit.

Ich schüttelte den Kopf. In meinem Hirn ratterten alle Zahnräder. Ich hatte mal gelesen, dass Primaten, zu denen auch wir Menschen gehörten, Spinnen gruselig fanden, weil unser Gehirn die simultane Bewegung ihrer vier Beinpaare nicht nachvollziehen konnte. Obwohl ich mir absolut sicher war, dass Maél keine weiteren Beinpaare versteckte, fühlte es sich doch ähnlich an. Ich war verwirrt, verunsichert, und etwas in mir hatte panisch den roten Alarmknopf gedrückt.

»Warte!« Mein Mund fühlte sich an wie mit Watte ausgekleidet. Meine Zunge klebte wie ein pelziges Stück Stoff in meinem Mund.

Maél blieb abrupt stehen. »Alles in Ordnung?«

Wieder schüttelte ich den Kopf. Meine Handflächen wurden feucht.

Er wollte auf mich zukommen.

»Nicht.« Ich streckte abwehrend die Hand aus.

Maél blieb stehen, als hätte ich ihn geschlagen. »Livia?«

Ich schluckte krampfhaft. Mein Gott, was passierte bloß mit mir? Verlor ich den Verstand? War das wieder eine Halluzination gewesen? Wurde ich verrückt? Oder kündigte sich lediglich eine Panikattacke an?

Ich hörte etwas rascheln, dann hielt Maél mir eine kleine Wasserflasche hin. Mit zitternden Fingern drehte ich den Verschluss auf und trank hastig ein paar Schlucke.

»Soll ich dich hier rausbringen?«

Ich überlegte schnell. Ich hatte eigentlich keine Angst hier unten. Es hatte nicht an den Katakomben gelegen – ich sah zu Maél hoch –, sondern an ihm. Und selbst das klang zu unmöglich, um es auszusprechen. Er hatte nur freundlich mit mir geredet und mich dabei angesehen. Ich wurde definitiv verrückt.

»Nur einen Moment.«

»Wenn du hier unten Angst hast, sollten wir gehen.«

»Ich habe keine Angst.« Meine Stimme klang seltsam gepresst. Ich suchte nach einer Ausrede. »Es war nur der Kreislauf. Die Luft war gerade etwas schlecht.«

»Bist du dir sicher?« Maél blieb immer noch auf Abstand.

»Ich kann auch morgen alleine herkommen, so dringend ist es nicht.«

»Es geht schon.« Ich nahm einen letzten Schluck von dem Wasser, dann reichte ich es ihm zurück. »Danke.« Unauffällig strich ich mit meinen feuchten Handflächen über den Jeansstoff meines Kleids. Mein Puls beruhigte sich bereits wieder. Es fühlte sich an, als würde mein Körper plötzlich wieder mir gehören. Als ich erneut in Maél Gesicht sah, entdeckte ich nichts Ungewöhnliches. Er sah völlig normal, na ja, vielleicht etwas besorgt aus. Und er bewegte sich wie jeder andere. Innerlich verfluchte ich den Tag, an dem ich sechzehn Jahre alt geworden war. Was war bloß passiert? Ob ein plötzlicher Hormonschub an all dem Schuld war? In der Pubertät konnte einem schließlich so ziemlich alles passieren. Das hatte ich zumindest kürzlich in einem Gesundheitsportal gelesen. Das erklärte allerdings nicht meine Gabe, mit Pflanzen zu kommunizieren. Doch was dieses Thema betraf, war ich immerhin so weit, dass ich eine Konversation zustande brachte. Irgendwann würde ich schon noch auf die Butterblume, den Kaktus oder den Ilex treffen, der mir Antworten geben konnte. Ich seufzte innerlich auf.

Einen Moment lang war ich versucht, Maél davon zu erzählen. Aber was würde er von mir denken? Vermutlich würde er mich für verrückt erklären und den Kontakt abbrechen. Das wollte ich auf gar keinen Fall. Ich fühlte mich wohl bei ihm – von gelegentlichen Panikattacken und Verstandsausfällen mal abgesehen. Es lag an mir, nicht an ihm. Ich sah verstohlen zu ihm herüber. Sein Blick ruhte auf mir, ernst und besorgt zugleich. Seine schwarzen Haare schimmerten trotz der Dunkelheit wie poliert. Er hatte die Arme vor der Brust überkreuzt, was seine breiten Schultern betonte und den Fokus auf die silbernen Armspangen lenkte. Er sah fast aus wie ein antiker Krieger, den man der modernen Zeit angepasst hatte, indem man ihn in Jeans und Shirt gesteckt hatte. Eine aufregende Vorstellung … Als er sich kurz bewegte, fiel ich aus meiner Traumwelt zurück in die Realität. Ich hatte ihn irgendetwas fragen wollen. Dann fiel es mir wieder ein. »Was wolltest du mir zeigen?«

Maél hingegen guckte immer noch so, als bezweifele er, dass es eine gute Idee war weiterzugehen.

»Es geht mir besser.« Ich sah ihn eindringlich an. »Wirklich.«

Maél schüttelte den Kopf. Etwas an ihm wirkte fast schuldbewusst. Ich nahm an, dass er sich Vorwürfe machte, mich hierher mitgenommen zu haben.

»Wirklich«, wiederholte ich.

»Ich würde dir gern sagen, dass ich dir glaube und dass es nicht eine rein egoistische Idee von mir war, dich hier runterzuschleppen«, er sah mich ernst an, »aber das wäre beides gelogen.«

»Hör auf damit. Ich bin freiwillig mitgegangen. Dich trifft keine Schuld, dass mein Kreislauf mir einen Strich durch die Rechnung machen wollte.« Ich machte zwei Schritte auf ihn zu. »Und jetzt zeig mir endlich, was so interessant sein soll.«

Maél zögerte einen Moment, dann nahm er meine linke Hand. »Ist das okay für dich?« Er deutete mit dem Kopf auf unsere verschlungenen Hände. »Ich fühle mich besser, wenn ich weiß, dass du mir nicht verloren gehen kannst.«

»Ja«, stieß ich hervor. Er hielt meine Hand. Du lieber Himmel. Er. Meine Hand. Weil er sich dann besser fühlte. Konnte mich mal jemand kneifen? Der Begeisterungstanz meines Herzens war so übermächtig, dass er den letzten Funken Angst erstickte. Wir hielten Händchen. So wie Freund und Freundin. Und es fühlte sich total normal an. Kein komisches Gefühl, keine Halluzinationen, einfach nur die Wärme seiner Haut und die Bestätigung, dass meine Hand sich um seine schmiegte, als gehöre sie genau dorthin. Wenn ich dadurch nicht noch wunderlicher gewirkt hätte, hätte ich ein Foto davon gemacht.

»Wir sind gleich da«, flüsterte er.

Obwohl mein Puls mal wieder im oberen Trainingsbereich herumhampelte, fühlte ich mich wohl. Die Panikattacken verschwanden so abrupt wie sie auftraten. Es war das einzig Gute an ihnen, wenn man es denn so nennen wollte. Mein Kopf fühlte sich klar an, in meinem Blut tanzten die Endorphine Samba. Trotzdem nahm ich mir vor, so bald wie möglich mit einem Arzt über meine seltsamen Anfälle zu reden. So konnte es nicht weitergehen. Doch nun war ich fest entschlossen, diesen Gedanken erst mal zu verdrängen.

»Wir sind da.«

Ein großer Raum tat sich vor uns auf. Maél führte mich in die Mitte, erst dann hob er die Taschenlampe, sodass der Lichtkegel vom Boden zu den Wänden wanderte. Er drehte sich mit mir, während er langsam alle Wände entlangleuchtete.

Mir stockte der Atem. Knochen. So weit das Auge reichte. Überall Knochen, Schädel und noch mehr Knochen. Alle vier Wände waren vom Boden bis zur Decke in einem Muster aus gestapelten Knochen verziert. Es mussten Hunderte, nein, Tausende sein.

Ich konnte sie riechen. Sie schienen wieder diesen eigentümlichen Geruch zu verströmen, der mir schon bei meinem ersten Besuch aufgefallen war. Komischerweise machte mir dieser Umstand keine Angst. Vielleicht, weil ich bei dem Anblick von Knochen nicht an etwas Gruseliges dachte, sondern an die Menschen, die sie mal gewesen waren, bevor sie hier ihre ewige Ruhe gefunden hatten.

»Das müssen ja Hunderte sein«, flüsterte ich. »Wieso sind sie hier unten und nicht auf einem Friedhof beerdigt worden?«

»Aus Platzmangel auf den Friedhöfen exhumierte man die Toten und brachte ihre Knochen in die Ossarien. Auch wenn es im Internet oft so steht, aber hier gibt es keine Gräber. Die Knochen wurden gesammelt und hierher zur Verwahrung gebracht. Das Klima der Steinbrüche eignete sich gut dafür. Es konserviert das Knochenmaterial«, erklärte Maél.

»Der Anblick ist echt beeindruckend.«

»Wenn dir das hier gefällt und dir keine Angst macht, dann zeige ich dir beim nächsten Mal noch einen anderen besonderen Raum.« Maél fuhr mit dem Daumen ganz zart über meinen Handrücken.

»Gerne.«

Maél streichelte immer noch meine Hand. »Sollen wir den Rest auf ein anderes Mal verschieben? Ich glaube, es reicht für heute.«

Ich überlegte kurz. Vermutlich wären meine Eltern froh, wenn ich von meinem ersten Date nicht allzu spät heimkam. Auch wenn es sich um einen »wohlerzogenen Schüler der Louis-Le-Grand« handelte, wie Mom es genannt hatte. Ich musste grinsen.

Maél fing meinen Blick auf. »Einen Silber-Denar für deine Gedanken.«

Wo er nur immer diese antiken Sprüche ausgrub. »Ich hatte nur daran gedacht, dass du im Ansehen meiner Eltern noch weiter steigen würdest, wenn wir dieses Treffen nicht allzu sehr ausdehnen.«

»Was heißt denn ›noch weiter‹?« Er schwang unsere Hände locker hin und her. Er wirkte amüsiert und neugierig zugleich. »Was hast du denn von mir erzählt?«

»Du gehst auf die richtige Schule, das reicht für den Anfang.«

»Das ist auch echt das einzig vorzeigbare Detail an mir.« Er beugte sich nah zu mir. »Cleveres Mädchen.«

Ich lachte. »Es war eher ein Zufall, glaub mir. Mom hat das Wappen erkannt.«

»Stimmt, deine Mom ist ja Französin.« Er warf mir einen amüsierten Blick zu. »Das erklärt auch, warum das amerikanische Diplomatentöchterchen so perfekt Französisch spricht.«

»Gelernt ist gelernt.« Ich zwinkerte ihm zu. Ich hatte Maél schon per WhatsApp ein bisschen über meine Familie erzählt, weil er mich natürlich gefragt hatte, warum ich mit einem Chauffeur durch die Gegend gefahren wurde.

»Ich setze dich noch in die Metro«, sagte er. »Dann weiß ich wenigstens, dass du den Weg bis dahin sicher geschafft hast. Wo musst du hin?«

»Champs de Mars.«

Er lächelte. »Alles klar, das ist ja nicht so weit.«

»Sollen wir den gleichen Weg zurückgehen? Wie stellt man sicher, dass man nicht aus Versehen inmitten einer Traube von Touristen auf der Straße auftaucht?«

Maél schüttelte den Kopf. »Wir nehmen einen anderen Ausgang. Das von vorhin war nur ein Eingang. Eben weil, wie du schon sagtest, man nicht sicher sein kann, dass man unentdeckt bleibt oder womöglich jemanden verletzt. Der Ausgang, den wir nehmen werden, liegt ein Stückchen in die falsche

Richtung. Aber es macht dir doch nichts aus, eine Haltestelle mehr mit der Bahn zu fahren, oder?«

»Nein, überhaupt nicht.« Ich zögerte. »Wo liegt der Ausgang? Nur, damit ich weiß, worauf ich mich einstellen muss.«

Maéls Gesicht wurde ernst. »Ich habe dich vorhin überrumpelt, richtig? Das tut mir echt leid. Erst als du so bleich wurdest und stehen geblieben bist, wurde mir klar, dass das für dich vermutlich alles zu viel und zu schnell war. Ich hätte dir vorher erklären sollen, wo der Eingang liegt und wie es ablaufen wird. Wenn man immer nur mit Leuten runtergeht, die das schon so lange machen wie man selbst, redet man nicht mehr groß darüber.« Er drückte meine Hand. »Das nächste Mal musst du mich einfach ausbremsen, versprich mir das.«

»Das mache ich.« Ich war ein wenig gerührt.

»Dann machen wir uns jetzt auf den Rückweg, und währenddessen erkläre ich dir ganz ausführlich, wie und wo wir das Tageslicht wiedersehen werden.«

Ich strahlte ihn an. »Super.«

»Ja, so bin ich«, erwiderte Maél leichthin. Wofür ich ihn wieder in die Seite kniff.

*

Wir betraten die Oberfläche durch eine Luke, die im Hinterhof eines Supermarkts lag. Jemand hatte sie sehr geschickt verborgen, indem er die großen Industriemülltonnen so drumherum arrangiert hatte, dass die Luke, sollte sie geöffnet werden, vor neugierigen Blicken verborgen blieb. Offenbar gab es sehr viel mehr Cataphile-Sympathisanten, als ich gedacht hatte.

Ich war etwas enttäuscht, als Maél meine Hand losließ,

nachdem er mir aus dem Loch im Boden geholfen hatte. Ich sah ihm zu, wie er die Luke schloss, die augenblicklich fast unsichtbar wieder mit dem Asphalt verschmolz.

Als er sich aufrichtete, verstaute er unsere Lampen, wechselte seine Schuhe und checkte kurz sein Handy. Er tippte auf den Bildschirm, antwortete wohl auf eine Nachricht und schob das Smartphone in eine der hinteren Taschen seiner Jeans.

Ich hatte den Eindruck, dass er noch etwas vorhatte, aber ich traute mich nicht, ihn danach zu fragen.

Die nächste Metrohaltestelle war nicht weit. Maél verabschiedete sich mit Küsschen, aber er fragte mich nicht, wann wir uns wiedersehen würden. Er erzählte auch nicht, wie er den Abend verbringen würde. Doch genauso wenig wollte er von meinen Plänen wissen. Wir hätten tausend Gesprächsthemen gehabt. Er hätte mir mehr davon erzählen können, wie es war, allein zu wohnen, mehr von seinen Brüdern, seiner Schule, seinen Hobbys.

Während ich in der Metro saß, konnte ich nicht verhindern, mich immer und immer wieder zu fragen, was schiefgelaufen war. Denn dass etwas schiefgelaufen war, war unübersehbar. Entsprechend deprimiert lief ich die Avenue Bosquet hinunter. Zum Glück würde ich gleich zu Hause sein. Ich zog mein Smartphone hervor. Keine neuen Nachrichten. Nach unserem letzten Treffen hatte er mir schon geschrieben, als ich noch im Auto gesessen hatte. Ich klickte unseren Nachrichtenverlauf an. Maél war zuletzt vor drei Minuten online gewesen. Ich seufzte lautlos.

»Der Himmel wird fallen!«

Die Stimme kam mir bekannt vor. Ich hob den Kopf. Nur wenige Meter vor mir auf dem Gehweg saß der Bettler, mit dem ich schon am Place Denfert Rocherau Bekanntschaft gemacht hatte.

Die Straßen waren belebt, denn es war Feierabendzeit. Viele Passanten umrundeten den Bettler, der wie schon beim letzten Mal samt seines alten Seesacks auf einer Isomatte saß.

Doch er sah genau zu mir. Ich blieb wie angewurzelt stehen. Hinter mir schimpfte jemand ärgerlich. Ich konnte mich nicht rühren. Mein Blut rauschte in meinen Ohren. *Oh nein. Bitte nicht*, flehte ich. *Nicht schon wieder*. Keine Panikattacke mehr für heute. Ich war erschöpft, traurig, verwirrt. Ich wollte ins Bett, mir die Decke über die Ohren ziehen und vergessen, dass mein Leben mit jedem Tag mehr aus den Fugen geriet.

»Du!« Er hob eine schmutzige Hand. Seine Finger waren schlank und kräftig, das konnte selbst der Dreck nicht verstecken. Ich schluckte.

Der Mann streckte seinen Zeigefinger aus und deutete durch das Gedränge der anderen Fußgänger direkt auf mich. »Du trägst das Wasser in dir.« Seine blinden, vernarbten Augen schienen mich direkt anzusehen.

Ich presste die Lippen aufeinander, bis sie schmerzten. Langsam schüttelte ich den Kopf. »Bitte …«

Ich hatte nicht gemerkt, dass ich meinen Wunsch laut ausgesprochen hatte. Ein paar Leute drehten sich neugierig zu mir. Zwei blieben sogar stehen.

»Was?«, blaffte ich sie an. Die beiden sahen mich an, als hätte ich den Verstand verloren, gingen dann aber weiter. Mein Blick glitt zurück zu dem Bettler.

»Komm her.« Er krümmte den Zeigefinger.

Ich schüttelte den Kopf. Ich wollte nach Hause. Ich musste nach Hause. Meine Handflächen wurden wieder feucht. Ich ballte die Hände zu Fäusten in der vergeblichen Suche nach Halt.

»Ich weiß, dass du sie hören kannst.« Der Bettler ließ die Hand sinken und strich sich in einer nachdenklichen Geste durch den struppigen Bart. »Du bist erwacht, und du trägst das Wasser in dir, Tochter der Quelle.«

Mir stockte der Atem. Der Mann wusste etwas. Es klang zwar verrückt, was er sagte, aber er formulierte ganze Sätze und stieß nicht nur wirre Wortfragmente hervor so wie letztes Mal.

Der Bettler wiegte sich. Er sah aus, als würde er zum Takt eines französischen Chansons schunkeln. Er lächelte. Es war kein freundliches Lächeln. Eher die Art Lächeln, mit der ein irrer Axtmörder seine nächsten Opfer ansehen würde.

Jemand stieß von hinten gegen meine Schulter, und ich taumelte ein paar Schritte vorwärts.

»Sei vorsichtig mit dem, was du dir wünschst.« Seine Stimme war ein heiseres Flüstern.

O. Mein. Gott. Woher konnte er wissen, welchen Spruch ich an meinem 16. Geburtstag in meinem Glückskeks gefunden hatte? Ich war nun so nah, dass ich die Narben rund um seine Augen erkennen konnte. Feine weiße Linien in Kombination mit dicken, wulstigen Narben, die so grausam und schmerzhaft aussahen, dass ich mich fragte, wer ihn so gehasst haben musste, um ihm so etwas anzutun.

Ich begann zu zittern. *Geh*, befahl ich mir. *Geh, renn, lauf!* Doch meine Beine gehorchten mir nicht.

Der Bettler kicherte. »Sei vorsichtig … Deine Wünsche …« Er hustete. »Du wünschst dir etwas, aber es bringt dich in Gefahr … Höre auf dich …«, wieder ein Husten, »selbst.«

»Lassen Sie mich in Ruhe«, stieß ich hervor. Meine Lippen

bebten, mein ganzer Körper zitterte. Ich zwang mich weiterzugehen. Rechtes Bein vor, linkes Bein vor, rechtes Bein …

Ich schloss die Augen, als ich ihn unmittelbar passierte.

»Hüte dich vor ihm.«

Ich blieb wie angewurzelt stehen. Mein Kopf drehte sich in seine Richtung, bevor mein Verstand erkannte, was ich tat.

»Was haben Sie gesagt?« Ich stand ihm nun unmittelbar gegenüber. Der Bettler musste größer sein, als ich bisher angenommen hatte. Denn als er nun den Rücken durchstreckte, um sich etwas gerader hinzusetzten, war er nicht sehr viel kleiner als ich.

»Hüte dich vor ihm«, flüsterte der Bettler nun. »Er wird dich finden, er braucht dich, aber er ist die Dunkelheit, die Schwärze.« Er war kaum noch zu verstehen. »Der Tod.«

»Das reicht!« Ich hörte meine schrille Stimme und die Angst, die darin mitschwang. Wollte er mir sagen, dass jemand mich suchte, um mich umzubringen?

»Belästigt der Mann Sie, Mademoiselle?« Ein junger Mann in Anzug blieb neben mir stehen und zückte sein Telefon. »Soll ich die Polizei rufen?«

»Nein, danke«, würgte ich hervor. »Alles gut. Ich muss weiter.«

Ich machte hastig zwei Schritte nach vorn. Ich musste nach Hause. So schnell wie möglich. Nur dort fühlte ich mich einigermaßen sicher.

»Hüte dich vor ihm!« Die Stimme des Bettlers verfolgte mich wie das Grollen eines heranrollenden Gewitters. »Hüte dich vor dem, der die Flammenkrone trägt!«

Ich schluchzte laut auf.

»Hüte dich vor der Flammenkrone!«

Ich wollte das alles nicht hören. Tränen schossen mir in die Augen.

»Hüte dich vor der Flammenkrone!«

»Aufhören!«, rief ich, obwohl ich schon ein gutes Stück entfernt war. Ich musste sofort zu meinen Eltern. Sie würden mir helfen können. Sie hatten für alles eine Lösung. Ich sehnte mich mehr denn je nach ihrem Halt, der Sicherheit, die mir ihre Gegenwart verlieh, und ihren schützenden Armen.

»Hüte dich vor der Flammenkrone!«

Ich nahm die Beine in die Hand und rannte den Rest des Weges. Der Portier nickte mir zu und begrüßte mich mit Namen, als er mir die Tür öffnete. Ich atmete erst auf, als ich den Flur des Appartementhauses betrat. Sofort stürzte ich zum Aufzug. Die Worte des Bettlers hallten in mir nach wie ein Echo. *Hüte dich vor der Flammenkrone*.

Die Türen des Aufzugs schlossen sich geräuschlos. Ich lehnte mich vor eine der Wände und schloss kurz die Augen. *Hüte dich vor der Flammenkrone*. Ich zuckte zusammen, als mir klar wurde, dass ich die ganze Zeit über Maéls Bild vor Augen hatte.

Kapitel 5

Alltag und andere Katastrophen

Ich sah vermutlich aus, als hätte ich einen Geist gesehen, als ich den Flur unserer neuen Wohnung betrat.

»Wir sind hier, Süße.« Mom klang gut gelaunt. Ich folgte ihrer Stimme ins Esszimmer. Meine Eltern saßen an dem großen Holztisch über einem Berg Fotos.

»Schau mal, wir haben einen Karton mit alten Fotos beim Auspacken gefunden und ...« Sie brach ab, als sie meinen Gesichtsausdruck sah. Dad sprang auf. »Livia.«

»Mir geht's nicht gut«, würgte ich hervor. Dann brach ich in Tränen aus.

Mom und Dad waren praktisch gleichzeitig bei mir. Sie nahmen mich in ihre Arme, bestürmten mich mit Fragen und wollten wissen, ob es etwas mit meinem Date zu tun hatte.

»Nein, es hat nichts mit Maél zu tun«, betonte ich immer wieder, während die beiden mich auf die Couch im Wohnzimmer bugsierten. »Mir geht es ...«, ich ließ mich auf die weichen Polster sinken, »komisch.« Dann schüttelte ein weiterer Weinkrampf meinen Körper. Mom sah alarmiert aus. »Geht es dir wieder schlechter? Ist es dein Bauch?«

»Ich ...« Ich schluchzte. »Ich brauche ...«

»Was brauchst du, Liebling? Rede mit uns.« Mom hielt mich fest umschlungen. Dad tätschelte meine Hand.

»Ich brauche Hilfe. Ganz dringend.« Meine Stimme war kaum mehr als ein Flüstern. »Es geht einfach nicht mehr. Ich habe Angst, weil ich … Ich habe das Gefühl, ich habe Halluzinationen. Und Panikattacken. Ständig glaube ich, ich verliere den Verstand. Manchmal bilde ich mir Sachen ein, die im nächsten Moment ganz anders sind. Und dann bekomme ich Schweißausbrüche, manchmal sehe ich auch schlecht, und manchmal habe ich das Gefühl, mein Körper ist irgendwo anders als ich. Als würde er sich von mir lösen und in jemand anderen hinein – ich weiß nicht, wie ich das ausdrücken soll – hineinwehen. Und dann kann ich den anderen … fühlen. Fühlen, was er gerade empfindet.« Mom wurde ganz steif. Dad holte erschrocken Luft. Im nächsten Moment war er aufgestanden.

»Ich rufe Jacques an. Wir fahren ins Krankenhaus. Sie sollen sie auf den Kopf stellen. Sofort.« Er stürmte aus dem Zimmer.

»Seit wann hast du denn diese Beschwerden … Liebes?« Mom richtete sich auf und strich mir dir Haare aus dem Gesicht.

»Seit wir hier angekommen sind.«

Sie schluckte. »Ich weiß, du wolltest den Umzug nicht. Zuerst waren es Magenschmerzen, und jetzt?« Auf ihrem Gesicht spiegelten sich Sorge und Zweifel. »Warum hast du uns nicht sofort davon erzählt? Mir scheint, es ist schon eine ganze Menge passiert.« Sie zog die Stirn kraus.

Ich zuckte die Schultern. Meine Unterlippe bebte schon wieder.

»Hast du Probleme, von denen du uns erzählen möchtest? Quält dich etwas?«

Außer den paar »Kleinigkeiten«, die ich gerade erzählt hatte? Wieder schüttelte ich den Kopf.

»Magst du deine neue Schule nicht? Möchtest du lieber auf die Louis-Le-Grand?«

Sofort dachte ich an Maél. So wie es aussah, war es mit uns schon wieder vorbei. Da wollte ich ihn nicht jeden Tag sehen müssen. Ich hatte zwar noch nicht viel von der Internationalen Schule gesehen, aber allein Gigi und Jemma waren es wert dortzubleiben. Also schüttelte ich den Kopf.

Mom schien tatsächlich ein wenig enttäuscht. Ich hatte eigentlich damit gerechnet, sie würde ausrasten, völlig durchdrehen vor Sorge und Dad gleich mit wahnsinnig machen. Dies war einer der Gründe gewesen, warum ich so lange gewartet hatte, mit ihr zu reden. Stattdessen hatte ich den Eindruck, sie hielt das Ganze für eine Trotzshow meinerseits, weil ich nach Korea zurückwollte. Im Arbeitszimmer gegenüber hörte ich Dad telefonieren. Ich spürte Moms prüfenden Blick.

»Du sagst, du siehst und hörst komische Dinge?«

Ich nickte.

»Und was sind das für Dinge?«

»Es ist immer unterschiedlich. Manchmal ist es wie in einem Horrorfilm. Ich denke, jemand ist etwas anderes, als er wirklich ist.«

Moms Augen weiteten sich. Nun wirkte sie zum ersten Mal wirklich aus der Fassung gebracht. »Du glaubst, jemand verstellt sich? Oder glaubst du, jemand ist etwas anderes als ein Mensch? Glaubst du plötzlich an Vampire und andere Sagengestalten? Ich habe dir gleich gesagt, dass du diese ganzen komischen Serien nicht in deinen Kopf lassen sollst.«

»Nein, Mom, das ist es nicht. Es …«

Doch Mom redete sich gerade erst so richtig schön in Rage. »Wie heißen sie noch? *Vampire Diaries*? *Teen Wolf*? Da muss man ja Albträume bekommen. Wie hieß die Serie, die du zuletzt immer gesehen hast vor dem Umzug? Die mit diesen rothaarigen Zwillingen, die immer wirkten, als wären sie heimlich ein Paar?«

»*Riverdale*. Aber da kommt nichts Übernatürliches ...«

»Genau! Schrecklich, wie gewollt gruselig das inszeniert war. Alle leichenblass im Gesicht und dann immer dieses kreischende Rot überall im Hintergrund. Da muss man doch Albträume bekommen.«

Ich schnaufte ungehalten. Mom hatte es geschafft, mich völlig lächerlich dastehen zu lassen. Wenn alle Zuschauer nach den Serien mit Pflanzen sprechen konnten, wäre das sicherlich schon mal irgendwo erwähnt worden. Meine Unsicherheit und Angst wich einer Wut, die gefährlich in meinem Inneren zu brodeln begann. Als wäre ich ein Serienjunkie, der sich so sehr aus der Realität ausklinkte, dass er sich selbst plötzlich für ein übernatürliches Wesen hielt. Wenn Mom die Serien, die ich mir hin und wieder ansah, schon für gemeingefährlich hielt, konnte ich froh sein, dass sie sich nicht für den Inhalt meines eBook-Readers interessierte. Ich hatte dort fast 300 Bücher gespeichert, und fast alles waren Titel aus der Kategorie Fantasy.

»Außerdem frühstückst du nie. Das ist auch sehr ungesund. Ich habe gelesen, dass ein schnell sinkender Blutzuckerspiegel nicht nur für Schwindel, sondern auch für Halluzinationen sorgen kann.«

Super. Jetzt kam auch noch ein Vortrag über meine Ernährung. Mir schien, Mom nahm meinen kleinen Zusammenbruch zum Vorwand, jede meiner persönlichen Verfehlungen dafür verantwortlich zu machen. Mein Unwillen unserem Umzug gegenüber, mein Faible für Fantasy und meine Weigerung, morgens etwas zu essen. Vielleicht sollte ich einfach aufstehen und gehen. Sie war mir keine Hilfe. Jedenfalls nicht die Hilfe, die ich mir in meiner Verzweiflung erhofft hatte. Ich spielte tatsächlich gerade mit dem Gedanken, sie und ihre bescheuerten Vorwürfe sitzen zu lassen, als Dad wieder im Wohnzimmer erschien.

»Wir können sofort los. Jacques wartet unten. Das Krankenhaus weiß Bescheid.«

Mir war ein klein wenig mulmig, als Mom aufmunternd meinen Arm drückte. Hieß das jetzt, dass sie dort schon die Zwangsjacke bereitgelegt hatten?

*

Ich tauchte durch die Oberfläche und schnappte nach Luft. Die Kulisse der Stadt schien sich über mich zu beugen wie tiefhängende Baumkronen. Wo war ich? Wie war ich hierhergekommen? Ich sah an mir hinab. Meine Kleidung war trocken. Wie seltsam. Es hatte sich eindeutig so angefühlt, als wäre ich aus einem Tiefseegraben aufgetaucht. Doch da war kein Wasser, stattdessen schimmerte grauer Asphalt unter meinen Füßen. Ich sah mich um. Es war dunkel auf dem kleinen Platz, der sich rund um den Brunnen erstreckte. Die Cafés hatten geschlossen, in den Wohnungen darüber brannte nur noch vereinzelt Licht.

Im nächsten Moment lief ein Ruck durch meinen Körper. Ich fühlte mich wie eine Marionette, die hochgerissen und deren Gliedmaßen nun durch einen unbekannten Puppenspieler bewegt wurden. Und da war er wieder: dieser unbedingte Wille, es zu finden. Es, das mich rief. Das auf mich wartete. Zielstrebig ging ich über den Platz. Kurz vor dem Brunnen blieb ich abrupt stehen, als sei ich vor eine unsichtbare Wand gelaufen. Hier. Genau hier. Ich ging in die Hocke. Ich bohrte den Zeigefinger in eine Fuge des Kopfstein-

pflasters. Ich wusste, dass es da war, doch ich erreichte es nicht. Die Steinquader bewegten sich keinen Zentimeter. Ich hörte meinen eigenen Schmerzenslaut wie aus weiter Ferne.

»Dein Schlüsselbund.« Die Stimme klang so unwirklich wie das letzte Mal.

Ich wühlte meine Schlüssel hervor. Damit sollte es funktionieren. Immer wieder bohrte das gezackte Metall tief in das Erdreich zwischen den Fugen. Erde und kleine Kiesel spritzen zur Seite. Dann stieß Metall auf Metall. Erleichterung durchflutete mich. Etwas Dunkelgoldenes blitzte im fahlen Mondlicht auf. Eine kleine Münze. Auch an ihr perlte der Dreck wie von Zauberhand ab, als ich sie in meiner Handfläche betrachtete. Es war eine uralte Münze, kein Euro oder Franc, und sie schien aus purem Gold zu bestehen. Ich versuchte mich daran zu erinnern, wie dieser Platz hieß, um herauszufinden, wie alt das Kopfsteinpflaster sein könnte. Doch mein Kopf war seltsam leer.

»Du weißt, was zu tun ist.«

Ich kam hoch. Die Schatulle füllte mein Gesichtsfeld aus. Ich konnte mich nicht wehren. Meine Hand zitterte, als ich die Münze in die bodenlose Schwärze fallen ließ.

»Ich danke dir.«

Sofort begannen die verschwommenen Umrisse der Schatulle zu verblassen.

»Warte!« Ein Windhauch strich über meine Wange wie ein zärtliches Streicheln. Ich war allein.

*

Ich stöhnte, als mein Wecker mich zum dritten Mal aus dem Schlaf riss. Die Schlummertaste war keine Erleichterung, sondern die Vorstufe zur Hölle. Jedes Mal, wenn ich aufschreckte, fühlte ich mich müder als zuvor. Irgendwie schaffte ich es ins Bad, um mich so zurechtzumachen, dass ich nicht aussah wie eine Leiche, die zu lange im Wasser gelegen hatte.

In der Mittagspause leitete Mom mir die Ergebnisse meiner Untersuchungen im Krankenhaus weiter. Natürlich waren sie ohne besorgniserregenden Befund ausgefallen. Ich hatte ein wenig Eisenmangel und sollte Tabletten nehmen. Wie spannend. Ich schloss mein Mailprogramm, schob meinen Teller mit dem ungenießbaren Risotto zur Seite und checkte dann zum hundertsten Mal, wann Maél das letzte Mal bei WhatsApp online gewesen war. Gerade erst vor ein paar Minuten. Geschrieben hatte er mir trotzdem nicht. Jemma und Gigi unterhielten sich mit Carly und Annabelle, zwei Mädchen aus unserer Stufe, aber ich hörte nur halbherzig zu.

Meine Gedanken wanderten zwischen Maél und der unvorstellbar verlockenden Vorstellung, mich jetzt irgendwo schlafen zu legen, hin und her. Ich sollte ihm einfach schreiben. Die Jahrhunderte, in denen Frauen brav auf den Burgmauern warteten, bis ein Prinz vorbeiritt, der Lust hatte, sie zu retten, waren doch so lange vorbei. Ich nahm ein Foto von meinem Risotto auf. Das könnte ich ihm schicken. Das war unverfänglich, aber doch ein idealer Vorwand, den Kontakt wieder aufzunehmen. Gerade als ich an einem witzigen, eloquenten und zugleich lockeren Spruch arbeitete, der suggerieren sollte, dass ich mich super ohne ihn amüsierte und eher nebenbei an ihn gedacht hatte, fiel auf einem der Nachbartische etwas scheppernd um, und ich drückte aus Versehen auf Senden. Oh verdammt. Ich wollte schnell etwas dazuschreiben, da wurden die Häkchen blau, und oben erschien »Maél schreibt«. Meine Finger hielten inne wie eingefroren.

Sieht lecker aus, was immer es ist.

Ich suchte nach der passenden Antwort. Jedenfalls mehr als: *Es ist Risotto.*

Schon wieder war Maél schneller. *Ich habe gerade auch an dich gedacht.*

Ich sah ungläubig aufs Display. War das schon wieder ein Traum?

Ich wollte mich schon viel eher melden. Aber wir hatten Ärger. Arthure wurde verhaftet. Total bescheuert. Zum Glück konnten die Archäos belegen, dass er wegen ihnen unten war. Ich musste das alles organisieren, weil Clément gerade Klausurphase hat.

Das *ist schon okay …* von mir kam gleichzeitig mit seinem *Ich hoffe, du bist nicht sauer. Falls doch: Lässt du dich mit Kaffee und Keksen besänftigen?* an.

Ich bin nicht sauer.

Nicht?

Ein bisschen.

Warum hast du nicht mal geschrieben?

Weil ich mich nicht getraut hatte. Aber das würde ich ihm niemals sagen. *Keine Ahnung.*

Die Häkchen hinter meiner Nachricht wurden blau, doch Maél antwortete nicht. Im Nachhinein ärgerte ich mich über meine Antwort, die so kurzangebunden war. Bei genauerem Hinsehen klang sie gelangweilt, ja regelrecht abweisend. Sehr zu meiner Überraschung erschien da die nächste Nachricht.

Hast du heute Nachmittag Zeit?

Damit hatte ich nicht gerechnet. Heute hatte ich nicht so früh Schluss wie gestern. Alle Schüler mussten einem Sportteam beitreten. Ich hatte mich von Gigi und Jemma für das Volleyballteam rekrutieren lassen. Heute Nachmittag stand das erste Probetraining auf dem Plan. Eigentlich hatte ich auch noch einen ganzen Berg Hausaufgaben, der mich bis abends beschäftigen würde. Ich kämpfte mit mir. Ich wollte ihn gerne sehen. Meine Sehnsucht nach ihm schien omnipräsent. Bis vor einigen Wochen hatte ich mich nie für den besonders leidenschaftlichen Typ gehalten. Zuneigung, Gefühle und Verliebtheit entwickelten sich langsam bei mir. Maél schien die Ausnahme, die die Regel bestätigte. Trotzdem. Die Vernunft siegte. Ich wollte meinen Notendurchschnitt halten. Ich wollte mich in meiner neuen Schule integrieren. Ich wollte in Paris Fuß fassen. Dazu gehörte mehr als zwei aufregende Begegnungen mit einem Jungen, der auf- und abtauchte, wie es ihm passte.

Heute ist es schlecht. Ich habe nachher noch Sport und einen Berg Hausaufgaben.

Okay. Dann morgen?

Ich war froh, dass er meine Absage so leichtnahm. *Ja, morgen passt mir gut.*

Dann bis morgen! Freu mich!

Ich stutzte. Wir hatten gar keinen Treffpunkt ausgemacht. Ich überlegte noch nachzufragen, da war er wieder offline. Sollte ich noch eine Nachricht hinterherschicken? Zögernd wog ich mein Handy in der Hand. Doch dann entschied ich mich dagegen. Maél hatte gerade geschrieben, dass er viel um die Ohren hatte. Wir hatten uns für morgen verabredet, und es war höchst unwahrscheinlich, dass wir uns bis dahin nicht mehr schreiben würden. Ich schickte also ein schnelles *Ich mich auch!* hinterher und legte mein Handy zur Seite, um nicht weiter wie ein Stalker daraufzustarren.

»Hier. Du hast ja gar nichts gegessen.« Gigi schob mir eine winzige Tupperdose samt Löffel zu. »Du kannst meinen Chia-Pudding haben. Ohne Zucker. Ich hoffe, du magst Weißtannenhonig.«

»Danke dir, das ist lieb.« Etwas Süßes wäre jetzt genau das Richtige. Ich öffnete den Deckel und wich im selben Moment zurück. Der Pudding roch wie ein Erkältungsbad.

»Weißtannen haben ein sehr kräftiges Aroma.« Gigi sah mich an, als könne sie es gar nicht erwarten, dass ich probierte.

»Ach wirklich«, erwiderte ich schwach. Ich konnte unmöglich etwas essen, das wie das Fichtennadelschaumbad meiner Großmutter roch.

Gigi nickte eifrig. »Sehr gesund.«

Nun, »gesund« roch der Pudding definitiv. Nur dass ich bisher selten daran gedacht hatte, etwas für meine Gesundheit zu tun, wenn ich nach einem Pudding griff. Ich überlegte gerade noch, wie ich diesen Nachtisch herunterbekommen sollte, ohne Gigi zu beleidigen – denn das wollte ich auf gar keinen Fall –, da erklang plötzlich Geschrei. Es war die hohe Stimme eines Mädchens, schrill vor Angst, und sie rief Jemmas Namen.

Während wir anderen eher überrascht und wie eingefroren waren, sprang Jemma so heftig auf, dass ihr Stuhl fast nach hinten umfiel.

»Corinne? Was ist los?«

Das Mädchen kam auf unseren Tisch zugerannt. »Es ist …« Sie schnappte nach Luft. Sie hatte die Augen weit aufgerissen und rote Flecken auf den Wangen. »Es ist was mit Calvin passiert. Schnell, du musst mitkommen.«

Jemma schnappte sich nur ihr Smartphone. »Was ist mit ihm? Wo ist er?«

»Komm mit!« Corinne griff nach Jemmas Hand und zog sie mit sich. Sie war vielleicht fünf Jahre alt, und Jemma wirkte riesig neben ihr. Gigi sprang auf.

»Ich komme mit.«

»Ich auch«, sagte ich schnell, obwohl ich keine Ahnung hatte, wer Calvin war.

»Nehmt ihr unsere Sachen?«, rief Gigi Carly und Annabelle noch zu. Die beiden nickten, wirkten aber immer noch erschrocken und gleichzeitig etwas ratlos.

Corinne war so außer sich, dass sie schlecht Luft bekam. »Er hat ... Er hat einfach ...«

»Warte.« Jemma zog sie zu sich und hob sie kurzerhand hoch. Corinne umklammerte ihren Hals wie ein Äffchen, während sie die Beine um Jemmas Taille schlang.

»Wo ist er? Im Kindergarten?«

Corinne nicke. »Wir sollten unten im Garten bleiben, aber Calvin ist einfach in die dritte Etage gegangen, weil er auch in die Vorschule gehen wollte.« Sie holte wieder keuchend Luft. »Und dann wollte er uns oben aus dem Fenster zuwinken, aber sein Kuscheltier ist dabei aus dem Fenster gefallen und in dem Busch an der Hauswand hängengeblieben. Calvin wollte ihn wieder reinholen und hat sich zu weit rausgelehnt und ist abgerutscht. Mrs Green hat den Notarzt und die Feuerwehr gerufen, aber ich habe schreckliche Angst, dass er abrutscht.« Sie brach in Tränen aus.

»O Gott!«, rief Gigi neben mir. »Wie soll Calvin sich denn solange dort festhalten? Wir müssen etwas tun!«

Ich nahm mittlerweile an, dass Calvin Jemmas Bruder sein musste. Was für eine schreckliche Situation!

Jemma wurde bleich. Sie beschleunigte ihr Tempo, bis wir schließlich im Laufschritt die Schule durchquert und den daran anschließenden Kindergarten erreicht hatten. Dort war der Tumult groß. Die meisten Kinder weinten, die Erzieherinnen erschienen verständlicherweise überfordert und ziemlich außer sich. Jemma übergab die immer noch schluchzende

Corinne, die bereits gesucht wurde, an eine Erzieherin. Dann rannten wir die Treppen hoch in den dritten Stock Richtung Vorschule. An dem Fenster, an dem das Unglück geschehen war, hatte sich bereits eine Traube Menschen versammelt. Jemand hatte zwei Betttücher zusammengeknotet, damit Calvin sich wohl daran festhalten sollte, aber die Idee gerade wieder verworfen. Die Gruppe stob auseinander, als Jemma zum Fenster stürzte. »Cal? O mein Gott. Cal, bitte beweg dich nicht, okay? Ich bin da. Jems ist da. Wir schaffen das, okay? Sieh nicht nach unten, Cal, ja?«

Gigi und ich drängten uns neben sie. Einige Lehrer wollten auf uns einreden, doch wir ignorierten sie. Mir stockte der Atem, als ich einen Blick auf Calvin werfen konnte. Er weinte, und sein Gesicht war von ein paar Schrammen verunstaltet. Zum Glück war er nicht kopfüber gefallen. Stattdessen musste er mit den Füßen voraus von der Fensterbank gefallen sein. Dadurch war er in den großen Blauregen hineingerutscht, dessen starke Ranken sein leichtes Gewicht aufgefangen hatten. Es sah so aus, als hätten sich seine Füße in dem Geäst eingeklemmt, als er bis zum Bauch im Geflecht der Ranken eingesunken war. Die Position war unangenehm und schmerzhaft, aber vermutlich hatte der Blauregen ihm das Leben gerettet. Erst mal.

Calvins leises Weinen wurde lauter, als er Jemma sah, und er streckte ihr einen Arm entgegen.

»Nicht bewegen, Cal!«, rief Jemma entsetzt. »Du musst ganz stillhalten.«

Ein Lehrer, den ich nicht kannte, beugte sich zu uns. »Seien Sie vernünftig«, sagte er eindringlich, hauptsächlich zu Jemma. »Feuerwehr und Notarzt sind unterwegs. Wir haben es mit dem Bettlaken versucht, aber der Weg nach oben ist zu lang. Er kann sein eigenes Gewicht nicht solange festhalten, das Risiko ist zu groß. Reden Sie mit ihm. Beruhigen Sie ihn. Wir haben Ihre Eltern angerufen, sie sollten bald hier sein. Machen Sie ihm Mut und stehen Sie ihm bei. Mehr können wir nicht tun.«

»Das sehe ich selbst«, fauchte Jemma. »Gehen Sie weg, Sie machen ihn nervös. Ich will allein am Fenster sein. Los!«

Der Lehrer wich zurück.

»Das gilt nicht für euch«, wisperte Jemma, als ich Gigi einen fragenden Blick zuwarf. »Ich brauche euch. Keiner rührt sich.«

Gigi lächelte tapfer und strich kurz über Jemmas Arm. »Er schafft das. Er ist zäh, genau wie seine große Schwester.«

Jemma sah nicht überzeugt aus. Unten wurde es lauter, als Direktorin Girbaud auftauchte. Sie hatte ein paar Zwölftklässler im Schlepptauch, die zwei dicke Turnmatten hinter sich herzogen. Die Matten waren so groß und schwer, dass es jeweils acht kräftige Spieler des Footballteams brauchte, um sie zu bewegen. Während die Spieler versuchten, die zwei Matten direkt unter dem Fenster übereinanderzustapeln, konzentrierten wir uns wieder auf Calvin. Die Lehrer hielten sich zum Glück weiter im Hintergrund.

»Jems!« Calvins schmerzerfüllter Ruf zerriss mir fast das Herz. Er war sogar noch jünger als Corinne, vielleicht vier Jahre alt. Die Blätter des Blauregens raschelten, als Calvin eine Hand löste und sie Jemma entgegenstreckte. Durch die Verlagerung seines Körperschwerpunkts gab eine der Ranken etwas nach, und der kleine Junge rutschte mit einem Ruck etwas tiefer. Wir schrien alle auf. Jemma wollte sich weit über die Fensterbank lehnen, doch als sie fast das Gleichgewicht verlor, rutschte sie schnell zurück. Die Äste unter Calvin ächzten bedrohlich. Lange würden sie ihn nicht mehr tragen.

»Wir müssen doch irgendetwas tun können!«, schluchzte Gigi, und ihre Augen schimmerten feucht. »Er ist doch gar nicht so weit entfernt. Wie kann es denn sein, dass wir ihm nicht helfen können!«

Wieder knirschten die Äste. Jemma neben mir keuchte panisch auf. Gigi weinte. Dann plötzlich wurde alles still. Alle Geräusche verstummten. Mein eigener Herzschlag trommelte dumpf in meiner Brust.

Hunger …

Ich zuckte zusammen. Die Stimme kam von weit her. Ich beugte mich instinktiv ein Stückchen weiter aus dem Fenster.

Hunger … Schwach … Hilfe …

Ich blinzelte. Die Stimme war leise, aber doch klar und deutlich in meinem Kopf zu hören.

Hunger … So viel Hunger …

Es war der Blauregen.

Du bist hungrig? Ich dachte die Worte nur, so wie zuvor.

Ja. Dieser Platz ist schlecht. Ich habe immer Hunger. Ich habe keine Kraft.

So leid mir die Pflanze tat, ich dachte nur an Calvin.

Keine Kraft …

In diesem Moment brach ein weiterer Ast. Der Blauregen stöhnte schmerzerfüllt auf. Ich sah, wie Calvin schrie, doch ich hörte ihn nicht. Nur eines wusste ich ganz genau. Er würde im nächsten Moment fallen.

Ich helfe dir, wenn du dem Jungen hilfst. Bitte. Er darf nicht sterben. Ich helfe dir. Ich kümmere mich. Ich verspreche es.

Die Pflanze seufzte. Sie klang müde. *Tochter der Quelle.*

Ja?

Ich muss dir helfen. Du brauchst nicht bitten.

Ich bitte dich trotzdem.

Ein Ruck lief durch den Blauregen. Es sah fast aus, als würde er Kraft sammeln. *Mach dich bereit.*

Im nächsten Moment war die Realität wieder da. Stimmen brandeten auf, meine Sicht wurde klar. Ich zog Jemma zu mir.

»Streck ihm die Hände hin. Los, Gigi, du auch.«

Die beiden waren zu perplex, um zu fragen. Wir lehnten uns, so weit es ging, über die Fensterbank. Hinter uns hörten wir die Lehrer protestieren.

»Jetzt!« Es war mir egal, dass ich das Wort laut rief. Der Blauregen raschelte mit all seinen Blüten, die sich über Calvin schoben wie eine Decke. Dann stob eine der fast astdicken Ranken empor. Der Blütenteppich folgte ihr, sodass man von unten die Ranke nicht sehen konnte. Calvin verschluckte sich vor Schreck, gab aber keinen Laut von sich.

»O mein Gott«, hauchte Gigi neben mir.

Die Ranke, die sich um Calvins Bauch gewickelt hatte, trug ihn sicher. Schon konnten wir nach ihm greifen. Der Blauregen ließ sich etwas zur Seite sinken, sodass es aussah, als habe ihn lediglich ein Windhauch erfasst. Jemma zog Calvin über die Fensterbank und dann fest in ihre Arme. Schluchzend klammerten sie sich aneinander.

Ich danke dir! Mit einer Hand streichelte ich Calvins Rücken. Mit der anderen sah ich hinab zu dem Blauregen. *Ich vergesse nicht, was ich dir verspochen habe.* Ich bekam keine Antwort. Als ich mich abwandte, sahen mich zwei Augenpaare an. Jemma streichelte immer noch Calvins Hinterkopf, ihr Blick war fassungslos. Gigi schien sich an der Fensterbank festhalten zu müssen, um nicht zu taumeln. Sie war noch weißer geworden. Ihre Stimme klang heiser, als sie mich einmal von oben bis unten musterte und dann flüsterte: »WAS bist du?«

*

Ich kam nicht dazu, mich erklären zu müssen, denn die Feuerwehr und der Notarzt trafen ein und kurz darauf Jemmas Eltern. Calvin, dem es bis auf ein paar kleine Schrammen gut ging, durfte nach Hause gehen. Jemma wollte bleiben, obwohl Direktorin Girbaud ihr ausdrücklich anbot zu gehen. Langsam löste sich der Tumult auf. Die Feuerwehr, die zuvor mit Blaulicht und Sirenen vorgefahren war, rollte vom Hof. Die Lehrer wollten noch den Rest der Mittagspause im Lehrerzimmer genießen, die Erzieherinnen sich wieder ganz ihren Kindern widmen. Die Sportler zogen mit den Matten ab. Man hatte sich offiziell drauf geeinigt, dass Calvin und Jemma sich doch so weit einander hatten entgegenlehnen können und ein kleiner Windstoß den Rest dazu beigetragen hatte. Natürlich hatte man Jemma wegen des Risikos getadelt, doch eigentlich waren alle froh über den glimpflichen Ausgang gewesen. Ich war den Blicken meiner Freundinnen ausgewichen, doch nachdem auch Jemmas Eltern das Gelände verlassen hatten, hatte ich keine Möglichkeit mehr, sie zu ignorieren.

»Wie hast du das gemacht?«, fragte Jemma kaum, dass der letzte ungebetene Zuhörer den Raum verlassen hatte. »Der Busch hat Calvin angehoben, nachdem du ihm den Befehl dazu erteilt hast.« Sie hielt inne. »Ich kann kaum glauben, was ich da gerade gesagt habe«, murmelte sie mehr zu sich selbst als zu uns.

»Unsinn, das sah nur so aus. Wir waren alle aufgeregt. Der Wind …«, faselte ich.

Jemma verschränkte die Arme vor der Brust. »Blödsinn.«

Panik erfasste mich. Obwohl ich mir so sehr wünschte, mit jemandem über meine neuen Kräfte reden zu können, so machten mir Jemmas forsche Worte doch Angst. »Ich …« Ich sah sie beide kurz an. »Ich kann das nicht.« Dann drehte ich mich um und stürzte davon. Ich flüchtete auf die Besuchertoilette des Kindergartens, die zum Glück menschenleer war. Hastig schloss ich eine der Kabinentüren hinter mir, klappte den Toilettendeckel runter und ließ mich daraufsinken.

Sie würden mir das niemals glauben. Sie würden mich als verrückt abstempeln, es überall herumerzählen, und keiner würde mehr ein Wort mit mir reden. Doch ich hatte nicht zusehen können, wie Calvin die drei Stockwerke in die Tiefe fiel. Es war mir egal gewesen. Mein Ruf, meine Glaubwürdigkeit, die Aussicht auf zwei neue Freundinnen. Es war ein bitteres Gefühl, doch tief in meinem Inneren wusste ich, dass ich jederzeit wieder so entscheiden würde. Ich stützte die Ellbogen auf meinen Knien ab und legte den Kopf in meine Hände. Ich war so fertig. So müde. Der Traum von letzter Nacht schien dafür gesorgt zu haben, dass Schlaf einfach keine Erholung mehr für mich bedeutete. Heute Morgen wäre ich in Englisch fast eingenickt. Und nun die ganze Aufregung um Calvin. Ich fühlte mich, als würden Adrenalin und das dringende Bedürfnis nach Schlaf in meinem Inneren einen aussichtlosen Kampf ausfechten.

Eine Tür wurde mit einem Knall aufgestoßen. »Livia?«

Ich hielt erschrocken den Atem an.

»Wir wissen, dass du da drin bist.«

»Geht weg!« Meine Stimme klang dünn. »Bitte.«

Die Schritte kamen noch mal näher. »Komm da raus, oder

ich trete die Tür ein.« Es war Jemma, und sie klang sehr entschlossen. Ich saß in der Falle. Was hatte ich auch erwartet? Ich war nur ein paar Meter weit geflüchtet, hatte nicht mal das Gebäude verlassen. Und selbst wenn. Morgen war ein neuer Schultag, und übermorgen ... Ich konnte mich nicht ewig verstecken. Plötzlich kam ich mir kindisch vor. Mir würde nichts übrig bleiben, als mich der Situation zu stellen. Lieber ein Ende mit Schrecken als Schrecken ohne Ende.

Ich seufzte ergeben, stand auf und schnippte das Schloss auf. Leise quietschend schwang die Toilettentür auf. Den Blick hielt ich gesenkt. Ich konnte die beiden nicht ansehen. Dementsprechend überrumpelt war ich, als mich jemand in seine Arme zog und mich so fest an sich drückte, dass ich keine Luft mehr bekam.

»Danke. Danke, danke, danke. Ich bin dir so dankbar. Ich hätte dir gerade schon danken sollen, anstatt dich so anzufahren.« Es war Jemma. Ich wand mich, bis sie den Griff lockerte und ich Luft holen konnte.

Ich zögerte, sah sie immer noch nicht an. »Gern geschehen.«

Jemma strich mir die Haare aus dem Gesicht. »Du warst großartig. Ohne dich hätte ich heute vielleicht meinen kleinen Bruder verloren. Das vergesse ich dir nie.«

»Das war doch selbstverständlich.«

Im Hintergrund hörten wir ein Schluchzen. Gigi drückte sich ein zerknülltes Taschentuch unter die Nase. »Entschuldigt. Ich bin so sentimental in solchen Situationen.«

Jemma ließ Gigi weiterschluchzen und drehte sich zu mir. »Wie hast du das gemacht?«, fragte sie, doch dieses Mal klang ihre Stimme sanft.

Ich suchte nach den richtigen Worten, kämpfte gegen

meine Angst. Hinter uns schnäuzte Gigi herzhaft in ihr Taschentuch.

»Ich kann das nicht erzählen. Es ist selbst für mich immer noch eine Überraschung und seltsam und unwirklich und angstmachend.« Ich hob hilflos die Arme.

»Du hast ein Leben gerettet«, sagte Gigi und stellte sich neben uns. »Dir kann egal sein, ob wir oder der Rest der Welt dich seltsam finden.«

Ich sah sie beide an. Ihre Blicke waren neugierig, offen und vertrauensvoll. Ich holte ein letztes Mal tief Luft. Zeit für die Wahrheit.

»Ich kann Pflanzen sprechen hören. Also, besser gesagt, sprechen sie mich an, und ich kann ihnen antworten. In meinem Kopf, rein telepathisch. Meistens wollen sie etwas von mir. In diesem Fall war es andersherum. Der Blauregen war hungrig und schwach, und ich habe ihm angeboten, ihm zu helfen, wenn er uns hilft, Calvin zu retten.«

Jemma neben mir klang, als würde mit einem Schlag alle Luft aus ihrer Lunge gepresst. Gigi schien wie versteinert.

Ich rechnete damit, dass sie beide reagieren würden wie meine Eltern: irgendwie besorgt, aber mich trotzdem nicht für voll nehmend.

»Oh Mann, das ist so aufregend«, hauchte Gigi und tat so, als müsse sie sich Luft zufächeln. »Ich fühle mich wie in einer Netflixserie.«

»Ihr denkt nicht, dass ich einen Dachschaden habe?«, fragte ich vorsichtig.

Gigi schüttelte so heftig den Kopf, dass ihr Unterkiefer klapperte. »Weißt du schon, was du bist?«, japste sie. »Hexe? Magierin? Fee? Kobold?« Ihre Augen funkelten vor Begeisterung.

Ich schüttelte nur den Kopf.

»Ich wusste es. Ich wusste, dass das nicht einfach nur Geschichten sein können.«

»Was meinst du?«

»Wir Iren sind ein abergläubisches Völkchen. Wir glauben an alles Mögliche. Feen, Kobolde und andere Naturwesen kommen bei uns in jeder zweiten Geschichte vor. Es sind zu viele Geschichten, als dass nicht auch ein Quäntchen Wahrheit darinstecken müsste.«

Gigi schien glücklicherweise kein Problem zu sein. Mein Blick wanderte zu Jemma, die mittlerweile mit überkreuzten Armen am Waschtisch lehnte.

»Was sagst du?«

Sie schien weitaus weniger begeistert als Gigi. Ihre Miene war undurchdringlich. »Ich glaube nicht an Vampire oder Hexen.« Sie richtete sich ein Stückchen auf und schüttelte dann den Kopf. »Ich kenne nicht mal diese ganzen Serien, mit deren Trailern man auf Facebook zugemüllt wird. Ich will in der Realität leben, weil es hier genug Missstände gibt, als dass ich mich auch noch fragen will, wie man das Auenland retten kann.«

Gigi kicherte hinter vorgehaltener Hand.

»Aber ich weiß, dass es mehr zwischen Himmel und Erde gibt, als unser kleines Primatenhirn erfassen kann. Deshalb halte ich mich an die logische Deduktion: Wenn man alle logischen Lösungen eines Problems eliminiert, ist die unlogische Lösung, obwohl sie unmöglich erscheint, die richtige.«

»Das ist aus Sherlock«, sagt Gigi. Sie zeigte auf Jemma, als würde sie sie anklagen. »Du guckst also doch Serien.«

»BBC Serien«, sagte Jemma »Das ist etwas anderes als Netflix oder HBO.«

Gigi schnaubte und pustete sich eine Haarsträhne von der

Nase. »Bloß, weil sie alle fünf Jahre das komplette Werk von Jane Austen neu verfilmen?«

»Nein, weil …«

»Äh, Leute?« Ich hob die Hand. »Könnten wir kurz klären, ob ich verrückt bin? Der Unterricht geht bald wieder los.«

Die beiden sahen mich an, als hätten sie mich einen Moment lang komplett vergessen.

»Was wollte der Busch doch gleich von dir?«, fragte Jemma dann und zog die Stirn kraus.

Gigi und ich sahen sie beide mit offenem Mund an.

»Du hast ihm doch etwas versprochen.«

»Dünger?«, sagte ich unschlüssig. »Ich vermute, er braucht Dünger, wenn er sagt, dass er hungrig ist.«

Jemma zückte ihr Handy. »Dann soll er den haben.«

Gigi und ich wechselten erneut einen Blick. Jemma tippte ungerührt auf ihrem Handy herum, als wäre es das normalste der Welt, für einen sprechenden Blauregen eine Portion Futter im Internet zu bestellen. Ausgerechnet die, die am skeptischsten war, schien nun gar kein Problem zu sein. Oder sie nahm mich ziemlich übel hoch.

»Hast du mit jemandem aus deiner Familie darüber gesprochen?«, wollte Gigi wissen.

»Nicht so richtig«, gab ich zu. Ich erzählte ihr vom Krankenhausbesuch und der Reaktion meiner Eltern. »Mir schlägt das ganze mittlerweile so auf die Psyche, dass ich regelrechte Angstträume entwickle. Sie fühlen sich so real an, dass ich kaum glauben kann, dass sich das mein Gehirn nur ausgedacht hat. Und immer kommt Gold darin vor, dabei mache ich mir gar nicht so viel aus Schmuck.«

Unser Gespräch wurde unterbrochen, als Jemmas Sportuhr piepte. Unsere Mittagspause war offiziell vorbei.

»Wir könnten morgen Nachmittag in der Schulbibliothek recherchieren«, schlug Gigi vor. »Vielleicht finden wir ein paar Hinweise. Oh Mann, ist das aufregend! Ich kann es kaum erwarten herauszufinden, woher diese Kräfte kommen.« Sie musterte mich. »Bist du in Korea vielleicht von einem seltenen Insekt gebissen worden?«

Ich schüttelte den Kopf und musste grinsen.

»Morgen erst?«, sagte Jemma, während ich sofort an meine Verabredung mit Maél dachte. »Nichts da. Wir machen das heute.« Sie steckte das Handy weg.

»Schatz, darf ich dich an unser Volleyballtraining erinnern?«, fragte Gigi liebenswürdig wie immer.

Jemma schnalzte missbilligend mit der Zunge. »Darf ich dich daran erinnern, dass ich heute fast meinen kleinen Bruder verloren hätte? Offiziell habt ihr mir geholfen, ihn hochzuziehen. Und das schreit nach einem Heldenbonus. Ich melde uns für heute bei Coach Hellers ab. Die Nachricht sollte mittlerweile auch bis zu ihr vorgedrungen sein.« Sie wandte sich zum Gehen. »Auf geht's, meine Damen. Eine Doppelstunde Physik noch, und danach werden wir herausfinden, ob unser Blumenmädchen ein Mutant, eine Hexe oder einfach nur ein Mädel mit besonders grünem Daumen ist.«

Kapitel 6

Maël und das Monster

Ich konnte den Fluss riechen.

Als ich die Augen öffnete, sah ich nicht weit entfernt die Brücke Saint-Louis, die zur Île de la Cité führte. Der Mond spiegelte sich auf den schaukelnden Wellen der Seine wie ein lebendiges Aquarell. Ich erschrak, als mir klar wurde, wie weit ich von zu Hause entfernt war. Wie war ich hierhergekommen? Das elfte Arrondissement lag weit entfernt vom ersten, in dem ich wohnte. Mein Rückweg würde ewig dauern! Im nächsten Moment verschwammen meine Gedanken, als hätte sie jemand einfach weggewischt. Ich musste es finden. Ich fühlte es! Wie ferngesteuert ging ich eine kleine Treppe hinab, die zum Flussufer führte. Meine Ballerinas versanken in dem sandigen Boden. Dort. Ich ging in die Hocke, grub meine Finger in den Sand. Meine Suche lenkte mich so sehr ab, dass ich zunächst nicht bemerkte, wie die Geräusche des Flusses sich veränderten. Es war mir auch egal. Das hier war wichtiger. Ich spürte, dass ich zwischen all den kleinen Kieseln das Richtige ertastet hatte, als ein sanftes Prickeln durch meinen Körper lief. Ich hob die Hand, und der Sand perlte an dem Gegenstand ab. Neugierig betrachtete ich, was ich da zwischen Daumen und Zeigefinger hielt. Es war ein winziges goldenes Zahnrad, wie das einer Uhr. Die seltsamen Geräusche, die vom Fluss zu kommen schienen, wurden lauter. Ich drehte den Kopf. Das Wasser hatte unweit des Ufers zu schäumen begonnen. Es brodelte und blubberte, als wäre es kurz davor zu kochen. Langsam richtete ich mich auf. Im nächsten Moment schoss etwas Riesiges hervor. Ich sah Zähne, funkelnde gelbe Augen und spitze Ohren. Das Ding brüllte so heftig, dass meine Haare flogen. Sein heißer Atem roch nach Algen und verfaultem Fisch. Der schuppenbesetzte Körper sah aus wie eine Mischung aus Drache und Wasserschlange. Wilde Panik erfasste mich. Es war egal, dass es eigentlich keine Monster gab. Schon gar nicht in der Seine. Dieses Ding würde mich verschlingen und vorher mit seinen riesigen Zähnen zermalmen. Es brüllte erneut, und Wasser spritzte aus seinen Nüstern. Ich schrie auf, warf mich herum und floh.

*

»Du bist eingeschlafen? Ich fasse es nicht!«

»Mom! Es war ein Versehen, okay?« Ich wechselte das Handy ans andere Ohr, während ich mir hastig einen Weg durch das Gedränge auf dem Gang bahnte. Ich warf mich in ein leeres Klassenzimmer wie ein Guerillakrieger. Schon peinlich genug, dass Mom mich während der Schulzeit anrief. Da mussten nicht auch noch alle mithören, wie sie mich zur Schnecke machte.

»Ein Versehen.« Sie schnaubte. »Mrs Lewitzky hat gesagt, dass dir schon gestern immer die Augen zugefallen sind.«

Ich wusste, dass Mrs Lewitzky mich verpetzen würde. Sie hatte so einen Aufstand gemacht. Dabei war ich wirklich nur ganz kurz eingenickt. Wären Gigi und Jemma in dem gleichen Kurs gewesen, wäre das garantiert nicht passiert. »Es kommt nicht wieder vor.«

Mom war nicht zu besänftigen. »Dein Vater hat gesagt, dass er um ein Uhr noch Licht in deinem Zimmer gesehen hat.

Du hängst die halbe Nacht vor YouTube, so geht das nicht weiter.«

»Stimmt doch gar nicht«, sagte ich, ohne nachzudenken.

»Ach ja? Was hast du denn gemacht?«

Ich habe ein wenig über meine neuen Kräfte recherchiert, nachdem meine neuen Freundinnen und ich herausgefunden haben, dass ich entweder eine gute Fee, eine Hexe oder irgendein anderes mythologisches Naturwesen bin. Danach hat mich ein Traum heimgesucht, der so real war, dass ich den fauligen Atem des Flussmonsters immer noch in der Nase habe, und der mir das Gefühl gab, die halbe Nacht auf den Beinen gewesen zu sein. Ich konnte mich gerade noch bremsen, ihr das alles vor den Kopf zu knallen. Stattdessen knirschte ich mit den Zähnen und brummte dann ein »Nichts Besonderes« ins Handy.

»Du hast doch jetzt Schluss, oder? Du wirst heute mal den PC auslassen, einfach nur Hausaufgaben machen und dann früh ins Bett gehen. Kein Wunder, dass du so durch den Wind bist in letzter Zeit, bei dieser Lebensweise!«

»Ich bin nachher noch verabredet, Mom.« Maél hatte sich zwar bis jetzt nicht gemeldet, aber ich war mir ziemlich sicher, dass er unsere Verabredung abgesagt hätte, sollte ihm etwas dazwischengekommen sein. Außerdem wollte ich Mom gern Kontra geben.

»Das denke ich nicht.« Obwohl sie fast belustigt klang, war die Endgültigkeit in ihrer Stimme nicht zu überhören. »Du musst mal dringend ein bisschen runterkommen. Seit unserem Umzug bist du unausstehlich. Und heute fangen wir damit an.«

»Mom, ich kann die Verabredung nicht absagen. So kurz vorher wäre das unhöflich.«

»Ist es wieder der Junge von der Louis-Le-Grand?«

»Genau.«

»Wie hieß er noch gleich?«

»Maél.«

»Und der Nachname?«

»Anjou.«

Ich konnte fast hören, wie sie in Gedanken all die alteingesessenen und wohlhabenden Familien von Paris im Kopf durchging. Als sie missbilligend schnaubte, wusste ich, dass Maéls Nachname keiner davon war. »Du wirst ihm sagen, dass du eine Menge Hausaufgaben hast, und die Verabredung absagen. Ihr habt euch vor zwei Tagen erst gesehen, er sollte das verkraften.«

»Mom, du redest mit mir, als wäre ich zehn. Ich bin sechzehn. In zwei Jahren bin ich volljährig.«

»Auf dem Papier. Das heißt aber nicht, dass du erwachsen bist. Und deine Verabredung mit diesem Maél wirst du absagen. Du verlässt das Haus heute nicht mehr, wenn du von der Schule wieder da bist.«

»Mom!«

»Keine Diskussion.«

»Das kannst du nicht machen. Ich werde Maél nicht …«

»Doch, wirst du.«

»Niemals.« Ich war wütend und gleichzeitig so machtlos, dass ich das Gespräch einfach beendete, ohne ihr die Chance auf eine Antwort zu geben. Seit wir in Paris angekommen waren, war unser Verhältnis so angespannt wie nie zuvor. Es schien, als würden wir uns von heute auf morgen einfach nicht mehr verstehen, nicht mehr dieselbe Sprache sprechen.

Ich atmete einmal tief durch und ging dann zurück in Richtung meines Spinds. Gigi erwartete mich bereits. Genau wie ich hatte sie in der Nacht noch recherchiert, aber nichts

Bahnbrechendes herausgefunden. Sie gähnte, als ich ein paar Bücher aus meiner Tasche in meinen Spind räumte.

»Wann triffst du dich mit Maél?«, fragte sie und rieb sich die Augen wie ein schläfriges Eichhörnchen.

Bevor ich antworten konnte, stand Jemma neben uns. »Morgen kommt der Dünger. Der Hausmeister hat zwar komisch geguckt, weiß aber nun Bescheid. Ich lasse das Zeug direkt zur Schule liefern.« Sie grinste mich an. »Schon aufgeregt wegen später?«

Ich seufzte und knallte meinen Spind zu. »Meine Mutter plant den Aufstand.« Während wir den Gang Richtung Ausgang gingen, erzählte ich ihnen von ihrem Anruf.

»Rede von Angesicht zu Angesicht mit ihr«, schlug Gigi vor. »Am Telefon sagt man leicht Sachen, die man eigentlich gar nicht so meint.«

»Ich finde, sie übertreibt«, sagte Jemma. »Du bist doch kein Baby mehr.«

Ich gab beiden recht. Auf dem Weg nach Hause würde ich noch Zeit haben, mir einen Schlachtplan für meine Diskussion mit Mom auszudenken.

Vor der breiten Doppeltür der Schule schien sich der Strom der Schüler seltsamerweise zu verlangsamen. Normalerweise konnten es alle kaum erwarten, aus diesem Kasten rauszukommen. Wir bahnten uns unseren Weg bis zum Treppenabsatz. Neugierig sah ich mich um.

Mein Blick fiel auf pechschwarze Haare, die in der Sonne schimmerten wie Onyx. Ich kannte nur eine Person, die eine Haarfarbe besaß, die alles Licht um ihn herum zu verschlingen schien.

Was in aller Welt machte Maél hier? Ich betrachtete seine Gestalt, um restlos sicher zu sein. Er lehnte an dem Gebäude auf der gegenüberliegenden Straßenseite, trug seine verspiegelte Sonnenbrille und hatte die Arme vor der Brust gekreuzt. Dieses Mal war er komplett in Schwarz gekleidet. Nicht wie ein Gothic in Samt oder Brokat. Er trug eine Jeans und ein Shirt, die beide so auf Figur saßen, dass sie wenig der Phantasie überließen. Quer über seinen linken Unterarm zog sich ein dick verkrusteter, blutiger Kratzer, der so aussah, als habe es richtig wehgetan. Neben ihm lag sein schwarzer Rucksack auf dem Asphalt. Obwohl er sich scheinbar lässig an das Mauerwerk gelehnt hatte, konnte er das Lauernde in seiner Haltung nicht komplett verbergen. Ich fügte mich nahtlos in die Reihen meiner Mitschüler ein, die ihn alle anstarrten. Maél hatte sich klugerweise so positioniert, dass er unmöglich zu übersehen war. Neben uns wurde gekichert. Ich schnappte die Worte »Schüler« und »Louis Le Grand« in den Gesprächsfetzen auf. Maél war stadtbekannt. Wieso wunderte mich das eigentlich?

»Ist er das etwa?«, raunte Jemma mir zu.

»Wer ist was? Wer ist was?«, krähte Gigi hinter mir und drängelte sich dann zwischen uns durch nach vorn.

»Oh.« Sie riss die Augen auf. »Das ist er?« Sie sah zu mir.

Ich nickte.

»Wow.« Sie zog nachdenklich die Stirn kraus. »Ich hatte ihn mir ganz anders vorgestellt. Irgendwie …« Sie schien nach den richtigen Worten zu suchen.

»Harmloser«, soufflierte Jemma.

»Was soll das denn heißen?«, rief ich aufgebracht.

»Na ja, du bist ein liebes Mädchen«, erklärte Jemma. »Und er sieht aus, als würde er liebe Mädchen zum Frühstück verspeisen. Ich hätte nie gedacht, dass du auf solche Typen stehst.«

Nun, ich eigentlich auch nicht.

Als Jemma meinen Gesichtsausdruck sah, lenkte sie ein.

»Vielleicht täuscht der erste Eindruck auch nur.« Sie warf einen zweiten Blick auf Maél. »Oder es liegt an seiner ausgesprochen fröhlichen Lieblingsfarbe.«

Obwohl ich es bereits versucht hatte, war es mir nicht gelungen, mir Maél in irgendwelchen grellen Farben vorzustellen. Sein konsequenter Griff zu dunklen Farben rührte nicht von Einfallslosigkeit, sondern eher von einem instinktiven Gefühl, was ihm gut stand.

»Du hast uns gar nicht vorgewarnt, dass er dich abholt«, wisperte Jemma.

»Wir waren gar nicht hier verabredet.«

Nun erntete ich den erstaunten Blick von beiden. Jemma fing sich als Erste. »Der ist ja ganz schön besitzergreifend.«

Ich sah sie fragend an. »Er holt mich doch nur von der Schule ab.«

Sie zuckte mit der linken Schulter. »Er holt dich vor der GESAMTEN Schule ab. Und er versteckt sich nicht gerade. Wer nicht mitkriegt, dass du von ihm abgeholt wurdest, weiß es spätestens morgen. So funktionieren nun mal die schulinternen Buschtrommeln. Wer auch immer hier ein Auge auf dich geworfen haben sollte, weiß nun, dass er erst an Monsieur Düster-und-Gefährlich vorbeimuss, wenn er an dich ran will.«

So hatte ich es noch gar nicht gesehen. Andererseits hatte ich auch keinen Blick für meine männlichen Klassenkameraden gehabt, so sehr hatte Maél in meinem Kopf bereits Wurzeln geschlagen.

Ich sah erneut zu ihm. Als sich unsere Blicke trafen, lächelte er, schnappte sich seinen Rucksack und kam über die Straße auf die Schule zu.

»Geh, geh!«, scheuchte Gigi mich.

»Viel Spaß!«, rief Jemma. Dann kicherten beide. Ich hingegen kam mir vor wie Aschenputtel, die die breite Treppe des Palasts hinab- und ihrem Prinzen entgegenschritt. Einem düsteren Prinzen mit rasiermesserscharfem Lächeln. Und das unter den neugierigen Blicken des gesamten Hofstaats. Ein Prickeln jagte wie eine Welle durch meinen ganzen Körper, als ich ihn dabei beobachtete, wie er leichtfüßig die Stufen erklomm. Ich unterschätzte jedes Mal aufs Neue seine Wirkung auf mich.

Maél blieb eine Stufe unter mir stehen. Trotzdem waren wir nun so gut wie gleich groß.

»Livia.« Er nahm seine Sonnenbrille ab. In seinen grauen Augen blitzte ein Funke auf. »Wie schön, dich zu sehen.«

»Hi«, hauchte ich. Er hatte mich total überrascht, ich hatte gar keine Zeit gehabt, mich auf unser Treffen vorzubereiten. Ich wollte etwas sagen, aber mein Verstand hatte sich in ein kicherndes rosarotes Klümpchen verwandelt, das Maél verliebte Kusshändchen zuwarf.

Er kam noch etwas näher. »Geht's dir gut?«

Ich schaffte es noch, ein Nicken zustande zu bringen, da beugte er sich zu mir und küsste mich zart auf beide Wangen. Es war anders als die Male zuvor. Dieses Mal küsste er mich wirklich. Seine Lippen berührten zweimal ganz zart meine Haut. Als er zurückwich, war mir ein wenig schwindelig. Der Moment sollte ewig dauern. Warum war er so schnell vorbei?

»Woher wusstest du, wann ich Schluss habe?« Sieh an, mein Verstand schien seinen Reboot erfolgreich beendet zu haben. Zumindest war ich wieder in der Lage, eine Unterhaltung zu führen.

»Wusste ich nicht.«

»Oh.« Dann hatte er die ganze Zeit auf mich gewartet? In

meinem Bauch entzündete sich ein warmes Feuer, dessen lodernde Spitzen kitzelnd mein Herz berührten. Das war echt eine süße Aktion.

Maél spielte mit einer meiner Haarsträhnen. Obwohl die Geste harmlos, ja fast zufällig wirkte, konnte ich mir vorstellen, welche Wirkung sie auf Außenstehende hatte: zärtlich, vertraut, besitzanzeigend.

Er hatte die ganze Zeit auf mich gewartet, ich konnte es immer noch nicht fassen. Ich hätte ihn gerne weiter grenzenlos dafür angehimmelt, beschloss aber, dass es seinem überbordenden Ego nicht guttun würde. Stattdessen entschied ich mich dafür, ihn damit aufzuziehen. Ich zog gespielt empört die Stirn kraus.

»Du Stalker!« Ich piekte ihn mit dem Zeigefinger in seinen harten Bauch.

Er grinste vergnügt, wich nicht zurück und dementierte auch nicht. Dicht neben uns lief eine Gruppe Mädchen die Stufen hinunter. Sie unterhielten sich und lachten dabei so laut, dass sie nicht zu überhören waren. Dabei beobachteten sie uns nicht gerade unauffällig. Maél bedachte sie mit einem kurzen Seitenblick. Sofort wurde das Lachen noch lauter.

»Lass uns von hier verschwinden.« Maél nahm mir wie selbstverständlich meine Schultasche aus der Hand und schob sich die Henkel über die freie Schulter. Dann legte er eine Hand zwischen meine Schulterblätter. Es war keine Umarmung, keine intime Berührung. Mehr eine sanfte Aufforderung, in der immer noch ein Fragen mitschwang. Er schob mich nicht an, er legte einfach nur seine Hand dorthin.

»Okay.« Ich strahlte ihn an. Er holte mich von der Schule ab. Er trug meine Tasche. Dass er von gestern Nachmittag bis gerade eben mal wieder abgetaucht war, fand ich jetzt nicht mehr schlimm. Ich übertrieb sowieso, weil er mich schon so um den Finger gewickelt hatte.

Maél behielt seine Hand in meinem Rücken, während wir gemeinsam das Schulgelände verließen. Erst auf dem Gehweg ließ er sie sinken, um in seinem Rucksack zu kramen.

»Hier. Für dich«, sagte er und hielt mir ein Tütchen mit altmodisch verschnörkelter Schrift hin.

»Danke!« Es waren dunkel glänzende Bonbons, die hinter dem durchsichtigen Plastik umeinanderkugelten.

»Das sind die besten der Stadt. Hausgemacht. Ich dachte, die Sorte wäre die richtige Erfrischung nach einem langen Schultag.«

Wir überquerten die Straße, während ich das Bändchen löste, das die Tüte verschloss. Eine Woge Colageruch schwebte mir entgegen. Schnell nahm ich mir eins und schob es mir in den Mund. Es war köstlich!

»So lecker!«, sagte ich mit vollem Mund.

Maél grinste über beide Ohren. »Sag ich doch.«

Ich hielt ihm die Tüte hin. »Du auch?«

Er nickte und nahm sich eins. Ich schob das Tütchen in meine Schultasche, die er immer noch über der Schulter trug. Eine Weile lang lutschten wir unsere Bonbons in trauter Zweisamkeit. Ich wartete gespannt darauf, dass Maél erzählen würde, was er jetzt mit mir vorhatte. Obwohl Mom und ich uns gezofft hatten, wollte ich sie nicht komplett im Unklaren lassen. Ich würde ihr Bescheid sagen, dass ich noch etwas mit Maél unternahm, und mich danach der Diskussion stellen.

Gerade als ich Maél fragen wollte, trabte er leichtfüßig an mir vorbei. Nachdem er mich überholt hatte, drehte er sich um. Er schien eine Schwäche fürs Rückwärtslaufen zu haben.

Er lächelte, und seine Lippen formten kaum hörbar meinen Namen.

Ich lachte frei aus dem Bauch heraus. »Ja bitte, Monsieur?« Meine Müdigkeit, der Ärger mit Mom, all meine seltsamen Vermutungen, was meine Kräfte ausgelöst haben könnte, waren wie weggeblasen, wenn er mich so anlächelte.

»So kann ich dich besser ansehen.« Er fuhr sich durch die Haare, dann zerbiss er das Colabonbon mit einem deutlichen Knirschen. Alles daran war irgendwie aufregend. Der Blick unter tiefliegenden Brauen, als er seine Haare ordnete. Die Art, wie er die Süßigkeit mit einem Biss zermalmte. Ich stellte mir vor, ihn zu küssen und die schmelzenden Reste der Cola-Zucker-Mischung auf meiner Zunge zu schmecken. Maél schien meine Gedanken lesen zu können, denn er blieb abrupt stehen. So abrupt, dass ich, die immer noch in meinen sehnsüchtigen Gedanken schwelgte, erst knapp vor seiner breiten Brust zum Halten kam. Ich hob den Kopf, und mein Blick glitt wie automatisch zu seinem Mund. Sein Atem roch süß nach Cola. Seine Oberlippe war wunderschön geschwungen, der Amorbogen sinnlich und aufreizend. Ein Mund wie fürs Küssen gemacht. Ich wollte es. Hier mitten auf dem Gehweg, inmitten vorbeihastender Passanten und dem Lärm der Stadt. Ich wollte es so sehr …

Als auf der Straße neben uns gehupt wurde, wich ich zurück, um ihn nicht länger anzustarren wie eine hungrige Kannibalin.

»Noch ein Bonbon?«

Maél schüttelte wortlos den Kopf.

»Einen Kaffee aus dem *Gustave*?«

»Nein.«

Mir fiel nichts mehr ein, und mein Kopf war leer. Maél

jedoch schien ebenso benommen. Sein Blick war schummrig geworden, sein Atem ging schnell. Als ich mir die plötzlich pochenden Lippen benetzte, seufzte er leise auf. Es gefiel mir, dass wir uns gegenseitig so aus der Fassung bringen konnten. Er hob eine Hand, und wieder ließ er eine Strähne meines Haars durch seine Finger gleiten.

»Was ist mit deinem Arm passiert?«, flüsterte ich.

»Ist nicht so wichtig.« Maél's Stimme klang sanft und heiser zugleich.

»Tut es weh?«

Er nickte. »Aber jetzt gerade nicht.«

Ich spürte eine zarte Hitze über meine Wangen flammen. »Und was unternehmen wir jetzt?«

Sofort veränderte sich sein Gesicht. Sein Blick klarte auf, und seine Kiefermuskeln verspannten sich. »Wo wohnst du?«

Ich riss die Augen auf. Er wollte zu mir nach Hause? Er mit mir? Wir beide? Ich hatte mein Zimmer gar nicht aufgeräumt. Das ging mir alles viel zu schnell. Und was erst meine Eltern sagen würden …

»Wieso willst du das wissen?«, stieß ich hervor.

Maél ließ die Hand, die mit meinen Haaren gespielt hatte, sinken. »Ich bringe dich nach Hause.«

»Was?« Ich begriff nicht.

Maél wand sich. Er presste die Lippen zusammen, sodass sein Mund nur noch eine gerade schmale Linie war. »Ich wollte es dir persönlich sagen.«

Nur langsam wurde mir klar, worauf er hinauswollte. Trotzdem blieben mir die Worte im Halse stecken. Ich öffnete den Mund, schloss ihn aber wieder.

»Mir ist etwas dazwischengekommen. Tut mir leid.«

Der Kloß in meinem Hals wurde kontinuierlich dicker, sodass das Schlucken mir jetzt schwerfiel. »Was?« Ich wiederholte mich, aber es war mir egal. »Aber …«

»Es tut mir leid. Ich habe leider erst nach dem Wochenende wieder Zeit, deshalb wollte ich dich jetzt noch kurz sehen.«

»Was ist denn los?«, stieß ich hervor. »Ist etwas passiert? Oder steckst du in Schwierigkeiten?«

»Ich …« Er schien sich auf die Zunge zu beißen, dann setzte er ein mechanisches Lächeln auf. »Nein, alles gut.«

»Was ist es dann?«

»Nichts, Livia.« Er schien plötzlich ungeduldig. Die Art, wie er meinen Namen aussprach, klang nach stummer Warnung. »Ich habe nur keine Zeit für eine Verabredung mit dir.«

Es fühlte sich an, als habe er mir einen Eimer eiskalten Wassers über den Kopf gekippt. Ich zuckte zusammen, und Kälte schien sich von der Mitte meines Körpers in all meine Glieder auszubreiten. Ich war nicht blöd. Natürlich, ich hatte schon Körbe kassiert. Ich wusste, wie es klang, wenn man bei dem anderen plötzlich abgemeldet war. Zuerst gute Stimmung machen und dabei vertrösten, dann gar nicht mehr melden und dann ein *Es ist nicht deine Schuld, aber lass uns Freunde bleiben*. Aber warum nur? Meine Ratlosigkeit schwang in Wut um.

»Weißt du was?« Ich blitzte ihn wütend an. »Du hast keine Zeit. Ich habe keine Lust.« Ich riss ihm meine Tasche von der Schulter und machte einen großen Schritt von ihm weg. »Zieh deine Ich-bin-geheimnisvoll-Spielchen bei jemandem ab, dem das Spaß macht. Mir ist meine Zeit dafür zu schade.« Ich gab ihm einen Moment, um das Ruder herumzureißen. Doch er rührte sich nicht. Stattdessen schien er wie versteinert. Erstarrt in Gefühlen, die zu gegensätzlich waren, um sie für bare Münze zu nehmen: Wut, Traurigkeit, Verzweiflung, Betroffenheit.

Ich nickte, so als habe ich auch das verstanden, was er nicht in Worte gefasst hatte. »Man sieht sich.«

Ich ließ ihn stehen. Ein kleiner, schwacher Teil von mir sehnte sich danach, seine Schritte hinter mir zu hören. Dass er aufholen, mich in den Arm nehmen und mir alles erklären würde. Doch Maél ließ mich einfach gehen.

*

Die Türen der Metro schlossen sich mit einem Quietschen. Ich fand einen Platz und ließ mich auf den abgeschabten Stoff sinken.

Ich könnte platzen! Er hatte mich abgeholt, um unsere Verabredung abzusagen? Ernsthaft? Und dann hatte er nicht mal eine vernünftige Erklärung? Das heißt, er hatte sie vermutlich schon, nur wollte er sie mir nicht erzählen. Wieder mal fühlte ich mich wie ein Schal, den man nach Bedarf aus einer Schublade holte, um ihn dann beliebig wieder darin verschwinden zu lassen. Ich blickte einfach nicht durch bei ihm. Ich hatte das Gefühl, je näher wir uns kamen, desto vehementer ging er dazwischen auf Abstand. Fast so, als versuche er immer wieder, sich mich aus dem Kopf zu schlagen. Was absolut keinen Sinn machte, wenn man bedachte, dass er kaum die Finger von mir lassen konnte, wenn wir uns sahen.

Mein Handy piepte. Maéls Nachricht erschien im Sperrbildschirm. *Sorry, ich wollte dir nicht einfach per WhatsApp absagen.*

Ich schnaubte und drehte das Handy um. Klar, dass er mich persönlich abgeholt hatte, um mir die frohe Kunde zu bringen, machte es natürlich viel besser. Entweder hatte er keine Ahnung von menschlichen Beziehungen, oder er machte es absichtlich schlimmer. Schon wieder eine Nachricht.

Sei nicht böse auf mich.

Ich verdrehte die Augen. Ich fühlte mich verarscht, und es war schwer, mit rationalem Denken dagegen anzukommen. Ich steckte mein Handy in meine Tasche, weil ich seine Nachrichten nicht mehr lesen wollte. Es wäre so einfach gewesen: Er hätte mir einfach texten können. Hausaufgaben, ein Freund braucht Hilfe … irgendwas! Aber mich abholen, um den Finger wickeln und dann nach Hause schicken, das war wie jemandem ein Stück Schokolade vor den Mund zu halten, um es dann wegzuziehen und es in den nächsten Mülleimer fallen zu lassen. Wer bitte machte so was?

Ich musste an der nächsten Haltestelle raus und erhob mich. Wieder piepte mein Handy in meiner Tasche. Ich tastete ohne hinzusehen danach und schaltete es auf stumm. Maél konnte mich mal. Er würde von mir keine Antwort bekommen. Sollte er doch selbst mal spüren, wie es sich anfühlte, abgemeldet zu sein. Außerdem musste ich mich jetzt einer sinnlosen Diskussion mit meiner Mutter stellen. Dafür brauchte ich einen einigermaßen klaren Kopf, denn sonst würde es entweder zu meinen Ungunsten ausgehen oder in Geschrei samt Türenknallen, dafür aber ohne Ergebnis enden. Auf beide Varianten hatte ich keine Lust. Wir würden uns arrangieren, so wie immer. Ich wollte keinen Streit mit meinen Eltern. Wir würden das klären, selbst wenn ich mich dafür immer tiefer in mein Netz aus Lügen verstricken würde.

Und danach würde ich mich ins Bett verkriechen, mir die Decke über den Kopf ziehen und erst zum Abendessen wieder aufstehen.

Kapitel 7

Flammenkrone

Den Freitagnachmittag verbrachte ich mit Gigi und Jemma in der Universitätsbibliothek der Sorbonne. Da uns diverse Onlinerecherchen immer nur auf irgendwelche pseudo-spirituellen Blogs leiteten, wollten wir es dieses Mal etwas wissenschaftlicher angehen. Nach Schulschluss hatten wir noch dem heldenhaften Blauregen einen Besuch abgestattet, und ich hatte mich noch mal bedankt. Man sah, dass der Hausmeister schon eine erste Portion Dünger verteilt hatte. Obwohl Gigi und Jemma mich gespannt anstarrten, passierte nichts. Ich versuchte es telepathisch, doch ich bekam keine Antwort. Entweder war der Blauregen in Gesellschaft schüchtern, oder ich hatte die falsche telepathische Frequenz erwischt. Ich war überrascht, als ich feststellte, dass ich darüber nicht erleichtert, sondern enttäuscht war. Offenbar hatte ich mich schneller an meine Gaben gewöhnt als angenommen.

Natürlich hatte ich meinen beiden neuen Freundinnen von meinem Dilemma mit Maél erzählt. Sie hielten es für eine gute Idee, mich auf andere Gedanken zu bringen, und die Recherche über den Ursprung meiner seltsamen Gaben verband Ablenkung mit Nützlichem. Wir hatten einen etwas versteckt gelegenen Arbeitsplatz in der Abteilung für antike Geschichte gefunden. Staub flirrte durch die Luft, und es roch herrlich nach alten Büchern. Wir hatten bereits die etwas komplizierte Katalogrecherche bemüht und waren dank Jemma, die schon mal für ein Schulprojekt hier recherchiert hatte, auch fündig geworden. Obwohl das Wälzen der alten Bücher einer spannenden Schatzsuche glich, wanderten meine Gedanken immer wieder zu Maél. Ich hatte seine Nachrichten ignoriert, obwohl ich so manches Mal versucht gewesen war, sie zu lesen. Ich hasste Streit, und es fiel mir schwer, jemandem lange böse zu sein. Dabei war erst ein Tag vergangen. Ein Tag! Es kam mir vor wie eine Ewigkeit. Unauffällig zog ich mein Handy hervor und riskierte einen schnellen Blick auf WhatsApp. Siebzehn ungelesene Nachrichten von Maél. Siebzehn! Ich fragte mich, was er mir schreiben könnte, wo sein Wochenendplan doch so unumstößlich geklungen hatte. Bevor ich schwach wurde, schob ich das Handy zurück in mein Federmäppchen. Er hatte bis Montag keine Zeit? Gut. Ich auch nicht. Wie es danach weiterging, wusste ich zwar noch nicht, aber die drei Tage würde ich mich einfach unsichtbar machen. Meine Eltern würde das vermutlich auch weiter beruhigen, denn nach unserem Gespräch gestern hatte ich versprechen müssen, dass die Schule nach wie vor meine Priorität und ein guter Abschluss mein oberstes Ziel war. Zum Glück hatte mich heute Nacht kein Traum geplagt. Und als ich Mom von unserem Ausflug in die Bibliothek erzählte, war sie regelrecht begeistert gewesen und hatte gar nicht weiter nachgefragt, für welches Fach wir recherchierten. Was mir eine weitere Lüge erspart hatte.

»Hat er noch mal geschrieben?«, fragte Gigi und klappte einen dicken Wälzer zu.

Ich nickte düster. »Aber …«

»Ich habe was!«, unterbrach Jemma uns aufgeregt. »Guckt

mal. Das passt doch, oder?« Sie drehte das Buch so, dass wir beide darin lesen konnten.

»Hier«, sagte sie stolz und legte den Zeigefinger auf eine Textstelle. Ich überflog die Zeilen:

Wiesennymphen sagt man nach, sie könnten mit Pflanzen kommunizieren. Als Naturwesen haben sie Macht über diese.

Ich hob den Kopf. »Das passt.«

Jemma grinste triumphierend.

»Lass mich bitte den ganzen Abschnitt lesen.« Ich war so aufgeregt, dass ich das Buch aus Gigis Gesichtsfeld zog. Sie protestierte, und ich schob das Buch ein Stückchen zurück zu ihr.

Der Text handelte von den sogenannten Nymphen, die der griechischen Mythologie entstammten. Sie galten als Begleiter und Helfer der olympischen Götter und deren Kindern, den Halbgöttern. Der Text unterteilte sie in fünf unterschiedliche Nymphenvölker: Die Meer-, Quell- und Regennymphen, die Wald- und Baumnymphen, die Wiesennymphen, die Berg-, Tal- und Höhlennymphen und die sogenannten Plejaden. Sie waren Nymphen, die als Himmelsgestirne über die Erde wachten. Die Charakterisierung meiner Art passte wirklich perfekt. Ich lächelte Jemma kurz zu, auch wenn ich nicht ganz glauben konnte, was dort stand. Ich eine Nymphe? Wieso, weshalb und woher? Der Text erklärte, dass Nymphenfamilien ihre Kräfte an die jeweilige Tochter weitergaben, weil es nur weibliche Nymphen gab. Sollte es in einer Generation keine Tochter geben, wurden die Kräfte von den männlichen Nachkommen unerkannt an die nächste Generation weitergegeben. Bedeutete das also, dass meine Mutter eine Nymphe war? Ich zweifelte daran, denn dann hätten ihr meine Symptome bekannt vorkommen müssen. Also mein Vater? War er der rezessive Träger der Nymphenkräfte? Wie sollte ich das bloß herausfinden? Ich sah mich tiefgehenden Recherchen gegenüber, die vermutlich für die ein oder andere Nachtschicht verantwortlich sein würden. Oh Mann. Noch mehr Ärger mit Mom und Dad. Doch zunächst sollte ich mal versuchen, diese ungeheuerlichen Neuigkeiten sacken zu lassen. Nymphen! Im 21. Jahrhundert! Wie abgedreht war das denn bitte? Als ich weiterlas, erstarrte ich plötzlich. Dort stand: *Nymphen, als naturverbundene und sterbliche Wesen, werden nach ihrem Tod zu Wasser und finden so ihren Weg zurück zu der Quelle, die ihrem jeweiligen Volk zugeordnet ist.*

Ich wich abrupt zurück, als mir klar wurde, warum mir das so bekannt vorkam. Der blinde Bettler hatte mich »Tochter der Quelle« genannt und gesagt, dass ich »das Wasser« in mir tragen würde. Das machte plötzlich Sinn und war noch ein Beweis, dass der Mann mehr wusste, als es schien. Ich sah auf meine Uhr. Es war kurz nach 17 Uhr. Ich musste den Bettler finden. Er musste mir Antworten geben. Er hatte mich schließlich gewarnt, dass mir Gefahr drohte. Seine Worte hallten in meinem Kopf wie ein drohendes Echo. *Hüte dich vor dem, der die Flammenkrone trägt.*

Ich schob das Buch ein Stückchen von mir weg. Jemma und Gigi sahen mich überrascht an.

»Ich muss euch noch etwas erzählen«, stieß ich hervor. »Und dann müssen wir los und ihn finden.«

*

Unsere Suche blieb erfolglos. Der Bettler schien wie vom Erdboden verschluckt, obwohl wir sogar Passanten ansprachen. Einige kannten den Bettler, doch niemand hatte ihn heute gesehen. In einer Großstadt wie Paris innerhalb so kurzer Zeit jemanden aufzutreiben musste schon an Glück und Zufall zusammen grenzen. Wir gaben auf, als es Zeit fürs Abendessen wurde. Vielleicht war es auch ganz gut so, denn es waren auch so schon genug Neuigkeiten für einen Tag. Ich sollte also eine Nymphe sein? So wirklich glaubte ich nicht daran. Bisher hatte ich immer gedacht, Nymphen wären der Phantasie irgendeines gelangweilten Griechen entsprungen. Und wie sollte ich nur möglichst unauffällig meine Eltern dazu ausfragen?

Ich war so in meine Gedanken vertieft, dass ich fast am Hauseingang vorbeigelaufen wäre.

»Guten Abend, Mademoiselle.«

Ich hob den Kopf. Als ich den Portier erkannte, legte ich eine Vollbremsung hin.

»Guten Abend, Monsieur. Ich war ganz in Gedanken.«

Er lächelte liebenswürdig. »Das passiert uns allen mal.« Dann schritt er zur Tür und hielt sie mir einladend auf.

»Ich wünsche Ihnen einen schönen Abend, Mademoiselle McKenzie.«

»Vielen Dank, den wünsche ich Ihnen auch.«

Er nickte mir noch einmal zu und begab sich dann hinter seine kleine Theke unweit der Glastüren.

Ich durchquerte gerade den Eingangsbereich, in dem sich neben der Portierstheke auch die Briefkästen und die Aufzüge befanden, als jemand auf der Straße laut etwas rief. Ich ging weiter Richtung Aufzüge, vorbei an einer Reihe Kunstpalmen in großen Übertöpfen. Sie sollten wohl verhindern, dass man von draußen sah, wer vor den Aufzügen wartete. Ich schüttelte den Kopf. Mir war das definitiv alles etwas zu vornehm hier.

Das Rufen auf der Straße drang immer noch bis zu mir. Ich

bildete mir ein, es fast schon direkt in meinem Kopf zu hören, als mir bewusstwurde, dass es mein Name war, der dort gerufen wurde. Ich machte einen Schritt hinter den Kunstpalmen hervor, um einen Blick auf die Straße werfen zu können, da stürzte Maél durch die Glastüren herein. War er mir etwa gefolgt, ohne dass ich es bemerkt hatte? Er schien außer Atem und strich sich hastig die Haare aus der Stirn. Doch als er sich zu voller Größe aufrichtete, war da noch etwas anderes, das ihn umgab wie eine zweite Persönlichkeit. Etwas Wütendes, Loderndes, Unbezähmbares. Wie ein zweites Ich, sein heimlicher Zwilling, der ihn unsichtbar begleitete und nun ins Licht drängte.

Ich war wie erstarrt. *Etwas stimmt nicht mit ihm*, flüsterte eine Stimme. Meine Angst, jene rudimentäre Furcht, die mich bei unserem letzten Ausflug in die Katakomben überfallen hatte, bahnte sich ihren Weg in mein Bewusstsein.

»Livia.« Seine Stimme klang rau. Er sah mitgenommen aus, so als habe er seit unserem letzten Aufeinandertreffen nicht mehr geschlafen. Zuerst sah es aus, als wolle er auf mich zustürzen, doch dann blieb er stehen. Ich war mir sicher, er hatte die Angst in meinen Augen erkannt.

Im nächsten Moment hastete der Portier hinter der Theke hervor. »Monsieur! Ich muss doch sehr bitten!«

Maéls Blick glitt zu dem Mann. Sein Gesichtsausdruck veränderte sich. Seine Miene wurde hart und kalt. Er stand da, als wäre er mit dem Boden zu seinen Füssen verwachsen. Die Beine leicht gespreizt, alle Muskeln im Körper angespannt. Er hielt die Arme so, dass die Armspangen wie Waffen wirkten. Er müsste nur ausholen und seinem Gegenüber das Gesicht zertrümmern. Jede Pore seines Körpers schien eine Aggressivität auszuströmen, die in mir einen unbändigen Fluchtreflex auslöste. Ich blieb in halber Deckung hinter den Palmen versteckt.

Der Portier zögerte, schien es ebenso wie ich zu spüren. Sein Blick fiel auf Maéls Armschmuck. Dann besann er sich darauf, dass er einen Teenager vor sich hatte, der vermutlich einfach nur zu viel *Game of Thrones* gesehen hatte. Er wollte wohl lachen, um Maél zu zeigen, was er von ihm hielt, aber wirklich überzeugend klang er nicht. Es hörte sich eher wie ein Würgen an. Maél erkannte die Unsicherheit des Mannes im Bruchteil einer Sekunde. Sofort deklarierte er ihn zur Nebensache und wandte seine Aufmerksamkeit wieder mir zu.

»Livia.« Seine Stimme klang sanft. »Bitte geh nicht.« All die Wut, all das Kampflustige in seiner Haltung schien wie verpufft. »Wir müssen reden.«

Ich schüttelte den Kopf. »Bitte geh einfach.« Meine Stimme verriet die Tränen, die in meinen Augen aufstiegen. Das war mir alles zu viel. Der ganze Tag, mein neues verrücktes Leben und jetzt das mit Maél. Ich brauchte eine Pause. Ich wollte mich umdrehen, aber ich befürchtete, er würde mir zu den Aufzügen folgen. Ich musste erreichen, dass er ging, ohne dass er dem sympathischen Portier etwas antun würde. Denn dass er dazu in der Lage war, dessen war ich mir instinktiv sicher. »Bitte geh!«, rief ich erneut.

Maél rührte sich nicht. Sein Blick ruhte auf mir, und für den Bruchteil einer Sekunde sah er so verzweifelt aus, dass es meinem Herz einen schmerzhaften Stich versetzte.

»So. Jetzt reicht es aber.« Der Portier schüttelte sich wie ein nasser Hund. Dann straffte er die Schultern. »Raus hier, junger Mann. Sie haben es jetzt zweimal gehört. Mademoiselle McKenzie möchte Sie nicht sehen.«

Er wollte Maél am Oberarm packen. Maél wich nicht zurück. Stattdessen riss er den Unterarm hoch, und die Hand des Mannes prallte daran ab. Der Schmerzenslaut des Portiers hallte durch den Raum. Ich erschrak und wich noch ein Stück zurück. Maéls Bewegungen hatten fließend ausgesehen, selbstverständlich, routiniert. Fast so, als wäre er es gewohnt, jeden Tag auf diese Weise sein Recht zu verteidigen.

»Lass es.« Seine Stimme war ein dunkles Grollen. Ich konnte die Warnung hören, die darin mitschwang. Er fixierte den Mann, als gäbe es nur ihn. Als wäre er sein Ziel, auf das er all seine Wut projizierte. Ich schluckte meinen erschrockenen Laut mit Mühe hinunter.

Der Portier rieb sich die Hand, dann plusterte er sich auf. Sein Gesicht hatte eine ungesunde Röte angenommen. »Jetzt hör mal gut zu, Kleiner. Ich werde dich am Kragen packen und vor die Tür werfen, wenn du nicht sofort verschwindest.«

Maél verzog den linken Mundwinkel, was abschätzig und herausfordernd zugleich aussah. Der Mann machte zwei schnelle Schritte auf ihn zu, beide Hände nach vorn gestreckt. Maél wich mühelos aus.

»Ich schwöre dir, wenn ich dich zu fassen kriege!«

Maél schnalzte missbilligend, als spräche er mit einem kleinen Kind. »Versuch es erst gar nicht. Du willst dir doch nicht wehtun.«

»Maél!« Die Verzweiflung in meiner Stimme war nicht zu überhören. Er sollte aufhören, den Mann zu provozieren. Und noch weniger sollte er sich mit ihm prügeln. Er machte alles nur noch schlimmer.

Maél riss den Kopf hoch. Sein Blick glitt kurz zu mir und dann suchend weiter, als erwarte er, dass auch ich angegriffen wurde. Als dachte er, ich hätte ihn um Hilfe gerufen. Durch diesen kurzen Moment war er unachtsam. Der Portier bekam sein T-Shirt zu fassen. Als Maél in einer halben Drehung herumwirbelte, hörte ich das Reißen von Stoff. Maél gab ein wütendes Knurren von sich, packte den Portier in eine Art Todesgriff und rang ihn innerhalb von Sekunden zu Boden.

Ich bemerkte erst, dass ich geschrien hatte, als Maél zu mir sah. Er ließ von dem Mann ab. Als er sich aufrichtete, klaffte sein zerrissenes T-Shirt auf.

Alle Luft schien mit einem Mal aus meiner Lunge gepresst zu werden. Mein Blut schien wie mit Brause versetzt. Ein monotones, hohes Summen tief in meinem Inneren hob an und wurde langsam immer lauter. Ich starrte auf seine nackte Haut. Das Narbengewebe schimmerte silbrig, dort wo sein Herz unter den Rippen schlug. Ich presste eine Hand vor den Mund, um nicht wieder zu schreien, als die Konturen sich zu einem Bild zusammenfügten. Eine Krone, mit spitzen, hoch aufragenden Zacken, die lodernd in Flammen standen. Ein Brandmal, das mal entsetzlich schmerzhaft gewesen sein musste und zu einer hell schimmernden Narbe verheilt war.

Hüte dich vor dem, der die Flammenkrone trägt, wisperte die Stimme des Bettlers in meinem Ohr.

Und da war sie.

Mein Blick glitt hinauf zu Maéls Gesicht. Er hatte mich gefunden. Er, der mich in Gefahr, der mir die Dunkelheit, den Tod bringen würde. Er hatte meine Handynummer, er wusste, wo ich wohnte und wo ich zur Schule ging. Der bittere Geschmack der Verzweiflung machte sich in meinem Mund breit. Wie in aller Welt sollte ich ihm noch entkommen?

Kapitel 8

Im freien Fall

Einen ewigen Moment lang starrten wir uns an. Wir brauchten keine Worte, um uns zu verständigen. Die Erkenntnis, dass ich wusste, was dieses Brandmal bedeutete, schien ihn wie einen Schlag zu treffen. Er blähte die Nasenflügel, seine Augen weiteten sich. Er wirkte entsetzt und überrascht zugleich. »Livia.«

Ich schüttelte stumm den Kopf. Der Portier nutzte die Situation, kam auf die Füße, packte Maéls Arme und drehte sie nach hinten. Maél ließ es geschehen, den Blick fest auf mich geheftet.

»Livia, es tut mir leid. Bitte lass es mich erklären!«

»Raus hier!« Der Portier drehte Maél um, sodass er mich nicht mehr ansehen konnte. Mit der freien Hand riss der Mann die Tür auf und schubste Maél auf den Gehweg. Dann schloss er hastig die Tür und drehte einen Schlüssel im Schloss. Doch was würde nun geschehen? Würde Maél das Glas eintreten? Den Portier wie ein Spielzeug aus dem Weg schubsen? Doch nichts dergleichen passierte. Maél warf durch das Glas einen letzten Blick auf mich, dann tauchte er im Gedränge auf dem Gehweg ab und war verschwunden.

»Soll ich die Polizei rufen?« Der Portier richtete seine Uniform. »Möchten Sie ihn anzeigen? Verfolgt er Sie?«

Ich schüttelte den Kopf. Mein Körper zitterte wie ein Blatt im Wind. »Geht es Ihnen gut?«

Er lächelte knapp. »Nichts passiert.« Forschend sah er mich an. »Ich glaube nicht, dass das der richtige Umgang für Sie ist, wenn Sie mir diese Bemerkung erlauben. Sie sollten sich vorsehen.«

Ich antwortete nicht.

»Ich rufe Ihnen den Aufzug. Sollte er hier noch mal auftauchen, lasse ich ihn von der Polizei entfernen.«

Wie in Trance folgte ich dem Portier. Jetzt, da das Adrenalin aus meinem Körper wich, fühlte ich mich wie überfahren.

Als die Aufzugtüren sich öffneten, drückte der Portier sogar den Knopf mit meiner Etage für mich. Ich murmelte einen Dank. Als die Türen sich schlossen und ich allein war, ließ ich mich langsam an der Wand hinunter auf den Boden sinken. Ich wollte weinen, schreien, durchdrehen, und das alles gleichzeitig. Wie von selbst ballten sich meine Hände zu Fäusten. In meinem Kopf spielten sich unsere Treffen wie im Zeitraffer ab, nur dieses Mal aus Maéls Sicht. Wie er auf mich wartete an den Katakomben, wie er die Verfolgung aufnahm, mich immer weiter einwickelte. Hatte er das alles geplant? Alles nur gespielt? Ich schluchzte laut auf. In diesem Moment fragte ich mich, was schlimmer war: zu glauben, man wurde verrückt, oder zu wissen, dass alles, was man sich eingebildet zu haben meinte, sich nun als Wahrheit entpuppte.

Ich brauchte meinen Lippenbalsam. Es war wie ein unbändiger Drang, dem ich nicht widerstehen konnte. Schon als ich den Deckel des kleinen Tiegels öffnete, wehte mir der intensive Honiggeruch entgegen. Ich holte tief Luft und tippte den Finger hinein, um ein wenig davon auf meinen Lippen zu verteilen. Die beruhigende Wirkung trat sofort ein. Meine verkrampften Muskeln entspannten sich, das Zittern hörte auf. Das Handy in meiner Tasche brummte unablässig.

Ich erschrak, als der Aufzug piepte und meine Etage ankündigte. Doch je mehr Honigduft ich einatmete, desto klarer konnte ich wieder denken. Ich wischte mir über die Augen und kam hastig auf die Beine. Wenn Mom und Dad mich so sahen, würden sie mich wieder mit Fragen überhäufen. Dazu war ich jetzt absolut nicht in der Lage.

Doch ich hatte Glück. Als ich die Wohnung betrat, fand ich einen Zettel auf dem Sideboard im Flur. Sie waren zu einem spontanen Abendessen bei alten Freunden von Mom eingeladen. Fahrig schob ich den Zettel zur Seite. Das hier war unsere Wohnung, ich sollte mich hier eigentlich sicher fühlen. Doch so war es nicht. Ich stürzte zurück zur Tür und schloss zwei Mal ab. Aber ob mir das nützen würde? Ich drehte mich ein paarmal im Kreis, als rechnete ich mit Angriffen von allen Seiten.

»Verdammt!« Meine Stimme klang schmerzerfüllt. Wieder begann ich zu schluchzen. Was machte man in so einer Situation? Die Polizei anrufen? Aber was sollte ich denen erzählen? *Ein verwirrter, blinder Bettler weiß, dass ich eine Nymphe bin, und jetzt verfolgt mich ein Irrer, der irgendwie auch nicht ganz menschlich ist, und will mir etwas Böses? Ja, mit Pflanzen sprechen kann ich tatsächlich. Ach, und übrigens: Der, der mir vielleicht etwas Böses will, mit dem rede ich nicht mehr, weil er mir einen Korb gegeben hat.*

Ich hätte vor Verzweiflung am liebsten irgendetwas umgeworfen, was eigentlich so gar nicht meine Art war. Wieder brummte mein Handy. Ich zog es hervor, denn das Ding war schließlich keine exklusive Standleitung mit Maél. In diesem Falle war es das wohl doch.

Ich könnte dir niemals wehtun. Egal, was du weißt, was du gehört oder was dir jemand erzählt hat, ich bin keine Gefahr für dich. Lass uns reden. Ich kann dir mehr Erklärungen liefern als jedes Buch, das zu diesem Thema jemals geschrieben wurde.

Ich wog das Handy in der Hand. Er war zäh. Er ließ sich nicht abschütteln. Wie ein Bluthund, der einmal Fährte aufgenommen hatte. Und er klang vernünftig. Aber so klangen die meisten Psychopathen. Ich öffnete WhatsApp, nachdem ich die Nachricht im Sperrbildschirm gelesen hatte. Es war an der Zeit zu reagieren. Ich würde ihm drohen, ihm Angst machen … Na ja, es zumindest versuchen. Mein Vorhaben, ihn mal drei Tage links liegen zu lassen, hatte er wirkungsvoll vereitelt. Er gab mir wirklich keine Chance, auf Abstand zu gehen, wenn er es nicht wollte. Ich überlegte kurz. Maél war online, schien auf eine Nachricht von mir zu warten. Es war mir egal, dass ich immer noch im Flur stand, mit Schuhen an den Füßen und der Tasche über dem Arm.

Wage es ja nicht, hier an der Wohnung aufzutauchen. Ich warne dich!

Ich schrieb nicht, was passieren würde, wenn er sich nicht daran hielt, aus dem schlichten Grund, dass ich keinen Plan hatte.

Glaubst du etwa, ich habe Lust auf eine zweite Prügelei mit eurem Portier?

Das war nicht wirklich eine Antwort. Also versuchte ich es erneut.

Wehe. Ich schwöre dir, du bereust es.

Ich war mir sicher, sein Lachen bis hierher zu hören.

Ich schwöre es.

Ich betrachtete noch diesen kurzen Satz, da erschien schon wieder »Maél schreibt«. *Du hattest Angst vor mir.*

Innerlich nickte ich zustimmend. Um ganz genau zu sein, hatte ich immer noch Angst vor ihm.

Ich bin gegangen, weil ich den Ausdruck in deinen Augen nicht ertragen konnte.

Er hätte den Portier also weiter verdroschen, wenn ich nicht vor Angst fast kollabiert wäre? *Wie nett. Du hättest dich weiter geprügelt?*

Der Mann war schon am Boden. Mit wem hätte ich mich prügeln sollen?

Ich verdrehte die Augen. Seine Logik erschloss sich mir nicht.

Lass uns reden.

Oh nein. Ich fühlte, wie ein Zittern durch meinen Körper lief. Ganz bestimmt würde er es nicht schaffen, mich aus dieser Wohnung zu locken.

Du hast am Wochenende keine Zeit, schickte ich lapidar zurück.

Livia …

Ich warne dich …

Schon erschien eine Antwort von ihm. *Du brauchst mir nicht dauernd zu drohen.*

Es war meine einzige Art, mich zu wehren, aber das würde er nie erfahren. Ich tippte gerade, als eine weitere Nachricht von ihm erschien.

Was denkst du eigentlich, was ich von dir will? Glaubst du, ich will dich umbringen?

Mein Herz begann zu rasen. Er bluffte. Ganz sicher. Oder? Verließ ich mich zu sehr auf das Gestammel eines verwirrten Mannes, der vielleicht nur die Hälfte von allem richtig prophezeite? Oder noch weniger?

Ist doch egal, was ich glaube. Viel wichtiger ist doch: Was willst du tatsächlich von mir?

Eine Weile lang rührte Maél sich nicht. Ich vermutete schon, er würde offline gehen, da erschien die Info, dass Maél schrieb.

Hast du noch nichts bemerkt? Nicht mal ein bisschen? Und was das andere angeht: Wir müssen darüber reden. Ich bitte dich.

Mein Herz machte einen nervösen Überschlag, als ich die nächsten Zeilen tippte. *Mit »das andere« meinst du die Flammenkrone? So nennt man sie doch, oder?*

Wieder vergingen ein paar Augenblicke. Mir klopfte das Herz bis zum Hals. Fast rechnete ich damit, dass er gleich hier neben mir stehen würde, einfach aus dem Nichts.

Richtig.

Ich presste meine freie Hand vor den Mund. Mein Gott. Der Bettler hatte recht gehabt. *Was bist du?*

Livia, bitte nicht per WhatsApp. Okay? Lass uns treffen. Egal wie, egal wo, egal wann.

Wieder wich er mir aus. Dabei war die Frage so einfach gewesen. Was bist du?

Ich werde dir meine Lebensgeschichte nicht per WhatsApp schreiben.

Er hatte also gleich eine ganze Geschichte anstelle einer kurzen Antwort. *Dass ich nicht lache. Gib dir keine Mühe. Ich finde es selbst heraus.* Und dann ging ich offline. Er spielte immer noch seine Spielchen mit mir, gab immer noch die Spielregeln vor. Komischerweise war meine Angst ganz unauffällig in den Hintergrund gerückt. Sie war einer wütenden, entschlossenen Neugier gewichen, die mich hinauf in mein Zimmer stürzen ließ. Ich warf den PC an, erst dann landeten Tasche und Schuhe auf dem weichen Teppichboden. Ich schlüpfte in eine Yogahose und ein gemütlich weit geschnittenes Shirt. Dann begann ich mit meiner Recherche zum Thema Flammenkrone.

Meine Angst vor Maél war von einem lodernden Feuer zu einem mageren Flämmchen verkümmert, denn eins hatte ich in dem kurzen Gespräch mit ihm ganz deutlich gefühlt: Er wollte sich wieder gut mit mir stellen, weil er aus irgendeinem unerfindlichen Grund meine Nähe suchte. Er hatte jede Menge Gelegenheiten gehabt, mir etwas anzutun. Wir waren allein in den Katakomben gewesen. Zwei Mal! Stattdessen hatte er mir Kaffee gekauft und Bonbons geschenkt. Er hatte mit mir geflirtet, weil er mich wiedersehen, sich mit mir treffen wollte. Ich wippte auf meinem Stuhl hin und her. Ich wurde nicht schlau aus ihm. Obwohl es mir schwerfiel, versuchte ich, meine Gefühle für ihn auszublenden. Zu verdrängen, dass ich mich ziemlich in ihn verknallt hatte. Wenn ich herausfand, wer oder was ein Brandmal in Form einer Flammenkrone trug, wusste ich vielleicht, mit wem ich es zu tun hatte. Vielleicht konnte ich sogar herausfinden, was das alles mit mir zu tun hatte. Wieder brummte mein Handy auf meinem Schreibtisch. Ich schnaubte, ignorierte es und begann mit meiner Suche.

*

»Livia …«

Ich erkannte seine Stimme selbst im Traum und reagierte sofort. »Geh weg …«

»Livia, sieh mich an.«

Es war ein Befehl, und mir blieb keine Wahl. Meine Augenlider öffneten sich wie von selbst. War ich wach, oder träumte ich immer noch? Ich war mir nicht sicher. Mir gegenüber in dem Korbstuhl, auf dem ich abends meine getragenen Sachen ablegte, saß Maél und hatte die langen Beine locker überkreuzt. In einer Ecke meines

Zimmers brannte eine kleine Lampe. Ich wich zurück, doch meine Bettdecke erwies sich dabei als sehr hinderlich.

»Dir wird nichts passieren«, sagte er schnell. »Ich wollte nur reden.«

»Was ist hier los?« Vorsichtig bewegte ich mich, dann hob ich prüfend eine Hand. Ich sah meinen Körper wie in einem dieser Egoshooter Computerspiele. Genauso fühlte er sich auch an. Irgendwie fremd, hölzern, leer.

»Was machst du mit mir?« Ich zog meine Decke wie einen Schutzschild vor meine Brust. »Ich warne dich, wenn …«

»Livia«. Er stand auf und hob beschwichtigend die Hände. »Es wird dir nichts passieren.«

»Das glaube ich dir nicht.« Ich rückte noch weiter zum Bettrand. »Bleib weg von mir, oder ich schreie.«

Maél drehte mir die Handflächen zu, als wolle er mir beweisen, dass er keine Waffen dabeihatte. »Alles ist okay.« Er deutete mit dem Kopf auf meinen Nachttisch. »Sieh auf dein Handy. Beobachte die Zeit.«

Wieder ein Befehl. Ich griff nach meinem Handy. Es verging mehr als eine Minute, doch die digitale Anzeige sprang nicht um. Erschrocken sah ich zu ihm.

»Wie machst du das?«

»Das erkläre ich dir ein anderes Mal.« Er sah mich ernst an. »Komm her zu mir.«

Mein Körper schien mir nicht zu gehören. Trotzdem empfand ich keine Angst mehr. Fast so, als habe Maél sie in meinem Kopf abgeschaltet. Als ich unmittelbar vor ihm stand, musste ich den Kopf heben, um ihm in die Augen sehen zu können.

»Hör mir jetzt gut zu.«

Ich nickte mechanisch.

»Wenn wir uns treffen, dann beantworte ich dir jede Frage. Alles, was du wissen willst. Alles, was du dich niemanden zu fragen traust.«

»Okay.« Meine Stimme klang dünn.

»Gut.«

Ich hatte den Eindruck, dass er nun gehen wollte. Etwas löste sich in meinem Kopf. Maél war dafür verantwortlich, da war ich mir sicher. Es fühlte sich an, als würde ich mich unsichtbaren Fesseln entwinden. Mein Verstand holte tief Luft, mein Herz schien wieder zu schlagen.

»Warte.« Immer wieder glitt mein Blick zu der Stelle, an der sich die Flammenkrone unter seinem Shirt befand.

Maél schien zu überrascht von der Tatsache, dass ich ihn aufhalten wollte, um sofort zu reagieren.

»Ich will sie sehen.«

Zuerst sah er mich nur ungläubig an, dann schüttelte er leicht den Kopf. »Das ist kein schöner Anblick.«

»Ich will«, ich sah ihn direkt an, »sie sehen.«

»So sollte das jetzt eigentlich nicht laufen.« Er sah mich irritiert an. »Wie machst du das?«

Ich ignorierte seine seltsame Frage. »Bitte.«

Maél seufzte resigniert und murmelte etwas von »noch nie passiert« und »überprüfen«. Dann zog er sich in einer geschmeidigen Bewegung das Shirt aus. All meine Gedanken waren so auf das Brandmal konzentriert gewesen, dass ich gar nicht realisierte, was ich mir da gewünscht hatte, bis er halbnackt vor mir stand. Ich schluckte deutlich hörbar. Er sah gut aus ohne Shirt. Schlank, durchtrainiert, aber nicht so übermäßig aufgepumpt wie diese fanatischen Fitnessfreaks.

Ich fing seinen Blick auf, als ich es schaffte, meine Augen von seinem dezenten, aber unübersehbaren Sixpack zu lösen. Er wirkte nicht selbstgefällig oder überheblich, so als ob er sich sicher wäre, *dass mir gefiel, was ich sah. Er wirkte eher neugierig. Als würde ihn wirklich interessieren, ob ich ihn attraktiv fand. Ich wollte ihm tausend Fragen stellen. Stattdessen hob ich meine Hand und berührte den äußersten, lodernden Zacken der Krone. Maél zuckte zusammen.*

»Entschuldige.« Ich wollte die Finger sinken lassen.

»Nein.« Er legte seine Hand auf meine und drückte sie komplett auf das Brandmal. Die Haut dort war warm und weich, und doch konnte ich die Umrisse der Krone an meiner Handfläche spüren. Es war aufregend, surreal, berauschend. Ein Schauer lief durch meinen Körper, dessen funkensprühende Ausläufer bis in meine Zehen jagten. Maél zuckte ein zweites Mal zusammen. Mir wurde nur allzu bewusst, wie nah wir uns gegenüberstanden. Und dass mein Gegenüber zur Hälfte nackt war. Maél neigte ganz leicht den Kopf. »Keine Ahnung, wie du das machst, aber es beginnt, mir zu gefallen.« Sein Atem strich meine Wange entlang. Meine Hand lag immer noch umfangen von seiner an seiner Brust.

»Wie ich was mache?«

Er lachte leise an meinem Ohr. »Um es mal modern auszudrücken: Ich bin hier der Administrator, und du hast eigentlich keine Berechtigung, den Inhalt zu ändern.«

Ich musste lächeln. »Vielleicht bin ich ein Trojaner und habe dein System übernommen.«

Maéls Lippen strichen über meine Ohrmuschel und dann meine Wange hinab. »Eine verlockende Vorstellung.« Er hauchte einen Kuss auf meinen rechten Mundwinkel. »Aber trotzdem werde ich jetzt gehen … jetzt gehen … gehen …«

*

Die Morgensonne kitzelte mir in der Nase und weckte mich. Als im nächsten Moment mein Handy vibrierte, griff ich danach, ohne hinzusehen. Die Nachricht war von Gigi: *Guten Morgen, Sonnenschein! Noch etwas herausgefunden?*

Mit einem Schlag fiel mir alles wieder ein. Die Geschehnisse im Hauseingang gestern Abend. Meine Recherchen. Die schrecklichen Dinge, die ich im Internet gelesen hatte.

Ich schloss Gigis Nachricht, ohne ihr zu antworten. Laut WhatsApp hatte ich eine weitere Nachricht bekommen, mitten in der Nacht, von Maél:

Wenn wir uns treffen, dann beantworte ich dir jede Frage. Alles, was du wissen willst. Alles, was du dich niemanden zu fragen traust.

Verwirrt betrachtete ich den Text. Warum bloß kam mir das so bekannt vor? Hatte er mir die gleiche Nachricht schon mal geschickt? Ich scrollte durch unseren Chatverlauf, doch fand nichts. Wie seltsam. Das komische Gefühl wollte nicht verschwinden. Da war etwas, ein Fragment, ein Funke, der am Rande meiner Erinnerungen aufblitzte. Nackte Haut, ein leises Seufzen, die Umrisse der Flammenkrone unter meinen Fingern.

Im Nu saß ich kerzengerade im Bett. Nein, das konnte nicht sein. Ich hatte von Maél phantasiert, weil er mich beschäftigte, weil ich ihn attraktiv fand, weil wir kurz davor noch so intensiv miteinander zu tun gehabt hatten. Es waren die Erinnerungen des Tages, gepaart mit ein paar schwärmerischen Gedanken, die mein Gehirn in der Nacht reproduziert hatte. Hinzu kamen noch die beunruhigenden Dinge, die ich zum Thema Flammenkrone gefunden hatte. Das Internet war sich hier einig: Solche Brandzeichen wurden eigentlich immer mit dem Bösen, dem Dunklen oder dem Teufel in Verbindung gebracht. Obwohl ich keine Abbildung fand, die Maéls Brandmal eins zu eins glich, reichte mir auch die Information, dass es eigentlich immer nur die Bösen waren, die sich mit so martialischen Riten verzierten.

Ich rieb mir über die Arme, obwohl mir nicht kalt war. In was war ich da bloß hineingeraten? Zuerst der Bettler, der mich warnte, und nun das Netz, das mir praktisch »Gefahr!« entgegenschrie. Und auf der Gegenseite Maél, der mir vehement das Gegenteil zu versichern suchte.

Obwohl ich nicht genau wusste, warum, glitt mein Blick zu meinem weißen Korbstuhl. Die Klamotten, die ich gestern getragen hatte, hingen ordentlich darüber. Auf der Sitzfläche lagen drei, vier gefaltete Shirts, die Mom frisch gewaschen hatte. Ich sprang aus dem Bett und ging neugierig darauf zu, ohne zu wissen, was ich suchte. Die Kleider lagen dort noch genau so, wie ich sie abgelegt hatte. Auch die Shirts waren unberührt. Ich schüttelte den Kopf und ging ins Bad. Erst als ich meine Zahnbürste mit einem Streifen Zahnpasta garnierte, wurde mir klar, warum ich den Sessel so akribisch untersucht hatte. Mir wurde heiß und kalt zugleich. Mein blasses Gesicht im Spiegel zeigte ein Wechselbad aus Überraschung und Panik. Warum nur hatte ich nachgesehen, ob jemand gestern Nacht dort gesessen hatte?

*

Den Samstagvormittag nutzte ich dazu, Gigi und Jemma auf den neuesten Stand zu bringen. Zuvor hatte ich noch mal den selbstlosen Portier besucht, mich erneut bedankt und endlich nach seinem Namen gefragt. Ich bat ihn, er hieß Fabrice, meinen Eltern nichts von diesem Zwischenfall zu erzählen.

Außerdem antwortete ich Maél, bevor ich das Haus verließ. Ich sagte keinem Treffen zu, sagte aber auch nicht kategorisch ab. Stattdessen wollte ich Bedenkzeit. Maél schien meinen Wunsch zu akzeptieren und versprach, die Füße solange stillzuhalten. Ich war ein wenig beruhigt.

Gigi, Jemma und ich trafen uns in dem Café in der Galerie Lafayette. Ein Ort, bei dem ich mir ganz sicher war, nicht zufällig auf Maél zu treffen. Es herrschte einen Moment lang Sprachlosigkeit, als ich mit meinen Erzählungen endete. Jemma fing sich als Erste. »Er hätte dich in den Katakomben verschwinden lassen können, und niemand hätte je deine Leiche gefunden.«

Ich nickte.

»Das macht doch alles keinen Sinn.«

»Er textet mir nonstop auf WhatsApp. Warum kann er mir meine Frage nicht einfach beantworten?«

»Fassen wir kurz zusammen.« Jemma lehnte sich in ihrem Stuhl zurück und verschränkte die Arme vor der Brust. »Wir vermuten, du bist eine Nymphe. Du kannst mit Blumen sprechen, und selbst der unheimliche Bettler nannte dich ›Tochter der Quelle‹, was wir als weiteres Indiz werten. Er hat dich außerdem vor der Flammenkrone gewarnt, die du bei Maél entdeckt hast und die eigentlich immer mit bösen Kreaturen der Unterwelt in Verbindung gebracht wird. Du sagst, du hattest schon vor dem offensichtlichen Beweis Maéls Gesicht vor Augen gehabt, als das Stichwort Flammenkrone fiel. Und du hast immer mehr den Eindruck, dass er, ebenso wie du, über andere ›übermenschliche‹ Fähigkeiten verfügt. Du träumst wildes Zeug, in dem immer irgendwie Gold vorkommt, du aber nicht erkennen kannst, wem du das Gold gibst. Maél verhält sich seltsam, seit gestern versucht er, dich zu einem Treffen zu überreden, bei dem er dir alles erzählen will, wo du aber nicht hinwillst, weil der Bettler dir prophezeit hat, dass er Unheil bedeutet. Stimmt das soweit?«

»Ja.«

Jemma sah mich einen Moment lang ernst an. »Du musst dich mit ihm treffen. Das sind zu viele Variablen für uns. Da kommen wir zu keiner Lösung.«

»Aber …« Gigi schien außer Atem, so entsetzt war sie. »Er hat den Portier verhauen. Er ist etwas Fieses von der dunklen Seite der Macht. Er verfolgt sie, lauert ihr auf. Er textet sie ohne Ende zu. Er ist unberechenbar und vermutlich nicht mal komplett menschlich.« Sie sah zu mir. »Das mit ihm ist doch vorbei, oder? Deine Schwärmerei?«

Ich wurde über und über rot. So schnell fand ich nicht die richtigen Worte, die meine innere Zerrissenheit erklärten. Gigi schüttelte den Kopf. »Schlag ihn dir aus dem Kopf, zu deiner eigenen Sicherheit.«

»Sicherheit«, schnaubte Jemma. »Komm wieder runter, Gigi. Er hat ihr nichts getan. Laut Livia war er so charmant und fürsorglich, dass es für zwei gereicht hätte.«

»Er ist ein Stalker«, zischte Gigi. »Er ist gefährlich.«

»Deine Entscheidung«, sagte Jemma zu mir. »Triff dich mit ihm an einem belebten Ort, zum Beispiel einem Café, und wir setzen uns ein paar Tische weiter, die Nummer der Polizei rufbereit im Handy. Morgen ist Sonntag, da quellen die Cafés über. Dann bekommst du vielleicht Antworten auf dieses wirre Puzzle. Oder mach es nicht, und versteck dich vor ihm oder zeige ihn direkt an.«

»Ich will mich nicht verstecken«, sagte ich leise. »Und ich will Antworten. Aber das Problem ist, dass Maél immer die Spielregeln vorgibt. Egal, was ich versuche, er dreht es so, dass es nach seinen Regeln läuft. Ich befürchte, dass er dieses

Treffen nur wieder für seine Interessen, was immer sie auch sein mögen, nutzen wird. Und ich durchschaue das meist nicht sofort, weil …« Ich brach ab. Es war peinlich. Ich fühlte mich, als wäre ich zwölf Jahre alt und zum ersten Mal in jemanden verschossen.

»… du immer noch Gefühle für ihn hast?«, schlug Gigi mit sanfter Stimme vor.

»Genau«, erwiderte ich leise. »Es ist peinlich, ich weiß.«

»Er sieht schon gut aus. Wenn man auf den Typ Jungs, die grundsätzlich Ärger bedeuten, steht. Aber ist es wirklich das, was du willst? Es gibt so viele nette, liebe Typen an der Schule, an den anderen Schulen, hier überall.«

»Nein.« Da war ich mir ganz sicher. »Ich will nicht nach anderen Jungs gucken.«

Gigi stützte den Kopf auf den Händen ab, als wöge er plötzlich eine halbe Tonne. »Was hat er bloß mit dir gemacht?«

»Können wir bitte weiter besprechen, ob und wie wir das mit einem Treffen regeln sollen?«

»Du sagst, er macht immer seine eigenen Regeln?« Jemma kaute nachdenklich auf ihrer Unterlippe. »Dann musst du dieses Mal die Regeln vorgeben. Und sobald er das ändert, brichst du das Gespräch ab. Sag ihm das vorher, dann weiß er Bescheid. Du musst nur darauf achten, dass er dich nicht wieder mit seinem Bad-Boy-Charme einwickelt.«

»Ich mag den Ausdruck nicht«, sagte ich. »Bad Boy klingt so aufgesetzt. So als würde sich jemand extra Mühe geben, ein bestimmtes klischeehaftes Image aufzubauen.«

»Stimmt«, warf Gigi ein. »Da er aufgrund seines Brandmals wohl tatsächlich einer von den Bösen ist, muss er sich das Image nicht erst antrainieren, es wurde ihm von Geburt an mitgegeben. Haben wir ein Glück.«

»Genug philosophiert.« Jemma tippte ungeduldig mit den Fingern auf der Tischplatte herum. »Hast du meinen Vorschlag gehört?«

»Belebtes Café, ihr mit dabei, meine Regeln, kein Einwickeln.«

Jemma unterdrückte ein Grinsen, Gigi kicherte.

»Sorry«, sagte sie prompt. »Das ist ein ernstes Thema.«

»Schon gut.« Ich holte mein Handy aus meiner Handtasche. Nach außen hin gab ich mich mutig und entschlossen, doch tief in meinem Inneren spürte ich wieder das vertraute Zittern, die altbekannte Panik, die ihre scharfen Krallen nach mir ausstreckte. Es kostete mich Kraft, meine Stimme ruhig klingen zu lassen. »Dann machen wir das so. Welches Café soll ich nehmen? Ihr kennt euch besser hier aus als ich. Was schlagt ihr vor?«

*

Am Sonntagnachmittag erschienen wir eine Stunde zu früh an unserem vereinbarten Treffpunkt mit Maél. Jemma hatte das »Le Fouquet's«, ein beliebtes Café mit großem Außenbereich direkt auf der Champs Elysees, vorgeschlagen. Da wir zwei Tische benötigten, die nah genug beieinanderstanden und man die Plätze in Restaurants und Cafés in Frankreich grundsätzlich zugewiesen bekam, wollten wir kein Risiko eingehen. Wir beschwatzten einen Ober, bis der sich auf unseren ungewöhnlichen Wunsch einließ. Zuerst bekamen Gigi und Jemma ihren Tisch. Ich wartete, bis ein Zweiertisch in der Nähe frei wurde, den der Ober dann mir zuwies.

Meine Handflächen waren feucht und klebrig, so nervös war ich. Ich warf einen kurzen Blick zu Jemma und Gigi.

Jemma hatte sich die weißblonden Haare straff zu einem Pferdeschwanz zurückgebunden. Zusammen mit der großen schwarzen Sonnenbrille und der weißen Bluse sah sie aus wie eine FBI-Agentin. Sie nickte mir knapp zu, als wollte sie mir versichern, dass sie alles im Blick hatte. Gigi trug ein romantisches Sommerkleid mit vielen Rüschen und die Haare offen. Sie schien vollauf damit abgelenkt, jedes einzelne Macaron der von ihr bestellten Auswahl auf Genießbarkeit zu testen. Sie waren wirklich ein ungleiches Doppel.

Auch Maél war zu früh dran. In seinen dunklen Klamotten wirkte er in dem bunten Touristencafé wie das einzige schwarze Schaf einer Herde. Er sprach einen Ober an, weil er sich wohl sicher war, der Erste zu sein. Sein überraschtes Gesicht, als ich die Hand hob, wäre ein Foto wert gewesen, doch stattdessen bemühte ich mich um mein bestes Pokerface. Als er auf mich zukam, begann mein Herz erneut zu rasen. Einen schwachen Moment lang wünschte ich mir, es wäre einfach nur ein Date. Einfach nur ein Junge-Mädchen-Ding mit Schmetterlingen im Bauch, geteilten Keksen und verliebten Blicken. Wie sollte ich ihm mit der nötigen Distanz begegnen, wenn alles in mir ganz weich und warm und flattrig wurde, einfach nur, weil er mich ansah? Wie sollte ich es schaffen, an meinen Regeln festzuhalten, wenn ich kaum mehr wusste, was ich sagen sollte, jetzt da er vor mir stehen blieb?

»Hi.« Er nahm die Sonnenbrille ab und zog sich den freien Stuhl zurück. Dieses Mal gab es keine Küsschen, kein umwerfendes Lächeln, keine zarte Berührung. Maél wirkte blass unter seiner sowieso schon kaum merklichen Sommerbräune. Er legte die Hände unter dem Tisch auf seinen Knien ab, aber ich hatte trotzdem genug gesehen. Seine Fingerknöchel waren zerschrammt und an einigen Stellen rot und blau verfärbt. Es sah aus, als habe er in blinder Wut auf etwas eingeprügelt.

»Hi.« Ich deutete mit dem Kopf auf seinen Schoß. »Was ist passiert?«

»Muay Thai. Ist gut zum Stress abbauen.«

Warum hatte ich eigentlich gefragt? Maél hatte schließlich schon eindrucksvoll bewiesen, dass er das Wort *Kampfsport* nicht nur aus dem Duden kannte.

»Hattest du deine Boxhandschuhe vergessen?«

Maéls Blick blieb ausdruckslos. »Wenn es wehtut, erinnert man sich besser.«

»Aber trainierst du nicht, um den Kopf freizubekommen, wenn du sagst, du willst Stress abbauen? Das ist doch dann kontraproduktiv, wenn du durch den Schmerz immer wieder daran erinnert wirst.«

»Ich will Stress abbauen. Nicht vergessen.« Er sah meinen ratlosen Blick. »Ich verbanne die Erinnerungen an meine Fehler nicht aus meinen Gedanken. Ich pflege sie.«

Darauf wusste ich nichts zu erwidern. Das klang schon wieder so nach irgendeinem antiken Verhaltenskodex, ähnlich wie die Sprüche, die er manchmal losließ. Zum Glück erschien der Ober, um Maéls Bestellung aufzunehmen.

»Nochmal das Gleiche für Sie, Mademoiselle?«

Ich war so früh da gewesen, dass von meinem Kaffee nicht mehr als ein Bodensatz übrig war. »Ja, gern. Merci.«

Maél sah der Tasse nach, die an der Hand des Obers an seinem Gesicht vorbeischwebte. »Wie lange bist du schon hier? Habe ich mich in der Zeit vertan?«

»Nein.« Ich schluckte. »Alles gut.«

»Hast du dich vertan?«

»Nein.« Es kostete mich jetzt schon Kraft, so kurz angebunden zu antworten. Nicht zu erklären, nicht zurückzuweichen. Wie sollte es bloß weitergehen? Ich erinnerte mich an Jemmas Ratschläge. Einer davon war, dass Angriff die beste Verteidigung sei. »Ich möchte ein paar Regeln für dieses Gespräch festlegen.«

Unter dem Tisch verkrampfte Maél die Hände. Ich kannte ihn inzwischen gut genug, um zu erkennen, wie nervös er war. Es hätte mich eigentlich beruhigen, mir mehr Selbstvertrauen geben sollen. Doch sofort fragte ich mich, was er mir erzählen könnte, das ihn selbst so beunruhigte. Er nickte knapp.

»Okay …« Ich nestelte nervös an einer Serviette herum. »Das Wichtigste ist: Ich stelle alle meine Fragen. Du antwortest.«

»Wie abgesprochen.«

»Genau.« Meine Augen wollten zu dem Tisch hinüberwandern, an dem Gigi und Jemma saßen. Im letzten Moment konnte ich mich bremsen. »Wenn ich merke, dass du mich irgendwie zu manipulieren versuchst, dann breche ich das Gespräch ab. Dann werden wir uns nie wiedersehen. Solltest du mich weiter verfolgen, gehe ich zur Polizei.«

»Verstanden.« Wieder schien er kurz überrascht, fasste sich aber schnell. »Leg los.«

Er konnte es einfach nicht lassen. Es schien in seiner Natur zu liegen, Leuten zu sagen, wo es langging. Ich machte extra eine Pause, in der Hoffnung, es fiele ihm auf. Doch er schien nichts zu bemerken. Innerlich seufzte ich auf. Hoffnungslos!

»Okay.« Ich holte ein letztes Mal tief Luft. »Ich bin eine Nymphe.«

Maél sah mich an, als wartete er, dass ich fortfuhr. Schockiert oder entsetzt wirkte er jedoch nicht. Schließlich lehnte er sich in meine Richtung, bis er seine Unterarme auf dem schmalen Tisch ablegen konnte. »War das jetzt eine Frage oder …?«

»Maél.« Ich lehnte mich nun ebenfalls vor. »Wir hatten gerade etwas vereinbart.«

»Ist ja gut.« Er schien sich ein Lächeln verkneifen zu müssen. Seine Laune hatte sich mal wieder um 180 Grad gedreht. »Erstichst du mich, wenn ich nicht sofort im richtigen Modus antworte?« Er lehnte sich zur Seite und sah unter den Tisch. »Bist du bewaffnet?«

»He.« Ich presste die Oberschenkel unter meinem Rock zusammen und begab mich ebenfalls halb unter den Tisch. »Geht's noch, du Spanner?«

Ich wollte ernst bleiben. Wirklich. Aber als wir beide uns unter dem Schutz der Tischplatte anblitzten, unnatürlich schief hängend und mit halb ins Gesicht gerutschten Haaren, konnte ich nicht anders. Ich musste lachen. Maél fiel zeitgleich darin ein.

»Die Kaffees, Mademoiselle und Monsieur.«

Maél stieß sich den Kopf an der Tischplatte, als er hastig hochkam. Ich sah zuerst kaum etwas, weil ein Teil meiner Haare sich in meinem Lipgloss verfangen hatte.

Der Ober stellte die Tassen klirrend ab und kommentierte unser kindisches Benehmen mit einem strafenden Blick. Dann drehte er sich schwungvoll um und rauschte davon, als hätten wir mit unserem Verhalten nicht nur ihn, sondern das gesamte Café beleidigt.

Ich versuchte, mich zusammenzureißen. Lachen war so was von unprofessionell. Und trotzdem … Mein Blick glitt zu Maél, der gerade drei Tütchen Zucker in seinen Kaffee schüttete. Es war so schwer, ihm zu widerstehen. Immun gegen seinen eigenwilligen Charme zu sein, zu ignorieren, dass so manch anderer weiblicher Cafégast sich den Hals nach ihm verrenkte. Obwohl er keinen Tag älter als 17 Jahre aussah, wirkte er rauer und männlicher als jeder andere Mittzwanziger. Man sah, dass er sportlich war, nicht nur an seiner Figur, den Muskeln und dem praktisch nicht existenten Körperfettanteil. Auch die Art, wie er sich bewegte, verriet, dass er ein gutes Körpergefühl besaß.

Nachdem er ein paarmal sehr konzentriert in seinem Kaffee gerührt hatte, glitt sein Blick plötzlich zu mir. Ertappt wich ich ein wenig zurück.

Doch Maél hielt meinen Blick. Es lag eine Kraft darin, eine Macht, die mir bei rationalem Denken hätte unheimlich sein müssen. Er warf seine Netze aus, und ich zappelte nicht mal darin, um mich zu wehren. Wie auch immer er das anstellte, er war sehr gut darin.

»Lass das«, stieß ich hervor.

»Lass was?« Er legte den Löffel zur Seite, und seine Augen wurden noch größer.

»Das mit dem Gucken. Das ist schon wieder ein Trick.«

»Ein …« Seine Empörung war bis zu mir zu spüren. »Wie bitte?«

»Einer deiner Tricks.«

»Was denn für Tricks, bitte?« Er fuhr sich unwirsch durch die Haare. »Dein Blick war ja wohl …« Er machte eine Geste mit der Hand, die ich nicht verstand. »Es war ja wohl dein Blick, der … Dagegen ist der Gesang einer Sirene eine müde Zirkusnummer. Mir ist immer noch schwindelig. Aber mal im Ernst: Ich gucke dich so an, weil du … weil ich finde, dass du … und ich schwöre dir, das ist mir so noch nie passiert … du bist sehr …« Er brach ab. »Sind wir nicht wegen etwas ganz anderem hier?«

Ich würde mich nicht wieder von ihm bezirzen lassen. Dieses Mal nicht. »Lass die Spielchen, egal wie ich vielleicht gucke. Schwöre es.«

Maél sah mich an, bis unsere Blicke sich erneut umeinanderwanden wie magnetisch aufgeladen. Er blinzelte und sah auf seine Kaffeetasse. Sie sah klein aus in seinen großen Händen. »Ich schwöre es bei den ewigen Feuergräben des Tartaros'«, sagte er feierlich.

»Bei den was?« In meiner Stimme klang ein Glucksen mit.

Maél blieb vollkommen ernst. Er hob den Blick, und in seinen Augen blitzte etwas silbern auf. »Den ewigen Feuergräben. Ich bin der Sohn von Hades, dem Gott der Unterwelt. Ich kenne mich im Tartaros gut aus. Als Hadessohn schwört man schon mal bei so etwas.«

Ich hatte mir den Verlauf unseres Gesprächs hundertmal vorgestellt. Im Kopf durchgespielt, wie ich reagieren würde, wenn er mir gestand, wer oder was er war. Jetzt, da es passiert war, fühlte ich mich, als würde ich durch einen dichten, seltsam zähen Nebel fallen. Er riss an jedem Quadratzentimeter meiner Haut, erfüllte mich mit einer lähmenden Kälte, raubte mir den Atem. Ich wollte etwas erwidern, aber meinem Mund entkam lediglich eine Mischung aus Piepsen und atemlosem Keuchen. Um eine weitere Lautentgleisung zu verhindern, presste ich die Lippen so stark aufeinander, dass es schmerzte.

Maél schien irritiert. »Du hast die Flammenkrone erkannt, du wusstest, was ich bin. Ich habe es in deinen Augen gesehen.«

Ob er eine Ahnung hatte, wie es sich anfühlte, die ganze Wahrheit aus dem Mund seines Gegenübers zu hören?

»Du bist ein Hadessohn?« Ich hatte bei meinen Recherchen wer weiß was herausgefunden. Teufel, Dämon, gefallener Engel … Diese Variante hatte ich jedoch nicht in Betracht gezogen.

»Ja. Mein Vater ist Hades, meine Mutter ist eine Sterbliche, was mich zu einem Halbgott macht.«

Ich starrte ihn an. Gut, ich hatte es wissen wollen. Wirklich wissen wollen. Sehr dringend. Aber dass Maél nun davon erzählte, als rede er übers Wetter, schockierte mich dann doch.

»Beweise es«, war das Einzige, was mir einfiel.

Maéls linker Mundwinkel hob sich zu einem schiefen Lächeln. »Okay.« Sein Blick glitt zu der Primel, die zwischen uns auf dem Tisch stand. Ihre Blätter waren zwar noch grün, weil sie mit einer Art glänzendem Spray besprüht worden war, um ihre Haltbarkeit zu verlängern, aber die Pflanze schien von innen bereits vertrocknet. Gesagt hatte sie auch nichts, was für mich ein weiterer Beweis war. Maél tippte die Pflanze mit dem Zeigefinger an. Die Berührung dauerte keine Sekunde. Das Grün wandelte sich in ein kränkliches Grau, bevor die Primel vor meinen Augen in ihrem kleinen Übertopf zu Staub zerfiel.

Ich presste eine Hand auf meinen Mund. Die Pflanze war schon vertrocknet gewesen, aber trotzdem schockierte mich ihr Anblick.

»Verdammt.« Ich hörte Maél wie aus weiter Ferne. »Entschuldige. Ich hätte fragen sollen. Ich nehme also an, du bist eine Wiesennymphe?«

Ich nickte. Ich spürte die alarmierten Blicke meiner Freundinnen. Wenn es so weiterging, würden sie zu meiner Rettung kommen, bevor ich erfahren konnte, was ich noch wissen wollte.

»Das war unsensibel.« Er schob den Übertopf aus unserer Mitte an den äußersten Rand des Tisches.

Ich zwang mich, nicht überzureagieren. Schließlich hatte ich noch Hunderte Fragen. Und die Pflanze war nicht mehr als eine Hülle gewesen. »Wie alt bist du?«

»Siebzehn.«

Ich zog ungläubig die Augenbrauen hoch. »Was? Wie soll das möglich sein?«

»Ich bin siebzehn«, wiederholte er eindringlich. »Lass mich ausreden, Livia. Ich bin hier in Paris zur Welt gekommen. Die Daten auf meinem Perso stimmen. Halbgötter sind keine Vampire oder so. Wir sind allerdings genauso unsterblich, nur eben auf eine andere Art. Unsere Leben enden, genau wie die der Menschen. Nur dass wir fast ausschließlich in einem hohen Alter sterben, da wir dank unserer Göttergene kaum zu töten sind. Wenn wir sterben, löst sich unser Bewusstsein aus dem Körper und wandert auf direktem Wege in einen neuen Körper, einen Embryo, der sich im Bauch der Mutter gerade erst eingenistet hat. Unsere Halbgöttergene übernehmen dieses neue Leben, sodass wir in jedem Leben gleich aussehen, unsere Stimme den gleichen Klang hat, wir die gleichen Dinge mögen. Unser Bewusstsein sucht nach unserem Tod instinktiv nach Frauen, denen ein junger Tod bevorsteht oder in deren Zukunft steht, dass sie sich nicht um ihre Kinder kümmern werden. Halbgötterkinder sind zäh. Viele von uns wachsen in Kinderheimen auf. Wenn mit zwölf Jahren unsere Kräfte erwachen, nehmen die Götter mit uns Kontakt auf. Anders als die Halbgötter altern die Götter nicht. Mein Vater war und bleibt für immer ein Mann Mitte dreißig. Jedenfalls lernen wir dann den Elternteil kennen, der uns erschaffen hat, und bekommen einen Paten, einen anderen Gott, zur Seite gestellt, der sich um uns kümmert. Die Jahrtausende haben bewiesen, dass Götter die Kinder anderer besser umsorgen als ihre eigenen.«

Er schüttelte verständnislos den Kopf. »Scheint irgend so ein Tick zu sein … Außerdem erinnern wir uns mit zwölf Jahren. Wir erinnern uns an all die Leben zuvor.«

Mir blieb fast die Luft weg. »Wahnsinn.«

Er lächelte kurz. »Ja, es klingt ziemlich verrückt.«

»Was ich dabei nur nicht verstehe …« Ich brach ab und betrachtete ihn. Es war eigentlich unmöglich, sich vorzustellen, wer dort gerade vor mir saß. Wie viele Leben er schon gelebt, wie viel er schon gesehen und erlebt hatte.

»Ja?« Seine Augen wanderten über mein Gesicht, als suche er dort nach einer Antwort.

»Du bist also ein uralter, wiedergeborener Halbgott, ich ein sterbliches, mythologisches Naturwesen, dessen Kräfte gerade erst erwacht sind.« Ich sah ihn eindringlich an. »Nymphen sind keine mächtigen Wesen, warum sollten sie für Halbgötter interessant sein? Warum aber werde ich das Gefühl nicht los, dass wir uns nicht zufällig begegnet sind?«

Diese Frage schien Maél ein bisschen aus der Fassung zu bringen. »Ich brauche …« Er brach ab und lächelte anerkennend. »Du bist clever, kleine Nymphe.«

Ich widerstand dem Drang, das Lächeln zu erwidern. Stattdessen sagte ich nichts, bis er schließlich fortfuhr.

»Um das zu erklären, muss ich weit ausholen.« Er rührte gedankenverloren in seinem Kaffee. »Alles beginnt mit meiner Schwester. Sie war nicht wirklich meine Schwester. Wir sind nicht blutsverwandt. Sie war die Tochter des legendären Königs Midas. Ihr Name war Agada.«

Die Art, wie er ihren Namen aussprach, so voller liebevoller, inniger Zuneigung, versetzte mir einen kleinen Stich.

»Ich wuchs am Königshof auf. Damals war es üblich, dass Edelleute, die dem Königshaus nahestanden, ihre Kinder am

Hofe aufwachsen ließen. Natürlich waren sie nicht meine richtigen Eltern. Meine Adoptivmutter verlor ihr Baby, aber sie traute sich nicht, es meinem Adoptivvater zu sagen, aus Angst, er würde sie verstoßen. Sie hatte vorher alle Kinder kurz vor dem Ende der Schwangerschaft verloren. Sie kaufte mich einer Prostituierten ab, die mich gerade erst entbunden hatte.«

»War sie deine echte Mutter?«, fragte ich schnell, bevor er fortfahren konnte. »Ich meine, deine erste Mutter?«

Maél lächelte traurig. »Richtig. Sie war die, mit der mein unsterbliches Leben begann. Ich habe sie nie kennengelernt. Sie ist an einer Krankheit gestorben, bevor ich alt genug war, um alles über meine Herkunft zu erfahren. Ich habe meinen Vater mal nach ihr gefragt. Er sagte, sie wäre so liebreizend gewesen, dass sich selbst Halbgöttinnen schäbig neben ihr gefühlt hätten.«

»Weißt du, wie sie aussah? Ich meine, kommst du mehr nach deinem Vater oder nach ihr? Wie ist das bei Göttern?« Ich konnte immer noch kaum glauben, dass wir über mythologische Themen redeten, als wären es Familienangelegenheiten. Begriffe wie *Götter* oder *Gaben* hatten für mich bis vor Kurzem noch ins Reich der Fantasie gehört. Aber ich war neugierig und ließ meine Skepsis außen vor.

»Halbgötter erben das Aussehen des sterblichen Elternteils und die Gaben und die charakterlichen Eigenschaften des Gottes.«

»Und die Frau, die euch austrägt, also in der nächsten Generation, trägt nichts dazu bei?«

Maél schüttelte den Kopf. »Das ist zum Beispiel auch einer der Gründe, warum die Beziehung zu unseren, wir nennen sie Leihmüttern, nie so tief und innig ist. Die Frauen spüren zuerst, dass etwas nicht stimmt, und später, wenn wir niemandem ähnlich sehen, merken sie es noch deutlicher.«

Ich fand diese Praxis der heimlichen Leihmutterschaft ziemlich heftig. Sie erinnerte mich an die Geschichten von Feen und Elfen, die ihre eigenen Kinder gegen die der Menschen austauschten, und wie gefürchtet diese Wechselbälger in den abergläubischen Volksschichten gewesen waren. »Dann siehst du also aus wie sie?«

Maél nickte. »Behauptet zumindest mein Vater«, sagte er und zog die Stirn kraus. »Wo war ich stehen geblieben? Ach ja. Meine Adoptivmutter kaufte mich meiner leiblichen Mutter ab und erzählte meinem Stiefvater, ich sei in seiner Abwesenheit ein wenig zu früh auf die Welt gekommen. Mit sechs Jahren schickten sie mich an den Königshof. Da Agada und ich gleich alt waren, wuchsen wir wie Geschwister auf. Als Agada zwölf wurde, erwachten ihre Kräfte. Damit hatte niemand gerechnet, da ihr Vater Midas und ihre Mutter Hermodice jeweils nur ein Viertel Götterblut in sich trugen. Sie selbst besaßen keine Gaben, weil ihr Anteil göttlichen Blutes zu gering war. Bei Agada hatte das Schicksal entschieden, dass sie von beiden Elternteilen das Viertel erbte und so zu einer Halbgöttin wurde. Einer Halbgöttin, die mit den Kräften zweier Götter, Hekate und Helios, ausgestattet war. Das hatte es noch nie gegeben. Es sollte gar nicht möglich sein. Ihre Eltern fanden es heraus und schirmten sie von diesem Moment an vor der Welt ab. Meine Kräfte erwachten zwei Monate später. Mein Pate Hermes übernahm meine Betreuung, um mir die Welt der Götter zu erklären. Natürlich erzählten wir uns davon, Agada und ich hatten nie Geheimnisse voreinander gehabt. Doch es gab noch andere am Hof, die mehr wussten, als sie sollten. Sie verrieten Midas, dass ich ein Hadessohn sei.

Zusammen mit Agadas nie dagewesenen Gaben würde ich die Kraft besitzen, die Welt in Schutt und Asche zu legen.« Er lachte auf. Es klang traurig und verächtlich zugleich. »Weder Agada noch ich hatten je Ambitionen dazu. Aber natürlich glaubte man mir nicht. Ich war schließlich einer der Bösen. Meine Adoptiveltern brachen beschämt den Kontakt zu mir ab; später verließ mein Adoptivvater meine Adoptivmutter, weil er zu dem Schluss kam, sie habe ihn mit meinem Vater, dem Gott der Unterwelt, betrogen. Midas schickte mich fort zu einem diplomatischen Besuch. Mittlerweile war er regelrecht panisch, was Agadas Sicherheit betraf. Schlimmer noch, er hatte sie mit seiner Angst angesteckt. Sie hielt sich selbst für eine Gefahr. Ein Mittel zu einem schrecklichen Zweck, sollte sie in die falschen Hände geraten. Mein Vater Hades genauso wie meine Brüder könnten ihre Macht missbrauchen. Sie wurde von Angstträumen geplagt, aß kaum noch und hatte jede Lebensfreude verloren. Ich hatte ihr erfolglos versichert, dass sie in meiner Gegenwart sicher war. Ich würde sie gegen alles und jeden verteidigen. Aber meine Worte beruhigten sie nicht mehr, und immer öfter sprach sie davon, das alles nicht mehr auszuhalten. Ich schaffte es hin und wieder, sie abzulenken und ihr neuen Mut zu schenken. Doch dann war ich fort, unterwegs mit der königlichen Delegation, und Midas verwirklichte seinen Plan. Ich weiß nicht, ob du wusstest, dass er die Gabe besaß, Dinge mittels einer Berührung in Gold zu verwandeln?«

Ich schüttelte gebannt den Kopf.

»Er hatte mal eine Wette mit dem Gott Dionysos gewonnen, der ihm diese Kraft verlieh. Aber das ist eine andere Geschichte. In meiner Abwesenheit sah Midas sich zu einer schrecklichen Tat gezwungen, um seine Tochter vor den Mächten der Finsternis zu schützen. Er verwandelte sie zu Gold. In eine lebensgroße goldene Statue. Um zu verhindern, dass jemand den Midasfluch je brechen und ihre Kräfte nutzen könnte, zerteilte er die Statue in hunderte Einzelteile. Er schenkte sie treuen Untertanen, reisenden Händlern, Seeleuten. Ich kam zu spät. Das Einzige, was Midas von seiner Tochter behalten hatte, war ein Fragment, das er fortan um den Hals trug. Obwohl er mir zunächst erzählte, Agada habe sich aus Angst in einen weit entlegenen Tempel zurückgezogen, glaubte ich ihm keine Sekunde. Sie hatte mich schließlich vor meiner Abreise gebeten, ihr ein seltenes Gift zu besorgen.« Maél wirkte nun regelrecht verzweifelt. »Ich konnte ihre Schreie in dem Goldfragment um seinen Hals hören. Es raubte mir fast den Verstand. Weil sie meine Schwester war und ich sie liebte, schwor ich ihr, dass ich die Fragmente ihrer Statue finden und sie wieder auferstehen lassen würde. Ich würde ihr Leiden, ihre Verzweiflung beenden.« Maél holte tief Luft. Dann sah er mich direkt an. »Ich befinde mich auf der Zielgeraden meiner Suche. Nach so vielen tausend Jahren fehlen mir nur noch wenige Gramm, und ich kann Agada aus ihrem goldenen Gefängnis befreien.«

Es hätte nicht viel gefehlt, und mir wäre die Kinnlade auf die Brust gefallen. Ich hatte mit allem Möglichen gerechnet. Aber nicht mit so einer komplexen, hochemotionalen Story von Liebe, Verrat und Verzweiflung. »Du suchst die Teile ihrer Statue in jedem deiner Leben?« Mein Hals war ganz trocken, und ich hustete. »Weil du den Fluch brechen und sie befreien willst?«

Maél nickte. »Dank meiner Unsterblichkeit konnte ich meine Suche nach Agadas Goldfragmenten all die Jahrhunderte fortsetzen. Wenn ich zu alt für die Suche wurde, deponierte ich die Schatulle, in der ich ihr Gold sammelte, an einem sicheren Ort. Ich vergrub sie, mietete ein Schließfach, mauerte sie ein. In jedem meiner zwölften Lebensjahre erinnerte ich mich dann an das letzte Versteck.«

Ich ließ mich in meinem Stuhl zurücksinken. »Das ist absolut … heftig.«

»Sie ist meine Schwester«, sagte Maél. »Sie hätte das Gleiche für mich getan.«

»Aber wie überlebt man es, in Gold verwandelt zu werden? Versteh mich nicht falsch, ich will dir nicht reinreden, aber bist du sicher …«

»Du vergisst, dass sie eine Halbgöttin ist«, unterbrach Maél mich sanft.

Ach richtig. Die waren ja unsterblich. Trotzdem war es schwer vorstellbar, als eine in hundert Teile zerlegte Statue über die Jahrhunderte hinweg zu existieren. Obwohl es eigentlich genauso schwer vorstellbar war, mit jemandem einen Kaffee zu trinken, der den Fall des Römischen Imperiums und die Völkerwanderung live miterlebt hatte. Diese Erkenntnis ließ mich wohl ein wenig überfordert aussehen.

»Ist alles etwas viel, hm?«, sagte Maél. Er stoppte den Ober, der gerade zu einem Kontrollgang an unserem Tisch vorbeipirschte, und bestellte eine Flasche Wasser.

»Ein bisschen.« Ich lachte nervös und überfordert zugleich. »Mal abgesehen von den vielen Fragen, die ich jetzt schon wieder vergessen habe, wo sammelst du Agadas Gold? In einer Schatulle, sagtest du? Ist es eine kleine Statue?«

»Sie ist genauso groß wie Agada.« Er machte eine lässige Handbewegung. »Aber sie ist magisch und verkleinert sich auf die Größe eines Schmuckkästchens, damit ich sie leichter transportieren kann.«

Natürlich. »Und irgendwann holst du das Gold dann wieder heraus und setzt sie zusammen?

»Wenn ich das letzte Goldfragment gefunden habe, setzt sie sich von selbst zusammen.«

»Und dann?«

»Was und dann?«, fragte Maél ruhig. »Der Fluch ist gebrochen, und Agada erwacht zu neuem Leben.«

Ich seufzte. »Das meine ich nicht. Ich kann mir nur einfach nicht vorstellen, wie das mit deiner Schwester weitergehen soll. Sie hat wann gelebt? In der griechischen Antike? Was ist dein Plan? Kaufst du ihr ein Handy, meldest sie auf Facebook an und gehst mit ihr shoppen? Wie soll sie dreitausend Jahre Geschichte aufholen? Und was mindestens genauso kniffelig ist: Die Ausgangslage ist seit der Antike doch die gleiche geblieben. Jedenfalls für die Götter. Sie ist eine Halbgöttin mit den Kräften zweier Götter, und dein Vater oder deine Brüder können, wenn sie ihre Kräfte mit ihren eigenen koppeln, die Weltherrschaft an sich reißen.« Ich schluckte hart, denn die nächsten Worte kosteten mich eine Menge Überwindung. »Wäre es nicht besser für sie, sie bliebe in dem Gold gebannt? Nur so ist doch die Welt vor ihren Kräften sicher.«

Maél erstarrte. Er sah mich an, und in seinen Augen erkannte ich, dass ich bisher nur die Spitze des Eisbergs gestreift hatte. »Alle dunklen Götter können spüren, dass mit dem Gold etwas nicht stimmt. Dass eine gefährliche Kraft darin liegt. Es zieht sie magisch an, obwohl sie nicht wissen, warum. Fünf der Fragmente habe ich allein Orkus, dem Gott der Bestrafung, gestohlen. Die Erinnyen, die Foltermeisterinnen des Tartaros', besaßen zwei. Eris, die Göttin des Streits, sogar drei. Je mehr sie davon sammeln, desto klarer können sie den Fluch sehen. Irgendwann wird es ihnen wie Schuppen von den Augen fallen, und sie werden Agadas Macht erkennen. Sie werden sich mit meinem Vater verbünden, ihm ihre Macht und ihre Goldfragmente anbieten. Das muss ich verhindern.«

»Also bestiehlst du die Götter, damit du derjenige bist, der sie erweckt.«

Er nickte. »Was die Götter nicht wissen, ist, dass Agadas Kräfte beim Prozess des Wiederauferstehens verloren gehen. Dass sie verbrennen und als Treibstoff dienen, diesen extremen Prozess in Gang zu setzen. Ich habe über einen ähnlichen Fall in der Bibliothek von Alexandria gelesen. Nach Brechen des Fluchs ist sie einfach nur ein Mensch. Sie bekäme die Chance auf ein Leben, Familie, Kinder …«

»Und das Gift, das du ihr besorgen solltest auf deiner Reise? Wofür sollte das gut sein?«

Er hob die Hand und griff in den Ausschnitt seines Shirts. Ich sah gebannt zu, als mir klar wurde, dass er das Lederband umfasste. Das Band, bei dem ich mich die ganze Zeit schon gefragt hatte, was für einen Anhänger es trug. Maél zog es sich über den Kopf, und erst als er etwas auf den Tisch legte und zu mir schob, erkannte ich, worum es sich handelte: eine kleine Phiole, gefüllt mit einer dunkelbraunen Flüssigkeit, die im Licht einen irisierenden grünen Schimmer besaß.

»Das ist es?«, riet ich.

»Ja.« Vorsichtig griff ich nach dem winzigen Glasgefäß. Es war warm von Maéls Haut. Die Flüssigkeit darin schwappte träge hin und her.

»Das Blut eines Hekatoncheiren.«

Sofort stellte ich die Phiole wieder ab. Keine Ahnung, wer oder was das war, aber mit Blut hatte ich es nicht so. Zu Maél passte es hingegen wunderbar, dass er so etwas um seinen Hals baumeln hatte.

»Hekatoncheiren sind Monster, die genauso wie die Giganten und die Titanen tief im Tartaros gebannt sind. Weitab von all jenen Wegen, die Götter und Halbgötter je betreten, und gut bewacht von den drei Erinnyen, den Kerkermeisterinnen des Tartaros'. Das Blut der Hekatoncheiren besitzt eine Gabe, die es durchaus rechtfertigt, sie unerreichbar für die Götter in der Unterwelt zu bannen: Es kann Halbgötter töten. Ein Halbgott kann damit seine unsterbliche Seele für immer auslöschen. Er oder sie wird nie wiedergeboren. Es ist ein endgültiger Tod.« Maél machte eine dramatische Pause. Oder er nahm an, mir sollte dadurch alles klar sein. Was nicht der Fall war. Zum Glück kam der Ober mit dem Wasser. Er warf einen versteinerten Blick auf die zerkrümelte Primel, knallte dann die Flasche und zwei Gläser auf den Tisch und verschwand. Maél schob mir ein Glas hin und schenkte mir ein.

»Das ist also das Blut einen Hekato… ähm … Hekatodingsda, richtig?«

»Hekatoncheiren, richtig.« Maél schraubte die Flasche andächtig wieder zu.

»Das Blut eines Wesens, das so tief im Tartaros gefangen gehalten wird, dass niemand den Weg dahin findet.«

»Wieder richtig.«

»Und wie genau kommst du dann daran?«

Maél hob ganz leicht das Kinn. »Ich habe die Erinnyen bequatscht, mein Lebensglück verkauft und jeden belogen, der nur ansatzweise mit mir verwandt ist.«

Er hatte was getan? Das klang ja fürchterlich! Mir entrang sich ein Kichern. Ich war langsam, aber sicher, auf bestem Wege, den Verstand zu verlieren.

Maél nahm die Phiole an sich, als wollte er sie lieber vor mir in Sicherheit bringen. Als sie wieder unter seinem Shirt verschwunden war, lehnte er sich über den Tisch zu mir. »Agada hatte das mit dem Gift der Hekatoncheiren herausgefunden. Sie war zu dieser Zeit schon sehr ängstlich. Fürchtete, dass mein Vater sie entführen und sie zwingen könnte, ihre Macht zu missbrauchen. Ihre Nerven lagen blank, sie schlief kaum noch. Sie flehte mich, als Hadessohn, an, im Tartaros nach den Erinnyen zu suchen und ihr das Gift zu besorgen. Auf dem Rückweg meines diplomatischen Besuchs machte ich diesen Abstecher. Doch es war bereits zu spät, wie ich bei meiner Rückkehr feststellen musste. Ich hatte es ihr versprochen. Stattdessen habe ich mich von Midas zu dieser Reise überreden lassen und zugelassen, dass er seine irren Gedanken in die Tat umsetzte. Ich habe sie im Stich gelassen. Etwas, von dem ich ihr versprochen hatte, dass es niemals passieren würde.«

»Du meinst, du ...« Ich deutete mit dem Finger auf den Anhänger unter dem Shirt. Wieder kam so ein komisch heiserer Laut aus meiner Kehle. »Das da ist ...«

»Trink einen Schluck Wasser.« Maél schob mir mein Glas zu.

Ich trank das Glas komplett leer. Dann holte ich tief Luft. »Sag mir, dass ich falschliege.«

Maél schüttelte den Kopf. »Sie hatte mich gebeten, das Gift zu besorgen. Es war ihr ausdrücklicher Wunsch, und sie konnte den Tartaros nicht betreten. Wenn du miterlebt hättest, wie sehr sie litt, hättest du ihr diese Bitte auch nicht abschlagen können.«

»Aber das ... ist Gift. O mein Gott, das ist ja so schrecklich«, flüsterte ich.

»Und falls meine Informationen nicht richtig sind und Agada ihre Kräfte trotzdem behält, kann ich ihr ihren letzten Wunsch erfüllen.« Seine Stimme klang leise und traurig. »Nach 3000 Jahren würde sie dann endlich Frieden finden.«

Ich rutschte in meinem Stuhl noch etwas tiefer. »Ich glaub es einfach nicht.«

Maél sah mich mitfühlend an. »Genug für heute?«

Ich nickte. Mehr konnte mein Gehirn für einen Tag nicht verarbeiten. Ich hatte schon jetzt das Gefühl, dass es leicht überhitzt war. Mein Bedürfnis, all die neuen Informationen mit Jemma und Gigi zu teilen, war so übermächtig, dass ich es fast körperlich spürte.

»Soll ich dich nach Hause bringen?«, fragte Maél.

»Nein, nein.« Ich lachte nervös. »Meine Eltern sind hier ganz in der Nähe. In den Tuilerien findet ein Open-Air-Konzert statt. Ich frage gleich mal nach, wo wir uns treffen. Wir wollten vielleicht noch zu Verwandten.«

»Okay.« Er schien meine Lüge zu glauben. »Dann komme ein bisschen runter. Das ist alles ziemlich verrückt für jemanden, der noch nie mit so etwas zu tun hatte. Ich gehe mal bezahlen. Willst du noch einen Moment sitzen bleiben?« Er schob mir die Flasche zu. »Wasser ist auch noch da. Brauchst du sonst noch etwas?«

Einen guten Therapeuten vielleicht? Ich seufzte. »Nein, danke. Ich bleibe einfach noch einen Moment sitzen. Danke für die Einladung.«

»Gerne.« Er schnappte sich unsere Bons und erhob sich. »Okay … texte mir, wann wir zu Ende reden sollen, ja? Oder einfach, wenn du noch eine Frage hast, die nicht warten kann.« Etwas unschlüssig stand er neben mir. »Oder auch, wenn du einfach jemanden brauchst, der dir versichert, dass du nicht durchdrehst.« Er beugte sich blitzschnell zu mir hinab, legte seine Hand auf meine Wange und hauchte einen Kuss auf die andere. »Melde dich, okay?«

Ich brachte lediglich ein Nicken zustande. Mir schwirrte der Kopf, und nun da Maél mich wieder so zärtlich berührt hatte, kribbelte auch noch mein Bauch. Ich fing Jemmas bohrenden Blick auf. Unauffällig bedeutete ich ihr, dass sie sich noch einen Moment gedulden sollte. Schließlich mussten wir erst warten, bis Maél im Inneren des Cafés unsere Rechnung beglichen hatte.

Nur einen Moment später erschien er schon wieder. Er hob grüßend die Hand, und ich winkte zurück. Ich sah ihm nach und fragte mich, wie der Rest der Cafégäste reagieren würde, wenn sie wüssten, dass soeben ein dreitausend Jahre alter Halbgott dicht an ihnen vorbeigelaufen war. Maél schien schon wieder mit seinem Smartphone beschäftigt. Dann verschwand sein schwarzer Haarschopf in der Menge. Jemma teleportierte sich an meinen Tisch. Das war zumindest meine Vermutung, als sie nur eine Sekunde später samt Latte Macchiato und Kuchenteller neben mir saß. Gigi tauchte mit ein wenig Verspätung auf.

»Und?« Jemma schob sich die Sonnenbrille in die Haare. »Was will er von dir?«

»Warum verfolgt er dich?« Gigi beugte sich in meine Richtung. »Ich bin so gespannt zu erfahren, warum er sich so gruselig verhalten hat.«

Es fühlte sich an, als müsste ich die letzten Reste meines Verstandes aus allen Ecken meines Gehirns zusammenkratzen. Ich suchte nach einer Antwort. Ganz sicher hatten wir darüber geredet. Das war schließlich der Grund für unser Gespräch gewesen. Doch ich fand nichts. Keinen Grund, keine Erklärung, keinen Zusammenhang. Ich sah zu Jemma und Gigi, die mich erwartungsvoll anstarrten. Es war echt peinlich, zugeben zu müssen, dass meine Rolle in seinem Spiel immer noch ein Mysterium war.

Kapitel 9

Konzert und Küsse

»Gigi, jetzt hör um Himmels willen damit auf, so ein Gesicht zu ziehen. Das kann ja niemand ertragen.« Jemma schob Gigi und mich in der Schlange vor sich her. Sie benahm sich ein bisschen wie eine Entenmutter, die ihre zwei störrischen Küken beaufsichtigen musste: das eine, das zu blöd war, in einem Gespräch die einzig wichtige Frage zu stellen. Und das andere, das in ein tiefes Loch fiel, jedes Mal, wenn der Ex ein neues Bild auf Instagram hochlud.

»Was möchtet ihr essen?«, fragte sie im besten Befehlston.

Gigi zuckte wehleidig die Schultern, ich seufzte. »Mir egal.«

»Dreimal die Spaghetti«, bestellte Jemma bei der dicken Küchenfrau.

Die musterte sie skeptisch. »Du solltest nicht so viel essen, Mädchen«, krächzte sie. »So löst man keine Probleme.«

»Ich bestelle für diese beiden traurigen Exemplare hier mit.« Jemma deutete mit dem Kopf auf uns.

Die Küchenfrau grinste und entblößte grünlich verfärbte Pferdezähne. »Ich verstehe«, murmelte sie und klatschte drei Portionen Nudeln auf bereitgestellte Teller.

»Ich habe keinen Hunger«, maulte Gigi. Mir war nach diesem Anblick auch nicht mehr nach essen zumute.

»Mund halten.« Jemma schüttelte den Kopf. Um ihre Lippen spielte ein liebevolles Lächeln, das ihre harten Worte Lügen strafte. Sie ließ die dünne Küchenfrau über die Wahl der Soße entscheiden und bezahlte dann bei der brummigen Kassiererin Mélisande, während Gigi Löcher in die Luft starrte und ich Maél bei WhatsApp stalkte.

Jemma organisierte uns einen der kleinen Tische am Rand der Mensa, und da wir eh schon spät dran waren, war es bereits angenehm ruhig. Die meisten Schüler hingen bei den Tribünen am Sportplatz ab, um die letzten warmen Sonnenstrahlen des Sommers zu genießen. Gigi ließ sich missmutig auf einen der Stühle fallen und zückte ihr Handy, statt zu essen. Vermutlich wollte sie zum hundertsten Male James' neuestes Posting anstarren.

»Zeig mal her.« Ich lächelte sie liebevoll an. Es war ein ungewohnter Anblick, sie so niedergeschlagen zu sehen, und ich wollte ihr beistehen. Laut Jemma war mit James schon Schluss, bevor Gigi im letzten Halbjahr mit ihren Eltern von Sydney nach Paris gezogen war. Aber sie trauerte ihm immer noch hinterher. Neugierig betrachtete ich das Bild.

Es war ein Urlaubsschnappschuss, das in einem Café direkt am Strand in Griechenland geschossen wurde. James erkannte ich sofort, denn Gigi hatte mir mal ein Foto von ihm gezeigt, das sie in ihrem Portemonnaie mit sich herumtrug. Er sah gut aus, keine Frage. Blonde Haare, hübsches Gesicht, durchtrainierte Figur. Als ich jedoch seine Freunde näher betrachtete, wurde ich etwas skeptisch. Die zwei im Hintergrund hielten sich im Arm und machten Kussmünder Richtung Kamera. Der dritte hielt hinter James' Kopf Mittel- und Zeigefinger zu einem Victoryzeichen hoch. Den Zeigefinger der anderen Hand hatte er vor die auffallend vollen Lippen gepresst. Seine dunklen Augenbrauen waren zwei perfekt gezupfte Halbmonde.

Unter das Foto hatte zu allem Überfluss noch ein Thomas »Ihr Süßen!« gepostet und mit fliegenden Herzchen garniert.

Okaaaaaaay …

»Das ist er?«, fragte ich, um ganz sicherzugehen.

Sie nickte.

»Wo habt ihr euch kennengelernt?« Ich war immer noch unschlüssig, ob sie sich vielleicht einen Scherz mit mir erlaubte.

»Im Makramee-Sommercamp.«

»Ihr kennt euch aus dem Makramee-Camp?«, echote ich. Ich schenkte mir eine Frage zu James' möglicher sexueller Orientierung, denn Jemmas starrender Blick war mir Antwort genug.

Gigi schnaubte leise. »Ist doch auch egal.« Sie schnappte sich ihr Handy zurück, beugte sich zu ihrer Schultasche und zog eine kleine Kosmetiktasche hervor. »Bin mal eben im gekachelten Zimmer.«

Als sie außer Hörweite war, sah ich fragend zu Jemma.

»Ich weiß, was du denkst. Das denken alle.«

»Wie passen ihre Geschichte und dieses Foto zusammen?«

»James hat vor über einem halben Jahr mit ihr Schluss gemacht, als Gigi nach Paris gezogen ist. Ihm wurde wohl klar, dass er nicht auf Frauen steht. Ich vermute, er wollte sie nicht verletzen, indem er die Trennung mit seinem Coming-out begründete. Er war ihr erster Freund, und sie war ziemlich verliebt in ihn.«

»Die Arme. Das tut mir leid für sie.« Ich seufzte, denn ich verstand sie gut. Schließlich war ich genauso gut darin, mir vorzumachen, Maél habe mich kennenlernen wollen, weil er auf mich stand und nicht, weil er mich in seine dunklen Halbgottmachenschaften mit hineinziehen wollte.

»Und wie sieht es bei dir aus?« Jemma schien Gedanken lesen zu können. »Kommst du klar?«

Das war eine gute Frage. Das meiste, was Maél mir am Sonntag erzählt hatte, hatte ich in einer Nachtschicht überprüft – weshalb ich mich an Montag kaum erinnerte, so müde war ich tagsüber gewesen. Vorhin hatte ich zusätzlich ein paar der Infos zusammen mit Gigi und Jemma in der Schulbibliothek überprüft. Meinen Eltern, die mich auf die Stapel ausgedruckter Artikel über Götter und Giganten auf meinem Schreibtisch ansprachen, hatte ich erzählt, dass ich für ein Referat über die griechische Mythologie recherchierte.

Fakt war: Die gesamte wissenschaftliche Welt hielt die griechische Mythologie für eine untergegangene Religion, mit ihren Göttern und Fabelwesen als frei erfundene Gestalten aus Volksglauben und Mystik. Da auch nirgendwo stand, wie das Blut eines Hekatoncheiren aussah und ob dunkle Götter Pflanzen auf Kommando welken lassen konnten, musste ich Maél glauben.

König Midas und seine Frau Hermodice hatte es wirklich gegeben. Midas wurde nachgesagt, er habe die Gabe besessen, unbelebte Dinge durch Berühren in Gold zu verwandeln. Von Menschen war dabei jedoch nicht die Rede gewesen. Ihre Tochter Agada hatte sich in jungen Jahren in einen Tempel zurückgezogen und war nie wieder öffentlich aufgetreten. Wenn ich solche Infos mit wenigen Klicks auf Wikipedia fand, dann ganz bestimmt auch Maél. Handfeste Beweise konnte ich also keine vorbringen, eher das Gegenteil.

»Ich muss ihm glauben. Was bleibt mir anderes übrig?«

»Ihm nicht zu glauben? Vielleicht war das mit der Pflanze irgendein Zaubertrick. Und das Zeug in dem Fläschchen bloß vergammelte Cola.« Jemma trommelte nachdenklich mit den

Fingern auf der Tischplatte herum. »Wenigstens verfolgt er dich nicht mehr.«

Da hatte sie recht. Maél hatte mir nicht mehr geschrieben. Er schien tatsächlich abzuwarten, bis ich mich meldete. Oder er hatte ein neues, interessanteres Spielzeug als mich gefunden. Unweigerlich dachte ich an die so perfekte Maddy aus den Katakomben, die gar nicht erst verheimlicht hatte, dass sie Maél gut fand. Er war häufig online, was mir zusätzlich zu denken gab. Innerlich verpasste ich mir einen Tritt. Er hatte mir erzählt, dass er der Sohn des Gottes der Unterwelt war, der seit über dreitausend Jahren seine Ziehschwester suchte, die, gefangen in verfluchten Goldfragmenten, die Jahrhunderte überlebt hatte. Und ich machte mir Gedanken darüber, ob er mich genauso attraktiv fand wie ich ihn! In solchen Momenten glaubte ich, dass an der Theorie, Teenager seien gelegentlich unzurechnungsfähig, doch etwas dran war. Ich seufzte und streckte den Rücken durch. Am Dienstag war ich nach der Schule direkt ins Bett gefallen, heute fühlte ich mich zumindest so wach, dass ich mir das Volleyballtraining zutraute, ohne vor Müdigkeit Gefahr zu laufen, mich ernsthaft zu verletzen. Mir fiel auf, dass ich Jemma eine Antwort schuldig geblieben war. Kam ich klar? Mir blieb wohl keine andere Wahl.

»Ich komme besser damit klar, was ich bin und was er ist, als damit, dass ich mich immer noch frage, wie ich in dieses Puzzle mit Agada passe. Es ergibt keinen Sinn.« Obwohl es in der Cafeteria schon sehr leer war, senkte ich die Stimme. »Er ist ein Halbgott. Ein Sohn von Hades. Er lebt seit der Antike. Er verfügt vermutlich über sehr viel mehr Kräfte als das, was er mir da im Café präsentiert hat. Und da die Götter, wie ich jetzt weiß, gerne mal etwas mit Menschen anfangen, hat er gewiss noch Geschwister oder Halbgötterfreunde, die ebenso viele uralte Kräfte besitzen. Ich hingegen weiß seit ein paar Wochen, dass etwas nicht stimmt, und erst seit letzter Woche, dass ich sehr wahrscheinlich eine Nymphe bin. Ich habe keine Kräfte, lässt man ›Angequatscht werden von aufdringlichen Pflanzen‹ mal außen vor. Warum zur Hölle hat er sich ausgerechnet mich ausgesucht?«

»Keine Ahnung.« Jemma legte nachdenklich den Kopf schief. »Vielleicht will er doch nicht deine unschuldige Seele, sondern nur deinen Körper.«

Ich ließ die Schultern hängen. »Super.«

»Konntest du wirklich nicht mehr über ihn herausfinden?« Sie sah mich prüfend an. Fast so, als vermutete sie, ich würde zu seinen Gunsten etwas verheimlichen.

Ich schüttelte den Kopf. »Nichts zu seinem geheimen Halbgottleben. Er ist bei Facebook, und sein Instagramaccount quillt über von Cataphile-Fotos. Das war es aber auch schon. Was man so über seinen Vater Hades liest, ist nicht gerade vertrauenerweckend. Er war wohl bekannt dafür, Ärger zu stiften, ständig das Risiko zu suchen und sich mit jedem anzulegen.«

»Warum kommt mir das bloß so bekannt vor?«, murmelte Jemma. »Selbst bei den Göttern fällt der Apfel wohl nicht weit vom Stamm.«

»Scheint so. Nur hilft mir das auch nicht weiter. Was soll ich machen? Mich noch mal mit ihm treffen? Einen Spickzettel schreiben? Ihn ausquetschen, was er über Nymphen weiß? Und endlich fragen, was er von mir will?« Ich hielt inne. »Die Frage kann man falsch verstehen. Er wird denken, dass ich total in ihn verschossen bin, und er mit mir machen kann, was er will.«

Jemma winkte ab. »Das weiß er sowieso schon. Er wird dich um den Finger wickeln so wie immer, und du wirst kichern und verliebt grinsen, so wie Sonntag im Café.«

»Wer dich hat, braucht echt keine Feinde.« Missmutig stocherte ich in meinen mittlerweile kalten Nudeln herum.

Jemma nahm meine letzten Worte gelassen hin. »Ich denke, du brauchst mal wieder ein wenig Abwechslung. Schieb diesen ganzen Nymphen-Halbgott-Kram für eine Weile aufs gedankliche Abstellgleis. Ich verstehe es ja schon kaum. Aber du steckst da unmittelbar drin! Da ist vielleicht ein Punkt erreicht, an dem du einen Abend lang mal eine Pause vom Grübeln und Recherchieren brauchst.«

»Du meinst, wir sollten ins Kino oder so?«

Jemma lächelte breit. »Besser!«

»Was ist besser?« Gigi ließ sich zurück auf ihren Stuhl gleiten. »Ich mag das Wort besser. Besser klingt so nach … besser!« Ihr Kichern klang wie das eines irren Psychopaten, der sich selbst einen Witz erzählt hatte.

Jemma und ich wechselten einen Blick. Gigi sah aus, als habe sie auf der Toilette geweint. Ihre Augen waren gerötet, die Wimpern von feucht gewordener Tusche zu kleinen Fliegenbeinchen verklebt.

»Alles okay?«, fragte ich schnell. »Können wir dir helfen? Willst du reden?«

Gigi schüttelte energisch den Kopf. »Ich will bloß wissen, was es mit dem ›besser‹ auf sich hat.«

Jemma griff nach ihrem Handy. »Ich habe bei einem Gewinnspiel mitgemacht.«

»DU?« Das passte so gar nicht zu der rational denkenden Jemma.

»Ja, aus Langeweile.« Sie tippte auf ihrem Smartphone

herum und schien plötzlich zu beschäftigt, um hochzusehen. »Hier.«

Sie hielt es mir und Gigi unter die Nase. »Eine Einladung zum Launch der neuen Kosmetiklinie von Adéle P., heute Abend um 18 Uhr im Sephora auf der Champs Elysees. Ich darf zwei Personen mitbringen.« Jemmas Augen leuchteten. »Es gibt Snacks, Goodie Bags, und man kann sich von Adéle und ihrem Team schminken lassen.«

Das war eine ganz neue Seite, die Jemma hier offenbarte. Ich hätte sie nie für einen Kosmetikjunkie gehalten. Sie war niemals auffällig geschminkt und hatte bisher kein Wort über Concealer, Rouge und Co. verloren. Wenn ich sie mal außerhalb der Schule anrief, war sie entweder im Fitnessstudio, beim Volleyball oder trainierte mit dem Basketballteam der Schule. Gigi neben mir wirkte genauso überrascht. Natürlich sagte mir der Name Adéle P. etwas. Sie galt als eine Ikone im Kosmetikbusiness. Nicht nur hatte sie einen der weltgrößten Onlineshops für Kosmetika und Pflegeprodukte aufgebaut und erfolgreich an die Börse geführt. Sie war auch ein gern gesehener Gast in Talkshows und engagierte sich für die Förderung von Mädchen und Frauen in der ganzen Welt.

»Dort lassen wir uns aufbrezeln, und danach gehen wir zu einem Konzert von *Harpya.*« Sie sah zu mir. »Die Jungs sind der Knaller. Absolut Platinschallplattenverdächtig, aber zurzeit noch ein echter Geheimtipp.«

»Harpya, Harpya, Harpya…«, murmelte Gigi und schien laut nachzudenken. »Da war doch was, da war doch was … Wieso komme ich da nicht drauf?«

Jemma guckte unschuldig und sagte nichts.

»Oh.« Gigi setzte sich im Stuhl auf, als habe ein unsichtbarer Marionettenspieler an ihren Fäden gezogen. »Oh!« Sie sah mit stechendem Blick zu Jemma. »Harpya wie Noah von Harpya?«

An diesem Punkt kapitulierte ich. Maéls seltsame Agada-Rettungspläne waren einfacher zu verstehen gewesen.

»Genau.« Mehr Infos schien es von Jemma nicht zu geben.

»Wer?«, hakte ich deshalb nach.

»Er ist der Drummer von Harpya. Jemma behauptet zwar, sie stehe nicht auf ihn, aber warum geht man dann auf ein Rockkonzert, wenn man sonst nur Ellie Goulding und Katy Perry hört?«

Während Jemma feuerrot anlief, schoss mir direkt eine andere Frage durch den Kopf. »Das Konzert ist noch nach dem Event bei Sephora? Da muss ich meine Eltern erst fragen, ob ich mitten in der Woche so lange ausgehen darf. Die stellen sich da echt an.«

»Dann rede zuerst mit ihnen. Ich werde meine Eltern auch fragen müssen, aber ich denke, das wird kein Problem.« Gigis Laune schien sich zum Glück etwas gebessert zu haben. »Gucken wir uns den wilden Drummer mal an, der das Herz unserer lieben Jemma gestohlen hat.«

Jemma war mittlerweile so dunkelrot, dass ich fürchtete, ihr Kopf könne im nächsten Moment platzen. »Er ist gar nicht wild.«

Gigi lachte. »Du bist ja süß. *Harpya* sind das Wildeste und Heißeste, was Paris an aufstrebenden Rockstars zu bieten hat. An denen ist gar nix harmlos. Angefangen bei ihrem Namen und endend bei ihrem unmenschlich gut aussehenden Frontmann. Würde ich auf Bad Boys stehen, stünde dieser ganz oben auf meiner Liste.«

Nun war ich wirklich neugierig. »Wo findet das Konzert statt?«

Jemma sah angestrengt einen halben Zentimeter an mir vorbei. »In den Katakomben.«

Gigi und ich stöhnten simultan auf.

»Wir müssen da hin. Bitte. Das Konzert wird von einem Online-Rockmusikmagazin gesponsert. Das heißt, die Jungs sind danach vor Ort und man kann mit ihnen reden und so.« Sie klang fast verzweifelt. »Ich kann doch da nicht alleine hingehen.«

»Ernsthaft?« Ich, die soeben meine Eltern hatte per WhatsApp fragen wollen, ließ das Handy wieder sinken. »Jemma, an was denken wir sofort, wenn wir das Wort Katakomben hören?«

»Maél wird nicht da sein. Das ist alles legal und offiziell organisiert. Der Veranstalter hat die drei Vorräume, diese Galerien, gebucht. Maél interessiert doch nicht etwas, das legal ist, oder?«

»Das klingt jetzt, als würde er hauptberuflich gestohlene Autos über die Grenze schmuggeln. Darf ich dich erinnern, wo er mich angesprochen hat? Das war in besagten Galerien.«

»Ja, aber er ist dir von draußen gefolgt.«

Ich schüttelte den Kopf. »Jemma, ich würde dich echt gerne unterstützen. Aber ausgerechnet die Katakomben? Das ist quasi eine Garantie, über Maél zu stolpern. Vielleicht spielen Harpya demnächst noch mal woanders? Dann komme ich mit.«

»Wie groß ist das Stollennetz? Zweihundert Kilometer? Dreihundert Kilometer? Glaubst du echt, dass deine Chancen da so hoch sind?«

Gigi hob die Hand, als wollte sie um eine Auszeit bitten. »Wir sollten zuerst unsere Eltern fragen. Wenn die ausrasten, ist es sowieso egal.«

Ich nickte zustimmend. »Das ist eine gute Idee.« Dann fasste ich einen Entschluss. Jemma hatte mir beigestanden, als meine Welt aus den Fugen geriet. Sie hatte mir geglaubt, mir Tipps gegeben und ihren Sonntagnachmittag geopfert. Jetzt war es an mir, an ihrer Seite zu sein, wenn sie Freundinnen brauchte. »Wenn meine Eltern es erlauben, dann bin ich dabei, Jemma. Egal, ob Maél auftaucht oder nicht.«

*

Wir trafen viel zu spät bei Sephora ein, weil Jemma sich einfach nicht hatte entscheiden können, was sie anziehen wollte. Die sonst so in sich ruhende Jemma so aufgeregt zu sehen war fast niedlich.

In der Parfümerie war es brechend voll. Jemma parkte uns in der Nähe einer kleinen Theke, an der vegane Wraps und fruchtige Smoothies angeboten wurden. Sie wollte sich für das Konzert professionell die Augen schminken lassen. Die Schlangen vor den Schminktheken waren so lang, dass sie sich durch den ganzen Laden wanden. Die Goodie Bags schienen schon vergriffen zu sein, was besonders Gigi bedauerte.

Adéle P. war trotz der vielen stylishen Gäste nicht zu übersehen. Sie war eine dieser zeitlos schönen Frauen, die mit Anfang zwanzig genauso faszinierend und atemberaubend waren wie mit Anfang vierzig. Sie lachte viel, warf das glänzende bernsteingoldene Haar, und jeder, der nur ein Wort mit ihr wechseln durfte, schien ihr zu Füßen zu liegen. Und zwar Männer und Frauen gleichermaßen. Ich beobachtete sie, wie sie durch die Menge glitt, wie die Sonne, die den Himmel entlangwanderte. Gigi sagte etwas über Adéles tolle Ausstrahlung, doch inmitten des Trubels, der lauten Musik und parfümgeschwängerten Luft schweiften meine Gedanken zu Maél. Ob er bei dem Konzert auftauchen würde? Die Jungs der Band waren schließlich ungefähr in seinem Alter. Drummer Noah war siebzehn Jahre alt und ging laut Jemma auf ein Gymnasium im dritten Arrondissement. Was übrigens auch das Argument gewesen war, das meine Eltern überzeugt hatte. Das Wort »Schülerband« hatte sie wohl an alte Zeiten erinnert und weniger an frauenverführende, drogenkonsumierende Rockstars denken lassen. Bedingung war, dass Jacques mich abholte und nach Hause chauffierte. Und mein Vorschlag, auch Gigi und Jemma mitzunehmen, gefiel meinen Eltern. Ich hätte eigentlich happy und zufrieden sein sollen – jedenfalls diesen einen Abend lang. Und doch konnte ich nicht verhindern, dass Traurigkeit in mir aufstieg, als ich daran dachte, wie kompliziert alles zwischen Maél und mir war. Außerdem fühlte ich mich ratlos und ein klein wenig verloren, weil mir auffiel, wie wenig ich eigentlich über meine Fähigkeiten wusste. Wie schwierig es war, Antworten zu finden. Es stand zum Beispiel nirgendwo, was für eine Aufgabe Nymphen in dieser Welt hatten. Waren sie so etwas wie moderne Öko-Aktivisten? Retteten sie Pflanzen vor dem Aussterben? Entgifteten sie Flüsse? Setzten sie sich für die Ökosysteme der Wälder und Berglandschaften ein? Erstellten die Himmelsnymphen Horoskope? Und wer von meinen Eltern hatte mir diese mythologischen Gene vererbt? Maél hatte erzählt, Halbgötterkinder bekamen beim Erwachen ihrer Kräfte einen Paten zur Seite gestellt. Ich war zwar nur eine Nymphe, aber bekam ich vielleicht auch eine Art Crashkurs in Nymphenbelangen? Wenn ja, wo steckte dann mein Pate?

Ich hatte meine Augen ohne Ziel über die Menge schweifen lassen, als mich ein goldener Blick traf und wie magisch festhielt. Adéle P. sah mich direkt an. Als ich erschrocken blinzelte, lächelte sie. Es fühlte sich an, als würde sie einen Eimer warmen Sonnenlichts über mir ausgießen. Augenblicklich waren meine Traurigkeit, meine Sorgen und meine Unsicherheit wie ausradiert. Gerade wollte ich ihr Lächeln erwidern, doch da hatte sie sich bereits abgewandt. Ich blieb mit einem leichten Kater zurück. Okay, nun verstand auch ich, warum jeder ihr so zu Füßen lag. Bereits ein kurzer Blick von ihr genügte, dass man sich fühlte, als würde man zwanzig Zentimeter über dem Boden schweben.

»Genau jetzt beginnt das Konzert«, raunte Gigi mir zu. »Wir werden die Schlussakkorde zu hören bekommen, wenn das so weitergeht.«

Ich suchte nach Jemma. Sie stand immer noch ziemlich weit hinten in einer der Schlangen. »Warum ist ihr das so wichtig?« Ich zog nachdenklich die Stirn kraus. »Sie ist doch sonst kaum geschminkt. Und sie sieht super aus damit.«

»Sie will unbedingt die perfekten Smokey Eyes. Ohne könnte man nicht auf ein Rockkonzert. Ich vermute eher, sie will diesen armen Drummer um den Verstand blinzeln.«

Ich musste grinsen bei dieser Vorstellung. »Weißt du, wie er aussieht? Ist er tätowiert? Hat er bunte Haare?« Irgendwie konnte ich mir nicht vorstellen, dass Jemma auf solche Typen stand. Ich erinnerte mich an ihre entsetzten Worte, als sie Maél zum ersten Mal gesehen hatte.

»Nee, ganz und gar nicht.« Gigi tippte auf ihrem Smartphone herum. »Hier. Das ist er.«

Ich nahm ihr das Handy aus der Hand, um mir die Fotos genauer anzusehen. Das Instagramprofil gehörte einem Noah Dubois. Nun, diesen Typen konnte ich mir durchaus an Jemmas Seite vorstellen. Er besaß dunkles Haar, das ihm in leichten Wellen um den Kopf fiel. Noah hatte weiche Gesichtszüge, mit ernsten dunklen Augen und einem so dezenten Lächeln, dass er fast ein wenig verträumt wirkte. Sich ihn als den wilden Drummer einer Rockband vorzustellen, fiel mir schwer. Um genau diese Gegensätze auf die Spitze zu treiben, schien er außerdem eine Schwäche für eng geschnittene, helle Oberhemden und Hunde zu haben. Wenn ich das richtig erkannte, war er stolzer Papa von einem schwarzen und einem cremefarbenen Mops, die er auf fast jedem Foto in die Kamera hielt.

»Er ist süß.« Ich reichte Gigi das Handy zurück. »Aber irgendwie hätte ich ihn eher in einem Literaturclub untergebracht als in einer Rockband.«

Sie lächelte zuckersüß. »Steht halt nicht jeder auf die bösen Jungs, Schätzchen.«

Ich pikte sie freundschaftlich in die Seite, wir lachten, und sie legte einen Arm um meine Taille. »Aber es ist ja auch nicht jede eine mächtige Wiesennymphe so wie du.« Sie lehnte sich nah zu meinem Ohr. »Wenn eine ihn bändigen kann, dann du.«

»Ich?«, sagte ich und kicherte. »Einen Halbgott der Finsternis zähmen? Eher schneit es in der Hölle.«

Gigi schob mich ein Stückchen von sich. »Würdest du ihn wirklich haben wollen? Ich meine, wenn man dieses ganze Halbgötter-Nymphen-Chaos außen vorlässt. Würdest du mit ihm gehen? Trotz seines illegalen Hobbys, seiner eifersüchtigen Stalker-Ambitionen und seiner Tendenz, andere Männer zu vermöbeln?«

Ich seufzte, stellte mein leeres Smoothieglas auf einen der Stehtische und sah dann ausweichend auf meine Schuhspitzen. »Ich kenne ihn kaum. Er ist faszinierend, weil er so wie niemand anderes ist. Er ist seine eigene Marke. Und wenn er will, ist er wahnsinnig charmant, fürsorglich, zärtlich, lustig, unterhaltsam …« Ich sah wieder hoch zu ihr. »… aufregend. Er hat so was an sich, dass ich ihn ständig berühren muss. Dass ich wie angefixt bin. Ein Zentimeter, dann will ich beim nächsten Mal zwei. Eine Berührung hier, will ich das nächste Mal zwei Berührungen dort. Neben ihm bin ich wie auf Droge. Ich habe keinen Hunger, keinen Durst, all meine Gedanken kreisen dann nur um ihn. Ich finde, das klingt eher ungesund als nach der ganz großen Liebe.«

»Du weißt nicht viel von der Liebe, hm?« fragte Gigi sanft.

»Mein erster und einziger Freund war zuvor mein bester Freund. Sich zu küssen, weil wir uns gut verstanden, war irgendwie der nächste logische Schritt.« Ich zuckte die Schultern. »Und ich weiß auch gar nicht, ob Maél mich will.«

»Will er, glaub mir.«

Als ich sie zweifelnd ansah, nickte sie ein zweites Mal bekräftigend. »Glaub mir.« Ihr Blick war ungewöhnlich ernst. »Ich habe gesehen, wie er dich ansieht.«

Ich wollte Gigi glauben. Wirklich. Aber nach der Geschichte mit James …

»In meinem letzten Schuljahr in Sydney kam kurz vor Ende des Halbjahres ein neuer Schüler in die zehnte Stufe. Ein Kanadier. Groß, gutaussehend, viele Mädels waren sofort begeistert von ihm. Er hieß Antoine.« Gigis Blick schweifte ins Leere, als sei sie plötzlich ganz in Erinnerungen versunken. »Es war das erste Mal, dass ich sah, wie jemand einen anderen Menschen mit diesem Blick ansah. Mit diesem Ausdruck von Begeisterung, Verlangen und Leidenschaft in den Augen, den man einfach nicht faken kann.« Gigi senkte den Kopf und nahm schnell einen Schluck von ihrem Smoothie. »Es war James, mein James, der Antoine auf diese Weise angesehen hat.« Sie leckte sich kurz über die Lippen. »Er ist der Typ hinter James auf dem Foto. Der mit dem Victoryzeichen. Sie sind immer noch zusammen.«

Sie weinte nicht, aber aus ihrem linken Auge kullerte eine einzige dicke Träne. Ich zog sie fest in meine Arme und streichelte behutsam ihren Rücken. »Danke«, flüsterte ich in ihr Haar. »Ich danke dir dafür, dass du mir das erzählt hast.«

»Wenn es dir hilft, dann habe ich es gern getan.« Sie schob mich ein Stückchen von sich weg, hielt meine Arme aber immer noch locker umfasst. »Jetzt entscheidest du, was du daraus machst. Ich bin nicht Maéls größter Fan, das weißt du. Aber das hier ist ganz allein deine Entscheidung.«

*

»Wir könnten eigentlich nach Hause fahren. Bis wir da sind, ist das Konzert vorbei.«

»Niemals!« Jemma bedachte Gigi mit einem Blick, der dank ihres dunklen Augen-Make-ups noch eindrucksvoller wirkte. »Ich habe nicht eine Stunde angestanden, um das hier ungesehen wieder abzuschminken.«

»Wir müssen nach Montparnasse und mindestens einmal umsteigen. Das sind locker zwanzig Minuten. Jetzt ist es Viertel vor acht. Wenn die Band tatsächlich eine Stunde lang spielt, bauen die gerade ihre Instrumente ab, wenn wir eintrudeln.«

»Ist mir egal.« Jemma schien sich auf keine Diskussion einzulassen. Sie wirkte überdreht und nervös zugleich. »Die werden den Laden ja nicht um Punkt zwanzig Uhr abschließen und alle rauswerfen. Falls du es vergessen hast, es soll auch noch die Gelegenheit geben, sich Autogramme zu holen. Wenn Jacques uns um halb zehn abholt, haben wir immer noch eineinhalb Stunden.«

»Also, mir reicht das.« Ich hakte mich bei Gigi unter, und gemeinsam versuchten wir, uns durch das Menschengedränge einen Weg nach draußen zu bahnen. »Außerdem war es hier doch auch ganz interessant. So viel Make-up auf einem Fleck sieht man selten.«

Gigi nickte versöhnlich. »Ist ja gut. Jemma ist die Hauptperson heute.«

Jemma drehte sich im Gehen zu uns um. »Und sie weiß das sehr zu schätzen. Außerdem …«

»Entschuldige«, rief eine Stimme hinter uns. »Einen Moment, bitte!«

Jemma war zur Salzsäule erstarrt, die Augen weit aufgerissen. Gigi und ich drehten uns zu der Stimme um.

»Excusez-moi, das Mädchen in dem blauen Kleid, bitte.«

Um uns herum blieben Schaulustige stehen, die die Stimme wohl erkannt hatten. Fast alle sahen so überrascht aus wie Jemma. Mir klappte fast die Kinnlade auf die Brust, als ich erkannte, wer dort hinter uns hergerufen hatte. Ich war hier weit und breit die Einzige in einem blauen Kleid. Das konnte nicht sein. Ganz sicher musste die berühmte Adéle P. mich mit jemandem verwechseln.

»Bonsoir.« Sie blieb direkt vor mir stehen. Vorhin hatte ich ihre Stiefel mit den schwindelerregend hohen Absätzen bewundert. Als sie nun vor mir stand, war sie gerade mal so groß wie Gigi und ich. »Du hast keine Goodie Bag mehr bekommen, richtig?«

»Das ist nicht schlimm«, stieß ich hervor, nachdem ich sie ganze zehn Sekunden lang sprachlos angestarrt hatte. Nicht weil sie so atemberaubend schön war, sondern weil ich wieder mal glaubte, mein Verstand spielte mir einen Streich. Adéle P. schien von einem gazegleichen Schleier umhüllt, einem Weichzeichner, der die Leute auf magische Weise bezirzte. Ich jedoch schien hinter diesen Schutz blicken zu können. Die Traurigkeit, die mir aus ihren Zügen entgegensah, ließ meinen Magen sich schmerzhaft zusammenziehen. Eine allumfassende, unendlich tiefgehende und erschütternde Traurigkeit, die mir ein zweites Mal den Atem raubte.

»Geht es Ihnen gut?«

Sie war nicht überrascht – als schien sie zu wissen, dass ich hinter ihre Fassade blicken konnte. Trotzdem überging sie meine Frage.

»Für dich.« Sie zog etwas Goldenes aus der Pinseltasche, die um ihre kurvigen Hüften hing. Ich griff automatisch danach, weil ich auf gar keinen Fall noch seltsamer wirken wollte als sowieso schon. Neben mir hörte ich Gigi entzückt aufseufzen. Es war eine Lipgloss-Probe. Ein hinreißend kleines Mini-Lipgloss in einem sanften Nudeton, der zu allem passte. Wie hübsch!

»Ich …« stotterte ich total überrumpelt. »Vielen Dank! Ich liebe die Farbe. Vielen, vielen Dank.«

»Gerne.« Sie lächelte ihr umwerfendes Lächeln, zwinkerte mir zu und drehte sich dann schwungvoll um. Sofort bestürmten sie neugierige Zuschauer. »Adéle! Ich habe auch keine Goodie Bag bekommen.«

»Adéle, wie heißt die Farbe?«

»Adéle, ist es aus der neuen Kollektion? Ich kenne das Design gar nicht.«

»Du kennst Adéle P.?«, hauchte Jemma, immer noch in Schockstarre. Ich schüttelte so heftig den Kopf, dass meine Zähne klapperten.

Als die andere Hälfte der Leute, die nicht hinter Adéle P. hergerannt war, sich nun auf mich stürzte und das Lipgloss sehen, anfassen oder fotografieren wollte, ergriffen wir die Flucht Richtung Metrostation.

Während wir auf die Bahn nach Montparnasse warteten, drängten mich die beiden, das Lipgloss zu testen. Ich schraubte den Verschluss auf, und das Erste, das ich roch, war: Honig. War das zu glauben? Fast wäre ich ein Stückchen in die Luft gehopst vor Freude. Das Lipgloss roch wunderbar, aber erst als ich es auf meinen Lippen verstrich, schien sich sein volles Aroma zu entfalten. Honig, sonnengeküsste Früchte und eine fremde, exotische Note, die mich entfernt an die herbe Süße von Zimt erinnerte. »Wahnsinn«, hauchte ich, noch bevor ich mich überhaupt in Gigis Taschenspiegel betrachtet hatte. Das Lipgloss roch so lecker, dass ich nicht anders konnte. Ich musste probieren. Mit der Zungenspitze tippte ich gegen meine Unterlippe. Den Geschmack kannte ich nicht. Es schmeckte blumig und süß, so wie ein Sommertag in einem wunderschönen Garten schmecken würde.

»Möchte jemand?« Ich bot den beiden etwas von dem Gloss an.

Gigi winkte ab und deutete auf ihre Lippen, die in einem matten Himbeerrot leuchteten. »Ich habe schon, danke.«

Auch Jemma konnte ich nicht dafür begeistern. »Ich mag kein Gloss. Das klebt so.« Sie reckte den Kopf, als die Schienen zu surren begannen. »Showtime. Da kommt die Bahn.«

»Bist du sehr nervös? Immerhin wirst du deinen Angebeteten jetzt das erste Mal live sehen.«

Ich knuffte Gigi in die Seite, damit sie aufhörte, die arme Jemma noch hibbeliger zu machen, als sie sowieso schon war.

»Nein.« Jemma ordnete zum hundertsten Mal ihre sorgsam geglätteten Haare. Dann knipste sie ihr Handy an, um im Selfiemodus der Kamera ihr dramatisches Make-up zu kontrollieren. »Wie kommt ihr bloß darauf?«

Als wir in schallendes Gelächter ausbrachen, zog sie nur einen Moment lang ein Gesicht, dann fiel sie darin ein.

*

Gigi sollte recht behalten. Als wir die »Drei Galerien« betraten, kündigte eine männliche Stimme gerade an: »Das ist aber jetzt die allerletzte Zugabe für diesen Abend, Leute, auch wenn ihr der Hammer seid!«

Das hauptsächlich weibliche Publikum kreischte hysterisch. Eine Sekunde später erklangen die ersten Gitarrenriffs, und ein Schlagzeug fiel darin ein. Der Sänger besaß eine dunkle, melodische Stimme, die einen reizvollen Kontrast zu den harten Klängen bot.

»Kommt, wir drängeln uns nach vorn!«, rief Gigi durch den Lärm. »Du musst ihren Frontmann aus der Nähe sehen.« Sie nahm meine Hand und zog mich mit sich. »Außerdem müssen wir doch Jemma einen guten Blick auf ihren Noah organisieren.«

»Er ist nicht mein Noah.« Jemma wurde rot unter ihrem Adéle-Profi-Make-up«. »Er ist auch bestimmt gar nicht so toll wie in den Bandvideos.«

Gigi machte eine Blabla-Geste mit der Hand und zwinkerte mir verschwörerisch zu. »Sie ist verrückt nach ihm.«

»Das habe ich gehört«, erscholl es prompt hinter uns. Jemma klang, als sei sie kurz vorm Hyperventilieren. »Und es hilft nicht gerade gegen meine Nervosität.«

Wir ernteten einigen Protest, aber Gigi schaffte es, uns ganz nach vorn zu bringen. Mich zog sie einfach mit. Jemma, die größer war als die meisten Mädels, blieb hinter uns stehen, weil sie einfach über unsere Köpfe sehen konnte.

»Ist Enko nicht der Hammer? Nicht nur, dass er eine super Stimme hat, er sieht auch megaheiß aus«, wisperte Gigi in mein Ohr. Ich folgte ihrem Blick – und ja, ich musste ihr recht geben.

Enko war groß. Mindestens so groß wie Maél, wenn nicht sogar ein Stückchen größer. Er trug dunkle, an den Knien zerrissene Röhrenjeans, die so tief saßen, dass seine Beckenknochen wie Waffen über den Hosenbund ragten. Sein Oberkörper war nackt, bis auf ein paar Ketten mit verschiedenen silbernen Anhängern, die um seinen Hals hingen. Seine Schultern waren über und über mit Runenschriftzügen tätowiert, die bis hinab zu seinen Oberarmen reichten. Maél war durchtrainiert, das hatte der kurze Blick auf seinen Oberkörper durch den Riss im Shirt bewiesen. Enko toppte das mühelos, er sah aus, als hätte man ihn mit Photoshop nachbearbeitet. Der Typ besaß kein Sixpack, sondern ein Eightpack, kein Witz!

Fasziniert beobachtete ich ihn, wie er über die Bühne wirbelte. Sein Haar war lang, hellblond und so seidig, dass ich ernsthaft versucht war, ihn anzuquatschen, nur um die Marke seiner Spülung herauszubekommen. Ich löste meinen Blick von ihm und sah kurz zu Gigi. Sie schien von Enko genauso überwältigt zu sein wie ich. Er zog keine Show ab. Er *war* die Show. Die anderen Bandmitglieder bemerkte man kaum. Der dunkelhaarige Noah, der alles gab am Schlagzeug, wirkte regelrecht unscheinbar gegen ihren polarisierenden Frontmann. Er hatte seine welligen Haare mit einem Gummiband am Kopf gebändigt, das ich bisher nur bei Sportlern gesehen hatte.

Noah schien voll aufzugehen in seinem Spiel, denn er schloss immer wieder die Augen und hämmerte auf seine Trommeln, ohne hinzusehen. Seine leidenschaftliche Hingabe ließ ihn weniger brav als auf seinen Fotos aussehen. Jemma jedenfalls hatte nur Augen für ihn. Sie sah ihn an, als habe sie Enko, der davor herumwirbelte, nicht mal bemerkt. Ich stupste sie kurz an, und sie strahlte zu mir herunter. Und dann passierte es. Gerade als ich ein letztes Mal zu Noah sah und mein Blick schon fast wieder zu Enko schweifen wollte, bemerkte ich, wie Noah direkt in Jemmas Richtung sah. Und zwar nicht so, als habe er sie eben erst bemerkt. Die Neugier in seinem Blick war eindeutig. Ich musste lächeln. An dem Gerücht, man würde von einer Bühne aus niemanden im Publikum sehen, war wohl doch nichts dran. Hoffentlich schafften die beiden es, sich irgendwie kennenzulernen!

Mein Wunsch ging in Erfüllung. Gute zwanzig Minuten später hatte das Konzert ein Ende gefunden, die Band ihre Instrumente zur Seite gestellt und ein DJ das Ruder übernommen, um weiterhin für Musik zu sorgen. Noah und Jemma unterhielten sich an der improvisierten Bar, nachdem sie einander umkreist hatten wie zwei Planeten eine Sonne. Jemma war kurz vor einem nervösen Zusammenbruch gewesen, weil sie sich einredete, Noah sehe nicht immer wieder in ihre Richtung, beziehungsweise, dass seine Blicke zufällig wären. Gigi und ich redeten auf sie ein, ermutigten sie, doch es sah anfangs so aus, als wären beide zu schüchtern, sich einfach zuzulächeln und dann Hallo zu sagen. Ein Gespräch kam erst zustande, als Noah sich direkt neben Jemma an die Bar stellte. Gigi und ich hatten uns diskret entfernt, um es Noah zu erleichtern, sich näher zu ihr zu stellen. Als sie ihn erkannte, stieß sie vor

Schreck ihre Flasche um, dessen orangefarbener Inhalt sich auf Noahs frisches Oberhemd ergoss. Er schien es ihr jedoch nicht übel zu nehmen, denn er hatte das Hemd lachend ausgewrungen und Jemma ein neues Getränk bestellt. Jemma schien auf Wolke sieben zu schweben. Zwar wurde Noah immer wieder von Fans angesprochen, doch er blieb bei Jemma stehen, als wären sie durch unsichtbares doppelseitiges Klebeband aneinandergeklebt. Es schien Jemma auch überhaupt nicht zu stören, dass Noah, wenn man es genau nahm, zwei, drei Zentimeter kleiner war als sie.

Gigi und ich waren kurz darauf in Carly und Annabelle hineingerannt, die ohne Luft zu holen von Enko schwärmten und sich schon mit Fotos und Autogrammen versorgt hatten. Gigi war nahtlos mit eingestiegen, ich stand daneben und versuchte, nicht an Maél zu denken. Ich ließ den Blick schweifen, der wie selbstverständlich an dem gut aussehenden Frontmann hängenblieb. Enko war ein Hingucker. Und die Art, wie er nun in der Menge badete, ließ darauf schließen, dass er das genau wusste.

Carly erzählte, dass es noch irgendwo eine Aftershowparty bei einem der Bandmitglieder geben sollte. Ich fragte mich gerade, wie das bei schulpflichtigen Minderjährigen möglich sein sollte, da erzählte sie, dass Enko und der Bassist schon auf die Uni gingen. Ich hatte mich schon gefragt, wie oft Enko wohl sitzen geblieben sein musste, denn er sah definitiv nicht wie der klassische Oberstufenschüler aus. Nun wusste ich es besser. Annabelle fügte noch hinzu, dass die Band die hübschesten Mädchen zu besagter Party einladen wollte und sie es echt bedaure, dass ihr Vater sie und Carly ebenfalls um Viertel nach neun abholen würde. Innerlich schüttelte ich den Kopf, denn ich meinte zu ahnen, wer von Harpya diese arrogante

Ansage losgelassen hatte. Mein Blick glitt erneut zu Enko, der gerade ein Autogramm gab. Auf den üppigen Ausschnitt eines Mädchens, das dabei hysterisch kicherte! Ich sah weg, einfach weil ich befürchtete, den Blick sonst gar nicht mehr abwenden zu können. Eigentlich hatte ich mich von meinen Gedanken an Maél ablenken wollen. Aber ich kam zu dem Schluss, dass Enko da keine gute Alternative bot. Ausweichend strich ich den Stoff meines Mantels glatt, den ich anbehalten hatte, weil ich wie üblich fror. Dann checkte ich mein Handy, ließ es aber kurz darauf zurück in meine kleine Handtasche gleiten. Keine neuen Nachrichten. Sollte ich jetzt erleichtert oder traurig sein? Ich wusste es nicht. Ein leises Seufzen löste sich aus meinen Lungen. Ich brauchte einen Moment für mich allein.

»Ich bin gleich wieder da«, sagte ich zu Gigi, Annabelle und Carly, die mich aber kaum beachteten, weil Enko gerade an uns vorbeischlenderte. Ich stellte meine leere Colaflasche in einen der bereitstehenden Kästen und spazierte Richtung Durchgang zu Galerie Nummer zwei. Einen Moment zögerte ich, dann ging ich durch den Türbogen, und der Lärm der Veranstaltung verebbte. In der zweiten Galerie war nur wenig los. Ein Pärchen knutschte in einer Ecke, eine Gruppe Mädels hielt auf der Suche nach Empfang ihre Handys in die Luft. Einen kurzen Moment lang wusste ich nicht so recht, wohin mit mir. Sollte ich noch weiter hinausgehen? Ich entschied mich dagegen, weil es vermutlich dort noch zugiger sein würde. Gerade, als ich mich möglichst unauffällig an eine Wand gelehnt hatte, rieselte ein Schauer meinen Nacken hinab.

Ich erschrak, ließ jedoch gleichzeitig meine Augen suchend umherwandern. Es war unheimlich, aber ich wusste, dass Maél in der Nähe war. Das Prickeln in meinem Nacken fühlte sich an wie ein Detektor, der nun Alarm schlug. Maéls Silhouette löste sich aus dem Schatten wie ein Phantom. Hatte er schon die ganze Zeit dort gestanden? Oder war er wieder mal aus einem der verbotenen Gänge aufgetaucht wie ein Geist?

Maél fing meinen Blick ein, hielt ihn fest und löste ihn auch nicht, als er durch die Galerie auf mich zukam. Meine Atmung beschleunigte sich. Er trug ein Shirt mit extra kurzen Ärmeln, das seine durchtrainierten Oberarme entblößte. Im Gegensatz zu mir schien er wohl niemals zu frieren. Die Art, wie er lässig die Schultern schwang, als er auf mich zulief, ließ meine Knie weich werden. Er blieb nicht vor mir stehen, stattdessen kam er so nah, dass ich die Wärme seiner Haut an meiner spüren konnte.

»Du siehst gut aus, kleine Nymphe.« Sein Gesicht war nur Zentimeter von meinem entfernt. Mein Körper reagierte so heftig auf ihn, dass mein Puls regelrecht explodierte. Mit seiner Nasenspitze strich er über meine Wange bis hinauf zu meinem Ohr.

»Danke.« Was machte er da? Wir hatten eine Art Pause vereinbart, und ich wollte mich bei ihm melden, wenn ich all die unglaublichen Neuigkeiten verdaut hatte. Hatte er das etwa vergessen? Er kam noch näher, und automatisch wollte ich zurückweichen. Doch mein Rücken stieß schon gegen die kalte Steinwand. In einer fließenden Bewegung beugte Maél sich über mich wie ein großer dunkler Schatten. Sein warmer Atem strich über mein Ohr. »Wo warst du solange?«

»Wir waren doch gar nicht verabredet.«

Ich spürte sein Lachen an meiner Haut. Seinen Lippen kamen meinen immer näher. Ich musste mich energisch daran erinnern, dass wir noch eine Menge zu klären hatten.

»Wir müssen reden.«

Maél neigte ganz leicht den Kopf. »Dann leg los.« Seine Lippen kitzelten meine, als er sprach.

»Ich ...« O Gott. Mein Gehirn ging schon fast auf Stand-by. »Du ...«

Er war so nah, dass ich silberne Sprenkel in seinen dunkelgrauen Iriden umherwirbeln sehen konnte.

»Ja?« Seine Zungenspitze tippte ganz zart auf meine Oberlippe.

Aus meinen Lungen stieg ein Laut auf, den ich noch nie gehört hatte. Eine Mischung aus Seufzen und Stöhnen, das sehnsüchtig und überfordert zugleich klang.

»Ich höre, kleine Nymphe.«

»Ich habe noch Fragen, wichtige Fragen. Wir müssen reden.«

»Wenn dir jetzt der Sinn danach steht ...«

Himmel. Er machte das Gleiche noch mal. Nur dieses Mal fuhr er mit seiner Zungenspitze die Kontur meiner Oberlippe ein Stückchen entlang. »Ich bin ganz Ohr.«

Nun. Eigentlich wollte ich jetzt gar nicht reden. Nicht mehr. Reden wurde sowieso überbewertet. Im Vergleich zum Küssen auf jeden Fall. Außerdem war es auch gar nicht so wichtig, dass wir jetzt sofort alles besprachen. Dafür hatten wir später noch Zeit. Oder morgen. Oder übermorgen. Egal. Ich hob mein Kinn ganz leicht. Meine Lippen berührten seine, und unser Atem vermischte sich. Durch Maéls Körper lief ein Schauer. Er strich mit seinem Mund ganz zart über meinen, als wolle er sich jede Kontur genau einprägen. Ich neigte ein wenig den Kopf, und meine Lippen öffneten sich wie von selbst. Maél stöhnte kaum hörbar, als unsere Zungen sich das erste Mal berührten. Er lockte mich und ließ mir doch all den Raum, den ich brauchte. Ich wurde mutiger, erkundete seinen Mund und bog mich ihm wie automatisch entgegen. Maél schob seine Hände unter meinen Mantel. Er streichelte mich nicht. Er hielt mich, sanft und bestimmt zugleich. Der Ausdruck »jemanden zu halten« bekam eine ganz neue Bedeutung für mich. Eine aufregende, leidenschaftliche Komponente, die mich ganz wirr im Kopf machte. Ich tat es ihm nach und legte meine Hände um seine Hüften. Dann griff ich sein Shirt, bis ich den Stoff unter meinen Fingern zusammenknäulen konnte. Maél stöhnte in meinen Mund, als der Stoff des Shirts sich unter meinem Griff über seinem Rücken spannte. Unsere Zungen wanden sich umeinander, und ich schmeckte die Cola, die er kurz zuvor getrunken haben musste. Unsere Lippen waren nun untrennbar miteinander verschmolzen. Wir teilten uns die Luft, und es war so ein unsagbar aufregendes, prickelndes Gefühl, dass ich gar nicht genug bekommen konnte.

Im nächsten Moment hatte er sich von mir gelöst. Schwer atmend sahen wir uns an und rangen dabei nach Luft, als hätten wir soeben einen Hundertmetersprint beendet. Maéls Blick war fassungslos. Ich starrte mindestens genauso entsetzt zurück. Noch nie zuvor war ich so geküsst worden. Natürlich hatte ich schon Jungs geküsst, und eigentlich dachte ich, ich wüsste, wie Küssen sich anfühlte: sanft, romantisch, zärtlich. Das hier war anders gewesen. Komplett anders. Nicht nur, dass es sich kein bisschen wie ein erster Kuss angefühlt hatte. Dafür war es viel zu perfekt gewesen. Es war wie ein leidenschaftliches Aufeinanderprallen gewesen, wie die Symbiose zweier perfekter Gegenstücke, wie ein wilder Tanz. Mir zitterten immer noch die Knie.

Maél schien ähnlich zu fühlen, denn auch er sah ziemlich fertig aus. Sein hübscher Mund war vom Küssen noch sinnlicher geworden, und den Blick, den er mir zuwarf, konnte man nur als total perplex bezeichnen. Er machte zwei Schritte zurück, wischte sich über den Mund und kniff dann die Augen zusammen wie ein Raubvogel.

Ich war ernsthaft beleidigt. Mund abwischen? Sah ich aus, als hätte ich Herpes?

»Was stimmt hier nicht?« Es klang, als spräche er eher mit sich selbst als mit mir. Obwohl er mich immer noch anstarrte wie ein Insekt unter einem Vergrößerungsglas.

»Du?«, riet ich. Leider hatte ich das Wort nicht nur gedacht, was mir erst auffiel, als er mir einen bösen Blick zuwarf.

Er hob den Zeigefinger. »Nicht reden.«

»Wie bitte? Aber sonst ist alles klar bei dir?«

»Nicht die Lippen bewegen.«

Wunderbar. Monsieur Halbgott befand sich mal wieder in seinem Lieblingsmodus: Befehle erteilen.

»Maél …«

»Livia. Nicht bewegen.«

Etwas in seiner Stimme ließ mich aufhorchen. Was war denn nun passiert? Er klang alarmiert, fast als drohte uns Gefahr. Ich zog fragend die Augenbrauen hoch.

Maél wischte sich ein zweites Mal über die Lippen. Dieses Mal noch energischer als zuvor.

»Ich bin geimpft, falls dich das beruhigt.«

Er überging meine Stichelei, was nicht recht zu ihm und seinem Temperament passte. Es musste also ernst sein.

»Was ist los?« Nun war ich wirklich besorgt. War ich doch krank? Und Maél hatte es mit seinen Halbgottkräften bemerkt?

»Du hattest nicht kürzlich Kontakt mit Aphrodite, oder?«

Ich starrte ihn wortlos an. Er machte wohl Witze.

»Aphrodite. Ihres Zeichens die Göttin der Liebe. Eine der

zwölf olympischen Götter. Klein, blond, sehr …« Er malte mit seinen Händen die übertrieben proportionierte Silhouette einer weiblichen Figur in die Luft. »Schwer zu übersehen.« Er grinste.

Sehr witzig. »Sollte sie mich auch verfolgen, so wie du?« Ich zuckte mit der linken Schulter. »Sorry, aber du bist der Einzige mit Götterblut in meiner Nähe.«

Maél verdrehte die Augen, sagte aber nichts mehr, sondern schien ausgiebig nachzudenken. Ich hingegen musste irgendetwas mit meinen Händen machen, weil ich die Stille so unbehaglich fand. Also fischte ich das neue Lipgloss aus meiner Umhängetasche.

»Was ist das?«, fragte er sofort. »Ist das neu?«

Warum interessierte es ihn, ob ich neue Schminke besaß? Unsere Begegnung wurde immer skurriler. »Es ist ein Lipgloss, und ja, es ist neu.« Ich schraubte den Verschluss auf. Der Honigduft würde mich beruhigen und davon abhalten, Maél an die Gurgel zu springen, weil er sich so selten dämlich benahm. Und das ausgerechnet nach unserem ersten Kuss. DEM Kuss! Einem Kuss, von dem das Universum noch in Äonen schwärmen würde. Doch er hatte den Moment ruiniert.

»Woher hast du das? Ich muss es wissen.« Und da war er mal wieder: der Befehlston. Außerdem hielt er immer noch diesen Sicherheitsabstand von mir, was ziemlich nervig und beleidigend zugleich war.

»Herrje. Bist du Sternzeichen ›Verhaltensauffällig‹? Hast du das mal testen lassen?« Ich seufzte betont genervt. »Es war ein Geschenk, okay? Wir waren vorhin noch bei Sephora bei einem Event von Adéle P. Die kennst du vermutlich nicht, aber ich wüsste auch nicht, warum dich das interessieren sollte.«

»Adéle.« Er lachte trocken. »Natürlich.«

»Du interessierst dich für Kosmetik?« Ich zog gespielt überrascht die Augenbrauen hoch. »Ich entdecke immer neue Seiten an dir.«

»Adéle P. ist Aphrodite. So nennt sie sich zurzeit. Und in deinem Geschenk ist Ambrosia drin, keine Frage.« Maél lachte heiser, als könnte er es selbst nicht glauben. »Sie hat dir ein Lipgloss mit Ambrosia gegeben, dieses manipulative Miststück.«

»He!« Sofort hatte ich das Bedürfnis, Adéle alias Aphrodite zu verteidigen. »Nenn sie nicht so. Das war total nett von ihr. Und was war noch mal Ambrosia?« Ich hatte das Wort schon mal gehört, es aber bisher für ein mythologisches Getränk gehalten.

Maél überging meine Frage. »Hat sie noch mehr davon verteilt?«

»Nein, ich glaube nicht. Niemand kannte das Design der Hülle. Alle Leute haben sich sofort darauf gestürzt und wollten es sehen.« Ich wiegte das Lipgloss in meiner Hand und betrachtete es erneut. Es war nur eine Probe, dafür aber viel zu hochwertig gestaltet. Der Flacon war schwer für seine Größe. Normalweise wurde Lipgloss in Kunststoffröhrchen abgefüllt. Dieses hier schien aus Metall zu bestehen, der Farbe nach könnte es sich womöglich sogar um Gold handeln. Außerdem war nirgendwo ein Firmenname aufgedruckt. Warum war mir das alles nicht vorher aufgefallen? Egal. Mir gefiel es, die Farbe, der Duft, alles. Und wenn mir eine Göttin etwas schenken wollte, was niemand sonst besaß? Warum nicht? Die Ambrosia sorgte gewiss für den einmaligen Duft. Ich schraubte das Gloss auf.

»Nicht!« Maél sah mich an, als jonglierte ich mit einer Portion waffenfähigen Plutoniums. »Mach das nicht.«

»Jetzt hör schon auf.« Ich gab einen Klecks auf Ober- und Unterlippe, schraubte das Gloss wieder zu und verteilte es mit dem Zeigefinger auf meinem Mund. »Es ist bloß Schminke.«

»Ist es nicht. Komm mit, wir klären das woanders. Ich brauche frische Luft.«

Er griff beherzt nach meiner freien Hand. Täuschte ich mich, oder hatte er gerade tief eingeatmet und hielt nun die Luft an? Schon zog er mich hinter sich her. Wir durchquerten den Raum, bis wir in der ersten Galerie ankamen. Hier war es komplett leer, denn fast alles, was zwei Beine besaß, scharte sich immer noch um Enko und die Band.

»Nun?«

Maél hielt schon wieder Sicherheitsabstand. »Es ist Ambrosia«, wiederholte er ungeduldig, als reiche dieses Stichwort aus, um alles zu erklären.

»Ja und?« Ich presste die Lippen zusammen, um das Lipgloss noch gleichmäßiger auf meinem Mund zu verteilen. Ich roch den Honig und die Früchte, schmeckte das süße Blütenaroma. Herrlich!

»Lass das.« Er schien regelrecht verzweifelt.

»Lass was?« Unauffällig ließ ich das Gloss in meine Manteltasche gleiten. So albern wie er sich benahm, traute ich ihm durchaus zu, dass er es mir wegnehmen würde.

Maéls Blick klebte unverändert an meinen glänzenden Lippen. »Verdammt, du machst es immer schlimmer. Hör mir zu: Wer damit umgehen kann, kann die Ambrosia in eine Art Liebestrank verwandeln. Es macht einen unwiderstehlich für den, den man begehrt, wenn dieses Gefühl auf Gegenseitigkeit beruht.«

Sollte das nun heißen, Maél benahm sich so seltsam, weil das Gloss erkannt hatte, dass wir aufeinander standen? »Und was ist es, das die Wirkung auslöst? Der Geruch der Ambrosia?«

»Genau.«

»Interessant.« Ich zog nachdenklich die Stirn kraus und presste unbewusst die Lippen zusammen.

Maéls Gesicht veränderte sich, als die betörenden Aromen erneut in seine Nase stiegen. Sein Blick schien regelrecht hungrig. Sein Körper hingegen wurde weicher. All das Lauernde, Angriffslustige in seiner Haltung verschwand. Etwas Gutes hatte die Ambrosia jedoch. Ich hatte den Beweis, dass Maél mich auch gut fand. Denn sonst hätte es nicht funktioniert. Ich musste lächeln.

»Das ist nicht lustig.« Selbst Maéls Stimme klang von einem auf den anderen Moment verändert. Tiefer, dunkler, verführerischer.

»Irgendwie schon …« Ich dachte an die Panik in seinem Blick, als ihm klar geworden war, um was es sich hier handelte. »Ein bisschen. Das musst du doch zugeben.«

Auf den eisigen Blick, den ich von ihm als Antwort bekam, wäre vermutlich selbst die Schneekönigin neidisch gewesen. Er kniff die Augen zusammen. »Runter damit.«

Ich verschränkte die Arme vor der Brust. »Rede nicht so mit mir.«

»Livia Estelle McKenzie, würdet Ihr die Güte haben und das Gloss von Eurem Mund entfernen?«

Ich sah ihn betont lange an. »Ich überlege noch.« War die Vorstellung, mich noch mal zu küssen, tatsächlich so schrecklich? Mir war klar, dass ich ihn gewaltig provozierte, aber irgendwie hatte er das auch ein bisschen verdient.

»Okay, Nymphe. Ich war nicht nett, dann war ich nett, und nun habe ich keine Geduld mehr.« In der nächsten Sekunde stand er unmittelbar vor mir und hatte seine Linke wie einen Schraubstock um meine Taille gelegt.

Ich ahnte, was er vorhatte. Dummerweise musste ich kichern. Er hob die freie Hand, doch ich drehte meinen Kopf weg.

»He …« Ich wollte protestieren, musste aber schon wieder kichern.

Ich beobachtete, wie er darum kämpfte, ernst zu bleiben. »Halt endlich still, du störrische Nymphe.« Er klang belustigt und verzweifelt zugleich. »Warum machst du nie, was man dir sagt?«

»Entschuldige bitte? Zurück ins Mittelalter oder was?«

»Früher war nicht alles schlecht.« Er lächelte unter tiefliegenden Brauen und spielte mit den Haaren an meinem Hinterkopf.

»Du klingst wie ein Opa.« Wieder drehte ich meinen Kopf von ihm weg. Dieses Mal in die andere Richtung.

»Livia. Halt bitte endlich still.« Mit den Fingerspitzen strich er ganz zart vom Nacken um meinen Hals herum. Plötzlich schien er zu merken, was er da tat. Er riss die Hand weg und ließ sie sinken. »Das Gloss muss runter von deinem Mund. Das Zeug ist unberechenbar.«

»Adéle war so nett. Vielleicht wollte sie mir nur einen Gefallen tun?« Trotzdem hörte ich auf, mich von ihm wegzudrehen.

»Ambrosia in dieser Form ist unberechenbar.« Er klang nun ernst. »Außerdem gewähren Götter keine Gefallen. Sie vereinbaren einen Handel, ohne dass du es bemerkst.«

»Schon gut, ich kapituliere.« Ich spitzte die Lippen zu einem Kussmund und reckte sie ihm entgegen. Einen ewigen Moment lang ruhte sein Blick auf meinen Lippen, und ich sah, wie ein übermächtiges Verlangen darin aufloderte. Er blinzelte, wohl um dagegen anzukämpfen. Dann strich er mit dem Daumen über meinen Mund, um das Gloss zu entfernen. Ich roch das süße Aroma, bevor ich realisierte, dass er durch das Reiben alles nur noch schlimmer gemacht hatte.

»Oh, verdammt ...« Maél klang verzweifelt, dann stürzte er sich auf mich. Er fiel mich an wie ein halb verhungertes Raubtier, dem man einen saftigen Köder hingeworfen hatte. Unsere Zähne prallten etwas unsanft gegeneinander, so heftig küssten wir uns. Maél zog mich noch enger an sich. Ich fühlte die Hitze, die von ihm ausging, und erahnte die Konturen seiner Muskeln unter seinem Shirt. Kuss Nummer zwei war noch wilder und leidenschaftlicher als der erste. Und das Schlimme war: Es gefiel mir. Maél eroberte meinen Mund, doch ich hielt dagegen, ging auf die Zehenspitzen und erwiderte seinen Kuss mit gleicher Leidenschaft.

»Meine Güte ... nehmt euch ein Zimmer«, erklang eine Stimme. Wir fuhren auseinander. Ein Mädchen ging kopfschüttelnd an uns vorbei. Ich war zu peinlich berührt, um zu antworten. Maél beachtete sie gar nicht.

»Gib mir das Gloss, Livia.« Seine Atmung ging immer noch schnell. »Ich werde es entsorgen.«

»Entsorgen heißt aber nicht, dass du Aphrodite damit erstechen wirst, oder?«

»Als eine der zwölf olympischen Götter ist sie unsterblich.« Er fuhr sich ordnend durch die Haare. »Ich werde das Gloss an einem sicheren Ort entsorgen. Auch wenn ich große Lust hätte, ihr für diesen kleinen Streich den Flakon durch ihr linkes Auge bis ins Gehirn zu bohren und ...«

»Alles klar, ich habe es verstanden.« Ich fischte das Gloss aus meiner Tasche und gab es ihm. »Unterscheidet das Gloss eigentlich zwischen wahrer Liebe und rein körperlicher Anziehung?«

»Du willst wissen, ob es dir verrät, ob ich deine wahre Liebe bin oder ob ich einfach nur gern mit dir rummache?« Maél schob den Flakon in eine Tasche seiner Jeans.

»Ääh …« Meine Wangen fühlten sich plötzlich heiß an. »Vielleicht?«

Maéls Augen blitzen verräterisch auf. Er grinste breit. »Tut mir leid. Keine Ahnung.«

»Lügner.« Ich stupste ihn vor den Bauch. »Los, sag es mir.«

Er hob abwehrend die Hände, doch das unverschämte Grinsen blieb. »Hey, was weiß ich, was diese Giftmischerin zusammengebraut hat.«

»Lügner.«

Er lachte. »Komm, lass uns mal die Location wechseln. Wir sollten unter Leute gehen, solange die letzten Nachwirkungen der Ambrosia verpuffen.«

»Wieso ›wir‹? Die Ambrosia hat doch nur dir den Verstand verdreht.«

»Du willst also hierbleiben? Allein?«

Er hatte recht. »Ich sollte vielleicht doch mal gucken, was Jemma und Gigi so treiben.«

»Siehst du.« Er lächelte zufrieden. »Vertraue meinen großartigen Vorschlägen.«

Ich bleckte die Zähne zu einem Lächeln. »Natürlich, Hadessohn. Was sonst?«

Als Maél nichts erwiderte, sah ich ihn von der Seite an. Sein Lächeln wirkte fast ein wenig stolz. Ich stupste ihn schon wieder an. »Was?«

»Nichts.« Sein Lächeln wurde noch breiter. »Du hast mich

nur das erste Mal ›Hadessohn‹ genannt.« Er ging ein Stückchen vor, vermutlich weil er wusste, wie ich auf seine nachfolgenden Worte reagieren würde. »Mal abgesehen davon, dass das die einzig richtige Einstellung ist.«

Ich nahm die Verfolgung auf, um ihn dafür ein bisschen zu kneifen, doch natürlich schaffte ich es nicht mal ansatzweise in seine Nähe. Mühelos wich er mir auch in Halle zwei aus, bis ich aufgab. Sofort wurde er langsamer. »Genug herumgehüpft, kleine Nymphe?«

Ich schenkte mir eine passende Erwiderung. Stattdessen wollte ich mehr über Aphrodite erfahren. »Sie ist die Göttin der Liebe, richtig? Sind Liebestränke und solche Aktionen nicht sogar typisch für sie?«

»Früher mal, ja. Aber Aphrodite konzentriert sich schon seit Jahrhunderten nur noch auf ihre Geschäfte.« Er zog ein nachdenkliches Gesicht. »Aber es gibt da diese Fehde …«

Neugierig sah ich zu ihm herüber. »Zwischen ihr und den Menschen? Oder den Göttern?«

»Zwischen ihr und Persephone.«

»Wer ist das?« Mittlerweile hatten wir die dritte Galerie erreicht. Ich warf einen kurzen Blick zur Bar, an der Jemma sich immer noch mit Noah unterhielt. Der Raum hatte sich schon merklich geleert. Gigi entdeckte ich auf der Tanzfläche. Sie hatte wohl den DJ bezirzt, denn mittlerweile erscholl fröhlich-penetranter Japan Pop aus den Boxen. Gigi hüpfte mit Carly und Annabelle herum wie bunte Flummis. Sie krönte das Gehopse mit dramatischen Armbewegungen, die aussahen wie eine Mischung aus modernem Ausdruckstanz und Voodoo. Ich musste ein Lachen unterdrücken. Maél folgte meinem Blick. »Deine Freundin?«

Ich nickte. »Das ist Gigi. Sie ist einmalig.«

Maél grinste schief, den Blick fest auf Gigi gerichtet. »Wenn sie weiter so tanzt, wird es gleich anfangen zu regnen.«

Jetzt konnte ich das Lachen nicht mehr unterdrücken. »Du bist so unmöglich. Aber zurück zum Thema. Wer ist Persephone?«

Maéls Blick wurde schlagartig ernst. »Die Ehefrau meines Vaters.«

»Aber Persephone ist nicht deine leibliche Mutter, richtig?«

Maél schüttelte den Kopf.

»Was hat sie getan, dass zwischen den beiden eine Fehde herrscht?«

»Sie hat den einzigen Mann, den Aphrodite je geliebt hat, umgebracht.«

Ich starrte ihn schon wieder an. Maéls familiärer Hintergrund schien das Drama gepachtet zu haben.

»Warum?«, stieß ich schließlich hervor.

»Frage dich mal, ob du nicht auch zu einer streitsüchtigen Irren mutieren würdest, wenn du von jemandem, der doppelt so alt ist wie du, in ein finsteres Loch entführt wirst, wo du den Rest deines unsterblichen Lebens mit ihm verbringen musst.«

Ich blinzelte. »Was?«

»Persephone wurde von meinem Vater in den Tartaros, die Unterwelt entführt. Er fand sie toll, sie wollte ihn nicht, also entführte er sie. Sei dir versichert, das war selbst damals keine übliche Methode, die Dame seines Herzens zu umwerben. Zeus, ihr Vater und unser aller Oberhaupt, fand die Methoden seines Bruders Hades nicht so toll, aber er billigte die Verbindung. Hier konnte Persephone also nichts mehr für ihr Schicksal im Reich der Toten tun. Deshalb verhandelte sie mit Hades, dass sie sich etwas Hübsches für ihr düsteres, neues Heim besorgen durfte. Vater willigte ein, ohne zu wissen, dass es sich dabei um einen anderen Kerl handeln würde. Da hat sie wiederum ihn mit überrumpelt. Ihre Wahl fiel auf Adonis, der als der schönste Mann seiner Zeit galt. Persephone sorgte dafür, dass er bei einer Jagd von einem wilden Eber getötet wurde. Seitdem ist er ihr ›Hausfreund‹, was Vater regelmäßig zur Raserei bringt.« Maél zog verächtlich die Nase kraus. »Kein Wunder, dass die beiden sich die Hälfte des Tages anschreien.«

»Und was passierte dann?«

»Aphrodite erhob Anklage gegen Persephone im Olymp, denn eigentlich war Adonis mir ihr zusammen. Sie wollte, dass ihr Geliebter aus der Unterwelt zurück in die Welt der Lebenden kehren darf, weil dies ein feiger Mordanschlag gewesen sei. Aber Persephone ist die Tochter von Zeus, dem Mächtigen. Da hatte Aphrodite keine Chance. Adonis musste tot und im Tartaros bleiben.«

»Was sagt denn Adonis dazu?«

»Wer einmal mit der Göttin der Liebe liiert war, der guckt keine andere Frau mehr an. Sie gilt ja nicht umsonst als unwiderstehliche Königin der Verführung. Ich weiß nicht, was Persephone mit ihm gemacht hat, aber er erinnert sich nicht mal mehr, dass er je eine Frau vor ihr gekannt hat.«

»Wie traurig für Adonis und Aphrodite.«

Maél nickte. »Aber genau deshalb nehme ich an, dass sie sich gerade mit uns diesen kleinen Scherz erlaubt hat. Sie hat in deinen Gefühlen gelesen, dass du etwas für mich, einen Hadessohn, empfindest. Was hätte sie sich amüsiert, wenn wir uns unsere Lippen zu blutigen Fetzen geküsst hätten, weil wir nicht mehr hätten aufhören können.«

Ich wollte Maél widersprechen, doch ich behielt meine Gedanken für mich. Ich hatte Aphrodites Traurigkeit gespürt.

Diese alles verzehrende, nicht endende Traurigkeit und den Schleier, mit dem sie all das vor den sogenannten Sterblichen verbarg. Sie liebte Adonis immer noch, da war ich mir sicher, und sie vermisste ihn. Nur das hatte ich gespürt. Keine Boshaftigkeit, keine Missgunst oder Hass. Ich glaubte nicht, dass Aphrodite böse Absichten mit mir gehabt hatte. Wir hatten uns just in dem Moment angesehen, als auch ich traurig gewesen war, weil ich an Maél gedacht hatte. Vielleicht hatte sie mir nur helfen wollen? Schließlich wusste ich dank ihrem Gloss, dass Maél etwas für mich empfand. Irgendetwas. Aber immerhin. Und er hatte es als Liebestrank bezeichnet. Ich wollte einfach annehmen, dass der Name hier Programm war und nicht nur ein Strohfeuer aus Leidenschaft, das schnell verglühen würde. Doch auch darüber würde ich nicht mehr mit Maél diskutieren. Ich bekam sowieso keine Antwort. Also beließ ich es dabei. »Hat Aphrodite auch Halbgötterkinder, die hier leben?«

»Nein. Sie hat den Männern entsagt, nachdem Adonis ihr genommen wurde. Sie hat Kinder mit Ares, dem Kriegsgott, aber sie sind Götter von niederen Rängen, keine Halbgötter.«

»Schade.« Eigentlich wollte ich erneut kurz zu Jemma und Noah sehen, doch mein Blick fiel auf Enko, der mit zwei weiblichen Fans redete. »Der Einzige, der so wirkt, als könne er mit Aphrodite, der Unwiderstehlichen, wirklich verwandt sein, ist dieser Enko.«

Maél verzog abschätzig den Mund. »Du meinst, weil alle so verrückt nach ihm sind? Nein, die beiden sind garantiert nicht verwandt. Das bekommt er ganz allein hin.« Er warf einen Blick auf den attraktiven Frontmann. »Dieser dämliche Vollpfosten.«

»Maél, du solltest dringend aufhören, fremde Menschen zu beleidigen. Das wird dich irgendwann noch mal in Schwierigkeiten bringen.«

Als habe Enko uns gehört, ließ er seine Fans stehen und kam wie auf einem Leitstrahl auf uns zu. In all seiner halbnackten Herrlichkeit bot er wirklich einen beeindruckenden Anblick. Als er sich dann auch noch lässig das silberblonde Haar über die Schulter warf, schnaubte Maél deutlich hörbar. Ich vermied es, Enko direkt anzusehen, denn komischerweise fühlte ich wieder das sanfte Prickeln im Nacken. Das gleiche Kribbeln, das mir Maéls Anwesenheit verriet, noch bevor ich ihn sah. Wie konnte das sein?

Enko stellte sich zu uns, als wären wir schon ewig befreundet. Er roch nach brennendem Zedernholz und der herben Würze von Kräutern. »Bruder.« Er nickte Maél knapp zu.

»Bruder.« Der nickte noch knapper zurück.

Noch ein Bruder? Wie interessant! Warum nur hatte Maél ihn so beschimpft, wenn er doch einer seiner engsten Freunde war?

Schweigen breitete sich zwischen uns aus. Maél schien nicht bereit, mich vorzustellen, obwohl Enko ein paarmal ziemlich eindringlich von ihm zu mir und wieder zurück zu ihm sah. Schließlich streckte er mir die Hand hin. »Entschuldige, wie unhöflich von mir. Ich bin Enko.«

»Livia. Freut mich, Enko. Bist du auch ein Cataphile?«

Enko lachte dunkel. »Das klingt ja wie eine Krankheit. Nein, ganz bestimmt nicht.«

»Okay.« Ich lachte verlegen auf.

Das Gespräch erstarb erneut. Obwohl das Prickeln in meinem Nacken aufgehört hatte, fühlte ich Enkos Anwesenheit auf eine Art und Weise, die mir fremd war. Etwas an ihm schien unwirklich. Vielleicht war es aber einfach nur sein unwirklich gutes Aussehen, das mich etwas aus dem Konzept brachte.

»Nun«, sagte Enko nach einer Weile. »Wir müssen gleich los, aber ich wollte es mir nicht nehmen lassen, die hübsche Begleitung meines Bruders aus direkter Nähe zu bewundern.« Er schenkte mir einen Blick, der Steine schmelzen konnte. »Es hat sich eindeutig gelohnt.«

Ich lächelte geschmeichelt zurück. »Danke.«

»Du darfst sie aus der Ferne bewundern«, knurrte Maél.

»Maél!« Was war bloß mit ihm los?

»Ja genau, Maél«, sagte Enko, ahmte meinen vorwurfsvollen Tonfall nach und machte aufreizend langsam einen weiteren Schritt auf mich zu. »Fahr mal einen Gang runter.« Er hob die Hand und strich mit einem gekrümmten Zeigefinger blitzschnell meine Wange hinab. »Gucken wird doch noch erlaubt sein.« Ich wich überrascht zurück.

Maél neben mir schien kurz vorm Explodieren. »Lass deine Hände da, wo ich sie sehen kann, Enko.« Seine Stimme verebbte zu einem Grollen. »Oder ich breche sie dir ab.«

Enko schien in keiner Weise beeindruckt. Er grinste.

Ich wollte ihn warnen. Ihm irgendwie durch die Blume klarmachen, dass Maél niemand war, mit dem man sich ernsthaft anlegen sollte.

Doch da straffte Enko die Schultern, sah mich einen Moment zu lange an und neigte dann ganz leicht den Kopf. »Eine kleine Nymphe. Wie nett.«

Ich hatte mich ganz sicher verhört. Er hatte nicht wirklich gesagt, was er gerade gesagt hatte. Oder hatte er doch?

»Eine Nymphe und der Sohn einer Hure.« Enko legte einen Finger an die vollen Lippen, als müsse er scharf nachdenken. »Wie passt das zusammen?« Jede seiner Gesten, jedes seiner

Worte war eine einzige Provokation. Ich zählte die Sekunden, bis Maél die Beherrschung verlieren würde.

Ich kam bis drei.

»Du!« Maél wollte sich nach vorn werfen.

»Maél.« Ich presste ihm meinen rechten Arm gegen die Brust, in dem jämmerlichen Versuch, ihn auszubremsen. Maél blähte die Nasenflügel, doch sofort hielt er inne. Er zitterte, so sehr schien er sich an die letzten Reste seiner Selbstbeherrschung zu klammern.

»Geht schon«, wisperte er zwischen zusammengebissenen Zähnen. Sanft schob er meinen Arm von seiner Brust. Er drückte kurz meine Hand, während er sie sinken ließ.

»Sie bändigt einen Hadessohn.« Enko schnalzte mit der Zunge. »Ich bin beeindruckt.« Er betrachtete mich erneut unverhohlen. Nach diesem Blick hatte ich das Gefühl, splitternackt vor ihm zu stehen. Ich versuchte angestrengt, nicht rot zu werden. Enko grinste anzüglich. »Das gefällt mir. Gehen wir beide mal was trinken?«

Ich ignorierte seine Frage, um nicht als Vorlage für weitere Provokationen zu dienen. Noch mal würde ich Maél höchstwahrscheinlich nicht aufhalten können. Ich reckte das Kinn, sah ihn an und drehte den Spieß kurzerhand um. »Und was bist du eigentlich? Hadessohn oder Nymphe? Auch eine Nymphe, nehme ich an, da ich keine Flammenkrone sehe.«

Maél brach in wieherndes Gelächter aus, Enko schien sprachlos. Es waren Sekunden der Genugtuung, die ich sehr genoss.

Als Enko wieder Herr seiner Gesichtszüge war, grinste er schief. »Wir *müssen* etwas trinken gehen. Definitiv.«

»*Wir* müssen gar nichts«, erwiderte ich betont freundlich.

Enko tippte sich mit dem Finger auf die Haut über dem

Herzen. Sofort erschien die silbrige Flammenkrone. »Jetzt vielleicht?«

Ich schüttelte den Kopf. »Aber ein interessanter Trick.«

»Wieso ist dir das neu?« Enko tippte die Narbe erneut an, und sie verschwand. »Hat er sich dir oben ohne vorgestellt und als Erstes seine Krone präsentiert?« Er deutete mit dem Kopf auf Maél. »Hallo Nymphe, erwähle einen Sohn der Unterwelt. Bei uns läuft die bessere Musik.«

»Genau.«

Maél gab das Geräusch eines unterdrückten Lachens von sich. »Moment mal.« Schon wieder so ein anzüglicher Blick. »Aber das heißt, du hast ihn schon nackt gesehen, richtig?«

»Enko, lass es gut sein.« Maél klang beherrscht. Doch ich konnte fühlen, dass er wieder kurz vor dem Siedepunkt stand.

»Dieses nervöse Zucken deines linken Augenlids steht dir gut, Bruder.« Enko lächelte maliziös. »Ist das neu?«

Maél wollte gerade etwas erwidern, als der Bassist von Harpya seinem Frontmann auf die Schulter tippte. »Wir müssen gleich los, Kumpel.«

»Bin gleich da, Yanis.« Enko hob bedauernd die Hand. »Ihr habt es gehört. Ich muss mich leider verabschieden. Wie doch die Zeit verfliegt, wenn man sich amüsiert.« Er hatte sich bereits halb umgedreht, als er innehielt. »Bevor ich es vergesse. Ich melde mich bei dir. Deine Nummer habe ich ja.«

»Meine Nummer?« Er sah mich an, aber er konnte nicht mich meinen.

»Glaubst du, ich meine ihn?« Enko deutete mit dem Kopf auf Maél.

»Aber ich habe dir meine Nummer nicht gegeben.«

Enko schien mir nicht mehr zuzuhören. Stattdessen drehte er sich um, um nach seiner Band Ausschau zu halten. »Ja, das mag sein.« Er wandte sich zurück zu mir. »Ich habe da so meine Methoden. Aber mach dir keine Sorgen, du hörst von mir.«

Wie meinte er das denn jetzt bitte? Konnte er hellsehen? Handynummern erraten? Mir war gar nicht wohl bei dem Gedanken.

Mit einer gespielten Verbeugung verabschiedete Enko sich. »War mir eine Ehre, Livia.« Er ignorierte Maél, schwang herum und schlenderte durch die halbleere Galerie davon. Mein Blick trübte sich, als ich ihm nachsah. Ich hörte das Prasseln von Feuer, und der Boden zu Enkos Füßen schien plötzlich aus blubberndem Magma zu bestehen. Wie unheimlich! Schnell blinzelte ich, in der Hoffnung, dass es aufhörte. Ich hatte Glück, der Boden bestand jetzt wieder aus roh behauenem Stein.

Maél knurrte etwas hinter Enko her. Ich schnappte nur die Schlagworte »Kopf abreißen« und »Gehirn pürieren« auf. Du liebe Zeit. Enko zeigte ihm im Gehen den Mittelfinger.

Ich drehte mich zu Maél. »Und ihr seid wirklich Brüder?«

Es folgte ein Vortrag, in dem Maél mir wortreich erklärte, warum er Enko für einen ausgewachsenen Idioten hielt, mit dem er kein Wort zu viel wechselte. Offenbar interessierte sich Enko brennend für all das, was ihm nicht gehörte. Was in diesem Fall ich war, da er mich Maél zugeordnet hatte. Was Maél sehr missfiel. Freundlich ausgedrückt.

Nun war ich schlauer, wenn auch nicht viel. Meine Frage hatte er nämlich nicht beantwortet. Was mich daran erinnerte, dass ich auch noch etwas anderes von ihm wissen wollte. Doch der Reihe nach. »Ihr seid beide Söhne von Hades, aber ich nehme an, ihr habt unterschiedliche Mütter?«

Maél nickte, den Blick immer noch auf Enko gerichtet, der unter dem bedauernden Gemaule der Fangemeinde seinen

Aufbruch vorbereitete. »Er hält sich aber für etwas Besseres, weil seine Mutter irgendeine berühmte Wikingerprinzessin war. Ihren Namen habe ich vergessen, aber sie war gleichermaßen für ihre Schönheit wie für ihre Grausamkeit bekannt. Sie ist mit dem Schwert auf Vater losgegangen, als er die Affäre mit ihr beenden wollte.« Maél lachte trocken. »Vater schwärmt noch heute von ihr.«

Die Wikingergene erklärten sehr wahrscheinlich auch Enkos silberblondes Haar und seine Schwäche für Runenschriftzeichen.

»Enko ist der jüngste meiner Brüder. Vermutlich noch ein Grund, warum er sich für etwas ganz Besonderes hält.«

»Der jüngste?« Ich kam nicht ganz mit.

»Die Welt wäre heute hauptsächlich von Halbgöttern besiedelt, hätte Zeus nicht irgendwann eingegriffen.« Maél lächelte verschmitzt. »Böse Zungen behaupten allerdings, dass dieses Dekret von seiner Ehefrau Hera initiiert wurde. Es weiß ja jeder, dass der Chef gerne mal rechts und links guckt.«

Ja, davon hatte ich auch schon gehört. Eheliche Treue gehörte definitiv nicht zu den Superkräften der griechischen Götter.

»Das Dekret verbot es, dass Götter sich mit Menschen verbandelten. Ich weiß das Jahr nicht mehr genau, aber Zeus erließ es irgendwann im Frühmittelalter. Ich glaube, es war um 900 nach Christus. Da Missachtungen schwer bestraft wurden und immer noch werden, haben sich die zwölf Olympier ziemlich vorbildlich daran gehalten, ein paar wenige Zwischenfälle ausgenommen. Enko ist der letzte Spross in der Riege der Hadessöhne, also mein jüngster Bruder.«

»Hast du noch viele Geschwister?«

»Brüder«, korrigierte er mich wie selbstverständlich, dann

sah er mein fragendes Gesicht. »Hades konnte nur Söhne zeugen. Die männlichen Götter bekamen nur Söhne, die weiblichen nur Töchter.«

»Bei euch ist ja echt alles geregelt.«

Er grinste. »So ziemlich. Aber wir hatten ja auch mehr als dreitausend Jahre Zeit dafür.«

»Und wie viele Brüder hast du nun?«

Maél zog nachdenklich die Stirn kraus, was ziemlich hinreißend aussah. Ich musste mir ein Lächeln verkneifen.

»Ursprünglich? Oder nur die, die noch übrig sind?«

»Sagtest du nicht, ihr wärt unsterblich, weil euer Halbgötter-Bewusstsein in einen neuen Embryo wandert, wenn euer Körper stirbt?«

»Wir sind nicht unsterblich. Da gibt es nicht nur das Gift eines Hekatoncheiren. Es gibt Monster in den Tiefen des Tartaros', die verschlingen einen Halbgott und sein unsterbliches Bewusstsein als Sahnehäubchen. Außerdem können auch Göttereltern ihre Halbgötterkinder töten. Mein Vater könnte mir den Hals umdrehen, und ich würde nie wieder aufstehen. Ich bin mir sicher, er hat schon so manches Mal daran gedacht«, fügte er leiser hinzu. »Jedenfalls haben neunzehn meiner Brüder die Mühlen der Zeit überdauert.«

Obwohl die Zahl hoch war, kam sie mir im Vergleich zu der vergangenen Zeit, selbst vor dem Dekret, recht klein vor. »Mehr nicht?«

»Vater galt als wählerisch. Die Zahl von Zeus' Nachkommen ist dreistellig, obwohl ich meine, dass die Dunkelziffer sogar im vierstelligen Bereich liegt.«

»Wahnsinn.« Ich schüttelte ungläubig den Kopf. »Paris ist voller Götter. Wer weiß, wie vielen ich schon begegnet bin und es nicht mal gemerkt habe!«

Maél lächelte schief. »Als Nymphe solltest du uns eigentlich erkennen.«

»Ach ja?« Meine gute Laune schien plötzlich Risse zu bekommen. »Hätte ich an meinem Geburtstag eine Anleitung zum Nymphe sein bekommen, würde ich vermutlich nicht so unwissend durch die Gegend stolpern.« Ich erinnerte mich an das, was ich bei Aphrodite gefühlt hatte und wie ich durch ihre aufgesetzte Fröhlichkeit hatte blicken können. Auch bei Maél hatte ich irgendwann Zweifel an seiner Menschlichkeit bekommen. Aber all das hatte ich als Hirngespinste abgetan und mich deswegen unsicher und schlecht gefühlt.

»Normalerweise übernehmen die weiblichen Verwandten, die ebenfalls Nymphen sind, diesen Part. Sie wissen schließlich, dass die Nymphenkräfte an die Töchter vererbt werden. Hat niemand jemals mit dir darüber gesprochen?«

Ich schüttelte den Kopf und verschränkte die Arme vor der Brust. »Niemand. Meine Eltern denken, ich spiele den kindischen Trotzkopf. Mit meinen Großeltern habe ich an meinem Geburtstag noch telefoniert, und sie haben sogar Karten und Geschenke geschickt. Nichts. Keine Andeutung oder Ähnliches.«

»Das ist merkwürdig.« Maél verschränkte nun ebenfalls die Arme. »Ich werde mich mal umhören. Wenn ich etwas rausbekomme, erfährst du es als Erste.«

»Danke.«

Maél wirkte so offen, dass ich mir nicht erklären konnte, warum sich alles in mir sträubte, ihm die Frage, die mich von Anfang an beschäftigt hatte, jetzt zu stellen. Trotzdem zwang ich mich dazu. Egal, wie gesprächsbereit er sich dieses und das letzte Mal gegeben hatte, mein Misstrauen war nicht ausradiert. Es war ein Gefühl, das schwer zu benennen war und das sich hartnäckig weigerte, klein beizugeben. Unsere Küsse waren fantastisch gewesen, und dass er auf Enkos Anmache so eifersüchtig reagiert hatte, sollte mir eigentlich das Gefühl geben, dass er wirklich etwas für mich empfand. Dass das der Grund war, warum Maél mich hatte kennenlernen wollen. Doch die bohrende kleine Stimme in meinem Kopf wollte nicht still sein.

»Gab es einen Grund, warum du mich kennenlernen wolltest? Irgendeinen geheimen Götterplan, in dem Nymphen eine Rolle spielen? Versteh mich nicht falsch, nur es passiert mir eigentlich nicht, dass ich von Jungs regelrecht verfolgt werde.« Während ich sprach, fielen mir wieder die Warnungen des blinden Bettlers ein. »Die Ambrosia hat zwar bewiesen, dass dir irgendetwas an mir gefällt, aber war das allein der Grund, dass du mich angesprochen hast? Stehst du auf Nymphen? Wenn nicht, wäre es wirklich ein seltsamer Zufall.« Etwas verlegen sah ich zu ihm hoch. Es war schwer, über meine eigenen Gefühle zu sprechen. Mutmaßungen über die Gefühle anderer anzustellen war noch unangenehmer. Erst recht, wenn man für denjenigen etwas empfand und immer noch mit einer Zurückweisung rechnete.

Maél wirkte plötzlich angespannt. »Wir sollten uns dafür ein ungestörteres Plätzchen suchen. Enko hat ein zu gutes Gehör. Hast du noch einen Moment?«

Ich sah auf meine Uhr. »Zwanzig Minuten noch, dann holt Jacques uns ab.« Die misstrauische Stimme in meinem Kopf begann wieder zu flüstern: Er hätte doch einfach nur Ja sagen können. Sagen: Ich stehe einfach auf dich und will mit dir zusammen sein. Mehr gibt es da nicht, und der Rest ist Zufall. Warum machte er es so spannend?

»Das sollte reichen.« Maél warf einen Blick Richtung Ausgang. »Dann lass uns verschwinden.«

Ich sah mich nach Jemma und Gigi um, doch beide schienen immer noch gut beschäftigt. Noah himmelte Jemma an, die völlig überdreht wirkte. Gigi tanzte noch mit Annabelle und Carly, jetzt allerdings zu irgendwelchen Rocksongs.

Maél war schon in Richtung Ausgang verschwunden.

Wir strandeten in der zweiten Galerie, ziemlich genau an dem Platz, an dem wir uns vorhin von der Wirksamkeit der Ambrosia hatten überzeugen dürfen. Wir waren allein, denn die meisten Besucher waren gegangen, kurz nachdem sie sich Autogramme geholt hatten.

Maél strich sich durch die Haare. »Da wären wir wieder.« Er wirkte nervös.

»Da wären wir wieder«, echote ich leise. Ich war in Gedanken bei unserem ersten Kuss. Wir standen an fast der gleichen Stelle, und die Erinnerungen daran kamen zurück wie in einem Flashback. Maél hatte mir nicht verraten, welche Gefühle die Ambrosia erkannte. Verlangen und Leidenschaft oder die ganz große Liebe? Ob ich vielleicht Aphrodite fragen könnte? Als ich hoch zu Maél sah, ertappte ich ihn dabei, wie er auf meinen Mund starrte.

»Ist das jetzt noch die Ambrosia oder …« Ich beendete meine Frage nicht.

Maél schüttelte wortlos den Kopf.

»Ganz sicher?«

Er atmete deutlich hörbar aus. »Ganz sicher. Und mal abgesehen davon: Wenn du etwas willst, dann nimm es dir.«

Mir war klar, worauf er anspielte. Wenn ich ihn küssen wollte, dann sollte ich nicht warten, bis er die Initiative ergriff. Doch im Gegensatz zu ihm hatte ich nicht 3000 Jahre

Erfahrung in zwischenmenschlichen Dingen. Und erst recht nicht in Liebesdingen. Obwohl ich einen Schritt nach vorn machte und nach seiner Hand griff, wagte ich mich nicht weiter.

Das ging alles viel zu schnell. Es fühlte sich an, als befänden sich meine Gefühle auf der Überholspur. Als würden sie an mir vorbeirasen und ich mich in der Leere, die sie zurückließen, verlieren. Maél und ich kannten uns erst knapp drei Wochen. So schnell verliebte ich mich nicht, so schnell machte ich nicht den nächsten Schritt.

»Dann hat mein Nymphendasein nichts mit unserem Kennenlernen zu tun? Es war bloß Zufall?« Endlich war es raus.

Maél sah mich einen Moment zu lange an. Dann schüttelte er den Kopf. »Nein, das war es nicht.« Er ließ meine Hand los, was die Dramatik seiner Worte unterstrich.

War es nicht … war es nicht … Die drei Worte hallten in meinem Kopf in Endlosschleife nach. Ich hatte es wissen wollen. Nun hatte ich meine Antwort.

Ich schluckte hart. »Erklärst du es mir?«

Maél seufzte leise. »Es tut mir leid, okay? Vergiss das nicht, egal was ich dir nun erzähle.«

Mein Herz krampfte sich zusammen. »Das kann ich dir nicht versprechen.«

»Livia …«

»Erzähl es mir endlich, Maél.«

»Gut.« Er sah mich direkt an. »Agadas Gold ist verflucht. Ich kann es nicht berühren. Kein Halbgott kann das. Es war Midas kleine Finte aus dem Hinterhalt. Ich wollte das Goldfragment, das er um den Hals trug, stehlen, doch ich kam nicht mal in Reichweite. Es fühlte sich an, als würde ich gegen eine unsichtbare Mauer rennen. Ich hätte nie geahnt, dass seine

Macht so groß war. Jedenfalls musste ich mich nach einer Möglichkeit umsehen, das Gold doch noch sammeln zu können. Andere Halbgötter waren nutzlos, da sie das Gold ebenso wenig berühren konnten. Außerdem wollte ich mein Vorhaben geheim halten, um mich keinen lästigen Fragen stellen zu müssen. Ich suchte nach einer Lösung und fand sie in einem Buch in der Bibliothek meines Vaters. Alle dunklen Götter, wie zum Beispiel die Totengötter, die Nachtgötter, die Götter des Streits, des Krieges und der Zwietracht, besitzen die Gabe der Traumwandlerei, die sie auch an ihre Kinder vererben. Wir besitzen dadurch die Kraft, euch Nymphen mental zu beeinflussen, ohne dass ihr etwas bemerkt. Da diese Beeinflussung meist nachts stattfindet, damit sie unentdeckt bleibt, heißt sie Traumwandlerei. Eure Körper werden unser Werkzeug. Ich habe dich Agadas Gold einsammeln lassen, nachdem ich gespürt hatte, wo es sich verbarg.«

Mir wurde heiß und kalt zugleich. Er hatte mich doch nur benutzt. Deshalb hatte er mich wirklich kennenlernen wollen. Deshalb war er mir gefolgt. Er hatte einen guten Grund gehabt, der nicht auf Gefühlen, sondern nur auf kalter Berechnung basierte. Mir wurde schlecht von dem Schock der Erkenntnis. Ich presste eine Hand vor den Mund, um nicht zu würgen. Jetzt ergaben auch all die wirren Traumfragmente Sinn. Die Müdigkeit, die Albträume, das Gefühl zwischen Halluzination und Realität nicht mehr unterscheiden zu können.

»Du hast mich nur benutzt?«

»Nein.« Maél wollte mich berühren, doch ich wich zurück.

»Fass mich nicht an.« Ich ballte die Hände zu Fäusten. »Du hast mir etwas vorgemacht, damit ich auf dich reinfalle?«

»Die Ambrosia kann nicht lügen, Livia.«

»Und was soll mir das sagen? Dass dir aufgefallen ist, dass

du mich irgendwie gut leiden kannst, während du mich für deine Zwecke ausgenutzt hast?«

Maél öffnete den Mund, schloss ihn dann aber wieder.

»Es ist mir auch egal«, fuhr ich fort. »Denn es endet hier und heute.«

»Livia.«

»Nein, ich habe genug von dir und deinen geheimen Plänen. Du hättest mich doch fragen können, ob ich dir helfe! Wahrscheinlich hätte ich es sogar getan. Aber nein, du liebst deine geheimnisvolle Aura. Glaubst du, die macht dich interessant? Tut sie nicht, das versichere ich dir. Es nervt nämlich.«

Maél presste eine Hand vor die Augen. »Könnten wir beim Thema bleiben?«

»Sag du mir nicht, was ich sagen oder nicht sagen soll. Ich habe jedes Recht, mich aufzuregen.« Ich griff nach der Hand, mit der er immer noch auf seine geschlossenen Augen drückte, zog sie weg und zwang ihn so, mich anzusehen. »Ist das also meine wahre Rolle als Nymphe? Ich bin ein Laufbursche für Götter und Halbgötter? Jeder dunkle Gott kann mich für seine Zwecke benutzen?«

»Nein, das stimmt so nicht.« Maéls Stimme hatte wieder diesen langsamen, zögerlichen Tonfall angenommen. Oh nein. Das war nicht gut. Ich ließ seine Hand los und machte mich bereit für die nächste Hiobsbotschaft.

»Warum nicht? Das hast du doch gerade gesagt.«

»Niemand außer mir hat mentale Gewalt über dich, weil …« Er zögerte. Schließlich gab er sich einen Ruck. »Weil ich dich markiert habe.«

Einen Moment lang sahen wir uns nur an. Ich sprachlos, weil fassungslos. Er eher unbehaglich, weil vermutlich schuldbewusst.

»Was?« Meine Stimmbänder versagten, und die drei hervorgewürgten Buchstaben erstarben in einem Krächzen. Konnte es eigentlich noch schlimmer kommen? Ich hustete und holte ein paarmal tief Luft. »Du hast mich *markiert*? Wie eine Kuh? Ein Pferd? Als dein Eigentum?«

Maél schüttelte den Kopf. »Nicht als mein Eigentum. Ich habe dich damit unter meinen persönlichen Schutz gestellt. So hat niemand anderes mentalen Einfluss auf dich oder kommt auf andere dumme Ideen. Es dient deinem Schutz.«

»Ich kann auf mich selbst aufpassen und brauche deine mittelalterlichen Methoden nicht, um zu überleben.«

»Livia, du merkst es doch nicht mal, wenn jemand geistigen Zwang ausübt.«

Ich ließ die Bombe platzen. »Oh doch.« Ich fixierte ihn aus zusammengekniffenen Augen. »Ich erinnere mich an jedes Mal. Es sind Fragmente, aber sie werden deutlicher, je öfter ich daran denke. Ich erinnere mich an das Gold, die seltsamen Orte, Paris bei Nacht. Und du warst in meinem Zimmer. Ich bin mir ganz sicher. Du hast in meinem Korbstuhl gesessen.«

Nun war es Maél, dem die Worte zu fehlen schienen. »Das ist nicht möglich. Du kannst dich nicht …«

»Wie hast du es gemacht? Wie hast du mich markiert? Los, erkläre es mir, ich habe ein Recht darauf.« Ich feuerte meine Worte auf ihn ab wie Gewehrsalven. »Zeig es mir.«

Maél kam wortlos näher, bis unsere Körper sich wieder fast berührten. Ich wollte erneut zurückweichen, doch dieses Mal blieb ich stehen, als sei ich am Boden festgewachsen. Maél nahm meine Hand. Ich zuckte zusammen, doch ich entzog sie ihm nicht. Ganz zart strich er mit dem Daumen darüber. Mit seiner freien Hand hob er sein T-Shirt an. Eine plötzliche Ahnung überkam mich. Er würde doch nicht …

Ich spürte noch die Umrisse der Flammenkrone an meiner Handinnenfläche, dann explodierte meine Sicht in einem grellen Inferno. Bilder und Erinnerungsfetzen jagten wie von einem Wirbelsturm getragen an meinem inneren Auge vorbei. Die Villa, der Garten, der Ohrring. Der Platz, das Kopfsteinpflaster, die Goldmünze. Das Ufer, das Monster, das Zahnrad. Mein Korbstuhl, Maél, die Flammenkrone. Alles fügte sich zusammen, als die Erinnerungen erwachten wie aus einem Dornröschenschlaf. Ich hatte recht gehabt. Es war keine Einbildung gewesen. Ich sah Maél, wie er die Schmuckschatulle hielt. Sah mich selbst, wie ich Ohrring und Münze hineinfallen ließ. Beobachtete Maél, wie er das Monster vertrieb, mich beruhigte und wir gemeinsam zurück zum Sand gingen, um das Zahnrad einzusammeln. Sah uns beide in meinem Zimmer, meine Hand auf seiner Narbe, und spürte sein rasendes Herz. Meine Hand brannte, als er sie wieder sinken ließ. Als ich sie umdrehte sah ich den verblassenden Abdruck der Flammenkrone darauf. »Das ist sie? Die Markierung?«

Er nickte.

»Dann ist sie erst beim letzten Mal entstanden. Als du nachts in meinem Zimmer warst.«

Wieder nickte er.

»Da hatte ich schon drei Goldfragmente für dich gesammelt, war also schutzlos unterwegs. Warum erst dann? Das macht doch keinen Sinn.«

Maél wollte etwas erwidern, doch ich schnitt ihm mit meiner immer noch pochenden Hand die Worte ab. Die Umrisse der Flammenkrone waren verschwunden. »Egal. Ich habe sowieso das Gefühl, dass du mir immer nur die Hälfte erzählst und die Wahrheit biegst, bis sie in deine Pläne passt. Mach diese unsichtbare Markierung rückgängig. Ich bin nicht dein Eigentum.« Dann wandte ich mich ab, um zu gehen.

»Nein, warte.« Er griff nach meinem Arm. »Bitte, Livia, geh nicht. Es tut mir leid. Der Schutz durch die Markierung wird schwächer und erlischt dann ganz, wenn ich ihn nicht regelmäßig erneuere. Hör mir bitte zu. Seit über dreitausend Jahren sammle ich auf diese Weise das Gold. Aber bei dir …« Er brach ab und ließ meinen Arm los. »Ich hätte dir von Anfang an die Wahrheit sagen sollen. Ich bin es so gewohnt, ein Einzelkämpfer zu sein, niemandem zu vertrauen, alles geheim zu halten. Man wird mit der Zeit paranoid und dämlich, wenn man ein so großes Geheimnis bewahrt. Es tut mir wirklich leid.« Er schluckte hart. »Ich habe Mist gebaut, großen Mist, und ich verstehe deine Wut und Enttäuschung, aber bitte geh jetzt nicht. Ich habe so lange gebraucht, da kommt es nicht darauf an. Wenn du mir nicht helfen willst, dann warte ich ein paar Jahrzehnte, bis ich eine andere Nymphe finde, und wir reden nie wieder ein Wort über Agada oder das Gold.«

Ich sah in seine Augen, meinte die Wahrheit darin zu erkennen, doch ich vertraute meiner Intuition gerade nicht. Ich wusste überhaupt nicht mehr, was oder wer er wirklich war. »Warum machst du es mir so schwer?«

Ich hatte nur geflüstert, doch Maél zuckte zusammen, als habe ich ihn geschlagen. »Livia, nein …«

»Bitte, Maél. Ich weiß gerade gar nichts mehr. Mein Kopf platzt. Mein Herz tut weh.« Nervös strich ich durch meine Haare. »Weißt du, ich hätte dir geholfen. Sofort. Wenn du einfach nur offen mit mir geredet und mich gefragt hättest. Warum auch nicht? Du weißt, dass ich dich mag. Wir hätten auch einfach nur Freunde sein können, das wäre auch okay gewesen. Du hättest gar nicht mit mir flirten müssen. Ich hätte dir geholfen, und vielleicht hättest du mir ein wenig mehr über mein Dasein als Nymphe erzählen können. In meiner Familie scheint es ja niemanden zu geben, der sich damit auskennt. Es hätte ein Geben und Nehmen sein können.«

»Gut, dann lass uns einen Deal vereinbaren.« Maéls Augen wanderten nervös über mein Gesicht. »Sei meine Partnerin. Hilf mir, die letzten Goldfragmente zu sammeln. Dafür finde ich heraus, was es mit deiner Familie auf sich hat. Keine Traumwandlerei mehr, keine nächtlichen Aktionen und keine Dates mehr. Wir sind gleichberechtigte Partner, Freunde, quasi Geschäftspartner, die sich gegenseitig unterstützen.« Er zählte die einzelnen Punkte an seinen Fingern auf. »Ich finde für dich alles heraus: Warum hat noch niemand mit dir darüber geredet? Wer in deiner Familie besitzt das Nymphengen? Warum erinnerst du dich?«

Es tat weh, dass es Maél so leichtzufallen schien, mich nur noch als »Geschäftspartner« zu sehen. Ich sollte außer mir sein, dass er scheinbar nur aus einem bestimmten Grund mit mir geflirtet hatte. Doch jetzt, da meine erste Wut verpufft war, fühlte mein dummes, sentimentales Herz nichts als Traurigkeit. Warum hatte die Ambrosia dann funktioniert? Es hätte keine Wirkung auf ihn haben dürfen, wenn da nichts war außer einer berechnenden Absicht. Bot er mir diese Partnerschaft etwa an, damit ich mich nicht mehr von ihm bedrängt fühlte? War es das? Mein Herz wollte ihn all das fragen, doch ich traute mich nicht. Ich würde wie ein nach Liebe winselndes Hundebaby klingen. Hilflos, naiv, gefühlsduselig. Also zwang ich mein Gehirn, sich auf die vorangegangene Konversation zu besinnen. Zum Glück fiel mir etwas ein. »Ist es so ungewöhnlich, sich zu erinnern? Wenn man traumwandelt?«

Maél nickte heftig. »Allerdings. Noch niemals hat eine sich

daran erinnert. Es kommt vor, dass sie meinen, wild geträumt zu haben. Aber Nymphen können sich nicht konkret an das, was sie unter Einfluss gesehen haben, erinnern. Du dürftest gar nicht wissen, dass du einen Ohrring aus der Erde gegraben hast. Und dann ist da noch etwas.« Er brach ab und sah mich an, als suche er in meinem Gesicht nach der Antwort.

»Was?«, drängte ich.

»Als ich in deinem Zimmer war, hast du reagiert, als wärst du vollkommen klar. Nicht so, als würdest du unter meinem Einfluss stehen. Du wolltest die Flammenkrone sehen.« Er lachte kurz auf. »Du hast darauf bestanden. Ich hatte keine Wahl, außer mein Shirt auszuziehen.«

Oh ja … daran erinnerte ich mich mittlerweile auch sehr lebhaft.

»Ich hatte dich kurz zuvor aus dem Bann entlassen, weil ich verschwinden wollte. Es hat mich meine gesamte Energie gekostet, dich in dein Bett zu bekommen.«

»Du hast mich ins Bett gebracht?« Meine Erinnerung endete damit, dass er verschwand, nachdem ich seine Flammenkrone berührt hatte. Ich fühlte mich plötzlich unwohl. Was hatte er denn noch gemacht, an das ich mich nicht erinnern konnte?

Maél sah wohl mein Gesicht. Er schüttelte den Kopf. »Was denkst du eigentlich von mir? Glaubst du, ich betatsche dich, während du unter meinem Bann stehst und hilflos bist?« Er verzog leicht angewidert den Mund. »Allein die Vorstellung daran ist schon widerlich.«

Ich glaubte ihm. »Warum erinnere ich mich nicht daran?«

»Mal abgesehen davon, dass du dich eigentlich an gar nichts erinnern solltest, bin ich da wohl etwas übers Ziel hinausgeschossen.« Er sah etwas verlegen auf seine Schuhspitzen. »Ich habe den Bann erneuert, allerdings so heftig, dass du umgefallen bist wie ein Baum. Dir sind buchstäblich die Beine weggeknickt, so tief bist du eingeschlafen. Ich habe dich aufgefangen, dich ins Bett gelegt, zugedeckt und bin verschwunden.«

Ich erwiderte nichts, doch ich spürte, dass er mich eindringlich betrachtete. »Haben wir einen Deal?«

»Bin ich denn die einzige Nymphe, die dir behilflich sein kann?« Meine Worte klangen hart und abweisend. Auch wenn ich selbst nicht so fühlte, trafen sie doch ihr Ziel. Maéls Adamsapfel hüpfte, und einen Moment lang schien er nichts erwidern zu können. »Es gibt kaum noch Nymphen. Es wird vermutet, dass die Gene zwar weitergegeben werden, die Fähigkeiten sich aber nicht mehr richtig entwickeln. Du bist seit einhundertfünfzig Jahren die Erste, die mir begegnet. Die Erste, deren Kräfte groß genug sind, um mir helfen zu können.«

»Wie kann das sein? Unsere Gene verändern sich doch kaum.«

Maél hob kurz die Schultern. »Immer mehr Menschen haben angeborene Allergien. Gegen Tiere, Aromen, Pflanzen. Eine Wiesennymphe mit einer Pollenallergie wäre ein Witz. Unsere Archivare gehen davon aus, dass sich die Kräfte dann nicht richtig entwickeln können. Die meisten Nymphen bevorzugen einen bestimmten Naturstoff, einen Geruch oder eine bestimmte Tierrasse, der oder die wie ein Katalysator beim Ausprägen ihrer Nymphenkräfte wirkt. Höhlenelfen lieben Hamster. Sie haben meist schon als Kinder welche, was die Entwicklung ihrer Kräfte begünstigt. Mit einer Tierallergie hat man schlechte Karten. Waldelfen lieben alles, was mit Nüssen zu tun hat. Heutzutage hat die Hälfte der Menschheit eine Nussallergie. Hast du irgendein Faible?«

»Ich liebe Honig.«

Er lächelte. »Das Erkennungsmerkmal der Wiesennymphen.«

»Und erst der Honig sorgt dafür, dass man zu einer Wiesennymphe wird?«

»Nicht ganz. Du musst aus einer Nymphenfamilie stammen, um eine Nymphe werden zu können. Zusammen mit den familiären Anlagen ist deine Schwäche für Honig notwendig, damit du, wenn du sechzehn Jahre alt wirst, zu einer Nymphe wirst.«

»Woher weißt du das alles? Man könnte meinen, du wärst selbst zur Hälfte Nymphe.«

Sein linker Mundwinkel hob sich ein wenig. »Du bist nicht die Erste, die mir hilft, das Gold zu sammeln. Ich hatte ein wenig Zeit, deine Art zu studieren.«

Es piekte unangenehm in meinem Bauch. »Ist es immer so? Triffst du dich mit ihnen und ...« *... bringst sie dazu, sich in dich zu verlieben?*, ergänzte ich in Gedanken.

Sofort wurde sein Gesicht ernst. »Nein.« Er sah mir direkt in die Augen. Das Grau wirbelte umher wie sich hoch auftürmende Gewitterwolken. »So ist es nicht. Sie wussten alle nichts davon, wussten nichts von mir. Ich habe gespürt, was sie sind, bin ihnen gefolgt, und als ich wusste, wo sie wohnten, kam ich nachts zurück. Keine hat sich je erinnert. Keine kannte meinen Namen oder mein Gesicht. Wenn ich ihre Hilfe nicht mehr brauchte, habe ich ihnen als Dank ein Geschenk gemacht ... Geld, Gold, Schmuck oder etwas anderes, von dem ich wusste, dass sie es besitzen wollten.«

Obwohl seine leidenschaftlichen Worte Klarheit schaffen sollten, war ich nur noch verwirrter. Warum war er mir nicht auch einfach unbemerkt gefolgt? Vor den Katakombenausgängen warteten immer Taxen. Er hätte unserem Wagen problemlos folgen können. Ob er vielleicht nicht sofort gemerkt hatte, dass ich eine Nymphe war, weil meine Kräfte sich noch in der Entwicklungsphase befanden? »Wann hast du gemerkt, dass ich eine Nymphe bin?«

Sein Gesicht wurde weicher. »Ich habe zuerst gemerkt, dass eine Nymphe in meiner Nähe ist.« Er lächelte. »Ich wusste, was du bist, noch bevor sich unsere Blicke zum ersten Mal trafen.«

So viel zu meiner Vermutung. Gedankenlos erwiderte ich sein Lächeln, völlig gefangen davon, wie unwiderstehlich er war, wenn er mich ansah, als gebe es nur uns zwei auf diesem Planeten. Es war ein aufregender Gedanke, ein schöner Traum. Ein gefährlicher, dummer, aber schrecklich schöner Traum. Ich sah zur Seite, um der Kraft seines Blickes auszuweichen. Er war kein harmloser Schüler, er war nicht mal ein Mensch. Er sah aus wie siebzehn, hatte mir aber 3000 Jahre Lebenserfahrung voraus. Er hatte Tricks auf Lager, von denen ich nicht mal zu träumen wagte. Ich wollte gerade wieder zu ihm hochsehen, um etwas zu erwidern, da stellten sich zwei Personen zu uns.

»Hier bist du! Ich wollte schon eine Vermisstenanzeige aufgeben.«

Ich brauchte einen Moment. »Jemma! Hi.« Mein Lachen klang nervös und überrumpelt. »Äh, ja … Maél und ich hatten ein ruhigeres Plätzchen zum Quatschen gesucht.« Mein Blick glitt zu Noah, der neben Jemma stand und uns neugierig beäugte.

»Wir kennen uns noch nicht. Ich bin Livia.«

»Noah.« Er lächelte fast schüchtern. Kaum zu glauben, dass er vorhin noch so voller Leidenschaft auf seine Drums eingedroschen hatte.

»Noah, Jemma, das ist Maél. Maél, das ist meine Freundin Jemma.« Nachdem alle von allen die Hand geschüttelt hatten, standen wir etwas unschlüssig voreinander. Maél und ich hatten unser Gespräch nicht beendet. Jemma und Noah wirkten nicht so, als ob sie wieder gehen wollten.

»Sind deine Bandkollegen schon zu der Party aufgebrochen?«, fragte ich Noah, um das Schweigen zu brechen.

Er nickte. »Aber ich wollte mich lieber noch eine Runde mit Jemma unterhalten.« Er warf ihr einen rettungslos verlorenen Blick zu. Jemma wurde tatsächlich ein wenig rot und sah schnell auf ihre Uhr. »So schade das ist, aber wir müssen gleich los. Es ist jetzt Punkt Viertel nach.« Sie sah zu mir. »Treffen wir uns oben? Wir eisen Gigi von der Tanzfläche los.«

»Okay. Danke. Bis gleich.« Ich warf ihr einen dankbaren Blick zu. Die beiden verschwanden wieder.

»Nett, die beiden.« Maél sah Jemma und Noah hinterher.

»Ja, ich hoffe, das wird was.«

Maél sah zurück zu mir. »Hm?«

»Die beiden haben sich erst heute kennengelernt.«

»Echt?« Maél drehte sich noch mal kurz zu den beiden um. »Sie wirken so vertraut miteinander.«

Ich zuckte die Schultern. Sosehr ich mich für Jemma freute, ich wollte nicht mit Maél übers Verliebtsein reden. Nicht jetzt. Nicht nach dem, was schon alles passiert und wie verwirrend alles zwischen uns war. Maél beobachtete, wie ich mich immer mehr unter seinem Blick versteifte und beschloss, lieber nahtlos an unser Gespräch von vorher anzuknüpfen. »Egal, für was du dich entscheidest, ich werde es akzeptieren. Wenn es das jetzt für dich war und du mich nicht wiedersehen willst …«

Ich konnte sehen, wie schwer ihm diese Worte fielen, und

wollte ihm glauben. Ihm all die Gefühle, die darin mitschwangen, abkaufen. Ihm abnehmen, dass er es bedauerte.

»... dann akzeptiere ich deine Entscheidung. Du siehst mich nie wieder, ich verspreche es.«

Mein Mund war wie mit Watte ausgekleidet. Egal, denn ich wusste sowieso nicht, wie ich mich entscheiden sollte. Ich spielte auf Zeit. »Wir sollten nach oben gehen und dort auf die anderen warten. Jacques fährt Jemma, Gigi und mich nach Hause.«

Gemeinsam gingen wir hinaus und traten auf die Straße. Die anderen waren noch nicht da, aber ich entdeckte Dads Mercedes, der ein paar Meter entfernt parkte. Ich löste mich von Maél und stellte mich ihm gegenüber. »Ich weiß nicht, was ich dir jetzt sagen soll.«

Maéls Blick war sanft. »Melde dich einfach, wenn du es in Ruhe überdacht hast, okay?« Er hob seine Hand, als wollte er mich erneut an sich ziehen. Ich rührte mich nicht.

»Livia ...« Maél flüsterte meinen Namen wie ein verführerisches Kosewort. Es schien, als könnte er einfach keinen Abstand halten. Als würde ihn etwas wie magisch zu mir ziehen.

»Ja?«

Maél überwand die kurze Distanz zwischen uns. »Wie soll ich bloß ...« Gelächter und Unterhaltungsfetzen erklangen hinter uns. Hastig machte ich einen Schritt von Maél weg. Als ich mich umdrehte, sah ich Carly, Annabelle, Gigi, Jemma und Noah aus dem Ausgang strömen.

»Da seid ihr ja endlich!«, rief ich, lachte und versuchte, möglichst nichts von meinen wahren Gefühlen nach außen dringen zu lassen. »Sind wir startklar?«

*

In dieser Nacht lag ich noch stundenlang wach. Die Partnerschaft, die Maél mir angeboten hatte, schien fair. Doch dass er mich vorher ungefragt für seine Goldsuche benutzt hatte, nagte schwer an mir. Er war dabei gewesen und hatte auf mich aufgepasst, aber trotzdem. Es hatte mich in Schwierigkeiten gebracht und ziemlich an meinen Kräften gezehrt. Doch das war nicht das Schlimmste: Er hatte mir nicht die Wahrheit gesagt, und das schmerzte am meisten.

Ich starrte immer noch grübelnd an meine Zimmerdecke, als mein Handy brummte. Die Nachricht kam von Jemma.

Ich hoffe, ich wecke dich nicht. Ich kann nicht schlafen.

Denkst du an Noah?

Sie schickte einen errötenden Smiley zurück. *Ja.*

Ihr zwei scheint gut zusammenzupassen.

Jaaaaa … Noch mehr Smileys. *Wir sind für Freitag verabredet.*

Das freut mich so sehr! Er scheint wirklich nett zu sein.

Und was wird nun mit dir und Maél?

Ich hatte ihr und Gigi schon eine Kurzfassung aller Neuigkeiten inklusive Enkos Geheimnis und Maéls Geständnis auf unserer gemeinsamen Rückfahrt gegeben. *Ich weiß es nicht.*

Livia, als wir euch in der Galerie entdeckt haben, saht ihr aus wie eine untrennbare Einheit. Er hat diesen Beschützerblick, wenn er neben dir steht. Man sieht, dass er sich vor jeden Zug werfen würde, nur um dich zu retten. Selbst wenn ihr Probleme wälzt, wirkt ihr wie Schlüssel und Schloss. Topf und Eimer. Ernie und Bert. Es ist unheimlich!

Ich schickte ihr ein paar lachende Smileys zurück, weil ich nicht wusste, was ich erwidern sollte.

Wirst du ihm helfen?

Ich weiß es nicht. Ich drehe mich gedanklich im Kreis.

Nimm dir so viel Zeit, wie du brauchst, und dann entscheide, wie es für dich am besten ist. Denke in erster Linie an dich. Und ich kann es immer noch nicht fassen, dass Adéle P. Aphrodite ist! Die Geschichte *mit ihr und Adonis ist so traurig!*

Das ist sie. Es war so unheimlich, als ich plötzlich erkennen konnte, dass all die gute Laune nur Fassade war. Ich habe gespürt, dass sie kein Mensch ist. Bei Enko habe ich auch etwas bemerkt.

Vielleicht gehört es zu deinen Kräften, dass du Götter und Halbgötter erkennen kannst. Enko ist so ein Poser. Noah sagt, er ist Vorsitzender seines eigenen Fanclubs.

Oh Mann … Ich schickte einen Smiley mit gen Himmel verdrehten Augen. *Unglaublich.*

Total. Sie schickte den gleichen Smiley zurück. *Noch mal zurück zu Maél. Glaubst du, er kann Antworten für dich finden? Meinst du wirklich, ihr könnt Partner sein?*

Wenn ich das wüsste …

Mal abgesehen von seiner Lüge rund um die Traumwandlerei war das mein größtes Problem mit Maél. Ich wollte Antworten, die ich ohne seine Hilfe vielleicht nicht bekommen würde. Aber war es das wert?

Jemma und ich verabschiedeten uns, und versuchten erneut, einzuschlafen. Meine Gedanken wanderten ein letztes Mal zu Maél. Konnte ich ihm wirklich trauen? Würde mein Herz eine weitere Enttäuschung verkraften?

*

Am Freitagnachmittag hatte ich mich entschieden. Ich war auf dem Weg zur Metro. Gigi wollte noch mit Carly und Annabelle in die Galerie Lafayette. Jemma war auf dem Weg ins

Fitnessstudio und danach mit Noah verabredet. Ich öffnete Maéls Chatfenster. *Einverstanden. Wir haben einen Deal.*

Sofort war er online. *Klasse! Ich freu mich.*

Aber ich will dabei sein.

Musst du, anders geht es nicht.

Nein, ich will bei allem dabei sein. Bei der kompletten Suche, nicht nur zum Bergen dazugerufen werden. Mein Herz klopfte mir bis zum Hals, als ich auf eine Antwort wartete. Würde er darauf eingehen? Würde er so viel von sich preisgeben? Mir vertrauen? Geheimnisse teilen?

Wenn du das möchtest, dann gerne. Wann hast du morgen Zeit?

Ich war erleichtert. Ich erhoffte mir, dadurch mehr über die Götterwelt, die zum Teil zu meiner Welt geworden war, zu erfahren. Und natürlich Maél auf die Probe zu stellen. Und vielleicht ein kleines bisschen in seiner Nähe zu sein. *Samstags frühstücken wir immer spät. Aber danach habe ich Zeit. Vielleicht so um 11, halb 12 Uhr?*

Alles klar, wo treffen wir uns?

Ich wollte noch kurz zu Sephora, eine Kleinigkeit für Jemma kaufen. Sie hat bald Geburtstag. Komm doch so gegen 11:30 Uhr dorthin.

Geht klar, Partner.

Bis morgen! Ich schickte ihm einen winkenden Smiley. Partner. Was für ein blödes Wort. Ich lächelte knapp. Wir waren alles. Lügner, Verzweifelte, Verliebte, Eifersüchtige, Besitzergreifende und Zögernde. Nur Partner, eine reine Zweckgemeinschaft, waren wir garantiert nicht.

Kapitel 10

Tauschgeschäfte

»Hallo, Partner.« Maél begrüßte mich mit einem strahlenden Lächeln, dann zog er mich in eine feste Umarmung.

Da war es schon wieder, dieses unsägliche Wort. Aber ich hatte mich entschlossen, mitzuspielen. Was auch immer das bedeutete. Maél barg seine Nase in meinem offenen Haar und atmete tief ein.

»Honig.« Ich spürte sein Lächeln.

»Wiesennymphe.« Ich löste mich von ihm und lachte etwas verlegen. »Schon vergessen?« Warum war ich nur so befangen? So schwierig konnte diese blöde Partnersache doch nicht sein.

Maél warf mir einen prüfenden Blick zu. »Alles okay?«

»Klar.« Ich lachte schon wieder so nervös, biss mir dann aber auf die Zunge, damit es endlich aufhörte. »Alles super … Partner.« Lächerlich.

»Wenn du das sagst.« Maél schien nicht wirklich überzeugt.

»Na ja … also … nein. Vielleicht doch nicht.« Ich sah ihn nicht an, während ich sprach. »Du musst mir wirklich versprechen, dass du mir ab jetzt nichts mehr verschweigst, was diese ganze Halbgötter-Nymphen-Geschichte angeht. Du bist clever. Du lügst nicht, weil ich zu wenig Ahnung habe, um die richtigen Fragen zu stellen. Versprich mir, dass du mir nicht erst dann die Wahrheit sagst, wenn ich dich danach frage.«

»Ich verspreche es.«

Ich hob den Blick. Maél lächelte nicht. Im Gegenteil, er wirkte fast ein wenig traurig. Ich legte fragend den Kopf schief. Er strich mir über die Wange, ganz sanft, doch der Ausdruck in seinen Augen blieb traurig. »Es tut mir leid.«

Ich nahm an, dass er sich noch mal für das, was er mit mir gemacht hatte, entschuldigen wollte. Komischerweise fühlte es sich jedoch an, als wollte er mich für etwas um Verzeihung bitten, das noch gar nicht passiert war. Oder mein paranoider sechster Sinn spielte mir mal wieder einen Streich. Ich holte tief Luft. »Ich will nicht, dass so etwas zwischen uns steht. Wir haben schließlich gemeinsame Ziele. Ich kann verzeihen, und ich will dir verzeihen. Aber nicht, um die Zeit bis zur nächsten Lüge zu überbrücken.«

»Das verstehe ich. Ab jetzt bist du über jeden Schritt informiert. Ich versuche, so viel wie möglich über deine Wiesennymphen-Verwandten herauszufinden. Wir suchen und sammeln Agadas letzte Goldfragmente ein. Wir sind Partner. Richtige Partner.«

Ich seufzte innerlich.

»Hast du alles bekommen für Jemma?«

Wortlos hielt ich ihm meine Sephoratüte unter die Nase.

»Sehr schön. Dann wollen wir mal.« Maél lief los, und ich schloss auf. »Wir müssen zu einer Haltestelle der Linie eins. Die nächste Station ist nicht weit entfernt. Da könnten wir hinlaufen.«

»Okay. Was erwartet uns dort?«

»Wir befragen das Orakel.« Er klang so selbstverständlich, als habe er vorgeschlagen, einen Cheeseburger essen zu gehen.

»Bitte?« Fast wäre ich stehen geblieben. »War das jetzt ein Scherz?«

Maél sah mich kurz an. »Nein. Wir befragen das Orakel von Delphi. Dein Freund und Helfer seit der Antike. Die Zweigstelle befindet sich auf der Linie eins, weil sie die älteste Linie der Metro ist.«

»Natürlich. Warum frage ich überhaupt.«

Er lachte. »Du gewöhnst dich schnell daran, da bin ich mir sicher. Morgen schon findest du das alles nur noch halb so seltsam.«

Ich warf ihm einen bedeutsamen Blick zu.

»He.« Er legte mir die Hand zwischen die Schulterblätter, um mich sanft vorwärtszuschieben. »Etwas mehr Optimismus, kleine Nymphe.«

»Nenn mich nicht immer klein. Ich bin nicht klein.«

»Stimmt.« Er schob mich immer noch an. »Du bist winzig.«

Ich schnaubte, beließ es aber dabei. Diese Diskussion würde nur dazu führen, dass er sich königlich amüsierte.

Zum Glück klingelte Maéls Handy. »Was gibt's, alter Mann?«

Anhand seines Tonfalls erriet ich, dass er mit jemandem sprach, dem er zur Abwechslung mal nicht das Gehirn pürieren wollte.

»Super, das ging ja echt flott, danke dir.«

Ich beobachtete ihn unauffällig von der Seite.

»Ja …« Maél grinste. »Erkläre ich dir ein anderes Mal.« Pause. »Schon klar. Ich bin dir etwas schuldig. Wie immer. Führst du eigentlich Buch?« Er lachte. »Lass mal, ich will es gar nicht wissen. Jedenfalls, danke. Schickst du mir die Nummer? Und wo liegt der Schlüssel?« Pause. »Okay. Ich sehe dann heute Abend nach ihm.« Pause. »Jep. Bis später.« Er steckte das Handy wieder weg. Ich tat schnell so, als betrachtete ich die Auslagen in den Schaufenstern.

»Jeden Tag eine gute Tat.« Er wurde noch ein paar Zentimeter größer neben mir.

»Herzlichen Glückwunsch, Hadessohn.«

Maél sah ein wenig enttäuscht aus. »Du willst nicht wissen, mit wem ich gerade gesprochen habe und worum es ging? Bist du dir wirklich sicher, dass du ein Mädchen bist? Ich weiß, ich habe dich das schon mal gefragt, aber die Frage drängt sich jetzt schon wieder auf.«

»Und du bist dir wirklich ganz sicher, dass *Klischee* nicht dein zweiter Vorname ist?«

Maél kapitulierte. »Okay, ich hab es kapiert.« Er drehte sich im Gehen zu mir und schenkte mir eins dieser Lächeln, die selbst Supermodels zum Schwärmen verleitet hätten. »Das war mein Pate Hermes.«

Ich musste kurz überlegen. »Hermes wie Hermes der Götterbote und einer der zwölf olympischen Götter?«

Maél nickte anerkennend. »Genau. Ich hätte es schlimmer treffen können. Hermes ist echt okay. Er hat seine Beziehungen spielen lassen. Ich brauchte dringend eine Unterkunft.«

»Willst du auswandern?«

»Hättest du wohl gerne.« Er stupste mich leicht mit der Schulter an. »Ich habe einem Obdachlosen eine Wohnung in meinem Wohnblock besorgt. Er lebte bis jetzt als Bettler auf den Straßen von Paris.« Maél hatte die Stirn krausgezogen, doch ich konnte den Gesichtsausdruck nicht wirklich deuten. Verärgert? Bedauernd? »Ich musste ihn fast tragen, er ist so gut wie blind und völlig verwirrt.«

»Moment.« Ich blieb abrupt stehen. »Du meinst DEN Bettler? Den blinden Bettler mit dem Seesack? Den mit den vernarbten Augen?«

»Ich hätte nie geahnt, dass du in solchen Kreisen verkehrst.« Maél zupfte an einer meiner langen Haarsträhnen. »Du überraschst mich, Diplomatentöchterchen.«

»Doch, ich kenne ihn.« Ich strich mir die Strähne hinters Ohr, damit Maél nicht länger daran zupfen konnte. »Er hat mich vor dir gewarnt. Er war es, der von Anfang an behauptet hat, dass du eine Gefahr für mich bist.«

Maéls Gesicht wirkte plötzlich wie erstarrt, nicht ein Muskel zuckte. »Wie bitte?« Seine Stimme klang gefährlich leise. »Erzähl mir davon. Erzähl mir alles.«

Ich versuchte mich zu erinnern, um alles wortgenau wiederzugeben.

Maél schüttelte den Kopf, als ich geendet hatte. »Dieser alte Dramatiker. Glaub ihm von allem nur die Hälfte, er übertreibt maßlos.« Er schnalzte missbilligend mit der Zunge. »Dass er immer diese Weltuntergangsvisionen herumposaunen muss, wenn er in diesem Zustand ist.«

»Wie, in diesem Zustand? Hat er noch andere Zustände?«

»Ja, wenn es ihm gut geht, ist er eigentlich ganz cool.«

»Wieso redest du über diesen alten Mann, als wenn ihr Freunde wärt?«

»Er ist gar nicht so alt. Er sieht nur so aus, wenn er sich wieder mal so gehen lässt. Das ist Ödipus' Schicksal. Er bestraft sich selbst für all seine Fehler, und dann vertrocknet er und fällt in sich zusammen wie eine alte Topfpflanze.«

»Moment mal. DER Ödipus?« Ich hatte letztes Halbjahr ein Referat über diese tragische Figur der griechischen Mythologie halten müssen, weshalb ich relativ gut informiert war.

»Der Ödipus, der das berühmte Rätsel der Sphinx von Theben löste, durch eine List der Schicksalsgöttinnen seine eigene Mutter heiratete und sich dafür mit ihren Gewandspangen die Augen ausstach?« In diesem Moment machte es Klick. »Oh.« Ich dachte an die grausam vernarbten Augen des Bettlers. »Er ist es wirklich.«

»Ich bin beeindruckt.« Maél zog anerkennend die Augenbrauen hoch. »Schläfst du neuerdings mit einem Lexikon der griechischen Mythologie unterm Kopfkissen? Denn dann möchte ich dir gratulieren. Es wirkt nämlich.«

»Spinner.« Ich pikte ihn in die Seite. Dann erklärte ich ihm die Sache mit dem Referat. »Aber wieso lebt er noch? Er ist kein Gott oder Halbgott, sondern einfach nur ein Mann, dem die drei Schicksalsgöttinnen aus Langeweile das Leben ruiniert haben.«

Maél zog ein finsteres Gesicht. »Ja, die drei haben einen komischen Humor. Vater sagt immer: ›Fürchtet euch, wenn die Moiren Langeweile haben.‹ Und wenn er das sagt, will das echt etwas heißen, denn eigentlich ist er der größte Unruhestifter unter uns. Aber diese drei alten Hexen ...« Er gab ein Knurren von sich. »Selbst die Götter fürchten die drei Schicksalsgöttinnen.«

»Was haben sie mit Ödipus gemacht?«

»Sie haben ihn unsterblich gemacht, als er sich die Augen ausstach. Es hätte ihn getötet. Sie waren angefressen, dass er hatte entscheiden wollen, wann das Spiel zu Ende war. Also machten sie ihn unsterblich. Damit er auf ewig etwas von all dem Schmerz haben würde.«

Ich stutzte. »In den Geschichtsbüchern steht, dass er sich ins Exil zurückzog, wo er sich blendete. Weder sein Tod noch sein unsterbliches Leben werden erwähnt.«

»Es ist so vieles passiert, was nicht in einem Geschichtsbuch steht.« Maél lächelte verschmitzt. »Aber zurück zu Ödipus. Er hängt seitdem mit uns rum, weil er eben auch unsterblich ist. Niemand hat was dagegen. Er hat die meiste Zeit einen ziemlichen Dachschaden, geht damit aber zum Glück niemandem auf die Nerven. Er ist mehr der Typ ›einsamer Wolf, der alleine leidet‹.«

Maéls makabrer Humor zündete nicht bei mir. Mir tat Ödipus leid. Allein und verwirrt unterwegs auf den Straßen von Paris, verfolgt von den Schmerzen und Schuldgefühlen der Vergangenheit. »Er tut mir leid.«

Maél spielte wieder mit einer meiner Haarsträhnen. »Du hast ja auch das reine, unschuldige Herz einer Wiesennymphe.«

»Und du bist der finstere Sohn des Totengottes, der völlig leidenschaftslos zusieht?«

Er grinste breit. »Genau.«

»Es tut mir leid, aber du musst jetzt sehr stark sein.« Ich ging weiter, sodass sich Maéls Finger aus meinen Haaren lösten. »Nichts an dir ist leidenschaftslos. Du bist der temperamentvollste, aufbrausendste und leidenschaftlichste Typ, den ich kenne. Dich lässt nichts kalt, sogar wenn es dich nichts angeht.«

Maéls Mundwinkel hatten schon verdächtig gezuckt, jetzt lachte er laut auf. Er schloss zu mir auf und stieß seine Schulter an meine. Schlagartig wünschte ich mir, er würde mich in den Arm nehmen und küssen, so wie er es in den Katakomben getan hatte. Ich atmete durch. Wir waren Partner. Mehr nicht. Schnell versuchte ich, das Thema wieder aufzugreifen.

»Bist du zufällig über Ödipus gestolpert? Ist ja lieb von dir, dass du dich sofort um ihn gekümmert hast.«

»Nein, das war kein Zufall.« Maél zuckte unbekümmert die Schultern. »Ich habe ihn gesucht, weil ich …« Er drehte seine Messengerbag nach vorn und zog einen Samtbeutel hervor. »… ihm das hier klauen wollte.«

All meine schwärmerischen Gedanken über Maéls heldenhaft gutherzige Tat lösten sich in Wohlgefallen auf. »Du hast ihn bestohlen? Einen verwirrten, alten Mann, der fast zu schwach zum Laufen ist? Das nennst du eine gute Tat? Was bist du?«

Er lachte heiser auf. »Der Sohn des größten Bösewichts der Götterwelt?« Er sah mich an, und in seinen Iriden blitzte es verdächtig auf. Es schien, als würden Hunderte winziger Sternschnuppen fallend explodieren. »Ich habe ihm eine Wohnung beschafft. Er hat es warm, und es geht ihm stündlich besser. Er besaß etwas, das ich brauchte, also habe ich es mir genommen, weil ich in diesem Moment der Stärkere, der Geschicktere und der Skrupellosere war. Er hätte dasselbe getan. So sind wir Unsterblichen nun Mal. Wir werden darüber lachen, wenn er wieder zurechnungsfähig ist.«

Unwillkürlich war ich vor ihm zurückgewichen. Angst wallte in mir auf. Die Luft um Maél schien von seltsamer Konsistenz, als schien er das Licht in einem fremden Winkel zu brechen. Seine Augen, die ihr Eigenleben zu besitzen schienen, loderten wie kalte, nebelgraue Flammen. Das war wieder einer der Momente, in denen er so wenig menschlich wirkte, dass ich mich wunderte, warum es mir nicht schon bei unserer ersten Begegnung aufgefallen war.

»He …« Maél streckte die freie Hand nach mir aus. All das Mystische, Gefährliche an ihm verpuffte, als habe er die Wolken am Himmel einfach zur Seite geschoben. Wir blieben vor dem Eingang der Metrostation stehen. »Das gilt nicht für dich.« Er strich ganz zart meine Wange hinab. »Sieh mich nicht so an. Bitte.«

»Manchmal machst du mir einfach Angst. Wenn du vor mir stehst und ich wieder so deutlich sehe, was niemand anderes bemerkt. Dieses Zittern der Luft, das dich umgibt. Deine Augen …« Ich schüttelte den Kopf. »Bei Aphrodite und Enko habe ich es auch bemerkt. Aber bei dir ist es so …« Ich seufzte.

»Die Gratwanderung ist so schwer, weil du eine von uns bist. Vor dir muss ich mich nicht verstellen. Das ist ziemlich angenehm. Aber andererseits vergesse ich, wie wenig du erst weißt und wie unheimlich und verstörend vieles auf dich wirken muss.« Er sah mich an. »Ich inklusive.« Er strich noch mal meine Wange hinab. »Ich wollte dich nicht erschrecken.«

»Ist schon okay.« Seine Berührung machte mich verlegen. Mir schien, seit wir beschlossen hatten, nur »Partner in Crime« zu sein, berührten wir uns mehr, als bei den Verabredungen, in denen es noch nicht offiziell um die Agada-Rettungsmission ging.

»Sieh sie dir an.« Er hielt mir den Samtbeutel hin. Ich nahm ihn und ließ den Inhalt vorsichtig auf meine Hand gleiten. Es erschienen zwei große goldglänzende Fibeln, die mit antik wirkenden Mustern, ähnlich denen von Maéls Armspangen, dekoriert waren. Ich holte überrascht Luft, als mir klar wurde, um was es sich handelte. »Sind das die berühmten Gewandspangen? Die, mit denen Ödipus sich die Augen ausstach?«

Maél nickte. »Ich brauche sie für ein Tauschgeschäft auf Zeit. Danach bekommt Ödipus sie wieder.« Er nahm mir den Beutel ab und verstaute die Fibeln darin. »Dafür müssen wir den Händler finden. Das Orakel wird uns hoffentlich verraten, wo er anzutreffen ist. Komm mit. Wir dürfen keine Zeit verlieren.«

Nachdem wir die Treppe zur Metro hinuntergegangen waren, blieb Maél in der Nähe der Fahrkartenautomaten stehen. Er hielt mir eine kleine Münze hin. »Halt mal.«

Ein wenig überrumpelt nahm ich die Münze. Sie schimmerte silbern, war ungewöhnlich schwer und so abgegriffen, dass ich die Prägung kaum erkennen konnte. Vermutlich war sie so alt wie Maéls unsterbliche Seele. Nur, was wollte er damit? Eine Fahrkarte konnte er damit sicherlich nicht kaufen. Maél bückte sich, und es blitzte etwas auf. Ich drehte den Kopf und sah gerade noch, wie er sich mit einem Klappmesser in die Handinnenfläche schnitt. Erschrocken holte ich Luft.

»Bist du verrückt?«

Maél ließ das bedrohlich aussehende Messer in seinem Stiefel verschwinden, dann nahm er mir ungerührt die Münze wieder weg. Blut hatte sich in seiner Handfläche gesammelt. Mir lief ein eisiger Schauer vom Haaransatz bis in die Zehenspitzen. Maél ließ die Münze in das Blut fallen und ballte die Finger zur Faust. Schnell sah ich mich um, ob jemand dieses martialische Schauspiel beobachtete. Doch die anderen Passanten schienen alle mit sich selbst beschäftigt zu sein. Maél ging zu einem der Fahrkartenautomaten und warf die blutige Münze in den Schlitz. Ich, die hinter ihm stand, beobachtete gerade noch, wie alle Lampen des Automaten gleichzeitig aufleuchteten, dann passierte nichts mehr.

»Auf geht's.« Maél wischte sich die blutige Hand an seiner schwarzen Jeans ab. »Hast du deine Monatskarte dabei?«

»Ja klar.«

Er nickte knapp und ging dann voraus. Er wirkte plötzlich angespannt. Ich folgte ihm durch die Schranke und eine Treppe hinunter bis zu einem Gleis.

»Welchen Zug müssen wir nehmen?«

»Gar keinen.« Er sah lächelnd zu mir. »Noch einen Moment Geduld. Dann wirst du es erleben.«

»Aber ...«

»Jetzt.« Die Schienen summten, als eine Bahn sich ankündigte. Maél nahm meine Hand, sein ganzer Körper schien vor Anspannung zu vibrieren. Ich traute mich kaum zu atmen. Die meisten Menschen um uns herum drängten sich an uns vorbei, um sich näher an die Bahnsteigkante zu stellen.

Doch die Metro wurde nicht langsamer. Erstes empörtes Gemurmel erklang. Ich wollte gerade etwas zu Maél sagen, da hörte ich es: Eine Stimme erklang durch das Rauschen, das der Luftzug des vorbeifahrenden Zugs erzeugte. Eine flüsternde, helle Stimme, wie die eines jungen Mädchens:

Wo Alt und Neu zusammenkommen, gleich der Zahl der Götter, findest du und gibst du fort. Wo Staub und Glanz zu finden sind, stehst du nicht allein, gleich der Patera.

Um uns wurde Protest laut, doch ich war immer noch ganz gefangen.

»Hast du es gehört?«, fragte Maél.

Ich nickte aufgeregt. »Wahnsinn.« Ich klang ein wenig atemlos. »Aber ich habe keine Ahnung, was das bedeuten könnte.«

»Das müssen wir jetzt zusammen herausfinden. Das Orakel spricht immer in Rätseln. Wir holen uns etwas zu trinken und machen eine kleine Pause. Zusammen finden wir bestimmt die Lösung.«

Um uns herum wurde der Protest noch lauter. Obwohl die nächste Bahn in drei Minuten kommen würde, schien der

Großteil der Leute sich ziemlich aufzuregen. Ich schüttelte den Kopf. Maél grinste. »Wenn ich nur ein Leben hätte, würde ich vermutlich genauso aus der Hose springen.«

Ich konnte es mir bildlich vorstellen.

»Sehr geehrte Damen und Herren, aufgrund einer technischen Störung konnte der Zug an dieser Haltestelle nicht halten. Wir bitten um Ihr Verständnis.«

Ich hörte der Lautsprecherstimme nicht weiter zu, stattdessen sah ich ungläubig zu Maél. Der lächelte nur.

*

Wir saßen auf der Fensterbank eines kleinen Cafés.

»Ich check es nicht.« Maél nahm einen Schluck aus seinem Kaffeebecher. »Warum kann das Orakel nicht einfach im modernen Zeitalter ankommen und anstatt dieses kryptischen Gefasels ein paar GPS-Koordinaten aufs Handy schicken. Das wäre zeitgemäß.«

Ich, die mittlerweile daran gewöhnt war, dass Maél sich gerne über Dinge aufregte, die er nicht ändern konnte, hörte nur mit halbem Ohr zu. Das legendäre Orakel von Delphi hatte zu mir gesprochen. Zu mir! Im Luftzug eines vorbeifahrenden Zuges, dessen Technik es manipuliert hatte. Zwar konnten nur Götter und Halbgötter mittels Blut und einer antiken Münze als Opfergabe – ich schüttelte mich immer noch deswegen – das Orakel befragen, doch weil ich als Maéls Eigentum *markiert* war – ich schüttelte mich ein zweites Mal –, konnte auch ich es hören, wenn er meine Hand hielt. Das Orakel verkündete seine Prophezeiungen auf Griechisch, aber Maéls Halbgötterkräfte hatten es automatisch in unsere Muttersprache Französisch übersetzt.

»Wo und wie hast du eigentlich deine Frage gestellt?«

»Oben am Fahrkartenautomaten. Man muss die Frage denken, während man die Münze in den Schlitz wirft. Wenn die Lichter aufleuchten, ist das Orakel bereit.«

»Und du hast das Orakel gefragt, wo wir diesen Händler finden?«

»Ja.«

»Musst du die Frage auf Griechisch denken?«

Er nickte. »Altgriechisch. Am Morgen deines zwölften Geburtstags wachst du auf und sprichst eine ausgestorbene Sprache fließend. Gut, dass du da noch zu jung bist, um an deinem Verstand zu zweifeln.«

Ich lachte. »Das ist so unheimlich.«

»Wo wir gerade bei Griechisch sind. Eine Patera ist eine große Sammelschale. Hilft dir das weiter?«

Maél hatte freundlicherweise mir die Aufgabe übertragen, mittels der kryptischen Worte den Aufenthaltsort des offenbar namenlosen Händlers herauszufinden. Vermutlich, weil ich mir im Gegensatz zu ihm die zwei Sätze im Handy notiert hatte, bevor ich alles vergaß. Ich sah erneut aufs Display. »*Stehst du nicht allein, gleich der Patera.* Vielleicht eine Kunstausstellung, in der ein paar dieser Schalen ausgestellt werden?«

»Aber dann passt der Rest nicht.«

»Doch. Da kommen Alt und Neu zusammen. Alte Gegenstände, neue Vitrinen zum Beispiel.« Doch irgendwie fehlte der Bezug zu den anderen Zeilen, da gab ich Maél recht. »Gleich der Zahl der Götter. Also zwölf. Jedenfalls reden wir Normalsterblichen immer von den zwölf olympischen Göttern. Also zwölf dieser Schalen.« Ich zog die Stirn kraus. *Findest du und gibst du fort.* Das hatte nicht wirklich viel mit einem Museum zu tun. »Ob es die Antikensammlung im Louvre meint?«

Maél schüttelte langsam den Kopf. »Deine Interpretation klingt in den meisten Punkten schlüssig, aber das passt so gar nicht zu dem Händler. Er ist ein uraltes Wesen. Weder Gott noch Halbgott. Niemand weiß, was er wirklich ist. Er könnte älter sein als mein Vater. Warum sollte er sich in einer Ausstellung von Sachen herumtreiben, die er vermutlich jahrzehntelang als Alltagsgegenstände benutzt hat. In Paterae hat man verschiedene Nachspeisen angerichtet. Oder Vorspeisen. Oder in den Tempeln Opfergaben darauf arrangiert. Es sind große Servierplatten. Nichts Besonderes. Heutzutage würde man eine Auswahl Canapés darauf arrangieren.«

Wieder sah ich auf das Display. *»Stehst du nicht allein, gleich der Patera.«* Ich hob den Kopf. »Die Patera ist so groß, dass unterschiedliche Speisen oder Opfergaben darauf präsentiert werden konnten, oder?«

Er nickte.

»Dann geht es um Vielfalt. Du stehst nicht allein gleich der Patera. An dem Ort, den wir suchen, treffen die unterschiedlichsten Menschen aufeinander. Es geht gar nicht um die Patera an sich. Das Orakel hat uns direkt angesprochen.«

Maél setzte sich ein bisschen aufrechter hin. »*Findest du und gibst du fort*. Dort wird gekauft und verkauft. Das würde zu dem Händler passen.«

Ich riss die Augen auf. »Wo Alt und Neu zusammenkommen. Das ist ein Flohmarkt!«

Maél lachte auf. »Genial. Das passt. Was steht da noch?«

»Gleich der Zahl der Götter.«

»Das müssen die Koordinaten sein.« Maéls Stimme war leiser geworden. »Einen anderen Anhaltspunkt haben wir nicht.«

»Es gibt keine ›zwölfte Straße‹. Woran sollen wir festmachen, warum irgendeine Straße eine zwölfte ist?« Eine Idee, erst klein und unscheinbar, entschlüpfte dem Kokon wirrer Gedanken und streckte ihre Flügel zu ganzer Pracht. Ich fuhr zu Maél herum. »Es ist keine Straße. Es ist der Stadtteil. Paris ist in zwanzig Arrondissements unterteilt. Es ist ein Flohmarkt im zwölften Arrondissement.« Schnell öffnete ich meinen Browser. »Der Marché d'Aligre liegt dort. Und er findet heute statt.«

Maél strahlte und hielt mir dann die freie Hand zum Highfive hin. »Glückwunsch, Partner. Das klingt logisch. Dort suchen wir den Händler.«

Ich schlug ein, doch innerlich verdrehte ich die Augen. Partner. Wenn er dieses Wort heute noch ein Mal in den Mund nahm, würde ich ihm die Definition eines Geschäftspartners mit wasserfestem Edding auf die Stirn schreiben.

*

Auf dem Marché d'Aligre herrschte reges Treiben. Händler verkauften Antikes und Neues, Imbisswagen boten Snacks und kleine Mittagessen an, und von irgendwoher erklang kubanische Musik. Der Markt wirkte wie ein Schmelztiegel unterschiedlichster Kulturen. Es roch nach Kochbananen, orientalischen Gewürzen und chinesischen Honigenten. Umringt von einem Potpourri aller Weltsprachen schlenderten wir durch die schmalen Gänge. Diese Facette von Paris hatte ich noch nicht kennengelernt. Doch je mehr Zeit ich auf dem Markt verbrachte, desto mehr gefiel mir das laute, internationale Flair, das überhaupt nicht mit der geschäftsmäßigen, hochglänzenden Ausstrahlung meines Stadtteils zu vergleichen war. Alles hier schien so bunt, so fröhlich, so lebendig.

Fasziniert sah ich einem Mann hinterher, der zwei Eimer mit frittierten Insekten trug.

Wie man in diesem Gedränge jemanden finden wollte, war mir allerdings schleierhaft. »Hast du eine Idee, wo wir suchen sollen?«

»Wir suchen ihn nicht. Er wird uns hier finden.«

Puh. Maél und das Orakel, bei der Geburt getrennt. »Geht es etwas konkreter?« Ich musste ihm fast ins Ohr schreien, so laut war es.

»Wir haben etwas, das er begehrt. Er kann dessen Gegenwart in einem gewissen Radius spüren.«

»Die Gewandspangen. Sag das doch einfach.«

»Ja und nein.« Maél reckte suchend den Kopf, bevor er sich zu mir beugte. »Es geht ihm um die Emotionen, die in ihrem Gold gespeichert sind. Ödipus ist ein echter Schwerenöter, und seine Spangen sind randvoll mit Wut, Trauer und Schuld. Das sind starke, rudimentäre Gefühle, die die Zeit überdauern.«

»Du verkaufst Ödipus' Gefühle?« Mein Verstand heizte sich gerade gefährlich über Betriebstemperatur auf. »Und er kauft sie? Du bist so … und er ist … Tut mir leid, das ist mir …« Ich brach ab, weil Maél wie angewurzelt stehen blieb.

»Lass uns dort drüben hingehen. Er ist hier.«

O Gott. Ich schluckte nervös. Was erwartete uns? Maél ging zielstrebig voraus, während ich immer noch grübelte, warum mir das alles noch seltsamer vorkam als sowieso schon. Es fiel mir ein, als Maél am Rande des Flohmarkts Position bezog und die Arme vor der Brust verschränkte. Seine Armspangen blitzen im Licht der Mittagssonne auf. Schön und exotisch, aber auch wie der nonverbale Hinweis, dass er bewaffnet war, sollte es darauf ankommen.

Ich wurde langsamer, zögerte, und mein Verstand lief auf

Hochtouren. Hatte ich ihn wirklich nicht gefragt, was er gegen die Gewandspangen tauschen wollte?

Ich blinzelte, als Maél mich ungeduldig zu sich winkte.

»Ich komm ja schon.« Wie hatte ich das übersehen können?

Maél schien angespannt. »Hör zu. Lass mich reden, ich weiß, was ich tue. Sprich ihn nicht an, sieh ihn nicht an. Jedenfalls nicht so, dass er es bemerkt. Er ist wunderlich, gefährlich, und da wir nicht wissen, womit wir es zu tun haben, sollten wir vorsichtig sein.« Er umfasste meine Schultern, als wäre ich sein Boxchampion. »Bleib cool und tu so, als würdest du täglich Typen wie ihm begegnen. Alles klar, Partner?«

Waaaah! Trotz meiner Nervosität krümmte ich mich innerlich. »Maél, du musst bitte aufhören, dieses Wort …«

»Da ist er.« Maél wandte sich von mir ab, den Blick starr geradeaus über meine Schulter gerichtet. Ich schwang herum und bezog hastig an Maéls Seite Position. Jetzt bloß nicht die Nerven verlieren.

Ein Mann kam auf uns zu. Ich schätzte ihn auf Anfang bis Mitte fünfzig. Sein Humpeln war nicht zu übersehen, was die große, ledernde Arzttasche, die er bei sich trug, vermutlich noch verstärkte. Man sah schon aus der Entfernung, dass er weder groß gewachsen noch sportlich war. Seine Haut schien gebräunt, obwohl er weder wie ein Sonnenstudiogänger noch wie der klassische Karibikurlauber aussah. Sein Outfit wirkte regelrecht antik und erinnerte mich an die Hemden und Gehröcke, die Johnny Depp als Captain Sparrow getragen hatte. Sein Haar war mausgrau, ungepflegt und lang. Einige Strähnen hatte er zu Zöpfen geflochten. Überall sonst wäre der Mann angestarrt worden wie ein bunter Hund. Hier jedoch fiel er kaum auf. Ich nahm an, dass die meisten Menschen ihn für einen Straßenkünstler hielten, der mit einer großen Tasche voller Marionetten von Ort zu Ort zog.

Er kam weiter auf uns zu, und als er einen gewissen Abstand überwunden hatte, schien es, als würde er durch einen feinen Nebel gehen. Ich musste ein entsetztes Geräusch unterdrücken, als der Schleier sich hob. Seine Haut war vom Bauchnabel abwärts mit dichtem, dunklem Fell bedeckt. Eins seiner Beine sah aus wie ein Ziegenfuß mit grau verhorntem Huf, das andere schien menschlich, aber so grausam entstellt, als wäre es mehrere Male gebrochen worden. Seine Brust war schmal und eingefallen, die Rippen standen in unnatürlichen Winkeln hervor. Ein seltsam erdiger Geruch eilte ihm voraus. Er roch nach feuchtem Moos und faulenden Blättern. Er stöhnte bei jedem Schritt, und die Gelenke seines verkrüppelten Beins knackten. Ich unterdrückte einen Schrei. Er sah aus wie eine Gestalt aus meinen schlimmsten Albträumen. Ich wollte schon die Flucht ergreifen, da machte es *Klick* in meinem Kopf, und er sah wieder aus wie zuvor. Unbehaart, bekleidet und fast menschlich. Hunderte winziger Ornamente, die er auf seinen samtenen Gehrock genäht hatte, klirrten leise, als er vor uns stehen blieb und die Tasche bedächtig auf den Boden stellte.

»Hadessohn.« Seine Stimme klang rau und krächzend wie die eines Raben.

»Ich grüße dich, Händler.«

Ich konnte es nicht unterdrücken und musterte unauffällig sein Gesicht. Die Haut schien wettergegerbt und rau, die Lippen aufgesprungen und vernarbt. Flink wie ein Wiesel drehte er den Kopf und sah mir direkt in die Augen. Die Spitzen seiner Wimpern leuchteten in einem hellen Grün. Winzige, schimmernde Lichtpunkte lösten sich von ihnen, jedes Mal, wenn er blinzelte. Er besaß die wachen gelben Augen einer Eule, die mich nun ausgiebig musterten. »Hallo, Nymphe.«

Ich war so schockiert, dass ich nur ein Nicken zustande brachte.

»Es ist lange her, dass ich einer deiner Art begegnet bin.« Wieder musterte er mich. »Nicht mehr lange, und deinesgleichen werden zu einem seltenen Sammelobjekt, für das so mancher ein Menge Geld bezahlen wird.«

Nervös wich ich ein Stück zurück. Er sah mich an, wie etwas, das er gerne besessen und in einer Vitrine ausgestellt hätte.

Maél trat vor und schob mich ein Stück hinter sich. »Wir sollten übers Geschäft reden.«

Der Händler lächelte wie eine Spinne, die sich in ihr Netz zurückzog, weil sie sich sicher war, dass sie einfach nur lange genug warten musste, um zu bekommen, was sie wollte.

»Ich brauche die Hilfe deines Syllektis.« Maél hatte einen Arm schützend vor mir ausgestreckt.

Einen Moment lang überlegte ich, ob es sehr unhöflich wirkte, wenn ich mein Handy zückte, um dieses Fremdwort zu googeln. Ich entschied mich dagegen. Stattdessen beobachtete ich weiter unser Gegenüber so unauffällig wie möglich.

Der Händler reckte das Kinn, lächelte und strich sich nachdenklich über seinen Ziegenbart. »Sie ist kostbar. Eine der Letzten ihrer Art.« Wieder glitt sein Blick zu mir. Ich wich noch ein Stück weiter hinter Maéls breiten Rücken.

Der Händler lachte rau auf. »Ich rede nicht von dir, Nymphe. Keine Angst, seine Krone lodert auf dir und wird jeden verschlingen, der dir Böses will.« Er kräuselte die Lippen. »Armes Mädchen«, murmelte er und sah zu Maél. »Du weißt, was du tust, aber weiß sie es auch?«

Ich wollte fragen, wie er das meinte, aber da erinnerte ich mich, dass ich lieber nicht mit ihm reden sollte. Und ja, vermutlich war es klüger, denn er wirkte verdammt Furcht einflößend.

Der Händler schenkte mir ein letztes böses Lächeln, dann wandte er sich wieder Maél zu. »Meine Kleine ist kostbar. Was bietest du mir?«

Maél zog den Samtbeutel aus seiner Tasche und ließ die Gewandspangen in seine Handfläche gleiten.

Die Augen des Händlers weiteten sich. Er leckte sich über die Lippen und wirkte regelrecht gierig. »Sehr schön«, murmelte er. »Sehr schön.«

»Ich brauche den Syllektis für eine Woche.«

Der Händler stieß ein trockenes Schnauben aus. »Zwei Tage.«

»Sechs«

»Drei.«

»Einigen wir uns auf vier.«

Der Händler warf einen erneuten Blick auf die Spangen. »Am vierten Tag zur Abendstunde hier.«

»Abgemacht.« Maél ließ die Gewandspangen zurück in den Beutel gleiten. »Wo habt Ihr sie?«

Der Händler beugte sich zu seiner Tasche, öffnete sie und hob ein hölzernes Kästchen hervor. In seinen Deckel waren Löcher gebohrt, doch ich konnte nicht erkennen, ob sie einem Zweck dienten oder rein schmückender Natur waren.

Kasten und Beutel wechselten die Besitzer. »Am Dienstag um siebzehn Uhr sehen wir uns wieder.«

»So ist es abgemacht.« Der Händler verbeugte sich, warf mir einen letzten Blick aus diesen unheimlichen gelben Augen zu und humpelte dann an uns vorbei.

»Was ist er?« Ich flüsterte, aus Angst, der Händler könne uns immer noch hören.

»Nun«, Maél zuckte die Schultern, während er gleichzeitig versuchte, durch eins der zahlreichen kleinen Löcher in den Kasten zu spähen. »In erster Linie ist er seltsam. Ziemlich seltsam. Aber es ist doch gut gelaufen, entspann dich.«

»Mache ich. Aber trotzdem kannst du mir erklären, was für ein Wesen er ist. Ich meine, er hat diesen Tierfuß ... und dann das ganze Fell ... und jemand mit medizinscher Ausbildung sollte dringend mal einen Blick auf sein Bein werfen.«

Maél sah mich an, als redete ich plötzlich Chinesisch. »Bitte was?«

»Na, sein Ziegenfuß. Welches Wesen hat ein Tierbein und ein menschliches Bein? Und dann diese ganzen Haare!« Ich schüttelte mich.

Zwischen Maéls Brauen hatte sich eine steile Falte gebildet. »Er ist einfach ein Mann, der humpelt. Vielleicht ist er in irgendeinem Krieg angeschossen worden. Man würde doch sehen, wenn er einen Ziegenfuß hätte.«

Ich verstand nicht. Maél schien keine Ahnung zu haben, es nicht sehen zu können. Wie konnte das sein? »Du vielleicht nicht.« Und dann erzählte ich ihm alles.

Als ich geendet hatte, war Maél blass geworden. »Niemand, den ich kenne, hat jemals sein wahres Äußeres gesehen. Deshalb rätseln alle.« Er sah mich ernst an. »Wir müssen herausfinden, was es mit deinen Kräften auf sich hat. Dringend. Du bist alles andere als gewöhnlich. Du kannst in meinen Bann eingreifen. Und jetzt hast du mal eben ein jahrtausendealtes Geheimnis gelüftet. Ich werde mich noch heute Abend in meine Recherche stürzen.«

»Ich will es nicht wissen, wenn es etwas Schlimmes ist.

Wenn ich zum Beispiel in Wahrheit ein Monster bin, ein Hekato-Dingsda zum Beispiel. Ich will nicht eingesperrt werden und in der Hölle landen.«

»Niemals.« Maél lächelte. »Keine Sorge.«

Mein Blick fiel auf das, was Maél getauscht hatte. »Was ist in dem Kästchen?«

»Wart's ab.« Er lächelte geheimnisvoll. »Sie ist zu kostbar, um hier den Deckel zu öffnen. Wir machen kurz einen Abstecher zu Hermes. Er wohnt hier ganz in der Nähe, und ich habe einen Schlüssel. Er ist noch bis nachmittags in einem Meeting. Dort öffnen wir das Kästchen.« Er grinste schief. »Deine Nörgelei halte ich nicht lange genug aus, um bis zu mir zu fahren.«

Ich verschränkte die Arme vor der Brust. »Jetzt komm schon. Es gefällt dir, so geheimnisvoll zu tun, das ist alles. Also, was ist da drin?«

»Geduld.« Er tätschelte absichtlich übertrieben meine Wange. Als wäre ich ein bockiges Kleinkind!

Meine Geduld war so gut wie aufgebraucht. »Was ist da drin, Maél?«

»Wart's ab, Livia.« Er ging los und ließ mich einfach stehen.

»Sag es mir einfach«, rief ich ihm hinterher und nahm die Verfolgung auf.

»Es soll eine Überraschung sein.«

Ich stöhnte. »Ich hasse dich.«

»Ich weiß.«

Ich bemühte mich, mit seinen langen Schritten mitzuhalten. »Sag mir endlich, was in dem Kasten ist.« Ich schnaufte. »Bitte.«

Er grinste mir über die Schulter zu. »Sag du mir noch mal,

wie sehr du mich hasst. Bitte …« Er wackelte anzüglich mit den Augenbrauen.

»Maél, du …«

Doch er beschleunigte seinen Schritt noch weiter, sodass ich irgendwann zu sehr außer Puste war, um ihn zu beschimpfen. Mistkerl.

*

Die Wohnung von Maéls Pate lag nur ein paar Straßen weiter in einer luxuriösen Wohnanlage. Ein moderner Aufzug brachte uns hinauf in die oberste Etage. Als die Türen sich öffneten, hielt ich überwältigt inne. Das Loft war riesig, die Wände nur roh behauener Stein und Trägerbalken aus massivem, geschwärztem Stahl. Im Kontrast dazu stand die Einrichtung, die hauptsächlich aus hochglänzendem weißen Lack und Edelstahl bestand. Alle sechs Meter hingen funkelnde Kronleuchter von den bestimmt acht Meter hohen Decken.

»Wow.« Ich sah mich ehrfürchtig um, während Maél zielstrebig zur Theke einer Hightech-Küche stiefelte. Vorsichtig stellte er das Kästchen ab und ging dann zum Kühlschrank. Neugierig folgte ich ihm.

»Hast du Hunger?« Maél riss die Türen auf. Ich spähte über seine Schulter.

»Du hast die Wahl zwischen Champagner und einem angebrochenen Glas Sardellen.«

»Ich verzichte.« Bei der Kombination wurde mir übel. »Hermes ist kein großer Koch, hm?«

»Er hat eine PR-Agentur und ist den ganzen Tag unterwegs. Ich glaube, er isst hauptsächlich außerhalb. Wenn er Partys gibt, lässt er alles kommen.« Maél schloss den Kühlschrank wieder. »Aber wir hätten auch Glück haben können. Manchmal lässt er etwas kommen und der Termin fällt ins Wasser, und dann ist sein Kühlschrank voll mit unangetasteten Spezialitäten der besten Restaurants der Stadt.«

Heute hatten wir wohl Pech gehabt, was mich wieder zu dem ursprünglichen Grund unseres Besuchs zurückbrachte.

»Was ist in dem Kästchen?«

Maéls Lächeln wurde sekündlich breiter, als er sich unverschämt nah an mir vorbeischob. »Endlich.« Er kam mir so nah, dass sein Atem über mein Gesicht strich. »Dabei ist es so niedlich, wenn du so ungeduldig bist.«

Ich guckte möglichst unbeeindruckt zurück. »Zeig. Es. Mir.« Mein Herz stolperte kurz, als er noch ein winziges bisschen näher kam. Seine Lippen berührten fast meine Haut, als er sprach. »Euer Wunsch sei mir Befehl.«

Er nahm mir meine Sephoratüte aus der Hand, stellte sie auf den Tisch und zog mir einen der hohen Barhocker zurück.

Er setzte sich mir gegenüber, und dann endlich hob er vorsichtig den Deckel an. Zuerst sah ich nur ein paar wippende, schwarze Fühler. Ich starrte gebannt darauf. Maél griff vorsichtig in das Kästchen. »Sie ist ein Syllektis. Das ist griechisch und bedeutet ›Sammler‹.«

Maél hob ein schneeweißes, flauschiges Etwas aus der Box, das seltsamerweise Flügel besaß. Schillernde Flügel, die wie mit einem irisierenden Staub bedeckt schienen.

Ich erstarrte, als ich erkannte, was es war. Eine Motte. Eine handtellergroße, pelzbedeckte Motte, deren große, dunkle Facettenaugen neugierig die Umgebung betrachteten.

»Sie ist eine urzeitliche Art der Riesenmotte. Sie gelten schon lange als ausgestorben, aber der Händler ist einer der

Wenigen, die noch eine besitzen. Er verleiht sie, wenn man ihre Hilfe braucht.«

Ich konnte mir ein Lächeln nicht verkneifen. Eigentlich mochte ich Insekten nicht so gern. Aber dieses flauschige Ding wirkte so harmlos und niedlich, dass es mich eher an ein Pokémon als an ein Insekt erinnerte.

»Wofür brauchen wir sie?«

»Ein Teil von Agadas Gold befindet sich auf einer antiken Speerspitze, die im Armeemuseum ausgestellt ist. Die Motte wird die Legierung abtragen, damit du das Gold von ihren Flügeln streichen und in die Schatulle legen kannst.«

»Wow.« Ich betrachtete die Motte erneut. »Beeindruckend.«

Maél streckte lockend die Hand aus. »Komm her, kleines Krabbeltier.«

So klein war das Krabbeltier gar nicht. Die Motte rührte sich nicht. Stattdessen wippte sie mit den langen Fühlern. Sie wirkte fast nachdenklich.

»Komm ...« Maél versuchte es erneut. Ein Zittern lief durch die schillernden Flügel der Motte. Dann trippelte sie direkt auf mich zu. Maél zog einen Flunsch. »Na, herzlichen Dank.«

»Es scheint ja doch ein Wesen auf diesem Planeten zu geben, das immun gegen deinen Halbgottcharme ist. Ich mag sie.«

Maél warf mir einen tödlichen Blick zu. »Ha, ha.«

Ich zuckte zusammen, als die vielen Beinchen der Motte zum ersten Mal meine Haut berührten. Flink überwand sie meine Hand und krabbelte meinen Arm hinauf bis zu meinem Hals. Nun wurde mir doch ein wenig mulmig. Hatte Maél eigentlich erwähnt, wovon Riesenmotten sich ernährten?

»Hilfe«, flüsterte ich, um die Motte nicht zu erschrecken.

Maél grinste und wirkte nicht beunruhigt. »Keine Angst.«

»Was macht sie da?« Ich konnte mich vor Schreck kaum rühren. Die Motte jedoch schien genau zu wissen, wo sie hinwollte. Geschickt suchte sie sich ein Schlupfloch zwischen dem Kragen meines Pullovers und dem Halstuch.

»Huch!« Meine Stimme überschlug sich, als die Motte, gut verborgen von Stoff und Tuch, über meine Haut kroch. In der Kuhle meines linken Schlüsselbeins ließ sie sich nieder und rührte sich dann nicht mehr. Ihr Körper war warm und weich, die kleinen Beinchen schien sie angezogen zu haben, denn ich spürte sie nicht mehr.

»Sie hat sich ein bequemes Plätzchen gesucht.« Maél grinste. »Schlaues Mädchen.«

»Und was macht sie da?« Meine Hand wanderte wie automatisch zu der Stelle, doch als ich es bemerkte, ließ ich sie schnell wieder sinken. »Mich anknabbern? Eier legen? Ihre Kinder mit meinem Blut ernähren?« Mein Puls nahm gefährlich Fahrt auf. War das etwa auch eine der Aufgaben von Nymphen? Sich für den Erhalt so gut wie ausgestorbener Insektenrassen zu opfern?

»Schlafen.«

»O mein Gott!« Ich hatte so sehr mit einer schlimmen Nachricht gerechnet, dass ich wie ferngesteuert geantwortet hatte. »Moment. Was?«

»Schlafen«, wiederholte Maél geduldig. Ein süffisantes Lächeln spielte um seine Mundwinkel. »Riesenmotten sind hauptsächlich nachtaktiv. Sie verschlafen den größten Teil des Tages. Und sie trinken auch kein Blut und fressen dich nicht im Schlaf. Sie leben von irgendwelchen Mikroorganismen.« Er wedelte mit der Hand. »Was weiß ich. Die Viecher, die von unseren Hautschuppen leben und so. Kleine Insekten, die wir nie zu Gesicht bekommen. Du musst sie nicht mal füttern, sie kümmert sich selbst darum.«

»Wieso ich jetzt auf einmal? Du hast sie ausgeliehen. Wie soll ich meinen Eltern ein Haustier erklären, das im Internet als ausgestorben gilt? Meine Mutter wird mir den Kopf abreißen und ihre Kaschmirpullover im nächsten Safe einschließen, wenn ich mit einer Motte nach Hause komme.«

»Syllekti suchen sich selbst aus, bei wem sie sein wollen. Da sind sie eigen. Sie hat sich für dich entschieden. Ich kann da nichts mehr machen.«

»Aber wo soll ich sie aufbewahren? Ich kann sie nicht zu Hause lassen, während ich in der Schule bin. Mom wühlt bei mir alles durch.«

Maél deutete wortlos auf die Stelle, an der die Motte es sich bequem gemacht hatte.

»Sie bleibt dort? Für immer?« Meine Stimme brach.

»Für die meiste Zeit. Syllekti sind sehr anhänglich. Wenn sie jemanden mögen, wollen sie die ganze Zeit bei dieser Person sein.« Er zuckte die Schultern. »Wenn du Sport hast oder duschen musst, dann sag ihr das. Sie ist schlau, rede einfach mit ihr. Erkläre ihr kurz, worum es geht, setze sie in den Schal, der nach dir riecht, und sie wird zufrieden auf dich warten.«

»Und wenn ich das nicht will?«

»Dann macht sie nicht mit.«

»Sie sammelt kein Gold für uns?«

Maél nickte bedeutungsschwer.

Ich wollte gerade etwas erwidern, als sich der Aufzug in Bewegung setzte. Maél sah alarmiert zur Tür. »Das ist Hermes.« Er griff nach der Schachtel und verstaute sie in meiner

Sephoratüte. »Denk nicht an die Motte. Sie wird sich nicht rühren. Hermes weiß nichts, und so soll es auch bleiben.«

Ich nickte mit klopfendem Herzen.

»Keine Angst. Er ist nett. Ein bisschen überdreht, aber er ist einer der zwölf olympischen Götter, der es wert ist, dass man ihn kennt.«

»Okay.« Etwas unbehaglich rutschte ich auf meinem Stuhl herum.

Die Türen fuhren mit einem Quietschen auseinander. Ein hochgewachsener, schlanker Mann Mitte dreißig betrat das Loft. Seine dunkelblonden Haare waren kurz geschnitten und modisch frisiert. Er trug ein tailliertes weißes Hemd, in dessen Ausschnitt eine Pilotenbrille hing. Dazu eine enge Jeans und dunkle Boots, die über und über mit weißen Strasssteinen und silbernen Nieten versehen waren. In den Händen hielt er drei iPhones gleichzeitig. Er hob den Blick nicht von den Displays, als er das Loft betrat.

»Maél, du hättest anrufen können. In meinem Kühlschrank sagen sich die Mäuse gute Nacht.«

»Ich weiß.« Maél grinste und sah zu mir.

»Oh, wir haben einen Gast.« Hermes schien mich entdeckt zu haben. »Eine Nymphe, welch seltener und doch sehr geschätzter Anblick. Ich hatte schon im Aufzug etwas gespürt, war mir aber nicht ganz sicher.« Er ließ seine vielen Handys in den Hosentaschen verschwinden und musterte mich neugierig. »Willkommen.«

»Hallo.« Ich hob etwas ungelenk die Hand.

Hermes kam lächelnd in Richtung Theke spaziert. Eins seiner Handys brummte, doch er ignorierte es. Ich hielt die Luft an, als meine Sicht verschwamm. Mein Blick wurde angezogen von einer Bewegung, die ich an seinen Schuhen wahrgenommen hatte. Ich riss die Augen auf, als Flügel sich aus den Fersen schoben und aufgeregt zu flattern begannen. Ich wusste, dass Hermes als Götterbote die legendären Flügelschuhe besaß. Niemals hätte ich sie mir jedoch als rockige Bikerstiefel mit jeder Menge Strass und Nieten vorgestellt. Mein Blick wanderte höher. Hermes' Brust war nun nackt. Ich hielt ein zweites Mal die Luft an. Zwei zierliche goldene Schlangen ringelten über seinen Nacken hinab zu seinen Rippen, bis sie in einem elegant geformten Motiv erstarrten. Nun lagen sie einander direkt gegenüber, als würden sie sich ansehen wollen.

»Ich bin Hermes.«

Mein Kopf wurde schlagartig wieder klar. Hermes war wieder vollständig bekleidet, die Flügel an seinen Boots waren verschwunden. »Äh … Ich bin Livia.«

Jeder einzelne seiner Finger war mit einem protzigen Silberring geschmückt. Ihn umgab eine Wolke schweren Parfüms, doch das war mir hundertmal lieber als der muffige Geruch des Händlers. Seine Nägel waren sorgfältig manikürt und seine Handfläche weicher als meine.

Wieder vibrierte eins der Telefone. Er ließ meine Hand los. »Entschuldige. Da muss ich ran.« Er nahm ab, wenn auch sichtlich genervt. »Ja?« Er verdrehte die Augen, wodurch mir auffiel, dass seine Wimpern dezent getuscht waren.

»Hör zu, Schätzchen. Ich habe dem Vorstand schon in der ersten Runde verklickern wollen, dass sie auf das falsche Pferd setzen. Die Kleine ist Schauspielerin, minderjährig und psychisch so stabil wie ein Kartenhaus. Absolut kein Testimonialmaterial. Es ist nicht unsere Schuld, wenn sie nackt und zugedröhnt auf irgendeinem Festival tanzt. Sollen sie die Kohlen selbst aus dem Feuer holen, unser Vertrag ist wasserdicht.« Er seufzte schwer. »Ja, sag ihnen das. Bussi.«

Hermes legte das Handy auf die Theke, dann zog er vier weitere Smartphones aus seinen Hosentaschen und drapierte sie ordentlich daneben. »So. Wo waren wir.« Er sah zu Maél. »Richtig. Was kann ich für euch tun?«

»Ach … wir waren nur gerade in der Gegend und … ähm … ich dachte, ich zeige Livia mal dein Loft.« Maél lachte nervös. »Sie interessiert sich für Architektur und Design.«

Na, herzlichen Dank. Mein Know-how, was Architektur betraf, grenzte hart an »nicht existent«.

Hermes strahlte. »Dann sieh dich gerne um. Ich habe Kontakte zu vielen der Designer. Wenn du etwas brauchst, mache ich dich gerne bekannt.«

Ich tat so, als sähe ich mich interessiert um. »Vielen Dank, das ist nett.«

Hermes' Blick wurde plötzlich ernst. »Seid ihr Klassenkameraden?«

»Nein.« Ich lächelte. »Ich gehe auf die Internationale Schule.«

»Oh, sehr nett … wirklich.« Hermes klimperte nachdenklich mit den Wimpern, dann kniff er die Augen zu Schlitzen zusammen und sah zu Maél. Der wurde auf seinem Hocker immer kleiner.

»Maél bringt nie Mädchen mit. Ich sage ihm immer wieder, wie schade das ist, aber …«

Maél stöhnte auf und legte eine Hand über die Augen. »Hermes …«

»Da ist doch nichts dabei, sage ich ihm immer wieder.« Hermes ließ sich nicht bremsen. Schon wieder brummte ein iPhone. »Aber er …«

»Hermes, es reicht. Okay?«

»Wieso? Sie ist doch eine Süße.« Hermes sah zu mir. »Seid

ihr ein Paar? Du musst es mir sagen. Er erzählt mir gar nichts. Nie. Und das ist so schade.«

»Okay, das reicht.« Maél sprang von seinem Hocker und stand im nächsten Moment neben mir. »Zeit zu gehen.«

Hermes schüttelte missbilligend den Kopf, warf uns einen letzten prüfenden Blick zu und nahm dann das Gespräch an. »Nein, Poseidon. Nein und immer noch nein. Der Chef will nicht gestört werden. Es ist mir egal, wer wem wieder irgendwas ins Wasser gekippt hat. Ich werde keinen Krieg mit den Flussgöttern anfangen, nur weil du Lust auf eine Prügelei hast.« Er drückte das Gespräch weg. Nun klingelte das nächste Telefon. »Herrschaftszeiten noch mal.« Hermes angelte nach dem plärrenden Handy. »Seid ihr auf dem Sprung?«

»Ja.« Maél wirkte bei dem Gedanken an eine Flucht regelrecht erleichtert. »Wir sind sehr in Eile.«

»Dann bis bald. Maél, du siehst heute Abend nach Ödipus. Livia, es war mir eine Freude.« Er deutete entschuldigend auf das Handy. »Sorry, Kinder, ich muss …«

»Bis bald, Hermes!« Ich winkte, während Maél schon an den geöffneten Türen des Aufzugs stand.

Hermes stöhnte auf. »Wie bitte? Wir hatten die Kampagne für alle Arrondissements gebucht. Tritt ihm auf die Füße, Darling, wenn der nicht aus dem Quark kommt. Wenn er dir blöd kommt, stelle ihn zu mir durch. Er ist Wachs in meinen Händen …«

Die Aufzugtüren schlossen sich, und Hermes' Worte verebbten. Ich musste ein Lächeln unterdrücken. Ich mochte Hermes auf Anhieb. Aber noch mehr mochte ich, dass Maél noch nie ein Mädchen mit hierhergebracht hatte.

»Er ist seine eigene Marke.« Maél stieß zischend die Luft aus. »Aber manchmal ist er so neugierig, dass es nervt.«

Die Motte bewegte sich kurz und erinnerte mich daran, dass ich ein neues Haustier besaß. Vorsichtig zupfte ich mein Halstuch zurecht, damit sie gut bedeckt blieb.

»Ich mag ihn.« Ich schenkte Maél ein zuckersüßes Lächeln. »Das nächste Mal, wenn wir uns sehen, frage ich ihn noch mehr über dich und die Mädchen aus und lasse mir peinliche Kinderfotos zeigen.«

Maél zog ein lauerndes Gesicht. »Das ist die Retourkutsche für gerade, hm? Als ich dir nicht zeigen wollte, was in der Kiste war.«

»Niemals!« Ich gab mir erst gar keine Mühe, meine Lüge zu verbergen.

Maél nickte wissend. »Schon klar. Jeder bekommt, was er verdient.«

Ich hakte mich bei ihm ein, während der Aufzug ruckelnd nach unten schwebte. »Und du hast mich definitiv verdient, Hadessohn.«

Wieder auf der Straße angekommen hielt Maél mir meine Sephoratüte unter die Nase. »Soll ich die solange in meine Tasche tun?«

Die hatte ich bei unserem übereilten Aufbruch total vergessen. »Danke, das wäre nett.« Ich deutete auf die Stelle an meinem Hals, an der die Motte sich niedergelassen hatte. »Was ist mit ihr? Muss sie nicht zurück in ihre Box?«

»Sie sucht sich selbst aus, wo sie bleiben will. Wenn sie sich nicht rührt, ist alles in Ordnung.«

Seit die Motte sich in meiner Schlüsselbeinkuhle niedergelassen hatte, hatte sie sich nicht mehr bewegt. Ich nahm also an, dass es ihr gut ging. »Sie erstickt aber nicht, oder?«

Maél schüttelte den Kopf. »Sie ist nicht so empfindlich, wie sie aussieht. Bloß weil sie weiß und flauschig ist, meine ich. Es geht ihr gut. Wenn nicht, würde sie etwas an ihrer Situation ändern. Sei ganz entspannt.«

»Wenn du das sagst.« Ich widerstand erneut dem Drang, die Stelle am Hals zu berühren. Maél warf mir einen prüfenden Blick zu. Ich dachte schon, es ginge wieder um die Motte, doch da hatte ich mich wohl getäuscht.

»Du hast es bei Hermes gefühlt, nicht wahr? Du warst einen Moment lang wie versteinert.«

»Mehr gesehen als gefühlt. Es ist immer wieder überwältigend.«

»Gesehen?« Maél legte neugierig den Kopf schief. »Was hast du denn gesehen?«

»Seine Flügelschuhe und die zwei goldenen Schlangen auf seiner nackten Brust.«

Maél riss die Augen auf. »Er war nackt?«

»Halb nackt. Sein Hemd war plötzlich verschwunden. Den Händler habe ich auch plötzlich ohne Kleider gesehen. Wie hätte ich sonst das Fell und das Ziegenbein erkennen sollen?«

»Aha.« Maél war einen Schritt vor mir zurückgewichen. »Mal nur so am Rande … Wie siehst du mich so, wenn meine Halbgottseite sich offenbart?«

Ich konnte mir denken, worauf das hinauslief. »Du meinst, wie viel ich von dir nackt sehe, wenn ich dein wahres Ich zu Gesicht bekomme?«

»Nicht dass ich mich für irgendetwas schämen müsste.« Er versuchte, möglichst unbeteiligt zu wirken. Ich musste ein Grinsen unterdrücken. »Es ist reine Neugier.«

»Hmmmm.« Ich tat, als müsste ich angestrengt nachdenken. »Ich kann mich gerade nicht erinnern.« Ich sah ihn an und lächelte beschwichtigend. »Also keine Angst. Nichts war so schrecklich oder so großartig, dass es einen bleibenden Eindruck hinterlassen hat.« Das war gelogen, denn Maél ohne Shirt war ein Anblick gewesen, der mir noch lebhaft vor Augen schwebte und an den ich gerne zurückdachte. Ich wusste, dass ich damit einen Nerv getroffen hatte, als er ein finsteres Gesicht zog.

»Und Enko?«

Ich beschloss, dass er genug gelitten hatte. »Nur ein bisschen Magma zu seinen Füßen und das Geräusch von Flammen.«

Maél gab ein unbestimmtes Brummen von sich. Aber er klang zufrieden.

»Es scheint, als ob ich die eher durchschauen könnte, bei denen ich vorgewarnt bin. Von denen ich also weiß, dass sie Götter oder mythologische Wesen sind. Hermes, der Händler … Bei Aphrodite war es nur ein Gefühl, eine Ahnung. Als ich sie ansah, wusste ich, dass das nicht ihr wahres Ich ist – wie eine unsichtbare Maske, mit der sie ihre Traurigkeit verbirgt. Bei Enko war es nur ein Kribbeln im Nacken. Ich habe erst mehr gesehen, als er ging. Aber da wusste ich, wer er war. Vielleicht ist das der Grund.«

Maél stöhnte auf. »Echt jetzt?«

Erst da wurde mir klar, dass ich auch bei ihm wusste, wer er wirklich war. »So ist es nicht, okay? Vielleicht liegt es daran, dass ich, als wir uns kennenlernten, noch nichts wusste und auch kaum etwas bemerkt habe. Du wirkst auf mich die meiste Zeit wie ein Mensch. Nur manchmal bricht da etwas durch, was mich daran erinnert, dass du ein Halbgott bist. Aber du bist nie nackt oder trägst Schlangen mit dir herum.«

Maéls Oberwasser kehrte zurück wie eine Springflut. Er überwand die von ihm geschaffene Distanz zwischen uns, um mal wieder mit meinen Haaren zu spielen. »Wie schade. Da verpasst du echt was.«

»Freu dich nicht zu früh, Hadessohn.« Ich strich mein Haar über die Schulter und außerhalb seiner Reichweite. »Meine Kräfte entfalten sich noch, und mein Blick auf eure Welt wird immer klarer.« Ich zupfte ihm eine imaginäre Fluse vom Shirt und hob lächelnd den Kopf. »Ich bin mir sicher, bald sehe ich, was ich will, genau wann ich es will.«

Maéls Mundwinkel hoben sich zu einem Lächeln, das herablassend und verführerisch zugleich wirkte. »Wieso habe ich das Gefühl, dass das eine Drohung war?« Seine Stimme klang plötzlich rau.

»Es war ein Versprechen, Hadessohn, ein Versprechen.«

Er hob ganz leicht das Kinn. »Mir scheint, du hast einen guten Lehrer?«

Ich zuckte die Schultern. »Vielleicht.«

Maéls Lächeln verschwand, sein Blick wurde ernst. Ich sah in seinen Augen, dass er mich küssen wollte, noch bevor er den Kopf neigte. Er überwand Zentimeter für Zentimeter, und je näher er kam, desto schneller schlug mein Herz. *Tu es endlich! Nein, geh weg, du wirst mir wieder wehtun. Ich will es genauso wie du. Verführe mich nicht und nutze meine Schwäche aus. Halt mich endlich. Lass mich gehen.*

Vor meinem inneren Auge sah ich die Flammenkrone auflodern. Ödipus hatte mich gewarnt. Hatte er sich so sehr getäuscht? Ich konnte Maéls Atem auf meinen Lippen spüren. Seine rechte Hand legte sich um meinen Nacken, und seine Finger wühlten sich in meine Haare. Da war es wieder, das Gefühl einer Flut, die mich verfolgte. Schwarzes, gurgelndes Wasser, das mich einholte und dem ich nicht entkommen konnte. Ich spürte Maéls Nähe, seine Kraft, und wie sie alles, was mich zweifeln ließ, ausradierte, die Bilder fortwischte und die Geräusche verstummen ließ. Jetzt war es still, und da war nichts mehr, außer ihm und mir und der Energie zwischen uns, die jedes rationale Denken verpuffen ließ. Er war so nah. Jede Faser seines Körpers schien nach mir zu rufen. Ich würde ihn nicht aufhalten. Ich konnte es nicht. Er hatte mein Herz gestohlen und es einfach nicht zurückgegeben.

Hinter uns hupte laut ein Auto. Jemand schimpfte aus einem offenen Wagenfenster. Maél ließ mich los und wich zurück. Einen Moment lang wirkte er wie vor den Kopf geschlagen. Er holte tief Luft, und sein Brustkorb dehnte sich unter seinem Shirt. »Wir sollten weiter. Das Armeemuseum hat nicht ewig auf.« Er ordnete seine Haare, obwohl sie perfekt um seinen Kopf lagen. »Hast du Hunger?« Er drehte sich einmal um sich selbst, als erwartete er, dass sich hier und jetzt der Boden öffnen und sich aus Rauch und Nebel ein China-Imbiss manifestieren würde. »Sollen wir etwas essen gehen?«

Ich wartete sehnsüchtig darauf, dass in all seinem Gestammel das Wort Partner fallen würde, nur damit ich endlich einen Grund hatte, ihn kräftig zu schütteln. Leider tat er mir den Gefallen nicht.

»Livia?«

Erst da fiel mir auf, dass ich ihn immer noch wie paralysiert anstarrte. »Äh …« Ich sollte irgendetwas sagen, mich aus der Starre in Erwartung eines Kusses lösen. Schnell. »Das war jetzt irgendwie komisch, oder?« Oh, verflixt. Die Worte purzelten aus meinem Mund, bevor ich realisierte, was ich da sagte.

Maéls Augen weiteten sich.

»Ich meine …« Verdammt noch mal, warum war mein Mund schneller als mein Gehirn? Das sollte normalerweise andersherum funktionieren.

Maél gab einen Laut von sich, der entfernt an ein Lachen erinnerte. Obwohl er eigentlich klang, als wäre er kurz davor zu ersticken.

Ich wollte irgendetwas Lässiges sagen. Doch ich öffnete den Mund nur, um ihn erfolglos wieder zuzuklappen.

»Livia.«

Ein Schmerz zerriss meinen Magen, und ich krümmte mich wie ein Klappmesser. Es fühlte sich an, als würde jemand mit spitzen Klauen in meine Eingeweide greifen und sie auf links drehen. Ich presste eine Hand vor meine Mitte. Vor meinen Augen tanzten Sternchen. Natürlich hatte ich schon Regelschmerzen gehabt, die etwas heftiger ausfielen. Doch selbst die Krämpfe, die mich um meinen Geburtstag geplagt hatten, waren nichts dagegen. Sofort stand Maél neben mir.

»Livia.« Er legte mir eine Hand auf den Rücken. »Alles okay? Wie kann ich dir helfen?«

Ich kam wieder hoch. Die Motte hatte sich bewegt, als sie sich an meinem Schal festgeklammert hatte. Schützend legte ich eine Hand darüber, und sie krabbelte an ihren Platz, als ich wieder aufrecht stand. Der Schmerz war wie weggeblasen. Nicht mal ein Zwicken erinnerte mich an das, was mich vor ein paar Sekunden schier zerrissen hatte. Was war das denn gewesen?

»Soll ich ein Taxi rufen? Möchtest du zum Arzt?« Maél streichelte immer noch meinen Rücken, während er mit der freien Hand sein Handy hervorzog. »Oder soll ich den Notarzt rufen?«

»Es geht schon wieder, danke.«

»Bist du sicher?« Maél ließ das Handy zurück in seine Tasche gleiten. »Hast du vielleicht etwas Falsches gegessen?«

Wie sollte ich ihm erklären, dass ich aus Nervosität heute

noch gar nichts gegessen hatte? Dad war schon um neun Uhr zu einer Sitzung aufgebrochen, Mom mit ein paar Country-Club-Damen unterwegs zu einer Impressionistenausstellung. Das späte Familienfrühstück war also ausgefallen. »Ich sollte dringend mal überhaupt etwas essen.«

Wieder weiteten sich Maéls Augen. »Es ist halb drei. Lebst du auch von Mikroorganismen wie die Motte?«

Ich musste lachen, und zum Glück war der Schmerz wie ausradiert. »Ich hätte Lust auf eine asiatische Suppe. Mit Nudeln, Gemüse und Fleisch.«

»Da kann ich dir helfen.« Er grinste. »Hier um die Ecke gibt es eine japanische Suppenküche.«

»Klingt super.« Ich überprüfte kurz, ob die Motte noch an ihrem Platz saß. Maél ging ein paar Schritte voraus, wurde aber langsamer, bis wir wieder auf einer Höhe waren. Er lächelte mir zu, doch als er den Kopf wieder nach vorn drehte, wirkte er ernst und nachdenklich. Vielleicht hätte ich ihn darauf angesprochen, doch ich hing meinen eigenen Gedanken nach. Irgendetwas in mir schien sich gegen Maél zu wehren. Vielleicht wusste mein Nymphen-Unterbewusstsein mehr, als mein menschlicher Verstand ahnte. Bevor ich nicht wusste, was es damit auf sich hatte, würde ich vorsichtiger sein. Und bei nächster Gelegenheit würde ich es so drehen, dass ich Maél zu Ödipus begleitete. Es wäre doch gelacht, wenn ich es nicht schaffen würde herauszufinden, warum irgendetwas in mir Maél immer noch als Feind einstufte …

*

Ich hatte eine gigantische Schüssel mit Nudelsuppe bezwungen und war nun fast zu vollgefuttert zum Laufen. Kaum dass

Maél und ich in der Metro saßen, fehlte nicht viel und mein Kopf wäre gegen seine Schulter gesackt. Ich entschied mich also, mich mehr zur gegensätzlichen Seite sinken zu lassen. Was damit endete, dass ich mit der Schläfe gegen die Plastiktrennwand knallte, als die Metro in einer Kurve scharf abbremste.

»Wow« Maél streckte den Arm hinter mir aus. »Dich kann man echt keinen Moment aus den Augen lassen, McKenzie. Wie hast du es bis hierher geschafft?« Ich sackte wie automatisch tiefer, irgendwo zwischen Schulter und Achsel, als ich mich unter seinen Arm kuschelte. »Nenn mich nicht so.« Ich schloss die Augen. Nur eine Sekunde. Nur eine winzige Sekunde, dann würde ich mich aufrichten und so tun, als habe ich seinen Arm hinter mir gar nicht bemerkt.

Er lachte leise. Viel zu nah. Viel zu sexy. »Warum nicht?«

»Weil ich keiner deiner Kumpel … entschuldige, ich meine, Brüder bin.«

Wieder lachte er nur.

»Das ist nicht lustig, Anjou. Merkst du, wie bescheuert das klingt?«

Er zuckte die Schulter, was dazu führte, dass die Haut meiner linken Gesichtshälfte synchron nach oben gezogen wurde. Wie gut, dass hier niemand einen Spiegel vor uns her trug.

»Ich höre das öfter. Es stört mich nicht.«

Als Antwort richtete ich mich auf und drehte mich ihm zu. Maél warf mir einen amüsierten Blick zu und ließ seinen Arm, wo er war. »Guck nicht so böse. Ich verhindere hier Schlimmeres.« Er würde keinen Zentimeter nachgeben.

Also versuchte ich es mit einem Themenwechsel. »Was hat es mit den Schlangen auf sich? Die, die über Hermes' Oberkörper gekrabbelt sind?«

»Du hast echt einen harten Schädel, wenn du nach dem Stoß gerade noch so scharf denken kannst.«

»Lenk nicht ab. Erzähl mir mehr über die Schlagen. Sind sie seine Haustiere oder tauchen sie nur auf, wenn ich seine göttliche Seite sehen kann?«

Maél sah sich kurz um, doch in der Bahn war es relativ leer. »Die beiden sind Teil des Kerykeion, dem sogenannten Hermesstab. Aber weil der ziemlich sperrig ist und Hermes ihn selten mit sich herumschleppt, kriechen die beiden die meiste Zeit auf ihm herum.« Er zwinkerte mir zu. »Sie mögen es warm.«

Nun … auf mir lebte eine Motte, ich war nicht in der Position, mich darüber lustig zu machen. »Und was macht er mit diesem Stab?«

»Er kann den Menschen damit Träume schenken. Nicht Lebensträume, die Träume bei Nacht.«

»Aber er ist doch kein Gott der Unterwelt.«

»Nein, es ist auch keine Traumwandlerei. Hermes kann dich nicht beeinflussen oder deinen Traum betreten. Er kann dir nur einfach einen netten Traum schenken, während du schläfst. Oder einen Albtraum.«

»Interessant. Wofür braucht man so eine Gabe?« Ich vermied es, auf die Stelle zu gucken, an der ich sein Herz unter seinem Shirt schlagen sehen konnte.

»Hermes hat zum Beispiel mal ein ganzes Heer verschlafen lassen, weil sie dank ihm alle so schön geträumt haben. Kein Krieg ohne Soldaten. Aber diese Gabe setzt er nur selten ein. Er ist hauptsächlich die rechte Hand des Chefs. Zeus ist nicht mehr ganz so … motiviert. Hermes sorgt dafür, dass sich die Götter nicht ständig wegen irgendetwas an die Gurgel gehen. Deshalb auch die sechs Handys. Irgendjemand will sich immer mit irgendjemandem streiten. Und dann hat er ja noch seine PR-Agentur, die auch ein Fulltime-Job ist.«

»Und deine Flammenkrone? Warum hattest du sie nicht verborgen, als du dich mit dem Portier angelegt hast? Enko hat so getan, als wäre das selbstverständlich.«

Maél tat so, als zupfe er mein Halstuch zurecht. »Habe ich dir schon mal gesagt, dass ich niemanden kenne, der das Thema so brutal wechselt wie du?«

Ich senkte den Kopf. »Ja, ich weiß. Manchmal sprudeln die Gedanken so hervor, und mein Mund ist schneller als der Kopf.«

»Ich mag das.« Ich spürte sein Lächeln mehr als ich es sah. »Normalerweise ist meine Flammenkrone immer verborgen. Aber an dem Tag, als ich mich mit eurem Portier gestritten habe, hatte ich es einfach vergessen. Ich war mit den Gedanken woanders. Und wo wir gerade dabei sind: Wird er auf mich schießen, wenn ich das nächste Mal bei dir auftauche?«

»Fabrice ist schon in Ordnung. Er wollte mich nur beschützen und hat dabei riskiert, dass du seine Nackenwirbel zu Staub zerbröselst.«

»Ich habe ihn nur auf den Boden gerollt, nachdem er mich ziemlich grob angefasst hat. Hätte ich ihm wehtun wollen, hätte das anders ausgesehen. Ich war so nett, ihm lediglich zu demonstrieren, dass ich *könnte*, wenn ich *wollte*. Das ist ein Unterschied.«

»Es geht ihm jedenfalls gut, danke der Nachfrage.« Ich hob den Kopf und sah gerade noch, wie Maél mit den Augen rollte.

»He.« Ich stupste ihn mit der Schulter an.

Maél, der ganz offensichtlich keine Lust auf das Thema hatte, riss seinen Arm hinter mir weg und sprang auf. »Los geht's, kleine Nymphe. Wir müssen an dieser Station raus.«

Ich unterdrückte ein Seufzen. Maél fing meinen Blick auf und grinste herausfordernd. Doch dieses Mal ignorierte ich ihn.

*

Von der Metrostation mussten wir ein kleines Stück bis zum Museum laufen. Ich wollte die Zeit nutzen, um einen Schlachtplan auszuarbeiten, doch Maél hatte schon wieder Hermes am Telefon. Es ging wohl erneut um Ödipus.

»Alles okay?«, fragte ich, als er aufgelegt hatte.

»Hermes hat ein paar Sachen per Kurier für Ödipus bestellt, die zu mir geliefert werden. Er hat mir gerade die Daten durchgegeben, damit ich dann zu Hause bin.«

Wir blieben am Eingang des Museums stehen. Zum Glück war die Schlange nur kurz. Polizisten durchsuchten unsere Taschen, und wir mussten uns abtasten lassen. Im Gebäude kaufte Maél unsere Tickets, doch ich gab ihm meinen Anteil, weil ich nicht wollte, dass er mich ständig einlud. Er protestierte, doch ich ließ die Münzen kurzerhand in eine seiner Taschen gleiten.

»Und jetzt?«

Maél schloss kurz die Augen, dann sah er zu mir. »Ich habe es.« Er stürmte voraus, als habe er die Fährte aufgenommen wie ein Bluthund. Wir strandeten in dem Kabinett mit der osmanischen Sammlung, das an den Saal »Louis XIII.« angrenzte. Hier wurden Waffen und Rüstungen aus dem 16. und frühen 17. Jahrhundert ausgestellt. Ich bedauerte, dass wir an all den faszinierenden Ausstellungsgegenständen so schnell vorbeiliefen. Vor einer Vitrine blieb Maél wie angewurzelt stehen.

»Da ist sie. Die dritte von links.« Seine Augen glänzten

fiebrig, auf seinen Wangen lag ein roter Schimmer. Er sah sich betont beiläufig um, doch selbst ein Blinder hätte erkannt, dass er nervös war. Mir war ein wenig mulmig zumute.

Die Speerspitze war mit komplizierten, geschwungenen Mustern und Edelsteinen verziert. Ich hatte keine Ahnung, wie Maél eine Motte von der Größe einer Kinderfaust ungesehen in eine luftdicht isolierte Vitrine schleusen wollte. Mal abgesehen davon, dass hier überall Kameras hingen und wir umgeben von Touristen waren, die nicht weniger wurden, je länger wir warteten.

»Die Kameras.« Ich zischte ihm die Worte ins Ohr.

»Ein Wachmann könnte die Motte sehen, wenn sie hier herumfliegt. Aber auf Kameras ist sie nicht zu erkennen, nur ein Lichtblitz. Ihr weißes Fell reflektiert zu stark. Mach dir keine Sorgen, das klappt schon.«

Ich wollte ihm glauben, wirklich. Aber ich hatte so meine Zweifel. »Du musst mit ihr reden, wenn es so weit ist.«

»Ich spreche kein Altgriechisch.«

»Sie versteht dich.«

»Okay, ich sage also: ›Motte, hol das Gold von der osmanischen Speerspitze dritte links in der Vitrine vor uns‹, und dann weiß sie Bescheid?«

Maél nickte. »Beschreibe das Objekt so genau wie möglich. Manchmal stehen auch Archivnummern auf den Karten mit der Objektbeschreibung.«

Wir beugten uns simultan vor. Fehlanzeige.

»Wäre auch zu schön gewesen. Wir warten also, bis niemand in der Nähe ist, dann beschreibe ich das Objekt, und sie flattert los, gelangt irgendwie in die Vitrine, löst das Gold und bringt es mir?«

»Der Staub auf ihren Flügeln erkennt, um welches Material

es sich handelt, und wird es imitieren. Während sie das Gold abträgt, verteilt sie den Staub ihrer Flügel auf dem Objekt, sodass nachher nicht zu sehen sein wird, dass das Gold eigentlich nicht mehr da ist.«

»Hast du denn deine Schatulle dabei?«

Maél klopfte auf seine Tasche. »Hier drin. Aber wir werden erst so schnell wie möglich das Museum verlassen, sollte doch jemand irgendetwas gesehen haben.«

Mir wurde immer mulmiger. Was wir geplant hatten, war keine Bagatelle. Immerhin stahlen wir Teile eines antiken Artefakts aus dem französischen Armeemuseum. Einem Ort, bewacht von etlichen Kameras, Wachleuten und bewaffneten Polizisten vor dem Eingang.

Der Moment kam schneller als erwartet. Maél stupste mir den Ellenbogen in die Seite. »Jetzt.« Das kleine Kabinett würde leer sein, sobald die Vierergruppe Touristen um die nächste Ecke gebogen war.

Ich sprach die Motte leise an, und wie zum Zeichen des Verständnisses bewegte sie sich unter meinem Schal. Ich beschrieb ihr die Speerspitze, so gut ich konnte.

Kaum dass ich geendet hatte, kam sie zwischen Pullover und Schal ans Tageslicht gekrabbelt und hob nur eine Sekunde später in die Luft ab. Hinter uns erklangen Stimmen. Ich war vor Schreck wie versteinert. Die nächsten Touristen drängten in das kleine Kabinett. Die Motte war verschwunden. Wir machten höflich Platz an der Vitrine, doch mein Blick blieb starr auf die Speerspitze geheftet. Maél tat so, als wollte er etwas fotografieren. Ich wischte mir meine schweißfeuchten Hände an meinem Jeansrock ab.

Mir fiel fast das Herz in die Schuhe, als die Motte aus einem fast verborgenen Lüftungsschlitz in der Vitrine kroch. Wie war sie dort hineingelangt? Der Belüftungskreislauf war ein geschlossenes System, sonst machte es keinen Sinn. Die Luft war so gut wie frei von der in ihr typischerweise vorhandenen Feuchtigkeit. Auf diese Weise konnte man den Verfall der Exponate hinauszögern. Ich presste eine Hand auf den Mund, als die Motte gerade noch unter einen goldenen Helm huschte, bevor sich eine Frau neugierig in ihre Richtung beugte. Den Berufswunsch Geheimagent sollte ich dringend von meiner Liste streichen. Ich war absolut nicht für so etwas gemacht. So nervös Maél vorhin gewirkt hatte, so cool war er nun. Er gönnte der Vitrine kaum einen Blick, so als wäre er sich sicher, die Motte würde einen guten Job machen. Er wanderte sogar in dem Kabinett umher und sah aus einem der Fenster, seine Handykamera immer im Anschlag. Als vor unserer Vitrine nur einen Moment lang niemand stand, huschte die Motte zu der Speerspitze. Es dauerte nur wenige Augenblicke. Sie trippelte die antike Waffe einmal hinauf und wieder hinunter. Die Spitze sah aus wie vorher. Ein Mann kam um eine andere Vitrine herum und stand plötzlich mitten vor der Speerspitze. Ich reagierte schneller, als ich es mir zugetraut hätte.

»Monsieur, entschuldigen Sie bitte.« Ich berührte ihn am Arm, sodass er sich zu mir drehen musste. »Haben sie vielleicht ein Taschentuch? Meine sind mir gerade ausgegangen.« Ich deutete ein Schniefen an.

»Tut mir leid. Aber meine Frau hat immer welche dabei.« Er lächelte entschuldigend. »Claudine!« Er hob den Arm und winkte eine brünette Mittvierzigerin zu uns. »Wir brauchen ein Taschentuch.«

»Danke, das ist nett.« Ich schielte an ihm vorbei zur Vitrine. Die Motte war wieder verschwunden.

Nach einer Runde Smalltalk über lästige Erkältungen mit

dem netten Ehepaar konnte ich mich wieder unserer Mission widmen. Ich fühlte schon das Hochgefühl der fast erreichten Zielgeraden, da betrat ein Museumsmitarbeiter den kleinen Raum. Er positionierte sich so, dass er in erster Linie Maél gut im Auge behalten konnte. Was nicht verwunderlich war, denn Maél, mit seinen schweren schwarzen Boots, den dunklen Klamotten und der deutlich sichtbaren Schnittwunde an seiner Hand sah aus, als habe er ein Messer im Stiefel. Was in diesem Fall auch der Wahrheit entsprach. Ich seufzte innerlich. Jetzt konnte ich nur hoffen, dass der Wachmann so abgelenkt von Maél war, dass er mich nicht beachtete. Unauffällig zog ich mein Handy hervor.

Der Wachmann hat dich im Visier, lenk ihn ab, damit die Motte zurück zu mir kommen kann.

Maél antwortete sofort. *Geht klar.* Er ging betont nah an eine der anderen Vitrinen heran und presste dann sein Handy vor das Glas, um scheinbar ein Foto zu machen. Der Mann reagierte sofort. »Junger Mann, so geht das nicht. Bitte berühren Sie nicht …«

Ich konzentrierte mich auf die Motte. »Die Luft ist rein.« Ich hatte den Satz kaum geflüstert, da erschien sie in einer Ecke der Raumes. Sie krabbelte oben an der Decke entlang, bis sie direkt über mir war. Dann ließ sie sich fallen, landete auf meinem Pullover und verschwand unter den Falten des Schals.

»Wie heißt dein Haustier?« Jemand zupfte an meinem linken Ärmel. Erschrocken sah ich nach unten. Ein kleiner Junge, höchstens vier oder fünf Jahre alt, sah auf genau die Stelle, an der die Motte auf mir gelandet war. Ich hatte ihn nicht bemerkt, weil er so klein war. Mist.

»Äh … Ich habe kein Haustier.«

»Doch. Das flauschige Ding.«

»Du musst dich verguckt haben. Hier ist kein …«

»Mama! Die Frau hat ein echtes Pokémon. Ich will auch eins!« Die Stimme des Kleinen hallte überdeutlich durch den Raum. Nicht nur die Mutter drehte interessiert den Kopf, auch der Wachmann ließ von Maél ab und sah zu mir.

Ich hob die Hände. »Kinder und ihre Fantasie.«

»Ich habe es genau gesehen.« Der Kleine deutete auf meinen Schal. »Sie hat es da drunter.«

Schachmatt. Wir waren aufgeflogen! Zwei mythologische Wesen, eins davon ein paar tausend Jahre alt und beide auf dem besten Weg zum Abitur, waren von einem Vierjährigen zur Strecke gebracht worden. Was würden sie im Tartaros, im Olymp und überall dazwischen über uns lachen.

»Schatz, also bitte.« Die Frau sah entschuldigend zu mir, während sie auf ihren Sohn zulief. »Sollen wir eine kleine Pause machen? Du wolltest doch unbedingt einen der blauen Muffins aus dem Café hier im Museum.«

»Nein. Ich WILL das Pokémon sehen.« Der Kleine klang absolut unbestechlich.

»Mademoiselle.« Der Museumsmitarbeiter gesellte sich zu unserer kleinen Runde. »Haben sie etwa ein Tier mit in dieses Museum gebracht?«

Ich schüttelte den Kopf. Mein Hals war vor Angst wie zugeschnürt.

»Ich muss sie bitten, den Schal kurz hochzuheben.«

»Hören Sie, da ist kein Tier.«

»Ich WILL es aber sehen!« Der Kleine gestikulierte wild. Er hatte den Tragegurt einer Kinderkamera um sein Handgelenk gewickelt. Schwungvoll drehte er sich zu mir, die Kamera schwang gefährlich und donnerte schließlich mit voller

Wucht gegen die Vitrine vor uns. Doch das nahm ich nur am Rand wahr. Ich hätte fast aufgeschluchzt vor Erleichterung, als die Motte sich bewegte und über meinen BH in Richtung Bauchnabel krabbelte. Der Museumsmitarbeiter fixierte mich immer noch, doch das war mir jetzt egal. »Monsieur, da ist kein …«

Ein Alarm jaulte auf, und die Vitrine, die eben Bekanntschaft mit der Kamera gemacht hatte, begann rot zu blinken. Dann wurde es turbulent. Der Wachmann schimpfte, während über sein Funkgerät Befehle gebellt wurden. Der Kleine brach in Tränen aus. Die Mutter versuchte, beide gleichzeitig zu besänftigen. Zwei weitere Museumsmitarbeiter stürmten das Kabinett. Ich drehte mich zur Seite, als wäre nichts gewesen, und ergriff gemäßigten Schrittes die Flucht. Maél war ein großer Junge, er würde klarkommen, ohne dass ich nach ihm sah. Ich ging voraus und musste lächeln, als ich ihn hinter mir spürte.

»Bei allen Göttern, du bist echt eiskalt.« Sein Atem kitzelte an meinem Nacken, als er so nah hinter mir ging, dass unsere Schritte einen Takt annahmen. »Ich würde dir jetzt gerne ausführlich erzählen, wie wahnsinnig aufregend ich das finde«, er tauchte neben mir auf, »aber wir sollten zusehen, dass wir aus diesem Kasten raus sind, bevor die irgendwelche Kameraaufnahmen zurückspulen und sich etwas zusammenreimen.«

Wir hatten »Louis XIII.« bereits verlassen und näherten uns dem Ausgang, als eine Gruppe bewaffneter Polizisten direkt in unsere Richtung kam. Die anderen Museumsbesucher wichen zur Seite wie Gazellen vor einem Rudel Löwen. Ich warf einen schnellen Blick auf die Maschinengewehre, die Schlagstöcke und die Handschellen. Es war nicht zu erkennen, ob sie uns wirklich im Visier hatten oder ob sie nur auf der Suche nach verdächtigen Personen waren. Beide Vorstellungen behagten mir nicht, denn Maél sah irgendwie immer nach Ärger aus, vermutlich sogar, wenn er schlief. Die Cops würden ihn aus reiner Routine aufhalten und befragen.

»Und nun, Hadessohn?« Ich sprach durch geschlossene Zähne. »Plan B oder Gefängnis?« Mir war absolut schleierhaft, warum ich, die selbst von der Muppet Show Albträume bekam, so beherrscht reagierte.

»Verhalten wir uns unserem Alter entsprechend.«

Ich sah ihn fragend an. »Keine Ahnung, wie man sich mit dreitausend Jahren verhält, aber ich bin gespannt.«

»Ich liebe deinen Humor.« Er pflanzte seinen schweren Arm um meine Schultern. »Ein Mädchen und ein Junge zusammen im Museum? Wir sind verliebt, ganz klar.« Er grinste. »Geben wir ihnen, was sie erwarten.« Er zog mich etwas näher. »Jetzt tu wenigstens so, als hättest du Spaß.«

Ich lachte – es klang schrecklich künstlich und viel zu laut –, und ein paar Besucher drehten sich zu uns um.

»Götter …« Maél schnaufte. »Das wirkt jetzt, als hätte ich dich unter Drogen gesetzt, damit du mit mir ausgehst. Fällt dir nichts ein, bei dem du weniger seltsam wirkst?«

»Du parkst einfach nur deinen Arm auf meiner Schulter, und das wars? Das ist dein Beitrag zu unserem Ablenkungsmanöver?«

»So merkwürdig, wie du reagierst, ist es vermutlich besser so.«

»Herzlichen Dank, du bist echt ein Charmebolzen, Blödmann.«

Das Trampeln der schweren Stiefel auf dem Marmorboden wurde lauter. Einer der Polizisten sah mir direkt ins Gesicht.

»Entschuldige mal, ich versuche nur …«

»Okay, mir reichts.« Ich bremste Maél aus, ging auf die Zehenspitzen und zog seinen Kopf zu mir. Es war ein unschuldiger, zärtlicher Kuss auf seine geschlossenen Lippen, der nur wenige Sekunden dauerte.

»Vielen Dank, Schatz. Das war ein wunderschöner Ausflug.« Ich sagte es gerade laut genug, dass die Polizisten mich trotz ihrer lauten Stiefel hören konnten. Sie passierten uns, ohne uns weiter zu beachten.

»Geschafft.« Obwohl mir das Herz bis zum Hals klopfte, schaffte ich es, Maél triumphierend anzulächeln. »Gefahr gebannt.«

Maél sah mich an wie etwas, das nach jahrtausendelangem Schlaf aus dem ewigen Eis erwacht war. Er wollte etwas sagen, überlegte es sich dann aber anders. Kurz sah er sich nach den Polizisten um. »Wir sollten weiter.« Seine Stimme klang belegt. Er fuhr sich durch die Haare, wie immer, wenn er nervös war. »Schnell.«

Ich folgte ihm, auch wenn ich mich fragte, warum er so seltsam reagiert hatte. Ob ich ihm zu nahegetreten war mit dem Kuss? Ich hatte damit vermutlich gegen dieses Partnerding verstoßen. War er deshalb so komisch? Vielleicht sogar verärgert? Wir erreichten den Innenhof, und der Ausgang kam in Sichtweite. Maél schien das Reden verlernt zu haben. Ich bemühte mich, mit ihm Schritt zu halten. Die Motte begab sich in der Zwischenzeit zurück an ihren Stammplatz in der Kuhle meines Schlüsselbeins. An die Berührung ihrer Beinchen auf meiner Haut hatte ich mich schon so gewöhnt, dass es kaum noch kitzelte. Ich war froh, dass sie alles unbeschadet überstanden hatte.

Wir passierten den Ausgang, den Vorplatz und schließlich die bewaffneten Soldaten am Eingang des Geländes. Erst als wir um zwei Straßenecken gebogen waren, berührte ich seinen Arm, damit er stehen blieb.

»Alles okay?« Es fiel mir schwer, trotz der Unsicherheit zu lächeln. »Wir haben sie überzeugt. Das war doch eine gute Vorstellung, oder?«

Er sah mich eine Weile an, dann schüttelte er ganz langsam den Kopf. »Du bist so verdammt eiskalt.« Unverhohlene Bewunderung schwang in seiner Stimme mit.

Mein Puls wurde schneller. Zuerst hatte ich gedacht, er wollte mich beleidigen. Vermutlich aber war in seiner Welt, dem Reich der Toten, dem Königreich des grausamen Hades' und Herrschaftsgebiet gnadenloser Kerkermeisterinnen »eiskalt« ein großes Kompliment. Also nickte ich mit dem Kopf. »Danke sehr.«

»Oh, verdammt. Ich glaube, sie verfolgen uns.«

»Was?« Ich schwang herum. »Wo? Ich sehe niemanden.« Als ich mich zurückdrehte, war er direkt vor mir. Seine Hände lagen um meine Wangen, und seine Lippen pressten sich auf meine. Maéls Kuss war ebenso unschuldig wie meiner, doch intensiver, denn er dauerte um einiges länger. Als er seine Lippen von meinen löste und mich ansah, glänzten seine Iriden wie poliertes Silber. »Da habe ich mich wohl vertan.«

Erst jetzt bemerkte ich, dass ich meine Hände wie automatisch um seine Hüften gelegt hatte. Ich ließ ihn los und wich etwas zurück. »Jetzt sag mir, wer von uns ist hier eiskalt?«

»Verstehe ich nicht.« Er sah mich an wie die Unschuld in Person.

»Du hast mich ausgetrickst.«

»Aber es war ein netter Trick, gib es zu.«

»Mir ist fast das Herz in die Hose gerutscht. Gut, dass ich noch unter zwanzig bin und das Thema Herzinfarkt noch weit entfernt ist. Deine Gesellschaft ist echt nichts für Zartbesaitete.«

Maél lachte dunkel. »Was hast du erwartet? Ich bin einer von den bösen Jungs.« Er verzog abschätzig die Mundwinkel. »Ich stelle dir einen Spross aus der Polohemden-Parade vom Chef vor, wenn du einen von den Guten willst.«

»Was heißt denn *wollen*? Du bist mir praktisch zugelaufen.«

»Zugelaufen?« Er klang belustigt. »Ich habe den Eindruck, du sehnst dich nach einem Haustier.«

»Wieso?« Ich imitierte sein überhebliches Lächeln. »Möchtest du dich bewerben?«

»Du willst mich an die Leine legen?« Seine Stimme war eine Nuance tiefer geworden, doch es schwang noch immer ein Lachen darin mit. »Mich?«

»Glaub mir, ich brauche keine Leine.« Die Worte waren – mal wieder! – so aus meinem Mund gepurzelt.

Bevor ich mich rechtfertigen oder irgendetwas Belangloses hinzufügen konnte, hatte Maél mich zu sich gezogen. Eine Hand lag um meine Taille, mit der anderen umfasste er mein Gesicht.

Er sah mich an, und seine Augen waren groß und dunkel. Sein Gesicht war plötzlich erschreckend ernst. »Du bist so eine Versuchung.« Seine Stimme war ein raues Flüstern. So leise, dass ich Mühe hatte, die Worte zu verstehen, mir nicht mal sicher war, ob das die richtigen Worte waren. »So eine Versuchung …« Er schien mehr mit sich selbst zu reden, obwohl er mich direkt ansah.

»Wie meinst du das?«

Maél antwortete nicht. Sein Blick schien abwesend und traurig zugleich.

»Maél, bitte.« Ich musste es wissen, sonst würde ich die ganze Nacht darüber nachdenken.

Er strich mir eine Strähne hinters Ohr. »Ich hatte Agada versprochen, sie zu beschützen, und habe versagt. Dir habe ich auch versprochen, dass du bei mir in Sicherheit bist.« Wieder schien er mehr mit sich selbst zu reden. »Dieses Mal werde ich nicht versagen.«

»Aber …« Ich kam nicht mehr mit. Wie meinte er das? Ich wollte protestieren, auf eine Erklärung bestehen und nicht noch ein Rätsel serviert bekommen. »Maél!« Ich legte meine Hände um seine Oberarme und sah ihn eindringlich an. »Mir geht es gut. Ich bin in Sicherheit. Es sieht vielleicht nicht immer so aus, aber ich kann auf mich selbst aufpassen. Du trägst keine Verantwortung für mich. Hör auf, dich für das Wohl anderer verantwortlich zu fühlen. Diese Bürde, die du dir durch Agadas Schicksal auferlegt hast, ist schon groß genug. Ich zweifle zwar gelegentlich, ob das hier alles wirklich passiert, aber ich komme damit klar – sogar besser als erwartet. Ich kann mit Blumen sprechen, Götter erkennen, und an meinem Hals wohnt ein ausgestorbenes Rieseninsekt. Noch vor zwei Monaten wäre ich zusammengebrochen. Ich wäre heulend im Bett geblieben.« Ich zuckte die Schultern. »Okay, das würde ich jetzt hin und wieder auch gern. Aber selbst bei unserer Ankunft in Paris war ich noch eine andere. Als das mit den Pflanzen losging, wäre ich fast durchgedreht. Ich hatte eine Heidenangst vor Ödipus und seinen Prophezeiungen. Ich hatte Angst vor dir, vor mir, vor jedem neuen Tag. Das ist jetzt nicht mehr so. Es scheint, als würde ich all das nicht als Bürde, sondern als Herausforderung sehen. Mir geht es gut. Ich bin zwar regelmäßig überrascht und verwirrt über all die Wunder und Schrecklichkeiten, die mir begegnen, aber ich zerbreche nicht daran. Ich habe gerade etwas aus einem Museum gestohlen. Am helllichten Tag, unter den Augen dutzender Besucher und Wachleute mithilfe eines Halbgotts der Finsternis und einer pelzigen Motte. Ich sollte durchdrehen. Stattdessen frage ich mich, was wir als Nächstes unternehmen.« Ich ließ meine Hände sinken. »Hör auf, dir meinetwegen Sorgen zu machen. Wir haben größere Probleme.«

»Ich danke den Schicksalsgöttinnen, dass sie mich an diesem Tag zu den Katakomben gehen ließen.« Maél nahm meine rechte Hand, drehte sie um und küsste meine Handinnenfläche. Die Geste war so harmlos und leidenschaftlich zugleich, dass ich wie erstarrt innehielt. Als Maél den Kopf hob und mich ansah, quoll sein Blick über von Emotionen, die so stark waren, dass ich unwillkürlich die Luft anhielt. »Und ich verfluche sie gleichzeitig dafür.« Er legte meine Hand an seine Wange und neigte ihr den Kopf entgegen. »Livia, ich muss dir dringend etwas …«

Den Rest seiner Worte hörte ich nicht mehr. In meinem Kopf machte es leise *Pling*. Es fühlte sich an wie ein sanftes Zupfen an einer meiner Gehirnwindungen. Dann wurde alles schwarz.

*

Mein Blackout dauerte nur Sekunden. Ich schlug die Augen auf, gerade als Maél mich auffing – was mir die Chance gab, seinen entsetzten Blick zu sehen, bevor er sich wieder im Griff hatte.

»Livia!« Er hielt mich an sich gedrückt.

Ich blinzelte. Das war nun heute schon das zweite Mal. So langsam wurde es auffällig. Ich horchte in mich hinein. Tat mir irgendetwas weh? War etwas anders als sonst? Nichts. Ich fühlte mich gut, hatte weder Hunger noch Durst, und schlecht war mir auch nicht. Nur mein Ego war ein klein wenig angekratzt.

Maél hob den freien Arm, um ein Taxi anzuhalten. »Ich bringe dich zu einem Arzt. Jetzt sofort.«

»Nein, mir geht es gut.« Ich machte mich von ihm los. »Ich will einfach nur nach Hause.« Meine Wangen brannten vor Verlegenheit. Das hatte ich nun von meiner heroischen Rede. *Mir geht es gut, ich stecke alles weg, und wenn es mir zu viel wird, werde ich ohnmächtig.* Wie peinlich war das denn bitte?

Ein Taxi hielt am Straßenrand. Der Fahrer, ein junger Typ mit Rastalocken, hob lässig die Hand. »Wo soll's hingehen, Leute?« Er musste fast schreien, so laut dudelte die Reggaemusik aus seinem Radio. Maél nannte ihm meine Adresse. Der Typ nickte, was Zustimmung und Aufforderung zugleich schien. Wir schlüpften auf die Rückbank. Zum Glück begann der Fahrer fast automatisch über das Gedudel der Musik hinweg lautstark mit jemandem zu telefonieren, sodass es eher unwahrscheinlich war, dass er uns hören würde.

»Geht es dir wirklich gut?« Maél hatte sich natürlich nicht angeschnallt und rückte so nah, dass ihm die Schließe meines Sicherheitsgurtes in die Hüfte piken musste. »Sag es mir.«

»Es geht mir gut. Wirklich. Vielleicht liegt es an diesem schrecklich wechselhaften Herbstwetter hier in Paris. Morgens kalt, mittags heiß, nachmittags schwül, abends Hagel. Da muss man doch umfallen. Ich habe Kreislauftropfen zu Hause. Die werde ich nehmen, mir einen starken Kaffee machen, und dann ist alles wieder gut. Ich habe keine Schmerzen oder so.« Ich musste lächeln, weil er irgendwie niedlich war, wenn er mal so aussah, als habe er nicht alles im Griff.

»Sieh mich nicht so an.« Er musste sich nah zu mir beugen, damit ich ihn verstehen konnte.

»Oder was?«

Er sah mich einen Moment zu lange an. Dann wanderte sein Blick zu meinen Lippen. »Die Unvernunft liegt mir im Blut. Das Risiko, das Wagnis und die Gefahr sind alte Freunde. Freunde, die mich zu sich rufen und locken – immerzu. Aber sie sind mein Untergang, und ich bin ein dummer Trottel, weil ich sie immer wieder zu mir einlade.«

Das Taxi fuhr über eine Bodenwelle, und Maél – ohne Sicherheitsgurt – rutschte unfreiwillig ein Stückchen von mir weg. Er kam nicht wieder zurück. Stattdessen blieb er auf Abstand.

»Du bist nicht zufällig um ein paar Ecken mit dem Orakel verwandt?« Ich lachte, doch es klang etwas aufgesetzt. »Wie soll man daraus schlau werden?«

Maél fiel in mein Lachen ein, doch auch er wirkte etwas bemüht. »Lass es am besten. Ich rede manchmal wirres Zeug. Muss am Alter liegen.«

Ich antwortete nicht, auch wenn die Anspielung auf seine Lebenserfahrung sicherlich eine gute Vorlage für ein weiteres Wortgeplänkel war. Stattdessen wanderten meine Gedanken in eine ganz andere Richtung: Er weihte mich immer noch nicht zu einhundert Prozent ein, obwohl ich ihn so eindringlich darum gebeten hatte. Er trug etwas mit sich herum, das er mir nicht erzählte. Vermutlich, weil er der Meinung war, dass es nur seine Last war. Vielleicht aber auch, um mich zu schützen. So wie er alle beschützen wollte, die ihm etwas bedeuteten. Meine Worte vorhin, diese leidenschaftliche Rede, hatte nichts erreicht. Die Erkenntnis traf mich wie ein Schlag in die Magengrube. Er war immer noch ein Einzelkämpfer. Er pflegte seine Geheimnisse, er hütete die Abgründe, die ihn zu dem machten, der er wirklich war. Und irgendwie hatte all das mit mir zu tun. Die schrecklichen Dinge aus seiner Vergangenheit, seine Pläne für die Zukunft, sogar das Hier und Jetzt schienen darauf ausgerichtet, dass ich an seiner Seite war. Wie ein kleines Zahnrädchen in einem riesigen System. Nur ein winziges Rädchen, das keine Ahnung hatte, was es im Großen antrieb, wozu es gut war und das zu unwichtig war, um das ganze System verstehen zu müssen. Er hatte mir ein bisschen was erzählt, um mich zu besänftigen, um mich neugierig zu machen. Die sentimentale Geschichte um Schuld und Wiedergutmachung rund um seine Ziehschwester, die Götterwelt, meine angeblich so ungewöhnlich stark ausgeprägten Kräfte. All das war schon fast zu viel gewesen, doch ich fühlte, dass das noch nicht die ganze Geschichte war. Dass es ein Geheimnis gab, das mich unmittelbar betraf, und er alles daransetzte, dass ich es nie erfahren würde.

Ich spürte, dass Maél mich immer noch ansah. Also baute ich das Lächeln weiter aus. Er empfand etwas für mich, da war ich mir sicher. Ich war ihm wichtig, irgendwie. Aber entweder vertraute er mir nicht oder er verkaufte mich immer noch für dumm. Das, so schwor ich mir, würde ich herausfinden. Gerade als ich etwas Unverfängliches sagen wollte, bewegte sich die Motte und erinnerte mich an ihre Existenz. Ich deutete auf die Stelle auf meinem Hals, dann auf Maéls Messengerbag und formte lautlos das Wort »Wann« mit den Lippen. Maél warf einen schnellen Blick nach vorn zum Fahrer. Der schien immer noch voll und ganz auf sein Telefonat und eher nebenbei auf den Verkehr konzentriert zu sein.

Maél deutete auf den Sockel im Fußraum. Er griff in seine Tasche und holte eine Schatulle heraus. Sie war klein, schnörkellos, und nicht größer als eine rechteckige Dose, in der man Schmuck aufbewahren würde. Darin hütete er Agadas Fragmente?

Maél fing meinen Blick auf und flüsterte: »Magisch.«

Das wusste ich bereits, aber ich hätte nicht damit gerechnet, dass sie *so* winzig war. Neugierig riskierte ich einen zweiten Blick. Das war also Agada. Da nur noch wenige Fragmente fehlten, musste sie fast »vollständig anwesend« sein. Wäre es nicht so pietätlos, hätte ich fast gekichert. Das war so surreal.

»Ist sie hier?« Meine Stimme wurde fast von der Musik und der lautstarken Konversation des Fahrers übertönt.

»Wer?«

Ich deutete mit dem Kopf auf die Schatulle. Maél warf mir einen Echt-jetzt?-Blick zu. Ich zuckte die Schultern.

»Sie ist kein Poltergeist.« Maél hatte die Stirn krausgezogen.

»Es war nur eine Frage. Ich bin neu in dem Business. Ich darf fragen.«

»Du hast ja recht.« Er schenkte mir einen entschuldigenden Blick, dann lehnte er sich nah zu meinem Ohr. Sollte der Fahrer in den Rückspiegel schauen, müssten wir nie ein verliebtes Pärchen aussehen, das einfach nicht die Finger voneinander lassen konnte. »Ich kann sie spüren. Ihr Bewusstsein, ihre Aura, einfach das, was sie ausgemacht hat. Aber sie ist nicht anwesend oder wacht über uns oder gibt weise Ratschläge.« Mein Ellenbogen traf seine Seite, und er stieß zischend die Luft aus.

»Nimm mich nicht hoch, du Blödmann. Ich interessiere mich ganz ernsthaft für unsere Mission.«

Er lachte leise an meinem Ohr, dann sah er mir direkt in

die Augen. Wie konnte er in dieser Situation nur so verführerisch sein?

»Na los.« Sein Blick wanderte erwartungsvoll über mein Gesicht. »Trau dich.«

Schon wieder warf er seine Netze aus. Doch ich blieb stark. »Nicht mit deiner Schwester zwischen uns.« Ich zeigte auf das Kästchen, das auf der niedrigen Mittelsäule stand. Zu allem Überfluss hatte Maél die Säule zwischen seinen Beinen, weil er schon wieder so nah an mir klebte. So funktionierte das auf keinen Fall.

Maél seufzte auf, ließ den Kopf in den Nacken fallen und gab Schnarchgeräusche von sich. »Sie ist nicht wirklich hier«, sagte er, als er seinen Kopf wieder in eine einigermaßen bequeme Position gebogen hatte. »Soll ich es dir schriftlich geben?«

»Erklär mir lieber, wie das jetzt mit der Motte funktioniert.«

Maél schnaufte unwillig, gab dann aber nach. »Sag ihr, dass sie sich auf den Rand der Schatulle setzen soll.«

»Und dann?«

»Dann streichst du das Gold, das sie in ihrem Pelz versteckt, vorsichtig in die Schatulle. Ich würde es ja selbst machen, aber du weißt ja …«

Ich nickte. »Schon klar. Du zerfällst zu Staub, wenn du es berührst.«

Maél schnaubte, doch ich beachtete ihn nicht. Stattdessen flüsterte ich: »Kleine Motte, würdest du bitte das Gold in der Schatulle dort drüben … ähm … abladen. Sie gehört diesem unfreundlichen Halbgott, bei dem du nicht bleiben wolltest.«

Maél stöhnte schon wieder deutlich hörbar auf.

»Womit du übrigens goldrichtig lagst«, fügte ich noch

hinzu, so laut, dass Maél es hören musste. »Er kann unausstehlich sein.«

Maél warf mir einen Seitenblick zu, der regelrecht auf meiner Haut brannte. Ich ignorierte ihn trotzdem. Stattdessen beobachtete ich, wie die Motte zwischen Pulli und Schal hervorkrabbelte, meinen Oberkörper hinuntertrippelte und sich dann zielstrebig auf die Schatulle zubewegte. Maél beugte sich vor und öffnete den Deckel. Ich spähte hinein, sah aber nichts als Samt und Schwärze. Die Motte schien genau zu wissen, was sie tat. Ich warf einen schnellen Blick zum Fahrer, doch der beachtete uns nicht. Sie nahm auf dem Rand der Schatulle Platz, spreizte die Flügel und schien zu warten. Ich beugte mich etwas näher zu ihr und strich dann vorsichtig über den weichen weißen Pelz zwischen ihren Flügeln. Ein grauer Staub löste sich, der erst im Fallen wieder zu Gold zu werden schien. Atemlos beobachtete ich das Schauspiel. Als ich alles Gold aus ihrem Pelz entfernt hatte, schüttelte sie sich kurz, faltete ordentlich die Flügel und machte sich auf den Rückweg. Das Gold war im unendlichen Dunkel der Schatulle verschwunden.

»Unglaublich.« Ich beobachtete die Motte, wie sie mein Knie hinaufkrabbelte. Zum Glück interessierte der Fahrer sich null für das Geschehen auf der Rückbank.

»Das war's schon.« Maél klappte das Kästchen zu und verstaute es wieder in seiner Tasche. »Hier, bevor ich es vergesse.« Er reichte mir die Sephoratüte, gerade als die Motte zwischen Halstuch und Pulli verschwand.

»Danke.« Ich stellte die Tüte in den Fußraum. Der Blick aus dem Fenster zeigte mir, dass wir noch nicht viel des Weges geschafft hatten, was vermutlich am Wochenendverkehr lag. Eine gute Gelegenheit also, Maél noch ein wenig auszuquetschen. »Wie viele der Götter wohnen in Paris?«

»Wir wohnen alle hier. Paris und das angrenzende Umland.«

»Ihr wohnt alle hier? Alle?« Meine Stimme ging in ein hohes Fiepsen über, weil ich immer noch versuchte zu flüstern.

»Einige haben noch einen Zweitwohnsitz an ihrem Arbeitsort. Zeus wohnt im Olymp, Poseidon im Mittelmeer, mein Vater in der Unterwelt. Die Nachtgötter zum Beispiel wohnen zusammen mit Uranos, dem Himmelsgott, am Firmament. Aber die allermeisten wohnen zurzeit in Paris. Alle dreihundert Jahre wechseln wir die Großstadt.«

»Warum?«, war das Einzige, was mir dazu einfiel.

Er sah mich an, als suchte er in meinem Gesicht nach rudimentären Anzeichen intelligenten Lebens. »Langeweile?«

»Warum?« Ich wiederholte mich, doch es war mir egal.

Maél zuckte die Schultern. »Die olympischen Spiele finden doch auch immer an wechselnden Orten statt. Wir bevorzugen die Großstädte von Europa, weil wir hier nicht so sehr auffallen. Athen, London, Amsterdam, Brüssel, Prag, Rom, Madrid, Lissabon und jetzt Paris …«

»Und dann fangt ihr wieder von vorn an?«

»Es gibt keine Reihenfolge. Am liebsten sind alle in Athen, deshalb waren wir dort schon dreimal, und dort hat ja auch alles angefangen. Meistens wird abgestimmt. In Rom waren wir auch schon ein paarmal. Aber es ist unser erster Aufenthalt in Paris.«

»Ihr zieht dann alle zusammen um?«

Maél lachte. Seine Laune schien sich mal wieder um 180 Grad gedreht zu haben. »Nicht wie du jetzt denkst. Es packen nicht alle zu einem Stichtag die Koffer und verlassen die Stadt. Es dauert mehrere Monate, sogar Jahre, bis alle wieder vereint sind. Aber wir funktionieren besser, wenn wir zusammen sind. Im modernen Zeitalter sind wir mehr aufeinander angewiesen. Viele Halbgötter verfügen zum Beispiel über Kräfte, die einem bei der digitalisierten Bürokratie behilflich sind.«

»Okay.« Ich versuchte mir das Ganze bildlich vorzustellen. »Aber was ist, wenn alle umziehen, du aber noch zu klein bist und bei einer Ziehmutter wohnst?«

»Wenn deine Kräfte noch nicht erwacht sind, weißt du noch nichts davon, also ist es dir egal. Entweder sorgt dann dein Pate dafür, dass deine Ziehfamilie mit umzieht, oder er wartet, bis du alt genug bist und mit zwölf in seine Obhut kommen kannst.«

»Wie ist dein Rhythmus? Hier in Paris meine ich?«

Maél holte tief Luft, dann rückte er wieder etwas näher. »Ich bin umgezogen als ich 18 Jahre alt war. Aus Rom, der ewigen Stadt, wo wir alle knapp dreihundert Jahre gelebt hatten. Dort habe ich meinen Schulabschluss gemacht, bevor ich ein gutes Jahr lang durch ganz Europa gereist bin. 1923 bin ich dann nach Paris gezogen. Es waren die ›Goldenen Zwanziger‹, die Jahre zwischen den beiden Weltkriegen, und Paris eine faszinierende, schillernde Metropole.« Er schien in Gedanken versunken, doch dann nahm er unerwartet meine Hand. »Weißt du eigentlich, dass ich das noch niemandem erzählt habe? Ich meine, jemandem, der kein Gott oder Halbgott ist?« Er lächelte, und ich lächelte zurück. Jeder Groll war vergessen.

»Drüben in St. Germain hatte ich eine kleine Wohnung gemietet. Dort bin ich gestorben. Mit fast 95 Jahren. Ein Herzinfarkt. Es ging schnell.«

Ich riss die Augen auf, und obwohl ich es nicht wollte, formte sich ein dicker Kloß in meinem Hals. Er redete über seinen eigenen Tod, als wäre er etwas Nebensächliches. Als würde es niemanden kümmern.

»Hey …« Maél umfasste ganz zart mein Gesicht. Er wischte mit dem Daumen unter meinem rechten Auge entlang. »Das ist vergangen. Vergessen. Jetzt bin ich hier.«

»Heißt das, dein früheres Ich liegt hier begraben?« Ich war immer noch erschüttert, durcheinander und verwirrt.

Maél schüttelte den Kopf. »Unsere Körper werden zu Staub und lösen sich dann ganz auf, damit die Halbgottseele entweichen kann. Wir laufen als ›ungeklärte Vermisstenfälle‹. Wenn es etwas gibt, das uns wichtig ist, bewahren es unsere Paten für uns auf. Sie kümmern sich um alles, weil sie ja als olympische Götter unsterblich sind.«

»Wie viele Patenkinder hat Hermes denn?«

Maél lachte leise. »So einige. Und leider kommen wir trotz unserer vielen Leben nicht mit unendlicher Weisheit und Vernunft auf die Welt. Wenn man jünger ist, hat man auf all den Unsinn Lust, mit dem man schon in den Leben davor auf die Nase gefallen ist.« Er lachte glucksend. »Aber danach machen wir nur noch wenig Arbeit. Zurzeit sind aber nur drei andere seiner Patenkinder in meinem Alter. Der Rest ist jünger und wohnt bei Pflegefamilien, in Heimen oder ist älter und sorgt für sich selbst.«

»Du sagst, deine Mutter, ich meine, die Frau, die dich in diesem Leben zur Welt gebracht hat, hat sich nicht gekümmert, richtig?«

Er nickte. »Sie war die Geliebte eines Geschäftsmannes. Er hat sie ausgehalten und mit ihr Schluss gemacht, als sie schwanger wurde. Er hat sie abserviert, hin und wieder etwas Geld geschickt, und das war's. Sie hatte Liebeskummer, geriet an Drogen, und ich kam ins Heim.«

»Aber warum? Du hast doch Hermes.«

»Hast du gesehen, was er um die Ohren hat? Es ist schon grandios, dass er es so gedreht hat, dass das Jugendamt mich *vergessen* hat, als ich fünfzehn wurde. Er hätte mir keine Wohnung besorgen müssen, jedenfalls nicht dann schon.«

Ich wollte gerade antworten, da klingelte Maéls Handy. Er zog es hervor. »Wenn man vom Teufel spricht …« Er hob das Handy ans Ohr. »Lieferservice. Ihre Bestellung?« Er lachte. »Nein, ich bin nicht in der Disco. Wer sagt denn heute noch Disco? Im Taxi.« Pause. »Im Taxi! TAXI!! Ist ja auch egal.« Pause. »Was? Wer? Ja, die ist bei mir. Ja, ich grüße sie. Nein, das will sie nicht. Ja. Ganz bestimmt.« Ich stupste ihn an und neigte fragend den Kopf. Er winkte ab. »Was?«, brüllte er ins Handy. »Sprich endlich lauter, oder schreib 'ne WhatsApp. Wer?« Pause. »Echt? Oh. Krass. Erzähl mir später mehr. Ich verstehe dich kaum. Was? Ja. Ja, mache ich.« Er legte auf und rollte dann mit den Augen.

»Puh. Also erstens: Ich soll dich grüßen. Zweitens: Ich soll dich fragen, ob du mit mir zu ihm zum Essen kommen willst. Habe ich aber für dich abgelehnt. Das willst du nicht, glaub mir. Drittens: Es sind zwei Götter verschwunden. Spurlos. Eos, die Göttin der Morgenröte, und Selene, die Mondgöttin. Niemand kann sie aufspüren, sie haben sich auch nicht verabschiedet. Absolut mysteriös.«

»Wieso sagst du für mich ab?«

Maél gestikulierte wild. »Weil er uns ausfragen wird. Peinliche Fragen. Was, wenn du dich verquatschst? Hermes mag mein Pate sein, aber er ist Zeus loyal ergeben. Wenn er von der Sache mit Agada Wind bekommt, bin ich geliefert. Er wird mich an meinen Vater verpetzen, und der wird mich den Olympiern als Sushi servieren. Ich wäre toter als tot.«

»Das geht doch gar nicht.«

»Glaub mir, das geht.«

»Tot ist ein absolutes Adjektiv. Da gibt es keine Steigerung. Noch toter als tot geht nicht.«

Maél seufzte. »Dann werde ich jedenfalls nicht wiedergeboren. Nie wieder.«

Ein eisiger Schauer sorgte dafür, dass sich die Härchen auf meinen Armen aufstellten. »Ich verstehe. Dann wärst du toter als *normal* tot, weil du normalerweise wiedergeboren wirst, wenn dein Körper stirbt.« Es kostete mich Kraft, so unbeteiligt und sachlich zu tun.

»Richtig.« Er klang ungewöhnlich sanft.

Obwohl ich ihn ansehen wollte, ließ ich es. Ich konnte es nicht. Sein eigener Vater würde ihn töten, um die Gunst des Olymp nicht zu verlieren? Ich hatte Angst, dass der schreckliche Gedanke, ihn zu verlieren, sich auf meinem Gesicht spiegeln würde. Ich ließ den Blick aus dem Fenster schweifen und stellte fest, dass wir in meine Straße eingebogen waren. »Wir sind gleich da.« Meine Stimme hörte sich an, als würde ich eigentlich etwas ganz anderes sagen wollen. Etwas Wichtigeres, etwas, das tiefer ging als nur die Feststellung unserer momentanen Position.

Schließlich wandte ich doch den Kopf, um in sein schönes Gesicht zu sehen. Unsere Blicke trafen sich. Es fühlte sich an, als bestünde meine Wirbelsäule plötzlich aus einem Zünddraht, der Feuer fing und lodernd in Flammen aufging, als Maél mich einen Moment zu lange ansah. Seine tiefschwarzen Pupillen weiteten sich und verdrängten das silbrige Grau. Ich konnte und wollte nicht wegsehen.

Er blinzelte und räusperte sich, bevor er schließlich auf meinen Schal deutete. »Wenn es Probleme wegen ihr gibt, melde dich. Ich kann in einer Viertelstunde hier sein.« Auch er klang, als habe er etwas anderes sagen wollen.

»Okay. Mache ich. Lässt du mich raus und fährst dann weiter?«

»Nein, ich bringe dich noch zur Tür und nehme dann die Metro. Ich soll nach Ödipus sehen.« Er lachte etwas verlegen. »Vermutlich ist die Wohnung schon wieder ein heilloses Chaos.« Plötzlich war sein Blick wieder besorgt. »Wie geht es dir? Ist dir schwindelig? Übel?«

»Nein, mir geht es gut. Danke dir.« Unser Haus kam in Sicht, und ich war irgendwie erleichtert. Doch dort wartete schon das nächste Problem. Fabrice, der Portier, hielt sich vor dem breiten Eingangsbereich auf. Erinnerte ich mich richtig, hatte er Maél damit gedroht, ihn verhaften zu lassen, sollte er das nächste Mal hier auftauchen. Maél hatte ihn ebenfalls entdeckt und ließ den Nacken kreisen.

»Hör bloß auf«, zischte ich. »Wehe, du provozierst ihn.«

»Ich mache gar nichts.«

Ich sah ihn mit zusammengekniffenen Augen an. »Hoffentlich.«

Maél grinste. »Für wen hältst du mich?«

Ich winkte ab, und im gleichen Moment hielt der Fahrer am Straßenrand. Die Rechnung übernahm ich. Maél protestierte natürlich, doch dann besann er sich eines Besseren. Er sprang auf der anderen Seite aus dem Auto und kam herum zu meiner Tür, um sie mir zu öffnen. Fabrice erstarrte, als er ihn erkannte. Sein Blick glitt zu mir. Fragend, ungläubig, verunsichert.

Maél schloss die Tür hinter mir. Ich fühlte, wie die beiden sich über meinen Kopf hinweg mit Blicken duellierten.

»Fabrice!« Ich lächelte ihn an. »Wie war Ihr Tag?« Ich ging auf ihn zu, Maél blieb dicht neben mir.

»Gut, Mademoiselle McKenzie, gut.« Er ging nicht wie gewohnt zur Tür, um sie mir zu öffnen. Das Signal war deutlich. Er war vor uns stehen geblieben, den Blick fest auf meinen Begleiter geheftet.

»Monsieur.« Maél streckte ihm die Hand hin. »Ich möchte mich entschuldigen. Wir hatten einen schlechten Start. Livia ist mir sehr wichtig, und wir hatten einen kleinen Streit, an dem ich schuld war, und ich wollte mich entschuldigen. Dann sind Sie zwischen die Fronten geraten. Das tut mir leid. Ich hoffe, Sie nehmen meine Entschuldigung an. Es ist mir ernst.«

Maél konnte schrecklich überzeugend sein, wenn er wollte. Das hatte auch ich schon mitbekommen.

Fabrice' Widerstand schmolz, wenn auch langsam. »Sie hatte Angst vor Ihnen.«

»Bitte sagen Sie Maél.«

»Gut, Maél. Was sagen Sie dazu?«

»Wir waren beide aufgewühlt. Livia ist mir sehr wichtig. Ich habe ihr nachher alles erklärt und mich entschuldigt.«

Fabrice nickte bedächtig, dann sah er zu mir.

»Es war wirklich nur ein Missverständnis. Und es tut ihm leid, was passiert ist. Das mit Ihnen. Nicht wahr?«

»Auf jeden Fall.« Maél nickte bekräftigend.

»In Ordnung.« Fabrice schien besänftigt. »Vergessen wir es.«

Wir bedankten uns. Fabrice wandte sich höflich ab, weil er selbstverständlich annahm, dass Maél nicht mit nach oben kommen würde.

Maél zog mich kurz an sich. »Mach nichts, was ich nicht auch tun würde, kleine Nymphe.«

»Oje …« Ich seufzte. »Wo soll ich da anfangen.«

Er ließ mich los. »Du warst toll heute. Ich freue mich schon auf unsere nächste Mission.«

»Ich auch.« Mein Handy vibrierte. Da ich mit einer WhatsApp-Nachricht von Gigi oder Jemma rechnete, zog ich es sofort hervor. *Wann sehen wir uns? Gruß, Enko.* Ich ließ das Handy zurück in die Tasche fallen, als wäre es plötzlich kochend heiß.

»Wer war das?« Maél legte den Kopf schief und hatte wieder jenen Raubtierblick aufgesetzt, der mich beunruhigte. Im Guten und im Schlechten.

»Niemand.«

»Dann hat *niemand* dir aber einen ganz schönen Schrecken eingejagt.« Er musterte mich immer noch so intensiv. »Alles okay?« Ich nickte.

»Wenn *niemand* dich ärgert, tue ich ihm weh. Ein Wort von dir genügt.«

Wieder nickte ich mechanisch. »Alles gut. Aber danke für das ähm … nette Angebot.«

»Ich schreibe dir.« Er küsste mich kurz auf die Wange. »Melde dich, Tag oder Nacht, ja? Auch wenn nichts ist, in Ordnung?«

Ich lächelte. »Das mache ich.«

Er wandte sich zum Gehen und reihte sich zwischen die Passanten auf dem Gehweg. Einen Moment lang sah ich ihm nach, dann drehte ich mich zur Tür. Fabrice erwartete mich bereits, eine der beiden gläsernen Schwingtüren weit geöffnet.

»Er ist ein Getriebener, Mademoiselle, ein Schiff auf hoher See. Er sucht keinen Hafen.«

»Ich weiß.« Ich klang traurig, denn ich fühlte ganz ähnlich. »Sie sind ein weiser Mann, Fabrice.« Ich schenkte ihm ein letztes Lächeln und verschwand im Inneren des Hauses.

Kapitel 11

Von Diplomatie & tapferen Ranken

In der Wohnung erwartete mich Stille. Mom und Dad waren mal wieder unterwegs. Im Kühlschrank fand ich eine Schüssel mit appetitlich angerichtetem Salat, den ich als mein Abendessen einplante. Ich machte mir einen Kaffee, nahm ein paar Kreislauftropfen und ging dann schwer bepackt nach oben in mein Reich.

»Wenn du magst, kannst du rauskommen. Wir sind allein.« Ich stellte den Kaffee und den Salat auf den Schreibtisch und ließ meine Handtasche und die Sephoratüte aufs Bett fallen. Dann löste ich das Halstuch. Sofort bewegte sich die Motte. Sie krabbelte auf meine Schulter und hob dann zu einem Rundflug im Zimmer ab.

»Gefällt es dir?« Ich sah ihr lächelnd zu, wie sie ein paar große Kreise drehte. Dann glitt sie elegant abwärts und landete auf meiner Bettdecke. Sie wippte mit den langen schwarzen Fühlern, was ich als Ja interpretierte.

»Mach es dir bequem.« Ich schlüpfte aus Pullover, Bluse, Rock und Strickstrumpfhose. Das Wetter war wirklich wechselhaft gewesen heute. Mit einer dicken Strumpfhose und Pullover konnte man tagsüber noch ohne Jacke herumlaufen, aber für nackte Beine oder leichte Shirts war es seit vorgestern zu kalt. Unvorstellbar, dass ich in den Katakomben noch in Kleid und Ballerinas unterwegs gewesen war. Bei den Erinnerungen daran griff ich wie selbstverständlich nach Maéls Strickjacke, die gefaltet auf dem Schreibtisch neben ein paar Schulbüchern lag. Ich hob sie an meine Nase und roch daran. Obwohl sein Geruch bereits zu schwinden begann, hatte ich sofort sein Bild vor Augen. Die Worte des Portiers hallten in meinem Kopf wider. *Er sucht keinen sicheren Hafen.* Fabrice hatte Maél aufs Erste sicherlich richtig eingeschätzt. Er wirkte unstet und irgendwie gehetzt – was man, wenn man seine Geschichte kannte, verstehen konnte. Ich schlüpfte in meine Yogahose und einen kuscheligen Hoodie und nippte an meinem Kaffee, während ich meinen Laptop einschaltete. Obwohl dieser Samstag mit neuen Eindrücken und aufregenden Abenteuern vollgepackt gewesen war, fühlte ich mich nicht müde oder erschöpft. Im Gegenteil. Ich hatte mehr Energie als vorher. Und es wäre doch gelacht, wenn ich nicht auf eigene Faust mehr herausfinden könnte.

Kaum saß ich, landete die Motte wieder auf meiner Schulter. Neugierig betrachtete sie den Bildschirm. Ich lächelte. »Hast du eigentlich einen Namen?«

Die Motte schüttelte die Flügel.

»Nicht?« Ich zog die Stirn kraus. »Jedes hübsche Mädchen sollte einen ebenso hübschen Namen haben.«

Das Wippen ihrer Fühler nahm wieder Fahrt auf. Ich lachte leise. Dann hatte ich eine Idee. »Wie findest du den Namen Evangéline? In einem meiner Disney-Lieblingsfilme verliebt sich ein Glühwürmchen unsterblich in einen funkelnden Stern am Firmament und tauft ihn Evangéline, weil es der Überzeugung ist, der Stern sei ein weit entferntes Glühwürmchen. Wie findest du das?«

Noch mehr Fühlerwippen und Flügelschütteln.

»Okay, dann ist es abgemacht.« Ich stupste einen ihrer Fühler an. »Evangéline.«

Evangéline hob ab, drehte eine wilde Pirouette und ließ sich dann wieder auf meiner Schulter nieder. Maél schien recht zu haben. Je näher der Abend kam, desto munterer schien die Motte zu werden. Im nächsten Moment ließ sie sich in einem steilen Winkel von meiner Schulter fallen, segelte einmal am Laptop vorbei und ließ sich mit einem Plumps auf das Lexikon der griechischen Mythologie fallen. Ich musste grinsen. Das passte ja gut.

»Dann lass uns mal sehen, ob wir die Göttin der Liebe irgendwie erreichen können.« Ich nippte an meinem Kaffee, dann zog ich den Computer zu mir. Auf der Homepage von Adéle P. fand ich nur eine Info-Mailadresse, doch ich versuchte trotzdem mein Glück. Ich würde einfach so vage bleiben, dass niemand Verdacht schöpfen konnte.

Liebe Adéle,
Sie waren so freundlich, mir an dem Special Event im Sephora ein Lipgloss zu schenken, nachdem ich keine Goodie Bag mehr bekommen hatte. Ich war schon auf dem Weg nach draußen, als Sie mich ansprachen. Das Lipgloss scheint leider ein paar Nebenwirkungen zu haben, über die ich gerne mehr erfahren würde.
Herzlichst,
Livia McKenzie

Nachdem ich auf Senden geklickt hatte, war ich plötzlich so nervös, dass ich von meinem Stuhl aufstehen und irgendetwas im Zimmer aufräumen musste. Ich hatte eine Göttin angeschrieben. Einfach so. Was, wenn sie wütend wurde? Mich mit einem Fluch belegte oder so. Ich schluckte. Ob ich es Maél beichten sollte? Vielleicht könnte er als Halbgott noch etwas ausrichten? Doch dann fiel mir die Fehde wieder ein. Ganz sicher war es keine gute Idee, den Sohn des Gottes der Unterwelt mit reinzuziehen. Zumal ich von Maéls diplomatischen Fähigkeiten nicht gerade überzeugt war. Nein, das hier war ganz allein meine Baustelle.

Ich zuckte zusammen, als ich Stimmen hörte. Schnell legte ich einen Zeigefinger über die Lippen und sah zu Evangéline. Bis mir klar wurde, dass sie ja gar nicht sprechen konnte. Ich schien wirklich etwas neben mir zu stehen.

»Nicht bewegen«, wisperte ich. Evangéline blieb reglos sitzen.

Ich ging zur Tür und lauschte in den Flur. Es waren meine Eltern. Wen hatte ich auch erwartet?

Bevor sie auf die Idee kommen konnten, in meinem Zimmer nach mir zu sehen, lief ich rasch die Treppe hinunter.

Dad half Mom gerade aus dem Mantel. Sie kicherte, und ihre Wangen waren gerötet.

Dad schüttelte grinsend den Kopf, als unsere Blicke sich trafen. »Wir waren bei einer Weinprobe.«

»Verstehe.« Ich grinste zurück.

»Schätzchen!« Mom kickte sich die Pumps von den Füßen und stürzte auf mich zu. »Du hast mir gefehlt.«

Ich lachte und zog sie enger an mich. »Du mir auch, Mom.« Sie mochte die meiste Zeit wie eine frostige Königin Hof halten, aber wenn sie angetrunken war, war sie einfach nur anhänglich. Da meine Eltern kaum Alkohol tranken, kam das meiner Meinung nach viel zu selten vor. Mom küsste mich auf die Haare. »Was hast du den ganzen Tag gemacht?«

»Ach …«, *mir fällt da eine Menge ein*, »… nichts Besonderes.«

Als sie sich von mir löste und mich anstrahlte, beschloss ich, die Gelegenheit und ihre gute Laune auszunutzen.

»Magst du Blumen?«

Mom prustete los. »Jede Frau mag Blumen.«

»Nein, ich meine, hast du eine besondere Beziehung zu ihnen?«

Moms Blick glitt zu Dad. Der zuckte die Schultern.

»Ist das für eine Hausaufgabe?«, wollte Mom wissen.

»Nein, nur so.« Ich versuchte, so unbeteiligt wie möglich zu gucken.

Sie kicherte erneut. »Oh, ihr Teenager. Was seid ihr nur für seltsame Wesen.« Sie zupfte ordnend an ihrer Bluse. »Ehrlich gesagt habe ich zu meinen Designerhandtaschen eine innigere Beziehung.«

Das glaubte ich ihr aufs Wort. Ich drehte mich zu meinem Vater. »Dad, gleiche Frage.«

Er lachte. »Ich werde auch interviewt? Na schön. Nein, ich habe keine besondere Beziehung zu Blumen.«

Ich stöhnte innerlich. Was hatte ich mir auch gedacht? Dass einer von ihnen zugeben würde, dass er mit Blumen sprechen konnte? Andererseits sollte es doch bei einem von beiden klingeln, wenn ich so seltsames Zeug erzählte.

»Ich mag Blumen«, sagte ich deshalb. »Sie … äh … geben einem so viel.« Fast hätte ich *Sie erzählen einem so viel* gesagt, konnte es aber so eben noch verhindern.

Die beiden sahen mich ratlos an.

»Das ist schön, Schätzchen«, sagte Dad schließlich gefasst. »Möchtest du dir ein paar Topfblumen für dein Zimmer kaufen?«

»Bei allen Göttern, bloß nicht!« Meine Stimme überschlug sich fast.

Da rissen beide die Augen auf, während mir der kalte Schweiß ausbrach. Das hatte ich jetzt nicht wirklich gesagt?

»Aber du sagtest doch gerade, du magst Blumen.« Dad klang etwas hilflos.

»Und bei was für Göttern?«, fügte Mom hinzu.

»Ach, das liegt bloß an diesem Halbjahresprojekt für Geschichte.«

Mom nickte. »Da kniest du dich wirklich rein. Ich habe die dicken Wälzer auf deinem Schreibtisch gesehen.«

Ich lächelte. »Das Thema liegt mir.«

»Und was ist nun mit den Blumen?« Dad schob uns beide Richtung Küche. »Möchtest du mal in eine Blumenausstellung? Oder einen kleinen Kräutergarten auf dem Balkon? Oder willst du Botanikerin werden?« Er nahm drei Gläser aus dem Schrank und goss uns allen Wasser ein. »Trink das, Liebling.« Er schob Mom das Wasser über die Theke. »Wir müssen dein Blut verdünnen.«

Mom nahm etwas umständlich an der Theke Platz. »Igitt.«

»Nichts davon.« Ich nahm einen Schluck. »Wir haben Botanikunterricht in der Schule. Deshalb.«

»Da fällt mir etwas ein.« Mom rutschte von ihrem Stuhl und zog nacheinander alle Küchenschubladen auf. Dabei murmelte sie leise vor sich hin. »Ich wusste es!« Sie zog einen schmalen Papierbeutel hervor. »Der Müll war schon unten, deshalb habe ich sie einfach in den Umzugskarton geschmissen. Sie waren in einem Weihnachtspaket deiner Großeltern.« Sie reichte mir den Beutel.

»Bunte Blumenwiese«, las ich laut vor und lachte. »Es sind Blumensamen. Danke.«

»Damit kannst du dir deinen eigenen Garten auf dem Balkon züchten.« Mom lächelte. »Deine Oma Mary hat sie geschenkt bekommen, aber da sie keinen grünen Daumen hat, hat sie sie uns geschickt. Ich hatte aber keine Lust, sie einzupflanzen, und dich hatte ich nie ein Wort über Blumen reden hören, also habe ich sie einfach in die hinterste Ecke verbannt. Verrückt, dass sie jetzt sogar mit uns umgezogen sind.«

Ich erwiderte ihr Lächeln, zog daraus aber nur folgende Erkenntnis: Mom hatte nichts mit Blumen am Hut, und auch Dads Mom, meine Oma Mary, konnte ihnen nichts abgewinnen. Womit ich beide Äste meines Stammbaums praktisch ausschließen konnte. Es war zum Verzweifeln.

»Hast du den Salat gefunden?«

»Ja, danke.« Ich dachte wieder an meine Mail an Adéle und platzte fast vor Neugier. »Ich sollte weitermachen. Das Referat für Geschichte. Das ist ziemlich viel.«

Meine Eltern reagierten verständnisvoll, sogar ein wenig stolz. Mom gab mir noch eine Tafel Schokolade mit.

Oben neben dem Laptop erwartete mich Evangéline. Ich hatte sie fast vergessen. Wie gut, dass ich die Schritte meiner Eltern auf der Treppe hören würde.

Etwas enttäuscht betrachtete ich meinen leeren Posteingang. Ich seufzte und legte Schokolade und Blumensamen auf dem Schreibtisch ab. Es war Samstagabend. Adéles Mitarbeiter würden schon lange frei haben. Missmutig ließ ich mich auf den Stuhl fallen. Geduld war noch nie meine Stärke gewesen, und bis Montag warten zu müssen würde eine harte Prüfung werden. Alibimäßig breitete ich meine Unterlagen aus, sollten Mom und Dad auf einen Besuch in mein Zimmer hereinschneien.

Evangéline trippelte zu dem Päckchen mit den Blumensamen.

»Suchst du ein Spielzeug, oder hast du Hunger?« Ich nahm

die Tüte, riss sie auf und streuselte ein paar Samen auf meinen Tisch. Evangéline flitzte hinter meine Hand, beobachtete die Tüte aber weiter.

»Du brauchst keine Angst zu haben …« Als ich einen der Samen mit dem Finger hochheben wollte, um ihn ihr zu zeigen, spürte ich plötzlich die Energie. Das Samenkorn schien zu pulsieren, und eine seltsame Wärme durch meine Haut strömen zu lassen. Neugierig ließ ich es auf meiner ausgestreckten Hand hin und her rollen. Evangéline kam näher und stupste die Samen mit den Flügeln an. Ich betrachtete meine Hand. Lichtpunkte jagten unter meiner Haut entlang wie silbrige Fische unter einer gefrorenen Wasseroberfläche. Ich starrte gebannt darauf. Was war das?

Es war wie ein Impuls, ein instinktives Verhalten oder innere Eingebung, als ich mich ganz auf das Samenkorn konzentrierte und nur ein einziges Wort dachte: *Wachse!*

Das Korn platze auf, und ein Stängel schoss empor. Blätter formten sich aus, dann ein grüner Blütenkelch, der sich schließlich zu feuerroter Pracht öffnete. Ich hielt die Luft an. Auf meiner Hand stand, hoch aufgerichtet und gehalten von ihren eigenen Wurzeln, eine wunderschöne Mohnblume.

Ich horchte in mich hinein, doch sie gab keinen Ton von sich. In der nächsten Sekunde bog sich der Stängel und die Wurzeln lösten sich von meiner Hand. Ich war so überrascht, dass ich nicht reagierte. Die Pflanze wäre auf den Boden gesegelt, wäre Evangéline nicht im Sturzflug hinterhergeschossen, um sie im Fallen mit ihren Beinchen aufzuschnappen. Nun flog sie elegante Kreise durch mein Zimmer.

»Wow!«, rief ich gedämpft. »Du bist eine Kunstfliegerin.«

Die Motte schien erfreut, denn nun ließ sie die Pflanze kurz fallen, nur um sie im Flug wieder aufzufangen.

Ich lachte. »Flieg einen Looping.«

Evangéline gab alles. »Und jetzt einen großen Kreis an der Zimmerdecke entlang.«

Die Motte war wirklich eine kleine Künstlerin. Als sie die Mohnblume zurück in meine Hand fallen ließ, wellten sich die Blätter, und ihr vorher so strahlendes Rot verblasste. Evangéline wirkte etwas betroffen.

»Es ist nicht deine Schuld.« Ich streichelte beschwichtigend ihre Fühler. »Die Samenkörner sind schon alt. Wir legen die Mohnblume in ein Buch und pressen sie. Dann lebt sie ewig.« Ich legte die Pflanze zwischen die dicken Seiten meines Chemiebuches und klappte es dann vorsichtig zu.

Evangéline wippte kurz mit den Fühlern, doch dann krabbelte sie meinen Arm hinauf und versteckte sich wieder in der linken Kuhle meiner Halsbeuge.

»Du hast keine Schuld«, wiederholte ich, doch sie blieb, wo sie war. Also fegte ich die übrigen Samenkörner mit der Hand auf und ließ sie in die Tasche meines Jeansrocks gleiten, der über der Stuhllehne hing. Vielleicht waren sie ja noch mal für irgendetwas gut, sei es auch nur, um damit meine Kräfte zu üben oder Evangéline zu bespaßen.

Eher zufällig glitt mein Blick zum Laptop. Ich hatte eine Mail bekommen.

Sofort öffnete ich sie, doch in der Mail stand nichts außer einer Telefonnummer. Was sollte das bedeuten? Zögernd griff ich nach meinem Handy. Dort prangte immer noch Enkos ungelesene Nachricht. Ich hatte schon in den Katakomben geahnt, dass er ein Problem werden könnte. Nun wusste ich es. Maél würde ausrasten. Doch darum musste ich mich ein anderes Mal kümmern. Wieder betrachtete ich den Handybildschirm. Ich konnte die Nummer nicht anrufen, weil ich Angst hatte, Mom und Dad könnten mich hören. Mit Evangéline hatte ich kaum mehr als geflüstert. Die Alternative wäre WhatsApp. Ich speicherte die Nummer und öffnete dann die App. Ich holte einmal tief Luft. Hoffentlich ging das hier nicht gewaltig nach hinten los. Dann tippte ich. *Adéle?*

Sofort war sie online. *Du weißt mittlerweile, wer ich bin, Nymphe?*

Mein Mund war ganz trocken. An meinem Hals wurde Evangéline unruhig, so als könnte sie meine Nervosität spüren. *Ich weiß es.*

Und jetzt möchtest du wissen, warum ich dir Ambrosia gegeben habe?

Ja. Ich glaube nicht, dass Sie böse Absichten hatten.

Hat dir das dein Hadessohn ins Ohr geflüstert?

Ja.

Ich will, dass du mir einen Gefallen erweist. Im Gegenzug für meinen Gefallen.

Mir wurde schon wieder ganz anders. Maél hatte recht gehabt. Ich hätte auf seine Warnung hören sollen, dass Götter keine Gefallen ohne Gegenleistung gewährten. Jetzt saß ich gewaltig in der Tinte. Sie war eine der zwölf olympischen Götter. Mächtiger konnte man gar nicht sein. Welchen Gefallen könnte ich ihr erweisen? *Was kann ich für Sie tun?*

Ich will, dass du Adonis meinen Namen sagst, wenn du in der Unterwelt bist. Ich will, dass er sich erinnert. Wenn er meinen Namen hört, kann der Zauber, mit dem Persephone ihn hat vergessen lassen, gebrochen werden.

Sie wollte mich benutzen, um ihre Fehde mit der Königin des Tartaros' fortzuführen? Mein Magen krampfte sich zusammen. Das hatte ich nun davon. Schnell schrieb ich: *Wir sind nie in der Unterwelt und haben es auch nicht vor. Maél hat nichts dergleichen angedeutet.*

Er ist ein Sohn des Hades'. Natürlich wird er dich in die Unterwelt bringen. Sie schleppen ihre Beute in ihr Reich. So machen das Raubtiere nun mal.

Aber er wohnt dort nicht. Er hat ein eigenes Appartement.

Mag sein. Aber er wird dir sein Reich zeigen. Er kann gar nicht anders. Er fühlt sich davon so magisch angezogen wie du dich von ihm.

Hitze flammte über meine Wangen, als ich ihre Worte las. Trotzdem versuchte ich weiter, meinen Kopf aus der Schlinge zu ziehen. *Kann ich Ihnen nicht einen anderen Gefallen tun?*

Es dauerte eine Weile, bis ich eine Antwort bekam. *Deine Liebe ist nur einen Bruchteil so kompliziert wie meine. Und doch verzweifelst du manchmal daran. Was glaubst du, wie es mir geht? Wie viel trauriger ich sein muss über diesen Verlust? Es ist nicht viel, was ich mir wünsche. Sag ihm meinen Namen. Mehr nicht. Ich habe dir geholfen, jetzt hilf du mir.*

Ich rang mit mir. Erstens hatte Maél kein Wort von einem Besuch in der Unterwelt gesagt. Zweitens, selbst wenn wir dort waren, wer sagte denn, dass wir Adonis begegnen würden? Wie sollte ich ihn erkennen? Persephone würde sicherlich an Hades' Seite stehen, sollten sie uns zu einem Besuch erwarten. Ein Liebhaber, der dem König der Unterwelt ein Dorn im Auge war, würde sicherlich nicht zu solchen Anlässen auftauchen. Insgesamt standen die Chancen also gut, dass ich Adonis nie begegnen würde.

Ich helfe Ihnen. Trotzdem klopfte mir das Herz bis zum Hals. *Ich werde Adonis Ihren Namen nennen, wenn wir uns begegnen.*

Ich danke dir. Dann war sie offline.

Ich starrte auf mein Handy. Hoffentlich hatte ich mir auf

der Suche nach Antworten nicht doch die Schlinge zu meinem eigenen Strick gedreht.

*

»O mein Gott, sie ist so wahnsinnig, wahnsinnig, waaaahnsinnig niedlich!« Gigis Stimme pendelte sich in Sopranhöhe ein, und ich wunderte mich, dass unsere Wassergläser noch nicht in tausend Scherben zersprungen waren. Jemma, Gigi und ich saßen nebeneinander an der Theke in Gigis Küche, die Riesenmotte thronte zwischen uns. Sie wackelte mit den langen Fühlern und schien genauso viel Spaß zu haben wie wir.

Wir hatten beschlossen, den Sonntagnachmittag bei Gigi zu verbringen, weil sie sturmfrei hatte. Unserer Gastgeberin hatte das gut gepasst, da es ihr traditioneller Küchentag war, an dem sie den größten Teil der Speisen vorkochte, die sie in der kommende Woche verzehren wollte. Ein Topf mit dampfendem Weißtannen-Chiapudding zwängte sich auf der Fensterbank zwischen eine Kolonie Gartenkräuter, die Gigi selbst gezüchtet hatte. Auf dem Herd brodelte ein Risotto aus Auberginen, Tomaten und Zucchini, und ein Auflauf aus Dinkelnudeln, Erbsen, Möhren, Brokkoli und einer Käsesoße warf im Backofen Blasen. Abgekochte Trinkflaschen, die nun mit frischem Spinat-Apfel-Minze-Smoothie gefüllt waren, mussten noch in den Kühlschrank geräumt werden. Eine Küchenmaschine rührte den Teig für Honig-Dinkel-Kekse. Als die Brotbackmaschine piepte, hüpfte Gigi elegant von ihrem Hocker. Sie trug eine Schürze, auf der vorn der Schriftzug »Queen of the Kitchen« aufgestickt war. Ein Titel, der ihr eindeutig zustand, bedachte man, wie viele Baustellen sie zeitgleich mühelos bearbeitete. Es war beeindruckend, ihr zuzusehen, auch wenn ihre rosa Plüschpantoffeln mit den Hasenohren nicht ganz zu diesem majestätischen Auftritt passten. Evangéline hatte sich in ihre Richtung gedreht und schien neugierig zu beobachten, wie Gigi die plärrende Maschine zum Schweigen brachte und dann öffnete.

Neben mir schüttelte Jemma den Kopf. »Es gibt seit circa 1930 so ein revolutionäres Konzept, Gigi. Es nennt sich Supermarkt. Dort kann man alles kaufen: Brot, Kekse, Saft …«

»Das ist kein Saft, das ist ein Smoothie«, war alles, was Gigi erwiderte.

»Ja, aber den machst du nur, weil deine Eltern sich weigern, neben dem Mixer noch einen Entsafter aufzustellen.«

Gigi zog einen Flunsch und ließ das frisch gebackene Brot auf die Arbeitsplatte plumpsen. »Erinnere mich nicht daran.« Sie klopfte prüfend auf den Brotlaib, schien aber zufrieden. »In meinem Alter wünschen sich andere ein Auto oder einen Wochenendtrip mit Freunden oder das neueste Handy. Ich wünsche mir einen Entsafter, und meine Eltern tun so, als wollte ich einen atomaren Teilchenbeschleuniger in unserer Küche aufstellen.«

Evangéline war zum Rand der Theke getrippelt und betrachtete das Brot. Gigi pickte einen Krümel auf und legte ihn neben Evangéline. Die sah kurz darauf, rührte ihn aber nicht an.

»Magst du das nicht?«, flötete Gigi und beugte sich zu Evangéline hinunter. »Ja, magst du das nicht, du kleines feines Flauschebällchen?« Ihre Stimme erreichte schon wieder gefährliche Höhen. »Ja, du bist ja so eine Süße. Bist du unser süßes kleines Sternchen? Ja? Bist du ein Sternchen?«

Evangélines begeistertes Fühlerwippen nahm noch mal Fahrt auf.

»Ja, so ein süßer Schatz. So eine Hübsche!« Gigi richtete sich wieder auf. »Das ist so schrecklich, dass du sie übermorgen wieder abgeben musst. Das geht doch nicht. Wir sind Freundinnen.« Gigi legte die Hand flach auf die Theke, und Evangéline nahm wie selbstverständlich darauf Platz. »Ich will ein Foto mit ihr.«

»Du weißt, dass das nicht geht. Sie reflektiert zu stark.« Ich hatte das Thema schon bei Evangélines Vorstellung angesprochen. »Stell dir vor, der Blitz geht an. Er könnte ihre Augen verletzen. Ich bin mir echt nicht sicher, ob Facettenaugen blitzgeeignet sind, und will es lieber nicht darauf ankommen lassen.«

Gigi erwiderte nichts, sondern hob die Hand mit Evangéline darauf nah zu ihrem Gesicht. Ihr Blick war traurig. »Du wirst uns fehlen.«

Evangéline bewegte die Flügel, und etwas von dem schillernden Staub darauf löste sich. Im nächsten Moment hob sie ab und flog zurück zur Theke. Sie landete vor mir und ließ sich dort nieder.

Jemma warf ihr einen kurzen Blick zu. »Vielleicht könnten wir sie auf dem Drucker kopieren. Dann hättest du wenigstens ihre Umrisse als Erinnerung.« Als Gigi und ich uns protestierend auf sie stürzten, zog sie lachend den Kopf ein. »War doch nur eine Idee.«

Der Deckel des Risottotopfes klapperte fordernd, und Gigi musste sich abwenden.

»Wie läuft es denn mit Noah?«, fragte ich Jemma.

Die lief mal wieder knallrot an. »Er ist toll.«

Ich sah sie an in der Hoffnung, da würde noch mehr kommen, doch Fehlanzeige.

»Was machst du mit ihr, wenn Schule ist?«, fragte Gigi

aus Richtung Herd. Sie deutete mit dem Kochlöffel auf Evangéline. »Lässt du sie zu Hause?«

»Nee, das geht nicht. Mom hat einen Sinn für so was. Sie würde sie sofort entdecken. Ich muss sie mitnehmen.«

»In die Schule?«, hakte Jemma nach. »Na, wenn das mal gut geht.« Sie kicherte, dabei hatte sie noch keine Ahnung, wie recht sie damit behalten sollte.

*

»Hast du gerade mit deinem Halstuch gesprochen?«

Geistesgegenwärtig legte ich das Tuch samt Evangéline darin in das obere Spindfach und fuhr herum. Carly lehnte an der Schrankwand der Umkleide, lediglich bekleidet mit knappen Sport-Hotpants und einem Balconette-BH, der ihren üppigen Busen betonte.

»Äh … nein?« Ich knallte meine Spindtür zu.

»War das jetzt eine Frage?« Sie zog die Augenbrauen zusammen und sah mich irritiert an.

Ich schluckte deutlich hörbar. »Nein.«

Carly nickte vielsagend. Sie verschränkte die Arme vor der Brust und musterte mich erneut. »Weißt du, ich mag dich. Aber du bist definitiv seltsam.«

Kompliment und Beleidigung in einem Atemzug. Ich war ungewollt beeindruckt. »Aha.«

»Du tauchst hier drei Wochen nach Unterrichtsbeginn auf und siehst permanent aus wie eine Zwölfjährige, die gerade einen Geist gesehen hat. Es liegt nicht an deinen Klamotten.« Sie löste ihre Arme und malte mit lang ausgestrecktem Zeigefinger einen imaginären Kreis um meine Figur. »Dein Stil ist retro, aber nicht nerdy.«

»Herzlichen Dank, Carly«, sagte ich matt. Was machte ich bloß, wenn sie mein Halstuch sehen wollte? Wo versteckte ich dann Evangéline? Ich konnte die Motte nicht vorwarnen. Wieso hatte ich Jemma und Gigi schon in die Sporthalle vorgehen lassen? Wieso hatte ich den halb geöffneten Spind am Ende der Reihe nicht bemerkt? Wieso war ich so in Gedanken gewesen, dass ich Carly nicht gehört hatte? Sie war offenbar im Waschraum nebenan gewesen, denn das Quietschen ihrer Spindtür hätte ich nicht überhören können. Verflixt!

»Es ist eher so, dass du immer so verschreckt und nervös wirkst. So als hättest du permanent Angst, jemand würde dein großes böses Geheimnis lüften.« Nun deutete sie mit ihrem schlanken Zeigefinger direkt in mein Gesicht. »Wie gerade jetzt zum Beispiel.«

Carlys Beobachtungen hatten Hand und Fuß. Sie hatte auch sicherlich ein Recht, mich zu fragen. Aber so langsam fand ich ihr Verhör unhöflich und etwas aufdringlich. »Ich habe einfach nur ein paar Songzeilen vor mich hin gemurmelt, Carly. *Du* siehst Gespenster, nicht ich.« Meine Stimme klang zum Glück fest, und ich sah ihr möglichst gleichgültig in die Augen.

»›Es wird nicht lange dauern, Evangéline.‹ Das soll ein Song sein? Ernsthaft?«

Ich hatte wohl deutlicher geflüstert, als ich dachte. »Meine Mom steht auf französische Chansons aus den Fünfzigern. Da schnappt man schon mal die ein oder andere schnulzige Textzeile auf.« Nun war ich es, die die Arme vor der Brust verschränkte. »Wenn ich sonst nichts mehr für dich tun kann, ich muss jetzt zum Volleyballtraining.«

Carly nickte scheinbar besänftigt, doch hinter ihrem Pony

ratterte es weiter. Ich machte mich darauf gefasst, dass das Gespräch für sie noch nicht beendet war.

»Jedenfalls kommst du hierher, hüpfst herum wie ein verschrecktes Vögelchen, und dann tauchst du mit diesem Typen auf. Diesem Typen, der aussieht wie eine Mischung aus Fashionmodel und Auftragskiller. Er holt dich sogar von der Schule ab und geht mit dir zu einem Konzert.«

Ich wollte etwas erwidern, doch Carly nahm erst so richtig Fahrt auf. »Ich weiß, dass diese Sorte Jungs gelegentlich auf Mädchen steht, denen sie die Welt erklären muss. Aber du bist nicht naiv oder dumm, das merkt man im Unterricht. Du bist aber auch nicht die Sorte Mädchen, die Jungs wie er als Herausforderung sehen. Eine unnahbare Diva, eine, die man erobern und sich gegen hunderte anderer Verehrer durchsetzen muss. Du machst gar nichts, du scheinst nicht mal besonders an Jungs oder Dates interessiert zu sein. Dass wir keine reine Mädchenschule sind, scheinst du nicht mal bemerkt zu haben. Du redest mit keinem Typen hier ein privates Wort. Und dann Enko. Hallo? DER Enko. Er geht zu euch rüber, und du siehst ihn die ganze Zeit an, als würde er dich ärgern. Enko hat das Wort *charmant* erfunden, glaub mir. Aber du hast geguckt, als würde er dich nerven. Ich stand zwar nicht daneben, aber von der Tanzfläche hatte man auch einen guten Blick.« Sie wedelte diffus mit den Händen. »All das kapiere ich nicht. All das macht dich noch seltsamer.« Sie sah mich an, als redete sie mit einem Fabelwesen. »Du guckst wie die Unschuld vom Lande, und die heißesten Typen der Stadt beißen sich an dir die Zähne aus.« Zwischen ihren Augenbrauen manifestierte sich eine steile Falte. »Was ist dein Geheimnis?«

Nun war guter Rat teuer. Ich konnte ihr unmöglich erzählen, dass Maél so an mir klebte, weil er die Hilfe meiner

Nymphenkräfte benötigte. Und dass Enko Maéls nerviger Halbbruder war, der ebenso wenig menschlich war wie Maél selbst.

»Ich habe im Moment genug mit mir zu tun, als mich irgendwelchen Verehrern zu widmen. Der Umzug, meine Krankheit zu Schulbeginn, die neue Stadt, neue Leute, ein neues Leben …« Das war grandios geblufft, denn wenn man es genau nahm, beanspruchte Maél einen großen Teil meiner Gedanken, und ich hatte ihm bereits so einiges an Zeit gewidmet, um mehr über mich und ihn zu erfahren. Aber egal. Carly konnte austeilen, da sollte sie auch einstecken können. Ich lächelte mit spitzen Lippen. »Vielleicht macht mich der Umstand, dass ich so wenig interessiert scheine, umso interessanter?«

Carly, die gerade ein hautenges, bauchfreies Sporttop übergezogen hatte und nun ihren Busen in dem tiefen Ausschnitt zurechtrückte, verstand die Botschaft. Sie ließ von ihren optischen Vorzügen ab, und ihr Blick, den sie mir nun zuwarf, war nicht gerade freundlich. »Gigi und Jemma mögen dich, deshalb bin ich nett zu dir. Du hast mir nichts getan, deshalb sehe ich keinen Grund, dass wir uns ignorieren sollten. Du bist keine Konkurrenz für mich, das wissen wir beide. Dein Blümchen-rühr-mich-nicht-an-Charme mag eine Weile ganz putzig sein, aber glaub mir, Jungs langweilen sich schnell.« Sie klimperte mit den dick getuschten Wimpern. »Besonders, wenn es nicht voran geht. Du weißt, was ich meine. Und wenn ich richtig liege, kannst du auf diesem Gebiet nur die Erfahrungen vorweisen, die du in den kitschigen Liedern deiner Mom aufgeschnappt hast.«

Damit hatte sie recht. Und ich hatte nicht vor, meine Jungfräulichkeit leichtfertig an jemanden zu verschenken, nur um es endlich getan zu haben.

Carly lächelte, als sich die Wahrheit in meinem Gesicht spiegelte. »Wusste ich es doch.«

Ich wollte etwas erwidern, als Annabelle hinter Carly auftauchte. »Da bist du.« Ihr Blick fiel auf mich. »Hi, Livia!«

»Hi, Annabelle!« Ich lächelte ihr zu. Im Gegensatz zu Carly trug sie eine locker sitzende Trainingshose und ein weites T-Shirt mit Krümelmonster-Flockprint.

»Was gibt's?« Carly klang leicht genervt.

»Ich soll dich von Coach Espinoza fragen, Moment, ich zitiere ›ob die Kapitänin des Softballteams noch länger für ihr Make-up braucht oder ob wir schon mal mit dem Aufwärmen anfangen können.«

»Lustig, wirklich lustig.« Carly blitzte Annabelle an, als wären es ihre eigenen Wort und nicht ein Zitat. Annabelle duckte sich. Hier waren die Machtverhältnisse eindeutig geklärt. Carly war die Prinzessin, Annabelle die Hofdame. So deutlich wie jetzt war mir das bisher nicht aufgefallen. Vermutlich lag es daran, dass Carly heute in Höchstform zu sein schien. Als Annabelle sich umdrehen wollte, schnalzte sie mit der Zunge. Ihre Freundin blieb stehen.

Carly machte sich nicht die Mühe, sie anzusehen. »Findest du sie nicht auch seltsam?«

»Bitte?« Annabelle sah irritiert zwischen mir und Carly hin und her.

»Sie ist nett, sie nervt nicht, aber sie ist seltsam. Findest du nicht?«

»Livia?«

»Nein, die unsichtbare Person neben ihr.«

Annabelle lachte unsicher. »Was soll ich dazu sagen?«

»Wie wäre es mit deiner Meinung?« Carly war so liebenswürdig und fasste all die Aspekte, die mich so merkwürdig machten, kurz zusammen. So, wie sie es beschrieb, konnte ich froh sein, dass man mich noch nicht weggesperrt hatte.

»Livia ist neu hier, Carly«, sagte Annabelle vorsichtig. »Wir kennen sie kaum. Ich finde nicht, dass Livia …«

»Was ist denn eigentlich hier los? Ein Kaffeekränzchen?« Coach Espinoza, eine drahtige Frau Mitte dreißig mit schwarzem Haar und olivbrauner Haut, platzte hinter Annabelle in die Umkleide. »Miss Harris, Miss Warner, auf mein Spielfeld, aber zügig. Miss McKenzie, Ihr Team wartet. Raus hier, alle drei, aber im Laufschritt. Da wo es nicht glatt ist, darf gerannt werden, meine Damen!«

Innerlich seufzte ich auf. Ich war noch nie so froh gewesen, dass der Sportunterricht endlich anfing.

*

Nachdem das Training zu Ende war, befand ich mich am späten Nachmittag auf einer Mission, die jede Skala der Merkwürdigkeiten sprengen würde: Ich wollte einen zweiten Versuch starten, mit dem tapferen Blauregen ein Gespräch anzufangen. Die Wiese vor dem Kindergarten lag verlassen vor mir, nur aus Richtung des Sportplatzes hallten noch die Rufe der Footballmannschaft herüber. Evangéline hatte die Zeit im Spind gut hinter sich gebracht. Ich hatte das Halstuchknäuel in meinen Kulturbeutel gelegt und war unauffällig in einer der Toilettenkabinen im Waschraum verschwunden. Evangéline hatte zur Begrüßung mit den Fühlern gewippt, ich hatte ihren behaarten Bauch gekitzelt, und dann war sie an ihren gewohnten Platz verschwunden. Carly hatte zum Glück ein anderes Opfer für ihre explosive Laune gefunden. Sie regte sich ohne Luft zu holen über Coach Espinoza auf, die ihrer Meinung nach dringend Urlaub oder die richtigen Hormontabletten nötig hatte. Gigi und Jemma hatten sich natürlich kaputtgelacht, als ich ihnen von Carlys Anfall von detektivischem Spürsinn erzählt hatte. Jemma versicherte mir, dass Carly eine kleine Diva und nicht wirklich eine Bedrohung war. Sie spuckte wohl gerne große Töne und provozierte ein wenig, war aber viel zu sehr mit sich selbst beschäftigt, um sich großartig um die Belange anderer zu kümmern. Ich war erleichtert, denn einen Spion, jemand der sich tatsächlich die Mühe machte, all meine »Seltsamkeiten« zu katalogisieren und entsprechende Schlüsse zu ziehen, konnte ich im Moment so gar nicht gebrauchen.

Nun stand ich vor dem Blauregen, um erneut zu versuchen, ihn mental zu meinen Nymphenkräften zu befragen. Bis jetzt schwieg er jedoch beharrlich.

Ich war so in Gedanken versunken, dass ich fast einen Satz machte, als der WhatsApp-Gong erklang. Ich sah auf mein Handy.

Du kannst mich nicht ewig ignorieren. Schon wieder Enko. Wenn ich das Maél erzählte, würde er persönlich ausziehen, um irgendetwas von seinem Bruder abzureißen, zu frikassieren oder zu pürieren. Oder alles gleichzeitig. Ich seufzte. So ging das nicht weiter. Ich öffnete das Chatfenster. *Du glaubst gar nicht, was ich alles kann.*

Die Antwort kam sofort. *Doch, glaube ich. Sollen wir uns heute Abend treffen? Du darfst mich gerne währenddessen ignorieren. Ich werde mich im Gegenzug darauf beschränken, dich anzustarren.*

Ich stöhnte auf, schloss den Chat und ließ das Handy zurück in meine Tasche gleiten. Was für einen Unsinn er da von sich gab. Ich hätte es bleiben lassen sollen, denn das machte alles noch schlimmer. Enko war nicht wirklich an mir interessiert. Für ihn war ich eine Spielfigur und Mittel zum Zweck, um seinen Bruder zu ärgern. Wieder erklang der Gong. Leider war meine Neugier zu groß. Ich knipste den Sperrbildschirm an, um die ersten Zeilen seiner Nachricht lesen zu können. *19 Uhr, Quartier Latin im Le Pantalon. Ich werde …*

Mehr konnte ich nicht lesen, da ich sonst das Chatfenster hätte öffnen müssen, was ich nicht wollte. Das Quartier Latin lag im fünften Arrondissement und galt als das Studentenviertel von Paris, hauptsächlich weil die Universität Sorbonne sich ebenfalls dort befand. Vielleicht …

»Hi, Livia!«

Ich schwang herum. Zwei Typen aus meiner Klasse liefen an mir vorbei. Der eine hatte einen Basketball dabei, der andere zog gerade eine Ellbogenbandage von seinem Arm. Beide trugen Sportklamotten und schienen die Abkürzung über die Wiese zu nehmen, um schneller Richtung Parkplatz zu kommen.

»Hi … äh.« Es war peinlich, aber ich hatte keine Ahnung, wie die beiden hießen. Wir hatten mehrere Fächer zusammen, hatten schon bei Gruppenarbeiten nebeneinandergesessen, aber bei mir klingelte nichts. Sosehr Carlys Verhör mich auch genervt hatte, hatte sie doch recht gehabt. Mein neues Leben beschränkte sich auf meine Freundschaft zu Gigi und Jemma, und den Rest nahm Maél ein – Maél, der gar nicht zu wissen schien, was genau er von mir wollte. Und ich mittendrin, die auch nicht wusste, was sie war und was sie wollte.

Meine Klassenkameraden wechselten einen Blick und blieben stehen.

»Alles okay?« Der Dunkelblonde mit der Bandage warf einen kurzen Blick auf den Blauregen. »Hast du dich verlaufen?«

»Sollen wir dich mitnehmen? Mein Dad holt uns ab.« Der

Dunkelhaarige ließ seinen Basketball lässig auf der Spitze seines Zeigefingers rotieren. »Ist gar kein Problem.«

»Nein, vielen Dank.« *Ich muss den Busch hinter mir noch ein wenig über die Geheimnisse meiner Nymphenkräfte befragen.* Nein, das war keine gute Ausrede. »Ich muss noch mal an meinen Spind und ein paar Bücher holen. Ich werde auch gleich abgeholt.«

»Alles klar! Bis morgen!« Die beiden winkten freundlich und gingen weiter. Ich beschloss, morgen damit anzufangen, mir wenigstens die Namen meiner Klassenkameraden zu merken.

Doch zunächst dachte ich nur an meine Nachmittagspläne. Ich war mit Maél verabredet – eigentlich, um Evangéline zurückzugeben. Doch nun hatte er überraschend noch ein Fragment von Agada auf einer alten Radioplatine gespürt. Sie befand sich scheinbar auf einem Auto-Recyclinghof etwas außerhalb der Stadt. Dass dieser Betrieb Hephaistos, dem Gott der Schmiedekünste und einer der zwölf olympischen Götter gehörte, verkomplizierte die Sache leider. Maél jedoch war wild entschlossen. Zuerst wollten wir testen, ob wir uns unbemerkt auf das Gelände schleichen konnten. Sollte das nicht klappen, wollte Maél versuchen, Evangéline loszuschicken, während wir Hephaistos ablenkten. Ich zweifelte jedoch, ob sich ein Gott so leicht täuschen lassen würde. Aber gut, es war Maéls Plan, und als Halbgott sollte er wissen, wie man mit den Olympiern umging.

Ich drehte mich ein letztes Mal zu dem Blauregen.

Bitte, kannst du mir helfen? Ich weiß überhaupt nichts über meine Kräfte. Hast du einen Tipp für mich? Einen Rat? Wo finde ich Informationen? Bekomme ich vielleicht auch einen Paten, und der ist auf dem Weg zu mir verloren gegangen? Es wer-

den schließlich jeden Tag irgendwelche Leute gekidnappt. Kann ich mich da irgendwo melden? In einer Zentrale für Übersinnliches? Im Halbblutcamp? Dem Schattenjägerinstitut? Am Hof der Nacht? Ich betrachtete den Busch, der sich immer noch nicht muckste. *Hogwarts? Narnia? Mordor?* Nur das Rascheln der Blätter. Ich gab auf. *Herzlichen Dank.* Missmutig stapfte ich über den Rasen in Richtung Parkplätze und Metrostation. Wie sollte ich etwas herausfinden, wenn ich absolut keine Chance hatte, an Informationen zu kommen? Kein Wunder, dass es nur noch so wenige Nymphen gab, wenn niemand einem erklärte, wozu diese absonderlichen Kräfte eigentlich gut waren!

*

Das trostlose Wetter passte hervorragend zu der Kulisse des Recyclinghofs. Das Gelände war von einer fünf Meter hohen Mauer umgeben, auf deren oberem Rand Stacheldraht angebracht war. Als wir uns dem offenen Stahltor näherten, blieb Maél so abrupt stehen, als wäre er vor eine unsichtbare Wand gelaufen.

»Warte.« Er hatte die Worte kaum ausgesprochen, da schloss sich das Tor mit einem ohrenbetäubenden Krachen. Funken jagten über die Spitzen des Stacheldrahts, als stünden sie plötzlich unter Strom, und ein Beben lief wie eine Welle durch den Beton der Mauer. Ein seltsam warmer Dunst stieg vom Boden auf. Er roch nach verbranntem Haar, und graue Schwaden hüllten unsere Knöchel ein. Das Gelände schien plötzlich so grau und finster, als habe jemand eine Blende vor die matte Sonne gehalten und ihr die letzte Strahlkraft genommen.

Maél schnalzte mit der Zunge. »Da freut sich aber jemand, uns zu sehen.«

»So viel zu deinem Plan, unbemerkt aufs Gelände zu kommen.«

Maél mochte es nicht, wenn man ihn herausforderte, und ließ sich gerne zu noch größerem Leichtsinn verleiten, um die Kampfansage anzunehmen. Hinter seiner Stirn ratterte es, und er hatte die Lippen verächtlich gespitzt. »Warte hier.«

Ich, die schon ahnte, dass er nur unnötigen Ärger provozieren würde, packte ihn am Arm. »Mach es nicht. Er weiß, dass wir da sind. Er wird reagieren. Hab Geduld.«

Maél schob meine Hand weg. »Warte hier«, wiederholte er und reckte das Kinn. »Ich lasse mich nicht von so billigen Kirmestricks beeindrucken.«

Mittlerweile war der feuchte Dunst kniehoch und die Sonne zu einer müden Laterne verblasst. Von irgendwoher erklang ein Miauen. Maél sah zu mir, als hätte ich das Geräusch verursacht. Ich miaute, um zu beweisen, dass ich kein bisschen wie eine Katze klang. Er verdrehte die Augen und machte einen weiteren Schritt auf das Tor zu.

Wieder erklang ein Miauen. Ein weiteres folgte aus einer anderen Richtung. Maél blieb erst stehen und wich dann zurück, bis er neben mir stand.

»Nicht bewegen.« Er klang ruhig. Zu ruhig. Sein Unterkiefer war angespannt, die Schulter gereckt. Ich ahnte Böses.

Zwei nebelgraue Katzen tauchten aus den milchigen Schwaden auf, eine von rechts, eine von links. Mit langsamen anmutigen Schritten kamen sie direkt auf uns zu.

Ich holte erschrocken Luft, als ich sah, dass es ihre Haut war, die so grau schimmerte. Keine von beiden schien ein einziges Haar am Körper zu haben.

»Nicht bewegen.«

Maéls Warnung war überflüssig. Ich war vom Anblick der Katzen wie versteinert. Obwohl wir nur knapp zwei Meter vom Tor entfernt waren, fühlte ich mich von unserem Ziel weiter entfernt als je zuvor.

Die beiden Katzen kamen immer näher. Ich strich nur kurz mein Haar zurück, doch das wertete die eine wohl schon als Provokation. Sie fauchte und entblößte nadelspitze metallene Zähne. Ich konnte einen Schreckenslaut nicht unterdrücken. Im nächsten Moment öffnete die Katze erneut ihr Maul, und etwas Helles blitzte darin auf. War das etwa …?

»Zur Seite!« Maél packte mich und riss mich mit sich, gerade als ein Feuerschwall aus dem Maul der Katze direkt in meine Richtung rollte.

»Sie spucken Feuer?« Ich versuchte, beide Katzen gleichzeitig im Blick zu behalten – was fast unmöglich war, da sie immer noch zu weit voneinander entfernt standen. Außerdem stieg dieser unangenehm warme Dunst immer höher, sodass ich die Tiere kaum noch erkennen konnte.

»Hephaistos' kleine Torwächter. Er hat mal feuerspeiende Stiere für einen Krieg entworfen. Vermutlich mag er Katzen lieber, und das hier sind Prototypen.«

»Vielleicht hätten wir einfach einen Termin machen sollen.« Mir war absolut schleierhaft, wie wir an diesen Kampfkatzen vorbeikommen sollten, ohne dass sie uns grillten.

Ein Fauchen erklang, eine erneute Feuerwelle rollte auf uns zu, und wir sprangen zur Seite. Mein Schrei – eine Mischung aus Angst und Überraschung – schien in der gespenstischen Stille widerzuhallen.

Ein Donnerschlag ließ den Boden beben, und plötzlich stand das Tor wieder weit offen. Die Silhouette eines Mannes erschien in den milchigen Schwaden. Er hob den rechten Arm und pfiff auf den Fingern. Die zwei Katzen setzen sich, ihre Schwänze bewegten sich lauernd.

»Verschwinde, Hadessohn.«

Die Stimme vibrierte in meinen Eingeweiden, so tief war sie.

So schnell ließ Maél sich nicht abwimmeln. »Hephaistos …«

»Verschwinde.« Hephaistos machte ein paar drohende Schritte auf uns zu. Er war ein Hüne mit breiten Schultern und langen dunkelbraunen Haaren. »Siehst du nicht, dass dein Mädchen Angst hat?«

»Das liegt an deinem Begrüßungskomitee.«

Hephaistos kam noch näher. Als mein Blick verschwamm, hörte ich das Hämmern von Stahl auf Stahl. Hephaistos trug eine lange lederne Schürze, und ein Werkzeuggurt hing um seine Hüften.

»Und das liegt daran, dass du hier nicht willkommen bist.« Mein Blick klarte auf, als er noch näher kam. Hephaistos schnippte mit den Fingern, und ein monströs großer Hammer erschien in seiner rechten Hand. Eine Waffe, groß genug, um Maél und mich gleichzeitig zu Brei zu verarbeiten.

Maél schnaubte. »Oh, Mann. Du hast echt zu viel Avengers geguckt.«

»Hör auf, ihn zu provozieren! Bist du verrückt?« Meine Stimme war ein wütendes Zischen durch geschlossene Zähne, von dem ich inständig hoffte, Hephaistos würde es nicht hören.

»Er sieht aus wie ein ungewaschener Abklatsch von Thor«, zischte er zurück. »Glaubt er, das macht Eindruck? Man sieht nicht automatisch aus wie Chris Hemsworth, bloß weil man einen riesigen Hammer mit sich herumträgt. Das ist doch lächerlich.«

Hephaistos hatte uns fast erreicht.

»Bitte entschuldigen Sie.« Ich pfiff auf Maéls Regeln. Hier war Diplomatie gefragt. »Wir möchten nur etwas kaufen. Wir sind auf der Suche nach einem Ersatzteil. Mehr nicht.«

Hephaistos ließ den Hammer verschwinden. Er baute sich vor uns auf, sein Blick ruhte auf mir. »Was du nicht sagst.« Er klang plötzlich belustigt. »Glaubst du selbst, was du da erzählst?«

»Wir suchen eine Leiterplatte für ein bestimmtes Autoradio. Für ein Physikprojekt.« Meine Stimme klang dünn. Doch ich zückte mutig mein Handy und zeigte ihm das Foto. Hephaistos nahm mir das Telefon aus der Hand. Während er einen kritischen Blick aufs Display warf, hatte ich Gelegenheit, ihn unauffällig zu betrachten. Ich schätzte ihn auf etwas über zwei Meter. Er trug ein schwarzes Shirt mit dem Aufdruck irgendeiner Heavy-Metal-Band – jede Menge Skelette und seltsam verzerrte Schriftzüge, ziemlich gruselig. Dazu eine Jeans, die so dreckig war, dass die Farbe kaum noch zu erraten war. Seine Boots waren staubbedeckt und abgewetzt, seine Arme muskelbepackt wie die eines Bodybuilders und übersät mit Narben. Ich schätzte ihn auf Ende dreißig, war mir aber aufgrund seines Dreitagebarts nicht ganz sicher.

»Nun gut.« Hephaistos reichte mir das Telefon zurück. »Du kannst mitkommen. Er wartet hier draußen.« Sein Blick glitt zu Maél. »Solltest du irgendwelche Tricks versuchen, behalte ich die Kleine.«

»Vergiss es.« Maél klang eisig. »Ohne mich geht sie nirgendwohin.«

Hephaistos lächelte knapp. »Dann viel Glück bei der Suche.« Er wollte sich umdrehen.

»Moment. Ich komme mit Ihnen.«

»Livia!« Maél umfasste meinen Oberarm. »Niemals. Wir finden einen Weg. Ich lasse dich nicht allein mit ihm.«

»Das hast du nicht zu entscheiden.«

Ich hörte Hephaistos belustigt schnauben. Maél warf ihm über meine Schulter einen mörderischen Blick zu. »Niemals.« Er sprach mit gesenkter Stimme. »Wenn du ihm gefällst, lässt er dich nicht mehr gehen. Er ist einer der zwölf olympischen Götter und damit mächtiger als ich. Das Risiko ist zu groß. Wir finden einen Weg. Ich komme bei Nacht wieder und …«

»Du meinst, allein bemerkt dich seine tierische Alarmanlage nicht?«

Maél zog die Augenbrauen finster zusammen. »Dann ist es allein mein Risiko. Du bist sterblich.«

Maél sah wohl mein finsteres Gesicht.

Er seufzte, blieb aber unnachgiebig. »Du gehst nicht, verstanden? Ich bin für deine Sicherheit verantwortlich. Ich war von Anfang an dagegen, dass du mitkommst.«

Ich löste seine Finger von meinem Arm. »Ich gehe.«

»Livia.« Er flüsterte meinen Namen. »Bitte.«

»Ich passe auf mich auf. Vertrau mir.«

Maél schien fassungslos, sein Gesicht war kreidebleich geworden. »Bitte lass uns einfach gehen. Ich finde eine Lösung.«

»Bis gleich.« Ich lächelte ein letztes Mal, dann folgte ich Hephaistos. Die Katzen blieben, ihre blitzenden Augen auf Maél geheftet.

»Livia!«

Ich drehte mich nicht mehr zu Maél um, auch wenn es mich alle Mühe kostete. Es war das erste Mal gewesen, dass ich so etwas wie Angst in seiner Stimme gehört hatte. Doch nun gab es kein Zurück mehr. Als das Tor sich schloss, schlug mir das Herz bis zum Hals. Hatte ich wirklich die richtige Entscheidung getroffen? Hätte ich doch auf Maél hören sollen? Vorsichtig sah ich mich um. Das Gelände war riesig. Ich war mir sicher, noch nie so viele Autos auf einem Fleck gesehen zu haben. Rostige Limousinen, Wagen, die fast wie neu aussahen, und Karosserieskelette, die kaum noch vermuten ließen, dass sie mal fahrtüchtig gewesen waren. Es mussten Hunderte sein!

Eine große Lagerhalle bildete den Mittelpunkt. Hephaistos stieß wortlos die Tür auf, und wir durchquerten einen breiten Gang, in dem Stoßstangen bis hinauf zur Decke in Regalen gestapelt lagen. Ich folgte dem Gott der Schmiedekünste in einen überheizten kleinen Raum, von dem ich vermutete, dass es sich um eine Art Büro handelte. Der Schreibtisch war völlig überladen und ein einziges Chaos, der PC darauf regelrecht antik. Über dem Stuhl dahinter hing ein kariertes Flanellhemd. Eine Kaffeemaschine blubberte auf einem Beistelltisch umringt von gut einem Dutzend benutzter Tassen. Eine Wolldecke lag quer über der Lehne einer mit bunten Kissen übersäten Holzbank. Daneben türmte sich ein Stapel Bücher auf dem Boden. Eine junge Katze, dieses Mal behaart und friedlich, schlief auf einem Kissen vor einem Regal voller Aktenordner. Es roch nach Pfeifentabak und Keksen. Moment. Ich schnupperte. Kekse? Dann entdeckte ich die Schale mit Zimtsternen und Spekulatius auf dem Schreibtisch. Hephaistos war ziemlich früh dran, denn wir hatten noch nicht mal Herbstanfang.

Wie von selbst schlug auch hier die Tür zu. Ein Stapel Papier wurde von der Windböe umhergeweht. Hephaistos drehte sich zu mir. »Und jetzt sag mir, was du wirklich mit dieser Platine anstellen willst.« Er verschränkte die Arme vor der Brust. Die buschigen dunklen Augenbrauen hatte er gerunzelt, sein Blick war durchdringend und streng. Schon der Ausdruck in seinen Augen hätte mich zittern lassen sollen. Doch je länger ich mich in dem Büro umsah, desto mehr wirkte es … gemütlich. Wie könnte ich vor jemandem, der Kissen, Katzenbabys und Kekse mochte, Angst haben? Ich sah zu ihm hoch. Ich könnte ihm eine weitere Lüge auftischen. Doch meine Chancen standen fünfzig zu fünfzig. Er konnte mir glauben oder mich durchschauen und hochkant von seinem Grundstück werfen. Wenn ich Glück hatte. Wenn nicht, würde er mich »behalten«. Was auch immer das bedeutete, es klang nicht besonders rosig.

»Hast du das Sprechen verlernt?« Hephaistos ließ sich in seinen Schreibtischstuhl fallen, der unter seinem massigen Körper ächzte. Er deutete mit der Hand unwirsch auf den Stuhl vor seinem Tisch. »Setz dich.«

Das war keine Einladung. Schnell nahm ich Platz.

»Noch mal: Was habt ihr mit der Platine vor?«

Ich rang mit mir. Wahrheit oder Lüge? Meine Augen glitten zu dem Teller mit den Keksen. Ein wenig Nervennahrung wäre jetzt toll. Im Gegensatz zu so ziemlich allem in diesem Büro sahen sie frisch und appetitlich aus. Hephaistos beugte sich vor und hielt mir den Teller unter die Nase. »Wenn du mit vollem Mund gesprächiger bist, dann bitte.«

Ob ich es wagen sollte? Was, wenn sie mythologisch getunt oder sogar giftig waren? Oder …

Hephaistos nahm sich einen Keks und schob ihn sich demonstrativ in den Mund. Es knusperte, als er den Spekulatius kaute, und die junge Katze hob träge den Kopf. Okay, da lag ich wohl falsch. Ich nahm mir einen Zimtstern. Als der Zuckerguss auf meiner Zunge schmolz, hätte ich fast aufgeseufzt. Die Kekse waren weich und dank der vielen Nüsse herrlich aromatisch.

»Die sind unglaublich lecker. Wie kommt man zu dieser Jahreszeit an frische Zimtsterne?«

Hephaistos' Miene blieb völlig ernst. »Indem man sie selbst backt.«

Mir wäre fast die Kinnlade auf die Brust geklappt. »Oh. Wow. Die sind echt gut.«

Hephaistos nickte. Trotz des Metalshirts und der Rockerfrisur wirkte er plötzlich so würdevoll wie ein preisgekrönter Sternekoch. Er stellte den Teller wieder auf den Tisch. »Bedien dich, wenn es deine Zunge lockert.«

Womit wir wieder beim Thema wären. Ich spürte Hephaistos' scharfen Blick, als ich kurz den Kopf senkte, um endlich eine Entscheidung zu treffen. Mein Hals war ganz rau, als ich ihn ansah, um ihm endlich zu antworten.

»Ich kann es Ihnen nicht sagen.«

Hephaistos lehnte sich in seinem Stuhl zurück und sah mich einen Moment lang schweigend an. Dann nahm er einen ziemlich ramponierten Bleistift und tippte damit auf der Tischplatte herum, als überlegte er. »Weiß er, dass du eine Nymphe bist?«

»Ja.«

»Machst du das für ihn?«

»Ist das wichtig?«

»Allerdings. Erstens ist es ein bisschen viel Zufall für meinen Geschmack. Ein Hadessohn und eine Nymphe, du verstehst. Und zweitens würde ich dich jetzt zum Tor bringen, wenn du mir erzählst, dass er dich dazu zwingt. Ich dulde solche Unterwelt-Machenschaften nicht.«

»Er zwingt mich nicht. Wir sind so etwas wie Geschäftspartner.«

Hephaistos lachte auf. »Geschäftspartner. So nennt man das heute?«

Eine brennende Hitze flammte über meine Wangen. »Könnten wir beim Geschäft bleiben?« Als ich sah, wie sich seine Miene verfinsterte, fügte ich schnell ein »Bitte« hinzu.

Er holte tief Luft. »Tut mir leid. Ich kann dir nicht helfen.«

»Sie wollen es nicht, richtig? Warum haben Sie mich dann überhaupt in Ihr Büro gebeten?«

Der Gott der Schmiedekünste lächelte knapp. »Der Frieden zwischen den Göttern ist ein wackliges Konstrukt. Gebaut auf Schwüren, Pakten und Verträgen, die so zerbrechlich sind wie Glas. Wir würden die Erde zu unserem Schlachtfeld machen, und ihr sterblichen Wesen wärt nicht mehr als unwichtige Kollateralschäden. Dein kleiner Hadessohn ist ein Unruhestifter. Das sind sie alle. Wie der Vater so die Söhne. Es liegt in ihrer Natur. Ich werde ganz bestimmt keinen Jahrtausende andauernden Frieden gefährden, nur weil dein kleiner Freund den Aufstand probt.«

»Ich sitze also in diesem Büro, nur damit Sie mir diesen Vortrag halten können?« Um Himmels willen, was hatte ich da gerade gesagt? So kannte ich mich gar nicht. Ich war im Umgang mit Fremden immer schüchtern gewesen. Hatte lieber zu wenig als zu viel gesagt. Was war los mit mir?

Einen ewigen Moment lang blieb Hephaistos' Gesicht völlig ausdruckslos. Ich schluckte deutlich hörbar.

»Nun kann ich mir vorstellen, was ihm an dir gefällt.« Er ließ den Blick an mir hinab- und wieder hinaufwandern. »Dein Aussehen ist durchschnittlich. Aber du hast dieses Feuer in dir, das emporschlägt, wenn man dich kitzelt.«

Kitzeln? Was für eine bildliche Umschreibung fürs Provozieren.

»Herzlichen Dank für das durchschnittlich.«

Hephaistos gab ein Geräusch von sich, das ein Lachen hätte sein können, wenn da nicht wieder dieses düstere Grollen gewesen wäre. »Sei lieber froh, dass du mir nicht gefällst.«

Ich wich auf meinem Stuhl zurück. All das frisch gewonnene Selbstbewusstsein verkrümelte sich winselnd in eine Ecke von mir. Ich krallte meine Hände um die Sitzfläche. Irgendwie musste ich hier raus. Ich spannte die Beinmuskeln an und plante die Flucht.

»Sitzen bleiben.«

In der Tür hinter mir drehte sich der Schlüssel im Schloss. Ich sprang auf. »Lassen Sie mich gehen! Sofort.«

Hephaistos griff nach einem Keks, schob ihn sich in den Mund und kaute seelenruhig darauf herum. Er schluckte und warf den Bleistift vor sich auf den Tisch. »Das Gespräch ist beendet, wenn ich das sage. Hinsetzen, Nymphe, aber zügig.«

Ich dachte an den Hammer, den Hephaistos wie von Zauberhand erscheinen lassen konnte. Das hier war so was von aussichtslos.

Ich nahm wieder Platz. Meine Angst und Nervosität schienen auf Evangéline überzugehen, denn sie bewegte sich unter meinem Pullover. Ich legte ganz kurz meine Hand über sie, in der Hoffnung, sie zu beruhigen. *Psst. Alles wird gut.*

Hephaistos' Blick blieb an der Stelle hängen. »Moment Mal. Was hast du da?«

»Gar nichts.« Rasch ließ ich die Hand sinken. Evangéline krabbelte schneller ins Freie, als ich *Stopp!* rufen konnte. Sie nahm auf meiner Schulter Platz und breitete die Flügel aus, als wolle sie sich strecken.

»Bei allen himmlischen Feuern.« Hephaistos hatte die Augen aufgerissen. »Du besitzt einen Syllektis?« Er beugte sich über seinen Schreibtisch. »Es ist Jahrhunderte, wenn nicht Jahrtausende her, dass ich zuletzt einen gesehen habe. Ich dachte, die existieren nicht mehr. Was bist du? Eine Wiesennymphe? Eine Waldnymphe?«

Ich hatte keine Ahnung, was das mit dem Syllektis zu tun hatte. »Wiesennymphe.«

Hephaistos lehnte sich wieder zurück und kratzte sich dann nachdenklich am Bart. »Ich hörte davon, dass sie in Nymphenfamilien von Generation zu Generation weitergegeben werden.«

Da würde ich ihm nicht wiedersprechen. So musste ich ihm wenigstens keine Lüge über Evangélines Herkunft auftischen.

»Ein schönes Exemplar.« Hephaistos nickte anerkennend mit dem Kopf. »Sie sind wählerisch, wenn es um Sympathie geht. Aber bei dir scheint sie in guten Händen. Das ist eine große Verantwortung.«

Ich hoffte, dass diese wichtige Aufgabe ein Argument war, mich bald wieder aus seinem Reich zu entlassen. Evangéline schien mein Joker zu sein, und nun würde ich sie in diesem Spiel einsetzen. Ich fischte ein Samenkorn aus meiner Rocktasche. Hephaistos beobachtete mich mit gerunzelter Stirn. Ich legte es auf die Mitte meiner Handfläche, konzentrierte mich, und eine leuchtend rote Mohnblüte wuchs empor. *Evangéline, ich brauche deine Hilfe. Machst du es genau wie in meinem Zimmer? Mit der Blume herumfliegen und sie immer wieder auffangen?*

Ich merkte erst gar nicht, dass ich all das nur gedacht hatte. Ob die Motte mich trotzdem verstehen würde? Evangéline bewegte wie zur Antwort die Beinchen. Innerlich jubilierte ich.

Wir konnten rein telepathisch kommunizieren … wie cool war das denn bitte?

»Sehen Sie gut zu.« Ich warf die Blume in die Luft, Evangéline hob ab und fing sie auf. Sie flog Kreise und Pirouetten und ließ die Blume dabei immer wieder fallen und fing sie im Flug auf.

»Donnerwetter!« Hephaistos wäre vor Begeisterung fast von seinem Stuhl gesprungen. »Was für ein tolles Tier!«

Evangéline krönte ihre Show, indem sie einen eleganten Bogen um den Gott flog und dann die Blume so fallen ließ, dass er sie auffangen konnte.

»Wunderschön!« Hephaistos hatte das Wort gerade gerufen, da verwelkte die Mohnblume in seiner Hand, als habe sie alles Leben auf einen Schlag ausgehaucht. Ich starrte darauf, während Evangéline wieder auf meiner Schulter Platz nahm.

Hephaistos ließ die Schultern hängen. Er betrachtete das schlappe Blümchen in seiner Handfläche und sah plötzlich unendlich traurig aus. »Ich liebe Blumen.«

Da ich annahm, es handle sich bei der Mohnblume um ein Versehen seinerseits, drängte sich eine Frage auf. »Warum richten Sie sich nicht einen Garten ein? Sie haben hier doch genug Platz.«

Hephaistos sprang auf. »Ich habe einen Garten.« Zuerst schien er wütend, und ich wich erschrocken zurück, doch dann fiel er in sich zusammen, als habe jemand ein Ventil geöffnet und alle Energie ausströmen lassen. »Na ja, es ist ein Garten, aber auch irgendwie nicht.« Er sah mich an. »Komm mit.«

Das war schon wieder keine Bitte gewesen. Die Tür entriegelte sich, flog auf, und Hephaistos stürmte hindurch. Ich musste mich beeilen, ihn in dem Labyrinth schlecht beleuchteter Gänge nicht zu verlieren. Türen, Heckklappen, Scheinwerfer, Sitze, Radios, Lenkräder, Reifen ... Der Gott schien buchstäblich alles, was nur ansatzweise mit Autos zu tun hatte, in allen Modellen vorrätig zu haben. Er stieß die Tür zu einem Raum auf, der im Dunkeln lag. Als ich neben ihm ankam, zögerte er einen Moment.

»Achtung.« Irgendwo sprang ein Schalter um. In der nächsten Sekunde glühten hunderte Lichter auf. Ich brauchte einen Moment, um zu verstehen, was dort vor mir lag. Es war ein Garten. Ein wunderschöner, perfekter und atemberaubender Garten. Ein Garten gefertigt komplett aus Eisen und Metall. Jedes einzelne Blatt, jeder Halm war kunstvoll und lebensecht ausgeformt. Ein Teppich aus Blüten erstreckte sich vor mir, dazwischen ein Weg gesäumt von Sträuchern. In der Mitte der Blütenblätter schimmerte je eine bunte Leuchtdiode. Ein Teich gefüllt mit Altöl beherbergte leuchtende Seerosen. Das Schilfgras an seinem Ufer war aus so dünnem Metall, dass es sich tatsächlich im Luftzug bewegte. In den Sträuchern schimmerten rot beleuchtete Beeren. Am Wegesrand mit Blick auf den Teich stand eine Bank, auf der Kissen und ein Buch lagen.

Ich musste schlucken, und seltsamerweise hatte ich Tränen in den Augen. »Mein Gott.«

»Weißt du, was fehlt?«

»Der Garten ist perfekt.«

Hephaistos schüttelte den Kopf. »Er riecht nach gar nichts.« Er sah zu mir. »Es ist ein hübscher Haufen Schrott ohne Seele.«

»Sie sind zu hart zu sich.«

Hephaistos schnaubte leise.

Er tat mir leid, denn ich konnte seine Sehnsucht in jedem Quadratmeter dieses Kunstwerks spüren. Plötzlich hatte ich eine Idee. Ich konnte Pflanzen aus einem Samenkorn wachsen lassen. Schnell suchte ich einen Sonnenblumenkern hervor. Nachdenklich wog ich ihn in der Hand.

»Das hat keinen Sinn.« Hephaistos sah mich kaum an.

Doch so schnell gab ich nicht auf. Was, wenn ich die Kraft der Pflanze stärken konnte? Ihr Energie, vielleicht sogar meine eigene, geben könnte? Es war verrückt und sogar leichtsinnig, aber einen Versuch war es wert. Ich umschloss das Samenkorn mit meiner Hand und konzentrierte mich darauf. Der warme Strom, der durch meinen Arm jagte, verstärkte sich, bis er so heiß war, dass ich es kaum noch aushalten konnte. Flammenzungen schienen mich von innen heraus zu verbrennen. Ich keuchte auf vor Schmerz. *Jetzt!* Ich konzentrierte all meine Energie auf das Samenkorn. Der grüne Stängel schoss empor und bildete im Wachsen Blätter und eine große gelbe Blüte aus. Die Pflanze klammerte ihre Wurzeln um meine Handfläche und hielt sich so fest.

»Donnerlittchen!«

Mein Arm schmerzte, und die Pflanze war nicht gerade leicht, aber Hephaistos' altmodischer Begeisterungsruf ließ mich lachen. »Der komplizierte Teil kommt erst noch.«

Vorsichtig löste ich die Wurzeln der Pflanze von meiner Hand.

Ich will nicht zu dem da. Er riecht nach Katze, protestierte die Sonnenblume.

Du bist auf einer wichtigen Mission. Geheime Götterpläne und so weiter. Du bleibst bis auf Weiteres bei Hephaistos. Benimm dich.

Die Pflanze schien ein paar Zentimeter größer zu werden. *Ich verstehe, Tochter der Quelle. Ich habe eine wichtige Mission.* Sie klang geschmeichelt.

Wenn sich etwas komisch anfühlt, melde dich. Ich hielt sie Hephaistos hin.

Wie? Was? Moment mal, aber ich dachte – hallo? Was soll denn passieren? Kann mich mal jemand einweihen? Die Pflanze schien entsetzt.

Der Gott der Schmiedekünste zögerte. »Das ist keine gute Idee.«

Wieso ist das keine gute Idee? Ich sollte das wissen, ich bin Teil der Mission. Die Pflanze klang panisch.

Ruhe jetzt. Ninjas jammern auch nicht. Ich versuchte mir nichts anmerken zu lassen.

Von der Pflanzenart habe ich noch nie gehört.

Ruhe! Ich fühlte, wie die Pflanze nachgab.

Hephaistos warf mir einen komischen Blick zu. »Redest du mit ihr?«

Ich nickte. »Mental. So wie mit ihr.« Ich deutete auf Evangéline, die immer noch auf meiner Schulter thronte. »Jetzt nehmen Sie die Blume, das ist ein Test.«

Hephaistos legte vorsichtig die Hand um den Stängel. Er hätte sie fast wieder losgelassen, als die Sonnenblume so theatralisch den Kopf hängen ließ, als ergebe sie sich willenlos in ihr Schicksal.

Alles okay?

Katze ... Die Pflanze klang wenig begeistert.

»Potzblitz.« Die Stimme des Schmiedegottes, Herr über die olympischen Feuer und Erfinder der tödlichsten Waffen der Götterwelt, zitterte. »Wie kann das sein?« Er presste seine große Nase zwischen die gelben Blütenblätter und holte geräuschvoll Luft.

Oh nein ... Die Pflanze klang, als sei sie bereit zu sterben.

Hephaistos' Blick schwenkte zu mir, er schien immer noch fassungslos. »Ich will nicht übertreiben, aber das sind keine gewöhnlichen Nymphenkräfte. Niemals. Ich bin über dreitausend Jahre alt, aber von so etwas habe ich noch nie gehört. Ich habe nie verstanden, wozu es euch Nymphen eigentlich gibt. Aber wenn ihr alle solche Kräfte hättet, dann hättet ihr mehr Verantwortung in dieser Welt, da sei dir sicher.«

Genau, sagte die Sonnenblume. *Eigentlich schubst ihr uns doch nur herum. Ist meine Mission jetzt zu Ende?*

Ich behielt die Pflanze im Blick, der es aber immer noch gut zu gehen schien. Jetzt, da sie es vermutlich überleben würde, schaltete ich ihren Protest in meinem Kopf auf stumm.

Hephaistos streichelte die Blätter der Sonnenblume. »Besitzt du einen Katalysator?«

»Wie ein Auto?«

»Etwas, das deine Kräfte verstärkt.«

Ich zuckte die Schultern. »Vielleicht ist es Evangéline.«

»Wer?«

»Der Syllektis.«

Hephaistos nickte andächtig, dann betrachtete er die Pflanze. »Es ist ein Wunder.« Er sah mich an. »Ich danke dir.«

»Gern geschehen. Haben Sie etwas, worin Sie sie einpflanzen können?«

Hephaistos nickte. »Sie wird es gut bei mir haben.« Er lächelte. Sein Blick ruhte auf mir. »Wie lautete dein Name, Nymphe?«

»Livia.«

»Ich bin Hephaistos.« Er streckte mir seine freie Hand hin. »Du kannst mich Hep nennen. Das geht leichter von der Zunge.«

»Freut mich, Hep.«

»Warte hier.« Er deutete auf die Bank unweit von uns, dann stampfte er samt Sonnenblume aus dem Garten.

Ich nutzte den unbeobachteten Moment, um einen Blick

auf mein Handy zu werfen. Maél war vermutlich schon kurz vorm Durchdrehen. Ich hatte recht. Dreizehn neue Nachrichten. Sechs Anrufe. Ich las nicht alles, denn es war klar, worum es ging. *Alles gut. Komme gleich wieder.*

Sofort war er online. *Was macht ihr da? Ziehst du bei ihm ein?*

Wir verhandeln.

Blödsinn. Bist du es überhaupt? Los, beweise es.

Ich seufzte lautlos. Als wenn Hep mein Handy bedienen könnte. *Du bist ein eifersüchtiger Cataphile, den nicht mal Motten leiden können.*

Sehr witzig, kleine Nymphe, sehr witzig. Warte bis du wieder hier raus bist.

Heps schwere Stiefel kamen näher. *Bis später.* Schnell ließ ich das Handy verschwinden.

Hep betrat den Garten, etwas hinter seinem Rücken versteckt. Die Sonnenblume schien immer noch wohlauf. »Hier.«

Er zog das Ding hinter seinem Rücken hervor. Es war die Platine, die wir gesucht hatten. »Du hast Glück, es war die Einzige. Ist ein ziemlich altes Modell.«

»Danke!« Mir fiel ein Stein vom Herzen.

Hep hob einen schwieligen Zeigefinger. »Solltet ihr Blödsinn damit anstellen: Du hast es nicht von mir.«

Ich lächelte. »Versprochen, Hep.«

Er erwiderte mein Lächeln, dann wurde sein Blick ernst. »Pass auf dich auf, Livia. Wenn man zu lange in den Abgrund blickt, blickt der Abgrund irgendwann zurück.«

»Ich weiß.« Jeder, aber auch wirklich jeder warnte mich vor Maél. Für mich war es nichts Neues. Ich würde auf der Hut bleiben, aber auch diese Entscheidung hatte ich schon vor einiger Zeit getroffen.

Hep sah erneut mit inbrünstiger Zärtlichkeit auf die Sonnenblume. »Ich sollte sie einpflanzen. Sie hat bestimmt Durst. Es macht dir doch nichts aus, wenn ich dich jetzt zum Tor begleite?«

Ich schüttelte den Kopf. »Nein, gar nicht. Ich sollte dringend mal nachsehen, ob Maél sich mittlerweile mit deinen Kampfkatzen angefreundet hat. Gib mir mal deine freie Hand.« Ich war froh, immer einen Kuli dabeizuhaben. Damit schrieb ich ihm meine Handynummer auf den Arm. »Wenn etwas mit ihr ist, dann ruf an.«

Hep strahlte. »Ich danke dir.«

*

Vor dem Tor erwartete mich ein missmutiger Halbgott.

Die Kampfkatzen verschwanden im Nebel, als ich mich zu ihm gesellte.

»Na? Habt ihr drei euch amüsiert?« Ich wedelte triumphierend mit der Platine. So ganz konnte ich es immer noch nicht fassen, wie sehr sich das Treffen mit dem Schmiedegott zum Guten gewendet hatte.

»Ich bin fast gestorben vor Sorge. Was zur Hölle hast du so lange dadrin gemacht?« Maél tastete mich ab, als wollte er überprüfen, ob mir Körperteile fehlten.

»Wir haben uns nett unterhalten.« Ich schob seine Finger zur Seite.

»Du solltest die Platine kaufen und nicht einem streitsüchtigen Olympier den Kopf verdrehen.« Er schien nicht im Entferntesten vorzuhaben, mir zu danken.

Meine gute Laune sank gefährlich. »Was redest du da? Außerdem bin ich nicht sein Typ.«

»Darüber habt ihr auch gesprochen? Wie nett. Gab es dazu Kaffee und Kuchen?«

»Kekse.«

Maél stöhnte. »Du bist keine Nymphe, du bist eine Sirene. Ein Wunder, dass er dir nicht sofort einen Antrag gemacht hat.«

»Er ist jedenfalls netter als du. Du motzt mich nur an. Ich habe die Platine besorgt, ganz allein. Und du bist einfach nur sauer. Warum bist du so?«

Maéls Gesicht wurde weich. »Du hast so recht.« Er legte eine Hand um meine Wange. »Ich bin stolz auf dich. Du warst furchtlos und mutig.«

Ich lächelte. »Noch mehr.«

»Ohne dich wäre meine Mission hier gescheitert.«

»Noch mehr.«

Er lachte und zog mich in seine Arme. »Es ist schön, dass du wieder bei mir bist.« Er flüsterte die Worte in mein Haar. »Und jetzt lass uns einen sicheren Platz suchen, an dem Evangéline das Gold von der Platine abtragen kann.«

»Ich will sie nicht wieder abgeben.« Meine Stimme klang dumpf am Stoff seines Pullis. »Können wir sie dem Händler nicht abkaufen? Ich kratze mein Erspartes zusammen und frage auch Jemma und Gigi. Die sind nämlich auch verrückt nach ihr. Und du nimmst deine unermesslichen Halbgott-Reichtümer, und wir machen ihm ein Angebot, das er nicht abschlagen kann.«

In der Kuhle meines Schlüsselbeins spürte ich, wie die Motte sich noch enger an mich kuschelte. Ich musste schwer schlucken, und mir stiegen Tränen in die Augen.

»Der Händler ist reicher als die zwölf Olympier zusammen, kleine Nymphe.«

»Ist mir egal.« Meine Stimme zitterte. Evangéline war mir ans Herz gewachsen. Sie verstand jedes Wort, das ich – mental oder laut – zu ihr sagte. Sie passte in mein Leben wie ein Puzzleteil, das lange versteckt und unentdeckt gewesen war und sich nun nahtlos ins Bild fügte.

»Hey …« Maél löste sich sanft von mir. »Sei nicht traurig.« Er strich eine winzige Träne aus meinem Augenwinkel.

»Doch.« Ich schaute nach oben, um nicht noch mehr zu heulen.

»Manche Dinge sind nicht vorherbestimmt. Evangéline gehört uns nicht. Wir haben ihre Hilfe benötigt und dafür bezahlt, mehr nicht.«

»Sei nicht so eiskalt. Du magst sie doch auch.«

Maéls Adamsapfel hüpfte. »Natürlich mag ich sie.« Er strich mir ein zweites Mal über die Wange, obwohl dort keine Träne mehr war. »Ich überlege schon die ganze Zeit, aber mir fällt nichts ein, das wir …« Er hielt inne und kniff die Augen zu Schlitzen. »Moment. Ich hab's. Ich könnte dich beim Händler gegen Evangéline eintauschen. Er war total scharf auf dich und …« Sein Satz endete in einem Ächzen, weil ich ihn von mir schubste. Er lachte und wich einen halben Schritt zurück. Nicht viel, aber immerhin.

»Lass den Unsinn.« Ich verschränkte die Arme vor der Brust.

»Ach, komm schon.« Maél überwand die kleine Distanz mühelos und legte seine Hand um meinen Nacken. »Das war lustig. Wenigstens ein bisschen. Ich möchte, dass du wieder lächelst. Was muss ich tun?«

Ich sagte nichts. Meine Gedanken waren zur einen Hälfte bei Evangéline und zur anderen bei der Hand, die durch meine Haare wühlte. Ich sollte sie wegstoßen. Ihm sagen, dass wir –

laut ihm – nur Partner waren. Und dass Geschäftspartner sich nicht ständig anfassten, streichelten oder umarmten. Dass mein Gefühlsleben in so kurzer Zeit schon genug Dellen bekommen hatte und dass ich mir zu schade dafür war, nur ein nettes Spielzeug zu sein. Ich wollte gerade den Mund aufmachen, da strahlten Maéls Augen plötzlich.

»Wir haben noch etwas Zeit, bis ich zum Händler muss. Sollen wir zusammen zu Ödipus fahren? Dann lernst du ihn mal kennen.« Er grinste. »Seine gute Seite, meine ich. Die nervige Psychoseite kennst du ja schon.«

Ich sagte »Ja, gerne!«, bevor ich groß darüber nachdenken konnte.

»Dann komm. Dort kann Evangéline das Gold abtragen und Ödipus sehen, wofür ich seinen Weltschmerz verhökert habe.« Er löste seine Hand von meinem Nacken, als wir uns zum Gehen wandten. Und obwohl ich mich dafür selbst verfluchte, fehlte mir seine Berührung, kaum dass seine Finger sich von meiner Haut gelöst hatten.

*

Das Appartement, in dem Hermes den verwahrlosten Ödipus untergebracht hatte, lag in einem der Arrondissements, das meine Eltern mir zu betreten verboten hatten. Als wir die Metrostation verließen, war mir auch klar, warum. Die Bronx in New York war ein Spielplatz dagegen. Graffiti waren an jede freie Stelle geschmiert, teilweise obszön, gewaltverherrlichend oder einfach nur dazu bestimmt, den vorher gepflegten Eindruck zu zerstören. Müll trieb auf der Straße, eine zerfetzte Matratze lehnte an einer Litfaßsäule, und ein verwahrloster Hund lief neugierig auf uns zu. Er verschwand allerdings mit eingezogenem Schwanz, als Maél ihn einen Moment zu lange ansah. Menschen saßen vor den Hauseingängen und besetzten die freien Stellen am Rande der Gehwege. Sie hörten laut Musik, beschimpften sich gegenseitig oder beäugten uns mit unverhohlenem Misstrauen. In einem Hinterhof machte ich die Umrisse eines abgebrannten Autos aus. Ich schauderte.

»Warum habt ihr den armen Kerl ausgerechnet hier untergebracht? Da hätte er besser im ersten Arrondissement auf der Straße gelebt.«

Maél schnalzte mit der Zunge und warf mir einen amüsierten Blick zu. »So schlimm?«

Ich nickte düster.

»Der Grund ist ganz simpel«, sagte Maél und klang plötzlich ganz ernst. »Eine Strategie, um unentdeckt zu bleiben, ist, möglichst unauffällig zu sein. Es gibt Viertel, in denen ist das unmöglich. In guten Wohngegenden kennt man sich. Die Nachbarn fragen, wie es einem geht, der Postbote grüßt, und wenn sie dich länger nicht sehen, klingeln sie bei dir oder rufen sogar die Polizei. Hier«, er deutete mit einer weit ausholenden Armbewegung um sich, »kümmert es niemanden, wenn du zwei Monate tot in deiner Wohnung liegst, bis deine Überreste durch den morschen Fußboden tropfen. Hier sind die Nachbarn schon froh, dass du sie nicht erschießt, wenn ihr euch zufällig im Flur seht.«

Ich warf ihm einen kurzen Seitenblick zu und schüttelte den Kopf. »Du bist absolut unmöglich.«

Er kicherte dunkel.

»Dein Humor ist schon nicht mehr schwarz, er ist …« Schon wieder waren mir die Adjektive ausgegangen.

»Realistisch?« Maél blieb stehen. »Apropos. Home sweet home, da sind wir. Hast du es dir so vorgestellt?«

Ich ließ meinen Blick an dem abgerissenen Wohnblock hinaufwandern und seufzte. »Oh ja.«

Ich holte erst wieder Luft, als Maél die Tür des Appartements Nummer 126 aufgeschlossen und sie mir dann höflich aufgehalten hatte. Der Gestank im Hausflur war nur noch von der Luft im Aufzug getoppt worden. Urin, benutzte Babywindeln plus Kochgerüche, das beschrieb es am treffendsten.

Hier im Appartement roch es schwach nach frisch gewaschener Wäsche. Dazu wehte mir ein zarter Duft von Jasmin entgegen, den ich auf die drei großen Duftkerzen schob, die mir als Erstes ins Auge fielen.

»Kinder, wie nett, dass ihr vorbeischaut.« Hermes, mal wieder in zu viel Strass und Haargel gehüllt, schwebte uns auf einer Wolke aus Parfüm und Aftershave entgegen.

Maél schien überrascht, seinen Paten hier zu treffen. »Wolltest du nicht schon bei einem Termin sein?«

»Abgesagt.« Hermes umarmte mich. »Aber so bekomme ich eine Chance, Livia wiederzusehen.«

Ich lachte. »Hallo, Hermes. Schön, dich zu sehen.«

Hermes wollte im Überschwang der Gefühle auch Maél um den Hals fallen, ließ die Hände aber sinken, als er dessen Gesicht sah.

Er zog eine Schnute und drehte sich in dem schmalen Flur im Eingang um. »Ich führe dich mal herum, Livia.« Er deutete auf die Tür, aus der er getreten war. »Dort ist das Bad. Ich konnte auch Waschmaschine und Trockner unterbringen.« Er seufzte. »Was für ein Segen. Ich wäre sonst nur noch mit Hausarbeit für unseren alten Schwerenöter beschäftigt.«

Ich lächelte mitfühlend. »Du bist echt toll. Das ist so lieb und selbstlos von dir, dass du dich um ihn kümmerst.«

Maél schnaubte leise, aber es klang amüsiert.

Hermes strahlte. »Hier entlang.«

Wir betraten einen Raum, an dessen rechter Wand eine schmale Küchenzeile angebracht war. Eine Schlafcouch teilte das Zimmer und führte den Blick direkt auf die gegenüberliegende Wand. Dort waren vier Flachbildfernseher angebracht. Auf allen Geräten liefen Quizshows. Auf der Couch saß ein Mann in den Dreißigern, den ich niemals wiedererkannt hätte. Sein dunkelblondes Haar war modern geschnitten, der zottelige Bart verschwunden. Seine Augen schienen geheilt und die Narben deutlich verblasst. Er trug ein ordentlich gebügeltes blaues Hemd und eine Jeans. Sein Profil war klassisch schön mit einer markanten männlichen Note. Er sah gut aus. Garantiert würde sich so manche Frau nach ihm umdrehen. Er schien auch etwas zugenommen zu haben, denn seine Wangen wirkten nicht mehr so hohl. Am verblüffendsten war jedoch, dass er wieder sehen konnte. Die leeren Höhlen waren lebhaft blitzenden Augen gewichen, die ganz und gar unversehrt aussahen.

»Darf ich vorstellen?« Hermes vollführte eine geschmeidige Halbdrehung. »Livia, das ist Ödipus. Ödipus, das ist Livia.«

Ich starrte ihn immer noch an. »Hallo, Ödipus.«

Ödipus beachtete mich gar nicht, schien wie hypnotisiert von den Bildschirmen. Erst da bemerkte ich, dass er unablässig murmelte.

»Der Verbrennungsmotor, Sulawesi, ein Enzym, was ist die Relativitätstheorie, ein Obelisk, Yen, 2,34, das Taj Mahal, ein Wirbeltier, 1923, Borneo …«

Ödipus beantwortete die Quizfragen gleichzeitig. Keine Ahnung, wie er das schaffte, aber es war beeindruckend.

»Was habt ihr mit ihm gemacht? Er ist nicht wiederzuerkennen«, wisperte ich, denn ich fand es unhöflich, vor Ödipus laut über ihn zu reden.

Maél deutete auf die Fernseher. »Das Lösen von Rätseln heilt ihn.«

»Es ist seine Lieblingsbeschäftigung, durch die er Kraft und seinen Lebenswillen zurückgewinnt«, fügte Hermes hinzu.

»Und seinen Verstand.« Maél wich zur Seite, als Hermes ihm einen nicht wirklich bedrohlichen Klaps in den Nacken geben wollte. »Ist doch wahr.«

Ich hielt meinen Blick immer noch fest auf Ödipus gerichtet.

»Absolut faszinierend!«

Hermes seufzte. »Ja, so ist er.« Er wischte ein imaginäres Staubkörnchen von der Lehne der Schlafcouch. Die blitzsaubere Wohnung ging unverkennbar auf sein Konto. »Zum Glück ist er bald wieder obenauf, und das Babysitten hat ein Ende.« Er klang fast ein wenig wehmütig.

»Ich bin mir sicher, er freut sich, wenn du trotzdem regelmäßig vorbeischaust.« Das war keine hohle Phrase, ich meinte es tatsächlich so. Hermes ging darin auf, sich um andere zu kümmern, für sie da zu sein und zu unterstützen. Das war vermutlich auch einer der Gründe für die tiefe Verbundenheit, die zwischen Maél und ihm herrschte. Maél tat zwar immer aufmüpfig und großspurig, aber ich war mir sicher, er liebte Hermes wie einen Vater.

Hermes sah mich an, und einen Moment lang hatte ich das Gefühl, er würde bis in meine Seele blicken. Bei jedem anderen hätte ich mich vermutlich unwohl gefühlt. Aber Hermes wirkte so liebenswürdig und von Grund auf gut, dass es mir nichts ausmachte. Als er lächelte, lächelte ich unwillkürlich zurück.

»Danke«, sagte er schließlich. Ich konnte es förmlich klicken hören, als das Schloss, das unsere Verbindung festigte, einrastete. Ich kannte Hermes kaum, aber ich wusste doch, dass ich ab jetzt für ihn »dazugehören« würde.

Einen Wimpernschlag später war er wieder in dem Modus, der in Maél einen unbändigen Fluchtreflex auszulösen schien. »Und ihr zwei Hübschen macht Hausaufgaben zusammen, obwohl ihr auf getrennte Schulen geht? Ich hätte nie gedacht, dass sie es mal schaffen würden, die Lehrpläne so zu synchronisieren.« Sein Blick glitt zu Maél. »Oder gibt es Neuigkeiten?«

Maél war nicht sonderlich talentiert darin, sich dumm zu stellen. »Was denn für Neuigkeiten?«

Hermes sah zur Decke, als bete er um Geduld. »Kindchen, ich bin zwar um einiges älter als du, aber senil bin ich trotzdem nicht.« Er deutete auf meine rechte Hand. »Du hast sie markiert. Ich bin ein Gott, kein Sterblicher, glaubst du, ich sehe das nicht?«

Maél neben mir versteifte sich. Daran schien er wirklich nicht gedacht zu haben.

»Sie weiß, was du bist, und du weißt, was sie ist«, fuhr Hermes fort. »Ich bin meines Zeichens Götterbote, ein Experte für Diplomatie und Deeskalation und extrem dressiert darauf, Gefühle und Schwingungen wahrzunehmen.« Er deutete mit lang ausgestrecktem Zeigefinger grazil zwischen uns hin und her, als wolle er ein imaginäres Band binden »Zwischen euch brodelt es förmlich. Wärt ihr zwei verfeindete Könige, würde ich jeden Moment damit rechnen, dass ihr aufeinander losgeht. Da ihr das aber nicht seid, bleibt nur wenig Raum für Spekulation.« Er wackelte kurz mit den Brauen. »Was auch erklären würde, warum du Livia mit einem Schutzzeichen markiert hast.«

Maél rührte sich nicht. Seine Lippen hatte er so stark aufeinandergepresst, dass sie weiß wirkten.

Neben uns murmelte Ödipus unablässig. »Was ist ein Tandem? Buchdruck, das Neue Testament, Teer, ein Kragenbär, China …«

»Wir sind Partner«, stieß ich hervor.

Hermes unterdrückte ein Lachen, das er mit einem Husten kaschierte.

»Wir haben ähnliche Schulprojekte und …«, stammelte ich weiter.

»Livia.« Hermes hob beschwichtigend die Hände. »Ich will euch nicht um Informationen erpressen. Du musst dir also nichts ausdenken. Was ich damit nur erreichen wollte, ist, dass ihr euch vor mir nicht verstellen müsst. Es ist völlig okay, in eurem Alter eine Beziehung zu haben. Ihr sollt euch bei mir frei und wohlfühlen und nicht das Gefühl haben, etwas verheimlichen zu müssen.« Er seufzte und schob die Hände in die hinteren Taschen seiner Jeans. »Du bist eine Nymphe. Ihr seid so selten geworden. Ich weiß nicht, warum ihr aussterbt, aber es ist eine Ehre, dich zu treffen. Du bist lieb und reinen Herzens, und Maél und du seht toll aus nebeneinander. Es ist so viel an euch, das mich freut und stolz macht. Maél hatte nie Freundinnen, und wenn doch, war er wirklich diskret, denn ich habe nie eine zu Gesicht bekommen. In der Zeit, in der er noch zu jung war, um allein zu leben, war er nie mit einem Mädchen unterwegs. Du bist etwas ganz Besonderes, nicht nur, weil du eine Nymphe bist. Du bist die Erste, die ich an seiner Seite sehe.« Nun sah er zu Maél. »Und wenn ihr verliebt seid, dann ist das völlig okay. Verheimlicht es nicht. Ich freue mich für dich, Maél. Ich sehe, ich fühle, wie gut es dir mit Livia geht. Freut euch, dass ihr euch habt, und lasst einen armen alten Gott wie mich an eurem Glück teilhaben.«

Ich warf einen kurzen Seitenblick auf Maél, der die Augenbrauen finster zusammengezogen hatte. Mir hingegen klopfte das Herz bis zum Hals. Maél hatte nie eine Freundin gehabt? Was, wenn er mit seinen Bekanntschaften immer so verfuhr wie mit mir? Er machte sie zu »Partnern« und klammerte alle Emotionen aus. Ob mir das gleiche Schicksal drohte und einfach etwas schiefgelaufen war? Immerhin hatte er mich nur zu Hermes gebracht, weil er sich sicher war, ihn nicht in seiner Wohnung anzutreffen. Mein Puls nahm gefährlich Fahrt auf, und wieder fühlte es sich an, als würde jemand mein Herz in einen Entsafter stecken.

Maél hatte immer noch nichts gesagt.

»Wir sind Freunde«, sagte ich also, weil ich das Gefühl verspürte, Maél vor etwas beschützen zu müssen, das mich selbst an ihm nervte. Ich musste entweder geisteskrank oder absolut dämlich sein, vermutlich jedoch beides. »Außerdem habe ich ja Evangéline, und Maél wollte …«

Sofort bemerkte ich meinen Fehler. Hermes hatte mich so durcheinandergebracht, dass ich mich verquatscht hatte. Maél neben mir gab ein ersticktes Keuchen von sich. Hermes jedoch lächelte liebenswürdig. »Wer ist Evangéline? Was für ein hübscher Name.«

Evangéline, die sich wohl sicher war, willkommen zu sein, weil ich ihren Namen laut ausgesprochen hatte, krabbelte unter dem Ausschnitt meiner Strickjacke hervor und ließ sich wie gewohnt auf meiner linken Schulter nieder. Ich spürte ihr begrüßendes Flügelschütteln als sanften Luftzug an meinem Ohr.

Oh, verdammt. Ich traute mich nicht, zu Maél zu sehen.

Hermes schienen fast die Augen aus dem Kopf zu fallen. »Bei allen Göttern!« Er blinzelte, als glaubte er, einem Trugbild aufzusitzen. »Du besitzt einen Syllektis?«

Nun war guter Rat teuer. Zum Glück erinnerte ich mich an Hephaistos, der automatisch angenommen hatte, sie gehöre zu meiner Nymphenfamilie. Diese Geschichte würde ich nun auch Hermes auftischen müssen, was jedoch meinen eigentlichen Plan zunichtemachte, ihn nach mehr Infos zu meinem Nymphendasein zu befragen. Es war wirklich zum Verzweifeln.

»Das ist Evangéline«, stellte ich die Riesenmotte vor.

»Sehr erfreut.« Hermes' Kopfnicken zu ihr war fast ehrfürchtig. Evangéline antwortete mit einem sanften Flügelschütteln.

»Und was hat Maél mit ihr vor? Also, wenn ich du wäre, würde ich die Kleine nicht an ihn verleihen. Der Junge hat nur Unsinn im Kopf.«

Maéls ohnehin schon düsterer Blick wurde bei dem Wort »Junge« noch finsterer. Schnell sah ich wieder weg. Er war sauer. Und zwar so richtig. Ich hatte unser Geheimnis ausgeplaudert, und nun steckten wir beide übelst in Erklärungsnot.

»Es war nichts Wichtiges«, sagte ich möglichst emotionslos. »Er wollte nur … äh …« Mir fiel nichts ein, weil ich einfach zu wenig über die Fähigkeiten der Syllekti wusste. Konnten sie noch mehr als *nur* Metalle von Gegenständen lösen?

Maél sprang ein. »Es sollte eine Überraschung für Livia zum Geburtstag sein. Ich hatte ein altes Schmuckstück, das ich neu versilbern lassen wollte für sie. Evangéline sollte das alte Silber abtragen, und ich hätte es neu versilbert.« Er zuckte die Schultern. »Aber ich habe es nicht gefunden. Dachte, es wäre in dem Tresorfach, aber da war es nicht.« Er grinste schief. »Vermutlich habe ich es zu gut versteckt.«

Hermes nickte vielsagend. »Ich habe dir schon dutzende Male empfohlen, schreibe auf, wenn du etwas woanders versteckst, und lege die Liste mit in das Tresorfach.« Er sah zu mir. »Du bekommst also Schmuck zum Geburtstag. Wie nett.« Sein Adlerblick glitt zu Maél. »Dafür, dass ihr nur Partner Schrägstrich Freunde seid.«

Ich spürte, wie ich rot wurde. Maél wirkte nur leicht genervt. »Wie nett, dass du so gar nicht neugierig bist.«

Hermes seufzte dramatisch und wollte gerade etwas erwidern, als eins seiner iPhones piepste. Dann noch eins. Und noch eins. Es war der Ton, der eine neue Mail ankündigte. Hermes überflog sie alle rasch. Dann zog er die Stirn kraus.

»Was ist passiert?« Maél und Hermes kannten sich lange genug, dass ich annahm, dass sie jeden Gesichtsausdruck des anderen mühelos lesen konnten. Maél wirkte beunruhigt. »Nun sag schon.«

Hermes steckte die Telefone weg. Seine vorher so angespannten Gesichtszüge entspannten sich, doch es wirkte seltsam bemüht. »Nun sind auch Nebengötter verschwunden. Spurlos. Man hat keine Spuren eines Kampfes gefunden. Es wirkt, als seien sie einfach …«, er machte eine wedelnde Handbewegung, »… verschwunden.«

»Verschwunden?« Maél verschränkte die Arme vor der Brust. »Vermutlich heckt bloß wieder jemand eine Revolution aus. Alle Mitglieder der Truppe haben sich klammheimlich nach Tahiti verkrümelt, um dort zwischen Palmen und Caipirinhas den Sturz der Olympier zu planen.«

Mir wurde ein wenig mulmig. »Passiert das öfter?«

Maél wirkte so entspannt. Hermes sah zwar beunruhigt, aber nicht gerade panisch aus. Auch Evangéline saß ganz friedlich auf meiner Schulter.

Hermes stieß ein Schnauben aus. »Hin und wieder. Meistens geht es dann darum, dass wir uns wie in einer Demokratie organisieren sollen. Ein Wahlrecht einführen, wer den Rat der Zwölf bildet. Eigentlich ein Vorrecht der olympischen Götter, wie zum Beispiel Zeus, Hera, Hades, Poseidon oder meine Wenigkeit. Oder Nebengötter wollen im Rang aufsteigen. Mehr Macht bekommen, mehr Einfluss, mehr Rechte. Oder irgendjemand hat wieder irgendjemanden beleidigt und zum Kampf gefordert, und nun schart der Beleidigte Verbündete um sich.« Hermes winkte ab. »Nichts Wildes. Man muss Verständnis haben. Wer über dreitausend Jahre gelebt hat, langweilt sich schnell.«

Ich hatte das Gefühl, dass Hermes trotzdem nicht die ganze Wahrheit sagte. Ich hatte den Schrecken, der für einen kurzen Moment in seinen Augen aufgeflackert war, deutlich gesehen. Irgendetwas musste dieses Mal anders sein. Vielleicht durfte er nicht darüber reden. Oder er wusste noch zu wenig, und es war nur eine Vermutung. Doch mein Bauchgefühl sagte mir, dass da mehr im Busch war. Vielleicht wollte er uns auch bloß nicht beunruhigen. Seine gespielt gelangweilte Rede über kleine Aufstände und harmlose Revolutionen sah eher wie ein Ablenkungsversuch aus.

Ich wollte ihn gerade vorsichtig darauf ansprechen, als Hermes beide Hände in meine Richtung streckte. »Ja, komm doch mal her, du kleines Zuckerstückchen.« Eine ewige Sekunde starrte ich ihn an, bis ich begriff, dass er mit Evangéline sprach. Ich wollte gerade erklären, dass sie etwas scheu war, da hob Evangéline ab und flog in wilden Pirouetten auf Hermes zu. Der quietschte vor Begeisterung. Die Riesenmotte ließ sich auf seiner Handfläche nieder, als wären sie alte Freunde. Während Hermes Evangéline mit Komplimenten überhäufte und Ödipus immer noch unablässig Quizfragen beantwortete, hielt Maél mir unauffällig seine geöffnete Messengerbag hin.

Mein Herz sank. Er hatte Evangélines Kästchen dabei. Das Kästchen, in dem der Händler sie uns übergeben hatte. Jenes Kästchen, in dem Maél sie bald schon zurückgeben würde. Uns blieb nur noch wenig Zeit miteinander. Traurigkeit hüllte mich ein wie eine schwere Decke. Ich wollte mich nicht von ihr trennen! Wir passten so gut zueinander. Warum konnte sie nicht bei mir bleiben? Tränen stiegen mir in die Augen, und schnell versuchte ich mich abzulenken.

Es war alles schrecklich kompliziert … Wie sollte ich Hermes erklären, dass Maél Evangéline gleich fortbringen würde? Wie sollte ich ihm erklären, dass sie plötzlich nicht mehr bei mir war?

Völlig unerwartet sprang Maél in die Bresche.

»Livia, ich habe die Box. Hast du mal auf die Uhr gesehen? Der Fahrer müsste gleich da sein.«

Hermes und ich sahen ihn gleichermaßen perplex an.

»Hast du vergessen, dass Evangéline gleich einen Termin mit deiner Ma hat? Der Fahrer müsste gleich da sein.«

»Oh, richtig!« Zum Glück verstand ich so halbwegs, worauf er hinauswollte. »Das hatte ich total vergessen. Bringst du sie runter? Mir macht die Gegend ein bisschen Angst.«

Er zuckte die Schultern, immer noch mit Pokerface. »Klar. Dann gehe ich danach noch kurz etwas einkaufen um die Ecke. Ich habe gar nichts mehr im Kühlschrank.«

»Du hast nichts im Kühlschrank, weil du deinen Kühlschrank als Schuhschrank benutzt, Maél«, war alles, was Hermes erwiderte.

Ich prustete los. Teils aus Nervosität, teils vor Überraschung.

»Das ist mein Ernst. Das letzte Mal, als ich hineingesehen habe, stand da nichts als sechs Paar von diesen sündhaft teuren Turnschuhen, die die Teenager jetzt alle tragen.«

Maél sah ein klein wenig ertappt aus. »Die Dinge ändern sich.«

»Das sehe ich«, erwiderte Hermes und malte mit der freien Hand ein Herzchen in die Luft zwischen uns.

Ödipus brüllte: »Der BH wurde 1914 erfunden, das weiß doch jeder!«

Maéls Augen sanken auf Halbmast. »Ich muss raus hier«, brummte er und hielt mir unwirsch die Box entgegen.

»So, und jetzt klärt mich mal bitte jemand auf.« Hermes streichelte Evangéline und klang eindeutig beleidigt. »Ich bin immer noch euer … äh … DEIN Erziehungsberechtigter.« Er sah streng zu Maél.

Ich war unendlich erleichtert, dass die Wahl auf Maél gefallen war. Er konnte die Geschichte rund um Evangélines erfundenen Termin bestimmt besser erklären als ich.

»Ihre Ma braucht sie. Irgend so ein Nymphen-Hokuspokus. Der Fahrer von Livias Familie holt sie hier ab.«

Maél war echt ein Meister der knappen Worte.

»Oh.« Hermes betrachtete Evangéline. »Wichtige Aufgaben warten auf dich. Nun gut. Unser Treffen war kurz, aber herzlich. Nicht wahr, Zuckerstückchen? Wir wiederholen das.« Er sah zu mir. »Einen Fahrer hätte ich auch gern.«

Ich zuckte verlegen die Schultern.

Maél sah mich auffordernd an. »Setzt du sie in ihre Box? Dann nehme ich sie mit runter.«

Hermes brachte die Riesenmotte zu mir. Behutsam setzte ich sie in ihre Box. Evangéline schien sofort zu wissen, wo sie war, denn sie faltete ordentlich die Flügel und schien ganz entspannt. Ich hingegen drehte den Kopf zur Seite, als ich den Deckel schloss, denn ich kämpfte schon wieder mit den Tränen. Maél bemerkte es wohl, denn er schob mich mit einem »Wir sind mal eben vor der Tür« in Richtung Wohnungstür.

Im Flur schluckte ich die Tränen herunter. »Tut mir leid, dass ich mich mit Evangéline verplappert habe.«

Maél schüttelte nur ganz leicht den Kopf. »So was passiert. Hermes hat so viel erzählt und dich ganz durcheinandergebracht.« Er lächelte. »Und jetzt sei nicht so traurig. Ich leihe sie bald noch mal aus, wenn dir so viel an ihr liegt.«

Mein Gesicht hellte sich ein wenig auf. »Danke, das ist lieb von dir. Sie fehlt mir jetzt schon, dabei ist sie immer noch bei uns.« Ich öffnete den Deckel und streichelte sie kurz. »Auf bald, kleine Motte. Wir hatten so eine schöne Zeit.« Evangéline wippte mit den Flügeln, als wollte sie »Das fand ich auch« sagen.

»Es geht ihr gut bei dem Händler. Erinnere dich daran, wenn sie dir fehlt. Syllekti sterben, wenn sie leiden. Sie brauchen Zuwendung und Pflege.«

Ich nickte und schob den Deckel vorsichtig wieder zu. »Okay.«

»Wenn der Händler sie die letzten hundert Jahre nicht gut behandelt hätte, wäre sie schon lange tot. Er ist gut zu ihr, auch wenn er wie ein Griesgram wirkt.«

Mir lief es kalt den Rücken hinunter, als ich an den Händler und seine verkrüppelte Gestalt dachte. Und was er erst zu mir gesagt hatte … Ich schüttelte mich innerlich. Um mich abzulenken, dachte ich an das, was Hermes über Maél und seine Bekanntschaften erzählt hatte. Die Frage brannte mir auf der Zunge. So sehr, dass sie nicht mehr warten konnte. »Hermes sagt, du hattest nie Freundinnen. Lebst du nach einem bestimmten Kodex oder so? Hattest du etwa noch nie …« Ich brach ab. Die Frage war zu intim, um laut ausgesprochen zu werden. Nicht dass ich ihm etwas voraushätte. Aber Maél sah gut aus, die Mädels starrten sich die Augen nach ihm aus. Es war schwer vorzustellen, dass er noch nie …

Maél schüttelte den Kopf. Er wirkte verschmitzt. »Hermes hat 'nen Knall. Natürlich hatte ich schon Frauen. Jede Menge Frauen!«

Er brach ab, als er bemerkte, wie meine Mundwinkel immer tiefer sanken. »Nicht in diesem Leben«, korrigierte er sich hastig. Dann raufte er sich die Haare. »Männer sind voll von Hormonen, die sie hauptsächlich an Sex denken lassen. Glaubst du wirklich, ich, mit meinen knapp dreitausend Jahren, hätte nie eine Frau berührt?«

Ich zuckte die Schultern. »Als Mönch wohl nicht.«

Maél wuschelte sich erneut durch die Haare und ruinierte seine Frisur nun vollends. Die Längen oben auf seinem Kopf standen in drei wirren Tollen ab und ließen ihn wie einen wahnsinnigen Wissenschaftler aussehen. Dass er sich nun über die kurz geschorenen Seiten und den Hinterkopf strich, rettete auch nichts mehr. »Ich bin kein Mönch. Ich liebe Frauen, ihre Taillen, ihre Hüften, ihren Busen, ihre …«

»Danke, das reicht.« Ich hob die Hand, um ihm das Wort abzuschneiden. »Ich kann es mir nun bildlich vorstellen.«

Maél lachte heiser, dann grinste er mich schief an. »Sorry.«

»Ich glaube, was Hermes meint, ist, dass du nie eine feste Beziehung hattest.«

Damit hatte ich den Nagel wohl auf den Kopf getroffen. Maél sah zur Seite, und ich konnte in seinem Gesicht sehen, wie der Vorhang fiel. Der Vorhang, der seine wahren Gefühle verbergen und mir nur seine Maske zeigen würde.

»Ist es nicht egal, was früher war?« Seine Stimme klang beherrscht. »Wir sind hier.«

Ja, als »Klassenkameraden aus verschiedenen Schulen«, flüsterte die fiese kleine Stimme in meinem Kopf.

»Zusammen.«

Weil ich deinen Syllektis babysitten musste.

»Wir sehen uns fast jeden Tag.«

Weil wir Partner sind und eine Abmachung haben. Ich helfe dir, du hilfst mir.

»Hermes ist eine Tratschtante.«

Und du verschweigst mir dafür umso mehr.

»Er will immer alles wissen, aber das muss er bei uns nicht.« Er beugte sich zu mir, und ich ließ es zu, dass seine Lippen meine Wange kurz streiften. »Wir sind ein tolles Team, und ich bin dankbar für jede Minute des Tages, die du für mich erübrigen kannst. Ist das nicht genug?«

Ich nickte, obwohl es nicht genug war. Nicht für mich.

Maél schien es zu bemerken. Zuerst sah es so aus, als wollte er noch etwas sagen. Doch ihm schienen die Worte zu fehlen. Also zog er einen Schlüsselbund hervor und löste einen der Schlüssel von dem silbernen Ring, der an einem Karabinerhaken hing.

»Ich wohne eine Etage drüber. Appartement 152.« Er nahm meine Hand und legte den Schlüssel hinein. »Geh nach oben, wenn dir das hier unten mit Hermes und Ödipus zu viel wird. Ich beeile mich. In einer halben Stunde bin ich wieder da.«

Mein Herz machte einen Satz. »Du wohnst auch hier? In dieser … Bruchbude?«, fragte ich überrascht. »Und du willst, dass ich ohne dich in deine Wohnung gehe?«

Er nickte knapp.

»Wirklich?«

Maél umfasste meine Hand. Sanft drückte er meine Finger, die den Schlüssel hielten. Seine Hand war so groß, dass sie meine fast komplett umschloss. »Ich sage nichts, wenn ich es nicht auch so meine.«

»Ich kann warten, bis du zurück bist.«

Maél schien zu kapitulieren. »Hör zu, Livia. Mach es, wie du willst. Geh gar nicht, geh allein, warte auf mich. Geh zu mir hoch, wenn Ödipus' Gebrabbel dich nervt oder Hermes dich adoptieren will. Geh hoch, wenn dir langweilig ist. Gib mir den Schlüssel sofort wieder oder behalte ihn. Ich habe noch einen zweiten.«

»Was?« *Er wollte mir seinen Schlüssel überlassen?*

»Wir reden später weiter. Der Händler wartet nicht gern.« Er ließ meine Hand los, seine Finger strichen zart über meinen Handrücken. Die Haut prickelte dort, wo er sie berührte. Ich liebte es, wenn er das tat. Und andererseits verfluchte ich ihn dafür. Dafür, dass es ihm so leichtzufallen schien. Dass er es schaffte, so vertraut mit mir umzugehen, ohne gleich sein Herz in die Waagschale zu werfen.

So wie ich es getan hatte.

»Und sei nicht traurig. Sobald ich etwas habe, was den Händler interessieren könnte, leihe ich sie noch mal aus.«

Ich sah auf seine Tasche, wo er die Riesenmotte soeben verstaut hatte. »Machs gut, Evie.« Meine Stimme brach. Ich musste mich zwingen, dass sie nicht zitterte. »Geh schnell, bevor es wieder schlimmer wird.«

Maél nickte mir zu, und in seinen silbergrauen Augen blitzte etwas auf, das ich nicht deuten konnte. »Ich bin bald wieder da. Sei stolz auf dich, Livia. Das Vertrauen eines Syllektis ist eine Ehre, die nur sehr wenigen zuteilwird.«

Meine Lippen zitterten schon wieder. Ich konnte nur nicken. Als ich ihm nachsah, die Messengerbag zum Schutz nach vorn gedreht, wurde mir erst klar, wie sehr ich mich an Evangéline gewöhnt hatte. Ich legte meine Hand über die Kuhle meines Schlüsselbeins. Die Stelle fühlte sich nun ungewohnt kalt an. Sie würde mir schrecklich fehlen.

Irgendwo im Haus schlug eine Tür zu, und ich erschrak. Ablenkung. Ich brauchte Ablenkung, um diese Traurigkeit zu verdrängen.

Ich kämpfte mit mir. Die Chance, mir in aller Ruhe anzusehen, wie Maél lebte, schien so verlockend! Bevor ich es mir anders überlegte, rief ich »Ich bin mal kurz oben!« in den schmalen Flur des Appartements und wartete Hermes' Antwort ab.

Als ein »Okay!« erscholl, zog ich die Wohnungstür hinter mir zu und nahm die Treppe in die nächste Etage. Zum Glück fand ich das Appartement sofort. Ich drehte den Schlüssel im Schloss. Wieder nur ein Zimmer mit schmalem Flur plus ein angrenzendes Bad.

Maéls Wohnung wirkte militärisch aufgeräumt und so karg wie eine Klosterzelle. Die Wände waren in einem hellen Schiefergrau gestrichen. Sie war genauso groß wie die von Ödipus, sah aber aus, als habe der Vermieter sie möbliert und zurzeit wohnte niemand darin. Ein Kleiderschrank, schwarz und schlicht, ragte wie ein stummer Wächter an der Stirnwand auf. Das Bett war ordentlich gemacht und mit einer grauen Tagesdecke zugedeckt. Die Küchenzeile aus matt gebürstetem Aluminium wirkte gänzlich unbenutzt. Obwohl es mich reizte, öffnete ich den Kühl-Schuhschrank beziehungsweise Schuh-Kühlschrank nicht. Vor dem einzigen Fenster im Raum stand ein Schreibtisch, der so schlicht war wie alles hier. Eine schwarze Tischplatte, metallene Füße. Der Stuhl davor wirkte unbequem. Auf der Platte befanden sich ein moderner, extrem flacher Laptop, das dazu gehörende Ladegerät und ein schwarz glänzender Drucker. Die einzigen Gegenstände, die in diesem Appartement teuer wirkten. Ein Glas mit Bleistiften stand auf einem Block mit Zeichenpapier. Ich klappte den Block auf und fand Skizzen der Katakomben. Ein Labyrinth aus Gängen und Sackgassen.

Sein Rucksack lehnte an einem der Tischbeine, aber dort hineinzusehen war mir dann doch zu privat.

Ich ging weiter zum Bett, einem niedrigen Monster, gebaut aus Industriepalletten, die auf rohen Backsteinen angeordnet waren. Mein Blick fiel auf den Nachttisch, der ebenso rustikal und wie Marke Eigenbau wirkte. Das Holz sah so unbehandelt und piksend aus, dass ich erst zögerte, die darauf liegenden Dinge zu berühren. Ein Schriftzug, der mir bekannt vorkam, fiel mir ins Auge. »Gustave«. Dort hatte Maél mir bei unserem ersten Treffen Kaffee und Kekse gekauft. *Warum hatte er eine Serviette vom Gustave am Bett liegen?*

Ich hob sie hoch, und sofort fiel mein Blick auf das ausgedruckte Foto. Ich stutzte. Mein eigenes Gesicht lächelte mir entgegen. Es war eins meiner Instagrambilder, ein Schnappschuss von einem Klassenausflug in Korea. Meine Nase war verbrannt, ich hatte Reste von Sonnencreme am Hals, und einer meiner Träger hing gefährlich schief über meiner Schulter. Es war ein lustiger Tag gewesen, und mein breites Lächeln zeugte davon. Eindeutig war es aber nicht das allerbeste Foto von mir. Ich war ungeschminkt, sonnenverbrannt, und meine Haare hatten sich dank der Luftfeuchtigkeit wild gekräuselt. Auf meinem Profil befanden sich auch Selfies, die ich in bestem Licht und hübsch geschminkt von mir aufgenommen hatte. Doch Maél hatte sich für dieses hier entschieden. Erst da ertappte ich mich dabei, dass ich über Nichtigkeiten nachdachte, während ich die eigentlich große Überraschung fast außer Acht gelassen hatte. Er hatte ein Foto von mir am Nachttisch liegen. Am Nachttisch!

Mein Blick glitt nach unten, um nach weiteren Bildern Ausschau zu halten. Doch stattdessen fand ich die Eintrittskarte zum Armeemuseum, daneben lag das Papier eines koreanischen Bonbons, das ich ihm mal gegeben hatte. Der schmale Bon der Suppenküche, in der wir vor dem Museumsbesuch zu Mittag gegessen hatten, lag unter der Eintrittskarte. Ich hatte ein wenig darauf herumgekritzelt, während wir auf das Essen gewartet hatten.

Ich starrte auf die gesammelten Erinnerungen. Es waren die persönlichsten Gegenstände in diesem Raum, und sie hatten alle mit mir zu tun. Es berührte mich zutiefst, und ich wollte nicht glauben, dass er das hier geplant hatte. Dass er darauf spekuliert hatte, dass ich das alles finden würde und mir einen falschen Eindruck vermitteln wollte. Wir hatten unsere Pläne geändert, waren spontan zur Wohnung von Ödipus gefahren, und ebenso spontan hatte Maél mir seine Schlüssel gegeben. Ich strich über das Papier mit den Kritzeleien. Ich hatte seinen Namen geschrieben und meinen irgendwo weiter unten. Dazu eine Sonne, Blumen und einen Hund, der unfreiwillig so aussah, als fehle ihm das vierte Bein.

Er hatte unsere gemeinsamen Erinnerungen aufbewahrt.

In meinem Bauch stob ein Schwarm Schmetterlinge auf zu einem wilden Reigen. Er hatte jedes unserer Treffen archiviert. Jede dieser Erinnerungen bewahrte er an dem Platz auf, wo er am verletzlichsten war: an seinem Bett. Dem Ort, an dem er sieben lange Stunden nicht wachsam sein konnte, weil er schlief. An dem Ort, an dem er sie morgens zuerst sehen würde. Und abends, vor dem Einschlafen, zuletzt.

Hatte ich wirklich an seinen Gefühlen gezweifelt?

Ich hatte nichts dergleichen vorzuweisen. Zwar hatte ich ein Bild von ihm auf meinem Handy gespeichert, aber ich hatte sogar die Tüte der Colabonbons entsorgt, als sie leer gewesen war.

Ich sprang auf. Ich wollte ihm etwas zurückgeben. Ihm eine weitere Erinnerung schenken. Ich legte alles zurück, versuchte aber nicht, es so aussehen zu lassen, als hätte ich es nicht gesehen. Er würde es sowieso wissen, da war ich mir sicher.

Also ging ich zum Schreibtisch und riss ein Blatt Papier von dem Block. Schon als ich Maél das erste Mal gesehen hatte, hatte ich an dieses Zitat gedacht. Ich nahm einen der Bleistifte aus dem Glas und schrieb: *Eine gewisse Dunkelheit ist nötig, um die Sterne sehen zu können*. Dieses Zitat des indischen Philosophen Osho spiegelte nicht nur wider, wie ich mich an Maéls Seite fühlte, es spiegelte auch ihn.

Er trug das Erbe seines Vaters in sich, das Erbe der Dunkelheit, und gleichzeitig versuchte er, diese Kräfte zu nutzen, um sie für Agada einzusetzen, um etwas eigentlich Unmögliches zu erreichen. Für mich war Maél die Dunkelheit, derjenige, neben dem ich einen Blick auf eine komplett neue Welt gewonnen hatte. Ohne den ich vermutlich niemals meine Nymphenkräfte erkannt und genutzt hätte. Ohne den ich niemals nach den Sternen gegriffen hätte.

Ich faltete das Blatt und stellte es wie ein Schild auf den Schreibtisch. Das Zitat würde ihm sofort ins Auge fallen. Lächelnd warf ich einen letzten Blick auf den Nachttisch.

Er hat sie alle aufbewahrt …

Dann drehte ich mich um und verließ das Appartement.

*

Ich sah sofort, dass etwas nicht stimmte. Obwohl Maél mal wieder sein Ich-bin-düster-und-geheimnisvoll-Gesicht aufgesetzt hatte, wirkte er nervös.

Ich, die die Zeit bis zu seiner Rückkehr mit Quizfragen-lösen zwischen Hermes und Ödipus auf der Couch überbrückt hatte, sah alarmiert zu ihm hoch.

»Sollen wir zu mir?«, fragte er knapp.

»Klar.« Ich sprang auf.

»Wo sind deine Tüten?«, wollte Hermes wissen.

»Meine was?«

»Du warst doch einkaufen.«

Maél blieb eiskalt. »Schon oben.« Er sah wieder zu mir. »Wollen wir?«

»Sagt aber bitte noch Tschüss, bevor ihr geht, Kinder.«

Ich schaffte es gerade noch Hermes zuzunicken, bevor ich aufholte, um mit Maél Schritt zu halten.

»Was ist denn los?« Die Appartementtür fiel mit einem leisen Klicken ins Schloss.

»Irgendetwas stimmt nicht«, knurrte Maél und ging in Siebenmeterschritten voraus. Ich hatte Mühe, aufzuholen.

»O mein Gott, ist etwas mit Evangéline? Geht es ihr gut? Gab es einen Unfall?«

»Ihr geht's gut.« Er klopfte sanft auf seine Messengerbag.

Nun kam ich gar nicht mehr mit. »Das ist ein echt blöder Scherz, weißt du das?«

Maél schlug die Tasche auf und zeigte mir ihr Kästchen, während er die Treppe hinaufging.

»Du hast sie noch?«

»Erzähle ich dir oben.« Schon wieder wurde er schneller, und ich gab auf. Als ich schließlich durch die geöffnete Appartementtür trat, stand Maél vor seinem Schreibtisch.

Ich ging zu ihm und legte ihm eine Hand auf die Schulter. Er drehte sich zu mir, und plötzlich war sein Lächeln wieder da. »Danke.« Er strich mit einem Finger meine Wange hinab. »Wenn ich abends zum Himmel hinaufsehe, dann sehe ich keine Sterne.« Maél bückte sich und hob das Kästchen mit Evangéline aus der Tasche. Ich konnte es leise rascheln hören. Es ging ihr gut. Ich war so erleichtert.

»Nicht?«

Maél schüttelte den Kopf, und sein Lächeln war einem ernsten Gesichtsausdruck gewichen. »Ich sehe den Himmel als Spielplatz unterschiedlichster Kreaturen. Für mich ist er lebendig. Er ist nicht einfach nur eine schwarze Leinwand mit weißen Lichtpunkten. Ich sehe jeden Blauton des Firmaments, spüre jede Veränderung. Der Puls des Himmels schlägt im Takt meines Herzens. Ich kann es fühlen.« Er nahm meine Hand und legte sie flach auf seine Brust. »Hier. Ich kann es fühlen und hören: das Rauschen, das Flüstern, das leise Singen der Sternbilder. Es raubt mir den Schlaf.« Er strich mit dem Daumen über meine Hand, die immer noch über seinem wild schlagenden Herzen lag. »Es ist beängstigend, aber auch wunderschön.«

In diesem Moment wollte ich ihn küssen. Für die Worte, die er eben gesagt hatte. Dafür, dass er Evangéline wieder mitgebracht hatte. Dafür, dass er mich immer wieder aufs Neue so in seinen Bann zog.

Doch da entließ er meine Hand aus seinem Griff, und der Moment war vorbei. »Livia.«

Ich hatte das komische Gefühl, dass er erneut das zarte Band zwischen uns absichtlich zerrissen hatte. Dass er unbewusst etwas Kleines, Zartes entstehen ließ und es danach sofort zertrampelte, um es nicht größer werden zu lassen. *Warum bewahrst du dann altes Bonbonpapier auf? Zerknitterte Servietten? Warum druckst du dir mein Foto aus, wenn da so absolut nichts ist? Warum??*

»Ich tue das für dich.« Maél klang, als hadere er schwer mit den Worten, die nun folgen würden.

Ich wollte sie nicht hören. Nicht noch eine Rede vom »Partner sein«. Vom »gegenseitigen Helfen«. Von all dem, was wir waren, aber offiziell nicht waren.

Also hob ich den Kopf. »Bitte tu gar nichts für mich. Ich habe dich um nichts gebeten.«

»Nein, das hast du nicht, aber …«

Ich wandte mich ab und versuchte, nicht mehr zuzuhören. Stattdessen befreite ich Evangéline, überzeugte mich, dass es ihr gut ging, und sah ihr dabei zu, wie sie den Schreibtisch erkundete. Sie war wieder da. Ich würde mich darüber freuen und ignorieren, was Maél da wortreich zu erklären versuchte.

»Livia.« Er legte seine große Hand um meinen Oberarm. »Hör mir bitte zu.«

Ich schüttelte ihn ab. »Erzähl mir, was mit Evangéline war. Wollte der Händler sie nicht zurück?«

»Livia.« Er klang leicht genervt.

»Du und ich gleich Partner. Worüber sollen wir reden? Dass du wunderschöne Dinge sagst, die mir gefallen? Dass du mich immer wieder berührst, obwohl das nicht Teil der Abmachung ist? Dass du vor Hermes kaum ein Wort herausbekommst, wenn es um uns geht? Oder dass du keine Beziehungen hast? Ist alles okay für mich, mach dir keine Sorgen. Kehren wir nun zum Geschäft zurück? Ich bin nachher noch verabredet.« So. Das liebe Mädchen hatte Pause, und ich fühlte mich sehr gut damit. Das mit der Verabredung war grandios geblufft, aber es verfehlte seine Wirkung nicht.

Maél stand da wie ein begossener Pudel.

Ich sah ihn betont fragend an und trommelte mit dem Zeigefinger auf dem Schreibtisch.

Ein Muskel knapp unterhalb von Maéls linkem Auge zuckte. »Mit wem?« Seine Stimme klang wie ein heraufziehendes Gewitter.

»Kennst du nicht.«

Der Muskel zuckte noch mal.

Wir starrten uns an.

»Mit wem?«, wiederholte er, dieses Mal ruhiger aber nicht weniger tief.

»Welchen Teil von ›Kennst du nicht‹ hast du nicht verstanden?«

»Wo hast du ihn kennengelernt?«

Er ging also automatisch davon aus, dass meine Verabredung ein Date, nicht etwa ein Treffen mit meinen Freundinnen war. Wie praktisch.

»Wir sollten beim Geschäft bleiben, *Partner*. Zu berichten, was wir in unserer Freizeit machen, gehört nicht zu unserer Abmachung.«

Maél schien kurz vorm Platzen. Er hatte die Lippen so fest aufeinandergepresst, dass sie nur noch zwei schmale weiße Linien waren. In seinen silbernen Augen tobte ein metallisch loderndes Feuer. »Livia …«

Ich drehte mich weg, weil seine Augen mal wieder so wenig menschlich aussahen. Mir war plötzlich eiskalt. »Komm zu mir, Evie. Hat der Händler dich nicht zurückhaben wollen?« Ich legte die Hand flach auf den Schreibtisch, damit Evangéline drauf Platz nehmen konnte. Doch sie beachtete mich gar nicht. Stattdessen rollte sie begeistert einen Bleistift vor sich her.

Nanosekunden später lag Maéls Hand auf meiner. Er nahm sie und verknotete seine Finger mit meinen. »Ich erkläre dir alles. Morgen.«

Ich schüttelte den Kopf. »Ich will keine Erklärungen mehr.« *Ich will diesen Kuss. Ich will dich ganz für mich. Mit allem, was dich ausmacht. Mit deiner Wut und deiner Melancholie. Ich will deine Stärken, aber auch deine Schwächen, deine Träume, deine Ängste, alles, was du für mich bist.*

»Doch, diese Erklärung willst du, glaub mir.«

Ich schüttelte erneut den Kopf. *Du weißt, was ich will.*

Maél schien mit sich zu ringen. Er nahm auch noch meine zweite Hand. »Übermorgen kann ich Agada auferstehen lassen. Danach kann ich dir alles erklären. Bis dahin …« Er brach ab und sah auf unsere Füße. »Ich brauche dich, Livia. Bitte lass uns nicht streiten.« Er sah wieder in mein Gesicht. »Alles, was du empfindest, empfinde ich zwei-, drei-, viermal heftiger als du. Ich würde innerlich brennen, wenn ich es zuließe. Aber es geht nicht. Ich habe Angst, dass etwas schrecklich schiefgeht, wenn ich jetzt darüber rede. Bitte, hab noch zwei Tage Geduld. Danach kann ich frei sprechen. Davon gehe ich aus. Nur noch zwei Tage. Ich bitte dich.« Er zog mich zu sich, und ich ließ es zu.

Er war so gut darin. Im Bitten, im Verführen, im Verschleiern.

Wir standen so nah voreinander, dass unsere Körper sich fast berührten. Ich hakte zwei Finger in eine seiner Gürtelschlaufen. Nur ein wenig ziehen und sein Körper würde sich an meinen lehnen.

Ich sah ihn an.

Tu es endlich. Ich las es ganz deutlich in seinem Blick. *Nimm dir, was du willst. Bitte nicht mich.*

Ich zog ihn an der Gürtelschlaufe zu mir und schlang meine Arme um seine Mitte. Ich spürte, wie der hämmernde Takt seines Herzens Fahrt aufnahm. *Das bin ich. Das mache ich mit ihm.* Ich schloss die Augen. *Na los, Herz, verrate mir, was er wirklich fühlt.*

Maél legte seine Arme um meine Schultern und lehnte seinen Kopf gegen meinen. »Noch zwei Tage.«

Ich nickte an seiner Brust. »Abgemacht. Noch zwei Tage. Wenn du mir dann nicht sagst, was das Problem ist, werden wir uns nicht mehr sehen.«

Maéls Herz setzte für einen Moment aus. Ich lauschte besorgt, selbst als es wieder seinen schnellen Takt aufgenommen hatte.

»Das verstehe ich«, flüsterte er in mein Haar. »Ich will dich nicht verletzen. Das musst du mir glauben.«

»Ich glaube dir.« Noch zwei Tage. Das war nicht lang. Dann würde ich Antworten bekommen. Und ich würde die Konsequenzen ziehen. Nur ob sie mir gefallen würden, war eine ganz andere Frage. Ich hob den Kopf. »Du erweckst Agada übermorgen? Irgendwie hatte ich gedacht, es würde noch dauern.«

»Mit dir ging alles ganz schnell.«

Über diese Zweideutigkeit konnte ich dieses Mal nicht lachen. Maél schien es genauso zu gehen. Er biss sich auf die Unterlippe. »Ja, ich war schneller als gedacht«, sagte er hastig. »Es fehlt nur noch ein Stück. Mehr spüre ich nicht. Und das bedeutet, wir sind am Ziel.«

»Und was machen wir morgen?«

»Morgen lernst du meinen Vater kennen.« Er lächelte, als sei das keine große Sache. »Wir statten der Unterwelt einen Besuch ab.«

Nun war es mein Herz, das für einen kurzen Moment

stehen blieb. Die Unterwelt? Hades? Mein Versprechen an Aphrodite?

Oh, verflixt.

*

Als Maél mir sein Vorhaben genauer erklärte, klang es ganz simpel. Wir würden zu einem spontanen Höflichkeitsbesuch im Tartaros einfallen, und ich sollte Maéls Verwandtschaft kennenlernen, während er die legendäre Kappe der Unsichtbarkeit seines Vaters Hades *auslieh.* Ohne dass der das bemerkte, wohlbemerkt. Rein, raus, alles ganz entspannt.

Mein Bauchgefühl suggerierte mir Gegenteiliges.

»Sie werden dich lieben«, sagte Maél, was in etwa klang wie: *Sie werden dich auffressen und mit deinen Knochen ihre Wände verzieren.*

Ich blieb skeptisch.

Maél hatte zu seiner Höchstform zurückgefunden. Er wollte ja auch schließlich etwas von mir. Nur leider kannte ich ihn mittlerweile ein wenig. Er zupfte spielerisch an meinem Oberteil. »Tu es für mich, kleine Nymphe.«

»Für dich tue ich gar nichts mehr«, gab ich hoheitsvoll zurück, widersprach mir aber im selben Moment: »Außerdem will ich Bedenkzeit. Man spaziert nicht jeden Tag in die Welt der Toten und danach wieder unbeschadet hinaus. Das klingt irgendwie nicht richtig.«

Maél lachte leise. »In meiner Welt schon.«

Und in meiner Welt küssen sich Junge und Mädchen, wenn sie sich mögen, anstatt um Gefühle ein großes Geheimnis zu spinnen. Ich seufzte. »Und was machen wir dann mit dieser Kappe?«

Maél lächelte liebenswürdig. »Die setzt du auf, um von den

Katakomben aus in einen Tresorraum der Banque Nationale zu gelangen und dort einen Goldbarren zu stehlen.«

Als ich wieder Luft bekam, konnte ich ein hysterisches Lachen nicht unterdrücken. »Vergiss es!«

»Ein Teil davon gehört zu Agadas Statue. Ich kann das Gold nicht berühren. Das weißt du doch.«

Unverschämt war gar kein Ausdruck. Ich kochte ein klitzekleines bisschen. *Er* wurde vielleicht immer wiedergeboren und konnte sich aufs nächste Leben freuen, wenn er eins in den Sand setzte. Aber *ich* war sterblich. Ich hatte nur dieses eine Leben. »Ist mir egal. Ich breche nicht in einen Tresorraum ein. Hallo? Ich habe noch Pläne für die Zukunft. Eine Karriere. Denkst du auch mal mit?«

»Du wärst doch unsichtbar.«

»Ja, schon klar. Dann muss ich niesen, das Ding fliegt mir vom Kopf, und schon kennt ganz Interpol mein Gesicht. Niemals.«

»Man befestigt sie unter dem Kinn. Da fliegt nichts runter.«

»Du kennst meine verborgenen Talente nicht. Ich kann so was.«

Maél grinste. »Die Kappe selbst klammert sich um den Kopf. Ich verspreche dir, man bekommt sie nur mit gutem Zureden wieder ab.«

»Das klingt jetzt irgendwie nicht besser.«

Maél legte noch mal eine Schüppe Charme und Einwickeln drauf. »Du kannst das. Ich weiß es.«

»Nein, du willst, dass ich es kann. Das ist etwas völlig anderes. Löschst du mein Bild von den Servern? Setzt du den Alarm schachmatt?«

»Alles, was du willst.«

»Du bluffst. Das kannst selbst du nicht.«

»Ich kann so einiges.«

»Lass die Spielchen. Ich riskiere nicht meine Zukunft für dein hübsches Lächeln.« Ich war knallhart. Aber irgendwie gefiel ich mir in der Rolle.

Maéls Augen loderten. »Du findest mein Lächeln also hübsch?«

»Lenk nicht ab.«

»Was kann ich tun?«

»Denk dir etwas anderes aus.«

»Es gibt keinen Plan B.«

Ich schnaubte. »Lass dir etwas einfallen.«

»Bist du denn trotzdem noch dabei? In den Katakomben?«

»Brauchst du einen Babysitter?«

Maéls Blick war todernst. »Nein. Ich brauche dich. Nicht als Nymphe, nicht als meine Geschäftspartnerin. Dich als Livia. Als meine Freundin. Ich will dich dabeihaben. Mit dir bin ich mutiger, stärker, cleverer …«

»Bescheidener …«

Er schüttelte den Kopf, ein kleines Lachen stahl sich auf seine Lippen. »Das natürlich auch. Ich zeige es vielleicht nicht, aber das alles zerrt an meinen Nerven. Ich habe Angst, weil ich nur uralte Überlieferungen habe, was passieren wird, sollte sie auferstehen. Im Grunde aber weiß ich es nicht. Alles, was ich jetzt will, ist Agada endlich zu befreien und danach ohne Schuld zu sein. Am nächsten Morgen aufzuwachen und frei zu sein. Ein Morgen ohne das schlechte Gewissen. Ein Morgen, an dem die Suche vorbei ist. Ein Morgen, an dem ich nicht alle belügen muss, die mir nahestehen. Ein Morgen ohne Angst, dass alles auffliegt. Das ist es, was ich mir wünsche. Aber ich brauche jetzt noch mal all meine Kraft und all meinen Mut, um mein Ziel zu erreichen. Wenn du bei mir bist, schaffe ich das.« Er sah einen kurzen Moment zur Seite, als überlege er. »Ich finde eine Lösung. Du hast recht, meine Bitte ging zu weit. Auch wenn ich dir garantiere, dass nichts von dem, was du befürchtest, passieren wird, verstehe ich dich. Ich überlege mir etwas anderes. Es gibt immer eine Lösung.«

»Ich lasse dich da unten nicht allein«, sagte ich und nahm seine Hand. »Das verspreche ich dir.« Ich sah ihm fest in die Augen. »Wenn du möchtest, bin ich auch dabei, wenn du deine Schwester auferstehen lässt.«

Sein Gesicht hellte sich auf. »Wirklich?«

Ich nickte. »Ich würde sie gern kennenlernen.«

Maél drückte meine Hand. »Danke. Es ist mir wirklich wichtig, dass ...« Sein Handy kündigte eine eingegangene Nachricht an. Maél zog ein Gesicht, fischte das Handy aber mit der freien Hand hervor. Er überflog die Nachricht. »Schöne Grüße von Hermes. Er macht sich auf den Weg nach Hause.« Er steckte das Telefon wieder weg. »Ich werde vor dem Schlafengehen noch mal nach unserem Quizshowjunkie sehen.« Er streichelte meine Finger. »Soll ich dich jetzt besser nach Hause bringen? Morgen wird wieder ein langer Tag. Und übermorgen ...«

... befreien wir deine Schwester, oder die Welt geht in einem Inferno wütender Götter unter. »Ja, danke.« Ich ließ seine Hand los. »Erzählst du mir auf dem Heimweg, was denn nun mit dem Händler war? Das ging in all der Dramatik irgendwie unter.«

»Richtig.« Maél schob Evangélines geöffnetes Kästchen auf dem Tisch hin und her. »Er ist nicht aufgetaucht.«

»Er hat dich versetzt?«

Maél zuckte mit den Schultern, während ich nach Evangéline rief. »Er war einfach nicht da.«

Dieses Mal kam sie sofort angeflattert. Mit einem Plumps

ließ sie sich in ihre Box fallen. Offenbar dachte sie, wir würden jetzt einen zweiten Versuch starten, sie ihrem Besitzer zurückzugeben.

Maél sah mich fragend an. Evangéline machte es sich schon gemütlich und faltete die Flügel.

Ich zuckte zustimmend mit der Schulter. Maél schob den Deckel zu und verstaute die Riesenmotte behutsam in seiner Messengerbag.

»Vielleicht ist sie müde. Sie war fast den ganzen Tag wach. Normalerweise schläft sie nachmittags ein paar Stunden.«

»Ja, die lieben Kleinen.« Maél seufzte gespielt.

Ich lachte. »Wenigstens erlaubt sie, dass du sie in deiner Tasche herumträgst.«

»Ich fühle mich geehrt, glaub mir.«

»Das solltest du auch, Hadessohn.«

Wir verließen sein Appartement. Maél ging dicht neben mir durch den Flur, die Tasche zur anderen Seite gedreht. »Jedenfalls war der Händler nicht da. Nichts von ihm. Normalerweise können Götter und Halbgötter ihn spüren. Seine Präsenz, selbst wenn er längere Zeit nicht dort war. Fast so, als erinnere sich die Umgebung an ihn. Und das spüren wir. Normalerweise. Aber da war nichts. Gar nichts.« Er blieb stehen und drehte sich zu mir. »Es fühlte sich an, als hätte er sich einfach … in Luft aufgelöst.«

In diesem Moment machte es bei uns beiden Klick. Wir sahen uns an. Genau das Gleiche hatte Hermes über die verschwundenen Götter gesagt.

»Verdammt.« Maél kaute auf seiner Unterlippe. »Ich müsste es Hermes erzählen. Bei ihm laufen alle Fäden zusammen. Aber das kann ich nicht, weil ich ihm dann sagen müsste, was ich mit dem Händler zu schaffen hatte.«

»Denk dir doch etwas anderes aus«, schlug ich vor. »Der Händler wird doch nicht nur Evangéline im Angebot haben.«

Maél boxte mit der Faust auf den Rufknopf des Aufzugs. »Der Händler ist nicht wie der nette Tante-Emma-Laden um die Ecke. Er ist eher der Dealer, den du im schlimmsten Viertel der Stadt im Dunkeln anquatschst. Er hat nur brandheiße Waren. Wenn irgendjemand – außer Hermes natürlich – wüsste, dass wir einen Syllektis dabeihaben, würde man uns schneller überfallen, als wir um Hilfe schreien könnten. Evangéline ist unermesslich viel Wert.«

»Es gibt nichts, was du von dem Händler noch gebrauchen könntest?«

»Doch. Ich hätte eine Nymphe gebraucht.« Er lächelte schief. »Aber die hatte er leider nicht im Programm. Zum Glück habe ich selbst eine gefunden.«

»Du bist so ein Spinner.« Die Aufzugtüren öffneten sich, und ich schubste Maél hinein. Also, ich versuchte es zumindest. Es klappte nur, weil er mitmachte.

Maél grinste und lehnte sich mit dem Rücken an eine der beschmierten Wände. »Aber das ist das Einzige, was ich wirklich brauche.«

»*Das* kann dich übrigens hören.«

Er grinste nur noch breiter.

»Sag es Hermes. Ist doch völlig egal, was du von dem Händler wolltest. Es ist wichtig. Götter und andere ... äh ... magische Wesen verschwinden. Vielleicht gibt es einen Zusammenhang. Was, wenn du der Nächste bist, der verschwindet?«

Maéls Grinsen verschwand immer noch nicht. »Wer auch immer mich mitnimmt, der bringt mich am nächsten Tag zurück. Freiwillig.«

Ich verdrehte die Augen. »Warum möchte ich da nicht protestieren?«

»Hey!« Er streckte die Hände nach mir aus, um mich zu sich zu ziehen. »Ich darf so was sagen. Du nicht.«

Ich wich ihm mal wieder aus. Mittlerweile hatte ich regelrecht Übung darin. »Versprich mir, dass du es ihm sagst.«

»Nur, wenn du herkommst.«

Ich verschränkte die Arme vor der Brust. »Und dann?«

Sein Grinsen wurde diabolisch-süffisant. Meine Zehen begannen zu kribbeln. Oh nein. Den Blick kannte ich.

»Dann stelle ich böse Halbgottdinge mit dir an.« Er konnte auf Kommando einen Schlafzimmerblick anknipsen, der jede Hollywooddiva vor Neid erblassen lassen würde. Er hob provozierend das Kinn. »Na, komm schon her, kleine Nymphe. Sei mutig für eine ehrenwerte Sache.« Für ihn war das ein großartiges Spiel.

Ich hingegen durschaute ihn mittlerweile. Er mimte den lasziven Verführer, aber wenn es um echte, tiefe Gefühle ging, nahm er Reißaus, als jagten sie ihm eine Höllenangst ein. Leider verfehlte seine Verführernummer ihre Wirkung bei mir nicht. Ich knirschte mit den Zähnen, überzeugt, dieses Mal nicht weich zu werden.

»Der Blick funktioniert bei mir nicht.« Meine Knie waren wie Pudding. Ich wollte mich in seine Arme werfen.

»Doch, tut er.« Noch mehr Arroganz im Blick. »Ich kann dein rasendes Herz hören.«

»So ein Quatsch.«

»Ach ja?« Langsam ließ er seine Tasche auf den Boden sinken, dann stieß er sich von der Wand ab. Zwei Schritte, dann stand er vor mir. Ich wich zurück. Er folgte mir.

»Dein Herz klingt wie ein flüchtendes Kaninchen.« Er

machte noch einen Schritt auf mich zu. Mein Rücken stieß gegen die metallene Wand. Erschrocken holte ich Luft.

»Tapp, tapp.« Er schlug sich im Takt auf die Brust. »Tapp, tapp.« Er beugte sich über mich. »Hörst du es nicht?«, flüsterte er nah an meinem Ohr.

Ich schüttelte den Kopf.

»Soll ich dir ein Geheimnis erzählen?«

Er war viel zu nah. Ich wollte alles, nur nicht reden, und verfluchte mich dafür. Jetzt ging es nicht um Gefühle, zarte Bande und ein unbestimmtes Sehnen. Das hier war anders. Es war körperlicher, leidenschaftlicher, und die Luft um uns herum schien vor Anziehung nur so zu flirren. So hatte es sich angefühlt, als wir uns auf dem Konzert geküsst hatten. Mir wurde ein wenig schwindelig. Er roch nach seinem bekannten Parfüm, das sich mit den Pheromonen seiner Haut mischte. *Der Himmel stehe mir bei*. So fühlte sich Begehren an, Lust auf mehr, Lust auf nackte Haut, Lust auf atemlose Küsse.

»Erzähle mir dein Geheimnis.« War das wirklich meine Stimme? So tief und kehlig?

»Mein Herz schlägt genauso schnell.« Er lachte leise. »Sie schlagen im gleichen Takt, Livia. Ich provoziere dich und mache dich absichtlich nervös. Aber du … du machst nichts. Du stehst einfach nur da, und mein Puls explodiert. Ich will …« Er brach abrupt ab und seufzte leise auf. »Noch zwei Tage, Livia. In zwei Tagen fängt für mich ein neues Leben an. Für *uns* fängt ein neues Leben an. Wir beide, wir werden … Ich will … Du …«

Ich neigte den Kopf zur Seite, und Maéls Lippen strichen über meine Ohrmuschel. »Ich werde dich …«

Der Aufzug kam mit einem Ruck zum Halt, und die Türen öffneten sich. Eine Frau mit Baby auf dem Arm und Kleinkind an der Hand musterte uns mit strenger Falte zwischen den Augenbrauen.

Ich schob Maél von mir. Wie mussten wir auf sie wirken? Ich war hinter beziehungsweise halb unter Maél gar nicht zu sehen gewesen. Außerdem konnte ich mir gut vorstellen, wie erhitzt meine Wangen leuchteten. Ich murmelte einen kurzen Gruß und schoss voraus. Maél holte mich an den Briefkästen wieder ein.

»Lass uns hinten raus über den Hof gehen. Das ist eine Abkürzung.« Er grinste. »Mein schönes Viertel habe ich dir ja schon ausreichend gezeigt.«

Ich schenkte mir eine Antwort. Erst mal musste ich wieder klar denken können.

Maél schien jedoch auf noch mehr Flirterei aus, denn er stupste mich auffordernd in die Seite, als ich nicht reagierte. Ich warf ihm einen eindeutigen Blick zu. Er gab natürlich nicht auf.

»Gefällt es dir hier?«

Ich schüttelte mich nur, als ich ihm zu einer Tür folgte.

Er lachte. »Hast du Angst?« Im dämmrigen Schein der sinkenden Spätsommersonne überquerten wir einen Hinterhof, der mit Müll übersät war. Es sah aus, als würden die Bewohner des Wohnblocks einen Großteil ihres Abfalls einfach aus dem Fenster werfen. Industriemülltonnen standen kreuz und quer auf dem Hof herum, manche hoffnungslos überfüllt, andere umgestürzt und umgeben von Unrat. Ein Flutlicht sprang an, flackerte und ging dann wieder aus. Irgendwo im Schatten der Häuserfronten raschelte es, und ein Quieken erscholl. Die Sonne verschwand hinter einer dichten Wolkenmasse, und plötzlich war es schon richtig dunkel. Fast so, als würde ein Gewitter heraufziehen. Der Himmel über mir war schwarz.

Maél beugte sich nah zu mir. »Ich beschütze dich, Prinzessin.«

Prinzessin? Oh Mann! Ich schnaufte. »Vor dem Müll? Oder dem Gestank?« Ich sah ihn von der Seite an. »Seit wann kannst du zaubern?«

Sein Lächeln wurde noch breiter. Er kniff die Augen leicht zusammen, während es um seine Mundwinkel verdächtig zuckte. »Willst du keine Prinzessin sein, die einen strahlenden Helden an ihrer Seite hat, der jederzeit bereit ist, sein Leben für sie zu geben?«

Wo hatte er das nur wieder aufgeschnappt? »Falls du es vergessen hast, du bist quasi unsterblich«, erwiderte ich. »Das macht deine Opferbereitschaft nur halb so heldenhaft.«

Er lachte laut auf und wollte mich packen, doch ich wich ihm elegant aus und sah ihn böse an. *Partner*, wir waren immer noch *nur* Partner. Jedenfalls für die nächsten zwei denkwürdigen Tage. Nicht Knutsch-Partner, nicht Verliebte-Blicke-Partner und erst recht nicht Ich-fasse-dich-an-wann-ich-will-Partner. Wann beherzigte er endlich seinen eigenen Vorschlag? Den Deal zwischen uns, den er angeleiert hatte. Er! Ich beschimpfte ihn gedanklich zum gefühlt hundertsten Mal. Und ich verfluchte mich, dass ich im Aufzug schon wieder so schwach geworden war. Er machte mich echt wahnsinnig!

»Oh, oh.« Maél duckte sich spielerisch, als erwartete er Prügel von mir. »Da ist er wieder, der Todesblick.«

Ich machte eine Bla-bla-Geste mit der Hand.

»Na komm schon.«

Ich wiederholte die Bewegung.

Der Hof mündete in eine schmale Gasse. Noch mehr Mülltonnen, noch mehr Gestank. Ich rümpfte die Nase.

Es polterte, als drei junge Männer zwischen den Tonnen auftauchten. Es schien, als hätten sie auf uns gewartet. Der Größte von ihnen lachte höhnisch. Er trug ein Bandana um den Kopf, sodass er aussah, als sei er aus einem Film der Achtziger gefallen. Als er jedoch ein Klappmesser zückte, wurde mir klar, dass das hier leider kein Film war.

»Geld her.« Er sah kurz in Richtung Straße, auf die die Gasse mündete. »Los, los.«

Seine Kumpanen bauten sich rechts und links neben ihm auf. Einer ließ einen Schwung Wurfmesser erscheinen. Der andere, er war dünn wie eine Bohnenstange, zückte ebenfalls ein Klappmesser. Ein Schlagring glänzte an seiner linken Hand.

Ich wich automatisch näher zu Maél. Doch was sollte der gegen drei Mann mit Messer ausrichten?

»Ihr seid neu in der Gegend, richtig?« Maél ließ seinen Blick über die drei jungen Männer gleiten und schenkte ihnen sein typisch spöttisches Grinsen.

Die drei warfen sich Blicke zu. Mit so einer entspannten Reaktion hatten sie wohl nicht gerechnet. Der große Typ drehte sich zu seinen Kumpanen um und lachte erneut.

»Ja und?«, rief der Dünne. »Was kümmert dich das?«

»Sollen wir uns erst vorstellen?«, höhnte der Bandanatyp. »Oder deine Tussi zum Essen einladen?«

Wieder lachten die drei. Der Dünne kratzte sich im Schritt und warf mir dabei einen anzüglichen Blick zu. Ich unterdrückte das angewiderte Gesicht, das ich ziehen wollte, und sah stattdessen schnell weg.

»Ich würde vorschlagen, ihr geht eurer Wege, genau wie wir das tun werden. Vergessen wir diese unerfreuliche Begegnung.« Maél klang ruhig und so entspannt, als würde er mit einem Grüppchen älterer Damen einen Termin für den nächsten Bingoabend ausmachen. Er verhöhnte sie, provozierte sie, ohne ein einziges Schimpfwort zu benutzen.

»Vergiss es.« Der Große machte ein paar Schritte vorwärts und richtete sein Messer nun direkt auf Maéls Gesicht. Seine Kumpel warteten in sicherer Entfernung.

»Pech gehabt, Junge. Hat dir deine Mama nicht gesagt, dass man im Dunkeln nicht durch dieses Viertel spaziert? Hier wohnen die bösen Jungs.«

Maél zuckte die Schultern. Eine kleine Geste, die so schrecklich harmlos wirkte im Kontrast zu seinen Worten. »Es gibt so viele Ungeheuer hier im Viertel. Monster, die in den Ecken lauern. Raubtiere, die im Dunkeln auf Beutezug gehen.« Er lächelte maliziös. »Aber ich bin hier das Ungeheuer mit den längsten Krallen.«

Der Bandanatyp lachte, doch es klang ein wenig erstickt.

»Und ich kann hervorragend im Dunkeln sehen.« Maéls Flüstern klang leise, aber so rau und messerscharf, dass es die Luft in winzige Stückchen riss, als er es ihm entgegenschleuderte. Im nächsten Moment zerbröselte die fahle Laterne an der Hauswand, als habe sie ein Riese mit zwei Fingern zerquetscht. Der Dünne, der der Lampe am Nächsten stand, wich erschrocken zur Seite.

Der Große schien weniger schreckhaft. Er wedelte erneut mit seinem Messer. »Quatsch keine Opern, Arschloch. Rück die Kohle raus, und leg dein Handy und das deiner Schnecke gleich mit obendrauf.«

»Nein.« Maéls Antwort, so kurz, knapp und selbstsicher, ließ die Männer verblüfft innehalten. Der eine Kerl wog zwei der Wurfmesser in seiner rechten Hand. Kleine, schmale Klingen, die in seinen Händen aufblitzten wie nonverbale Kampfansagen.

Als der Große mit den Fingern schnippte, holte er blitzschnell aus und warf eins der Messer. Es sollte ein Warnschuss sein, denn er zielte auf Maéls Knie. Ich schrie trotzdem.

Maél reagiert im Bruchteil von Sekunden. Er ging in die Hocke und fing das Messer im Flug auf.

Nun starrten wir ihn alle an. Dem Großen klappte die Kinnlade auf die Brust. Maél kam mit ausdruckslosem Gesicht wieder hoch. Er hielt den dreien die Klinge in der geschlossenen Faust entgegen. Blut quoll zwischen seinen Fingern hervor und rann in langen Rinnsalen über seine Armspange den Unterarm entlang.

Eine Ratte piepste in den Schatten und erinnerte uns alle daran, dass dies gerade wirklich passiert war.

»Erste und letzte Warnung.« Maéls Stimme hallte durch das fahle Abendlicht. Er warf ihnen das blutige Messer vor die Füße.

»Keine Ahnung, auf was für kranken Drogen du bist, aber du gibst mir jetzt alles, was du hast, Freak.« Der Große fletschte fast die Zähne. »Dann schneide ich dir nicht das Herz aus der Brust, sondern vergesse, dass du das Messer meines Kumpels so beschmiert hast.«

»Geh lieber nach Hause«, zischte Maél. »Du nimmst es nicht mit mir auf.«

»Nicht so voreilig, Freak …«

Ich erkannte den Befehl erst, als der Typ ausholte und das zweite Messer warf. Es flog in meine Richtung.

Ich schrie nicht, ich wich nicht aus, ich rührte mich nicht. Das Messer schoss direkt auf mich zu. Es würde meine Eingeweide zerreißen, und ein paar Minuten später wäre ich verblutet. Der letzte Moment. Der Moment der Erkenntnis, dass es einfach zu spät war, um noch zu entkommen.

Ich fiel, und mein Aufprall war weich. Keine Schmerzen, kein Blut, kein Messer. Irgendwo knallte scheppernd Metall auf den Boden. *Es hatte mich verfehlt?*

Ich öffnete die Augen. Maél hielt mich fest. Er richtete mich ein Stück auf, sodass ich auf dem Boden saß. Neben mir stand seine Messengerbag. Ihr vertrauter Ledergeruch stieg mir in die Nase. Komischerweise beruhigte mich das. »Gib ihnen unser Geld. Bitte. Und gib ihnen mein Handy. Es ist ganz neu. Bitte, mach was sie sagen. Ich bitte dich! Sie sind gefährlich.« Ich klammerte mich an seinen unverletzten Arm. »Bitte!« Tränen liefen meine Wangen hinunter.

Maél schüttelte den Kopf, während er meine Finger löste. »Rühr dich nicht. Ich werde das jetzt beenden.« Er streichelte kurz über mein Haar. »Sieh nicht hin.«

Er verschwand, und ich sah ihm aus der Deckung der großen Industriemülltonne, hinter der er mich versteckt hatte, nach. Mein Herz krampfte sich vor Angst zusammen. Seine Hand hatte immer noch geblutet. Sein Unterarm war schon komplett rot gewesen. Was, wenn sie ihn überwältigen würden? Warum hatten wir ihnen nicht einfach unser Geld gegeben? Warum ging er keinem Kampf aus dem Weg?

Ich musste ein Schluchzen unterdrücken. Er war nicht unverwundbar. Er war unsterblich. Seine Seele, sein Bewusstsein. Aber der Körper des Siebzehnjährigen, der sich gerade mit drei wesentlich älteren Typen anlegte, war sehr wohl sterblich. Hoffentlich passierte ihm nichts. Ich würde ansonsten den Verstand verlieren. Ich wagte mich wenige Zentimeter vor. Die drei waren erschreckend nah. Ich presste meine geballte Faust vor den Mund, um nicht zu schreien.

»Was bist du? Ein verdammter Ninja?«

»Bist du auf Drogen?«

Sie versuchten mutig zu klingen. Ich hörte es an der Art, wie sie jedes Wort betont bedrohlich aussprachen. Plötzlich hatte ich das Gefühl, dass sie nur noch hier standen, weil sie den richtigen Zeitpunkt für eine Flucht verpasst hatten. Ich spürte die Angst in ihren Stimmen. Und wenn ich es ahnte, dann wusste Maél es schon lange. Langsam ließ ich die Faust sinken. Sollte er bereits die Oberhand haben, und ich hatte es nur nicht bemerkt?

Maél schlenderte zurück zu ihnen, als seien sie alte Bekannte. »Meine Warnung habt ihr wohl nicht richtig verstanden.« Schon wieder dieser beängstigende Plauderton. »Stattdessen wolltet ihr diejenige verletzen, die kein Wort mit euch gesprochen, euch nicht mal in die Augen gesehen hat. Sie, die zu keinem Zeitpunkt eine Bedrohung war. Sie, mein Mädchen, mein Alles und die Einzige, die es wert ist, dass ich euch die Haut vom Körper reiße …«

Ich konnte es fühlen, als in Maél etwas erwachte. Neugierig lehnte ich mich noch weiter vor, um besser sehen zu können. Dunkelheit erhob sich um ihn, vibrierte und pulsierte wie das Echo seines Herzens.

»Und wisst ihr was?« Ein Lachen klang in seiner Stimme mit. »Genau das werde ich jetzt tun.« Ich hörte das Scharren, das Kratzen der Krallen und das Rasseln von Metall, als er das Ungeheuer in seinem Inneren von der Kette ließ.

Der Umstand, dass er sich auf sie stürzte, er allein gegen drei, schien die Männer zu verwirren. Das ungläubige Starren, mit dem sie ihn reglos bedachten, verriet mir jedoch, dass sie die wogende Dunkelheit, die ihn umgab wie einen beängstigenden Schutzschild, ebenfalls sahen.

»Alter …« Der Bandanatyp stolperte zwei Schritte zurück.

Maél warf sich ihnen entgegen wie ein wütender Sturm,

eine Woge pechschwarzen Wassers, ein tintendicker Nebel, der sie ersticken würde. Er brauchte keine Waffe, denn er wirkte wie die entfesselte Macht des Universums, bereit, über sie hinwegzufegen. Ich hörte die Schreie, doch ich sah nichts, denn die Dunkelheit, dickflüssig und undurchdringlich, hüllte sie ein.

Dann war es gespenstisch still.

Er hatte sie doch nicht wirklich umgebracht?

Ein leises Stöhnen erklang.

War es Maél?

Der Nebel verflüchtigte sich. Der Große tauchte zuerst auf. Sein Bandana hing um seinen Hals. Die Sweatjacke schien er im Kampf verloren zu haben. Er hatte ein ziemliches Ei am Kopf, und ein Auge verfärbte sich blau. Ein Handgelenk schien gebrochen, denn es stand in einem seltsamen Winkel von seinem Arm ab. Als die beiden anderen auftauchten, erkannte ich, dass Maél auch ihnen jenes Handgelenk gebrochen hatte, in dessen Hand sie die Waffen gehalten hatten. Der Dünne hielt sich die Schulter. Der andere zog das linke Bein nach.

Maél stand aufrecht zwischen ihnen. Groß, drohend und unverletzt. Mir fiel ein Stein vom Herzen. In einer Hand hielt er die Sweatjacke des Großen.

»Verschwindet.« Er klang ruhig, hatte die Stimme nicht erhoben. Mit der Jacke rieb er sich das Blut vom Unterarm.

Die drei Gangster humpelten in Richtung Straße. Maél sah ihnen kurz nach, bis sie verschwunden waren, dann drehte er sich zu mir.

Er war wieder Maél, mein Maél, der Siebzehnjährige, der mich vor den Katakomben das erste Mal gesehen und ab dann nicht mehr aus den Augen gelassen hatte.

Ich zitterte, die Augen immer noch tränennass.

Sofort war er bei mir. »Hey …« Er ließ die blutverschmierte Jacke auf den Boden fallen. Die Wunde an seiner Hand schien sich geschlossen zu haben. »Alles okay …« Er nahm mich in seine Arme, hüllte mich ein und wiegte mich sanft. »Meine kleine tapfere Nymphe, meine mutige Prinzessin, mein Sonnenschein, meine Liebste …« Er flüsterte die Worte in mein Ohr, während er mich so festhielt, dass meine Welt nur noch aus seinem warmen, großen Körper und seiner beruhigenden Stimme bestand.

»Sie wollten dich …« Meine Stimme brach. »Die Messer, das Blut …« Ich weinte erneut.

»Sch …« Er streichelte meinen Hinterkopf. »Sie sind weg. Sie können uns nichts mehr tun.«

Ich hob den Kopf, um ihn anzusehen. »Sie wollten uns … umbringen!«

»Ich weiß.« Er rieb mit dem Daumen über meine Wangen und strich die Tränen fort. »Aber dir wird niemand etwas Böses anhaben können, wenn ich an deiner Seite bin. Bei mir bist du in Sicherheit. Das habe ich dir schon damals gesagt, als du mir zum ersten Mal in die Katakomben gefolgt bist, und das gilt noch immer.« Er küsste mich auf die Stirn und strich dann mit seinen Lippen meine Wange hinab. »Ich bin dein Schatten, Livia, und ich werde jeden verschlingen, der dir zu nahe kommt.« Er umfasste sanft meine Unterarme. »Komm, ich helfe dir auf.«

»Wie geht es deiner Hand?«

»Ist schon wieder gut.«

Mit wackligen Knien kam ich hoch. Mir fiel ein dunkler Fleck an seiner Hose auf. »Bist du dort auch verletzt?«

»Wo?« Er sah an sich herunter. »Oh nein.«

»Was?« Alarmiert sah ich auf den Fleck, der sich auf Höhe seiner linken Jeanstasche befand. »Soll ich den Notarzt rufen?«

»Nein.« Maél wirkte leicht panisch. »Da hilft uns kein Arzt.«

»Wie bitte?« Und dann stieg dieser vertraute Geruch in meine Nase. Süß und herb zugleich mit einer Prise Zimt. *Ambrosia?*

Ich sah ihn scharf an. »Sag mir nicht …«

»Das ist jetzt wirklich blöd gelaufen.«

»Du wolltest die Ambrosia entsorgen. WIESO befindet sie sich immer noch in deiner Tasche?«

Maél antwortete nicht. Er fischte das grausam verbogene Lipgloss aus der Tasche und warf es so weit er konnte von uns weg. Dann hob er die blutverschmierte Sweatjacke auf und versuchte, die Ambrosia aus der Hosentasche und vom Stoff der Jeans zu entfernen. Natürlich machte das Reiben nur alles noch schlimmer.

Zimtduft wirbelte kitzelnd in meiner Nase. »Wieso, Maél?« Ich klang nur noch halb so wütend, wie ich war. Mein Blick fiel auf seine muskulösen Arme. *Hmmm …*

Er knüllte die Sweatjacke zusammen und warf sie von sich. »Weil ich sie *vergessen* habe. Die Hülle muss beim Kampf gebrochen sein. Verdammt!« Maél hielt mir die Nase zu. »Los, hör auf zu atmen.«

»Witzig.« Plötzlich spürte ich das Prickeln in meinem Kopf. Es war zu spät. »Oh nein.«

»Oh ja.« Maéls Augen wurden glasig, als auch bei ihm die Ambrosia mit aller Wucht zu wirken begann.

Wir griffen gleichzeitig nacheinander. Maél drehte sich mit mir und drückte mich hart gegen die Wand zwischen den riesigen Industriemülltonnen. Der rohe Beton riss an dem Stoff meiner Strickjacke, und ich spürte seine Oberfläche bis auf die Haut. Ich schlang meine Arme um seinen Nacken und zog ihn zu mir. Er senkte den Kopf und küsste mich. Er küsste mich wie ein Verdurstender, der in mir sein rettendes Glas Wasser erkannt hatte.

Als ich meine Lippen für einen kurzen Moment von seinen lösen konnte, versuchte ich, einen klaren Gedanken zu fassen.

»Wir müssen aufhören. Wir sind hier draußen und …«

»Ich kann nicht.« Maél stöhnte und vergrub sein Gesicht an meinem Hals. »Und ich will auch gar nicht.« Er biss mir zärtlich in die Halsbeuge. Mein Verstand verabschiedete sich erneut. Seine Hände waren überall. Es war ein Reißen, ein Zerren, ein hungriges Erobern meines Körpers, dem er hilflos zu erliegen schien. Seine Finger strichen über meine Taille, meinen Rücken, meinen Po.

Ich stöhnte auf. Ich wollte mehr. Noch mehr, immer mehr, nie mehr aufhören.

»Mehr …«

Kaum hatte Maél mich gehört, schob er seine Hand unter mein Shirt und die Strickjacke. Ich bog mich ihm entgegen. Mehr brauchte er nicht als Einladung. Er zerrte an den Lagen Stoff, bis er sie mir fast bis zum Hals hochgeschoben hatte.

Ich seufzte auf, als sein warmer Atem über die Haut meines Dekolletés strich. Seine Lippen waren überall. Als er an einem der Körbchen zupfte, den Stoff leicht nach unten zog, hörte ich kurz auf zu atmen. Sein Mund umschloss meine Brustwarze. Ich wollte stöhnen, doch kein Laut erklang. Passierte das hier wirklich? Das Gefühl war überwältigend. Mit der anderen Hand streichelte er immer wieder meine Rundungen, als wollte er jeden Zentimeter meiner Haut erkunden. Dann ließ Maél sich auf die Knie sinken, die Hände um meine Hüfte gelegt. Seine Zunge hinterließ eine heiße feuchte Spur meinen Bauch hinab. Er kniete vor mir im Dreck, schwer atmend und mit Augen, die mal wieder von innen heraus zu leuchten schienen.

»Livia.« Er flüsterte meinen Namen, und die Leidenschaft, die darin mitschwang, ließ mich erzittern. Ich betrachtete ihn.

Er, dieses wilde Ding, dieser gnadenlose Kämpfer, dieses Ungeheuer, das die Vorherrschaft in seinem Revier blutig verteidigt hatte, kniete vor mir. Der Gedanke allein berauschte mich fast mehr als die Wirkung der Ambrosia.

Im nächsten Moment schob Maél mir den Rock bis zur Taille hoch und gleichzeitig riss er mir die Strumpfhose bis über die Knie herunter. Atemlos holte ich Luft, als ein kühler Hauch über meine Haut strich. *Jetzt gleich …*

Lichter flackerten am Rande meines Gesichtsfeldes. Sie kamen aus Richtung der Straße.

»Maél.« All meine Lust verpuffte im Bruchteil von Sekunden. Ich schob ihn von mir. »Maél! Die Polizei.«

Maél kam hoch, und da bemerkte auch er die Lichter. Ich zog hastig Strumpfhose und Rock wieder an ihren Platz.

Im Blaulicht des Streifenwagens standen wir voreinander, die Sinne vernebelt, keuchend und mit weit aufgerissenen Augen. Die Realität erwischte mich wie eine kalte Dusche. Wir waren in der Öffentlichkeit, ich war halb nackt gewesen und es hätte nicht viel gefehlt und wir hätten miteinander geschlafen. Hier in der dreckigen Gasse, kaum verborgen vor Passanten und völlig überstürzt.

Maél zog mich mit sich nach unten in die Hocke. »Das ist nur eine Streife. Die fahren Patrouille, sobald es dämmert.

Rühr dich nicht, die Cops verlassen ihre Wagen erst, wenn es gar nicht mehr anders geht. Die kommen hier nicht hin.«

Ich nickte und wartete ängstlich ab. Was, wenn die Polizisten doch etwas gesehen hatten? Wir waren zwischen den großen Müllbehältern komplett verborgen gewesen, aber meine Fantasie schien sich aus Angst nicht bremsen zu lassen.

»Diese verdammte Ambrosia. Es tut mir so leid«, stieß Maél hervor. »Bitte, du musst mir glauben, ich …«

»Pst«, machte ich. Solange die Lichter noch blinkten, würde ich mit ihm nicht darüber reden. Plötzlich war da wieder Zimt in meiner Nase. Beim In-die-Hocke-gehen hatte der Stoff übereinandergerieben. Ich sah ihn an. Maéls Pupillen weiteten sich.

»Oh nein.«

»Oh ja.« Ich zog ihn zu mir. Das Blinken verschwand. Wir hielten inne, bevor sich unsere Lippen trafen. Das Blaulicht war verschwunden.

»Sie sind weg.«

»Sieht so aus.« Maél zog mich wieder hoch, als sei ich eine Puppe. Ich taumelte ein wenig. Wie von selbst tasteten meine Finger nach dem Bund seines Shirts. Ich wollte Haut spüren …

»Livia.« Er schob meine Hände sanft von sich. »Wir müssen weg hier. Wir brauchen Hilfe. Die Dröhnung war einfach zu groß und …«

Ich ging auf die Zehenspitzen und küsste ihn. Eigentlich riss ich eher seinen Kopf zu mir, bevor er sich wehren konnte. Sekundenlang ließ Maél sich in diesen Kuss fallen. Seine Zunge drang tief in meinen Mund, seine Hände glitten über meine Hüften. Dann riss er sich los. »Bei allen Göttern. Das muss aufhören.« Er schüttelte mich leicht. »Kämpf dagegen an.«

Ich nickte, mein Blick fest auf seinem Mund. »Okay.« Ich ging schon wieder auf die Zehenspitzen. »Darf ich dich jetzt wieder küssen?«

Maél stöhnte auf. »Komm mit, sofort.«

Er hing sich die Tasche über die Schulter und nahm meine Hand. »Was ist eigentlich mit deiner Verabredung?«

»Abgesagt.«

Er glaubte mir kein Wort, das sah ich in seinen Augen. Doch nun hatten wir ganz andere Sorgen.

»Wir brauchen Hilfe«, wiederholte er. »Wir müssen zu Hermes. Er wird wissen, was zu tun ist. Ich schreibe ihm, dass wir zu ihm kommen. Hol immer wieder tief Luft, das sollte helfen.«

Wir traten auf die Straße.

»Ich glaube, zur Metro ging es da lang«, sagte ich, während ich atmete, als hätte ich Wehen.

»Nein, keine Metro. Wir würden dicht nebeneinanderstehen, und ich weiß nicht, ob ich …« Maél fuhr sich hektisch mit allen zehn Fingern durch die Haare. »Verdammt! Was könnte man …« Er sah zu mir. »Wir nehmen ein Taxi. Du sitzt auf dem Beifahrersitz, ich hinten. Wir brauchen eine räumliche Trennung. Oder wir nehmen zwei Taxen und treffen uns an Hermes' Wohnung.«

»Wo willst du hier an zwei Taxen kommen? Hier traut sich kaum die Polizei her.«

»Guter Einwand.« Maél zog die Stirn kraus. »Selbst unter Ambrosia kannst du so scharf denken.« Seine Pupillen wurden wieder groß wie Untertassen. »Das ist wahnsinnig scharf.« Er zog mich an sich, wühlte eine Hand in die Haare an meinem Hinterkopf, und sein Mund kam meinem verführerisch nahe. Doch dieses Mal war ich es, die noch halbwegs bei Verstand war. Ich bremste ihn aus, indem ich meine ganze Handfläche über seine Lippen legte.

»Taxi.«

Maél stieß mit der Zungenspitze gegen meine Handfläche, bis ich die Hand wieder sinken ließ.

»Taxi«, wiederholte ich in der Hoffnung, er würde sich erinnern.

»Nenn mich, wie du willst.« Maél klang wie eine schnurrende Raubkatze. »Und jetzt komm her.« Er packte mich, und zwar so richtig. Ich hatte keine Chance. Sein Mund lag an meinem Hals, und ein Schauer jagte meine Wirbelsäule hinab.

»Maél!« Von der gegenüberliegenden Straßenseite beobachtete uns eine Gruppe Jugendlicher feixend. Ich bekam eine Hand frei. Maél hingegen schien plötzlich so viele Arme wie ein Tintenfisch zu besitzen. Ich fühlte ihn überall.

»Maél. Reiß dich zusammen.«

»Will ich nicht«, erklang es heiser an meinem Ohr.

Ich bog mich in seinem Klammergriff, so gut es ging, von ihm weg, holte aus und verpasste ihm eine schallende Ohrfeige. Ich hatte das noch nie gemacht und verfehlte seine Wange fast. Knochen traf auf Knochen. Ich streifte seine Augenbraue.

Von der anderen Straßenseite erklang Gejohle und Applaus. Maél ließ mich los und blinzelte. »Autsch.« Er rieb sich das Auge. »Du schlägst zu wie ein Preisboxer. Lernt man das auf der Privatschule?«

Ich verschränkte die Arme vor der Brust. »Ist es jetzt besser?«

Er nickte. »Danke. Das war wohl nötig«, murmelte er und musterte mich kurz. »Ich habe dich ziemlich schlimm begrabscht, oder?«

Ich nickte, erwähnte aber nicht, wie siedend heiß mir aufgrund seiner leidenschaftlichen Berührungen immer noch war. Nach einer Nacht mit ihm musste man vermutlich sein Schlafzimmer renovieren. Meine Wangen brannten.

Zum Glück bemerkte Maél es nicht. »An der Metrostation sollten ein paar Taxen stehen. Versuchen wir dort unser Glück. Ich schicke dir schon mal Hermes' Adresse aufs Handy. Geh du vor, dann zieht dir nicht noch mehr Ambrosia in die Nase, wenn ich vor dir herlaufe.«

»Guter Plan.« Zum Glück erinnerte ich mich noch an den Weg. Ich spürte die Ambrosia im Moment nur wie ein dumpfes Pochen irgendwo im hinteren Teil meines Kopfes. So ließ es sich irgendwie aushalten, *ohne* dass ich auf dumme Gedanken kam. Ich ging voraus, Maél ein gutes Stück hinter mir.

»Alles klar da vorne?«, fragte er nach einer kurzen Weile. Ich nickte gerade, da kam die Metrostation in Sicht. Drei Taxen parkten am Ausgang. Erleichterung durchflutete mich. *Geschafft!*

*

Als ich aus meinem Taxi stieg, erschrak ich, als mein Blick auf Maél fiel. Seine rechte Gesichtshälfte sah schlimm aus. Ich hatte Wangenknochen und Augenbraue erwischt und ihm nicht nur eine Art blaues Auge verpasst, sondern ihn auch noch gekratzt. Er hob gerade noch grüßend die Hand in Richtung seines davonfahrenden Taxis, dann kam er zu mir herüber.

»Warum sieht dein Auge immer noch so aus?«

»Wie sieht es denn aus?«

Ich deutete auf sein Gesicht. »So?«

»Entschuldige, meinen kleinen rosa Taschenspiegel nehme ich nur sonntags mit.«

Ich fischte mein Handy aus meiner Rocktasche und machte ein Foto von ihm. Als ich es ihm unter die Nase hielt, grinste er.

»Hübsch.«

»Warum sieht es immer noch so aus?«, wiederholte ich meine Frage. »Deine Hand war im Nu verheilt.«

»Das liegt daran, meine kleine Kampfnymphe.« Er nahm meinen Arm, drehte ihn, und seine Flammenkrone flammte kurz auf meiner Handinnenfläche auf. Ich spürte nicht mehr als ein sanftes Prickeln.

»Du gehörst zu mir. Ich habe dir einen Teil von mir gegeben, und deshalb kannst du mich so zurichten.«

Ich riss die Augen auf. »Heißt das, ich könnte dich auch töten?«

»Das nicht. Aber der Umstand, dass du daran als Erstes denkst, beunruhigt mich irgendwie.«

»So ist es nicht.« Ich sah auf den Asphalt. »Tut mir leid. Ich wollte dich nicht verletzten.«

»Du hast dich gewehrt. Ich weiß, dass ich sehr viel stärker bin als du. Du hat mich ausgebremst, und dass du es überhaupt geschafft hast, ist schon ziemlich beeindruckend.« Er hob meinen Kopf an, indem er zwei Finger sanft unter mein Kinn legte. »Du darfst mich verprügeln, wann immer du willst.« Um seine Lippen zuckte es verdächtig.

Ich kniff ihn in seinen Bauch. »Lass das. Du machst dich lustig über mich.«

Sein Lächeln wurde noch breiter, als ich es wieder roch. Zimt, Früchte, Blüten …

Ich wich zurück. »Wir sollten schnell nach oben gehen.«

Maéls Nasenspitze zuckte. »Hast recht.«

Sein Handy piepte. »Verdammt!«

Ich sah in an. »Hermes?«

»Ja.«

»Was hat er geschrieben?«

Maél hielt mir das Handy vor die Nase. *Musste noch etwas besorgen. Bin gleich da. Macht es euch gemütlich. Freue mich auf euch. Bussi.*

»Wieso klingt er so entspannt? Hast du ihm nicht geschrieben, dass wir ein Ambrosiaproblem haben?«

»Nein. Nur dass wir zu ihm kommen. Ich wollte ihn nicht beunruhigen. Er ist sowieso immer so überdreht.«

»Aber das wäre wichtig gewesen! Wie kann man nicht erwähnen, dass wir beide völlig unzurechnungsfähig durch die Gegend taumeln, weil wir high von einem mythologischen Liebestrank sind, der dafür sorgt, dass wir in aller Öffentlichkeit übereinander herfallen? Hallo? Das wäre die einzig wichtige Info in dieser Nachricht gewesen!«

»Ist doch egal. Er wollte auf direktem Wege nach Hause fahren. Da rechnet man doch nicht mit so was.« Maél blieb immer noch auf Sicherheitsabstand. »Vermutlich hat er auf dem Weg hierher in irgendeinem Laden etwas glitzern sehen und musste anhalten, weil er sonst heute Nacht nicht hätte schlafen können.«

»Ich fasse es nicht«, murmelte ich. »Wie kannst du nur so blöd sein?«

»Hey.« Er sah mich finster an.

Ich schenkte mir eine weitere Diskussion. Jetzt war es eh zu spät. Wir gingen zum Eingang, und Maél schloss auf. Mit dem Aufzug fuhren wir nach oben. Dieses Mal blieb jeder brav in seiner eigenen Ecke. Ich sah Maél nicht mal an. Es war ziemlich seltsam, so allein mit ihm auf engstem Raum zu sein, nachdem er … Nachdem wir so … Ich konnte nicht mal darüber nachdenken, was wir angestellt hatten, ohne rot zu werden. Ich schloss die Augen.

Der Aufzug kam mit einem Ruckeln zum Halt und riss mich aus meinen Gedanken. Maél bedeutete mir vorzugehen. Hinter mir rief er versuchsweise nach Hermes, bekam aber keine Antwort.

Er brummte irgendeinen Fluch und stellte seine Tasche samt Evangéline auf der Theke ab. Ich blieb etwas unschlüssig stehen. Das Loft war immer noch beeindruckend. So viel Chrom, so viel Weiß, so viel Glas. Doch dann dachte ich an Evangéline. Zu gerne hätte ich sie aus ihrer Box befreit, doch Hermes glaubte ja, sie habe einen Termin mit meiner Mutter. Mein Blick glitt zu Maél.

Er sah sich um, als suchte er krampfhaft nach einer Beschäftigung. Dann schien ihm etwas einzufallen. »Ich sollte dringend diese Hose loswerden.«

Wie bitte? Ich schluckte deutlich hörbar.

Er kickte sich die Boots von den Füßen. So unwirsch, dass er seine Socken – ein grellbuntes psychedelisches Muster aus verzerrten Totenköpfen – gleich mit von den Füßen streifte.

Ich wollte ihn fragen, was zur Hölle er vorhatte, starrte ihn aber nur gebannt an. *Er würde sich doch nicht wirklich ausziehen. Nein, das würde er nicht.*

Dann knöpfte er seine Hose auf und schob sie sich bis auf die Knöchel hinunter.

Okay, würde er doch.

Darunter trug Maél eine dieser eng anliegenden Shorts, die zum Glück einfach nur schwarz waren. Er stapfte samt Hose zur Küchenzeile, schimpfte leise beim Suchen und fand schließlich einen Müllbeutel. Er warf den Übeltäter hinein, knotete die Tüte zu und warf sie in den Schrank unter der Spüle.

Ich beobachtete ihn ungeniert dabei. In meiner Nase kitzelte eine feine Zimtwolke, die wohl dem Beutel entkommen war. Maél sah wie immer super aus. Diese langen, gut trainierten Beine, sein kleiner fester Hintern in diesen Shorts …

Himmel! Es passierte schon wieder. Die Macht der Ambrosia bäumte sich kraftvoll auf.

Als er sich zu mir umdrehte, erstarrte er. Erst dann atmete er aus. Er war so schlau gewesen, die Luft anzuhalten, als er die Jeans in den Müllbeutel gepackt hatte. Ich natürlich nicht. Ich war zu beschäftig damit gewesen, ihn anzugaffen wie ein liebeskrankes Äffchen.

»Nein.« Er klang alarmiert. »Nicht dieser Blick.« Er hob die Hände in einer beschwichtigenden Geste. »Livia. Ich gehe jetzt an dir vorbei ins Bad. Dort bleibe ich, bis Hermes kommt.«

»Nein.« Nicht ich sprach, die Ambrosia sprach aus mir. Ich sah, wie Maéls Körper reagierte, wie er sich mir zuwandte, mich taxierte.

»Livia, ich muss …« Es war ein letzter hilfloser Versuch, bevor auch er kapitulierte. Sein Brustkorb dehnte sich, als er tief Luft holte.

Ich ging auf ihn zu, direkt und ohne zu zögern. Meine Rechte krallte ich in sein Shirt, dann zog ich ihn hinter mir her zur Couch.

Maél übernahm die Führung, drehte mich, und gemeinsam ließen wir uns auf das Sofa fallen, sodass ich auf seinem Schoß saß. Ich machte das, was mir als Erstes einfiel. Ich zog ihm das Shirt über den Kopf. *Was für ein Anblick …*

»Livia …« Er flüsterte meinen Namen, zog meinen Kopf zu

sich, sodass sich mein ganzer Körper an ihn schmiegte. »Ich will … ich will …«

Ich küsste ihn so heftig, dass unsere Zähne gegeneinanderprallten. »Nicht reden.« Ich konnte nur noch flüstern. »Einfach nicht mehr reden.«

Plötzlich öffneten sich die Türen des Aufzugs.

»Bei allen Göttern!« Hermes stand da wie eine Lichtgestalt aus Gold und sirrender Energie. Er schnupperte in der Luft, dann zog er ein Gesicht. »Auseinander, sofort!«

Maél und ich erstarrten.

In der nächsten Sekunde stand Hermes vor uns an der Couch. »Maél.« Seine Stimme klang so drohend, wie ich sie noch nie zuvor gehört hatte. »Die Hände da, wo ich sie sehen kann.« Sein Blick glitt über uns, und er erfasste die Situation in wenigen Sekunden. »Herrschaftszeiten.« Er strich sich durch die Haare. »Wie bei allen Göttern kommt ihr zwei an einen Liebestrank aus Ambrosia? Das kann doch nur …«

Ich hörte ihm nicht zu. Stattdessen bog ich mich Maél wie von selbst entgegen. Dessen Augen wanderten zu meinem Dekolleté, das sich nun erneut direkt unter seiner Nase befand. Ich sah, wie die Gier in seinem Blick wieder aufflammte. Er neigte den Kopf und …

»Herrschaften!« Hermes' Stimme klang nun wie eine entfesselte Naturgewalt. Die Kristalle des Lüsters über uns klirrten leise.

»Du.« Er deutete mit einem Finger auf mich. »Ab in mein Ankleidezimmer. Richte dein Outfit vor dem Spiegel und kämm dir die Haare. Na los.« Hermes reichte mir die Hand und zog mich hoch. »Husch, husch«, befahl er und wandte sich dann an Maél. »Und du.« Seine Augen schienen Funken zu sprühen. »Nimmst eine kalte Dusche. Ab ins Bad mit dir. Und nimm dir vorher eine von meinen Jogginghosen. So halbnackt wird hier nicht herumspaziert.«

Maél brummte zwar etwas, stand aber ebenfalls auf, angelte nach seinem Shirt und verschwand im Badezimmer.

Ich starrte seinem muskulösen Rücken hinterher. Ein unbändiges Verlangen wallte wieder in mir hoch. *Ich musste doch eigentlich auch …*

»Fräulein Nymphe!« Hermes klang warnend. »Glaub mir, ich kriege dich, bevor du dich mit ihm im Bad einschließen kannst.« Er deutete auf seine Boots, dann schnipste er mit dem Zeigefinger. Wie von Zauberhand erschienen die silbrig schimmernden Federn an den Hacken seiner Boots. Sie flatterten wie ein aufgeschreckter Schwarm Vögel. »Die hier sind eindeutig schneller als du.«

»Oh!« Ich juchzte auf. Ich hatte die Schuhe schon beim letzten Mal gesehen, fand ihren Anblick aber immer noch total faszinierend. »Darf ich sie mal streicheln?«

Hermes rieb sich erst über die Augen und dann in einer verzweifelten Geste die Wangen hinunter, sodass seine Konturen einen Moment lang aussahen wie verlaufendes Wachs. Er seufzte mitleidig, als er mich wieder ansah. »Schätzchen, du bist noch voll drauf. Ich sollte dir helfen.«

»Danke, das ist nett, aber ich stehe nur auf Maél.«

Hermes schüttelte sich. »Oh, bitte. Das hast du jetzt nicht wirklich gesagt, oder?« Er sah mich an, als wäre ich ein stacheliges Insekt mit sehr vielen Beinen, das er allerhöchstens mit spitzen Fingern vor seine Türschwelle setzen würde.

»Soll ich mal nach Maél sehen?«, bot ich ganz uneigennützig an. »Vielleicht braucht er Hilfe?«

Hermes lächelte betont liebenswürdig. »Schätzchen, ihr braucht beide Hilfe. Aber zuerst gehen wir zwei Hübschen in mein Ankleidezimmer und richten dein Outfit. Dein Rock hängt ja sonst wo, und deine Frisur sieht aus, als hättest du mit dem Kopf in einer Fritteuse geschlafen. Was hältst du davon?« Er hakte sich bei mir unter.

Ich rührte mich nicht. »Ach, nein. Ich bleibe lieber hier.«

»Es dauert auch nicht lange. Du willst doch gut aussehen, wenn Maél aus dem Bad kommt, oder?«

Das Argument ließ ich gelten.

*

Natürlich hatte Hermes sich wahnsinnig über alles aufgeregt. Nicht nur über Maéls Blödheit, die Ambrosia nicht sofort zu entsorgen, sondern auch über Aphrodite und natürlich darüber, dass Maél unseren Notfall mit keinem Wort in seiner Nachricht erwähnt hatte. Er hatte uns ein grausiges Gebräu gezaubert, das nach Torf und Sardellen geschmeckt hatte. Die genauen Zutaten hielt er geheim, was vermutlich auch besser war. Danach hatte er uns in zwei getrennten Taxen nach Hause geschickt, nur zur Sicherheit. Und Maéls Handy kassiert, damit wir uns auf dem Heimweg nicht noch spontan verabreden konnten, sollte es zu unerwarteten »Nachwirkungen« der Ambrosia kommen. Auch von meinen Eltern hatte ich eine Standpauke kassiert, denn es war wirklich spät, als ich zu Hause eintrudelte. Ich zeigte ihnen die Eintrittskarte des Armeemuseums von gestern, aber sie bemerkten nichts, dafür beruhigte es sie prompt.

Nun lag ich im Bett, doch an Schlaf war nicht zu denken. Normalerweise machte eine warme Dusche am Abend mich müde. Meine Honigbodylotion trug ihr Übriges dazu bei. Doch jetzt schien nichts zu helfen. Ich holte meine Handcreme aus dem Nachttisch und atmete den sanften Honigduft ein, als ich sie verrieb. Mein Herz raste immer noch. Irgendwo im Zimmer hörte ich Evangéline. Sie nutzte ihre nachtaktiven Stunden, um mein Reich zu erkunden. Ich nahm mein Handy und schrieb Jemma und Gigi alle Neuigkeiten per Gruppenchat. Ich konnte mir fast vorstellen, wie Jemma morgen früh vor Lachen aus dem Bett fallen würde, wenn sie von dem ganzen Ambrosia-Dilemma las. Gigi würde vermutlich hinter vorgehaltener Hand kichern. Doch es tat gut, alles aufzuschreiben. Auch das ganze Drama mit Maél, seinen Gefühlen und dem Druck, unter dem er zu stehen schien, nun da er kurz davor war, Agada zu erwecken.

Evangéline landete sanft auf meiner Decke. Sie krabbelte zu mir, und ihre Fühler berührten meine Wange, als wollte sie sagen: Alles wird gut. Schlaf jetzt.

Ich flüsterte ihren Namen. Sie kuschelte sich an meinen Hals. Ihr warmes, weiches Fell drückte sich gegen mich.

»Es ist schön, dass du noch hier bist, kleine Motte«, flüsterte ich in die Dunkelheit. Sie raschelte leise mit den Flügeln. Es war gemütlich, doch mein Kopf kam nicht zur Ruhe. Meine Gedanken kreisten um meine Nymphenkräfte, Aphrodite und ihre Bitte, um Agada, die 3000 Jahre lang eine goldene Statue gewesen war, und natürlich um Maél. Um seinen Plan, um seine Sorgen und um die Art, wie er zu mir stand und aus der ich einfach nicht schlau wurde. Er hatte mich »seine Liebste« genannt, kurz bevor er diese Typen aus der Gasse verprügelt hatte. Szenen des Überfalls schossen mir durch den Kopf. Die Angst kam zurück, um sein Leben und wie schlimm verletzt ich nun wäre, hätte er mich nicht gerettet. An Schlaf war nicht mehr zu denken. Ich starrte mit wild klopfendem Herzen an die Decke über mir. Heute, an diesem einen Tag, war so viel passiert, wie sonst in einer ganzen Woche. Mein Gehirn schien überzulaufen vor Erinnerungen, die es im Schlaf katalogisieren und in den richtigen Ecken der Erinnerung ablegen sollte. Ich seufzte leise. Ein Blick auf mein Handy verriet, dass es schon 2:37 Uhr war. Ob Hephaistos mit seiner Blume zurechtkam? Ob Aphrodite wirklich gewusst hatte, dass Maél mich in den Tartaros bringen würde? Ob ich morgen wirklich Maéls Vater, Hades, den Gott der Unterwelt, kennenlernen würde? Und ob ich irgendwann mal jemanden finden würde, den ich zu meiner Nymphenherkunft ausfragen konnte? Doch eine Frage machte mir am meisten Sorgen: Ob Maél wirklich wusste, was er tat, wenn er seine Ziehschwester Agada wiedererweckte? Ob er die Konsequenzen wirklich alle bedacht hatte? Ob es das Risiko wert sein würde? Mein Magen krampfte sich zusammen, und Evangéline bewegte sich unruhig im Schlaf.

Was würde geschehen, mit ihm, mit uns, mit der Welt, wenn alles doch ganz anders kam?

Kapitel 12

Die Hölle ist auch nur ein Wohnzimmer

Wofür musste man nachts schlafen, wenn man das tagsüber in der Schule erledigen konnte? Ich erwachte, weil irgendwo etwas schepperte. Meine Augen gewöhnten sich nur mühsam wieder an das Tageslicht. Meine Wange schmerzte, weil ich auf meinem Unterarm geschlafen hatte. Leicht benommen sah ich mich um. Ich saß in der Mensa an unserem üblichen Tisch. Richtig … Ich hatte in der Mittagspause einen Berg Käsenudeln verdrückt und war danach quasi ins Koma gefallen. Auf meinem freien Unterarm stand mit lila Eyeliner: *Wollten dich nicht wecken. Sind in der Bib.*

Ich schmatzte und sah mich um. Evangéline regte sich, sie schien ebenfalls ein Nickerchen gemacht zu haben. Ich richtete mein Halstuch, dann legte ich kurz meine Hand über die Stelle an meinem Schlüsselbein, und sie wurde wieder ruhig. Ich hatte in einem Secondhandladen einen ganzen Stapel günstiger Halstücher gekauft. Ich hoffte, dass Evangéline unter den fröhlichen Blumenmustern um meinen Hals noch besser verborgen war.

Der Speiseraum war menschenleer. Gut, bei dem herrlichen Spätsommerwetter freiwillig in der nach Bratfisch und Frittierfett muffelnden Mensa zu bleiben, grenzte auch an Irrsinn. Ich drückte den Rücken durch und stöhnte. Zum Glück war der Eyeliner nicht wasserfest, und ich konnte ihn mit einer Serviette abwischen. Na gut, »verreiben« traf es besser. Ich sah aus, als hätte ich mit einem Grizzly gekämpft. Super. Aber egal. Heute war kein Tag, um perfekt auszusehen. Ich gähnte, und Müdigkeit schien mich erneut zu überwältigen. Nur noch einen kurzen Moment, dann würde ich ebenfalls in die Schulbibliothek gehen und so fleißig wie meine Freundinnen sein … nur noch zwei Minuten. Mein Kopf war bleischwer, als ich ihn auf meinen Unterarm sinken ließ. Ich schloss die Augen. *Oh, wie herrlich.*

»Zeit zu schlafen hast du später noch genug.«

»Bei allen Göttern!« Ich fuhr hoch und hätte vor Schreck fast einen Herzinfarkt bekommen. Die drei Küchenfrauen hatten sich vor meinem Tisch aufgebaut. Sie sahen mal wieder aus wie Vogelscheuchen. Wild abstehende graue Haare, pergamentgraue Haut, und Fingernägel, die entfernt an Vogelkrallen erinnerten. Eigentlich war ich der Meinung, mich mittlerweile an ihren Anblick gewöhnt zu haben. Sie hatten mich soeben eines Besseren belehrt.

Mélisande, die Kassiererin, stand in der Mitte und hatte die Arme über dem ausladenden Busen verschränkt. Ihr rechtes Auge war das Einzige aller insgesamt sechs Augen, das mich direkt ansah. Erst da fiel mir auf, wie ungewöhnlich mein Fluch in der heutigen Zeit geklungen haben musste. Ich hatte ihn wohl unbewusst von Maél übernommen. Doch keine der drei hatte mit der Wimper gezuckt. Vermutlich waren sie neben Blindheit auch mit einer guten Portion Taubheit geschlagen.

»Ich weiß, Sie wollen schließen. Tut mir leid. Ich bin sofort weg«, sagte ich schnell und sprang auf.

Die Küchenfrauen musterten mich. Das nahm ich zumindest an.

»Gleich weg.« Ich raffte meine Sachen zusammen.

»Hinsetzen.« Das war nun die große Dünne.

Ich hielt inne. »Was?«

»Setz dich hin, Blumenmädchen«, sagte die kleine Dicke. »Oder spricht Valériane so undeutlich?«

Ich war wie versteinert. *Blumenmädchen? Hatte ich richtig gehört?*

»Danke, Ireyon«, sagte Valériane.

»Gern geschehen«, erwiderte Ireyon liebeswürdig.

»Wirklich sehr freundlich von dir.«

»Immer wieder gern, mein Liebe.«

»Entschuldigung?« Ich hob die Hand. »Ich müsste dann mal los. Vielen Dank und bis morgen, Mesdames.«

»Hinsetzen«, sagten sie alle drei gleichzeitig. Der Stuhl und mein Hintern schienen sich gleichzeitig aufeinander zuzubewegen. Oder die Käsenudeln hatten mir das Hirn verklebt. Ich schwankte noch zwischen beiden an sich unmöglichen Varianten, als Mélisande einen Schritt um den Tisch herum auf mich zumachte.

»Du bist müde. Du bist unkonzentriert. Das sind ganz schlechte Voraussetzungen.« Sie ließ ihr rechtes Auge an mir hinauf- und hinunterwandern. Das andere machte … gar nichts. War es etwa aus Glas?

Ich blinzelte. »Wissen Sie etwa von einem unangekündigten Test? O Gott, hoffentlich ist es nicht Chemie. Dafür hatte ich eigentlich gestern noch lernen wollen.«

Mélisande drehte sich zu ihren beiden Kolleginnen um. Ireyon zuckte die Schultern. Valériane machte eine Geste, die andeutete, ich sei nicht ganz richtig im Kopf.

Mélisande drehte sich zurück zu mir. »Hinsetzen.« Ihr Lächeln war liebenswürdig und angsteinflößend zugleich. Mir jagte ein kalter Schauer die Wirbelsäule hinab, und automatisch setzte ich mich wieder.

»Hör zu, Mädchen. Ich sage das nur einmal, und ich erwarte, dass du es ernst nimmst. Wir treten nämlich nicht zum Spaß hier auf. Alles klar?« Ireyon und Valériane hinter ihr nickten bekräftigend. »Heute Abend gehst du früh ins Bett. Matratzen-Horchdienst. Bubu machen. Werfe dich in Morpheus Arme.«

Ich starrte sie volle fünf Sekunden an. »Ich kenne keinen Morpheus.« Unbehaglich rutschte ich auf meinem Stuhl herum. »Ich glaube, Sie verwechseln mich.«

Dieses Mal war es Mélisande, die hilflos die Schultern zuckte, als sie sich zu ihren Kolleginnen umdrehte.

»Du solltest es googeln«, sagte Ireyon an ihr vorbei zu mir. »Wikipedia, dein Freund und Helfer. Wir spenden jedes Jahr.«

»Per Paypal«, ergänzte Valériane. »Ist so einfach. Nur ein Klick.«

Diese drei Frauen sahen aus, als würden sie im nächsten Moment altersschwach zu Staub zerfallen. Und dann warfen sie mit Wörtern wie *Paypal* und *Wikipedia* um sich. Skurril war gar kein Ausdruck.

»Ich würde jetzt gerne gehen.« Meine Stimme war ein fiependes Flüstern. »Ich verspreche, nie wieder in dieser Mensa zu schlafen.«

Mélisande sah mich an, als suche sie in meinem Gesicht nach Anzeichen rudimentärer Intelligenz. »Du. Bett. Heute. Früh.« Sie betonte jedes einzelne Wort, als wollte sie mir eine Fremdsprache beibringen.

Jetzt war ich doch ein wenig beleidigt. »Ja, alles klar. Ich gehe früh ins Bett. Und ich schlage nach, wer dieser Morpheus ist. Darf ich morgen Mittag trotzdem hier essen?«

Mélisande wedelte mit der Hand. Eine Mischung aus »Halte bitte endlich den Mund« und »Du kannst jetzt gehen«.

Ich sprang auf. »Mesdames.«

Hinter mir hörte ich sie tuscheln. »Bloß weg hier«, murmelte ich zu Evangéline und auch zu mir selbst. Während ich die Mensa verließ und in den breiten Schulflur trat, dachte ich daran, wie Ireyon mich genannt hatte. Blumenmädchen. Ich sah an mir hinab. Auf meinem Rock war ein fröhliches Muster verschiedener Sommerblumen gedruckt. Das musste es sein. Sie hatte den Rock gemeint. Was auch sonst. Ich hatte schließlich nicht *Wiesennymphe* auf die Stirn tätowiert, wodurch automatisch alle wussten, dass ich mit Blumen sprechen konnte. Ich sah schon echt Gespenster. Trotzdem. Dass die drei sich so aufgespielt hatten, gefiel mir nicht. Sie hatten so getan, als wären sie meine Erziehungsberechtigten. Ich ging ins Bett, wann ich es wollte. Oder wenn meine Eltern es wollten. Aber bestimmt nicht, weil drei ältere Damen sauer waren, dass ich in ihrer Mensa ein Nickerchen gemacht hatte. Was waren das überhaupt für Namen? Mélisande, Ireyon und Valériane. Bei dieser Gelegenheit fiel mir auch der mysteriöse Morpheus wieder ein. Dr. Google verriet mir, dass es sich um den griechischen Gott der Träume und den Sohn von Hypnos, dem Gott des Schlafes, handelte. Schon wieder griechische Götter. Nein. Ich würde nicht wieder anfangen zu grübeln. Zufall, ja oder nein? Ich wäre die erste Schülerin an dieser Schule, die mit 16 Jahren die ersten grauen Haare bekam. Schnell ging ich die Stufen zur Bibliothek hinauf. Ich musste mit Gigi und Jemma sprechen, und zwar schnell.

»Dein dunkler Prinz wartet, Mauerblümchen.« Carly stand vor dem Eingang der Bibliothek und sah kaum hoch, während sie auf ihr Smartphone eintippte.

Ich blieb stehen. »Bitte?«

Carly tippte ein letztes Mal auf ihr Handy, dann drehte sie es zu mir um. Sie hatte Maél auf den Treppen unserer Schule fotografiert. Aus der ersten Etage, wenn ich den Winkel richtig einschätzte. Sie hatte das Foto bei Instagram hochgeladen und darunter unter anderem die Hashtags #Weristdas, #hot und #futureboyfriend geschrieben.

Das Bild war zehn Sekunden lang online, und für CarlyBarbies Posting hagelte es schon Likes. Dann der erste Kommentar: *Maél Anjou. Geht auf die Le Grand. Der ist so #cute.*

»Keine Sorge.« Carly lächelte zuckersüß. »Das ist rein präventiv. Ich plane für die Zeit, in der er sich genug mit dir gelangweilt hat.«

Es machte ganz leise *Zing*, als eine Sicherung bei mir durchbrannte. Heute war einfach schon zu viel seltsames Zeug passiert. Und ich war übermüdet. Und Carly schien die Dreistigkeit gepachtet zu haben. All das bildete eine ganz schlechte Kombination. Noch vor einiger Zeit hätte ich mich das niemals getraut.

Doch irgendwie war #nett so was von #gestern.

Ich beugte mich so nahe zu ihr, dass nur sie mich hören konnte. »Also, gestern, CarlyBarbie, hatten wir eine Menge Spaß miteinander. Mal sehen, was ich heute so mit ihm anstelle. Im Freien, wohlbemerkt. Und ob er sich mit mir langweilt, kannst du ihn gern selbst fragen. Mach dich ruhig zum Fangirl. Da steht er so gar nicht drauf.«

Carly schnappte nach Luft. Fast hätte sie ihr Handy fallen gelassen.

Ich zwinkerte ihr zu, dann griff ich nach der Türklinke.

»Du gehst nicht zu ihm?« Sie klang immer noch völlig atemlos. »Er steht unten, schon seit einer Stunde.«

Dieses Mal war ich es, die zuckersüß lächelte. »Glaub mir, er wartet gern noch eine weitere Stunde auf mich.«

Ich drehte mich um und ließ Carly stehen. In meinem Rücken klang es, als hätte sie plötzlich vergessen, wie man atmete. Ich lächelte.

*

»Sie wird es allen erzählen«, sagte Gigi ganz ernst, nachdem ich an unserem Tisch angekommen und meinen beiden Freundinnen zuallererst von meiner Begegnung mit *Carly-Barbie* erzählt hatte. »Der gesamten Schule. Und überall im Netz.«

»Klar.« Jemma lehnte sich entspannt in ihrem Stuhl zurück. »Und jetzt guck dir unsere Livia an und sage mir, wer dem Gossip Girl glaubt.« Sie zupfte an meinem geblümten, knielangen Stoffrock und dem weißen Oberteil. »Sie sieht aus wie zwölf in den Klamotten.«

»Herzlichen Dank.« Ich sah an mir hinab. »Das ist eins meiner Lieblingsoutfits. Aber ich verstehe, was du meinst. Genau darauf habe ich es angelegt. Niemand wird ihr das abkaufen. Ich glaube es ja selbst immer noch nicht so richtig.«

»Und dann im Freien!« Gigis haselnussbraune Augen wurden noch ein wenig größer. »Wie aufregend. Wie leidenschaftlich. Wie verboten.«

»Wie auf Drogen.« Jemma kaute auf dem Radiergummi ihres Bleistifts.

Ich hielt ihr wortlos die Hand zum Highfive hin. Sie schlug ein.

»Oh, das ist ja so aufregend«, wisperte Gigi. »Und wie er diese Gangster vermöbelt hat. Wahnsinn. Wie im Film.«

»Ich war so panisch.« Ich breitete meine Arbeitsmaterialien neben mir aus. »Ich habe den größten Teil davon irgendwie verdrängt. An den genauen Ablauf kann ich mich gar nicht mehr erinnern.«

»Aber an das danach?« Jemma grinste, immer noch mit dem Bleistift im Mund.

Dieses Mal wurde ich rot. »Allerdings.«

Jemma grinste immer noch und tippte sich mit dem Radiergummi vor die Unterlippe. »Sag mir, dass du auch nur eine Sekunde von deinem Liebeszauber-Trip bereust, und ich fange sofort an, dich zu bemitleiden. Ansonsten: Vergiss es.«

»Du bist unmöglich.« Gigi schlug spielerisch nach ihr.

Ich grinste zurück. »Um ehrlich zu sein, ich schwanke noch zwischen Faszination und Panik.« Mitschüler gingen dicht an unserem Tisch vorbei, und ich beugte mich vor, um etwas leiser sprechen zu können. »Er wartet unten auf mich, und ich habe keine Ahnung, wie das wird, wenn wir uns jetzt wiedersehen. Ich bekomme bestimmt kein Wort heraus.«

»Richtig«, sagte Jemma. »Der Unterweltprinz steht sich die Beine in den Bauch. Ich finde, das ist ein gutes Zeichen.«

»Er hat kein Handy.« Ich war nicht so sicher wie Jemma. »Hermes hat es ihm abgenommen, damit wir uns nicht verabreden können auf dem Heimweg.«

»Kluger Mann.« Jemma ließ den Bleistift sinken. »Dreitausend Jahre Lebenserfahrung sind wohl hin und wieder doch ganz nützlich.«

»Aber du kannst ihn doch nicht weiter da unten warten lassen, jetzt wo du von ihm weißt.« Gigi beugte sich empört vor. »Das geht doch nicht.«

»Er weiß doch gar nicht, dass sie von ihm weiß.« Jemma schien ganz entspannt. »Keine Panik.«

Verärgert verschränkte Gigi die Arme vor der Brust. »Egal. Das ist nicht richtig.«

Jemma verdrehte die Augen.

»Was ist denn nun mit Evangéline?« Gigi deutete auf meine Halsbeuge. »Ich hoffe, du darfst sie behalten.«

»Ich glaube, deshalb ist Maél hier. Er will heute noch mal zum Marché d'Aligre gehen und versuchen, den Händler zu finden. Wir dürfen sie nicht behalten. Sie ist nur eine Leihgabe. Und so wie der Händler aussah, könnte es richtig ungemütlich werden, wenn man seine Abmachungen nicht einhält.«

Gigi seufzte. »Trotzdem schade. Sie passt so gut zu dir.«

Ich lächelte. Genau das empfand ich auch. Evangéline in meiner Schlüsselbeinbeuge bewegte sich im Schlaf. Sie würde mir so sehr fehlen.

»Ich gehe eben runter und frage ihn. Schlimm genug, dass er anscheinend schon eine halbe Ewigkeit wartet.«

»Und unsere Grundschüler verschreckt.«

»Hey!« Ich stupste Jemma lachend in die Seite. »So finster sieht er nun auch nicht aus.«

Gigi und Jemma sahen sich einen Moment an, dann kicherten beide.

Ich schüttelte den Kopf. »Schon verstanden, meine Damen.« Apropos Damen. Ich hatte noch gar nicht von meiner Begegnung mit den Küchenfrauen erzählt. »Noch ganz schnell. Diese drei Damen aus der Mensa waren gerade echt ein bisschen unfreundlich zu mir. Ist euch das auch schon mal mit denen passiert? Ich hatte direkt ein bisschen Angst vor denen.«

Gigi winkte ab. »Denk dir nichts dabei. Die drei sind manchmal etwas brummig. Ich habe ja mal die Theorie aufgestellt, dass sie bei Sonnenschein besonders schlechte Laune haben.« Sie drehte sich zu einem der Fenster um. »Passt doch.«

Sie sah zurück zu uns. »Da kann dir jeder hier die eine oder andere Geschichte erzählen. Lass dich nicht einschüchtern. Wahrscheinlich waren sie sauer, weil du in ihrem Königreich einfach ein Nickerchen gehalten hast.«

»Okay«, sagte ich beruhigt. »Dann schaue ich jetzt mal, was der handylose Hadessohn von mir will.«

Ich war mit meinen Gedanken schon ganz bei Maél. Zum Glück war Carly vor der Bibliothekstür verschwunden. Ich sah sie aus dem Augenwinkel mit einem älteren Schüler vor einem Trinkbrunnen stehen. Ich huschte die Treppen hinunter bis zum Eingang.

Dann blieb ich stehen. Tief Luft holen. Das gestern war sehr … intim gewesen. Aber ich bekam das hin. Ich würde jetzt nicht rot werden oder Blödsinn stammeln. Ich war nicht mehr das Mädchen, das aus Korea angereist war. Das Leben in Paris, mein neues Leben, hatte mich verändert. Ich war eine andere. Eine, die sich nicht mehr verkriechen würde. Also reckte ich die Schultern und trat durch die Tür.

Maél hob den Kopf, als habe er meine Anwesenheit gespürt. Er drehte sich mir mit dem ganzen Körper zu.

Einatmen. Ausatmen. Wie immer beschleunigte sich mein Puls. Er war wie immer ganz in Schwarz gekleidet, nur die dunkelgraue Messengerbag hob sich davon ab.

»Livia.« Er flüsterte meinen Namen, doch ich las die Buchstaben von seinen Lippen.

»Hi.« Ich kam die Stufen zu ihm herunter.

Er stieß sich von dem gemauerten Geländer ab und richtete sich zu voller Größe auf.

Wie immer, wenn er mich so ansah, wie er es jetzt tat, kehrte die Sehnsucht nach ihm mit voller Wucht zurück. Ich wollte ihn umarmen, doch irgendwie schaffte ich es nicht.

Jetzt war ich doch verlegen. Er hatte gestern schließlich so einiges von meinem Körper gesehen. *Oje. Nicht dran denken … Atmen. Einfach atmen.*

Maél beugte sich zu mir und hauchte einen Kuss auf meine Wange. »Bonjour.«

»Hi«, sagte ich noch mal. Meine Stimme klang belegt.

Maél hielt einen Moment inne, dann küsste er mich schnell ein zweites Mal auf die Wange. Ich musste lächeln.

Zu meiner Überraschung wog er sein Handy in der Hand, als wir uns voneinander lösten. »Wer ist eigentlich *CarlyBarbie*?«

Ich stöhnte. »Du hast es schon gesehen? Und woher hast du das Handy? Und gehst du nie zur Schule?«

»Jemand hat mich getagged.« Er lächelte schief. »Ich habe ein zweites Handy zu Hause. In den Katakomben geht so schnell mal was kaputt. Und zu deiner dritten Frage. Ich war schon brav in der Schule.«

»Und nun?«

Er baute das schiefe Lächeln aus. »Nun habe ich mir frei genommen, um eine Nymphe zu besuchen, die zufällig auf diese Schule geht.«

Ich war nicht beeindruckt. »Warum hast du mir nicht geschrieben? Carly sagte, du stehst hier schon seit einer Stunde.«

»Weil ich dich überraschen wollte, Sherlock Holmes.« Er hielt mir Carlys Instagramprofil unter die Nase. »Muss ich sie kennen? War sie nicht auf dem Konzert?«

Ich stöhnte noch mal. »Carly, genau. Sie ist meine Klassenkameradin.«

Ich erzählte ihm von meiner Begegnung mit ihr. Unbewusst glitt mein Blick dabei zu den Fenstern der zweiten Etage. Der Etage der Bibliothek.

Maél folgte meinem Blick. »Glaubst du, sie beobachtet uns?«

Ich nickte. »Sie denkt, das mit uns ist …« Verlegen brach ich ab. »Nichts Halbes und nichts Ganzes. Du verstehst? Deshalb wollte sie wissen, wer du bist. Für die Zukunft.«

Maél schnaubte, und es klang eher verärgert als belustigt. »Egal. Sie macht sich bloß wichtig. Ich muss gleich wieder reingehen. Wir haben noch mit einem Politikprojekt zu tun. Ich melde mich bei dir, dann machen wir eine Uhrzeit aus.« Ich würde jetzt nicht meine Pläne über Bord werfen, nur weil er beschlossen hatte, für heute nicht mehr in den Unterricht zu gehen. Das Politikprojekt war wichtig für meine Note. Gigi, Jemma und ich hatten uns schon letzte Woche zu diesem Termin verabredet. Das würde ich nicht sausen lassen. »Was ist mit Evangéline? Gehst du heute noch mal den Händler suchen?«

Maél nickte. »Behalte sie aber lieber. Sollte er auf dem Markt sein, kann ich immer noch schnell zurückkommen und sie abholen.« Er schüttelte den Kopf, sein Blick war plötzlich ernst. »Ich habe ein ganz schlechtes Gefühl dabei. Seine Spuren waren wie ausgelöscht, praktisch nicht mehr existent. Als habe jemand einen Strich Kreide von einer Tafel gewischt.«

»Du glaubst, ihm ist tatsächlich etwas Schlimmes geschehen?«

Maél nickte düster. »Ich werde es Hermes erzählen. Jetzt gleich.«

»Gute Entscheidung.«

Er lächelte. »Kleine, weise Nymphe. Wann sehe ich dich heute wieder? Du weißt doch, ich wollte dich meinem Vater vorstellen.«

Meine Knie wurden weich. Maéls Vater kennenlernen. In

die Unterwelt hinabsteigen. Allein der Gedanke daran ließ leise Panik in mir aufsteigen. Also sagte ich das Erste, was mir einfiel. »Ich muss nach der Schule erst mal nach Hause und mich dort eine Weile blicken lassen. Sonst geben meine Eltern eine Vermisstenanzeige auf.«

»Klar, das verstehe ich«, antwortete Maél. »Aber viel Zeit bleibt uns nicht mehr. Ich hole dich am besten einfach zu Hause ab, okay?«

Ich würde aus der Nummer nicht mehr herauskommen, und insgeheim wollte ich das auch gar nicht. Doch dann fiel mir plötzlich etwas ein. »Wie kommen wir da eigentlich hin? In die Unterwelt, meine ich? Wenn ich dafür vorher sterben muss, sage ich ab.«

Maéls Augen blitzten amüsiert. »Du bist mein Gast. Du musst nicht sterben. Was denkst du von mir?«

Das würde ich auch gerne wissen. Die meiste Zeit jedenfalls.

»Gibt es einen geheimen Zugang? Hier in der Nähe?«

Maél nickte.

»Und …« Ich sah ihn an. »Da gehen wir dann hin oder was?«

Maél nickte wieder.

»Würde es dich umbringen, unseren Ausflug in die Welt der Toten etwas mehr zu umschreiben?«

»Je weniger du weißt, desto besser. Sonst sagst du doch noch ab.«

Ich starrte ihn an. Wunderbar. Ich hatte eine Antwort gewollt. Jetzt hatte ich eine bekommen.

»Sei einfach du selbst.«

»Zitierst du jetzt Kalendersprüche?«

Er verzog belustigt den Mund. »Alles wird gut.«

Ich tat so, als wollte ich mich umdrehen. »Ich sollte dann mal weitermachen.«

»Warte.« Maél nahm meine Hand. Sein amüsiertes Grinsen war verschwunden. »Geh noch nicht.«

Ich sah ihn fragend an.

»Das gestern mit dir war … aufregend.« Er sah mir direkt in die Augen. »Aber das ist es nicht, worauf ich aus bin. Auch wenn vielleicht nun der Eindruck entstanden ist.« Er strich mit dem Daumen über meine Handfläche, so wie er es immer tat, wenn er meine Hand hielt.

»Ich habe dich doch genauso angefallen. Es war die Ambrosia in uns.« Ich sprach gleichgültiger, als ich empfand. Ich hatte es genauso aufregend gefunden.

Maél lächelte, und nun war er es, der ein bisschen verlegen wirkte. »Zum Glück ist jetzt alles an Ambrosia vernichtet.«

Meine Mundwinkel sanken nach unten. Ich wollte den hässlichen Gedanken nicht denken, doch es war zu spät. Brauchte er etwa doch einen Liebestrank aus Ambrosia, um mich attraktiv zu finden?

Maél schien mal wieder Gedanken lesen zu können. »Nein. Bitte. Jetzt guck nicht so. So war das nicht gemeint. Ich sehe dir an, was du denkst, und es ist Blödsinn hoch zehn.«

Ich erwiderte nichts.

»Denk bitte an das, was ich dir im Fahrstuhl gesagt habe.«

Ich erinnerte mich lebhaft. *Du, Livia, stehst einfach nur da, und mein Puls explodiert.* Es versöhnte mich ein wenig.

Maél legte meine Hand auf sein Herz. »Fühl es.«

Es schlug schnell.

»Jetzt lächle mich an. Oder mach irgendetwas anderes.«

Ich ging auf die Zehenspitzen, hob die freie Hand und ließ meine Finger durch eine Strähne seines Haares gleiten.

Sein Puls beschleunigte sich rasant.

»Jetzt noch etwas. Berühr mich.«

Ich legte meine freie Hand um seine Wange. »Ich will dich küssen.«

Maél gab ein Geräusch von sich, das ich als Zustimmung wertete. Als unsere Lippen sich trafen, explodierte sein Puls unter meiner Hand. Sein Herz schlug so stark, dass die Vibration meine Hand fast bewegte. Es war nur ein sanfter Kuss, harmlos und zärtlich. Und doch löste er so eine heftige Reaktion in ihm aus. Ich wollte meinen Mund wieder von seinem lösen, doch die Versuchung war zu groß. Meine Lippen öffneten sich. Meine Zunge wagte sich vor. Mein ganzer Körper prickelte. Ich wollte diesen Kuss, so wie ich ihn schon gestern gewollt hatte. Ein Kuss ohne Ambrosia, ohne Gier und nur als Vorspiel für mehr. Ich wollte diesen Kuss als Bestätigung, dass das zwischen uns etwas Echtes war.

Als unsere Zungen sich trafen, seufzten wir beide leise auf.

Maél ließ meine Hand los, nur um mich im nächsten Moment an sich zu ziehen. Der Kuss wurde noch tiefer und inniger. So, ja genau so, hatte ich es mir gewünscht. Ich schlang meine Arme um seine Mitte.

Livia.

War das Maél? Wie konnte er mit mir sprechen, wenn seine Lippen fest auf meinen lagen?

Livia, warte … bitte. Er klang alarmiert.

Mir wurde klar, dass er die Stimme benutzte, mit der er mich unter Zwang nachts durch halb Paris hatte wandern lassen. Warum?

Doch dann war alles schwarz.

*

Ich kam in seinen Armen zu mir. »Was?«

Maél streichelte meine Wange. Er saß mit mir auf den breiten Treppenstufen, war kreidebleich, und die Ränder unter seinen Augen schimmerten violett. Er sah mich an, als wäre ich in seinen Armen gestorben.

Ich holte tief Luft. Tot war ich nicht. Dann kam der Schmerz. Ich krümmte mich, als mein Magen sich zusammenzog.

»Livia. Du musst zum Arzt!« Maél klang panisch. »Es tut mir leid. So leid. Bei allen Göttern. Ich hätte niemals ...«

Ich stöhnte. Vor meinen Augen tanzten Sterne. Noch mal zog mein Magen sich zusammen, als wollte er sich zu einem Knoten schlingen.

Maél zog mich eng an seine Brust und presste seinen Mund auf meinen Scheitel. »Bitte«, flüsterte er. »Bitte, bei allen Göttern, ich bitte euch ...«

Ich schob ihn ein Stückchen von mir, sodass ich ihm wieder ins Gesicht sehen konnte. Seine Augen schimmerten feucht. *Weinte er?*

»Ich kenne das«, würgte ich hervor. Es fiel mir schwer, den metallischen Geschmack auf meiner Zunge zu ignorieren. »Es fing an, als meine Nymphenkräfte erwachten. Ich glaube, es hängt damit zusammen.«

Maél schüttelte wortlos den Kopf. Seine Iriden ließen die Tränen fast silbrig schimmern. Es sah unwirklich und wunderschön aus.

Schwindel und Schmerzen vergingen so schnell, wie sie kamen. So war es immer. Es fühlte sich an wie ein Vorhang, der sich plötzlich hob. Mein Magen rebellierte nicht mehr. Mein Blick war wieder klar. Ich versuchte, mich ein Stück aufzurichten. »Es geht schon wieder.«

»Nichts da«, protestierte Maél und hielt mich zurück. »Bleib, wo du bist.«

»Es geht mir gut.« Ich erklärte ihm meine rasanten Befindlichkeitsveränderungen in knappen Worten.

Maél schien nicht überzeugt. Ich jedoch schaffte es, mich von ihm zu lösen, bis ich neben ihm auf den Stufen saß. Als ich ihn ansah, wirkte er immer noch schrecklich fertig – und schuldbewusst, was ich nicht verstand.

Ich lehnte mich an seine Schulter. »Es hat nichts mit dir zu tun. Wirklich. Wenn ich endlich jemanden finden würde, der mir mehr über mein Nymphendasein erzählen kann, würde meine Theorie wahrscheinlich bestätigt. Vielleicht ist es eine Art Nymphen-Pubertät mit Wachstumsschmerzen, die sich eben nicht auf das Knochenwachstum, sondern auf das Ausbilden der Kräfte beziehen. Ich bin im Krankenhaus auf den Kopf gestellt worden. Mir fehlt nichts.«

Maél seufzte tief. Als er seinen Kopf auf meine Schulter legte, war da plötzlich eine neue Art von Vertrautheit zwischen uns. Bis jetzt hatte ich mich immer an ihn gelehnt. Er hatte mir meine neue Welt gezeigt. Er brachte Dinge in Ordnung, beschützte mich. Mit dem Kopf an meiner Schulter saß er da, ohne angriffsbereites Schwert und seinen erhobenen Schild. Er lehnte sich an mich.

Wir schwiegen eine Weile, lauschten den Atemzügen des anderen. Maél drehte unruhig sein Handy in der Hand. Auf der Straße bellten sich zwei Hunde an, und wir sahen beide in die Richtung.

»Ich war so lange auf der Suche. Und ständig hatte ich Angst, entdeckt zu werden.« Maéls Stimme klang fest, doch ich vernahm auch die Zwischentöne. Die, die er normalerweise ausblendete, weil sie ihn verletzlich machten. »Aber heute macht mir die Vorstellung, dass meine Suche bald zu Ende ist, die größte Angst.«

»Du hast es akribisch geplant«, sagte ich leise. »Es wird alles gut gehen.«

Er holte tief Luft. »Ich habe darüber nachgedacht. Es gibt zu vieles, was schiefgehen kann. Ich möchte, dass du die Katakomben verlässt, wenn das letzte Stückchen Gold in der Schatulle ist. Ich werde dich ans Tageslicht bringen und dann zurückkehren.«

Ich setzte mich so abrupt auf, dass sein Kopf von meiner Schulter rutschte. »Was?«

Maél sah mich an, seine Miene wie versteinert. »Ich kann nicht für deine Sicherheit garantieren. Das Letzte, was ich will, ist, dass du dabei zu Schaden kommst. Also wirst du gehen. Keine Diskussion.«

Ich lachte kurz auf. »Sind wir mal wieder im Befehlsmodus, Hadessohn? Ich habe dir geholfen. Ohne mich wärst du noch meilenweit vom Ziel entfernt, und wenn ich entscheide zu bleiben, dann bleibe ich. Ich bin schließlich nachts unter Zwang durch Paris geschlafwandelt. Ich habe Gold aus dem Armeemuseum gestohlen. Eine liebeskranke Göttin hat mich unter Drogen gesetzt. Und heute Nachmittag lerne ich den Gott der Unterwelt kennen. Glaubst du im Ernst, ich flüchte beim Finale? Ganz sicher nicht.«

»Livia.« Maél klang tödlich ruhig. »Das hier ist keine Verhandlung.«

Ich starrte wütend zurück. »Jetzt ist es eine.«

»Vergiss es.«

»Vergiss du es.«

»Streite dich nicht mit mir, Nymphe.«

»Von mir aus. Dann gib nach, Hadessohn.«

»Was willst du?«

»Dabei sein, wenn Agada erwacht.«

Maél schüttelte den Kopf. »Nein.«

»Warum nicht? Gestern war es noch okay, heute nicht mehr. Kannst du dich mal entscheiden?«

»Habe ich. Du gehst vorher.«

»Gut. Dann geh du bitte schön ganz allein das letzte Gold suchen. Und vielleicht hole ich heute meine Verabredung von gestern nach.«

Maél zuckte zurück, als habe ich ihn an einer besonders empfindlichen Stelle getroffen. Sein Schnauben kam so tief aus seiner Kehle, dass es fast wie ein Knurren klang. »Das ist Erpressung.«

Ich lächelte knapp. »Ja. Und es klappt immer wieder hervorragend.«

Maél knirschte mit den Zähnen. Er hatte ein Auge halb zugekniffen und fixierte mich, als überlegte er, ob er mich lieber auffressen sollte statt weiter mit mir zu diskutieren. Ein feiner Streifen Dunkelheit erhob sich um ihn.

»Du machst mir keine Angst.« Dieses Mal würde selbst mein Herz mich nicht verraten. Es schlug ruhig.

Maél schien es ebenfalls zu bemerken. Die Dunkelheit verschwand. »Sie werden dich lieben.«

»Wer?«

»All meine schrecklichen Verwandten.«

»Das heißt, wir sind wieder ein Team? Du und ich? Tartaros, Katakomben, Agada?«

Sein Unterkiefer verkrampfte sich. »Wir machen einen Deal. Du nimmst Vaters Kappe und besorgst den letzten Goldbarren. Dafür stelle ich eine Kamera auf, und du kannst zusehen, wenn Agada aufersteht.«

Ich schüttelte den Kopf. »Du kannst keinen neuen Deal mit alten Bedingungen machen.«

Maél sah mich fragend an.

»Der Deal lautete: Ich helfe dir mit dem Gold, du recherchierst über meine Nymphenkräfte. Du hast deinen Teil so gut wie nicht erfüllt. Bevor ich also in eine Bank einbreche – unsichtbar hin oder her –, erfüllst du vorher deinen Teil und erzählst mir alles, was du über Nymphen herausgefunden hast. Du kannst nicht eine alte Abmachung in eine neue umwandeln und mich übergehen. Lass dir etwas Besseres einfallen, oder der Deal ist gestorben, Hadessohn.«

»Du kannst so eiskalt sein.« In seinen Augen tobte ein silbriges Feuer, so wie immer, wenn er mich mit diesem etwas speziellen Kompliment bedachte. Er lächelte. Sein Blick wanderte zu meinen Lippen. »Ich wollte dich nicht übergehen.«

Ich ignorierte seinen Blick, auch wenn mir dessen Wirkung noch lebhaft im Gedächtnis war. »Was schlägst du also vor?«

Sein Blick sagte: *Ich schlage vor, ich küsse dich jetzt, bis dein Verstand ein willenloses rosa Klümpchen ist, und dann mache ich mit dir, was ich will.*

Ich schluckte, doch ich sah nicht weg.

»Ich schlage vor, dein Dickkopf und du warten in sicherer Entfernung, wenn ich Agada auferstehen lasse. Das ist mein letztes Angebot.«

»Nur so weit entfernt, dass ich die Verwandlung noch sehen kann.«

Schon wieder dieses Zähneknirschen. Er nickte.

»Dann ist es abgemacht.« Ich lächelte ihn an.

Maél bleckte die Zähne. »Weißt du eigentlich, dass Liebe und Hass zwei Emotionen sind, die sich vom Gefühl her total ähneln? Habe ich mal gehört …«

Ich sah auf meine Armbanduhr. »So, jetzt muss ich aber dringend weitermachen.«

Ich spürte seinen Blick wie Feuerzungen auf meiner Haut. Er beugte sich zu mir und flüsterte mir meinen Namen ins Ohr. Es klang wie eine Mischung aus Drohung, Verwünschung und einer Liebeserklärung. Ich lächelte, als mir klar wurde, dass ich überhaupt keine Angst empfand. Ein bisschen Aufregung, ein Prickeln, ein zartes Kribbeln in den Fingern, die sich danach sehnten, ihn zu berühren. Aber meine Angst vor dem, was er war, wenn er so wenig menschlich wirkte, war verschwunden. Ich drehte meinen Kopf zu ihm. »Ich muss los.« Schon wieder waren unsere Gesichter einander gefährlich nah. »Es war mir eine Freude, mit dir zu verhandeln.«

Ich sprang kreischend auf, als er sich auf mich stürzen wollte, und flüchtete lachend die Treppen herauf. Oben vor dem Eingang drehte ich mich noch mal zu ihm um. Er sah zu mir hoch, eine wilde Leidenschaft im Blick umgeben von einer Energie, die ich fast körperlich fühlen konnte.

Du gehörst mir. Ich sandte meine Gedanken zu ihm, wünschte mir, er würde sie hören. *Du hast von Anfang an mir gehört. So war es, und so wird es immer sein.*

Maél sah unverwandt zu mir hoch. Er legte eine Hand auf sein Herz. Dort, wo die Flammenkrone loderte.

Und du gehörst mir. Seine Stimme in meinem Kopf.

Mir wurde ganz warm. Alles in mir wollte zurück zu ihm. Diese Worte noch mal hören und dieses Mal aus seinem Mund. Hören, wie er sie leise in mein Ohr flüsterte …

Ich drehte mich von ihm weg, bevor ich mich erneut in seine Arme stürzen konnte.

*

»Das ist nicht dein Ernst.«

»Was stimmt denn nicht?« Maél grinste wie ein Honigkuchenpferd. »Rutschst du nicht gern?«

»Ich glaub es einfach nicht.« Ich stand auf dem Kinderspielplatz der fiesesten McDonalds-Filiale auf diesem ganzen Planeten. Wir waren mit der Metro in einen Vorort gefahren, von dem ich noch nie gehört hatte. Eingezwängt zwischen einer Autobahn und zwei Bundesstraßen war dieses Fleckchen Erde nicht unbedingt ein Kandidat für einen Landschaftsgestaltungs-Preis.

Es war Nachmittag und das Fastfoodrestaurant kaum besucht. Am Haus blätterte die Farbe ab. Das Dach verzierte eine Schicht aus klebrigem Feinstaub. Müll umwehte das Grundstück. Auf dem Parkplatz hatte jemand einen ramponierten Buggy ins Gebüsch geworfen.

»Husch, husch«, sagte Maél und machte eine Handbewegung, die mich wohl auf die Treppe hinauf zur Rutsche scheuchen sollte. »Gerade guckt niemand.«

Ich nuckelte weiter an meinem Milchshake. Zuerst hatte ich geglaubt, wir wollten nur einen kurzen Stopp machen, und mich über das kühle Getränk gefreut. Die Idee mit der Rutsche hielt ich immer noch für einen Witz.

»Ich werde nicht auf dieser Kinderrutsche rutschen, damit du ein Video davon machst und dich die nächsten Jahre darüber kaputtlachst.«

»Ich mache gar keine Videos«, sagte Maél pikiert. »Nie. Ist nicht mein Stil.«

»Hm«, brummte ich und zog weiter das süße Zeug durch meine Zähne.

Er deutete wieder einladend auf die Rutsche und machte dabei sogar eine kleine Verbeugung.

»Soll ich lieber ein Video von dir machen?«, bot ich an.

Maél ließ die Schultern sinken. »Schwing deinen süßen Hintern auf die Rutsche.« Er lächelte böse. »Bevor ich dir dabei helfen muss.«

Ich überlegte, meinen Shake nach ihm zu werfen. Mir war nicht ganz klar, wie ich es schaffte, dass er manchmal hörte, was ich dachte, wenn ich es wollte. Vermutlich noch so eine Nymphen-Superpower, von der mir niemand erzählt hatte.

»Wehe.« Sein Blick war graues Feuer und eisige Flammen.

Okay. Er hatte mich gehört. »Dito«, gab ich zurück. »Ich komme allein da drauf, ohne dass du mich begrabschst.«

»Dann los.« Er nahm mir den Milchshake ab. Es machte *Flupp*, als der Strohhalm aus meinem Mund gerissen wurde. Maél lächelte immer noch, einen Mundwinkel etwas mehr nach oben gezogen. Dann schob er den Strohhalm zwischen seine eigenen Lippen. »Husch«, wiederholte er durch geschlossene Zähne.

»Einfach so? Und das funktioniert bei jeder McDonalds-Rutsche auf der ganzen Welt? Ich rutsche da runter und komme im Tartaros an, weil du mich markiert hast?«

Maél seufzte. »Eigentlich schon. Und ja, auf der ganzen Welt. Ganz simpel. Aber gut, wenn dir nach noch mehr Hokuspokus ist, dann komm her.« Er warf den Milchshake in einen gefühlte 200 Meter entfernt stehenden Mülleimer. Mehr oder weniger, ohne hinzusehen.

»Wow«, sagte ich noch, da stand ich schon direkt vor ihm.

»Sieh mich an, Nymphe.«

Ich sah hoch.

»Wenn du mich lange genug ansiehst, kannst du die ewig brennenden Feuer des Tartaros' in meinen Augen sehen. Wenn du sie auflodern siehst, darfst du den Tartaros betreten. Über diese Rutsche, auf die du deinen Hintern schwingen wirst, bevor wir Zuschauer bekommen.«

»Du bist so ein Spinner.« Trotzdem neigte ich mich neugierig vor.

Er grinste. »Trau dich.«

Ich beugte mich näher.

»Näher.«

Wieder kam ich näher.

»Noch näher.«

Unsere Lippen berührten sich fast.

Das silbrige Grau begann dunkler und klarer zu werden. Seine Augen wirkten plötzlich wie Murmeln aus Glas, durchzogen von silberschimmernden Schlieren. Ich hielt wie gebannt inne, als sich ein wenig Blau hineinmischte. Ein dunkles kaltes Blau, fast schwarz. Helle Lichtpunkte tanzten darin, und fast meinte ich, aus der Anordnung ein Sternbild erkennen zu können.

Ich hielt die Luft an.

»Konzentrier dich.« Sein warmer Atem strich über meinen Mund. »Und denke an was Schönes.« Er zwinkerte mit dem linken Auge.

»Ha, ha.« Ich war viel zu gebannt, um etwas Vernünftiges zu erwidern.

»Und? Wie ist es?«

»Da sind keine Feuer.«

Er stutzte. »Was?«

»Es ist wunderschön. Aber es sieht eher aus wie …«

Ich machte einen Schritt zurück, um sein Gesicht zu sehen.

»Wie was?« Maél war plötzlich ganz ernst.

»Wie der Nachthimmel.«

Er blinzelte, und nun waren seine Iriden wieder silbrig-grau.

»Ist das eine Revanche dafür, dass du diese Rutsche heruntermusst?«

»Nein. Ich meine …« Ich stutzte nun genau wie er. »Ich dachte, das mit den Tartarosfeuern wäre ein Scherz gewesen.«

Maél sah mich an, als wollte er mir immer noch nicht so ganz glauben. Dann beschloss er wohl, die Diskussion zugunsten unserer Mission zu verschieben, denn er zuckte die Schultern. »Egal. War das jetzt genug Showeinlage, dass du mir die Nummer mit der Rutschte abkaufst?«

In diesem Moment war ich froh, mich ausnahmsweise für eine Hose entschieden zu haben. Eine schwarze Mom-Jeans, hochgeknöpft und knöchelkurz. Die würde jede Rutschpartie mitmachen. »Okay, von mir aus legen wir los.« Ich schob beide Hände in die Taschen. Mit der rechten ertastete ich die Blumensamen, die ich aus der Tasche meines Jeansrocks geklaubt hatte, kurz bevor ich aufgebrochen war. Man konnte ja nie wissen, wofür man einen Strauß schlappe Blümchen brauchte.

Maél tätschelte meinen Scheitel. »Braves kleines Monster.«

Ich schlug nach ihm – ohne die Chance auf einen Treffer natürlich.

Er lachte. »Jetzt noch mal zum Mitschreiben. Wir sagen Hallo, ich locke Vater unter einem Vorwand in eins der Zimmer, die ich nur zusammen mit ihm betreten kann, und klaue die Kappe, während du meine Verwandtschaft mit Geschichten aus deinem aufregenden Leben bespaßt. Sei einfach die eiskalte kleine Nymphe, die mich so super im Griff hat. Sie werden dich anbeten dafür.«

»Spinner«, sagte ich ein zweites Mal.

Wir lächelten uns an. Maél ließ seine Hand, die immer

noch mit meinem Haar spielte, zu meiner Wange wandern. »Ich bin vielleicht ein Spinner, aber du bist mindestens genauso ein Freak, weil du so verrückt nach mir bist.«

Ich lachte auf und stieß ihn dann kopfschüttelnd von mir. »Ich rutsche jetzt, bevor das hier ausartet.«

Er folgte mir die Leiter hinauf. »Mach die Augen erst wieder auf, wenn du unten bist. Fass nichts an. Öffne die Augen nicht, egal was du hörst. Ich bin direkt hinter dir und halte dich fest.«

Oha. Das Detail hatte er bisher unterschlagen. Aber es war mir recht, nicht allein hinab in die Unterwelt zu sausen.

Maél drehte sich ein letztes Mal Richtung Restaurant um. »Jetzt. Schnell!«

Ich setzte mich an den Anfang der Rutsche. Meine Beine ragten bereits in das Dunkel. Maél, der deutlich größer war als ich, musste sich etwas mehr abmühen. Doch dann schaffte auch er es. Er schlang seine Arme um meine Mitte. Seine Beine lagen außen an meine gepresst. Sein Brustkorb drückte gegen meinen Rücken.

»Los geht's«, flüsterte er. »Keine Angst, ich bin da.«

Dann stieß er uns ab, und wir rutschten. Dunkelheit, tief, kalt und klamm, trieb mir die Luft aus der Lunge. Ich hatte die Augen weit aufgerissen, obwohl ich nichts sah. Dann erinnerte ich mich an Maéls Worte, und schnell kniff ich sie zu.

Wir wurden schneller und schneller, und der Wind riss an meinen Haaren.

Dann erklangen die Schreie. Ein Wehklagen aus Hunderten von Stimmen, verzweifelt und tieftraurig. Ich konnte keine Worte verstehen, doch mein Herz zog sich schmerzhaft zusammen.

Wenn wir den Tartaros von diesem Teil der Erde aus betreten, passieren wir den Kokytos, hörte ich Maéls Stimme in meinem Kopf. *Er ist einer der fünf Flüsse der Unterwelt. Die Toten trinken sein Wasser und erkennen, dass sie nie wieder ins Reich der Lebenden zurückkehren werden. Ignoriere die Stimmen, es wird gleich besser.*

Besser war ein Begriff, mit dem ich den feurigen Dunst, den wir nun durchrasten, nicht bezeichnet hätte. Ich hustete und hatte Mühe zu atmen.

Ganz ruhig. Das ist der Phlegethon. Er führt Feuer statt Wasser. Die Flüsse können uns nichts anhaben. Halte kurz die Luft an, dann müsste es besser werden.

Wir rasten durch Feuer? Ich bekam Panik. Die Luft wurde noch heißer. Bei allen Göttern, ich würde …

Plötzlich konnte ich wieder atmen. Im nächsten Moment machte mein Allerwertester Bekanntschaft mit einem Berg fluffiger Kissen.

»Yehaaa!« Maél hinter mir klang aufgekratzt. »Was für ein Ritt. Zu zweit macht es doppelt Spaß.« Er sprang auf die Füße. Seine Wangen waren vor Begeisterung gerötet. »Wie fandest du es?«

Ich sah mich um, und das einzige Wort, das mir über die Lippen kam, war: »Hasen?«

Maél unterdrückte ein Lachen.

Ich sah mich erneut um. Das Loch hinter uns in der Wand, durch das wir gepurzelt waren, war wie durch Zauberhand verschwunden. Es machte den Eindruck aber nicht weniger surreal. Im gesamten Zimmer saßen flauschige braune Hasen, die etwas kauten und uns mehr oder minder gelangweilt beäugten. Sie waren allerdings so schlau, sich nicht auf den Kissenberg zu verirren. Trotzdem lehnte ich mich zur Seite und sah zur Sicherheit kurz nach. Sicher war sicher.

Maéls Mundwinkel zuckten schon wieder verdächtig.

An einer Zimmerwand entdeckte ich ein paar Käfige. Schalen mit Futter und Wasser standen herum. Die langen Holzdielen, die das Zimmer in ordentliche Streifen teilten, wirkten sauber und frisch gewischt. Aber trotzdem: *Hasen? Echt jetzt?* Ich glaubte zu träumen. Oder hatte dieser phlegmatische Feuerfluss mir den Verstand gegrillt?

»Sind wir hier richtig?«

»Das ist das Hasenzimmer«, sagte Maél, als wäre es das Normalste der Welt. So als würde zu jedem guten Haushalt ein Hasenzimmer gehören.

Maél reichte mir die Hand, um mir aufzuhelfen. »Persephone mag keine Kinder, erst recht keine von anderen Göttern«, fügte er hilfreich hinzu.

Ich war kein bisschen schlauer.

Maél blieb eisern liebenswürdig. »Sie ist schrecklich eifersüchtig, obwohl sie Vater leidenschaftlich hasst. Es gibt hier also nur die Hadessöhne, die hin und wieder zu Besuch kommen, und ein paar Haustiere. Sie züchtet die Hasen für den Hund. Wenn so fünfzehn bis zwanzig von ihnen alt genug sind, setzt sie sie im Haus aus und er darf sie …«

Maél brach abrupt ab, als er mein entsetztes Gesicht sah.

Persephone züchtete Hasen, damit ihr Hund eine Schnitzeljagd veranstalten konnte? Und dieser Frau sollte ich für Aphrodite den Liebhaber abspenstig machen? Mir wurde ganz anders.

»Wir sollten mal Hallo sagen«, sagte Maél schnell, nahm meine Hand und zog mich aus dem Hasenzimmer.

»Aber, Moment mal, das ist doch absolut …«

»Andere Länder, andere Sitten. Lass uns jetzt bitte nicht darüber diskutieren, okay? Und sprich niemanden darauf an.

Deinen Einwand versteht hier keiner. Sie lieben den Hund und züchten die Hasen als Dessert.«

Mein Schnaufen war als ein Zeichen abgrundtiefer Verachtung gedacht, doch es prallte wirkungslos an meinem Begleiter ab. Er wirkte plötzlich nervös. So als sei ein Besuch in der Unterwelt selbst für ihn ein Spießrutenlauf, für den er all seine Sinne benötigte.

Der Flur, den wir nun betraten, hielt eine weitere Überraschung bereit. Warum nur hatte ich mir die Residenz des Herrschers der Toten als einen düsteren Palast vorgestellt?

Hier sah es aus, als wären wir versehentlich falsch rechts abgebogen und statt in der Unterwelt in einem Strandhaus in Long Island gelandet: helle Steinböden, Kommoden aus Weißeiche mit cremefarbenen Orchideen dekoriert. Moderne Kunst an den Wänden, hauchzarte Gardinen, die im Wind wehten.

Das einzig Seltsame waren die zugemauerten Fenster. Doch in all der weißgoldenen Pracht fiel das kaum auf. Nur woher kam dann der Wind, der mit den Vorhängen spielte?

Wir gingen an einigen geschlossenen Türen entlang, bis wir etwas betraten, das wie eine Art Salon eingerichtet war. Eine Sitzgruppe aus hellem Rattan stand um einen Kamin aus Sandstein. In einer Ecke befand sich eine Hausbar, weiter hinten noch eine Sitzgruppe in Pastell und ein Durchgang zu einem ziemlich großen Wohnzimmer.

Ich sah sie sofort. Sie trat aus den tanzenden Schatten von Kamin und Hausbar, und ihr rotblondes Haar leuchtete wie gesponnenes Gold. Sie war groß, behängt mit schwerem Schmuck und ganz in Weiß gekleidet. Ihre Augen waren von einem hellen Goldbraun und schimmerten unnatürlich. Alles, was sie trug, hatte ein Vermögen gekostet. Von den Designerschuhen bis zur seidig glänzenden Bluse. Sie sah aus wie eine verwöhnte Upper-Eastside-Ehefrau aus New York, die den Sommer in den Hamptons verbrachte. Ihr Martiniglas blitzte im Schein des lodernden Kaminfeuers auf.

»Sieh an«, sagte sie zur Begrüßung. »Ich hatte es ja für einen Scherz gehalten.«

»Persephone«, erwiderte Maél kühl, als wir vor ihr stehen blieben. »Das ist Livia. Livia, das ist Persephone, die Ehefrau meines Vaters und Königin des Tartaros'.«

Persephone beachtete mich kaum. Von Weitem hatte ich ihr Alter kaum schätzen können. Nun aber war ich überrascht, wie jung sie war, vielleicht Ende zwanzig. Die Kälte, die sie umgab, ließ sie jedoch älter wirken.

»Was willst du?« Ihre Stimme klang wie splitterndes Glas. »Dein Vater hat Termine.«

»Ich habe meinen Besuch angekündigt.«

Sie schnaubte. »Ich weiß. Nur ändert das nichts an den Tatsachen.«

»Lass das Vaters Sorge sein.«

Hinter uns erklangen Schritte, und ich drehte mich um. Maél schien zu wissen, um wen es sich handelte, denn er verdrehte die Augen. Persephone nippte an ihrem Glas.

Ich hatte da so eine Ahnung. Und richtig: Enko spazierte in den Salon, bekleidet mit einer schwarzen Röhrenjeans und Boots. Auf seinem grauen Shirt prangte in eleganten weißen Lettern der Schriftzug *Vom Umtausch ausgeschlossen.*

Wahnsinn. Ich musterte ihn kritisch und erntete ein träges Grinsen.

»Livia, meine Süße!« Sein Blick wurde anzüglich, dann strich er sich durch die blonde Mähne. Da fiel mir auf, dass er sich die Haare ein gutes Stück abgeschnitten hatte. Hatten sie vorher bis auf seine Schultern gereicht, so waren sie nun nur noch kinnlang. Es stand ihm leider ebenfalls. »Erst kommst du zu meinem Konzert, und nun besuchst du mich zu Hause. Die Leute werden denken, da läuft was zwischen uns.«

Mit *Leute* meinte er natürlich Maél.

Maél ignorierte er. Mich begrüßte er mit Küsschen rechts, Küsschen links, als wären wir gute Freunde. Dabei zog er mich mehr als nötig an sich, und seine Linke wanderte meinen Rücken gefährlich hinab in Richtung meines Äquators.

»Hallo, Enko.« Ich wand mich aus seinem Griff.

»Du riechst aber gut. Honig und ein Hauch Vanille.« Enkos Stimme klang fast wie ein Schnurren. »Zum Anbeißen.«

Maél neben mir ballte die Rechte zur Faust. Ich stupste sie an, und er entspannte die Finger wieder. Enko grinste immer noch. Ich schenkte ihm einen Blick, der sehr genau sagte, was ich von seinen Spielchen hielt. Das Grinsen wurde noch breiter.

»Wir haben nächste Woche einen Gig ganz in der Nähe deiner Schule. Kommst du?«

Ich schüttelte den Kopf. Warum musste er Maél so provozieren?

»Wir könnten danach noch um die Häuser ziehen.« Er deutete mit dem Kopf auf Maél. »Die Spaßbremse kann ja auf dem Sofa warten.«

Maél neben mir stand schon wieder kurz vorm Siedepunkt. Seine Schultern hoben sich ein klein wenig, als sich jeder Muskel in seinem Körper anzuspannen schien. Er ließ den Nacken kreisen, und die Wirbel seines Halses knackten martialisch. »Vorsicht, Bruder.«

Enko lachte. »Willst du dich mit mir prügeln?«

Maéls Lächeln war schneidend. »Du brauchst keine Angst zu haben, Enko. Ich schlage keine Mädchen.«

Wie aus dem Nichts erschien ein kleiner Feuerball in Enkos Hand. Er schleuderte ihn in Maéls Richtung. Dem schienen Attacken dieser Art nicht neu. Und mich schockierte in letzter Zeit sowieso nichts mehr. Maél machte lediglich einen Schritt zur Seite hinter mich. Der Feuerball streifte die Haut seines Oberarms und versengte das Bündchen seines Shirts. »Autschi.« Seine Stimme troff vor Sarkasmus.

Enko tat betroffen. »Oh, tut mir leid. Ich hatte auf dein Herz gezielt.«

Ich drehte mich um. Die Feuerkugel flog quer durch den Salon und durch die Tür ins Wohnzimmer. Ich riss die Augen auf, als mir klar wurde, was der Feuerball treffen würde. »Der Fernseher!«

Maél und Enko reckten mäßig interessiert die Köpfe. Persephone schwenkte gelangweilt ihr Martiniglas.

Der weiße Flatscreen an der Stirnwand des pompös großen Zimmers explodierte in einem Funkenregen.

»Jungs!« Eine Stimme, die den Stein zu unseren Füßen erbeben ließ, hallte durchs Zimmer. »Was habe ich euch gesagt? Hotelzimmer demolieren: ja. Unser Wohnzimmer demolieren: nein. Das kann doch nicht so schwer sein.« Der Herr der Toten spazierte in einem schwarzen knallengen Sportoutfit auf uns zu. Die knöchellange Joggingtight saß eng wie eine Strumpfhose, und auch das Shirt wirkte, als habe er es lediglich auf seinen Körper gemalt. Okay … die gute Figur hatten seine Söhne definitiv von ihm geerbt. Sein Haar war dunkel und reichte ihm bis auf die Schultern, seine Augen waren so schwarz, dass Iris und Pupille sich nicht voneinander abgrenzten. Am rechten Handgelenk trug er dieselbe massive silberne

Armspange wie Maél und Enko. Er sah aus wie Ende dreißig und damit fast etwas zu jung für Söhne in diesem Alter. Maél und er waren gleich groß. Nur Enko, mit seinen Wikingergenen, überragte sie ein kleines Stückchen.

»Also. Wer besorgt einen neuen Fernseher?« Hades klang eher belustigt als verärgert.

Maél zeigte mit lang ausgestrecktem Zeigefinger auf Enko.

»Petze«, brummte Enko.

Hades schüttelte gutmütig den Kopf. Sein Blick heftete sich auf Maél. »Maél! Was für ein seltener Besuch.« Er schlug seinem Sohn auf die Schulter. Jeden anderen hätte der Hieb zu Fall gebracht. Maél schwankte nicht mal. Hades ließ seine schwarzen Augen zu mir wandern.

»Und wer ist das?«, fragte er, bevor er stutzte. »Eine Nymphe, beim Styx. Und du hast sie mit der Flammenkrone markiert. Ist es etwas Ernstes?«

Enko neben uns schnaubte.

Maél überging die Frage. Natürlich. »Das ist Livia, Vater. Livia, das ist Hades, mein Vater und Herrscher des Tartaros'. Ich wollte Livia mal mein Zuhause zeigen, Vater.«

»Sehr erfreut, Livia.« Hades küsste mir galant die Hand. Als er den Kopf wieder hob und meine Hand sinken ließ, trafen sich unsere Blicke. In seinen Augen tobte die Finsternis. Er lächelte. In diesem Moment verschwamm mein Blick, und ich sah, was er wirklich war. Ein uraltes Wesen, das im Dunkeln lauerte, bis es hervorbrach und genau ein Mal und sehr tödlich zubeißen würde. Mir lief es kalt den Rücken hinunter, als mir klar wurde, dass der gut aussehende Typ im Joggingdress nur Fassade war. Hades hielt das wahre Monster gut versteckt. Genau wie Maél und vermutlich auch Enko. Erinnerungsfragmente huschten vor meinem inneren Auge vorbei. Szenen des

Überfalls in der Gasse. Maél, in Dunkelheit gehüllt. Der Moment, in dem ich spürte, wie er all das Menschliche in sich zugunsten des Ungeheuers in ihm zum Schweigen brachte.

»Es freut mich auch«, stieß ich hervor, bevor die Stille peinlich werden konnte. Mein Blick klarte auf.

Hades sah mich immer noch an. Ich hoffte inständig, dass ich ihm nicht aus Versehen meine Gedanken gesandt hatte.

Doch dann wandte der Herr der Unterwelt sich ab. Ich atmete auf.

»Wer möchte etwas trinken?«

Wir schüttelten alle den Kopf. Drüben im Wohnzimmer gab der Fernseher ein letztes elektrisches Zischen ab. Ich spürte Persephones Blick, und verstohlen sah ich zu ihr. Sie betrachtete mich, wie eine Katze eine Maus mit gebrochenem Beinchen beobachten würde: interessiert und gelangweilt zugleich. Schnell sah ich weg.

Hades stellte sich zurück zu unserer kleinen Gruppe und nahm einen Schluck aus einer dunklen Flasche.

»Liebling, haben wir noch andere warme Getränke?« Er nahm einen weiteren Schluck und zog ein Gesicht. »Ich meine, außer dem Bier?«

Persephone starrte ihn in Grund und Boden und erwiderte nichts.

»Liebling, willst du vielleicht ein frühes Abendessen für uns alle vorbereiten lassen? Wir könnten zusammen essen wie eine Familie, das wäre doch nett.«

Persephone schien noch ein kleines Stückchen größer zu werden. Ihre bernsteingoldenen Haare wehten, obwohl es nicht mal Fenster gab. »Geh mir aus den Augen«, zischte sie. »Deine Energie zieht andere runter und macht einen traurig und hässlich.«

Der Herr der Unterwelt zuckte merklich zusammen. Maél sah wohl seine Chance. »Das trifft sich gut, Vater. Ich hätte da noch eine private Frage.« Er sah kurz zu Enko und Persephone. »Könnte ich dich unter vier Augen sprechen?«

»Das mit den Blümchen und den Bienchen kann ich dir auch erklären, Bruder«, bot Enko an.

Doch dieses Mal ließ Maél sich nicht provozieren.

Hades vorher so geknickter Blick hellte sich auf. »Natürlich. Komm mit, mein kleiner Rabe.« Er legte Maél einen Arm um die Schultern und strich ihm mit der freien Hand übers schwarze Haar. Eine Geste, die so zärtlich und liebevoll wirkte, dass ich glatt vergaß, dass es der Herrscher der Toten und Verdammten war, den ich vor mir hatte.

Enko zog ein Gesicht. »Er hat einen Spitznamen? Seit wann hat er einen Spitznamen?« Er verschränkte die Arme vor der Brust und warf einen anklagenden Blick auf Vater und Sohn, die uns bereits den Rücken zuwandten, um den Salon zu verlassen. »Wieso hat er einen Spitznamen und ich nicht?«

Innerlich schüttelte ich den Kopf. Enko war zwar das Nesthäkchen der Familie, aber musste er sich auch so benehmen?

»Du hast einen Spitznamen, Bruder«, sagte Maél, ohne sich zu uns umzudrehen. »Wir benutzen ihn immer, wenn du den Raum verlässt.«

Hades kicherte dröhnend. »Hört auf zu balgen, Jungs.«

Persephones linker Mundwinkel zuckte einmal, dann war sie wieder die unnahbare Göttin aus Eis und Bernstein.

»Ihr könnt mich alle mal.« Enko warf einen letzten verächtlichen Blick in die Runde, schnippte mit den Fingern und verschwand in einer Säule aus Feuer.

»Einer der Gründe, warum wir hier keinen Teppichboden haben«, sagte Persephone trocken und schenkte mir das knappste Lächeln der Weltgeschichte.

»Sie haben es wirklich sehr ... äh ... schön hier.« Ich drehte mich einmal um mich selbst, damit sie nicht die Angst in meinem Gesicht sah. »So modern.«

Ich sah Maél und Hades nach. Nun war ich auf mich allein gestellt. *Bei allen Göttern ...*

Persephone erwiderte nichts, nickte nur hoheitsvoll und stellte dann entschlossen ihr Glas auf einem Beistelltisch ab. Ihr goldener Blick richtete sich auf mich wie ein Laserstrahl.

»Livia.« Sie blinzelte nicht, kein Muskel in ihrem Gesicht zuckte. Sie flüsterte einfach nur meinen Namen.

Wie sollte ich sie ansprechen? Frau Persephone? Göttin? Herrscherin der Unterwelt?

»Livia, Livia, Livia.« Sie ging mit langen eleganten Schritten um mich herum.

Da die Stimme in meinem Kopf sich nicht entscheiden konnte, wie ich sie ansprechen sollte, würgte ich nur ein Wort hervor. »Ja?« Ich klang definitiv wie eine Maus mit gebrochenem Beinchen.

Sie blieb vor mir stehen, aber dieses Mal so nah, dass ich ihren perfekten Lidstrich bewundern konnte. »Meine Männer scheinen dich zu mögen.«

»Ich ...«

Sie schnalzte mit der Zunge, und ich schwieg. »Was willst du? Dich entschuldigen?« Sie schnaubte. »Männer sind dumm, einfältig und wankelmütig. Allen voran mein Hornochse von Ehemann.«

Ich teilte ihre abfällige Meinung über Männer nicht, traute mich aber auch nicht, ihr zu widersprechen.

»Du bist die aufregende Abwechslung.« Sie strich mit einem ihrer langen Nägel meine Wange entlang. »Das tolle, neue Spielzeug.« Sie umgriff mein Kinn und ihre Fingernägel bohrten sich in meine Haut. »Die seltene Nymphe, ein fast ausgestorbenes Wesen und dabei so«, sie kniff noch einmal zu, »jung und unschuldig.«

Sie ließ mich los, nicht ohne mir noch einen kleinen Stups vors Kinn zu geben. Obwohl sie einen Schritt nach hinten machte, wirkte sie immer noch bedrohlich. »Es ist lange her, dass wir Besuch hatten.« Das mechanische Lächeln, das sie nun aufsetzte, wirkte eher wie ein Zähneblecken. »Wo sind nur meine Manieren?« Sie klatschte grazil in die Hände. »Ich sollte dir dringend noch ein anderes Mitglied unserer kleinen glücklichen Familie vorstellen.«

Mir schwante Böses.

»Schätzelein!« Persephone klang zuckersüß. Zuckersüß und ziemlich zufrieden. »Komm zu Mami!«

Ich hoffte inständig, dass sie nicht ihren jugendlichen Liebhaber Adonis auf diese Art rief.

Das Geräusch schwerer Pfoten auf Stein erklang. Zuerst leise, dann grollend wie ein herannahendes Erdbeben. Als das Ding um die Ecke bog, bebte der Boden tatsächlich.

»Schau mal, wir haben Besuch. Sag Hallo!« Persephone konnte ein Lachen nicht unterdrücken. Ich hingegen gefror zu Stein.

Zuerst sah ich nur Fell. Schwarzes Fell und Köpfe. Zu viele Köpfe, zu viele gelbe Augen, zu viele Ohren, zu viele Zähne.

Ich hatte von Kerberos, dem Höllenhund, gelesen. Doch keine der Erzählungen wurde ihm gerecht. Er sah aus wie ein Abbild aller schlimmsten Albträume. Sein Fell war pechschwarz und stumpf. Die Augen seiner drei Köpfe leuchteten stechend gelb. Seine spitzen Krallen klangen wie Metall auf

Stein. Schlangen wanden sich in seinem Fell und reckten neugierig die Köpfe, als das Untier auf quietschenden Pfoten zum Halt kam.

»Braves Baby.« Persephone tätschelte den mittleren seiner drei Köpfe. »Schau mal, wir haben eine Nymphe zu Besuch. Magst du sie?«

Alle drei Köpfe drehten sich im gleichen Moment zu mir. Gegen diese gelben Augen war Persephones goldenes Starren ein freundliches Blinzeln. Warum nur klang »Magst du sie?« in meinen Ohren wie »Glaubst du, sie schmeckt dir?«.

Ich konnte mich immer noch nicht rühren. Evangéline bewegte sich erschrocken unter meiner Strickjacke, und ich spürte ihre Angst. Hätte ich sie doch bloß zu Hause gelassen!

Kerberos setzte zu einem Sprung an, der mich vermutlich umgeworfen hätte. Sein Knurren ließ die Gläser in der Hausbar leise klirren. Alle drei spitzen Ohrenpaare hatte er lauernd angelegt.

Ich hob beschwichtigend die Hände. »Braves Hündchen.«

Persephone kicherte.

Durch Kerberos' Rückenfell lief ein Zucken, dann zischten alle Schlangen und bleckten ihre langen Fangzähne.

Jetzt wird er mich anspringen und auffressen, und Persephone wird Maél später erzählen, ich hätte früher losgemusst und mich verabschiedet.

Schützend legte ich meine Hand kurz über die linke Kuhle meines Schlüsselbeins, wo Evangéline sich unruhig bewegte. *Alles wird gut. Ich finde einen Ausweg.* In meinem Kopf ratterten alle Zahnräder. Körperlich konnte ich es nicht mit ihm aufnehmen. Nach Maél zu schreien war in diesem riesigen Anwesen vermutlich auch sinnfrei. Ich hatte mal irgendwo gelesen, dass Ablenkung eine Möglichkeit sein konnte. Mir fielen die Blumensamen ein. Ich griff in meine Tasche und zog eine ganze Handvoll heraus.

Kerberos knurrte erneut.

Ich öffnete die Handfläche, und die Samen purzelten wild durcheinander. *Wachsen!*, befahl ich und steckte meine ganze Kraft hinein. Ein Blumenreigen schoss in die Höhe, und kaum dass sie groß genug waren und die Blütenblätter sich öffneten, warf ich sie mit aller Kraft nach oben.

Es regnete bunte Wiesenblumen.

Kerberos fiepte, stellte die Ohren auf und sprang dann begeistert hinterher. Er schnappte nach den Blumen, schüttelte sie in seinen Schnauzen und nießte herzhaft, wenn Pollen sich in eine seiner drei Nasen verirrten. Als er alle Blumen erwischt hatte, schoss er zurück zu mir, machte brav Sitz und wedelte erwartungsvoll mit dem Schwanz.

Persephone neben mir sah aus, als habe sie gerade auf etwas sehr Spitzes gebissen.

»Nettes Hündchen«, sagte ich und versuchte so lässig wie möglich zu klingen. »So verspielt.« Ich fischte die letzten Samen hervor, wiederholte die Prozedur, und Kerberos sprang wieder herum wie ein Welpe.

Sie spitzte säuerlich die Lippen. »Ein nettes Kunststück. Aber was kann man von einer Nymphe schon anderes erwarten.«

Ich ergriff die Gelegenheit beim Schopf. »Was wissen Sie über Nymphen, Persephone?«

Sie sah mich argwöhnisch an. »Was soll die Frage?«

Nun musste ich die Karten auf den Tisch legen. Doch es war mir egal, dass sie mich bemitleiden oder verspotten würden. Vermutlich sogar beides. Ich brauchte mehr Informationen, und ich nahm sie, von wem auch immer ich sie kriegen konnte. Und sei es von einer Göttin, die mich gerne als Nachmittagssnack an ihren dreiköpfigen Hund verfüttert hätte.

»Was wissen Sie über Nymphen? In meiner Familie scheine ich die Einzige zu sein, obwohl die Fähigkeiten nur vererbt werden können. Ich habe niemanden, den ich fragen kann.«

Persephone sah nicht mich an, sie betrachtete Kerberos, der sich mittlerweile auf den verstreut liegenden Blumen wälzte und dabei wohlige Grunzgeräusche von sich gab.

»Im alten Rom war es mal Mode, sich kleine Äffchen abzurichten. Die Damen schmückten die kleinen Tierchen mit Juwelen, zogen sie hübsch an und verhätschelten sie, wenn ihnen danach war. Den Affen wurde beigebracht, kleinere Dienstleistungen zu erbringen. Sie konnten der feinen Gesellschaft während eines Gelages einen Becher mit Wein vom Tisch anreichen. Oder den Damen beim Schminken die Tiegel bringen. Manchmal führten sie auch Kunststücke auf, um die Edelleute zu unterhalten.« Sie drehte sich zu mir, und ihre vollen Lippen verzogen sich zu einem zuckersüßen Lächeln. »Ungefähr so kannst du dir die Rolle der Nymphen in unserer Gesellschaft vorstellen. Ihr seid hübsch anzusehen, ihr bedient uns, arbeitet uns zu, und manchmal dürft ihr uns sogar unterhalten.«

Ihre Worte trafen mich wie ein Faustschlag in die Magengrube. Sie hatte jedes einzelne Wort darauf ausgelegt, mich zu verletzen. Mich zu demütigen. Mich vorzuführen.

Persephone las wohl den Schmerz auf meinem Gesicht und beschloss, die Situation noch mehr auszukosten.

»Und welche *Dienstleistungen* darfst du für Maél erbringen?«, fragte sie, und aus ihrem Mund klang es anzüglich und vulgär. »Nein, sag es nicht.« Sie winkte scheinbar desinteressiert ab. »Ich kann es mir denken, so wie du ihn ansiehst. Schenkt er dir wenigstens ab und zu eine hübsche Kleinigkeit dafür?«

Hatte sie mich gerade als Prostituierte bezeichnet? Ich zwang mich, meine lodernde Wut nicht nach oben steigen zu lassen. Das war also die Rolle der Nymphen? Dafür konnte ich Blumen wachsen lassen? Um gelangweilte Götter zu unterhalten? Ich wollte und konnte das nicht glauben, und ich würde es auch nicht glauben.

Persephone genoss die Wirkung, die ihre Worte auf mich hatten. »Wer fragt, bekommt Antworten«, zwitscherte sie.

Und jeder bekommt, was er verdient, liebe Göttin, dachte ich und beschloss in dieser Sekunde, dafür zu sorgen, dass Adonis sich an Aphrodite erinnerte. Dass er dieser eiskalten Person entkam und mit seiner großen Liebe wieder vereint wurde. Sollte Persephone doch toben. Rache war süß, und sie hatte es sowas von verdient. Ich schluckte meine Wut und die Schmach herunter. »Dürfte ich bitte mal Ihre Toilette benutzen?«

Persephone gefiel wohl mein gebrochener Blick, denn sie erklärte mir den komplizierten Weg quer durch das Haus gleich zweimal.

Ich bedankte mich artig und wanderte los. Kerberos drückte sich an mein Bein und wollte mitkommen, doch Persephone pfiff ihn scharf zurück.

Zum Glück hatte ich mir den Weg beim zweiten Mal gut merken können. Als ich weit genug entfernt war, zog ich kurz Strickjacke und Shirt ein Stückchen zur Seite, um nach Evangéline zu tasten. *Alles gut, meine Kleine. Ich passe auf dich auf*. Sie berührte mich mit ihren Fühlern, als wollte sie sagen: »Alles in Ordnung hier unten.« Ich war erleichtert. Nun, da

Maél auch heute wieder keine Spur von dem Händler entdeckt hatte, hatten wir beschlossen, dass ich Evangéline vorerst behielt, bis Hermes vielleicht mehr wusste.

Fast wäre ich an der Person in dem kleinen Wintergarten vorbeigelaufen. Warme Luft wallte mir daraus entgegen. Kleine Orangenbäume wuchsen in blauen Töpfen, und irgendwo sang tatsächlich ein Vogel.

Der Mann, der sich quer in den Korbstuhl gesetzt hatte, war jung und gekleidet, als wollte er gleich noch zum Strand: Bermudashorts in grellblau, darüber ein weißes Muskelshirt, Flipflops an den Füßen, eine weiß gerahmte Sonnenbrille auf dem Schoß. Er war so sehr in ein Magazin vertieft, dass er mich zunächst gar nicht bemerkte. Ich betrat den Wintergarten, und eine Wolke aus Orangenduft und Jasmin hüllte mich ein. Hier fühlte ich mich sofort wohl.

Der Typ in dem Sessel musste Adonis sein. Ich versuchte, seine wahre Gestalt zu erkennen, doch da war nichts. Beziehungsweise, das war seine wahre Gestalt und somit war er weder Gott noch Halbgott, sondern ein Sterblicher, der eben nie so ganz gestorben war. Ich hatte also sehr wahrscheinlich keinen weiteren Hadessohn vor mir, der petzen würde, dass ich im Palast herumschlich.

Ich betrachtete ihn eingehender, als ich auf ihn zuging. Er sah aus wie ein Calvin-Klein-Model mit dem kahl rasierten Schädel und der scharf geschnittenen Kinnlinie. Sein Mund war sinnlich und sanft geschwungen, was einen reizvollen Kontrast zu den harten Kanten seines Gesichts bot. Er war überhaupt nicht mein Typ. Aber in seine muskelbepackten Arme hätte sich so manche Frau gewiss gerne geworfen.

»Hi.« Als er mich entdeckte, schwang er die Beine von der Sessellehne. »Wer bist du denn?« Er legte Zeitschrift und

Brille zur Seite und stand auf. Um den Hals trug er ein Lederband mit einem Anhänger. Er schien aus weißem Stein zu bestehen und war wie ein unendlicher Knoten geschliffen.

Ich streckte ihm die Hand hin. »Hallo, ich bin Livia. Eine Freundin von Maél. Du bist Adonis?«

Er nickte und wirkte überrascht. »Freut mich, Livia.« Er sah mich an, als überlegte er immer noch, ob ich wirklich in Fleisch und Blut vor ihm stand. »Wir haben nie Besuch.«

»Das habe ich mir schon gedacht.« Bei so einer reizenden Gastgeberin kein Wunder.

Adonis lächelte, was ihn nur noch umwerfender machte. Doch es war kein Flirtblick, mit dem Enko so gerne um sich warf. Es war auch nicht ansatzweise Maéls Schlafzimmerblick, mit dem er mich so mühelos in die Knie zwang. Adonis' Lächeln war freundlich, offen und einfach nur neugierig.

»Hast du dich verlaufen? Das passiert hier schnell. Wo willst du hin? Ich bringe dich gern.«

Ich schüttelte den Kopf. Jetzt oder nie. Ich dachte an Persephones verletzende Worte. »Eigentlich wollte ich zu dir.«

Adonis' tiefblaue Augen weiteten sich überrascht. »Zu mir?«

»Ich soll dich von jemandem grüßen. Jemand, der sich in der Welt der Menschen aufhält und dich sehr vermisst.«

Ratlosigkeit machte sich auf seinen Zügen breit. »Aber ich kenne dort niemanden.«

Seine Worte versetzten meinem Herzen einen Stich. Sie hatten sich so sehr geliebt, ich hatte mittlerweile alles darüber gelesen, und nun war da nichts mehr in seinem Kopf, was ihn an sie erinnerte.

»Doch. Du kennst jemanden dort«, erwiderte ich sanft. »Sie liebt dich sehr und wünscht sich, dass du zu ihr zurückkehrst. Ihr Name ist«, ich holte tief Luft, um meine Angst vor Konsequenzen zum Schweigen zu bringen, »Aphrodite.«

Adonis berührte den Anhänger an seinem Hals, dann umschloss er ihn mit der ganzen Hand. Ein Zittern lief durch seinen Körper. Als er die Hand wieder löste, war aus dem Knoten eine Muschel geworden. Eine cremefarbene Jakobsmuschel, winzig und filigran und doch eindeutig zu erkennen. Sie schien von innen heraus zu leuchten. Es dauerte einen Moment, bis es bei mir *Klick* machte. Die Muschel war eines der Attribute und Markenzeichen der Aphrodite, der *Schaumgeborenen*, die aus Wellen, Gischt und Wind geboren dem Ozean entstiegen war.

»Meine Liebste.« Adonis klang, als kratzten seine Stimmbänder über Stein. »Meine Liebste …« Er hob den Kopf und sah mich an, überrascht, verwundert, ungläubig. »Wo?« Er brach ab, umfasste die Muschel erneut und schien sich kurz sammeln zu müssen. Dann sah er mich eindringlich an. »Wo ist sie? Geht es ihr gut? Wann kann ich sie sehen?«

»Das weiß ich nicht. Sie hat mich gebeten, dir ihren Namen zu sagen, wenn ich im Tartaros bin. Wie es weitergeht, weiß ich leider nicht.«

»Mein Geliebter.« Aphrodites Stimme schien um uns zu schweben wie der magische Windhauch, der hier überall zu wehen schien. Die kleine Jakobsmuschel leuchtete hell auf.

»Liebste!« Adonis drehte sich suchend im Kreis. »Wie komme ich zu dir? Wie kann ich dieser Hölle entfliehen? Sag es mir, und ich mache mich sofort auf den Weg.«

»Jeder Weg führt dich ab jetzt zu mir, Geliebter. Lauf einfach los, und du wirst mich finden. Der Tartaros kann dich nicht mehr binden. Lauf los, ich erwarte dich.«

»Ich komme, geliebte Göttin.« Adonis stürzte davon und

war schon fast aus dem Wintergarten, als er überraschend kehrtmachte. Er zog mich in eine stürmische Umarmung. »Ich danke dir, Livia. Wir sehen uns alle gewiss bald wieder.« Er löste sich von mir und war im nächsten Moment durch die geöffnete Tür verschwunden.

Mission erfüllt. Ich lächelte. Doch das Hochgefühl wich einer Angst, die sich mit spitzen Krallen in meine Eingeweide bohrte. Aphrodite war besänftigt, Persephone jedoch würde toben. Vermutlich wäre es klug, den Tartaros zu verlassen, bevor sie herausfand, dass ich, das nutzlose Äffchen, dafür verantwortlich war. Gut war nur, dass Persephone den Tartaros nicht verlassen konnte. Wenn sie es nicht schaffte, ihren Ehemann auf mich zu hetzen, war ich vor ihrer Rache relativ sicher.

Ich fand den Weg zurück, wo Persephone an einem frischen Martini nippte und Kerberos zu ihren Füßen döste. Sein Schwanz schlug peitschend auf den Steinboden, als er mich entdeckte. Er sah erwartungsvoll zu mir hoch.

»Leider habe ich keine Blumen mehr«, sagte ich zu ihm und kraulte ihn hinter einem seiner spitzen Ohren.

»Was für ein Glück«, murmelte Persephone gerade, als Vater und Sohn zurückkehrten. Mir fiel ein Stein vom Herzen.

Auch in Maéls Blick las ich Erleichterung.

Alles gut?, fragte seine Stimme in meinem Kopf.

Ich nickte unauffällig.

Dann lass uns verschwinden. Ich habe die Kappe.

Ich nickte noch mal knapp.

Maél stellte sich neben mich und legte einen Arm um meine Schultern. »Sollen wir los, Süße? Deine Eltern sind ja immer so nervig, wenn du zu spät zum Abendessen heimkommst.«

Das alles klang so überhaupt nicht nach Maél, dass ich einen Moment brauchte. »Ja klar … ähm … gerne. Ja, die sind echt ätzend.«

Persephone wirkte genervt. Sie exte ihr Glas, warf es in den Kamin und spazierte grußlos davon. Kerberos folgte ihr mit hängenden Köpfen.

Hades sah ihr stirnrunzelnd nach, und Traurigkeit huschte kurz über seine Züge. Als er sich zu uns drehte, setzte er das Grinsen auf, das er wohl für besonders väterlich hielt. »Dann machts mal gut, ihr beiden.« Er sah zu mir. »Komm bald wieder, Livia. Vielleicht schaut Maél dann öfter mal vorbei.«

»Sehr gerne.« Ich zwang mich zu einem Lächeln. »Der Besuch hier war wirklich schön.«

Hades klopfte Maél noch mal auf die Schulter, dann waren wir entlassen.

»Und nun?«, wisperte ich, als wir wieder den langen Flur entlanggingen. »Müssen wir diese Rutsche etwa hochklettern?«

»Klettern nicht. Sie öffnet sich und nimmt uns mit nach oben.«

»Verstehe ich nicht.«

»Wie ein Luftzug.«

»Sie saugt uns ein?« Ich sah ihn entsetzt von der Seite an. »Wie ein Staubsauger?«

»Eine sehr schöne Umschreibung, meine kleine Nymphe.«

»WO IST SIE?!« Persephones Stimme hallte durchs ganze Haus. »Nymphe! Du Miststück! Wenn ich dich kriege!«

Oha. Das ging schneller als erwartet. Ich schluckte deutlich hörbar, während Maél abrupt stehen blieb. Wie in Zeitlupe drehte er sich zu mir. Er war ganz blass um die Nase. »Was hast du getan?«

In mir begann alles zu flattern. »Sie hat mich mit einem Äffchen verglichen, und sie wollte mich an Kerberos verfüttern.«

Maél kniff die Augen kurz zu, als betete er um Geduld. »Was hast du getan, Livia?«

»Ich habe Adonis Aphrodites Namen gesagt.«

Maéls Augen weiteten sich. Er packte meine Hand und riss mich hinter sich her. Im Laufschritt erreichten wir eine Tür, die aus Stein zu bestehen schien.

»Das ist nicht das Hasenzimmer«, protestierte ich.

»Verdammt noch mal!« Maél trat die Tür auf. Ich schrie, als ich die Wellen sah, die am Rahmen hochschwappten. Ein Fluss, der graues Wasser führte, trennte das Haus von einer Wüste aus brennendem Gestein. Ich schrie noch mal.

Maél packte mich um die Taille, stieß sich ab und wir fielen dem Fluss entgegen.

»Nein!« Meine Stimme brach, als ich aufs Wasser traf. Es war nicht nass, es war nicht kalt, es fühlte sich an wie Zement, der mich sanft umhüllte. Ich wollte den Namen rufen, von dem Jungen, der mich immer noch fest umklammert hielt, doch ich wusste ihn nicht mehr. Etwas Dickflüssiges drang in meine Nase und den Mund. Es presste sich vor meine geschlossenen Augen und schnürte mir den Brustkorb zu. Ich wollte atmen, doch ich wusste nicht mehr, wie.

*

Meine Landung war hart und wurde gekrönt dadurch, dass ein Kerl, der ungefähr das Doppelte von mir wog, mitten auf mir landete. Auch wenn er echt gut aussah, schien mir Atmen in diesem Moment wichtiger. Ich stieß ihn von mir herunter, hustete und entdeckte erst dann, dass ich offenbar aus einer Rutsche gefallen war. Der Typ musste unmittelbar hinter mir gerutscht sein. Was für eine lahme Anmache.

»Alles okay?« Er hatte sich neben mir aufgerichtet und sah mich besorgt an. Er besaß die erstaunlichsten grauen Augen, die ich je gesehen hatte.

Ich lächelte zurück. »Wie heißt du?«

Er ließ die Schultern hängen und fluchte in einer Sprache, die ich nicht verstand. Dann krabbelte er zu mir, richtete mich etwas gerader auf und sah mich ernst an. »Husten.«

»Bist du Arzt oder was?«

»Du sollst husten, Livia. Du musst den Lethe aus der Lunge bekommen.«

Ich verstand kein Wort.

»Husten. Na los.«

Er konnte ziemlich überzeugend sein. Also tat ich ihm den Gefallen. Grauer Staub wirbelte aus meinem Mund. Tartaros. Hades. Persephone. Ich hustete weiter. Da musste noch mehr sein. Maél hatte eine Hand sanft auf meinen Rücken gelegt. Richtig. Das war Maél. Er und ich, wir … Zwischen uns war etwas. Etwas, das mich glücklich machte. Etwas, das mich traurig machte. Ich hustete weiter. Adonis. Oh nein. Ich sah zu Maél. Alles war wieder da.

»Wir mussten durch den Lethe flüchten. Auch ein Fluss der Unterwelt. Warum man ihn auch den Fluss des Vergessens nennt, konntest du nun am eigenen Leib erfahren. Zum Glück erreicht man über ihn auch die Rutsche.«

Ich dachte an unsere Flucht. Was hatte ich bloß getan? Dann fiel mir Evangéline ein. Ich sah nach ihr, doch es schien ihr gut zu gehen. Diese Motte war wirklich unverwüstlich. Kein Wunder, dass Syllekti Tausende Jahre alt wurden.

Maél half mir auf. Ich sah mich um. Es schien keine Zeit vergangen zu sein. Auf dem Parkplatz des McDonald's parkten noch die gleichen Wagen.

Nachdem sich Maél versichert hatte, dass es mir gut ging, brach die Hölle über mir los. »Bist du eigentlich von allen guten Geistern verlassen?«, brüllte er mich an.

»Sie hat mich beleidigt!«, brüllte ich zurück. »Sie hat es verdient.«

Maél schüttelte den Kopf, seine Augen loderten. »Du hast keine Ahnung, mit wem du dich angelegt hast. Bist du irre?«

»Beleidige mich nicht!«

»Was denn dann?« Maél gestikulierte wild. »Soll ich dich loben? Sie wird den Tartaros niederbrennen, um sich abzureagieren.«

»Und das ist jetzt dein Problem?«

»Natürlich ist es mein Problem!«, brüllte er. »Alles, was dich betrifft, ist auch mein Problem.«

»Ach ja?« Ich stemmte meine Arme in die Seiten und machte einen Schritt auf ihn zu.

»Ja, verdammt.« Auch er machte einen Schritt auf mich zu. Wir standen dicht voreinander und funkelten uns an.

»Das muss es nicht.«

»Doch, muss es.«

»Und warum, Hadessohn?«

»Weil ...« Er gestikulierte schon wieder wild. »Weil ...«

»Soll ich noch warten oder kann ich morgen wiederkommen?«

»Du ...« Seine Stimme wurde zu einem Grollen. »Du bist so ...«

Ich sah in seinen Augen, was er gleich tun würde. Ich wich

nicht zurück. Er umfasste meine Wangen mit beiden Händen und küsste mich hart auf den Mund.

Als er sich wieder von mir löste, lehnte er seine Stirn an meine und seufzte.

Ich schlang meine Hände um seine Hüften. Ich war froh, dass wir nicht mehr stritten. »Hast du wirklich die Kappe?«

Er nickte.

»Gut.«

Er strich mit dem Mund meine Schläfe und meine Wange entlang bis hinab zu meinen Lippen. »Ja, so bin ich.« Er hauchte einen Kuss auf meinen Mund. »Danke für deine Hilfe, kleine Nymphe. Erzählst du mir gleich in Ruhe, wie die Schreckschraube dich so aus der Reserve locken konnte? Vielleicht kann ich bei Vater die Wogen glätten, wenn ich deine Seite der Geschichte darlege.« Er zog mich fest an sich.

»Es war eine Zwickmühle. Entweder Aphrodite oder Persephone verärgern.«

»Das habe ich mir schon gedacht.« Maél strich über meine Haare. »Aber für heute haben wir eindeutig genug erlebt. Ich rufe uns jetzt ein Taxi.«

Kapitel 13

Agada

Maél traf die letzten Vorbereitungen. Er raschelte mit dem Papier, das die labyrinthartigen Gänge der Katakomben zeigte. Ich saß im Schneidersitz auf einem Felsvorsprung und zupfte nervös an den Bündchen meiner Jeans. Evangéline schlief wie immer in meiner Halsbeuge. Doch dieses Mal beruhigte mich das Gefühl ihres warmen kleinen Körpers nicht. Ich dachte an Gigi und Jemma, die natürlich eingeweiht waren und in Sichtweite unseres Zugangs in einem Café Position bezogen hatten. So würden sie uns sofort entdecken, sollten wir den Garten, in dem der Zugang verborgen lag, verlassen. Ich war froh, sie in meiner Nähe zu wissen.

»Kannst du eigentlich auch Feuerbälle werfen?« Enkos kleine Showeinlage gestern hatte mich ungewollt beeindruckt.

»Hm?« Maél sah nicht mal auf. Stattdessen studierte er weiter seine selbst gemalten Karten.

»Enko kann Feuer kontrollieren. Kannst du das auch?«

»Nein.« Er faltete einen Bogen sorgsam zusammen. »Wir haben alle unterschiedliche Kräfte.« Als sich Schritte näherten, horchten Maél und ich gleichzeitig auf. Eigentlich hatte ich ihn fragen wollen, ob er von Persephone und weiteren Todesdrohungen gegen mich gehört hatte. Doch nun ließ ich mich von dem Vorsprung gleiten, und Maél steckte die Lagepläne eilig weg. Obwohl er batteriebetriebene Strahler aufgestellt hatte, war der etwa sechzehn Quadratmeter große Raum nicht komplett erleuchtet. Die Lichter von Stirnlampen tanzten durch den Gang. Wir hörten Stimmen. Maél, der sich mittlerweile halb vor mir positioniert hatte, atmete sichtbar auf. Dann waren sie auch schon da.

»Maél?«

Den großen blondgelockten Typen erkannte ich sofort wieder. Es war Clément. Maéls bester Freund und ebenfalls ein Cataphile.

»Hey«, sagte Maél. »Alles klar?«

Nun betraten auch die anderen den Raum. Wenn ich mich richtig erinnerte, gehörten sie ebenfalls zu Maéls Cataphile-Gang. Und Maddy alias Madeleine hätte ich sowieso überall wiedererkannt. Sie sah sogar in unförmiger Cargohose und Turnschuhen umwerfend aus.

»Clément, Raphael, Maxime, Arthur, ihr erinnert euch an Livia?« Maél lehnte den Kopf zur Seite. »Ach, hallo Maddy. Du gehst jetzt auch mit uns runter?«

Die Jungs brummten zustimmend, und wir begrüßten uns kurz. Maddy zog einen Schmollmund. Mich ignorierte sie mal wieder. »Ja, sieht so aus. Wann gehen wir zwei eigentlich mal wieder einen Kaffee trinken? Das war doch das letzte Mal so nett.«

Ich zuckte zusammen, als Maéls Hand sich in meine schob. »Sorry, Maddy, aber ich bin mit Livia zusammen.«

Ich war über dieses Statement, an dem so gar nichts vage oder undurchsichtig war, genauso überrascht wie sie. Sie warf mir einen Blick zu. Mir war klar, dass man aus einem meiner kurvigen Oberschenkel problemlos zwei von ihren hätte schnitzen können. Und dass eine enge Hose nicht gerade das vorteilhafteste Kleidungsstück für mich war. Doch ich schmiegte mich näher an Maél. Er ließ meine Hand los, legte sie erst um meine Taille und ließ sie dann über die Rundung meiner Hüfte gleiten. Ich wusste, dass ihm gefiel, was er da berührte. Und ich war meinen Kurven auch nicht mehr böse. Das war nun mal einfach ich. Mehr Bestätigung brauchte ich nicht. Weder bewundernde Blicke anderer Jungs noch die Anerkennung irgendeiner Madeleine.

Maddys Blick löste sich von Maéls Hand. »Süß, ihr beiden.« Ihre Stimme klang, als wünschte sie uns alles Elend dieser Erde.

Clément verschränkte die drahtigen Arme vor der Brust. »Ich wusste gar nicht, dass du heute runtergehst.« Sein Blick glitt zu mir. »Kennst du das Gelände, Livia?«

Ich schüttelte den Kopf. Clément und die anderen bedachten Maél mit vorwurfsvollen Blicken.

»Du gehst mit Livia hier runter? Sie hat keine Erfahrung, sie kennt das Gelände nicht. Soll heißen, du bist praktisch allein unterwegs. Unsere erste Regel lautet: Niemals allein nach unten. Ich habe langsam echt das Gefühl, du hast in letzter Zeit alles aus den vier Jahren mit uns vergessen. Wie soll Livia den Weg an die Oberfläche finden, wenn du ohnmächtig wirst? Oder dir etwas brichst? Es ist nicht nur leichtsinnig, sondern auch fahrlässig, was die Sicherheit deiner Freundin betrifft.«

Maél neben mir wand sich unbehaglich. »Es ist eine Ausnahme, Clément. Okay?«

»Bullshit«, sagte Arthur. »Einer von Johnnys Gang hat euch letztens gesehen.«

Maél stieß hörbar die Luft aus. »Und was nun? Werft ihr mich raus? Habe ich Stollenverbot?«

Ich war überrascht zu hören, dass die Macht der Cataphile so groß war, dass sie so etwas aussprechen konnten.

Clément hob das Kinn. »Du bist mein bester Freund, aber in den letzten Wochen habe ich dich nur ein Mal gesehen. Du gehst nicht ans Handy, würgst mich per WhatsApp ab oder antwortest gar nicht. Wir werfen dich nicht raus, denn wir sind Brüder. Eine Aufnahme in die Familie der Cataphile ist nicht wie eine Freundschaftsanfrage bei Facebook. Es ist ein bindender Eid. Wir machen etwas ganz anderes, Maél«. Cléments Blick wurde ernst. »Wir machen uns Sorgen. Sorgen um dich und seit Kurzem auch Sorgen um Livia. Sie ist nur Gast hier unten, kein Cataphile. Warum textest du nicht, wenn ihr runtergeht? Warum gehen wir nicht alle zusammen? In der Gruppe sind wir sicher. Die Katakomben sind kein Ort für ein Date. Es sind ungesicherte Steinbrüche, die über dreihundert Jahre alt sind und so unberechenbar wie eine schlecht gelaunte Katze.«

Er sah wohl Maéls gehetzten Gesichtsausdruck, denn sein Blick wurde weicher. Er ließ seine Augen über die ausgebreitete Decke gleiten, auf der ich gesessen hatte, und dann zu Maéls prall gefülltem Rucksack. Vermutlich nahm er an, wir wollten ein Picknick veranstalten und ungestört ein bisschen knutschen. »Das ist das letzte Date hier unten, verstanden? Keine Trips mehr zu zweit.«

Ich nickte schnell und stieß dann Maél auffordernd in die Seite. Wenn wir das hier zu Ende bringen wollten, wenn Agada heute und hier auferstehen sollte, dann konnten wir nicht riskieren, dass ein paar verantwortungsvolle Cataphile uns rauswarfen und postwendend an die Oberfläche eskortierten.

»Verstanden«, sagte Maél. »Ich rufe dich nachher an, Clément.«

Clément nickte gutmütig, Maddy grinste.

»Gut, dann werden wir mal wieder los.« Clément drehte sich zu den anderen um. »An der nächsten Abzweigung links, aber vorsichtig, da steht in 30 Metern Grundwasser auf dem Boden. Maxime, du gehst vor.« Er drehte sich zu uns um. »Seid vorsichtig. Der Raum hat nur diesen einen Ausgang.«

Wir nickten wieder brav.

Die anderen verabschiedeten sich von uns, Clemént schien noch zu warten. »Versprich es mir, Maél«, sagte er eindringlich. »Leichtsinn kann hier unten den Tod bedeuten.«

»Ich verspreche es.«

Clément nickte und hob zum Abschied kurz die Hand. »Auf bald, Livia, Maél.« Dann verschwand er in dem dunklen Gang.

Erst als ihre Schritte verhallt waren, entspannte sich Maél. Er ließ mich los und strich sich nervös durch die Haare. »Clément wird mal ein super Vater.« Er unterdrückte ein Stöhnen.

»Aber er hat recht.«

»Natürlich hat er recht. Wir reden hier schließlich von Clément. Prinzipiell stimme ich ihm auch zu. Aber unser spezieller Fall erfordert eben spezielle Vorgehensweisen.«

»Damit meinst du deine Schwester?«

Er nickte düster und hatte die Arme so verknotet, dass er beide Armspangen an seinen Handgelenken hin und her schieben konnte.

»Dein Vater und Enko tragen nur eine Armspange. Eure Armspangen haben sogar das gleiche Muster. Warum trägst du zwei?«

Maél berührte sacht das silberne Schmuckstück, das sich um sein linkes Handgelenk schmiegte. Es war nicht nahtlos geschlossen, und sein Muster wirkte weicher und feiner.

»Das ist von meiner Mutter. Es war ihr einziges Schmuckstück. Ich habe es später einem Pfandleiher abgekauft.« Er schluckte. »Ihr Zuhälter hatte es versetzt, um damit die Kosten für das Begräbnis zu decken.« Seine Finger verkrampften sich um die Armspange. Es berührte mich, dass er dieses Schmuckstück zu seinem gemacht hatte und ihm ihr Schicksal nach so vielen hundert Jahren immer noch so nahe ging.

Ich stellte mich vor ihn und löste seine verkrampften Finger. »Ich bin mir sicher, sie hat dich sehr geliebt. Und sie wäre stolz, wenn sie miterlebt hätte, zu was für einem Mann du geworden bist.« Ich nahm seine Hände in meine. Maél nickte, sah aber auf den Boden zwischen uns.

Ich wollte ihn fragen, ob das mit uns, dass er mich als seine Freundin bezeichnet hatte, nur geblufft war, um Maddy auszubremsen, doch ich fand nicht die richtigen Worte. Und dass ich eine Antwort auf meine Frage bekam, machte mir auch Angst. Ich wollte es wissen und andererseits lieber nicht. Ich überlegte noch, als Maél meine Hände losließ und nach seinem Rucksack griff.

»Ich hatte dir noch etwas versprochen. Das würde ich dir nun gerne erzählen.«

Ich sah ihn fragend an. Er zog einen Notizblock hervor und schlug ihn auf. »Meine Recherchen zum Thema Nymphen.«

Ich musste lächeln. Maél deutete auf den Felsvorsprung mit meiner Decke darauf. »Setzen Sie sich bitte, werte Nymphe.«

Ich nahm Platz. Er baute sich vor mir auf, leckte sich den Zeigefinger und blätterte dann gespielt hektisch durch die Seiten. »Wo sind wir denn? Ach, da. Genau.«

Ich zog ihn näher zwischen meine gespreizten Beine. Er konnte so niedlich sein, wenn er wollte!

Maél deutete auf meinen Finger, den ich in seinen Hosenbund gehakt hatte, um ihn näher zu ziehen. Ich berührte damit ein Stück nackte Haut zwischen Shirt und Unterhose.

»So kann ich mich nicht konzentrieren.«

»Du musst doch nur ablesen.«

Er lächelte verschmitzt. »Du hast immer noch keine Ahnung, was du mit mir anstellst, oder?«

Ich bewegte den Finger. »Ich habe keine Ahnung.«

Maél zuckte unter meiner Berührung zusammen, und seine Pupillen weiteten sich, als habe man ihm Adrenalin gespritzt. »Livia.«

Ich zog den Finger weg. »Okay. Leg los.«

Er sah mich unter tiefliegenden Augenbrauen an. »Ein Teil von mir will es nicht glauben, weil du immer so süß und harmlos tust. Aber der andere Teil ist überzeugt, dass dir so was hier einen Höllenspaß macht.«

»Du kannst ja weiter spekulieren, während du mir deine Notizen vorliest.«

Er seufzte gequält, blätterte aber weiter. »Gut. Das ist alles unsortiert, aber vermutlich kommt es aufs Gleiche heraus. Viel mehr, als dass ich per Traumwandlerei Macht über Nymphen habe, wusste ich auch nicht, bis ich dich traf. Ich habe mich ein wenig umgehört und das, was Persephone dir erzählt hat, stimmt irgendwie, aber auch nur bedingt. Zuallererst.« Er sah mich ernst an. »Ihr seid weder Prostituierte noch Freiwild für die Gelüste der Götter. Meistens habt ihr sterbliche Geliebte und Ehemänner, bekommt Kinder und lebt ein Leben ohne großen Einfluss der Götter. Früher bezeichnete man euch als Naturgeister, heute geltet ihr als Personifikation von Naturkräften. Je nach Art könnt ihr die Natur beeinflussen, sie heilen oder für eure Zwecke nutzen.« Er blätterte geräuschvoll um. »Man spricht von euch als Begleiterinnen oder Beraterinnen der Götter und Halbgötter. Außerdem haben Vorfahren von dir Götterkindern als Ammen gedient, sie aufgezogen oder unterrichtet in eurem Wissen. Eure Positionen wurden geachtet und geehrt.« Er blätterte weiter. »Eure Kräfte erwachen in der Pubertät. Es kann zu Beschwerden kommen, die unterschiedlich ausfallen: Kopfschmerzen sind typisch, aber auch Zahnweh, Muskelschmerzen und Ähnliches. Abgesehen von den Plejaden, den Himmelsnymphen, seid ihr sterblich, und eure Kräfte werden euch durch eure Familien vererbt. Nur die Himmelsnymphen, die die Sternbilder darstellen, sind von Zeus unsterblich gemacht worden, um für immer auf Uranos, dem Himmel, zu leben. Sie bekommen keine Nachkommen, und deshalb ist ihre Anzahl immer die gleiche. Die Anzahl der anderen vier Nymphenarten schrumpft kontinuierlich, was sich aber bei den Göttern niemand erklären kann. Lösungsvorschläge gibt es natürlich auch keine. Das ist leider typisch.« Er berichtete außerdem von den fünf Quellen, zu denen wir im Tod zurückkehren würden, aber das wusste ich bereits. »Legenden sprechen außerdem von einem mysteriösen Schmuckstück, dass unter den Nymphen die Macht besitzt, alle fünf Nymphenvölker zu einen und in einen möglichen Krieg zu führen. Seinem Träger wird große Macht prophezeit. Es gilt allerdings als verschollen.« Er blätterte eine weitere Seite um. »Vererbt wird das Nymphengen auch durch den Vater. Es schläft in allen Generationen, in denen es nur männliche Nachkommen gibt. Erst bei dem nächsten weiblichen Nachkommen bilden sich die Nymphenkräfte dann wieder aus.« Er sah mich an. »Wie sieht es da bei dir aus? Dein Vater muss der Träger sein, weil deine Mutter ganz offensichtlich keine Nymphe ist. Oder ihre Kräfte sind verkümmert und nicht ausgebildet. Aber ich denke mal, das ist nicht der Fall.«

Ich überlegte kurz. »Mein Vater ist ein Einzelkind. Mein Großvater ebenfalls. Bleiben wir bei der Theorie, dass keiner meiner lebenden weiblichen Verwandten väterlicherseits eine Nymphe ist, ist also auch mein Urgroßvater der Träger des Gens. Was meine Urgroßeltern angeht, bin ich ein wenig überfragt. Es gibt einen Nachlass, den mein Vater aufbewahrt.« Ich zeigte ihm meine Armbanduhr. »Die gehörte zum Beispiel meiner Urgroßmutter.«

Maél betrachtete sie kurz. »Versuch doch mal, ob du in diesem Nachlass Hinweise findest. Vielleicht gibt es Tagebücher, Briefe, Notizen … irgendwas, das einen Hinweis liefern könnte. So wie es aussieht, bist du tatsächlich auf dich allein gestellt. Deine Erbfolge hat zu viele männliche Nachkommen hintereinander. Das ist vermutlich auch einer der Gründe, warum ihr Nymphen aussterbt – beziehungsweise, eure Kräfte sich nicht mehr richtig ausbilden. Weil ihr niemanden in der Familie habt, der euch anleitet und ausbildet, wenn eure Kräfte erwachen.« Er klappte den Block zu. »Ich werde versuchen, weitere Nymphen zu finden. Vielleicht können sie dich unterstützen. Ich höre mich weiter um, versprochen.«

Ich seufzte. »Aber die Göttin der Unterwelt hatte doch recht. Wir helfen und assistieren den Göttern und pflegen die Natur, wenn wir dazu kommen.«

»Ihr seid die guten Geister unserer Gesellschaft. Persephone ist die Einzige, die ich jemals so abfällig über Nymphen habe sprechen hören.« Maél strich tröstend über mein Haar. »Denk nicht mehr an ihre Worte. Sie wollte dich verletzen. Ich habe Vater heute Morgen eine Mail geschrieben und ihm alles geschildert.«

Ich seufzte. Daran wollte ich jetzt lieber nicht denken. Zwar hatte Aphrodite sich per WhatsApp bei mir bedankt, aber ich war mir sicher, diese Geschichte war noch nicht zu Ende.

»Seit wann weißt du das alles? Ich meine, wann hast du das herausgefunden?«

»Das meiste gestern Nacht«, gab er zu. »Mittlerweile kam es mir auch mehr als seltsam vor, dass du so ganz allein dastehst. Außerdem hatte ich meinen Teil des Deals zu erfüllen und wollte dich nicht enttäuschen.«

»Danke.« Ich strich seinen Arm hinab. »Das war richtig viel. Ich hoffe, ich behalte das alles.«

Er legte den Block zur Seite und nahm mich in den Arm. »Zur Not bin ich ja da und kann dein Gedächtnis auffrischen.«

»Stimmt …« Ich barg mein Gesicht an seinem Shirt. Ich wollte nicht an das denken, was nun folgen würde. Natürlich würde ich ihm helfen. Er konnte das Gold nicht berühren. Sein Plan stand und fiel mit mir. Aber zuerst, das hatte ich mir geschworen, würde ich diese »Kappe der Unsichtbarkeit« ausgiebig testen.

*

Zugegeben, das Ding, das aussah wie eine antike ledernde Badekappe und wie ein in der Sonne verfaulender Iltis roch, war wirklich erstaunlich. Ich war unsichtbar, aber ich sah meine eigenen Umrisse wie ein durchscheinendes Aquarell meiner selbst. Doch das Beste war: Ich konnte durch Wände gehen. Einfach so! Ich spürte die Kälte des Gesteins, aber keinen Widerstand. Ich legte eine Hand auf die Decke, und auch sie wurde unsichtbar. Ich berührte Evangéline, die ich darauf gesetzt hatte, und auch sie verschwand, solange meine Finger ihren behaarten Bauch kitzelten. Auch der Goldbarren, gegen den ich den Barren mit Agadas Gold austauschen würde, wurde sofort unsichtbar. Natürlich musste ich es auch an Maél testen. Unsere Finger verknoteten sich, und dann war er nicht mehr zu sehen.

»Bist du noch da?«

»Ja«, erklang es unmittelbar vor mir. »Genug herumgetollt, Spielkind?«

Ich schnaubte, ließ ihn los, und er erschien wieder vor mir. »Spielverderber.«

»Bist du überzeugt? Dir wird nichts geschehen. Das garantiere ich dir. Der Goldbarren wird unsichtbar, sobald du ihn berührst. Niemand wird ahnen, dass wir den Barren gegen einen anderen ausgetauscht haben.«

Ich machte einen letzten Test. Ich sprang herum, schüttelte den Kopf und versuchte, die Kappe ohne meine Hände loszuwerden. Keine Chance. Das Ding schien sich an meinem Kopf festgesaugt zu haben, und der Kinnriegel trug sein Übriges dazu bei.

»Will ich wissen, was du da gerade veranstaltest?«, fragte Maél.

Ich blieb stehen. »Okay. Ich gehe rein. Einfach durch diese Wand dort, und ich bin im Tresorraum, richtig?«

»Richtig. Dort muss ein Fach sein, das vorne zwei Kratzer hat. Waagerecht und parallel verlaufend. Greif durch das Metall hindurch, bis du den Barren ertastest. Nun musst du dir vorstellen, wie du ihn anhebst. Dann gleiten deine Finger nicht hindurch, sondern berühren ihn. Genau so wie du es gerade geübt hast. Tausch die Barren aus, komm zurück, und schon ist alles vorbei.«

»Alles klar.« Mit klopfendem Herzen glitt ich durch die

Wand. Der Tresorraum war hell erleuchtet. Ich fürchtete, dass doch plötzlich ein Alarm losheulen würde, doch nichts geschah. Bewegungsmelder waren in den Ecken angebracht, doch nicht mal sie schlugen an. Leider fand ich das Fach mit dem Goldbarren nicht sofort. Mein Puls stieg gefährlich. Dann hörte ich Schritte vor der massiven Stahltür. Jemand lachte und Schlüssel klimperten. Hektisch tastete ich mit den Fingern die Reihen der Schließfächer entlang. Sie alle waren durchnummeriert. Warum musste ich mein Fach anhand von Kratzern finden? Meine Nerven lagen nun blank. Dann knirschten Schlüssel und die Tresortür schwang lautlos auf. Ein Wachmann und eine Bankangestellte erschienen. Sie beide steckten gerade die Schlüssel weg und sahen nicht mal hoch. Hier gab es absolut keine Möglichkeit, sich zu verstecken. Keine Ecke, keine weitere Tür, nicht mal einen Schatten! Ich presste mich flach gegen die Schließfächer und hielt die Luft an. Maél hatte mir nicht gesagt, ob man trotz Tarnkappe Atemgeräusche oder sowas hören konnte.

Die Frau öffnete ein Schließfach zu ihrer Linken, während der Wachmann einen strengen Blick in den Raum warf. Ich betete stumm, dass die Tarnkappe hielt, was sie versprochen hatte. Als sein Blick für einen kurzen Moment auf mir verweilte, blieb mein Herz fast stehen. Ich musste Luft holen. Ganz dringend. Jetzt! Der Blick des Wachmanns glitt weiter, ohne dass er Alarm schlug. Ich holte Luft wie eine Ertrinkende. Schnell prüfte ich, ob sie mein Geräusch gehört hatten. Doch die beiden schienen keinen Verdacht zu schöpfen. Endlich schloss die Bankangestellte das Fach wieder und drehte sich zu dem Wachmann. Ich atmete erleichtert auf. Und dann entdeckte ich es. Direkt neben dem Fach, das die Frau wieder verschlossen hatte, lag mein Fach, das Fach mit den Kratzern. Ich wartete, bis der Tresorraum wieder sicher verschlossen war, dann durchquerte ich den Raum. Ich hob die Hand und konnte tatsächlich durch die geschlossene Tür fassen. Ich dachte einfach daran, wie es sich anfühlen würde, und schon klappte es. Ein kühler Hauch strich dabei über meine Finger. Der Barren mit Agadas Gold lag ganz vorn. Als ich meine Hand darumlegte und ihn durch das Metall zog, war er bereits unsichtbar. Ich tauschte die Barren aus. Es funktionierte tatsächlich. Ich war so unendlich erleichtert! Vor einem Moment war ich mir noch sicher gewesen, entdeckt zu werden. Doch nun machte sich ein Hochgefühl in mir breit. Ich hatte es geschafft. Agadas Gold würde sich schon bald zu den anderen Fragmenten gesellen. Wir würden sie retten können.

Ich verließ den Tresorraum so unbemerkt, wie ich ihn betreten hatte.

Als der Goldbarren neben Maél erschien, zuckte er kurz zusammen. »Du warst aber schnell.«

Ich löste das Kinnband und zog die Kappe vom Kopf. Sie schien sich wirklich ein wenig festgesaugt zu haben. »Ich hatte Besuch. Glaub mir, ich bin tausend Tode gestorben da drinnen. Warum hast du mir nicht einfach die Nummer des Fachs gesagt? Dann wäre ich vorher weg gewesen.«

»Vorher?« Er sah mich verdutzt an.

Ich erzählte ihm, was passiert war.

»Das tut mir leid. Du bist echt so tough, kleine Nymphe.« Maél wirkte unendlich erleichtert. »Ich danke dir.«

Ich gab ihm die Kappe zurück. »Und nun?«

»Du lässt den Barren in die Schatulle fallen und gehst mit Evangéline sofort in Deckung.« Maél versuchte, ruhig zu klingen, doch ich hörte seine Anspannung. Er bückte sich nach dem Rucksack und holte die Schatulle hervor. Behutsam hob er den Deckel.

»Wirf das Gold hinein.«

Ich hob den Barren an, ließ ihn fallen, und er verschwand in den schwarzen Untiefen.

»Versteck dich«, flüsterte er, während er den Deckel zuklappte.

Schnell verschwand ich hinter dem Felsvorsprung. Evangéline hatte ich aus der Decke ein Nest gebaut, das ich nun neben mir platzierte. Sie sollte in Sicherheit sein, sollte ich Maél zu Hilfe eilen müssen.

Maél stellte die Schatulle behutsam in der Raummitte auf. Ich sah, dass er zitterte.

Zunächst geschah gar nichts. Maél sah sich kurz zu mir um und sandte den stummen Befehl, mich ja nicht aus meinem Versteck zu bewegen.

Einen Augenblick später bildeten sich Risse auf der Schatulle. Es wurden immer mehr, bis sie irgendwann in sich zusammenbrach und nur noch ein Häufchen Staub übrig war. Maél schien fassungslos und entsetzt zugleich. Er ließ sich auf die Knie fallen und starrte in den Staub. Wieder geschah eine gefühlte Ewigkeit nichts, und ich war kurz davor, zu Maél zu stürzen und ihn in den Arm zu nehmen. All die Jahre hatte er das Gold gesammelt, und das sollte es jetzt gewesen sein?

Doch da plötzlich sickerte der Staub in den Boden, und im nächsten Moment bildete sich eine Statue aus Staub und Gestein. Sie wuchs aus dem Boden wie eine Blume. Ihre graue Silhouette bekam Risse genau wie die Schatulle zuvor. Ein Windhauch kam auf, und der Staub verflüchtigte sich. Und da war sie. Das Gold glänzte wie frisch poliert. Es strahlte im Schein der aufgestellten Leuchten.

»Wow«, entfuhr es mir. Das Mädchen war wunderschön. Ich starrte sie an. Doch nichts geschah. Agada blieb eine goldene Statue.

Maél fluchte leise. Ich verließ mein Versteck, denn vor einer Statue brauchte ich nun wirklich keine Angst zu haben.

»Irgendetwas stimmt nicht«, sagte er und vergaß über der Grübelei sogar mit mir zu schimpfen, weil ich meinen Platz verlassen hatte. »Sie sollte sich in einen Menschen zurückverwandeln, sobald ihr Gold vollständig ist.«

»Vielleicht fehlt doch noch ein Stück?«

»Dann hätte sich ihre Statue nicht wieder zusammengesetzt. Ich habe den Deckel der Schatulle schon Dutzende Male geschlossen, und nichts ist passiert.«

»Komisch.« Ich betrachtete Agada genauer. »Warum hat sie den einen Arm so ausgestreckt? Sie sieht aus, als würde sie mir die Hand geben wollen.«

Maél zuckte die Schultern, tief in Gedanken versunken.

Mir fiel ein Schmuckstück an ihrem rechten Handgelenk auf. Es war ein auffälliges breites Armband, geformt aus filigranen goldenen Efeuranken, das sich ihren halben Unterarm emporwand. Es sah ein wenig so aus, wie ich mir den Schmuck einer Nymphenprinzessin vorgestellt hätte.

»Das ist ja ein tolles Schmuckstück«, begann ich zu schwärmen. »Hast du ihr das geschenkt?«

Maél sah kurz darauf, dann stutzte er. »Das kenne ich gar nicht. Komisch. Agada mochte eigentlich gar keinen Schmuck. Erst recht nicht so etwas Auffälliges.«

Ich ging auf die Statue zu und strich mit dem Finger zart über die Ranken. Das Armband zog mich fast magisch an. Es war wirklich wunderschön. Ich musste es einfach berühren. »Mir gefällt es.«

Ich schrie auf, als der erhobene Arm der Statue nach vorne schoss und Agadas Finger sich um meinen Unterarm schlangen. Die Spitzen der Efeublätter piekten wie kleine Nadeln, sogar durch den Stoff meiner Strickjacke.

Maél stürzte zu mir, doch kaum dass er das Gold der Statue bis auf wenige Zentimeter erreicht hatte, wurde er wie durch eine mächtige Energiewelle fortgeschleudert. Er prallte irgendwo hinter mir gegen das Gestein.

Panisch drehte ich mich zu ihm um und sah ihn am Boden liegen. »Maél! Ist alles in Ordnung mit dir?«

Evangéline flatterte aufgeschreckt um mich herum. Das Armband schien zu einem Eigenleben zu erwachen. Es ringelte sich immer weiter um meinen Unterarm und fesselte mich untrennbar an die Statue. Ein scharfer Schmerz durchzog meinen Arm, als die Spitzen der Blätter sich durch meine Haut bohrten. Ich schrie erneut, und schon war Maél wieder neben mir. Blut färbte den Ärmel meiner Jacke rot.

»Bei allen Göttern!« Er umfasste meine Taille, um mich zu stützen. »Kannst du den Arm drehen? Ihn bewegen? Vielleicht kannst du dich aus dem Griff winden.«

»Die Blätter haben mich praktisch aufgespießt!«, rief ich. »Wie soll ich bitte den Arm bewegen?« Ich stöhnte auf, als die Spitzen noch etwas tiefer drangen. »Maél …«

»Ich bin da.« Er klang ziemlich aufgelöst. »Ich bin da. Ich lasse mir etwas einfallen. Ich befreie dich.«

Ein Ziehen ließ mich zusammenzucken. Es fühlte sich an, als ob … Nein, das konnte nicht sein. Das war ja wie aus einem Horrorfilm. Und doch. Genauso fühlte es sich an!

»Maél.« Meine Stimme zitterte. »Die Blätter … Ich glaube …«

»Was? Was glaubst du? Sag schon!«

»Ich glaube, Agada braucht Blut, und das holt sie sich über dieses Armband.«

Maél stieß ein Stöhnen aus. »Himmel, nein. Das kann nicht sein. So sollte es nicht sein.«

»Mach es weg«, schrie ich. »Mach es irgendwie weg!«

Er versuchte ein zweites Mal, nach Agadas Arm zu greifen. Sofort schleuderte das Gold ihn fort. Evangéline ging in Deckung.

Ich versuchte, meinen Arm zu lösen, doch es tat schrecklich weh. Das ziehende Gefühl verhundertfachte sich. Es fühlte sich an, als würden dutzende Kanülen mir gleichzeitig Blut abnehmen. Es war zu viel! Zu viel Blut in zu kurzer Zeit. Zu viel, zu viel, einfach zu viel. Tränen der Verzweiflung rannen über meine Wange. »Es tut so weh!«

Als Maél wieder neben mir auftauchte, blutete er aus einer Wunde an der Schläfe. Er sah mich fassungslos an. »Bei allen Göttern!«, rief er. »Wir müssen dich befreien. Jetzt. Sofort.«

Doch ich beachtete ihn nicht mehr. Ein Stückchen von Agadas Wange schien an goldener Strahlkraft zu verlieren. Hindurch brach etwas, das wie rosige Haut aussah.

»Maél.« Ich deutete mit dem Kopf darauf, weil ich schon zu schwach war, meinen freien Arm zu heben.

Er riss entsetzt die Augen auf. »Beim Hades.«

Nun schien das Gold an vielen weiteren Stellen zu verblassen. Der Stoff ihres hellblauen Gewandes wurde sichtbar, ihr blondes Haar, die rosige Haut ihrer Arme. Sogar das dunkle Leder ihrer Sandalen hob sich mittlerweile deutlich von dem Gold ab. Mir hingegen ging es kontinuierlich schlechter. Ich fühlte mich schwach, mir war schwindelig, und alles, was ich wollte, war, mich auf den Boden zu setzen und einen Moment lang die Augen zu schließen.

»Mir ist so komisch …« Meine Lider flatterten. Schwarze und weiße Lichtpunkte tanzten vor meinen Augen. Ich wollte schlafen, nur noch schlafen. Ich hörte, wie Maél auf mich einredete, doch dann knickten mir die Beine weg. Nur einen Moment schlafen …

Ich sank zu Boden mit Maéls stützenden Händen um meine Taille. Im selben Moment ließ Agada mich frei. Mein Arm fiel kraftlos nach unten in meinen Schoß. Warmes Blut rann immer noch aus zahllosen Wunden über meine Haut. Mir fielen die Lider zu.

Ich spürte, wie Maél mich hielt und streichelte, und hörte, wie er unter Tränen meinen Namen flüsterte.

»Maél?« Es war eine weibliche Stimme, jung und glockenhell.

Meine Augen wehrten sich, doch ich schaffte es, sie einen Spalt zu öffnen. Agada war neben uns in die Hocke gegangen. Sie sah aus, als wäre sie ungefähr so alt wie wir, und sie war schön auf eine aristokratische, vornehme Art. Ihre hellblauen Augen strahlten trotz der kühlen Farbe Herzlichkeit und Mitgefühl aus.

»Agada«, erwiderte Maél. Er klang seltsam tonlos. Ich weiß, er hatte sich gefreut, sie wiederzusehen. Doch mit dem Preis, den er und ich dafür hatten zahlen müssen, hatte er eindeutig nicht gerechnet. Und er schien auch nicht einverstanden damit.

Agada wirkte seltsam gefasst. So als wüsste sie etwas, an das wir noch überhaupt nicht gedacht hatten. »Ich wollte nicht, dass sie so leidet.«

Sie berührte meinen Arm. Ihre Haut war unnatürlich warm. Ein Schauer durchlief mich. »Es tut mir leid, Livia.«

Woher kannte sie meinen Namen?

»Agada.« Nun klang in Maéls Stimme all der Schmerz mit, der sich in ihm über die Jahrtausende gesammelt hatte. »Was habe ich getan? Sag mir, warum ich immer die verliere, die ich liebe?« Er zog mich noch näher zu sich und legte kurz zwei Finger an meinen Hals, wahrscheinlich, um meinen Puls zu fühlen. »Sie braucht einen Arzt. Dringend. Ich muss sie in ein Krankenhaus schaffen. Versprich mir, dass du hier unten wartest, aber ich muss Livia …«

»Maél, mein lieber Bruder.« Agada schnitt ihm das Wort ab. In ihrer Stimme lag eine ruhige Gewissheit, die mich nervös machte. »Du hast so viele Opfer gebracht. Du hast dein Recht auf Liebe für meine Rettung eingetauscht. Glaube mir, ich habe getobt, als ich mitanhören musste, was die Erinnyen für ein Opfer von dir forderten. Ich habe ein schlechtes Gewissen, weil ich dich unglücklich gemacht und Livia in Gefahr gebracht habe. Du hast es geschafft, deine tiefen Gefühle für sie zu verbergen. Ich weiß, der Fluch der Erinnyen hätte Livia getötet, wenn du es zugelassen hättest, dich mit jeder Faser deines Körpers zu verlieben. Nicht unter der Macht der Ambrosia, sondern aus freien Stücken und mit vollem Herzen. Ich habe immer wieder gespürt, wie viel Kraft es dich gekostet hat, und es hat mich gequält, dich so leiden zu sehen.«

Ich war zwar halb ohnmächtig, aber trotzdem spürte ich, wie die Erkenntnis mich wie ein Schlag traf. Endlich verstand ich Maéls seltsames Benehmen. Seine Zurückhaltung, wenn es darum ging, zu mir zu stehen, seine Gefühle offenzulegen. Er hatte mich schützen wollen, die ganze Zeit. Er hatte sich verboten, sich in mich zu verlieben, um mich nicht in Gefahr zu bringen. Deshalb hatte er so panisch reagiert, wenn ich mal wieder einen meiner Nymphenkräfte-Zusammenbrüche erlitten hatte. Er hatte gedacht, er habe zu viele Gefühle zugelassen, und nun würde sein Fluch mich umbringen. Und ich hatte ihm Vorwürfe gemacht. Ich fühlte mich noch etwas schlechter als ohnehin schon.

Maél zog mich noch enger an sich, während Agada mein Haar streichelte.

»Es tut mir so leid«, flüsterte sie in meine Richtung. »So leid.«

»Sie ist stark«, sagte Maél. »Aber ich muss sie jetzt sofort in ein Krankenhaus bringen. Sie hat zu viel Blut verloren. Wieso ist nirgendwo überliefert, dass man Blut braucht, um dich auferstehen zu lassen?« Nun klang er regelrecht wütend. »Und woher hast du eigentlich dieses dämliche Armband?«

»Maél.« Agada klang ruhig. Zu ruhig. »Maél, hör mir zu.«

»Es geht dir gut, oder?« Es war klar, dass Maél sich das Wiedersehen anders vorgestellt hatte: Sich um den Hals fallen. Feiern, dass Agada lebte. Feiern, dass ihr Gold nicht mehr in die falschen Hände geraten konnte. »Warte bitte einfach hier. Dort drüben liegt eine Decke. Warte hier, ich muss jetzt Livia retten.«

»Maél.« Agadas Stimme jagte mir eine Gänsehaut über den Körper. Sie wusste es. Sie wusste, dass er sich nicht beeilen musste. Die Erkenntnis traf mich wie ein Faustschlag. Ich würde hier unten sterben. Ich hatte bereits zu viel Blut verloren. Die Wunden schlossen sich nicht. Kalter Schweiß stand auf meiner Stirn. Ich spürte das Leben aus mir heraussickern.

»Was?«, schrie Maél sie an. »Sprich mit mir. Gibt es noch ein Problem?«

»Bleib ruhig und hör mir zu, Maél, wenigstens ein Mal.«

Ich musste lächeln, denn nun klangen sie wirklich wie Geschwister.

»Was?«, blaffte Maél. »Agada, ich habe keine Zeit. Das

hier war so nicht geplant. Livia braucht jetzt Hilfe. Auf der Stelle. Und ich werde …«

»Lass es geschehen, Maél.«

Ich hatte es gewusst. Doch der Moment der Stille, in dem Maél verstand, was sie andeutete, schien ewig zu dauern.

»Niemals!«

Seine Stimme klang zu laut an meinem Ohr. Ich kniff die Augen zusammen. Das Atmen fiel mir schwer. Und mir war kalt, so kalt …

Meine Eltern würden mir fehlen, Gigi und Jemma, Evangéline … Maél würde mir fehlen. Komischerweise wurde ich ganz ruhig. Meine Angst, die Schmerzen, alles war wie weggeblasen. Ich würde nicht bei einem Unfall in einem Autowrack sterben. In einem Krankenwagen umringt von Maschinen und fremden Menschen. Nicht allein in einem Bett im Pflegeheim. Ich würde in seinen Armen sterben. Gehalten, geborgen, geliebt. Ich war dankbar für dieses Geschenk.

»Ich werde sie jetzt …« Er schlang einen Arm unter meine Beine, dann kam er mit mir hoch.

»Maél.« Agada hielt ihn fest, das spürte ich. »Die Schicksalsgöttinnen wissen, was sie tun. Von ihnen habe ich das Armband. Vertrau auf ihre Pläne. Sie werden …«

Der Boden bebte. Die Steinwände ächzten. Ein Flüstern erhob sich wie Nebel. Dutzende Stimmen, alt, jung, in fremden Sprachen, gutturalen Akzenten, weinend, schimpfend, flehend.

Maél drückte mich an sich, als er auf dem wankenden Boden sein Gleichgewicht zu behalten versuchte. Es kostete mich unendlich viel Kraft, doch ich öffnete die Augen ein Stückchen, genau in dem Moment, als die ersten Skelette durch den Boden brachen. Ihre weißen Knochen schimmerten gespenstisch im Schein der Strahler. Sie wirkten wie von unsichtbaren Muskeln und Sehnen zusammengehalten. Ihre Unterkiefer bewegten sich, als redeten sie unablässig. Waren es etwa ihre Stimmen, die durch den Raum hallten?

Agada schrie auf und presste ängstlich ihre Arme vor die Brust. Evangéline flatterte ein letztes Mal panisch um uns herum, dann schoss sie aus dem Raum in den stockdunklen Gang. Ich war zu schwach, um nach ihr zu rufen.

Maél drehte sich mit mir auf dem Arm um, und ich sah, wie die Skelette sich formierten. Sie verteilten sich an den Wänden, vier von ihnen versperrten den Ausgang wie Wachtposten.

»Was soll das?«, rief Maél, und seine volle, dunkle Stimme zerschnitt ihr Flüstern in viele Einzelteile. »Zurück in den Tartaros, wo ihr hingehört!«

Die Skelette reagierten nicht.

»Zurück!«, rief Maél. »Ich befehle es.«

Alle Skelette verstummten im gleichen Moment. Es war gespenstisch still, als das Flüstern erlosch. Die Strahler malten die Konturen ihrer fleischlosen Knochen an die Wände. Mit einem Ruck senkten sie alle demütig das Haupt.

»Oh nein.« Ich hörte Maéls Flüstern nah an meinem Ohr. Dann bebte der Boden erneut. Eine Rauchwolke barst aus dem Gestein, und als der Rauch sich verzog, machte ich die Silhouetten von vier Männern aus. Irgendwo neben mir hörte ich Agada erschrocken aufkeuchen.

Oh nein. Ich wiederholte Maéls Worte in meinem Kopf, als ich zwei von ihnen erkannte. Dieses Mal war Hades, der Herr der Unterwelt, in eine dunkle Chino und ein schwarzes Polohemd gehüllt. Sein Haar hatte er ordentlich zurückgebunden. Enko war wie immer in seinem ganz persönlichen Rockstar-

Stil gekleidet. Die zwei Männer daneben kannte ich nicht. Der eine war in einen eleganten Nadelstreifenanzug gekleidet und hatte das schwarze Haar streng zurückgegelt. Er sah Hades verblüffend ähnlich. Der Mann daneben war etwa zehn Jahre jünger, vielleicht Mitte zwanzig, und trug eine Uniform der französischen Polizei. In seinen kein bisschen menschlichen Augen tanzte ein gefährlich roter Schimmer. Das mussten Hadessöhne sein, die ich bei meinem Besuch im Tartaros nicht kennengelernt hatte.

Jede Faser schien sich in Maéls Körper anzuspannen. »Vater.«

Ich spürte die Unruhe in ihm, als all seine Muskeln sich für einen Kampf bereit machten. Ohne den Blick abzuwenden ging Maél langsam zu dem Felsvorsprung, auf dem immer noch meine Decke lag. Behutsam legte er mich dort ab. Als mein Kopf auf die Steine sank, glitt mein Blick zu den Männern. Enko sah mir direkt ins Gesicht. Er hatte die Augen weit aufgerissen, und ich erkannte Emotionen in seinem Blick, die ich ihm niemals zugetraut hätte: Angst, Mitgefühl und Sorge.

Die anderen drei Männer starrten Maél an.

Maél strich mir ein letztes Mal über die Wange, dann ging er zurück zu Agada.

Hades stieß ein sprödes Lachen aus. Er hob die Hände in großartiger Geste, als wollte er eine Ansprache halten. »Wie fade und langweilig wäre die Welt ohne Geheimnisse.« Er hob die dunklen Brauen. »Nicht wahr, Maél?«

Maél erwiderte nichts.

Hades deutete auf mich. »Dafür schleppst du sie in mein Reich? Um uns abzulenken? Um meine Ehefrau an den Rand eines Nervenzusammenbruchs zu treiben?« Er lachte erneut. »Glaubst du im Ernst, ich hätte nicht bemerkt, dass du meine

Kappe gestohlen hast?« Er lächelte grausam. »Ich war bloß zu neugierig, was du damit vorhast, um sie dir direkt wieder abzunehmen.« Seine schwarzen Augen hefteten sich auf Agada. »Und siehe da, es hat sich gelohnt. Ich kann das verfluchte Gold noch an dir riechen, Mädchen. Ich weiß, was du bist. Ich weiß, was in dir schlummert. Du bist eine Halbgöttin, geboren mit den Kräften zweier Götter. Mit den Kräften von Helios und Hekate bist du mein leuchtend helles Gegenstück. Wir beide sind einzeln mächtig, aber zusammen sind wir unbesiegbar. Verschwende deine Kräfte nicht an einen meiner Söhne. Er ist nicht so mächtig, wie er tut.«

Obwohl mir kalt und schwindelig war, bahnte sich ein schrecklicher Gedanke seinen Weg in mein Bewusstsein. Wenn Hades Agadas Kräfte noch spürte, bedeutete das, dass sie immer noch eine Halbgöttin war? Hatte die Wiederauferstehung ihre Kräfte doch nicht verbrannt? Warum sonst sollte Hades ihr anbieten, sich mit ihm zusammenzutun, um noch mehr Macht zu haben? Ich wollte Maél einen warnenden Blick zuwerfen, doch ich schaffte es nicht.

Agada wich kein Stück zurück. »Ihr solltet Euch angemessen vorstellen, werter Herr, bevor Ihr so vertraut mit mir redet.«

Hades stieß ein anerkennendes Schnauben aus. »Deine Arroganz gefällt mir. Ich mag es, wenn Frauen sich nicht nur für hübsche Dekoration halten. Nun gut.« Er verbeugte sich übertrieben tief. »Mein Name ist Hades. Ich bin der Gott der Unterwelt. Ich herrsche über das Reich der Toten. Viel Geschrei, viel Papierkram, war nicht mein Traumjob. Einen meiner Söhne kennst du bereits. Er hat mich viele Jahrhunderte lang mit seiner Suche nach deinen Goldfragmenten amüsiert.« Er sah kurz zu Maél. »War das ein Spaß, Junge. Und dann diese lächerliche Liebesgeschichte. Dreitausend Jahre lang geht alles gut, und dann kommt diese Nymphe dahergestolpert, und dein kleines kaltes Herz beginnt sich zu regen. Oh, dieses Drama! Oh, wie schön ist das Schwärmen für Dinge, die wir nie erreichen, nie erlangen, nie besitzen werden.« Er faltete die Hände vor der Brust wie zum Gebet. »›Nein, ich darf nicht. Nein, mein Fluch bringt sie um. Aber ich liebe sie doch so sehr. Nein, ich liebe sie nicht, damit sie nicht stirbt.‹ Absolut oskarverdächtige Geschichte, kleiner Rabe. Aber weißt du was?« Hades ließ die Hände wieder sinken, sein Grinsen war diabolisch. »Für Monster gibt es kein Happy End. Und wir«, er deutete auf sich und seine Söhne, »sind alle Monster. Das weißt du so gut wie ich. Ich hätte mehr von dir erwartet. Doch zurück zum Thema.« Er heftete seinen Blick wieder auf Agada. »Der blonde Wikinger ist mein Sohn Enko. Er sollte eigentlich studieren, mimt aber lieber den Rockstar. Daneben stehen mein Sohn Maurice, er ist mein persönlicher Advokat, und mein Sohn Rudi, der meine Augen und Ohren bei der französischen Polizei ist.« Er zwinkerte ihr zu. »Und du bist Agada, Tochter von König Midas, der dich in Gold verwandelte, um dich vor bösen Jungs wie uns zu beschützen. Schöne Grüße vom Papi übrigens. Er verwandelt nun alles zu Asche, was ihm zu nahe kommt.«

Agada stieß ein Schluchzen aus, das allerdings ziemlich wütend klang. »Ihr wagt es, meinen Vater zu verspotten?«

»Ich wage so Einiges, mein hübsches Kind. Dafür bin ich über alle Grenzen bekannt.« Er neigte leicht den Kopf. »Also, was sagst du? Du und ich und die Weltherrschaft?« Er sah sie treuherzig an. »Ich bin mir sicher, wir hätten eine Menge Spaß. Meine Söhne stehen alle hinter mir. Na gut, bis auf einen. Aber den überzeugen wir auch noch.«

»Agada, nein«, sagte Maél. »Lass dich von ihm nicht einwickeln.« Er sah zu seinem Vater. »Lass sie in Ruhe. Sie hat genug durchgemacht.« Er berührte den Anhänger mit dem Hekatoncheiren-Blut. Ob er auch wusste, dass Agada immer noch eine Halbgöttin war?

Agada hob knapp die Hand. »Ich kann für mich allein sprechen, Maél.«

Ich hätte diese Verhandlung noch weiter interessiert verfolgt. Doch mein Puls nahm gefährlich Fahrt auf. Schneller, schneller, schneller. Blut rauschte in meinen Ohren. Meine Hände und Füße wurden taub. Ich stöhnte mit letzter Kraft.

»Livia!« Maél war innerhalb von Sekunden bei mir. »Nein!« Verzweiflung ließ seine Stimme beben. »Nein, du bekommst sie nicht, Vater. Noch nicht. Ich brauche sie.« Er berührte mein Gesicht. »Livia, bleib bei mir.« Blut war über seine Stirn und eine Augenbraue gelaufen, aber er war immer noch so wunderschön. Ich würde ihn vermissen.

Ich sah an Maél vorbei, weil ich immer noch mit einem Angriff rechnete. Hades stieß Enko grob vor die Schulter. »Los, hol ihn von ihr weg. Das ist hier kein Kindergeburtstag.«

Doch Enko zögerte. Er betrachtete Maél, der sich panisch und mit Tränen auf den Wangen über mich beugte, und sein Blick wurde hart. Maél rührte sich nicht. Wappnete sich nicht für den Angriff. Ich bemerkte die stumme Loyalität zwischen den Brüdern. Ein Zusammenhalt, der über all den Sticheleien und Kämpfen schwebte. Wenn es darauf ankam, würde Enko sich nicht gegen Maél stellen.

»Lasst uns verhandeln, Hades«, sagte Agada. Offenbar war sie an seinen Plänen zur Übernahme der Weltherrschaft interessiert. »Erläutert Eure Bedingungen.«

Maél hob den Kopf. Er sah sie so ungläubig an, als habe sie sein Herz soeben mühelos wie eine Weintraube zwischen ihren Finger zerquetscht.

Mein Körper krümmte sich. Mein Arm lag in einer Lache von Blut. Die Wunden hatten sich einfach nicht geschlossen. Ich schrie kraftlos auf, als meine Wirbelsäule sich brutal durchbog. Maél schluchzte auf vor Verzweiflung, sein Gesicht verzerrt zu einer Maske aus Hilflosigkeit und Angst.

»Schluss mit dem Theater«, brüllte Hades. »Mir kommen ja gleich die Tränen. Lächerlich!« Er bewegte lediglich einmal kurz den Zeigerfinger, und Maél wurde mit brutaler Gewalt von mir weggerissen. Das Geräusch, als er gegen eine Wand prallte, trug das hässliche Knirschen seiner splitternden Knochen mit sich. Agada heulte auf, und ihr Schrei bestätigte meine Vermutung.

Ich war mir sicher, dass Maél das nicht überlebt haben konnte. Hades war mächtiger als er. Sein Vater konnte ihn töten. Ihn, den sonst so unverwüstlichen Halbgott.

Ich hustete, als ich Blut in meinem Mund schmeckte. Eine Träne rann seitlich meine Wange entlang. Er war tot. Für mich gestorben. Mein Herz überschlug sich, setzte einen Moment aus, und ein scharfer Stich trieb zischend alle Luft aus meiner Lunge. Ich würde ihm folgen. Jetzt.

»Livia!« Das war Enko. Enko? Wirklich? Ich hörte Schritte, dann kitzelten mich seine Haare im Gesicht. Hände griffen nach meinen. »Halte durch. Wir kriegen das hin.«

»Bin ich hier eigentlich im Irrenhaus?«, schrie Hades. »Was hat diese verdammte Nymphe, dass ihr alle so liebeskrank seid? Schluss damit!« Enko wurde von mir fortgerissen, und ich hörte wieder so ein grässliches Krachen. Zwei tote Söhne. Was war er für ein Vater? Das war mein letzter Gedanke. Mit

Maéls Gesicht vor Augen glitt ich in eine weiche Dunkelheit. *Ich folge dir. Ich folge dir überallhin. Geliebter. Freund. Mein Hadessohn.*

*

Etwas, das sich anfühlte wie ein Stromschlag, weckte mein Bewusstsein aus der Ohnmacht. War das nun der Moment, in dem ich in der Unterwelt zu mir kam? An den Ufern des Styx, von Angesicht zu Angesicht mit dem düsteren Fährmann Charon, der mich hinab in die ewige Finsternis bringen würde?

Oder würde ich tatsächlich zu Wasser werden und zu der Quelle zurückkehren, aus der die ersten Wiesennymphen einst geboren worden waren? Würde ich dort Antworten bekommen?

»Livia.«

Jemand flüsterte meinen Namen.

»Livia. Vertrau mir.«

Es war die Stimme einer Frau, und ich kannte sie. Woher kam der Schmerz an meinem Arm, wenn ich doch tot war? Warum brannte es so sehr? Woher kamen die stacheligen Spitzen, die sich in meine Haut drückten? Etwas Warmes schien meinen Arm hinaufzuwandern. Es tat weh, aber ich ließ es zu, weil ich mich plötzlich wieder spürte. Ich hatte einen Körper, ein Bewusstsein, ein Leben.

»Bei allen Göttern, was soll das?«, rief eine dunkle, männliche Stimme. Auch sie hatte ich schon gehört. »Willst du für ein gleichgeschlechtliches Romeo und Julia proben, Mädchen? Mir rennt ein wenig die Zeit davon.«

»Nur einen Moment noch. Ich will mich doch bloß verabschieden. Sie ist tot, da darf man das ja wohl«, rief die Stimme nun über meinen Kopf hinweg. Und dann wieder nah an meinem Ohr: »Livia, Maél ist schwer verletzt. Er wird dich brauchen. Vertrau mir, so wie ich den Schicksalsgöttinnen vertraue. Das Armband weiß, was es tut. Bitte, streng dich an und komm zurück.«

Ich öffnete die Augen, war aber immer noch unfähig zu sprechen.

»Bist du bereit?«

Ich nickte schwach, obwohl ich keine Ahnung hatte, was nun kommen würde. Ich sah nur verschwommen. Skelette an den Wänden, gespenstisch und konturenlos. Blonde Haare, ausgebreitet um eine Gestalt auf dem Boden wie ein Heiligenschein. Ein zusammengekrümmtes Bündel Mensch mit schwarzen Haaren in einer Lache aus Blut. Ein rot schimmerndes Augenpaar. Eine Uniform.

»Was machst du da?«, fragte die männliche Stimme. Dieses Mal regelrecht lauernd.

Etwas zog mich hoch und von der Decke. Ich konnte nicht stehen, doch der Körper, der zu der weiblichen Stimme gehörte, war kräftig und hielt mich aufrecht und an sich gepresst.

»Für das Schicksal«, murmelte die Stimme. Ich hörte ein Rascheln und glaubte, dass Blätter sich um meinen Körper wanden. Efeu, ich roch Efeu! Lebendiges Grün, kraftvoll und stark. Die Ranken hielten mich, pressten mich an den warmen, weichen Frauenkörper vor mir. Lichtpunkte, die sich vorher durch meine Lider geschlichen hatten, verblassten. Das Grün umhüllte uns wie ein Kokon und sperrte die Umgebung aus.

Ich hörte gedämpfte Schreie, doch sie wirkten weit weg. Jemand fluchte, jemand rüttelte an dem Kokon, irgendwo stritten Stimmen miteinander. Doch der Käfig aus Blättern hielt uns gefangen und schützte uns gleichzeitig vor den Angreifern.

Ich wusste nicht, warum, aber ich hatte keine Angst. Vermutlich war ich immer noch zu schwach dazu.

Eine Zeit lang war es still. Dann gaben die Blätter ein merkwürdiges Klicken von sich. Im nächsten Moment bohrten sich Nadelspitzen in meinen Rücken, in meine Arme und Beine. Ich öffnete den Mund, um zu schreien, doch kein Laut kam heraus. Schmerz war gar kein Ausdruck. Ich kämpfte schon wieder mit einer Ohnmacht. Doch dieses Mal fühlte es sich anders an. Eher so wie vorhin, als etwas in meinen Körper hineingeflossen war, das mir Kraft gegeben hatte. Die Erinnerung kam zurück, und der Schmerz verblasste, als die Pflanzen ihre Spitzen wieder von mir lösten. Maél, Agada, das Gold. Ich wusste nun, dass es Agada war, die mit mir in diesem Kokon gefangen war. Ich erinnerte mich an Maél, und mein Herz zog sich zusammen vor Trauer. Ich wusste, dass es Hades war, der eben versucht hatte, unser Blättergefängnis aufzubrechen.

Agada stöhnte leise. »Hör mir zu, Livia. Mir bleibt nicht viel Zeit.« Ihr Flüstern war ein gehetztes, abgehacktes Wispern nah an meinen Ohren. »Mein schreckliches Erbe wird dein Schicksal werden. Etwas, das du zum Guten wenden wirst. Da bin ich mir sicher, denn ich vertraue auf die Schicksalsgöttinnen. Nutze es.« Sie brach ab. Ihr Körper gab ein Geräusch von sich, das an eine zerbrechende Porzellanpuppe erinnerte. Klirrend, hohl und spitz. »Sei gut zu ihm. Danke ihm von mir. Sag ihm, er wird immer mein Bruder sein. Ich wünsche euch …«

Der Kokon brach mit einem ohrenbetäubenden Rascheln auseinander. Efeublätter segelten tanzend zu Boden. Als das grelle weiße Licht der Strahler auf Agada fiel, wich ich entsetzt zurück. Ihre Haut war aschgrau und zersetzt mit Hunderten feinen Rissen. Das goldene Rankenarmband war verschwunden. Ihr Blick lag auf mir wie ein letzter Gruß. Es gab kein Geräusch, als sie vor meinen Augen zu Staub zerfiel.

Hades brüllte auf vor Wut. Ihm war wohl klar geworden, dass Agada ihn an der Nase herumgeführt hatte. Dass sie nie vorgehabt hatte, mit ihm zu kooperieren. Dass sie nur den Plan der Schicksalsgöttinnen hatte erfüllen wollen.

Meine Wunden schlossen sich bereits, das fühlte ich. Mein Blut war wieder dort, wo es hingehörte. In meinem eigenen Körper. Ich fühlte mich energiegeladen und stark, besser als vorher. Doch das Hochgefühl hielt nur wenige Sekunden. Ich trauerte um Agada, die auf die Schicksalsgöttinnen vertraut hatte. Aber hatte sie wirklich damit gerechnet, sterben zu müssen, damit ich lebte? Ich war mir nicht sicher. Sie hatte zu ängstlich, zu überrascht von der eigenen Erkenntnis geklungen.

Mein Blick suchte Maél. Er lag immer noch völlig regungslos da. Der alte Steinboden sog das Blut um ihn herum bereits gierig auf. So viel Blut. Ich stieß einen Schrei aus und stürzte zu ihm. Behutsam strich ich ihm die Haare aus der Stirn. Noch mehr Blut. Sein Gesicht war weiß wie ein Knochen, die Lippen violett verfärbt. Ich tastete nach seinem Puls, erinnerte mich an die Stelle am Hals, auf die er seine Finger gepresst hatte. Ich hätte fast geweint vor Erleichterung, als ich das rhythmische Schlagen fühlte. Schwach und flatternd unter meinen Fingern, aber es war ein Lebenszeichen.

»Was hast du mit ihr gemacht, du nutzlose Nymphe«, schrie Hades. »Mach diesen Efeu-Hokuspokus rückgängig, oder ich werde dich eigenhändig …«

Etwas Glitzerndes fiel durch die Decke.

Hades fluchte laut, während seine beiden Söhne sich duckten. Ich hielt meine Hände schützend über Maéls Kopf.

Der Geruch des Aftershaves, der zu mir herüberwehte, kam mir bekannt vor.

Hermes zog sein Oberhemd glatt, fuhr sich ordnend durchs Haar und brüllte dann: »Jeder hier in diesem verdammten Kellerloch schuldet mir eine Erklärung!«

Hades stieß Maurice, seinen Advokatensohn, nach vorn. Der rappelte sich kurz auf. »Das hier ist öffentlicher Boden. Es ist uns nicht verboten, uns hier aufzuhalten«, sagte er steif.

»Mund halten, Bürschchen«, blaffte Hermes. »Wenn der Kuchen sich unterhält, haben die Krümel Pause.« Maurice war nur ein Halbgott, da half auch das Jurastudium nichts. Er bleckte die Zähne und fauchte Hermes an. Er fauchte wirklich. Seine Zähne waren plötzlich nadelspitz, seine Finger zu Krallen geworden. Hinter ihm peitschte ein ledriger, dünner Schwanz.

Rudi zog seine Handschuhe aus. Als er mit den Fingerknöcheln knackte, stoben metallisch schimmernde Funken aus seinen Fingerspitzen. Seine Augen glühten nun feuerrot.

»Pfeif deine kleinen Monster zurück, Herr der Unterwelt«, sagte Hermes und klang fast gelangweilt, »bevor ich ihnen beweisen muss, wer hier wen anfaucht.«

Hades verdrehte die Augen. »Jetzt komm schon, Hermes. Nach was sieht es aus? Ich habe meinen Sohn Maél, dein Mündel, davon abgehalten, uns und die Welt mit Hilfe seiner Ziehschwester ins Unglück zu stürzen. Du solltest mir danken, anstatt meine Jungs zu verschrecken.« Er schnipste mit den Fingern in ihre Richtung. Maurice stellte sich zurück neben ihn. Zähne, Krallen und Schwanz waren verschwunden. Rudi zog seine Handschuhe wieder an.

Als Hades noch mal geschnipst hatte, deutete er auf Enko, der sich gerade stöhnend auf dem Boden aufgerichtet hatte.

»Er lügt!« Meine Stimme überschlug sich, so sehr hatte sich Wut hineingemischt.

Hermes sah zu mir, während Maurice und Rudi Enko in ihre Mitte nahmen und zurück zu ihrem Vater und Meister schleppten. Hermes' Blick fiel kurz auf Maél. Er schluckte. Sein Gesicht war eine starre geschäftsmäßige Maske, die jede Emotion verbarg. »Lebt er?« Seine Stimme klang spröde.

Ich nickte.

»Evangéline ist zu Ödipus geflogen. Mit dem Staub auf ihren Flügeln hat sie eure Namen auf die Couch geschrieben. Er hat mich sofort verständigt. Ich will wissen, was hier los ist.« Er warf Hades einen bohrenden Blick zu. »Ich habe genau gehört, wie du Livia bedroht hast, kurz bevor ich dieses seltsame Aufeinandertreffen gesprengt habe. Warum bedrohst du sie, Hades, wenn es doch nur um Maél und seine Pläne ging?«

»Sie steckt mit denen unter einer Decke, glaub mir«, sagte Hades erschreckend ruhig. »Sie haben sich alle drei verschworen.«

»Was für ein Unsinn!« Ich musste mich wirklich beherrschen. Meine rechte Hand lag schützend um Maéls Kopf, aber mit der linken deutete ich auf Hades. »Er ist ein Intrigant und Lügner.«

Maurice fauchte erneut, und Rudi machte einen drohenden Schritt in meine Richtung. Sofort sprang ich auf. »Ihr macht mir keine Angst. Kommt doch her. Ich bin gerade in der richtigen Stimmung, euch in Fetzen zu reißen. Und anstatt zu diskutieren, sollten wir vielleicht zusehen, dass mein Freund«, ich deutete auf Hermes, »dein Ziehsohn«, ich sah zu Rudi, Enko und Maurice, »euer Bruder«, ich zeigte anklagend auf Hades, »und Ihr leibliches Kind in ein Krankenhaus kommt, damit er eine Chance hat zu überleben. Diskutieren können wir hinterher.«

»Es tut mir leid, Livia.« Hermes schüttelte den Kopf. »So funktioniert das nicht. Du bist mit unserem Protokoll nicht vertraut. Das ist auch nicht schlimm. Aber bitte, lass mich nun fortfahren, wie es unsere Gesetze vorschreiben.«

»Eure Gesetze schreiben es vor, einem Sterbenden die erste Hilfe zu verweigern, um vorher die Sachlage zu klären? Was seid ihr für Menschen?«

Hermes legte grazil die Fingerspitzen aneinander. »Genau das ist es, Livia. Wir sind keine Menschen. Wir sind Götter und Halbgötter. Sollte Maél hier und jetzt sterben, wird er wiedergeboren. Er ist für die Gemeinschaft nicht verloren.«

Mir brachen fast die Beine weg vor Schock. »Aber für mich ist er verloren. Für mich! Ich werde nicht wiedergeboren. Sein Leben an meiner Seite wäre nicht mehr möglich.«

Hermes blieb unerbittlich. Er presste die Lippen zusammen, während er die Hände langsam sinken ließ. »Es tut mir leid.«

Ich schluchzte laut auf vor Verzweiflung.

Maurice stieß ein böses Kichern aus, wofür Hades ihm mit dem flachen Handrücken mitten ins Gesicht schlug. Knöchel prallten auf Nasenrücken und Schläfen. Maurice ächzte. Die beinahe gelangweilte Lässigkeit, mit der Hades zugeschlagen hatte, schockierte mich noch mehr als die Brutalität, die damit einherging. Enko lächelte, als das Blut spritzte.

Hades hatte recht gehabt. Sie waren alle Monster. Mein Blick fiel auf Hermes. Auch die, die es besser als all die anderen versteckten.

Sie ließen mir keine Wahl. Ich stürzte zurück zu Maél. »Wisst ihr was? Unterhaltet euch in Ruhe. Es ist mir egal, was für Lügen dabei herauskommen. Ich werde Maél jetzt in ein Krankenhaus bringen.«

Enko, der mittlerweile wieder aufrecht stand, hob den Blick zu mir und machte einen Schritt auf mich und Maél zu. Er hatte Schmerzen, aber er kaschierte es. »Ich helfe dir.«

»Zurück«, zischte Hades.

Enko blieb stehen. »Vater. Es ist Maél.«

Hades biss die Kiefer zusammen, bis sie knackten. »Zurück, wo du hingehörst.«

»Vater.«

Hades flüsterte einen Befehl in einer ausgestorbenen Sprache. Drei der Skelette lösten sich von ihren Posten an den Wänden und kamen auf Enko zu. Sie trugen antike Waffen, Klingen aus verrostetem Stahl, aus Bronze und Gold.

In Enkos Händen erschien je ein Feuerball. Er schien zu überlegen, kam aber wohl zu dem Schluss, dass Feuer in so einem kleinen geschlossenen Raum für einen Menschen wie mich ein gefährliches Risiko war. Das Feuer verschwand, und Enko warf mir einen Blick zu. *Es tut mir leid*, sagte sein Blick.

Ich schüttelte den Kopf. *Ich danke dir*, sandte ich ihm in Gedanken.

Er nickte knapp, dann ließ er sich von den knöchernen Soldaten zurück zu seinem Vater treiben.

Natürlich konnte ich Maél kaum bewegen. Er war nicht nur viel größer als ich, er wog auch sehr viel mehr. Trotzdem versuchte ich, ihn aufzusetzen.

»Livia.« Hermes' sanfter Tonfall klang verdächtig nach Mitleid, was mich nur noch wütender machte.

»Nein.« Ich zerrte weiter an Maél und schluchzte.

»Livia. Lass ihn liegen. Das ist das Beste. Du kannst ihn nicht tragen.«

»Was weißt du denn schon? Lass mich in Ruhe.«

Hermes holte tief Luft, als fiele ihm seine Entscheidung nicht leicht. »Lass ihn liegen, Livia.«

»Nein.«

Hermes warf mir einen letzten traurigen Blick zu, dann machte er eine winzige Geste mit dem Kopf. Die zwei kleinen goldenen Schlangen, die sonst sicher verborgen hinter seinem obligatorischen weißen Oberhemd schliefen, erschienen im Ausschnitt. Sie ließen sich auf den Boden gleiten und schlängelten sich zischend auf mich zu. Je näher sie kamen, desto größer wurden sie. Als sie mich erreicht hatten, waren sie so groß, dass ihre grünen Smaragdaugen mir direkt ins Gesicht sehen konnten. Sie schnappten nach mir, und ihre dolchscharfen Zähne kamen mir gefährlich nah. Ich sprang auf und taumelte ein paar Schritte nach hinten.

»Was soll das?« Ich hatte Angst, dass sie Maél etwas antun würden. Doch die Schlangen schienen nur Interesse an mir zu haben. Kaum dass ich weit genug zurückgewichen war, rollten sie sich neben Maél ein, als wären sie seine persönlichen Wachhunde. Eine legte sogar ihren Kopf auf seiner Hand ab. Als mir klar wurde, dass es hier nur um mich ging, war ich erleichtert. Und gleichzeitig stinksauer auf Hermes.

»Was ist dein Problem?«, schnauzte ich ihn an.

Hermes ignorierte mich. »Wir sollten jetzt weitermachen. Also, was war hier los?«

Hades war schneller als ich. »Mein Sohn und die Nymphe haben das Gold von Midas' Tochter gesammelt, um sie wiederauferstehen zu lassen. Du erinnerst dich an das Drama um die Kleine, wie hieß sie doch gleich? Amanda, Aglaia?«

»Agada«, warf Maurice hilfsbereit und mit blutender Nase ein.

»Richtig. Mutti und Vati trugen Göttergene in sich, und sie hat gleich alles davon abbekommen. Eine Doppel-Halbgöttin quasi. Weil sie die Kräfte des Lichts in sich trug, von Hekate und Helios, ergänzt sie sich mit meinen dunklen Kräften und …«

»Das weiß ich alles genauso gut wie du, Hades. Komm zum Punkt.«

»Er lügt!«, schrie ich. »Das sind alles Lügen.«

»Lass ihn ausreden, Livia. Gleich bist du dran. Wir hören jede Partei an. So ist das bei uns.«

Ich ballte die Fäuste vor Wut.

»Jedenfalls hatten unsere beiden Liebesvögelchen wohl vor, Agada auferstehen zu lassen, damit Maél und Agada ihre Kräfte verbinden können.« Hades wedelte diffus mit der Hand. »Weltherrschaft, Chaos, jede Menge Tote. Was für ein Programm.« Er grinste. »Jedenfalls habe ich davon Wind bekommen, und als guter Vater greift man natürlich ein.«

Hermes' linke Augenbraue wanderte steil nach oben.

»Ich habe den Jungen aufgehalten und Agada in mein Reich befördert.«

»Und was soll das ganze Efeu hier?«

»Ach das.« Hades selbstsicheres Lächeln verrutschte einen Moment. »Da war so eine Sache mit ein paar Efeuranken. Nymphentricks und so. Nichts Wildes. Agada ist nicht mehr, und nur das zählt.«

Hermes sah die Hadessöhne an. »Könnt ihr das bestätigen?«

Enko machte den Mund auf, klappte ihn aber schnell wieder zu, während Rudi die Arme vor der Brust verschränkte. Maurice wurde mal wieder von Hades nach vorn geschubst. »Kein Gesetz kann uns zwingen, gegen Familienmitglieder auszusagen.«

Hermes nickte, als habe er die Antwort vorher schon gewusst. Dann glitt sein Blick zu mir. »Jetzt erzähl du, Livia.«

Ich zitterte, doch ich schaffte es, die Umstände wiederzugeben, wie sie waren. »Du siehst, es war alles ganz anders, Hermes. Darf ich jetzt bitte Maél in ein Krankenhaus bringen? Wie du dich vielleicht erinnerst, heilen seine Wunden nur langsam, weil es sein eigener Vater war, der ihn so zugerichtet hat. Er wird verbluten.«

Hermes ignorierte mein Flehen. »Wer hat Agada erweckt?«

»Das war Maél, aber …«

»Wer ist im Besitz eines verbotenen Gifts? Eines Gifts, das Seinesgleichen, Halbgötter, töten kann?«

»Das ist auch Maél …«

»Wer hat zugelassen, dass es durch die Erweckung dieser besonderen Halbgöttin zu einer Bedrohung für den gesamten Olymp kam?«

Dieses Mal antwortete ich nicht.

»Und er hat meine Tarnkappe gestohlen«, warf Hades hilfreich ein.

Hermes ergriff wieder das Wort. »Der Händler ist verschwunden – ein altes Wesen mit sehr viel Macht, und Maél war der Letzte, mit dem er gesehen wurde. Wer sagt mir, dass er ihn nicht irgendwo gefangen hält? Um seine Kräfte für sich zu nutzen, so wie er Agadas Kräfte nutzen wollte? Nein, Livia, das sind einfach zu viele Dinge, die Maél sich hat zuschulden kommen lassen. Er hat leichtsinnig und fahrlässig gehandelt und gegen gleich mehrere Gesetze verstoßen. Er hat den gesamten Olymp durch sein skrupelloses Verhalten in Gefahr gebracht.«

»Er wollte Agada befreien, um sie endlich sterblich werden zu lassen«, flüsterte ich. »Es war ein Akt der Gnade.

Und es war ein Akt der Vorsicht, denn er wusste, solange das Gold von ihr im Umlauf war, würde die Gefahr nie gebannt sein.«

Hades schnaubte amüsiert. »Du musst echt heftig in ihn verschossen sein, Schätzchen, wenn du ihm diese Nummer abgekauft hast.«

Hermes warf einen langen Blick auf Maél, so als kannte er ihn gar nicht. So als habe er gerade von einem völlig anderen geredet als seinem Ziehsohn, dem er mit liebevoller Nachsicht so ziemlich alles durchgehen ließ. »Maél wird sich für seine Verbrechen auf dem Olymp verantworten müssen. Ich werde ihn jetzt mitnehmen. Er wird in einem Gefängnis auf seinen Prozess warten. So sind unsere Gesetze.«

Ein schrilles Kreischen erhob sich in meinen Ohren. »Nein!«

»Was ist mit ihr?«, fragte Hades. »Sie hat mitgemacht und …«

Der Blick von Hermes ließ ihn verstummen.

Ich wollte zu Maél stürzen, doch eine der Schlangen war schneller. Sie erwischte mich mit dem Schwanz an der Taille und schleuderte mich nach hinten. Nicht so heftig, dass ich mich verletzte. Aber so sehr, dass Hermes genug Zeit hatte, zusammen mit Maél und seinen beiden Schlangen in einer Wolke aus rieselndem Gestein und Parfüm durch die Decke zu verschwinden.

Ich wollte auf die Füße springen, aber ich taumelte, weil Staub und Rauch in meinen Augen brannten. »Nein!«, schrie ich noch mal. »Nein, bitte, nein!« Ich ließ mich auf die Knie sinken. Es war hoffnungslos. Hermes war verschwunden. Dort, wo Maél gelegen hatte, schimmerte Blut auf dem Gestein. Ich presste meine Lippen zusammen, um nicht erneut zu schreien.

Er hatte helfen wollen. Agada Frieden schenken. Die Götter- und die Menschenwelt vor dem Fluch ihres Goldes bewahren. Die Gefahr bannen. Und es war alles so schrecklich schiefgegangen.

Wieder liefen meine Augen über. Was würde mit Maél geschehen?

Gefängnis? Ein Prozess? Das hatte er nicht verdient. Er hatte nur helfen wollen, auch wenn Hades etwas anderes angedeutet und Hermes Maél nicht geglaubt hatte.

Maél war nicht böse oder hinterhältig. Er hatte seine Gefühle für mich nicht zugelassen, um mich zu schützen. Er hatte sich nicht erlaubt, sich in mich zu verlieben, damit der Fluch mich nicht in Gefahr bringen konnte. Ich erinnerte mich an unser erstes Gespräch in dem Café, in dem er mir von dem Blut des Hekatoncheiren und seinem Deal mit den Erinnyen, den Kerkermeisterinnen des Tartaros', erzählt hatte. Er hatte gesagt: Ich habe mein Lebensglück eingetauscht. Damals hatte ich es für einen Scherz, für eine Übertreibung gehalten. Doch das war es nicht gewesen. Für das Blut des Hekatoncheiren hatten ihn die Erinnyen mit dem Fluch belegt, dass jede Frau, in die er sich mit ganzem Herzen verliebte, bald des Todes sein würde. Deshalb hatte er es bei oberflächlichem Flirten belassen, hatte sich abgewendet, sobald es zu intensiv wurde, hatte Treffen abgesagt und sich tagelang nicht gemeldet. Jetzt, da ich ihn verloren hatte, verstand ich den Kampf, den er all die Zeit mit sich ausgefochten hatte. Jetzt, da es zu spät war. Ich schluchzte laut auf, als mir jemand sanft eine Hand auf den Rücken legte.

»Komm, Livia. Ich bringe dich nach oben.«

»Zurück in die Reihe«, brüllte Hades. »Was ist das für ein Benehmen?!«

Enko beugte sich hinab zu mir. »Livia. Alles wird gut. Maél ist ein Kämpfer.«

»Enko!« Hades brüllte nun so laut, dass die Skelette mit ihren Knochen klapperten.

»Ich spreche mit Livia, Vater«, sagte Enko. »Ich wüsste nicht, was du dagegen haben solltest.«

Ich kam mit wackligen Knien wieder hoch und drehte mich zu Hades, um ihn trotzig anzusehen. »Ja, genau«, sagte ich und wischte mir die Tränen mit dem Handrücken ab. »Was spricht dagegen?« Ich war so unglaublich wütend auf Hades, es war ein Wunder, wie ruhig meine Stimme klang.

Hades ignorierte mich. »Enko. Wir machen uns jetzt auf den Weg.«

»Jemand muss Livia nach oben bringen.«

»Kann sie das nicht allein?«, warf Maurice ein.

»Es ist mir lieber, wenn …«, setzte Enko an.

»Wir sind hier nicht bei ›Wünsch dir was‹!«, brüllte Hades. »Hier wird nicht diskutiert.«

Enko verdrehte die Augen und rührte sich nicht.

Mir war jedes Mittel recht, Hades zur Weißglut zu treiben. Und hieße das Mittel auch Enko, der selbstverliebte Rockstar-Student, der mich auf WhatsApp stalkte. Ich sah zu ihm. »Hilfst du mir mit Maéls Rucksack?« Ich hob das Handy auf, das Maél aus der Tasche gerutscht war. Damit konnte ich vielleicht Hermes erreichen. Er musste mir sagen, wie es Maél ging. Ich musste ihn sehen, ich musste ihm helfen, ich musste seine Verbindung zur Außenwelt sein. Und vielleicht diejenige, die ihn verteidigen könnte, wenn es hart auf hart kam.

Enko hob Maéls Rucksack hoch.

Hades warf mir einen mörderischen Blick zu. Dann wanderten seine Augen zu Maéls Rucksack in Enkos Händen und weiter zu der Blutlache auf dem Boden. Ein Muskel zuckte an seinem Kiefer.

»Wir sehen uns wieder, Nymphe«, zischte er. Dann brach er durch den Boden, als habe er eine unsichtbare Falltür geöffnet. Rudi tippte sich spöttisch an seine Uniformmütze, Maurice salutierte grinsend. Sobald sie weg waren, verschmolzen die Skelette mit den Wänden, als habe es sie nie gegeben.

Die Stille danach war fast unerträglich. Was war geschehen? Wie hatte sich das Blatt in so kurzer Zeit nur so wenden können? Mein ganzer Körper schmerzte. Ich war gestorben und wiedergekommen. Ich hatte mein Blut mit einer Halbgöttin geteilt. Ich hatte meinen Freund verloren.

»Ich muss etwas tun«, flüsterte ich. »Bitte, hilf mir. Ich muss etwas tun.«

Enko kaute auf seiner Unterlippe, Maéls Rucksack über eine Schulter gehängt. »Ich helfe dir. Aber eins sollte dir klar sein: Du hast mächtige Gegner.«

»Das ist mir egal. Ich will Maél zurück.«

Enko sah auf die Spitzen seiner schweren Boots. »Eine Verhandlung am olympischen Gericht ist eine ernste Sache. Wenn sie entschließen, ihn im Tartaros einzusperren, sieht er für Hunderte Jahre kein Tageslicht. Das machen sie mit Verrätern und solchen, die unsere Ordnung in Gefahr bringen.«

Wieder hob das schrille Kreischen in meinen Ohren an. »Sie haben keine Beweise!«

Enko zögerte, als überlegte er, ob er es riskieren wollte, mir noch mehr schlechte Neuigkeiten zu überbringen.

»Was?« Meine Stimme überschlug sich.

»Maél hat das Gift des Hekatoncheiren um den Hals hängen, richtig? Es war die Phiole mit der dunklen Flüssigkeit, wenn ich eins und eins zusammenzähle. Schon der Besitz eines so mächtigen Gifts ist strafbar, Livia. Maél bringt ein sehr belastendes Beweisstück mit in seine Haft. Da lässt sich wenig schönreden.«

Ich schluckte.

Enko seufzte und kam dann die fehlende Distanz auf mich zu. »Wir müssen das in Ruhe besprechen. Einen Plan schmieden, wenn die Gemüter sich beruhigt haben. Ich helfe dir, so wie Maél mir schon dutzende Male geholfen hat. Aber jetzt sollten wir erst mal von hier verschwinden. Erinnerst du dich noch an den Rückweg?«

Ich nickte. »Meine Freundinnen warten dort. Ich muss einen bestimmten Ausgang nehmen.« Als ich an Gigi und Jemma dachte, kamen mir schon wieder die Tränen. Ich wusste gar nicht, warum. Aber das Gefühl, dass sie gleich da sein würden, um mich zu trösten, ließ mich schluchzen.

Enkos Stimme war sanft. »Du bist stark, Livia. Du hast meinem Vater die Stirn geboten und es überlebt. Das können nicht viele von sich behaupten. Packen wir zusammen und suchen deine Freundinnen.«

Ich nickte, wischte mir die Tränen aus den Augenwinkeln und suchte meine Sachen zusammen. Hades' Tarnkappe war verschwunden. Wann hatte er sie an sich genommen? Nachdenklich wog ich Maéls zerkratztes Handy in der Hand. Wut mischte sich mit Traurigkeit. Eine gefährliche, explosive Mischung, die wie ein Feuerwerk durch meine Adern jagte. Das Handy in meiner Hand war plötzlich ganz warm.

Ich werde dich finden. Ich werde dich befreien. Das schwöre ich.

*

Als wir aus dem Garten des Kaninchenbaus traten, stürzten sie auf uns zu. Jemma und Gigi, die Evangéline in ihren hohlen Handflächen verborgen hielt. Ödipus, der mit einem Taxi nachgekommen war, um vielleicht zu helfen. Und Noah, der zufällig mit seinen beiden Hunden vorbeispaziert war und Jemma in dem Café entdeckt hatte. Er sah in seinem Oberhemd mal wieder aus, als wollte er als Schulsprecher kandidieren, und nicht wie der wilde Drummer einer Rockband. Seine beiden Möpse, einer schwarz, einer cremefarben, hatten brav neben ihrem Herrchen Sitz gemacht.

Ödipus bot sofort seine Hilfe an, obwohl er wirklich krank aussah. Seine Nase war knallrot, die Stimme heiser, und er hatte sich einen dicken Schal um den Hals geschlungen. Gigi bestürmte mich mit Fragen. Enko und Noah umarmten sich, als sie sich begrüßten. Jemma lenkte Noah ein bisschen ab, indem sie das Gespräch auf die Band brachte. Noah hatte schließlich keine Ahnung, dass Paris der Tummelplatz unzähliger Götter, Halbgötter und anderer mythologischer Wesen war. Ödipus starrte Enko an, als überlegte er, warum er ihn schon jetzt nicht leiden konnte.

Ich flüsterte Gigi eine Kurzfassung ins Ohr, während Evangéline wieder unter meinen Cardigan krabbelte. Zum Glück sah man die Blutflecken auf meiner schwarzen Jeans nicht. Ich hatte mir eine Jacke von Maél aus dem Rucksack geholt, und sie verdeckte das Blut auf meinen Armen. Sie roch nach ihm, und ich hatte geweint, als ich sie in den Katakomben übergezogen hatte.

Gigi wurde ganz blass, als ich ihr von Maél erzählte.

»Wir holen ihn zurück«, flüsterte sie mit Tränen in den Augen. »Und wenn wir dafür den ganzen Olymp umkrempeln müssen. Wir holen ihn dir zurück.«

Ich drückte sie, und auch ich musste Tränen hinunterschlucken. Gigi gab Jemma die Infos weiter, während ich Noah begrüßte. Ich sah, wie Jemma die Hand auf den Mund presste und dann zu mir sah. Ich versuchte, nicht schon wieder zu schlucken.

»Und Sie?«, fragte Noah in Ödipus' Richtung. Er wirkte ein wenig irritiert, und sein Blick glitt zu Jemma, die sich gerade wieder zu uns stellte. »Sind Sie ein Onkel von Livia?«

»Nein, nicht doch«, erwiderte Ödipus liebenswürdig. Ich starrte ihn an, weil ich immer noch nicht glauben konnte, dass dieser stammelnde Bettler sich in einen ganz normalen Menschen zurückverwandeln konnte. Er schien auch das Stadium mit dem Rätsellösen hinter sich gelassen zu haben, denn er redete ganz normal.

»Ich bin ein Bekannter von Maél. Er schuldet mir noch ein Paar Gewandspangen.«

Noah kniff die Augen leicht zu, als hätte er sich gerade verhört.

»Es sind die Gewandspangen meiner Mutter«, fügte Ödipus hinzu, als würde das Noahs Zweifel ausräumen.

Jemma kicherte hysterisch auf. Mit liebevoller Brutalität knuffte sie Noah in den Oberarm. »Ich habe dir doch gesagt, dass wir eine ziemlich verrückte Gang sind.«

Enko biss sich auf die Unterlippe, vermutlich, um nichts Unüberlegtes zu sagen. Er sah zu mir. Ich seufzte.

»Gewandspangen«, wiederholte Noah tonlos. »Ist das ein Scherz?«

Jemma kicherte schon wieder so schrill.

»Mitnichten«, erwiderte Ödipus. »Frag die Nymphe, sie war dabei.« Er deutete auf mich. »Und der Halbgott der Finsternis kann dir das bestimmt auch bestätigen, Maél und er sind schließlich Halbbrüder.« Er zeigte auf Enko. »Du und Enko kennt euch doch, oder? Oder seid ihr sogar ein Paar? Ihr habt euch gerade so herzlich umarmt.«

Noah sah aus, als müsste er sich setzen. Ganz dringend.

Wir, die wir alle mit einem Schlag geoutet worden waren, suchten nach den richtigen Worten. Als könnte es nicht mehr schlimmer werden fragte Ödipus: »Ist die Riesenmotte wieder bei dir, Livia? Ich hätte nie gedacht, dass ein dreitausend Jahre altes Insekt so schnell fliegen kann.«

Noah blinzelte, als wäre das Tageslicht plötzlich zu hell für seine Augen.

»Ja, so sind wir«, sagte Jemma atemlos. Sie klang wie kurz vor einem Nervenzusammenbruch und ziemlich überfordert. »Eine ziemlich verrückte Gang.«

Noah warf ihr einen verwirrten Blick zu, und Jemma sah hilfesuchend zu mir.

»Noah«, sagte ich. »Das hier ist gerade alles etwas viel. Für dich, aber für uns auch. Mir ist im Moment nicht danach, ganz weit auszuholen. Maél ist sehr krank, und er braucht meine Hilfe. Das braucht meine ganze Gehirnleistung. Du kannst dich jetzt entscheiden: Wenn du sagst, die sind alle völlig verrückt, mir reicht Jemma und mehr will ich nicht wissen, dann ist es gut so. Wenn du aber alles wissen willst, all das Unfassbare, Unmögliche, Unglaubliche, dann musst du Stillschweigen schwören. Dann können dir Jemma und auch Enko erzählen, was bei uns *verrückt* heißt.«

Noah sah zu Jemma. »Bist du auch irgendetwas …«, er wedelte diffus mit der Hand, »… Besonderes? In dieser verrückten Gang?«

Sie schüttelte den Kopf. »Durch und durch menschlich und trotzdem in der Gang.«

Er wirkte erleichtert. »Gut. Dann will ich es wissen. Ich schwöre, ich sage nichts.«

»Dann wird Jemma dich einweihen«, antwortete ich und sah zu Enko. »Und Enko vermutlich auch.« Der nickte.

Mein Handy piepte.

Wir sind für dich da, A. und A.

Ich las die Nachricht von Aphrodite noch mal und musste lächeln. Sie waren wieder vereint. Und die Hilfe einer waschechten Göttin der olympischen Zwölf konnte ich bestimmt gut gebrauchen.

Ich steckte das Handy weg und hob den Kopf.

Alle sahen mich an. Jemma und Noah, der sich ziemlich bemühte, gefasst zu wirken. Gigi, die winzig neben dem hochgewachsenen Ödipus wirkte. Enko, der immer noch neben mir stand und Maéls Rucksack trug. Evangéline bewegte sich, um zu signalisieren, dass auch sie da war.

Maél fehlte mir so sehr. Er hätte auch hier stehen sollen. Hier neben mir. An der anderen Seite seine Schwester Agada, für die er so viel riskiert hatte. Maél hatte das nicht verdient. Und wenn ich eins hasste, dann war es Ungerechtigkeit. Kampfgeist erwachte in mir, verdrängte die blinde Wut und den Hass. Seit er mich kennengelernt hatte, hatte er mit sich und seinen Gefühlen gekämpft, um mich nicht in Gefahr zu bringen. Nun würde ich für ihn kämpfen. Es war mir egal, dass Nymphen in der Götterwelt nur eine geringe Rolle spielten. Ich würde ihnen zeigen, was es hieß, sich mit einer Wiesennymphe anzulegen. Schon wieder spürte ich diese ungewohnte Wärme in meinen Händen. Es war ein Prickeln, als erwachten Hunderte kleiner Funken unter meiner Haut. Ich mochte das Gefühl. Es ließ mich mich stärker fühlen, angriffslustiger, mutiger. Ich straffte die Schultern.

»Ich bin froh, dass ich euch habe. Jeden Einzelnen von euch«, sagte ich. »Bündeln wir unsere Kräfte, entwerfen wir einen Schlachtplan, und dann retten wir Maél. Zeigen wir dem Olymp, dass mit unserer verrückten Gang nicht zu spaßen ist.«

– ENDE –

© Kira Licht

Kira Licht wurde 1980 in Bochum geboren. Sie ist in Japan und Deutschland aufgewachsen und hat Biologie und Humanmedizin studiert, bevor sie sich dem Schreiben zuwandte.